KB118618

깊은 밤을 날아서

FLY BY NIGHT
by Frances Hardinge

이 도서의 국립중앙도서관 출판시도서목록(CIP)은
e-CIP 홈페이지(http://www.nl.go.kr/cip.php)에서 이용하실 수 있습니다.
(CIP제어번호: CIP2008000275)

FLY BY NIGHT

깊은 밤을 날아서

프랜시스 하딩 장편소설 — 김승욱 옮김

문학동네

내게 영감을 주시는 분이자 저술가인

우리 할아버지 H. 밀스 웨스트와 모스카의 대모인 리아넌에게

감사의 말

다음의 사람들에게도 감사의 뜻을 표하고 싶다. 매혹적이고 화려한 책 『1700: 런던의 삶』을 쓴 모린 월러. 그녀의 책에서 나는 결혼의 집, 낙인찍기 등 18세기 사람들의 삶에 관한 매혹적인 사실들을 수없이 알게 되었다. 내게 재치, 짓궂음, 허세로 가득 찬 역사적 세계를 보여준 듀얼링 연합. 많은 어려움을 겪었지만 그래도 아름다운 나라 루마니아의 거친 시골 풍경과 자그마한 사당들, 명명일 축하행사, '망자의 결혼식'을 보여준 루마니아 방랑협회의 콜린 쇼. 그리고 오랫동안 나를 지지해 준 제하젤의 주민들.

차례

'조각난 왕국'에 대한 간략한 소개

의회

국왕옹립위원회를 구성할 책임이 있으며, 진정으로 왕관을 쓸 운명을 타고난 사람이 누구인지 결정하기 위해 설립되었다. 하지만 수십 년이 흐르도록 아무런 결정도 내리지 못했기 때문에 조각난 왕국이 태어났다. 수도는 지금도 의회를 따르지만, 다른 지역들은 각각 서로 다른 왕후보나 여왕 후보의 깃발을 휘날리고 있다.

맨들리온 공작, 보카도 어부어레이스

맨들리온의 명목상 통치자이며, 쌍둥이 여왕이 다시 옥좌에 앉아야 한다고 청원하고 있다. 레이디 타마린드가 그의 누이이다.

길드

왕국이 산산조각 나고 섬겨야 할 왕이나 여왕이 없는 상황에서 숙련된 솜씨를 지닌 사람들의 모임인 다양한 길드가 점점 강력해졌다. 그들은 서로를 시샘하고 경계하면서 불안한 동맹관계를 유지하고 있으며, 그 덕분에 왕국 전역에 일종의 공통적인 질서가 유지되고 있다.

· **열쇠장이 길드** - 열쇠와 자물쇠를 만드는 사람들의 길드. 맨들리온에서 아라마이 고쇽이 이끌고 있다. 솜씨 좋은 열쇠장이 앞에서는 아무리 문을 잠가두어도 소용이 없다. 이 점 때문에 그들의 힘이 점점 강해지고 있다.

· 출판업자 길드 – 인쇄업자와 제본업자들의 길드. 맨들리온에서 매브윅 토크가 이끌고 있다. 길드원들은 인쇄된 글과 모든 인쇄기를 다루는 대가들이다. 출판업자 길드의 인장이 찍히지 않은 문헌은 이단이므로 반드시 불태워버려야 한다.

· 뱃사공 길드 – 뱃사공들의 길드. 강의 치안을 유지하고, 강을 따라 여행하는 사람들을 단속한다.

사랑받는 자

잼과 버터통에 파리가 못 들어오게 하는 자인 착한 남자 팰피태틀에서부터 돼지의 보호자인 착한 부인 프릴에 이르기까지 사랑받는 자들은 왕국의 백성들이 열매와 빵을 바치는 신들이다. 날짜와 시간이 각각 다른 사랑받는 자에게 바쳐져 있으며, 사람들은 아기가 태어난 날과 시간의 사랑받는 자 이름을 따서 아기의 이름을 짓는다. 사람들은 각자 선택에 따라 착한 남자를 섬기기도 하고, 착한 부인을 섬기기도 한다.

새잡이

한때는 모든 신성한 문헌의 관리인이었으나, 이들이 '웅보의 하얀 심장'을 설립한 뒤 '힘든 시대'가 도래했다. 하지만 지금은 새잡이들이 모두 죽임을 당했고, 출판업자 길드원들이 그들의 책을 불태웠다.

서막 – 집파리를 위한 역사

"그래도 이름은 중요해요!" 유모가 소리쳤다.

"그래요." 퀼럼 마이가 말했다. "그리고 정확성도 중요하죠."

"삼십 분 차이가 뭐 어때서요? 저 아이가 해 진 뒤에야 태어났다는 사실은 아무도 모를 거예요. 생각해보세요. 착한 남자 보니파스의 날에 태어난 태양의 아이가 되는 거라구요. 그러면 저 아이 이름을 오로라라고 지어도 되고, 솔리나로 지어도 되고, 비머베스로 지어도 돼요. 태양의 딸한테는 예쁜 이름을 얼마든지 지어줄 수 있다고요."

"그건 맞는 말이지만, 우리하고는 상관없어요. 땅거미가 지고 나면, 달력에서 그날은 착한 사람 팰피태틀, 잼과 버터통에 파리가 못 들어오게 하는 자의 날이 돼요."

퀼럼 마이는 책상에서 시선을 들어 유모의 시선을 맞받았다.

"내 아이는 금파리예요." 그가 단호하게 말했다.

유모의 이름은 셀러리 더녹이었다. 그녀는 정원의 채소를 무럭무럭 자라게 해주는 여자인 크램플릭의 날에 태어났다. 그러니 셀러리가 이름 문제를 심각하게 생각할 만도 했다. 그녀의 눈은 색이 연하고, 부드럽고, 촉촉했다. 껍질을 벗긴 포도알처럼. 하지만 셀러리가 고집을 부릴 때는 그 눈이 단호한 포도알이 되었다.

퀼럼 마이는 꼼꼼하기 짝이 없는 사람이었다. 그의 생각들은 깃털의 털 가닥처럼 가지런히 정리되어 있었고, 그 가운데 하나만 헝클어져도 그는 마음이 찢어지는 듯했다. 그의 눈은 검고 모호했다. 간유리처럼.

두 개의 포도알이 간유리를 들여다보았지만, 눈에 보이는 것이라고는 도저히 이해할 수 없는 것들로 가득 찬 마음뿐이었다.

"아이 이름을 모스카로 짓기로 합시다. 이 얘기는 이걸로 끝입니다." 마이가 말했다.

모스카는 파리의 날에 태어난 아이의 이름치고는 다소 구식이었지만, 버즐트리스나 캐디스보다는 나았다. 그는 쓰고 있던 원고로 다시 시선을 돌렸다. 그것은 그와 이제 갓 태어난 딸이 살고 있는 시대의 역사였다. '조각난 왕국: 누더기가 된 우리 왕국의 완전하고 분명한 이야기'가 그 글의 제목이었다.

셀러리는 밖으로 나가 문을 닫았고, 마이는 방 안의 짜증 수준이 내려갔음을 어렴풋이 느꼈다. 그는 혼자였다. 하지만 혼자가 아니었다.

벽에서 한 쌍의 눈이 마이를 지켜보고 있었다. 지금은 푸른색이었지만, 한쪽 눈에 벌써 후추 같은 반점이 나타나기 시작한 것으로 보아, 마이는 그 두 눈이 언젠가 자기 눈처럼 검게 변할 것임을 알 수 있었다.

유모는 아기를 배내옷으로 깍정이 속의 도토리처럼 단단하게 감아놓았다. 아기가 버둥거리는 법을 배우지 못하게. 아기의 작은 머리가 삐죽 튀어나온 리넨 고치 같은 모양이 되자, 유모는 아기의 등이 곧게 펴지도록 그 고치를 판자에 묶었다. 그런 다음 일하는 데 방해가 되지 않게 벽에 걸린 고리에 판자를 걸었다.

지난 한 달 동안 마이의 눈에는 벽에 걸린 아기가 벽에 걸어놓은 그림과 다를 바 없었다. 비록 그 그림의 눈동자가 주위에서 움직이는 사람들을 너무 진짜처럼 쫓아다니기는 했지만 말이다. 어쨌든 이제 아기에게는 이름이 생겼고, 이름은 중요했다.

'딸' 에게 이름이 생겼다.

마이는 아이의 눈이 죽은 아내처럼 초록색이 아닐 거라는 사실이 갑자기 마음에 걸렸다. 만약 그가 이 생각을 조금만 더 했더라면, 그 초록색 눈이 아직 자기를 보고 있을 때 책 속에 파묻혀서 국가의 운명을 글로 쓰는 데 그렇게 많은 시간을 바친 것을 후회했을지도 모른다. 하지만 마이는 현명하게 금방 마음을 다잡고 다른 생각을 하기로 했다.

하지만 시력이 약해지고 있는 마당에 그가 무엇을 할 수 있을까? 그는 사랑하는 제서민이 오랫동안 자신의 작업을 도와줄 것이라고 믿어 의심치 않았다.

벽에서 자신을 물끄러미 바라보고 있는, 후추 같은 반점이 있는 저 커다란 눈…… 저 아이가 딸이라서 얼마나 안타까운지. 공부를 시킬 수 있는 아들이 아니라니!

"뭐, 네가 공부를 해야지 어쩌겠니. 만약 네가 엄마랑 같이 죽어버렸다면, 나는 고양이한테라도 글을 가르쳤을 거다."

마이는 딸에게 글을 가르쳐 괴물로 만들어버리는 것에 순간적으로 양심의 가책을 느꼈지만 어쩔 수 없는 일이었다.

아기가 지켜보는 가운데 그는 다시 원고를 향해 고개를 숙이고 깃털펜을 집어 들었다. 서재는 무척 조용하고 고독했으며, 비가 몰아치는 바깥 세상에 맞선 선장의 선실처럼 아늑하고, 단단히 봉인되어 있었다. 예전에 맨들리온 시에 살 때 마이는 이렇게 조용한 곳, 말발굽 소리와 상인들이 외치는 소리 때문에 정신이 산만해지지 않는 곳으로 도망치기를 갈망했다. 하지만 이 외딴 마을 처프*에서 유배생활을 하다보니 창밖에서 한없이 똑똑 떨어지는 쓸쓸한 물방울 소리와 정적에 싫증이 났다.

마이는 다시 깃털펜을 내려놓았다. 아기에게 어떻게 말을 걸어야 할지 도무지 알 수 없었다. 아이에게 들려줄 동화도 없었다. 이번만은 그 자신이 이야기를 하고 싶어한다는 사실, 아니 꼭 이야기를 할 필요가 있다는 사실이 당혹스러웠다.

"음, 너를 나한테 조금이라도 쓸모 있는 존재로 만들려면 네 머리가 어리석음으로 더러워지기 전에 분별력을 넣어줘야 할 것 같구나."

마이는 뭔가 영감을 얻으려고 곰방대의 담배 넣는 곳을 들여다

* 붉은부리까마귀.

보다가 그물 무늬의 고급 종이로 만든 원고를 신중하게 뒤적였다. 그 원고를 통해서 그는 지난 삼십 년간 왕국에서 일어난 일들의 의미를 파악하려고 애쓰고 있었다. 그러니 아이를 재우려고 들려줄 수 있는 동화 같은 이야기라고 할 수는 없었다.

하지만 혹시 이야기하는 방식을 바꾼다면……

"어쩌면…… 먼저 이야기를 들려주는 게 좋을 것 같구나.

옛날, 몇몇 사람들이 아직도 기억하고 있는 시절에, 아름다운 정원을 꾸미고 별들에 대해 훌륭한 생각들을 하는 데 열중하던 왕이 있었다. 왕은 착한 사람이었지만, 나라를 다스리는 데는 영 서툴렀지. 그래서 결국 사람들이 왕의 목을 베어버리고, 왕관을 녹여서 동전을 만들었다.

그 뒤로는 의회가 나라를 다스렸고, 그래도 왕이 있어야 한다고 생각하는 사람들은 전부 몸을 숨기거나, 산 속으로 도망치거나, 다른 나라로 도망쳤다. 의회의 지도자는 왕과 아주 흡사하게 나라를 다스렸지만, 아무도 그를 '왕'으로 불러주지 않았다. 이름은 중요하니까 말이야."

모스카라는 이름을 새로 얻은 집파리는 아무 말도 하지 않았다.

"죽은 왕에게는 아들이 하나 있었는데, 충직한 하인들이 그 아들을 구출해서 외국으로 데려갔다. 이 꼬마 왕자는 먼 나라까지 가서 어른 왕자가 되었다. 왕자는 다른 왕들과 이야기를 해봤는데, 몇몇 왕은 왕자가 옥좌를 되찾는 것을 돕겠다고 약속했다. 왕자는 궁정의 예절을 배웠고, 자기 왕비가 될 만큼 훌륭한 공주가 누구인지 알게 되었다. 그런데 왕자가 멀고 먼 친척인 어떤 왕을 만나러 불타는 모래의 땅으로 갔을 때, 왕자의 낙타가 느닷없이 그의 코를 물어뜯어버렸다. 왕자는 열이 올라서 다음 날 죽어버렸지. 다른 이유도 있었지만, 너무 놀란 탓도 있었다.

반드시 왕이나 여왕이 있어야 한다고 생각하는 사람들은 자기들끼리 말다툼을 벌였다. 옛날 왕의 딸이 나라를 다스려야 한다는 사람도 있었고, 옛날 왕의 누이나 사촌의 아들이 나라를 다스려야 한다는 사람도 있었다.

이런 식으로 이십 년이 흐르자 의회에서도 분란이 일기 시작했다. 의원들은 말다툼을 하느라 너무 바빠서 영리한 적이 새로 나타나 자기들의 권력을 훔쳐가고 있다는 걸 눈치채지 못했다."

마이는 여기서 머뭇거렸다. 그 시절을 살았던 다른 사람들과 마찬가지로 그도 끔찍한 일들을 겪었기 때문에 그때의 기억이 다시 요동치는 것이 느껴졌다. 목덜미에 호랑이의 숨결이 닿는 것처럼.

"'힘든 시대'가 왕국에 도래했다. 십 년 동안……"

마이는 말을 멈추고 갓난 딸의 얼굴을 바라보았다. 아이의 눈에는 푸른색이 아직 많이 남아 있었다. 만약 자기가 고문과 교수형과 화형을 당한 그 무수한 사람들의 비명에 대해 큰 소리로 말한다면, 딸의 눈이 자기처럼 새까맣게 변할 것이라는 환상이 갑자기 떠올랐다.

"어쩌면…… 네가 좀더 클 때까지 기다렸다가 새잡이 시대에 대해 이야기해주어야 할 것 같구나.

어쨌든 새잡이들은 쫓겨났고, '힘든 시대'도 지나갔다. 그러고 나서 왕당파와 의회파가 다시 권력투쟁을 시작했다. 왕당파의 여러 집단이 각자 군대를 모아 자기들이 선택한 군주를 위해 옥좌를 가로챌 준비를 했다. 의회도 겁을 집어먹고 전쟁에 대비해 군대를 길렀지.

그런데 어느 날, 의회 지도자들은 놀랍게도 아주 깨끗하지만 많이 낡은 작업복 차림에 조용하면서도 고집스러워 보이는 남자들과 함께 앉아 차를 마시게 되었다. 그 남자들은 아무 일도 안 하겠다고 말했고, 의회 지도자들은 깜짝 놀랐다. 이 남자들은 길드의 지도자들이었거든. 시계공과 열쇠장이 그리고 출판업자와 그 밖에 솜씨 좋은 기술자들의 지도자."

출판업자를 언급할 때 마이는 씁쓸함이 살짝 가슴을 찌르는 것을 느꼈지만 이야기를 계속했다.

"길드의 지도자들은 이렇게 말했다. '만약 당신들이 전쟁을 벌인다면, 병사들이 입을 외투와 부츠가 갑자기 사라져버릴 겁니다. 권총에 필요한 부싯돌도, 소총에 넣을 총알도 구할 수 없을 겁니다.'

'상관없소.' 의회 지도자들은 이렇게 말했다. '우리 병사들은 대의명분이 있으니 용기백배해서 셔츠와 양말 차림으로 싸울 것이고, 총을 쓸 수 없다면 칼과 돌을 이용할 것이오.'

'그럴지도 모르죠.' 길드의 지도자들이 말했다. '하지만 그동안 여러분들도 아침식탁에 올릴 차와 마멀레이드를 구할 수 없을 것이고, 관복이 찢어져도 그것을 꿰매줄 양복장이가 없을 겁니다.'

이 말에 의회 지도자들은 창백해져서 생각할 시간을 좀 달라고 했다.

한편 왕당파 지지자들은 자기네 땅에서 수도로 진군할 준비를 했다. 그런데 그들 모두가 어느 날 아주 깨끗하지만 많이 낡은 작업복 차림에 조용하면서도 고집스러워 보이는 남자들과 이야기를 나누게 되었다. 그 남자들은 아무 일도 안 하겠다면서 '여러분이 의회에 충성을 약속하지 않으면, 시민들이 빵을 만들 밀가루와 지붕에 얹을 슬레이트를 구할 수 없게 될 겁니다' 하고 말했다.

'우리의 대의가 정의롭기 그지없으므로 우리 백성들은 설사 배가 고프고 침대에 눈이 쌓인다 해도 포위공격을 이겨낼 것이오.' 왕당파 지도자들이 말했다.

'그럴지도 모르죠.' 길드의 지도자들이 말했다. '하지만 그동안 여러분 부인들의 머리를 곱슬곱슬하게 만들어줄 사람이 없을 것이고, 말을 돌봐줄 사람도 없을 겁니다.'

이 말을 들은 왕당파 지도자들은 벌벌 떨면서 다음 날 답변을 주겠다고 말했다.

다음 날 의회 지도자들은 군주가 있어도 나쁘지 않을 것 같다면서 수도에서 그 문제를 조사할 위원회를 만들었다. 왕당파 지도자들이 하나 둘씩 차례로 와서 의회에 합류하고는 왕위를 이어받을 운명을 지니고 태어난 사람이 밝혀져서 이 나라를 예전처럼 찬란한 나라로 만들어주기를 기다렸다.

이게 칠 년 전 일이다."

퀼럼 마이가 딸에게 말했다.

"왕국은 지금도 위원회의 결정을 기다리고 있지. 그 뒤로 무슨 일이 일어났는지 말해줄까? 우리나라가 어떤 상태인지 보여주마. 우리나라는……"

그는 저녁식사 접시로 손을 뻗었다.

"우리나라는 이 비스킷과 같다."

집파리는 얌전히 비스킷을 바라보았다. 저 아래쪽의 땅바닥이 바삭바삭하고 그 속에는 아몬드가 가득 들어 있어서 비스킷이라고 하나보다 하고 상상하는 듯했다.

"우리 '왕국'은 이런 상태야." 마이는 주먹으로 비스킷을 세게 내리쳐서 금이 가게 만들었다.

"봤지? 겉으로는 아직 멀쩡한 비스킷처럼 보이지만, 도저히 되돌릴 수 없을 만큼 금이 가버렸다. 각각의 조각들이 서로 다른 왕이나 여왕의 깃발을 휘날리고 있어. 이게 보이니?"

그는 버터를 발라 갈색으로 구운 비스킷 조각 하나를 가리켰다.

"이 조각은 수도와 그 일대의 땅이야. 그리고 이 조각은……"

커다란 아몬드가 붙어 있는 조각이었다.

"골드스파다. 이건 맨들리온이고, 이건 앰블베치의 마을들이고. 하지만 이젠 더이상 비스킷이 없다. 예전에 우리가 살던 비스킷은 죽어가고 있어……"

익숙한 통증이 그의 눈 뒤에서 욱신거리고 있었다. 마이는 통증이 지나가길 기다리며 잠시 말을 멈췄다. 그의 눈앞에 작고 창백한 점들이 나타났다 사라졌다. 마치 거대한 고양이가 이 세상이라는 벽걸이를 짜면서 천의 틈새 사이로 발톱 끝을 살짝 내보인 것 같았다. 마이는 한숨을 내쉬고는 비스킷 조각들을 손으로 쓸어버리고 깃털펜에 잉크를 찍어 계속 글을 쓰려다가 마지막으로 한 번 고개를 들어 아기를 바라보았다. 마치 아기가 뭐라고 말을 해서 자기를 방해하기라도 한 것처럼.

"뭐, 네가 나중에 내 일을 도우려면 결말이 없는 이야기에 익숙해져야 할 거다. 실화에는 결말이 있는 경우가 거의 없거든."

조각난 왕국에 관한 퀼럼 마이의 훌륭한 논문은 결코 끝을 보지 못했다. 팔 년 뒤 역사가 퀼럼 마이는 세상을 떠났고, 그의 책들은 불태워졌다. 마이의 딸은 이름을 얻은 날 밤으로부터 십이 년 뒤 한쪽 팔 밑에 거위 한 마리를 끼고 비둘기장 안에 숨어 있었다.

A는 Arson방화

처프에서는 오로지 신성한 불꽃만이 상대를 설득해 불에 타게 할 수 있다고들 했다. 그래서 마을 사람들이 습지의 불빛으로 저녁 식사를 요리한다고 농담하는 사람들이 많았다.

살기 편하거나 중요한 지역에서 가능한 한 멀리 떨어진 곳까지 축축한 냄새를 따라가면 처프가 나왔다. 이 마을은 스멀스멀 마을을 잠식해 들어오는 썩은 기운에 이미 오래전에 항복해버렸다. 건물은 바닥에서부터 위로 썩어갔고, 나무는 안에서부터 밖으로 썩어갔다. 당근과 무는 밖에서부터 안으로 썩어들어가, 땅에서 캐보면 색이 연하고 육질이 흐물흐물했다.

마을 주위와 마을 한가운데로 물이 소란스럽게 흐르다가 보기만 해도 아찔할 만큼 가파른 능선을 따라 내려가 수천 개의 구불구불한 개울로 흘러 들어갔다. 개울들은 마을 위로 몇 킬로미터나 뻗어 있는 어두운 소나무 숲 속을 반짝반짝, 쉭쉭 흘러가면서 하얀 바위들을 할퀴어 기묘한 우윳빛으로 만들었다. 처프는 마을이라기보다 난장판에 더 가까웠다. 이 마을의 집들은 엄청난 홍수가 지나간 뒤 제자리에 발이 묶이기라도 한 것처럼 비탈길 여기저기에 흩어져 있었다.

낮이면 마을 사람들은 축축한 습기를 상대로 이길 수 없는 싸움을 했다. 밤에는 상상력이 빈약하고, 물에 흠뻑 젖은 꿈을 꾸었다. 문제의 그날 밤, 마을 사람들은 낮에 이례적으로 흥분했던 탓에 약간 어지러운 꿈을 꾸었다. 하지만 모든 사람의 영혼 속으로 스며든 물이 벌써 그들의 마음을 매끈하게 어루만져 평온한 상태로 되돌려놓고 있었다. 마치 깃털을 다듬는 오리 부리처럼.

하지만 한 사람의 마음은 잠들지 않고 깨어서 반항이라는 검은 불꽃을 키우고 있었다. 그 마음의 주인은 한밤중에 마을 치안판사의 비둘기장에 숨어 있었다.

비둘기장은 아주 컸고, 밖에서 보면 원뿔형 지붕이 성의 뾰족탑과 놀라울 정도로 비슷했다. 지금 이 순간 이 비둘기장에는 묘하게도 비둘기 대신 열두 살 난 여자아이와 몸집이 엄청나게 큰 거위 한 마리가 들어 앉아 있었다.

모스카는 사람들이 아주 신중하게 귀를 기울일 때 짓는, 눈을 휘둥그렇게 뜬 표정을 짓고 있었다. 불을 붙이지 않은 곰방대 자루를 점잖게 씹던 그녀는 나뭇조각들이 이 사이로 비집고 올라오는 것을 느꼈다. 그녀는 점점 가까워지는 사람들의 목소리와 머리 위의 아치형 입구 중 한 곳에 보이는 비둘기 한 마리의 서양배 모양 그림자 중 어디에 주의를 기울여야 할지 몰라 갈팡질팡하고 있었다.

흥분한 거위를 팔 밑에 낀 채 가느다란 횃대 위에서 균형을 잡으려고 애쓰면서 모스카는 이곳을 은신처로 정한 것을 벌써 후회하고 있었다.

입구 중 한 곳에 새가 나타날 때마다 거위 사라센이 쉭쉭거렸다. 만약 누가 이 소리를 듣는다면, 비둘기들이 이런 소리를 내는 것이 수상쩍다며 비둘기장을 살펴보러 왔다가 한밤중에 다른 사람의 거위를 끼고 숨어 있는 모스카를 발견하게 될지도 몰랐다. 모스카가 집으로 다시 끌려가 웨스털리 외삼촌과 브리오니 외숙모 앞에 서는 것을 싫어하는 데에는 그럴 만한 이유가 있었다. 그녀는 나름의 계획을 갖고 있었는데, 그 계획들 중 어느 것에도 하필이면 오늘 밤 사람들에게 붙들릴 경우 받게 될 처벌은 포함되어 있지 않았다.

"정말 많은 신세를 졌소, 선생. 선생이 우연히 이곳을 지나다가 우리에게 경고해주지 않았더라면, 그놈이 족히 한 달은 이 마을의 어수룩한 주부들에게 사기를 쳤을 것이오." 치안판사의 목소리였다. 모스카는 얼어붙었다.

"전적으로 우연한 일은 아니었습니다." 어떤 젊은이의 목소리였는데, 따뜻한 우유처럼 부드럽고 편안했다.

"제가 스웨드에서 말을 바꿀 때, 어떤 사람한테서 이포니머스 클렌트라는 남자가 한 주 동안 이곳에 머물렀다는 얘기를 들었습니다. 저는 그놈이 악당이고 사기꾼이라는 평판을 들어 잘 알고 있었죠. 게다가 이 마을은 제가 가려는 길에서 그리 멀지 않았고요."

"그런데 여행을 조금 더 미루셔야겠소. 오늘 밤 이 마을에 머물러주시오. 감사의 뜻으로 고기 수프와 쇠고기와 브랜디를 대접하고 싶소이다."

코담뱃갑이 찰칵 하고 열리는 소리가 들렸다.

"피우시겠소?"

"이렇게 친절히 권하신다면 피워야지요."

비둘기가 어딘가를 빤히 바라보았다. 어지럽게 얽혀 있는 횃대들 사이에 뭔가가 웅크리고 있었다. 크고, 어둡고, 숨쉬는 것. 그 뭔가가 얼음 위를 스치는 스케이트 날처럼 낮은 소리로 길게 쉿 소리를 냈다.

모스카가 발을 내뻗어 장화 끝으로 눈처럼 하얀 비둘기의 가슴 바로 아랫부분을 쳤다. 비둘기는 뒤로 비틀거리다가 날아가버렸다.

"뭐가 잘못됐습니까?"

"아뇨, 그냥 잠시……"

모스카는 숨을 죽였다.

"……연기 냄새가 나는 것 같아서요."

"아, 코담배에 황이 조금 들어 있어서 그렇소."

"그럼……"

젊은이는 콧속을 깨끗하게 하려고 한 번, 두 번 코를 킁킁거리더니 콧소리가 한결 줄어든 목소리로 다시 입을 열었다.

"그럼 판사님께서는 클렌트를 하루이틀 정도 차꼬에 묶어두었다가 핀캐스터로 보내 벌을 받게 할 작정이시겠지요?"

"그래야겠지요. 처프에는 치안판사는 있지만 교수대가 없어서……"

두 사람의 목소리가 희미해지더니 문이 찰칵거리는 소리가 났다. 잠시 후 가장 가까운 창문에서 희미한 오렌지색 통증 같은 촛불빛이 점점 흐려지더니 사라져버렸다.

비둘기장 지붕이 살그머니 들어올려지고 두 쌍의 눈이 그 틈새로 밖을 내다보았다. 새까만 구슬 같은 한 쌍의 눈은 불룩 튀어나온 멋진 이마와 호박껍질 같은 색깔의 부리 사이에 박혀 있었다. 다른 한 쌍의 눈은 인간의 것으로, 후추처럼 맵고 까맸다.

모스카는 그 눈 때문에 오래전부터 수도 없이 얻어맞고, 남들의 의심을 샀다. 그 눈은 그녀가 독설을 참고 있을 때조차 독기 어린 시선을 보낼 수 있었다. 또한 그 눈은 치안판사를 제외하고는 처프의 어느 누구도 감당할 수 없는 힘을 휘둘렀다. 모스카가 글을 읽을 수 있었기 때문에.

책이 위험하다는 것은 다들 아는 사실이었다. 잘못된 책을 읽으면, 단어들이 검은 다리로 뇌 속을 기어다니며 사람을 사악한 정신병자로 만들어버린다고 했다. 그녀가 퀼럼 마이의 딸이라는 것도 문제였다. 퀼럼 마이가 맨들리온을 떠나 처프로 왔을 때 그가 맨들리온에서 추방당해 이리로 왔을 것이라는 소문이 떠돌았었다. 그는 영리함이 지글거리는 도시적 사고방식과 검은색으로 제본된 위험한 책 수십 권을 처프로 가져왔다. 그러니 모스카는 어쩌면 몸집만 작은 마녀인지도 몰랐다.

아버지가 세상을 떠난 뒤 모스카는 눈 덕분에 적어도 지붕이 있는 집에서 살 수 있었다. 돌아가신 어머니의 오빠인 외삼촌은 장부와 편지들을 알아서 처리해주는 사람이 생긴 것을 기뻐했다. 조카 모스카는 쓸모가 있었지만 믿을 만한 상대는 아니었다. 그래서 그는 조카가 말썽을 부리지 못하게 매일 밤 조카의 손에 장부를 들려 방앗간에 가둬버렸다. 오늘 저녁에도 그는 그녀를 방앗간에 집어넣고 여느 때처럼 열쇠를 돌렸지만, 이번이 마지막임을 알아차리지 못했다. 지금 그는 곡식과 고운 알곡이 등장하는 달콤한 꿈을 꾸며 아코디언처럼 코를 골고 있었다. 조카가 또 방앗간에서 빠져나와 필사적으로 도망치려 한다는 사실을 꿈에도 모른 채.

모스카는 뾰족한 콧잔등에 주름을 잡으며 코를 킁킁거렸다. 밤공기 속에 연기 냄새가 희미하게 섞여 있었다. 그녀에게 남은 시간이 얼마 없었다.

일주일 전, 이포니머스 클렌트라는 남자가 처프에 와서 뛰어난 말솜씨로 모든 사람의 마음을 사로잡았다. 세련된 눈빛으로 마을 사람들을 모조리 홀려버린 것이다. 하지만 그날 오후에 처프 사람들은 그와 사랑에 빠질 때만큼이나 빠른 속도로 완전히 사랑에서 깨어났다. 치안판사의 집을 찾아온 손님이 클렌트가 악명 높은 사기꾼이라고 폭로했다는 소문이 퍼진 탓이었다. 어스름 무렵이 되자 클렌트는 친구 하나 없이 차꼬에 묶인 신세가 되었다.

하지만 친구가 아주 없지는 않았다. 모스카는 아버지의 책이 불타버린 뒤로 단어들에 굶주렸다. 그녀는 일상적인 단어들로 그럭저럭 견뎌냈지만, 그 단어들은 감자처럼 하찮고 맛이 없었다. 클렌트는 향신료처럼 생생하고 기묘한 구절들을 가져왔으며, 말을 하면서 미소지었다. 마치 그 구절들의 맛을 보는 것처럼. 그는 말솜씨 덕분에 자신을 구해줄 뜻밖의 조력자를 얻게 된 셈이었다.

치안판사의 집은 원래 높게 솟아오른 땅덩어리 위에 서 있었는데, 그 땅덩어리 양편에 깊은 골이 두 개 패어 있어서 물이 흐르는 수로 구실을 했다. 이건 아주 좋은 일이었으나, 어느 날 밤에 물이 제멋대로 날뛰는 바람에 얘기가 달라졌다. 물이 능선을 새로운 모양으로 깎아내고 바윗덩어리들을 주사위처럼 던져버렸기 때문에. 아침이 되자 치안판사는 자기 집 뒤에 자갈이 잔뜩 쌓이고 하얀 침니가 언덕처럼 솟아오른 것을 알게 되었다. 봄날의 달콤한 햇빛은 그의 집 지붕을 가로질러 아래로 다이아몬드처럼 뚝뚝 떨어지는 실개천들 위에서 반짝이고 있었다.

마을 목수가 치안판사의 채소밭을 오리들에게서 되찾아오려고 만들어놓은 소박한 방아두레박이 있었다. 중앙의 버팀목 위에서 시소처럼 기우뚱거리는 긴 장대의 한쪽 끝에 양동이를 매달아 물을 풀 수 있게 만든 것이었다. 목수는 이 방아두레박을 채소밭에서 밀고 다닐 수 있게 밑에 바퀴 네 개를 달아놓았다.

모스카는 치안판사 집의 창가로 살그머니 다가가 창틀 안에 칼을 찔러 넣고 창문을 살짝 밀어 올렸다. 어두운 거실의 반대편 벽에 치안판사의 공식 열쇠가 걸려 있었다.

모스카는 곰방대를 정신없이 우적우적 씹으면서 양동이 밑바닥에 손수건을 넣은 다음 창문을 통해 방아두레박의 긴 장대를 안으로 집어넣었다. 울퉁불퉁한 땅바닥에 바퀴가 걸리면서 방아두레박이 덜컹거렸고, 양동이는 위태로이 흔들리며 백랍접시와 부딪힐 뻔하는가 하면, 냄비와 부딪힐 뻔하기도 했다. 앞으로 덜컹, 또 덜컹…… 열쇠고리가 조금씩 장대에 밀려 양동이 안으로 떨어졌다. 손수건이 열쇠고리 떨어지는 소리를 줄여주었다. 모스카가 양동이를 다시 꺼낼 때 금속 양동이가 창틀에 부딪혀 자그맣게 댕 하는 소리를 냈다. 하지만 잠시 후 치안판사의 열쇠가 모스카의 손에 들어와 있었다. 치안판사가 은그릇을 넣어두는 궤짝의 열쇠, 마을의 십일조함 열쇠, ……그리고 차꼬를 푸는 열쇠.

모스카는 장화를 벗어 목에 걸치고는 치마를 위로 잡아당겨 핀으로 고정시켰다. 처프의 어린 여자아이들이 대개 그렇듯이, 모스카도 치마 속에 무릎까지 오는 반바지를 입고 있었다. 물을 쉽게 헤치고 나아가려고.

그녀는 허리를 숙여 다시 사라센을 안아 들었다. 다른 사람이 그런 짓을 했더라면 팔이 부러져서 비틀거리며 뒷걸음질을 쳤을 것이다. 하지만 모스카와 사라센은 우정은 아닐망정, 적어도 둘 다 많은 사람에게 경멸받는 처지라는 연대감을 서로에게 느끼고 있었다. 모스카는 사라센이 강아지들을 괴롭히고 맥아저장소 지붕에 그토록 집착하는 데에는 나름대로 그럴 만한 이유가 있을 것이라고 생각했다. 한편, 사라센도 자기가 잘난 척하며 밤순찰을 돌고 있을 때 모스카가 불쑥 나타나 자기를 안아 든 데에는 역시 나름대로 그럴 만한 이유가 있을 것이라고 생각했다.

모스카와 사라센의 발밑에서 처프 저지대의 하얀 지붕들이 밝은 달빛을 받아 얼음처럼 희미하게 반짝이고 있었다.

처프의 우윳빛 물은 개울 양편에 하얀 자국을 남겨놓았다. 이 개울에서 자라는 식물들은 점점 분필처럼 변하다가 결국은 돌처럼 변한 이파리로 물장구를 쳤다. 개울에 양말 한 짝을 빠뜨리면, 양

말도 점점 돌처럼 변해서 나중에는 조심성 없는 조각상이 뱃놀이에 나섰다가 빠뜨리고 간 양말처럼 보였다.

처프의 부모들은 아이들에게 버릇없이 굴면 발목을 묶어 물이 뚝뚝 떨어지는 폭포 밑에 거꾸로 매달아놓겠다고 말했다. 아침이 되면 아이들이 모두 돌로 변하고, 입은 물을 뱉어내느라 휘파람을 불 때처럼 튀어나온 채로 굳어버릴 거라면서.

물소리에서 벗어날 길은 없었다. 물은 수많은 목소리를 갖고 있었다. 가장 또렷한 목소리는 마치 누가 유리구슬을 체에 넣고 흔드는 소리 같았다. 폭포의 물방울들이 이파리를 두드리는 소리는 종이로 만든 아이들이 박수를 치는 소리 같았다. 계곡에서는 목구멍이 대리석으로 된 고블린*들이 낄낄거리는 것 같은 소리가 올라왔다.

모스카가 옹기장이 트웬스가 사는 오두막집의 매끄러운 지붕을 서둘러 내려올 때에도 고블린들이 낄낄거리며 모스카를 비웃었다. 저 웃음소리를 다시는 들을 수 없을 것이라고 생각하자 놀랍게도 살짝 아쉬운 마음이 들었다. 하지만 망설일 시간이 없었다.

능선 아래쪽의 다음 집은 과부 워긴소의 집이었다. 모스카는 그 둥근 지붕까지 뛰어넘는 거리를 잘못 판단했기 때문에 쿵 하고 무거운 소리를 내며 지붕에 떨어졌다. 그러고는 장화 바닥이 미끄러지는 바람에 무릎을 꿇고 넘어졌다.

---

* 본래 독일의 코볼트라는 요정의 이름이 영어로 변화된 것. 집의 정령으로 사람을 불행하게 만드는 것을 취미로 삼으며, 웃음소리는 우유를 썩게 하고 과일을 나무에서 떨어뜨린다고 한다.

저 아래에서 잠에 취한 목소리가 가볍게 떨면서 뭐라고 질문을 던졌고, 부싯깃통이 쉭쉭거리더니 불꽃을 튀기며 살아났다. 군데군데 금이 간 지붕 여기저기에서 불그스름한 빛이 희미하게 나타나는 것이 보였다. 누군가가 양초를 들고 문을 향해 천천히 움직이고 있었다.

모스카는 차갑고 축축한 돌을 꼭 끌어안고 울부짖기 시작했다. 그녀의 목구멍 깊숙한 곳에서 시작된 울부짖음이 조율되지 않은 바이올린 소리처럼 솟아올랐다가 다시 목구멍에서 나는 소리로 뚝 떨어졌다. 모스카는 한 번 더 이렇게 울부짖은 뒤, 저 아래에서도 음정은 제각각이지만 어쨌든 비슷한 울부짖음이 합창처럼 들려오는 것을 듣고 마음을 놓았다.

과부는 고양이 여러 마리를 기르고 있었다. 더럽고 비쩍 마른 그 고양이들은 족제비처럼 생겼으며 아무거나 보고 울부짖었다.

과부도 자주 울부짖었다. 하지만 워긴소가 처프에서 제일 부자였기 때문에 아무도 그녀에게 그만 좀 하라고 말한 적이 없었다. 만약 과부가 지붕에 도둑이 있다고 생각했다면 처프 전체에 쩌렁쩌렁 울릴 만큼 큰 소리로 울부짖었을 것이다. 하지만 과부는 클렌트에 관한 진실을 들은 뒤 오후 내내 울부짖었기 때문에 지쳐버린 모양이었다. 몇 분 뒤 지붕의 빛줄기들이 희미해지더니 사라져버렸다. 과부는 지붕에 자기 고양이 한 마리가 올라가 있는 모양이라고 생각하며 다시 잠자리에 들었다.

모스카는 도거 방앗간의 물레바퀴를 기어내려가 차이드네 집 지붕을 서둘러 가로지른 뒤, 처프 저지대와 화이트워터 초원을 갈라놓은 울타리를 빠져나가려고 몸을 이리저리 비틀었다. 울타리는 뾰족뾰족한 철제 난간을 바위에 박아놓은 것에 불과했다. 물은 흘러나가되, 아이들과 닭들은 빠져나가지 못하게 하려고 만들어 둔 것이었다. 둘 다 조금이라도 기회가 생기면 급류에 빠지는 버릇이 있기 때문이었다. 울타리 꼭대기의 금속 창살들은 주위의 흰 바위에 녹 자국을 남긴 채, 요새를 둘러싼 창살들처럼 바깥쪽을 향하고 있었다. 그 창살들을 박아놓은 것은 들개와 침입자를 막기 위해서였다.

울타리를 빠져나온 모스카는 뺨에 묻은 녹을 닦아냈다. 약간 무서운 기분이 들어서 목구멍과 가슴과 손바닥 한가운데가 떨렸다. 창살들은 브래클과 그랩스파이트를 막기 위한 것이기도 했다.

브래클의 가슴은 볼록한 통 같았고, 피부는 마치 들개보다 훨씬 더 커다란 개의 피부처럼 보였다. 녀석이 짖을 때면 시커멓고 커다란 턱이 흔들렸다.

그랩스파이트는 늑대들을 관찰하며 걸음걸이를 익혔는지 커다란 보폭으로 낮게 걸었다. 녀석은 주둥이가 좁아서 늑대처럼 보였으며, 사슴보다 빨리 달릴 수 있었다.

이 두 녀석의 주인이 누구인지 굳이 따진다면 치안판사라고 할 수 있었다. 녀석들은 밤에 처프의 아래쪽 경계선을 지켰다. 모스카는 낮에 녀석들을 많이 보았지만, 둘 중 한 녀석이 숲 속에서 갑자기 튀어나와 이빨을 드러내며 자신을 제압할지도 모른다고 생각하니 왠지 낮에 볼 때와는 기분이 사뭇 달랐다.

'저건 뭐지? 덤불이 고개를 숙여 인사하는 건가, 아니면 어떤 짐

숭이 낮게 웅크리고 날 지켜보는 건가? 좁고 뾰족한 얼굴에 긴 턱이 달려 있는 것 같은데.'

모스카는 사라센의 몸 밑에서 손을 컵처럼 오므려 사라센을 자기 머리 위로 들어올렸다. 깜짝 놀란 사라센이 발버둥을 쳤다. 거칠면서도 끈끈한 물갈퀴가 모스카의 팔을 마구 긁어댔다. 사라센이 균형을 잡으려고 커다란 날개를 활짝 펼쳤다. 모스카가 거위를 다시 아래로 내렸을 때 나무들 사이로 비치던 그 늑대 같은 얼굴은 사라지고 없었다.

처프 사람들은 미신에 가까운 공포심을 가지고 브래클과 그랩스파이트를 대했다. 마을 사람들은 약자를 못살게 구는 대장장이를 무서워했고, 대장장이는 과부가 울부짖는 소리를 무서워했고, 과부는 치안판사의 힘을 무서워했고, 치안판사는 양피지처럼 바짝 마른 가슴으로 저 두 마리의 무시무시한 개를 무서워했다.

하지만 브래클과 그랩스파이트는 사라센을 무서워했다.

저 멀리서 폭포가 쉰 목소리로 포효하는 소리가 들려오기 시작했다. 그런데 거기에 또다른 소리가 어렴풋이 띄엄띄엄 섞여 있었다. 누군가가 비참하게 칭얼거리는 소리였다.

"……배고파, 체면도 다 잃고, 이 거친 곳에서 이렇게 무방비 상태로……"

조약돌 평원에서 가장 큰 돌멩이의 이름은 잔소리 바위였다. 잔소리 바위의 높이는 삼 미터였으며, 모양은 안장과 조금 비슷했다. 수백 년 동안 헤아릴 수 없이 많은 잔소리꾼 아내들과 고집쟁이 딸들이 이곳에 묶여 조롱당했다. 잔소리 바위에는 또한 당시 치안판사의 명령으로 그들의 이름과 죄목이 새겨져 있었다. '메이플라이 핵스페더, 혓바닥을 휘둘러 남편을 갈기갈기 찢어버린 죄.' 그리고 안장이 푹 꺼진 곳, 수백 년 동안 사람들의 엉덩이가 둥글고 움푹하게 깎아놓은 그곳 근처에는 '솝 스내철, 고집스럽게 계속 말대꾸한 죄'라는 구절이 새겨져 있었다.

바위의 옆구리는 기묘하게 움푹 들어간 곳과 불룩 튀어나온 곳 때문에 울퉁불퉁해서 모스카가 쉽게 기어오를 수 있었다. 잔소리 바위 위에서 보니 사오 미터 거리에 있는 바위가 달빛에 잘 보였다. 한 남자가 그 위에 널브러져 있었다.

그는 통통하고 말랑말랑했으며, 잘난 척이 심했다. 불룩 솟아오른 가슴 때문에 조끼 단추가 터질 듯했다. 하지만 단추들은 품질이 좋았고, 반짝반짝 윤이 났다. 아무래도 그는 자신의 외모에 자부심을 느끼는 것 같았다. 그의 외투는 약간 구겨지고 뒤틀려 있었지만, 그가 거꾸로 매달려 있다는 것을 생각하면 그럴 만도 했다. 남자의 발은 이끼로 뒤덮인 차꼬에 묶여 있었다. 그리고 그 아래 개울에는 비버 모피로 만든 모자와 가발이 슬프게 놓여 있었다. 물에 흠뻑 젖고, 잡초투성이가 된 모습으로.

그는 지금 상황에서는 어찌해볼 도리가 별로 없었으므로 가능한 한 아름답고 극적인 포즈를 취하기로 한 모양이었다. 남자의 한쪽 손등은 절망스럽다는 듯 이마 위에 걸쳐져 있었고, 다른 팔은 화려하게 활짝 펼쳐져 있었다. 그의 얼굴에서 보이는 부분이라고는 입술뿐이었는데, 그는 통통한 입술을 뾰로통하게 내밀고 있었다. 마치 세상이 너무 뜨겁고 거칠어서 입맛에 안 맞기 때문에 입김으로 식혀야겠다고 생각하는 사람처럼. 그 입이 움직이며 장황하고 권태로운 문장들을 쏟아내고 있었다. 그는 비록 곤경에 처해 있지만 자기 목소리를 듣는 것이 즐거운 모양이었다.

"……전에는 '3막으로 된 변장' 도 출판되었는데……"

그가 깊은 한숨을 내쉬더니 손가락으로 헝클어진 머리를 빗고는 다시 손으로 눈을 덮었다.

"……이게 이포니머스 클렌트의 마지막이 될 거야. 황야에 내팽겨쳐져서 야만적인 거위와 족제비 같은 얼굴을 한 숲의 꼬마 도깨비들한테 뜯어 먹히는 신세……"

줄줄 흘러나오던 말이 갑자기 멈췄다. 그는 눈을 가리고 있던 손을 조심스레 들어올렸다.

"너 사람이냐?"

좋은 질문이었다. 모스카의 얼굴은 녹, 검댕, 이끼로 칠갑되어 있었고, 머리카락과 팔에는 아직 비둘기 깃털이 붙어 있었으니까. 모스카가 불을 붙이지 않은 채 입에 물고 있는 곰방대도 그녀를 앳되면서도 어른스러워 보이는, 다른 세상에서 온 존재처럼 만들어 주었다.

그녀는 고개를 끄덕였다.

"원하는 게 뭐야?"

모스카는 다리를 휙 들어올려 '안장' 위에 좀더 편안히 걸터앉고는 입에서 곰방대를 꺼냈다.

"일자리가 필요해요."

"불행한 상황으로 인해 나는 금전적인 이득이나 소박한 사치를 누릴 수 없게 된 것 같은데…… 너 일자리라고 했냐?"

"예." 모스카가 차꼬를 가리켰다. "내가 열쇠를 갖고 있어요. 아저씨를 풀어줄 테니, 나한테 일자리를 주고, 날 함께 데려가줘요."

"멋지군." 클렌트가 희미한 소리로 쓸쓸하게 웃으며 말했다. "이 아이가 이 모든 걸 두고 떠나려 하다니."

그는 물이 뚝뚝 떨어지는 나무들, 뼈처럼 새하얀 바위들, 저 멀리에서 차갑게 빛나는 마을을 둘러보았다.

"난 여행을 하고 싶어요." 모스카가 단호하게 말했다. "빠를수록 좋아요." 그녀는 두려운 표정으로 어깨 너머를 돌아보며 덧붙였다.

"너, 내 직업이 뭔지는 알고 있냐?"

"예." 모스카가 말했다. "아저씨는 거짓말로 돈을 벌잖아요."

"아, 아하. 얘야, 신화창조의 본질을 잘못 이해하고 있구나. 난 시인이자 이야기꾼이야. 이야기와 모험담을 만들어내는 사람. 제발 부탁이니, 상상력을 발휘하는 걸 허언 따위와 혼동하면 안 된다. 나는 언어의 신비를 깨우친 사람이야. 단어들의 의미, 멜로디, 감미로운 마법을 깨우쳤다고."

'허언이라.' 모스카는 속으로 생각했다. '감미로운?' 그녀는 이 단어들의 뜻을 몰랐지만, 머릿속에 이 단어들의 형태가 그려졌다. 그녀는 이 단어들을 외운 뒤 고양이의 둥그런 등을 쓰다듬듯이 머릿속으로 이 단어들을 쓰다듬었다. 단어들, 단어들, 굉장한 단어들. 하지만 거짓말이기도 했다.

"아저씨가 과부 아줌마한테 하는 얘기 들었어요. 아저씨가 공작의 아들이고, 나중에 땅을 물려받으면 아줌마랑 결혼할 거라면서요? 그런데 재산을 찾으려면 변호사를 고용해야 한다면서 돈을 빌려야 한다고 했죠?"

"아. 아주…… 감정적인 여자였어. 뭐랄까, 말을 너무 문자 그대로 받아들이는 것 같더구나."

"아저씨가 치안판사님한테 하는 얘기도 들었어요. 판사님 병을 치료해줄 약이 있는데, 사람을 시켜서 가져와야 하기 때문에 돈이 많이 든다고 했죠? 아저씨가 가게 주인들한테 하는 얘기도 들었어요. 아저씨 비서가 아저씨 짐과 돈을 들고 곧 올 테니 그때 외상을 다 갚겠다고 했죠?"

"그래…… 어…… 다 맞는 말이다…… 그 친구한테 도대체 무슨 일이 생긴 건지……"

"도둑질한 사람 손에는 낙인을 찍죠?" 모스카가 갑자기 말을 덧붙였다. "사람들이 아저씨가 거짓말을 했다며 혀에 낙인을 찍으면 어떨까요? 그게 당연한 일이라면?"

순간 모든 것이 조용해졌다. 바위에 물이 떨어지는 소리와 클렌트가 있지도 않은 침을 꿀꺽 삼키는 소리뿐이었다.

"그래, 난…… 내 비서라는 녀석을 더이상 참을 수가 없어졌지 뭐냐. 아무래도 그 녀석더러 그만두라고 해야겠다. 그러니 빈 자리가 하나 생긴 거지. 너는…… 비서가 될 만한 자격이나 재주 같은 게 있는지 내가 물어봐도 되겠니?"

"나한텐 이게 있어요." 모스카가 열쇠를 짤랑짤랑 흔들었다.

"흠. 아주 현실적인 시각과 간결한 말솜씨로구나. 둘 다 아주 쓸모가 많지. 좋다. 이제 날 풀어줘도 돼."

모스카는 바위 옥좌에서 미끄러져 내려와 울퉁불퉁한 바위를 재빨리 기어올라가서 열쇠를 구멍에 넣었다.

"순전히 궁금해서 묻는 건데 말이다." 클렌트가 거꾸로 매달린 채 모스카를 지켜보며 말했다. "방랑생활에 왜 그렇게 마음을 빼앗긴 거냐?"

모스카가 대답할 수 있는 말은 많았다. 그녀는 유리구슬을 체에 넣고 흔드는 소리가 들리지 않는 세상, 계곡에서 고블린들이 낄낄거리지 않는 세상을 꿈꿨다. 가장 친한 친구에게 호박껍질 같은 색깔의 부리와 깃털이 없는 세상도 꿈꿨다. 책이 썩어가거나 초록색 얼룩으로 뒤덮이지 않는 세상, 말과 생각을 소중히 여긴다는 이유로 경멸당하지 않는 세상도 꿈꿨다. 스타킹이 항상 젖어 있지 않은 세상도 꿈꿨다.

하지만 그보다 더 절박한 이유가 있었다. 모스카는 고개를 들고 나무들이 들쭉날쭉 자라 있는 능선을 올려다보았다. 하늘이 부드러운 빨간색으로 물든 것을 보니, 부드럽지만 눈부신 여명이 가까워진 모양이었다. 진짜로 동이 트려면 아직 세 시간 정도 더 있어야 했다.

"조금 있으면……" 모스카가 조용히 말했다. "외삼촌이 일어날 거예요. 그리고 바로…… 내가 자기 방앗간을 불태워버렸다는 걸 아마 알아차릴 거예요."

B는 Blackmail 협박

모스카는 클렌트를 구해주기로 결심할 때, 방앗간에 불을 지르는 것은 자기 계획의 일부가 아니었다고 '거의' 확신하고 있었다. 그녀는 오래 연습한 덕분에 잠긴 방앗간 지붕의 구멍을 통해 쉽게 빠져나올 수 있었다. 하지만 맥아저장소 담장은 그리 쉽지 않았다. 모스카는 화이트워터 평원에서 브래클과 그랩스파이트에게 겁을 주어 쫓아버리려면 사라센이 필요하다는 것을 이미 알고 있었다. 하지만 담장이 너무 높아서 거위를 팔 밑에 끼고는 넘을 수가 없었다. 마을 사람들이 연료로 사용하는 가시금작화 더미에서 몇 아름 빼다가 담장 밑에 쌓으면 될 것 같았다. 그리고 기울어가는 여름의 달콤한 냄새와 얼굴을 찔러대는 가시금작화 줄기들을 무시하고 담장 꼭대기까지 올라갔을 때에는 기름 램프에 불을 켜는 것이 당연한 일 같았다.

그녀는 자기가 일부러 램프를 떨어뜨렸는지 기억이 나지 않았지만, 그렇다고 딱히 램프를 놓친 것 같지도 않았다. 기억나는 것은, 램프가 손에서 떨어져 가시금작화 더미에서 더미로 아주 부드럽게 통통 튀었기 때문에 도무지 깨질 것처럼 보이지 않았다는 점이다. 깨진 램프가 하얀 연기로 희미하게 글자 하나를 그리더니 그 주위의 마른 줄기들이 곧장 시커멓게 변하기 시작했고, 불꽃이 머뭇거리며 처음에는 파란색으로 너울거리다가 황금색으로…… 이제 다시는 예전 생활로 돌아갈 수 없음을 깨닫고 공포가 물밀듯 밀어닥친 것도 기억났다.

이제 처프에서 도망치는 모스카와 클렌트의 뒤를 쓸모 있는 이방인 같은 바람이 따라가며 불타는 방앗간의 연기 냄새를 가져다주었다. 마치 그 냄새가 두 사람의 것인지도 모른다고 생각하는 것처럼.

네시에 열기를 띤 바람이 한숨을 내쉬며 가라앉았다. 모스카는 예전부터 항상 이 시간에 절벽을 올라가 개구리들이 바위 설교단 위에서 몸을 불룩하게 부풀리고, 이른 아침 안개 속에서 나무들의 뿌리가 사라져버리는 모습을 즐겨 지켜보곤 했다. 허멜로 이어지는 갈림길이 나오자 모스카는 불안한 듯 걸음을 멈췄지만, 아직은 붉은 스카프를 맨 허멜 여자들이 처프의 방앗간으로 가져갈 곡식 자루를 들어올릴 시간이 아니었다.

“네가 걸음을 멈추고 자연의 경이로운 풍경을 바라보는 데에는 그럴 만한 이유가 있겠지? 혹시 네 거위가 우리 아침식사거리로 알을 낳아야 하니까 잠시 쉬어 가자고 하든?”

클렌트는 풍채가 당당한 사람치고는 아주 빠르게 울퉁불퉁한 길을 걷고 있었다.

모스카가 클렌트를 노려보았다.

"얘는 수컷이에요." 그녀가 소리쳤다. 클렌트가 사라센을 고양이로 착각했다 해도 이렇게 놀랍지는 않을 터였다.

"정말?" 클렌트가 조끼 주머니에서 낡은 영양 가죽 장갑을 꺼내 어깨에 묻은 가시 몇 개를 털었다.

"뭐, 그렇다면, 그 새의 목을 비틀어 죽여버리는 게 좋겠다. 만약 우리가 식사를 할 수 없게 되면 아주 곤란하지 않겠니? 게다가 죽은 새는 가지고 다니기도 더 쉽고, 숨기기도 더 간단하지."

사라센이 모스카의 손 안에서 꿈틀대며 목구멍으로 물 따르는 것 같은 소리를 자그맣게 냈다. 녀석은 클렌트의 말을 전혀 이해하지 못했다. 그저 모스카의 팔이 자신의 몸을 조여오는 것이 싫을 뿐이었다.

"사라센은 음식이 아니에요."

"그래? 그럼 도대체 뭐냐고 물어봐도 될까? 혹시 산길 안내인? 마법에 걸린 친척? 아니면 혹시 우리가 가는 길에 반드시 물새로 돈을 치러야 하는 유료 다리라도 있나? 그 새를 먹이려면 우리 식량이 더 빨리 줄어들 텐데."

모스카의 얼굴이 붉어졌다.

클렌트는 고개를 살짝 외로 꼬고 곁눈질로 그녀를 자세히 살펴보았다. 날씬하고, 영리하고, 조심스러운 사람이 그의 눈 속에서 밖을 내다보고 있는 것 같았다.

"우리한테 식량은 있겠지? 내 새 비서가 먹을 수 없는 거위 외에는 아무것도 없이 우리를 도망자로 만들지는 않았을 거야. 아니라고? 그렇군. 그렇다면 뭐, 이쪽으로 갈까?"

그는 모스카를 데리고 좁은 오르막길을 올라갔다. 그 길은 고작해야 개집만 한 크기의 한 사당 앞에서 끝났다. 경사진 지붕 밑에 어떤 남자의 목상이 축복을 내리듯이 양손을 뻣뻣하게 뻗고 있었다.

"클렌트 아저씨!" 모스카가 사당 앞에 이르렀을 때, 마침 그녀의 새 고용주가 백랍으로 된 봉헌 그릇에서 황금색의 통통한 열매를 한 움큼 꺼내고 있었다.

"그렇게 소리 지를 필요 없어."

클렌트는 목상의 옆통수에서 축축한 부엽토를 한 겹 벗겨냈다.

"그저 식량을 좀 빌리는 것뿐인데 뭐. 때가 되면 당연히 갚을 거야. 이 착한 친구는……"

"착한 남자 포스트로피예요." 모스카가 자기도 모르게 자동적으로 말해주었다.

"……착한 남자 포스트로피는 내 오랜 친구야. 나 대신 몇 가지 사소한 일을 돌봐주고 있지."

손톱을 깨끗이 손질한 클렌트의 커다란 손이 사당의 어둠 속으로 들어갔다가 삼베로 싼 길쭉한 물건을 들고 다시 나왔다.

"하지만……" 모스카는 말을 멈췄다. 자기가 유치하고 미신을 믿는 사람처럼 보일지도 모른다는 생각이 갑자기 들어서였다.

'하지만.' 그녀는 절박한 심정으로 생각했다. '우리가 착한 사람의 멜로베리를 훔치면, 착한 사람이 방황하는 유령들한테서 어떻게 마을을 지켜주겠어? 포스트로피가 유령들의 눈에 열매즙을 짜 넣어서 유령들이 집으로 돌아가는 길을 못 찾게 해야 하는데, 그럴 수가 없잖아.'

처프의 묘지에 있는 시체들이 땅에서 몸을 일으켜 집으로 돌아와서 기분 나쁘게 벽 긁는 소리를 내며 굴뚝으로 들어오는 흉미로운 짓을 저지른 적이 아직 없는 것은 사실이었다. 하지만 지금까지는 착한 사람 포스트로피가 그들을 막고 있었던 것인지도 모를 일이었다.

"네가 중죄를 곧잘 저지르면서도 그렇게 까다롭게 굴다니 놀랍구나."

클렌트는 열매를 자기 손수건으로 싸서 널찍한 주머니에 밀어 넣었다.

"방화는 정말이지…… 고약한 일이지. 법원의 입장에서 보면, 해적질보다 별로 나을 게 없어…… 너는 뭐에 씌었기에 방앗간에 불을 지른 거냐?"

불타는 방앗간의 모습을 상상하다보니, 모스카의 머릿속에서 여러 가지 광경들이 앞서거니 뒤서거니 지나갔다. 그녀는 자신의 손에 자주 물집을 만들어놓았던 낡은 눈(雪)빗자루의 끈이 완전히 다 타서 하나로 묶여 있던 막대기들이 쏟아지는 모습을 상상해보았다. 쓸데없이 낭비한다며 꾸지람 듣는 원인이 되었던 초들이 녹아서 홍건한 노란색 물처럼 변하는 모습도, 외삼촌과 외숙모가 시커멓게 탄 조카를 찾아볼 생각은 안 하고 불길 속에서 부글거리는 밀가루 자루들을 꺼내려고 난리치면서 비명을 지르는 모습도.

"거긴 아주 나쁜 방앗간이었어요." 모스카가 한 말은 이것뿐이었다.

"옛날에 한 열 살쯤 된 남자아이가 학교 건물에 불을 질렀다는 이유로 교수대에 매달리는 걸 본 적이 있다." 클렌트는 인정머리 없는 말투로 계속 말을 이었다. "다들 그 아이를 가엾다고 했지만, 그렇게 엄청난 죄를 저질렀으니 치안판사인들 무슨 수가 있었겠니? 그애가 수레에 실려 유쾌한 천사 광장으로 실려 갈 때 가족들이 애처롭게 울부짖던 게 생각나는구나."

클렌트는 속으로 뭔가 따져보는 듯 모스카를 흘깃 쳐다보았다.

"물론 방화사건의 재판은 전부 수도에서 이루어지지. 그리고 형 집행이 끝나면 시체를 해부용으로 쓰라고 대학에 준단다. 거기서 심장을 잘라내서 살펴본다는 이야기를 들었어. 그런 놈들 심장이 평범한 사람보다 더 차갑고 더 시커먼지 알아보려고 말이야."

모스카는 자기도 모르게 한 손을 자기 심장 위에 올려놓았다. 거기서 차가운 바람이 불어나오는지 보려고. 가슴 주위에 확실히 차가운 띠 같은 것이 있어서 숨쉬기가 힘들었다. 지금 죄책감에 시달리고 있는 걸까? 만약 그녀가 사악한 범죄자라면, 지금쯤 처음으로 고문을 당할 때가 된 것 같았다. 아니나 다를까 수레를 타고 덜컹거리며 사나운 군중들 사이를 지나가는 생각을 하니 양심의 가책 때문에 심장이 요동쳐서 속이 메스꺼워졌다.

하지만 법의 심판에서 도망치는 상상을 했더니 다시 마음이 아주 차분해졌다. 모스카는 고용주의 뒤를 따라가며 냉정한 만족감을 느꼈다. '아, 내가 속까지 전부 썩어버린 모양이야.' 사실 그녀는 방앗간의 운명보다 자신에게 불리할 수도 있는 정보를 클렌트에게 주는 것에 더 신경이 쓰였다.

'다시는 이걸 볼 수 없겠지. 이것도, 이것도……' 자신이 알고 있는 길들이 끝날 때마다 뭔가 메모라도 해둬야 할 것 같은 심정이었다. 하지만 그녀는 안개 속에서 서두르느라 친숙한 숲이 끝나고 낯선 숲이 나오는 순간을 그냥 지나쳐버렸다. 일찍 일어나는 새들이 목소리를 시험하는 소리가 멀리서 쫓아오는 추적자들의 고함 소리처럼 들렸다.

길은 다루기 힘들고 까다로운 녀석이었다. 녀석은 반대편 산을 시야에서 놓칠까봐 사방이 잘 보이는 곳으로 올라가야 한다고 고집을 피웠다. 그러더니 산들바람이 차가워서 불편하다며 다시 나무들 속으로 숨어버렸다. 그런데 잊어버리고 두고 온 것이 갑자기 생각나서 다시 뒤로 돌아갔다가, 사실은 잊어버린 것이 없음을 깨닫고 다시 돌아섰다. 마침내 길은 소나무 숲 속에서 몸부림을 치며 빠져나와 강가를 따라가며 포동포동해지더니 돌멩이들이 아프다며 더이상 못 가겠다고 버텼다. 사람들의 발길로 다져진 분별 있는 길이 그 뒤를 이어받았다.

"잠깐. 턱을 드시지요, 부인."

클렌트가 모스카의 뺨을 쿡쿡 찌르더니 보디스*에서 이끼 자국이 가장 심하게 난 부분이 가려지게 목도리를 고쳐 매어주고는 한

* 블라우스나 드레스 위에 입는 여성용 조끼.

숨을 내쉬었다.

"뭐, 지금은 어쩔 수가 없구나. 켐프 티터링의 선량한 사람들이 널 아기의 코를 물어뜯으려고 온 숲의 요정으로 착각하지 않기를 바라는 수밖에."

"우리 지금 켐프 티터링으로 가는 거예요?"

"그래. 다들 우리가 트램블링 스파이크로 갈 거라고 생각하겠지. 중앙 대로가 그곳을 지나가니까 말이야. 거기서 우리가 수도나 핀캐스터로 향할 거라고 생각할 게다. 우리가 항구로 갈 거라고는 생각 못 할걸."

"그럼 배를 탈 거예요?" 모스카가 물었다.

클렌트는 그녀의 말을 듣지 못한 모양이었다.

숲이 부드러운 풀이 자라는 비탈로 변했다. 중앙에 세운 막대기를 중심으로 원뿔형으로 쌓아올린 건초가리들이 군데군데 서 있었다. 농사짓기 쉽게 능선을 깎아 널찍하고 야트막한 계단식 밭을 만들어놓았기 때문에 멀리서 보면 누가 거대한 빗을 끌고 들판을 가로지른 것 같았다.

모스카는 농부들의 가죽조끼, 검은 버클이 달린 널찍한 모자, 헐렁하고 낡은 하얀 셔츠를 홀린 듯이 바라보았다. 여자들은 모두 거친 천에 무늬를 찍은 드레스를 입고 있었는데, 모스카의 모래 빛깔 드레스보다 훨씬 폭이 넓었다. 그들은 하얀 실내모자 위에 널찍한 밀짚모자를 쓰고 있었으며, 색색가지 리본을 턱 밑에 묶어 모자를 고정시켰다. 처프의 여자들과 여자아이들이 모두 그렇듯이 모스카도 밀랍을 먹인 아마포로 만든, 머리에 딱 달라붙는 모자를 쓰고 있었다. 이 모자에서는 오래된 기름 냄새가 났지만, 물이 스며드는 것을 대부분 막아주었다. 그녀가 보기에는 모자를 하나가 아니라 두 개나 쓰는 것이 이상했지만, 밭에서 일하는 아가씨들이 그녀를 보며 키득거리는 것을 보니 그들의 생각은 모스카와 정반대인 것 같았다.

켐프 티터링은 눈보다 귀로 훨씬 먼저 알아차릴 수 있었다. 거센 바람의 한가운데에서 목쉰 플루트 같은 소리가 났다. 백 명이나 되는 사람들이 병목을 향해 입김을 불어넣는 소리 같았다. 헐거워진 기계처럼 찰칵, 챙, 챙그랑 하는 소리도 났다. 날카롭고 강인한 요들송도 들렸다.

산들이 뒤로 드러누우면서 처프 사람들이 항상 강이라고 생각했던 급류가 진짜 강과 만났다. 거칠게 거품이 이는 이 강은 깊이가 얕으면서도 위험한, 산적떼 같은 강이 아니었다. 폭이 구 미터쯤 되는, 미끈하고 강력한 소공자였다. 강 이름은 슬라이.

슬라이 강 건너편에 카니발에 나선 수레처럼 퍼덕퍼덕 잔물결을 일으키며 뻗어 있는 도시가 바로 켐프 티터링이었다.

이 도시의 건물들은 대부분 커다란 이층 다리 건너편에 있었다. 중앙로 양옆에 늘어선 작은 가게들과 집들. 밧줄 사다리가 창문과 지붕에서 늘어뜨려져 있었고, 다리와 방파제 사이에서 목조 계단이 갈짓자를 그렸다. 빨랫줄들이 어디든 공간이 있는 곳이라면 거미줄처럼 얼기설기 뻗어 있었기 때문에 모스카가 이 도시에서 가장 먼저 본 것은 바로 밝은 색 천들이 펄럭이는 광경이었다. 샛노랑, 엷은 자주색, 하늘 같은 파란색, 옥색. 모스카가 진짜 도시를 본 것은 이번이 처음이었는데, 모든 것이 너무 크고 밝고 분주해 보여서 머리에 한꺼번에 다 담을 수 없을 것 같았다.

머리 위에서는 갈매기들이 사람들이 휘휘 젓고 있는 찻잔 속의 찻잎들처럼 허공에 떠서 빙글빙글 돌고 있었다. 녀석들은 강 위의 배들을 일일이 따라다니며 날카로운 부리로 찢어지는 소리를 냈다. 녀석들은 통에서 흘러나온 것들을 놓고 서로 싸웠으며, 심부름 나온 여자아이들에게 겁을 주어 들고 있던 물건을 떨어뜨리게 하려고 했다. 도시의 모든 지붕들은 밝은 색의 목제 풍차나 새 모양의 호각이나 줄에 매달려서 덜걱거리는 인형들로 장식되어 있었다. 인형들은 그 소리로 갈매기들을 쫓아버리려 했지만 아무 소용이 없었다.

배들도 있었다! 무섭게 생긴 낡은 바지선들은 짐짝과 상자의 무게 때문에 흘수선까지 물에 잠겨 있었고, 짐마차꾼들은 우렁찬 소리로 웃음을 터뜨리며 담배 때문에 갈색으로 변한 침을 물에 뱉었다. 줄줄이 늘어선 거북 등딱지 같은 작은 배들이 부두 쪽으로 선체를 기울이려고 용골을 높이 쳐들고 있었다. 뱃사공 길드의 상징이 그려진 스컬과 거룻배들도 있었는데, 개중에는 갑판에 거대한 연들이 비스듬히 놓여 있는 것들도 있었다.

클렌트가 앞장서서 목조 계단을 올라가 다리로 가더니 어떤 가게 문 앞에서 걸음을 멈췄다.

"여기에는 잠깐만 있을 거다." 그가 어깨 너머로 말했다.

"저 안에는 내가 한번 찾아오겠노라고 약속한, 내 절친한 친구가 있어. 절박한 상황에 처한 우리한테 헤아릴 수 없을 만큼 도움이 될 친구지. 비서에게는 침묵이 훌륭한 자질이라고 강조하지 않아도 되겠지?"

클렌트는 문 안으로 들어갔고, 모스카도 그 뒤를 따랐다.

가게 안은 마치 다혈질 고르곤*이 한바탕 난동을 피우고 간 것 같았다. 탁자와 창턱에는 돌로 만든 깃털, 돌로 만든 찔레나무, 돌로 만든 꽃들이 잔뜩 몰려 있었다. 창문에는 새의 해골 두 개가 매달려 있어서 섬세한 뼈 구조가 빛에 비쳐 보였다. 구겨지고 찢어진 모자와 샌들, 돌로 만든 동전, 커다란 무덤 안의 천사가 입고 있는 옷처럼 뻣뻣한 스카프와 리본도 있었다. 모스카는 이 기묘한 장식물들이 모두 처프의 물속에서 석화된 잡동사니들임을 알아보았다.

"드디어 왔구나…… 아…… 제니퍼 베셀 부인!"

베셀 부인은 건장하고 햇볕에 그을린 모습이었는데, 그녀가 안으로 들어오자 따스한 빛도 함께 들어왔다. 그녀의 드러난 팔뚝에는 밀가루가 묻어 있었고, 모자 밑에는 두껍게 땋은 머리가 소용돌이 빵처럼 틀어 올려져 있었다. 그녀의 손이 손가락이 없는 옥양목 장갑 속에 감춰져 있는 것이 기묘했다.

"클렌트 씨!"

베셀 부인의 미소가 한층 더 환해지고, 볼우물은 진짜 우물이 되었다.

---

* 그리스신화에 나오는 괴물 세 자매.

"그래, 내 다정한 친구께서 아직은 목 졸려 죽지 않은 모양이군요."

"그럼요, 그럼요. 내가 당신과 한 약속을 지키겠다는데, 인간이든 신이든 짐승이든 그걸 막을 수는 없습니다, 친애하는 젠."

젠의 웃음소리에는 왠지 그의 말을 믿지 않는 듯한 기색이 배어 있었다.

"아…… 그리고 이쪽은 제 조카입니다. 고향은……"

"처프죠." 젠이 재빨리 말했다. "세상에, 저애 눈썹을 좀 봐요!"

처프의 작은 보닛은 머리가 젖지 않게 잘 보호해주었다. 하지만 눈썹은 얘기가 달랐다. 처프의 물 때문에 눈썹이 워낙 연한 색으로 변해서 거의 눈에 보이지 않을 지경이기 때문에 처프 사람들은 모두 항상 깜짝 놀란 것처럼 보였다. 모스카도 예외가 아니었다.

"여전히 도래송곳처럼 예리하군요, 젠." 클렌트가 약간 짜증스러운 듯한 목소리로 말했다.

"맞아요. 저애는 그 불쾌한 마을에 있었답니다. 처프에서 옷이 너무나 차갑고 축축해졌기 때문에 아이가 금방이라도 죽어버릴까봐 조마조마했어요. 젠, 내 달콤한 사람, 당신이 우리한테 옷을 좀 빌려주면 우리가……"

"다른 사람처럼 보이게요?" 베셀 부인이 물었다.

모스카는 베셀 부인이 이포니머스 클렌트를 아주 잘 아는 편이라고 재빨리 생각을 정리하고 있었다.

클렌트는 속눈썹을 내리깔고 베셀 부인의 상의 가장 윗단추를 향해 매력적인 미소를 지었다.

"그럼, 당신의 낡은 옷을 내가 돈을 주고 사기로 하죠."

베셀 부인은 이렇게 말하고 나서 모스카에게 시선을 돌렸다.

"얘, 꽃 같은 아이야, 저 문으로 나가서 사다리를 올라가 다락으로 가면 바로 앞에 가죽궤짝이 보일 거야. 거기 있는 회색 드레스가 너한테 맞겠다. 보닛과 모자를 몇 개 써봐도 돼. 그 밖에 다른 물건은 만지지 마라."

모스카는 얌전히 다락으로 올라가 옷궤짝을 찾았다. 그러고는 새 옷가지를 한쪽 팔에 걸치고 살금살금 사다리를 내려왔다. 옷을 갈아입는 동안 문가에서 이야기를 엿들을 심산이었다.

"당신한테는 좀 어리지 않아요?" 베셀 부인이 물었다.

"아…… 아주 가엾은 아이예요. 얼마나 굶주렸던지…… 감정이 있는 사람이라면 도저히 저 아이를 그냥……" 갑자기 꽥꽥거리는 소리가 들려오는 바람에 클렌트의 말이 중간에서 뚝 끊겼다. 모스카가 문틈으로 내다보니 베셀 부인이 막대 설탕을 자르는 칼 두 개로 그의 코를 집게처럼 집어 장난을 치고 있는 모습이 보였다.

"이봐요, 이포니머스, 내가 당신한테서 꾸며낸 이야기를 듣고 싶을 때에는 그 값을 치를 거예요. 그건 그렇고, 이번 달에는 나한테 팔아넘길 도둑이 없나요?"

모스카의 입이 바짝 말랐다. 클렌트가 정말로 벌써 자기를 팔아넘길 생각인 걸까?

"물론 있죠, 젠. 네 명이에요. 낚시꾼 한 명, 잠수부 한 명, 길가의 기사 두 명."

모스카는 무서운 이야기들이 담긴 싸구려 이야기책을 읽었기 때문에 '낚시꾼'은 지붕 위에 앉아 갈고리가 달린 긴 장대로 마차 지붕에 실린 가방들을 잡아채는 도둑임을 알고 있었다. '잠수부'는 소매치기였고, '길가의 기사'는 노상강도였다.

베셀 부인이 열띤 표정으로 손을 뻗어 거칠게 묶인 종이뭉치를 받아들었다. 종이에는 커다란 활자들이 인쇄되어 있었다. 종이마다 빨간 밀랍으로 된 커다란 인장이 찍혀 있었는데, 그것은 출판업자 길드의 인장이었다. 베셀 부인은 소리 없이 입만 움직여서 천천히 글자를 읽느라고 정신이 없었기 때문에 클렌트의 삼베자루에서 또다른 종이뭉치의 한 귀퉁이가 삐죽 튀어나온 것을 보지 못했다. 클렌트가 먼저 그것을 눈치채고 그녀가 알아차리지 못하게 재빨리 자루 안으로 종이를 밀어 넣었다. 비밀리에 두 사람을 지켜보던 모스카는 그 모습을 놓치지 않았다.

"우…… 난 지금도 이 방면의 새 소식을 놓치고 싶지 않아요."

"당신이 이걸 보고 싶어할 것 같은데요, 젠."

클렌트는 어떤 종이 한 장을 빼내서 읽기 시작했다.

"레이디 라이터치라고도 불리는 로즈메리 페핏 일당이 저지른 교묘한 범죄와 책략에 관한 이야기…… 자, 읽습니다…… 저 악명 높은 플릿핑거 부인 이래로 우리는 여자의 가슴에서 그토록 뛰어난 솜씨와 용기를 본 적이 없다. 그녀가 여성 특유의 부드러운 매력을 교묘하게 이용하는 솜씨가 워낙 뛰어나서 피해자들은 심지어 자신이 축복을 받았다는 생각까지 할지도……"

베셀 부인이 뭔가를 동경하는 듯한 웃음을 터뜨렸다.

"시시한 싸구려 같은 소리!" 그녀가 소리쳤다. "부드러운 매력이라…… 나는 내 외모를 플릿핑거 부인처럼 이용해본 적이 없어요. 그럴 수도 있었을 텐데."

"그럼요, 젠." 클렌트가 부드럽게 말했다.

부인의 입꼬리가 살짝 아래로 처졌다. 그녀는 뭔가 생각에 잠겨서 장갑 손등을 매만지고 있었다. 그러다가 코를 한 번 훌쩍이고는 억지로 밝은 표정을 지으며 시선을 들어 클렌트를 바라보았다.

"그래…… 왜 이렇게 늦었어요?"

"아무래도 내가 처프에서 너무 인기를 끈 모양입니다. 거기 사람들을 아무리 설득해도 날 놓아주지 않아서 말이죠. 결국 내가 그냥 떠나려고 했더니 글쎄…… 나한테 차꼬를 채우지 뭡니까."

"아, 당신이 물건을 가져가는 습성 때문에? 그래, 잡히기 전에 얼마나 챙겼어요?"

"잡힌 게 아닙니다." 클렌트가 모욕당한 사람처럼 외쳤다.

"배신을 당한 것 같아요. 어젯밤에 어떤 외지인이 처프에서 치안판사 집에 묵었습니다. 그리고…… 아, 어쩌면 내가 늙어서 소심해진 건지도 모르지만, 수도를 떠난 뒤로 줄곧 그림자가 내 뒤를 따라다니는 것 같은 기분이었습니다."

"교수대는 그림자가 길죠." 베셀 부인이 중얼거렸다. "때로는 햇빛을 가리기도 하고요. 나는 내 목덜미에 서늘한 교수대가 닿아 있는 것 같은 느낌에 싫증이 나서 훌륭한 시민으로 변신한 거예요. 그리고 이것도."

그녀가 양손을 들어올렸다. 손등에 검은 자국이 있었는데, 얇은 장갑을 통해 어렴풋이 보이는 그 자국은 'T' 자 모양이었다.

‘중죄인의 낙인이야.’ 모스카는 속으로 생각했다. ‘도둑(thief)을 뜻하는 T.’

“교수대가 무서운 게 아닙니다, 더없이 소중한 나의 젠. 내 그림자는 피와 살로 이루어져 있고 두 다리로 걸어다니기까지 해요. 젠…… 난 여기서 어물거릴 수 없습니다. 처프의 떨거지들이 내가 어디로 갔는지 금방 알아낼 거예요.”

“이포니머스……” 베셀 부인이 상당히 진지한 목소리로 말했다. “이번에는 어떤 악마의 수프에 뛰어든 거예요? 옛날에는 그래도 동료였는데, 지금은 지난 이 년 동안 당신이 그렇게 비밀리에 움직인 게 누구를 위한 건지 나한테 말도 안 해주네요.”

오랫동안 침묵이 이어졌다. 클렌트는 손끝으로 탁자 위의 싸구려 이야기책을 뒤적거렸다. 결국 젠이 짤막하게 괴로운 한숨을 내쉬었다.

“당신이 데려온 아이가 너무 오래 걸리네요.” 그녀가 말했다. “아까 보니 손가락이 길더군요. 만약 우리 집 다락에서 뭐가 없어지면, 당신은 강물에 떠내려갈 줄 알아요. 배에 안 타고.”

모스카는 이제 모습을 드러낼 때가 되었다고 판단했다.

문을 밀어 열자 베셀 부인이 어머니처럼 인자한 미소를 띤 얼굴로 그녀를 돌아보았다. “아, 그래, 훨씬 낫구나, 예쁜이야.”

“모스카.” 클렌트가 재빨리 끼어들었다.

“강 서쪽에서 구해야 하는 물건이 몇 가지 있다.”

모스카는 클렌트가 자신의 머리를 향해 던진 지갑을 재빨리 낚아챘다.

"빵 한 덩이, 치즈 조금…… 그리고 사과 한두 개. 돈이 부족하지 않다면 말이지. 그리고 애야……"

모스카는 문간에서 걸음을 멈췄다.

"아직 거위를 위장할 방법을 찾아내지 못했어."

모스카는 마지못해 사라센을 넘겨주고 켐프 티터링의 대로로 과감히 나섰다. 그녀는 클렌트가 자신을 버릴 기회를 노리고 있을지도 모른다는 것을 잘 알고 있었지만, 지갑을 그녀에게 맡겨둔 채 도망칠 것 같지는 않았다.

건너편 강둑에서 부드러운 암청회색 둥근 지붕이 얼핏 보였다. 그 순간 바위 위를 지나가는 두꺼비처럼 뭔가 차가운 것이 그녀의 심장 위를 주르르 미끄러지듯 지나가는 것 같았다. 모스카가 걸음을 멈추는 순간 쇠고둥을 실은 외바퀴수레가 종아리에 부딪혔다.

그녀는 불안정한 걸음으로 반쯤은 자진해서 교회를 향해 발길을 돌렸다. 만약 그녀가 방화 혐의로 교수형을 당할 가능성이 높다면, 지금이야말로 더러워진 영혼을 닦아내기에 좋은 때였다.

지금까지 그녀가 가본 교회는 허멜에 있는 교구교회뿐이었는데, 그곳은 성골함들을 보관해둔 헛간이나 마찬가지였다. 커다란 시장 도시에서 온 사람들이라면 켐프 티터링의 교회를 다시 돌아보지 않겠지만, 모스카에게 그 교회는 대성당처럼 보였다.

둥근 지붕에 수백 년 동안 쌓인 갈매기 배설물이 상아로 세공한 하얀 장식처럼 보였다. 조각이 새겨진 커다란 떡갈나무 문은 출입문이라고 하기에는 키가 너무 컸으며, 문틀에 기대어져 있어서 방문객들이 간신히 지나갈 수 있는 틈이 벌어져 있었다. 비록 모스카는 몰랐지만, 이 문은 강 상류 저 위쪽의 무너진 교회에서 내전 중에 약탈해온 것이었다.

모스카는 장례식날 아침처럼 서늘한 어둠 속으로 들어갔다. 사랑받는 자들이 주위를 온통 에워싸고 있었다.

덧창마다 성자들의 모습이 새겨져 있었는데, 트럼프에 그려진 왕처럼 모두 똑같은 모습이었으며, 뻣뻣하게 보였다. 사랑받는 자의 그림이 서까래 높이의 벽화 속에서 억지로 공간을 차지하고 있었다. 설교단과 제단 막에서는 나무로 새긴 사랑받는 자가 빠끔히 밖을 내다보았다. 석조기둥의 몸통에는 돌로 새긴 사랑받는 자가 호화로운 열매처럼 불거져 나와 있었다. 지푸라기로 만든 착한 남자는 쥐들 때문에 찢어졌고, 몸은 순무이고 머리는 감자인 착한 부인은 구석에서 조용히 썩어가고 있었다.

모스카는 어디에다 죄를 고백해야 할지 몰라서 사방을 두리번거렸다. 착한 남자 포스트로피가 한쪽 서까래 위에 높이 앉아 있는 것이 보였지만 돼지의 수호자인 착한 부인 프릴과 이야기를 나누느라 여념이 없는 것처럼 보였기 때문에 모스카가 말을 걸면 괜히 끼어드는 꼴이 될 것 같았다. 게다가 포스트로피의 조각이 웨스털리 외삼촌과 비슷하게 생겼기 때문에 선뜻 다가갈 수 없었다. 착한 부인 프릴은 브리오니 외숙모보다 더 통통했지만, 근시처럼 눈을 가늘게 뜨고 사람을 쏘아보는 그 비열한 시선은 똑같았다.

"내가 뭐랬어요?" 프릴이 브리오니 외숙모의 목소리로 이렇게 말하는 것 같았다.

"저 아이가 주머니 속에 든 말벌처럼 귀찮게 굴 거라고 항상 말했잖아요. 기회만 생기면 당신을 쏠 거라고. 하긴 저애 아버지가 그 모양이었으니 그럴 만도 하죠. 그 책들이 저애를 망가뜨린 거예요. 저렇게 아는 게 많은 아이는 처음 봤어요."

그녀의 말투를 들어보면 '아는 게 많다'는 것이 분별 있는 아이라면 결코 하지 말아야 할 일임을 분명히 알 수 있었다. 모스카의 손톱이 손바닥으로 파고 들어갔다.

모스카는 퀼럼 마이와 비슷하게 조각된 얼굴을 찾으려고 주위를 둘러보았지만, 코안경을 쓰거나 책 위에 머리를 수그리고 있는 조각상은 하나도 없었다. 사랑받는 자들이 벌들처럼 서로의 몸 위를 기어다니며 끼니와 여물에 대해서, 사과를 딸 시기와 몽당양초를 저장해두는 것과 닭장을 수리하는 것에 대해서 청승맞게 이야기를 늘어놓고 있는 곳에서 퀼럼 마이가 조각상 속에 갇혀 있었다면 정신이 산란해졌을 것이라는 생각이 퍼뜩 들었다.

팰피태틀? 아, 그가 덧창에 조각되어 있었다. 그 파리의 성자는 요부처럼 싱긋 웃고 있었으며, 그의 커다란 눈이 나무로 된 건물을 곧장 뚫고 나가 하늘이 그 안에 넘쳐흐르고 있었다.

"지금 상황이 이래." 그가 거친 목소리로 말했다. 모스카는 항상 그의 목소리를 이렇게 상상했다.

"클렌트 씨가 네 목덜미를 잡고 있어. 이제는 방앗간에 대해서도 알아. 너도 그 친구 약점을 잡아야 돼. 뭔가 아주 큰 걸로. 그 친구가 베셀 부인한테 감춘 그 종이뭉치는 어때? 전에는 사당에다 숨겼었지? 그걸 남들한테 보여주기 싫은 거야, 안 그래? 인쇄된 거였지? 어쩌면 거기에 출판업자 길드의 인장이 없는지도 몰라.

그거면 교수대에서 올가미를 쓰기에 충분할걸."

책이 공포의 대상이라지만, 출판업자 길드는 그보다 더한 공포의 대상이었다. 그들은 처음에 단순히 인쇄업자와 제본업자의 길드로 출발했지만 지금은 그보다 훨씬 더 커다란 존재가 되어 있었다. 그들은 인쇄된 단어의 주인이었으며, 어떤 책이 읽기에 안전한지 아니면 역병에 걸려 죽은 시체처럼 불에 태워버려야 하는지 선포할 권리를 갖고 있었다. 법은 책을 인쇄해서 그들의 권리를 침해한 사람을 모조리 짓밟아버릴 권리를 그들에게 부여해주었으며, 그들은 이 권리를 무자비하게 행사했다.

처프 사람들은 출판업자 길드가 특별한 안경을 갖고 있어서 읽기에 안전한 책인지 보려고 책을 읽으면서도 아무런 피해를 입지 않는다고들 했다. 처프 사람들은 또 출판업자 길드의 인장이 붙어 있지 않은 불법적인 책을 읽다가 들키면 길드원들이 그 사람을 데려가 잉크에 빠뜨려 죽여버릴 것이라고들 했다. 처프에서 출판업자 길드를 단 한 번도 입에 담지 않은 사람은 퀼럼 마이뿐이었다. 맨들리온에 살 때는 그 자신이 출판업자 길드원이었는데도 말이다.

처프에는 마이가 출판업자 길드에서 쫓겨났다는 소문이 항상 떠돌아다녔다. 그가 죽은 지 하루도 안 됐을 때 마을 사람들은 무자비한 길드가 무서워서 그의 집 선반들을 뒤져 책과 원고들을 모아놓고 불을 붙였다. 처프 사람들은 그 책들이 불에 탈 때 뒤틀린 글자들이 불타는 통나무에서 허둥지둥 도망치는 거미들처럼 불길을 피해 달아나는 것을 보았다고들 했다.

이런 기억을 떠올리자 모스카는 참을 수 없을 만큼 화가 났다. 아버지가 갖고 있던 책들 중 대부분은 그녀가 한 번도 읽지 못한 것이었다. 아버지는 항상 그녀에게 열 살이 되면 그 책들을 전부 볼 수 있다고 약속했었다. "네 머리가 경솔한 인격을 받아들일 수 있을 만큼 단단해지면." 그 책들은 모스카가 물려받을 유산이었다. 하지만 그녀가 실제로 아버지에게서 물려받은 것이라고는 재수 없는 이름과 글을 읽을 수 있는 능력, 그리고 모든 것을 집어삼키는, 문자에 대한 굶주림뿐이었다.

대부분의 사람들은 출판업자 길드를 두려워하면서도 그들을 필요악으로 생각했다. '예전에 우리가 알던 그 악마들보다는 그래도 지금의 이 악마들이 낫지.'

예전에 우리가 알던 그 악마들이라. 모스카는 한 손으로 보닛을 붙든 채 고개를 뒤로 젖혔다. 하트 모양의 하늘이 그녀를 마주 바라보았다.

그 하트가 바로 이 나라가 십 년간 유혈극을 겪게 된 원인이었다.

옛날에는 많은 종교가 있었다고 했다. 사랑받는 자 한 명당 종교 하나씩. 그런데 전설에 따르면, 어느 날 빛나는 하트가 모든 사랑받는 자의 사당 초상화 가슴에 나타나 세 번 고동쳤다고 한다. 그 날부터 작은 종교들이 모두 합쳐져 하나가 되었으며, 모든 사람이 사랑받는 자들을 하나로 합치게 한 기묘하고 얼굴도 없는 정령을 믿게 되었다. 사람들은 그 정령을 '응보'라고 불렀다.

모든 교회의 한쪽 벽에는 반드시 구멍이 하나씩 있었으며, 사람들은 그 구멍에 하트 모양의 새장을 끼워 넣었다. 갓 잡아온 야생

새들이 퍼덕거리는 새장. 그들의 날갯짓 소리가 심장박동처럼 들려서 사람들은 응보를 되새겼다. 이 새들을 매일 잡아오는 사제들은 새잡이라고 불렀다. 시간이 흐르면 그들은 모든 경전의 관리자가 되어 응보의 하얀 심장을 이해하기 위해 줄곧 들여다보는 데 평생을 바쳤다.

숭고한 빛이 정확히 언제 그들의 정신을 현혹시켜 광기로 몰아갔는지는 확실히 알 수 없다. 그들이 워낙 조용하고 품위 있게 미쳐가서 아무도 눈치채지 못했기 때문에. 그들은 응보의 도래에 관한 이야기를 자기들끼리 몰래 다르게 바꿔서 말하기 시작했다. 그들은 진정한 눈을 가진 사람이 하트가 빛을 내며 박동하다가 불꽃을 피워 올려 과거의 사랑받는 자 성상들을 완전히 태워버려서 결국은 하트만 남는 것을 보았다고 말했다. 그들은 시간이 흐르면 모든 것이 반드시 하트에게로 되돌아가서 그 타는 듯한 빛의 일부가 된다고 말했다. 모든 세속적인 것들의 가장 숭고한 운명은 불에 타는 것이었다. 모든 사람의 가장 숭고한 의무는 불꽃처럼 되는 것이었다.

모스카는 회중석 한쪽에서 좁은 아치를 발견했다. 금속 격자창살이 아치에 못으로 박혀 있었다. 창살 뒤에는 돌계단이 나선형을 그리며 가파르게 어둠 속으로 뻗어 있었다. 그녀는 그것이 예전에 새잡이 도서관으로 통하는 계단이었을 거라고 생각했다.

출판업자 길드를 제외하면, 새잡이들만이 인쇄의 권리를 갖고 있었다. 그들이 만든 굉장한 책들은 나중에 사람들이 귓속말로 속삭이는 전설이 되었다. 독자들의 마음을 빨아들여 다시는 도망치지 못하게 만드는 소용돌이처럼 나선형으로 인쇄된 글자들. 이상한 언어로 된 주문을 읽으면 마음속의 상자들이 열려 광기의 도깨비들이 밖으로 튀어나온다고 했다. 또한 그 책의 구절들이 너무 아름다워 사람들의 심장을 달걀처럼 깨버린다는 이야기도 있었다.

새잡이들은 교활한 술수로 권력을 잡았다. 삼십 년 동안 계속된 내전의 혼란과 불안정한 의회 통치의 와중에서 얼마나 많은 권력자들이 새잡이 학교에서 교육을 받았는지, 또는 교활한 새잡이들의 책이 얼마나 많은 사람을 개종시켰는지 아무도 눈치채지 못했다. 결국 왕국이 열에 들뜬 환자처럼 몸부림치고 있을 때, 새잡이들이 의사처럼 앞으로 나서서 서늘한 손으로 환자의 이마를 짚고 환자를 진정시켰다. 모스카는 새잡이 사제들이 권력을 잡은 날을 회고하며 노인들이 흐느끼는 것을 본 적이 있었다. 그들은 이렇게 속삭였다. '아, 그땐 정말 기뻤는데! 우린 새잡이들이 평화를 가져다주고, 사람과 사랑받는 자들이 행복 속에서 하나가 되게 하고, 왕국의 입에 재갈을 물려 길들일 거라고……'

그런데 새잡이들이 사랑받는 자들을 죽이기 시작했다.

이 새로운 통치자들은 먼저 착한 남자 크라이즈인더닥이 악마라고 선언했다. 다들 이 말을 듣고 커다란 충격을 받았지만, 크라이즈인더닥의 추종자가 극히 드물었으므로 그들이 시장에서 채찍질을 당하고 크라이즈인더닥의 사당이 불태워져도 항의하는 사람은 거의 없었다. 노인들은 한숨을 내쉬며 이렇게 말했다. '아, 우리가 크라이즈인더닥의 정체를 너무 늦기 전에 알아내서 정말 다행이라고 생각했는데!'

그다음 달에는 착한 부인 조블의 사당들이 불꽃에 휩싸였고, 그녀의 추종자들은 눈썹 위에 낙인이 찍혔다. 그로부터 한 달 뒤에는 착한 남자 헤일웨더도 악마로 규정되었다. 그의 교회에 있던 성상들이 모조리 사라져 다시는 눈에 띄지 않았다. 그의 추종자들도 마찬가지였다. '이게 마지막이야.' 다들 서로에게 이렇게 말했다. '새잡이들이 우리를 이 악마들에게서 구해주었지만, 이번이 마지막이야……'

하지만 악몽은 계속되었다. 이런저런 사랑받는 자들이 사실은 변장한 악마라는 선언이 날마다 이어졌고, 사람들은 이웃들이 사슬에 묶여 끌려가는 것을 지켜보았다. 새잡이들이 사랑받는 자들에 대한 신앙을 완전히 짓밟아버릴 생각이라는 걸 대다수의 사람들이 받아들이는 데에는 오랜 세월이 걸렸다. 노인들은 이렇게 말했다. '제일 견디기 힘들었던 건, 신들 자신이 아무 힘도 없이 겁에 질려 있는 것 같다는 느낌이었어.' 새잡이들은 사방에 첩자를 심어놓았기 때문에 사람들은 점차 겁에 질려 기도도, 말하는 것도, 생각하는 것도……

……그렇게 공포의 십 년이 흐른 뒤 갖가지 질책에 시달리던 사람들의 가슴 속에서 모종의 변화가 일어났다. 겁에 질려 중얼거리던 항의의 목소리가 발광한 여름날의 벌떼처럼 붕붕거리는 소리가 되었고, 나중에는 분노에 차서 포효하는 허리케인이 되었다. 왕국의 백성들은 협박과 총탄에 굴하지 않고 일어서서 새잡이들을 은신처로, 바다로, 감옥과 처형장으로 쫓아버렸다.

새잡이들이 몰락한 뒤 출판업자 길드는 새잡이들의 끔찍하고 유독한 책들이 엄청난 광기를 퍼뜨렸다고 공표했다. 이 책들은 불태워졌으며, 모든 교회에서 하트가 뜯겨나가 텅 빈 구멍만 남았다.

어쩌면 원래 자리를 되찾은 사랑받는 자들이 어중이떠중이들이어서 제공해줄 수 없었던 일체감을 하트가 줄 수 있었을지도 모른다. 하트가 있었더라면, 사람들은 눈부신 허공을 들여다보고 또 들여다보며 자신을 잃어버릴 수 있었을 것이다.

'어쩌면 그것이야말로 믿을 만한 가치가 있는 것인지도 몰라.' 모스카는 이렇게 위험한 생각을 하며 자신이 이런 반역을 저질렀다는 사실에 머리가 어지러웠다.

가느다란 바람 한 줄기가 틈새로 불어 들어와 지푸라기의 뒤를 쫓아 바닥 위에서 빙글빙글 돌았다. 모스카는 느닷없이 어깨를 움직여 불안감을 털어버렸다. 그녀는 지갑을 꺼내 무게를 가늠해본 다음 지갑 속을 보았다. 잠시 후 그녀는 교회에서 달려나갔다. 황급히 서두르느라 교회 문에 어깨를 부딪치기까지 하면서.

지갑 속에는 파딩* 한 닢과 슬레이트 두 조각, 잡다한 금속 조각과 멜로베리 씨앗밖에 없었다. 모스카는 사랑받지 못한 아이 특유의 예리한 본능으로 클렌트가 자신을 켐프 티터링에 버리고 떠나려고 일부러 심부름을 시켰음을 깨달았다.

* 1961년에 폐지된 영국의 청동화로 4분의 1페니.

C는 Contraband 밀항

모스카가 요란한 소리를 내며 가게 안으로 들어오자 베셀 부인이 재빨리 시선을 들었다. 하지만 모스카가 잔뜩 흥분해서 숨을 몰아쉬는 것을 보고도 놀란 기색이 없었다. 그녀는 모스카의 손바닥에 놓인 잡동사니들을 내려다보고는 혀를 끌끌 찼다.

"거참, 비열한 술수를 썼구나. 그 사람이 그래도 네 주머니에 돈 몇 푼 정도는 남겨둘 줄 알았는데. 그래도……"

그녀는 자애로운 어머니처럼 한숨을 내쉬었다.

"여기서 네 집이 멀지 않으니 좋은 공부를 한 셈치고 처프로 돌아가는 게 어떻겠니? 네가 피해를 본 건 없잖니."

베셀 부인의 교활한 푸른 눈이 모스카의 얼굴을 좌우로 훑었다. 마치 혹시 무슨 피해를 입었느냐고 묻고 싶어 입이 근질거리는 사람 같았다.

모스카는 입을 꾹 다물고, 금방이라도 터져 나올 것 같은 말을 억지로 참았다.

"저런." 베셀 부인이 모스카의 조용한 분노를 절망으로 오해했는지 이렇게 물었다.

"혹시 그 사람이…… 네 물건을 가져갔니, 아가야?"

모스카는 어두운 시선으로 슬그머니 그녀를 힐끔 쳐다보고는 재빨리 마음을 정하고 고개를 끄덕였다.

"그건 좀 나쁜 짓인 것 같구나. 하지만 애당초 이포니머스 클렌트 같은 사기꾼을 믿은 게 잘못이지. 너 정말로 그 사람 뒤를 따라서 맨들리온까지 갈 생각이었니?"

그러니까 클렌트가 염두에 둔 목적지가 있었던 것은 사실인 모양이었다. 길 떠날 채비를 차리려고 그녀를 내보냈고…… 그는 지금 맨들리온으로 향하고 있었다. 그녀의 아버지가 옛날에 살던 도시로.

"그럼 그 사람은 배를 타고 하류 쪽으로 갈 생각이군요." 모스카가 뜨겁게 타오르는 검은 눈을 베셀 부인의 얼굴에 고정시킨 채 말했다. "뱃사공을 구할 생각은 없겠죠."

원래 손님을 실어나르는 뱃사공들의 길드였던 뱃사공 길드는 이미 오래전부터 강의 치안을 담당하고 있었다. 만약 클렌트가 옷을 바꿔 입을 정도로 불안해하고 있다면, 십중팔구 뱃사공들을 피할 터였다.

"아줌마는 그 사람이 어떤 배를 탈 생각인지 알죠?" 모스카는 천천히 주먹을 펴서 잡동사니들 속에서 파딩을 따로 챙겼다.

베셀 부인은 여전히 너그러운 미소를 띤 채 모스카를 지켜보고 있었지만, 시선은 더이상 따스하지 않았다.

"네가 여기 들어올 때 곰방대를 하나 갖고 있었지." 그녀가 침착하게 말했다.

모스카는 쌈지에서 곰방대를 꺼내 베셀 부인의 손 위에 찰싹 소리가 나도록 내려놓았다. 파딩도 함께.

"난 너한테 아무 말도 안 한 거다. 네가 운이 좋아서 우연히 그 사람을 발견한 거야. 그 사람은 혈기왕성한 아가씨 호를 타고 갈 거다. 근처 둑에 매여 있는 바지선이야. 해저드 왕의 깃발을 매달고 있으니 금방 알아볼 수 있을 거다."

모스카는 문을 향해 재빨리 두어 걸음 걷다가 걸음을 멈췄다. 뭔가가 허전했다.

"내 거위는 어디 있어요?"

"거위?"

베셀 부인이 유감스럽다는 듯이 잇새로 휘파람을 불었다.

"이포니머스는 그게 자기 거라고 하던데. 내가 맨들리온에서 연락할 만한 사람들 이름과 머무를 만한 곳을 알려줬더니, 그 보답으로 나한테 주고 갔다. 그러니 그 문제는 그 사람을 찾아서 직접 해결하도록 해."

모스카는 주먹을 꽉 쥐고 고양이처럼 털을 곤두세웠다.

"사라센!" 그녀가 있는 힘껏 소리를 질렀다. "여우가 나타났어!"

문간 뒤에서 근육질의 하얀 목 하나가 무슨 일이냐는 듯 둥글게 외로 꼬였다. 사라센이 선원처럼 우쭐거리는 걸음으로 가게 안으로 들어오며 마치 자갈을 맛있게 삼키는 것 같은 소리를 냈다. 모스카는 무릎을 꿇고 사라센을 향해 손을 뻗었다.

"파딩게일!"

베셀 부인이 날카롭게 소리치자 돌쐐기풀을 한 아름 든 청년이 문 뒤에서 고개를 내밀었다.

"저 거위를 데려가서 꼼짝 못하게 해."

파딩게일이 빈손을 앞치마에 닦더니 부인의 명령대로 하려고 나섰다. 그 뒤로 수많은 일들이 순식간에 연달아 일어났다. 그 일들 중 대부분이 모스카가 가장 가까운 탁자 밑으로 들어가 새로 얻은 보닛으로 얼굴을 가린 다음에 일어났기 때문에 그녀는 무슨 일이 일어났는지 그냥 짐작만 할 수 있을 뿐이었다. 하지만 어쨌든 그것은 소란스럽고 격렬한 일이었으며, 돈이 아주 많이 깨질 것 같은 소리가 났다.

"놈한테 깔개를 덮어씌워, 이놈아. 잡아!" 베셀 부인이 이렇게 고함치는 소리가 들렸다.

파딩게일이 틀림없이 그녀의 지시를 따른 모양이었다. 잠시 후에 아파서 울부짖는 소리와 카운터가 깨지는 소리가 났으니까 말이다. 하지만 파딩게일이 아프다고 소리 지르는 것을 보니 아직 살아 있는 것 같아서 모스카는 마음이 놓였다. 파딩게일은 모스카가 처음 듣는 수많은 단어들을 지껄이고 있었는데, 왠지 아주 흥미로운 단어들인 것 같았다. 모스카는 나중에 쓰려고 그 단어들을 기억해두었다.

마침내 그녀는 널찍한 보닛 테를 들어올리고 조심스레 가게 안을 살펴보았다. 바닥에는 잎사귀들이 흩뿌려진 것처럼 어지러이 늘어진 분필 조각들과 갈기갈기 찢어진 리본들이 잔뜩 흩어져 있었다. 그 잔해들 속에서 사라센이 오렌지색 부리에 돌가루를 묻힌 채 헤센 산 융단을 망토자락처럼 질질 끌면서 으쓱으쓱 돌아다니고 있었다. 파딩게일은 부서진 카운터 뒤에 숨어서 한 손으로 피투성이 코를 가리고 있었다. 베셀 부인은 치맛자락을 꽉 쥐고 삐걱거리는 의자 위에 올라가 있었다. 거위가 그녀의 발에서 겨우 일 미터쯤 떨어진 곳에서 우쭐거리고 있는데 그녀의 풍채 좋은 몸을 받치고 있는 의자가 불안하게 삐걱거렸다.

모스카는 밖으로 나와 조심스레 거위를 안아 들고 여주인에게 서둘러 아무렇게나 꾸벅 인사를 했다.

"정말 죄송해요, 베셀 부인." 그녀가 급히 사정을 설명하기 시작했다. "사라센은 낯선 사람들에게 반감을 갖고 있어서요." 모스카는 오래전부터 '반감' 이라는 단어를 보물처럼 간직해왔으므로, 그것을 쓸 기회가 생긴 것이 반가웠다.

그녀는 후들거리는 다리로 가게를 빠져나왔다. 틀림없이 베셀 부인이 금방 경찰관을 시켜 그녀를 뒤쫓게 할 터였다. 하지만 만약 그녀가 뛰어간다면, 베셀 부인이 "거기 서, 도둑년아!" 하고 소리를 지를지도 몰랐다. 그렇게 되면 이 거리에 있는 사람들이 모두 그녀를 뒤쫓아올 터였다.

휘청거리는 돛대들의 숲 한가운데에서 모스카는 사나운 뇌조라는 말이 나부끼는 노란색 깃발을 몰래 훔쳐보았다. 그 말은 해저드 왕의 문장이었다. 혈기왕성한 아가씨 호는 건초 운반선이었는데,

건초가 아주 묵직하게 실려 있었다. 선원들은 거친 천으로 짐을 가리려고 애쓰고 있었지만, 갈매기들이 건초를 잡아당겨 갑판에 흩어놓았다.

모스카는 하얀색 눈썹을 가리려고 모자를 푹 눌러쓰고는 성미급한 짐꾼들 사이를 힘들게 비집고 나아갔다. 갑판에서는 열띤 언쟁이 벌어지고 있는 것 같았다.

"……조금 서둘러주시면 고맙겠소." 틀림없는 클렌트의 목소리였다.

"그 가격으로는 안 돼요. 어쨌든 내가 위험을 감수해야 하니까. 만약 내가 뱃사공 길드의 규칙을 어기고 승객을 실어나른다는 걸 길드가 알아내면 틀림없이 내 배에 구멍을 내버릴 거요."

"이포니머스 삼촌!" 모스카가 빽 하고 소리를 질렀다. 그런데 햇볕에 그을린 사람들이 히죽 웃으며 바라보는 바람에 그녀의 얼굴이 붉어졌다. 그들의 미소가 뜨거운 타르처럼 빛났다.

"제가 나룻배 선장하고 얘기해봤는데요, 그 가격으로 우릴 태워주겠대요……"

바지선 선장은 살짝 당황한 기색이었지만, '조카'를 뚫어지게 바라보는 이포니머스의 표정과는 비교가 되지 않았다.

"조카요?" 선장은 손님을 잃어버릴 확률을 계산하고 있는 것 같았다. "뭐, 부두 주위의 저 악당들 속에 어린 아가씨를 세워둘 수는 없지. 그 가격으로 합시다, 그럼. 아가씨 운임으로 육 펜스 더 얹어서. 그렇게 합시다."

모스카는 누군가가 내민 손을 붙들고 배에 올라 '삼촌' 바로 옆의 건초더미 위에 우아하게 앉았다.

"수완 한번 좋구나." 클렌트가 숨죽여 중얼거렸다. "나는 지금 우리의…… 어…… 너 거위를……" 그의 시선이 사라센에게 향했다.

"베셀 부인이 이 거위를 가질 생각이 없다고 하더라고요." 모스카가 조심스레 말했다. 그녀는 베셀 부인의 이름을 말하면서 파딩게일이 고래고래 외쳐대던 흥미로운 단어들을 떠올렸다.

"클렌트 아저씨." 그녀가 온순한 표정으로 물었다. "머리가 모자이크됐다는 건 무슨 뜻이에요?"

"미쳤다는 뜻이야. 요정들한테 분별력을 도둑맞았다는 뜻." 클렌트가 곧장 대답해주었다.

"그럼 파이에 맞은 깃털은요?"

"그건 악마에 씐 새를 말하는 것 같다."

"그럼 손씹은요?"

"어험. 그건 네가 좀더 큰 다음에 말해줘야 할 것 같구나."

배가 일 마일 정도 나아갈 때까지 모스카는 긴장한 표정으로 건초더미들 사이에 앉아 있었다. 금방이라도 강둑에서 고함소리가 들려올 것 같았다. 틀림없이 뱃사공 길드의 수로 경찰관이 선장더러 배를 해안에 대라고 명령한 다음, 그녀를 방화와 거위 절도 혐의로 켐프 티터링으로 질질 끌고 가 바로 교수대에 매달아버릴 것 같았다. 만약 경찰관이 그녀와 클렌트를 체포한다면, 클렌트는 즉시 그녀를 경찰관에게 팔아넘길 인물이었다.

하지만 바지선이 철썩거리는 물살을 헤치며 천천히 나아가는 동안 태양이 그녀의 머릿속으로 스며들어왔는지, 오늘 안에 갈매기들을 쫓아버리기 위한 허수아비로 켐프 티터링의 다리에 매달리는 신세가 되지 않을지도 모른다는 생각이 들기 시작했다. 아무래도 새 옷 때문인 것 같았다. 마치 다른 사람의 몸과 인생을 빌려온 것 같았다. 하지만 머지않아 자신의 몸과 인생을 되찾게 될 터였다.

태양이 구멍이라도 뚫을 것처럼 모자를 찔러대며 물결 사이에서 펄쩍펄쩍 춤을 추었다. 혈기왕성한 아가씨 호는 안개처럼 모여든 벌레들과 보석처럼 반짝이는 실잠자리들 사이를 뚫고 천천히 앞으로 나아갔다. 배가 다가가자 강 한가운데에서 수다를 떨던 붉은뇌조 암컷들이 수다를 멈췄고, 쐐기풀밭의 초록색 어둠 속에서는 검둥오리들이 웅크리고 앉아 자기들의 하얀 부리를 빤히 내려다보았다.

혈기왕성한 아가씨 호를 지나치는 배들은 모두 왕당파임을 자랑스레 선언하는 깃발을 휘날리고 있었다. 이론적으로는 이 나라의 모든 사람들이 왕국에 다시 왕을 세워야 한다는 데에 동의했으며, 국왕옹립 위원회가 누구를 옥좌의 주인으로 선택할지 알고 싶어서 조바심치고 있었다. 하지만 현실적으로 국왕옹립 위원회는 이십 년 동안 결정을 내릴 듯 내릴 듯하면서도 내리지 못하고 있었으며, 망명지에서 위원회의 결정을 기다리던 왕과 여왕 후보들은 이미 세상을 떠나 그 자식들에게 왕위 계승권이 넘어간 상태였다. 그동안 왕국은 여러 개의 작은 도시국가로 나뉘었으며, 이 국가들은 제각기 다른 군주에게 충성을 맹세했다. 따라서 진정한 의미에서 의회가 지배하는 곳은 수도밖에 없었다.

이론적으로 처프는 모든 사람이 프라엘 왕을 지지하는 지역에 있었다. 하지만 사실 모스카는 프라엘 왕의 조각상들이 모두 다소 늙어 보이고 턱이 길다는 사실 외에는 그에 대해 아무것도 모르고 있었다.

오해받은 왕 시나몬의 흐느끼는 올빼미 문장을 그려 넣은 바지선이 진홍빛 칼 두 자루가 엇갈리게 놓인 모양의 깃발을 단 배 옆을 지나쳤다. 그 깃발은 의회의 상징이었다. 모스카는 사람들이 해상전투보다는 밧줄을 끌어당기는 데 더 관심이 있는 것 같아서 살짝 실망했다. 승무원들이 제각기 상대방 배를 향해 잠깐 공격적인 몸짓을 해댔지만, 진심으로 그러는 사람은 없는 것 같았다.

모스카는 혈기왕성한 아가씨 호의 짐꾼들에게도 매혹되었다. 언제나 그녀 자신이 열심히 일해야 하는 쪽이었기 때문에 가만히 앉아서 남이 열심히 일하는 것을 구경만 한 적이 단 한 번도 없었다는 점이 그 이유 중 하나였다. 물 때문에 하얗게 변한 처프 사람들에 비하면, 이곳의 짐꾼들은 호랑이처럼 피부가 황갈색이어서 무시무시해 보였다. 햇빛과 땀 때문에 몸이 단단해지고 피부가 도토리처럼 갈색으로 변했다. 그들은 강둑을 따라 나아가면서 비단 뱀만큼 굵은 밧줄을 힘겹게 끌어올리는 일 외에는 아무것도 생각하지 않는 것 같았다. 그들이 주고받는 농담은 얼굴에 던진 흙덩어리 같았다. 장난삼아 던졌어도 상대의 얼굴에 멍을 만들어놓을 수 있다는 점에서.

선장은 험상궂은 미소를 짓고 있는 강의 왕이었다. 이름은 파트리지였다. 부러진 손목을 제대로 치료하지 않았는지 그의 오른쪽 손목이 약간 구부러져 있었다. 그가 미소를 지을 때면 입꼬리도 약간 비뚤어졌다. 마치 찢어진 입술을 누가 살짝 어긋나게 맞춰놓은 것처럼.

"뱃사공 길드의 그 자그마한 여객선에서는 내가 절대 견디지 못했을 거다." 클렌트가 얼굴로 날아든 잠자리 한 마리를 손으로 쫓으면서 말했다. "그 배들이 항상 어찌나 서두르는지, 꼭 불쾌한 것들이 팔꿈치에 부딪히곤 하거든."

정신나간 생각이지만, 모스카는 순간적으로 자신과 클렌트가 법망을 피해 도망치는 처지라서가 아니라 아주 우아한 여행을 하고 싶어서 일부러 이 배를 골라 탔다고 믿어버릴 뻔했다. 그가 워낙 편안한 표정으로 자기와 함께 있는 것을 기뻐하는 것처럼 보였기 때문에 모스카는 그가 원래부터 자기를 버릴 생각은 없었다고, 지갑 문제는 순전히 오해였다고, 베셀 부인이 사라센에 대해 거짓말을 했다고 믿어버릴 뻔했다.

클렌트가 멜로베리를 권했고, 모스카는 그것을 받아들었다. 뱃전에 몸을 기대고 오리들을 향해 씨를 뱉던 그녀는 물 위에 비친 클렌트의 얼굴을 보았다. 그는 전에 본 적이 있는 그 수상쩍고, 메마르고, 계산적인 표정으로 그녀를 지켜보고 있었다. 입 안에 들어 있던 열매의 맛이 갑자기 쓰디쓰게 변했다. 그녀는 그가 아직도 기회가 생기는 대로 자기를 버리거나, 당국에 팔아넘길 생각을 하고 있음을 깨달았다.

모스카는 순간적으로 배가 정박하면 정체를 알 수 없는 그의 삼베 보퉁이를 들고 혼자 몰래 도망쳐버릴까 하는, 터무니없는 생각을 해보았다. 하지만 그녀는 자신에게 클렌트가 필요하다는 사실을 알고 있었다. 처프에서 팔 킬로미터 이상 벗어나본 적이 없으니, 안내인이 없다면 날갯짓을 배우다가 둥지 밖으로 떨어져버린 새끼 새보다 나을 것이 없을 터였다. 게다가 혼자 여행하는 열두 살짜리 여자아이는 노상강도, 도둑, 사기꾼들의 표적이 되기 십상이었다. 모스카는 연락할 곳도, 돈도, 친구도 없었다. 가진 것이라고는 사람이라도 죽일 수 있는 거위 한 마리와 이포니머스 클렌트뿐이었다.

맨들리온에 가면 상황이 달라질지도 몰랐다. 모스카는 눈을 가늘게 뜨고 흐릿한 기억을 더듬었다. 아버지가 맨들리온의 '누더기 학교'에 대해 이야기하던 기억이 났다. 그런데 세월이 흐르는 동안 그녀의 소망이 이 기억에 선명한 빛깔을 덧칠해놓았다.

'그 학교가 영리한 아이를 그냥 돌려보내는 법이 없다고 아버지가 분명히 말했지? 손수건에 싼 빵 한 덩어리와 일 실링밖에 가진 것이 없어도 악마처럼 난해하기 짝이 없는 글 여섯 쪽을 단 한 번의 실수도 없이 읽을 수만 있다면, 아주 쥐꼬리만 한 돈만 받고 기꺼이 입학시켜줄 거라고 했어……'

모스카는 클렌트에게 다정하게 활짝 웃어주었다. 그는 그 미소 때문에 기겁한 것 같았지만. 그녀는 그의 손에서 멜로베리 하나를 더 집어들었다. 물론 그녀가 클렌트에게 불리한 '증거'를 내놓는다면, 사람들이 그녀에게 보상금을 줄지도 몰랐다. 그러면 조금이라도 돈을 손에 쥐게 될 터였다. 하지만 그녀가 클렌트에 대해 사람들에게 해줄 수 있는 이야기가 뭐가 있을까? 그리 많지 않았다. 방화죄만큼 심각한 이야기는 하나도 없었고. 게다가 클렌트가 곧장 혀를 놀려 교수대를 빠져나오면서 그녀를 그 자리에 대신 세울 터였다……

그럼…… 어떻게 유리한 입장을 확보한다지? 모스카의 시선이 아주 잠깐 클렌트와 자신 사이에 놓여 있는 보퉁이로 향했다. 저 안 어딘가에 그가 그토록 열심히 베셀 부인에게 숨기려 했던 자그마한 꾸러미가 들어 있었다. 나중에 보퉁이 옆에 그녀만 있게 된다면 혹시……

태양이 쉬려고 하늘을 미끄러져 내려갔고, 서쪽 하늘이 불빛을 받은 구리 주전자처럼 빛났다. 모스카는 마지막 햇빛을 지켜보다 말똥가리 한 마리 때문에 햇빛이 갈라지는 것을 보았다. 말똥가리의 검은 날개가 순간적으로 햇빛을 꺼버리는 것처럼 보이더니 말똥가리가 휙 날아와서 건초더미 위에 내려앉았다. 기분 좋은 개처럼 일광욕을 즐기고 있던 산들이 느닷없이 거친 검은 늑대처럼 성큼 다가섰다.

바람이 차가워지자 짐꾼들이 투덜거리는 소리가 험악하게 들릴 정도로 커졌다.

"핼버드에서 저녁을 먹을 거요." 파트리지가 선언하듯 말했다. "두 사람도 우리랑 같이 먹읍시다."

핼버드는 예전에 해적들이 바다에서 강으로 들어와 내륙 도시들을 공격하지 못하게 감시하던 작은 탑이었다. 그런데 전쟁 중에 불이 나는 바람에 지붕이 빵 껍질처럼 떨어져나갔고, 한쪽 벽이 불쑥 튀어나왔다. 타고 남은 잔해는 아직 있었지만 이끼에 뒤덮여 있었으며, 사람들이 얹어놓은 거친 초가지붕 때문에 탑 안에서는 하늘이 보이지 않았다.

선원들은 배의 속도를 높였다. 그리고 두 명만 제외하고 전원이 클렌트, 모스카와 함께 핼버드 주점으로 향했다. 주점 안에는 담배 연기가 자욱했으며, 흙바닥에서 올라오는 습기 찬 냄새와 불에 탄 창자 요리의 넌더리나는 냄새가 공기 중에 가득했다. 옷차림과 햇볕에 그을린 얼굴을 보건대, 손님들 대부분이 선원이나 짐꾼인 것 같았다. 물론 모두 남자였다. 아무렇게나 놓인 식탁들은 난파한 작은 배들을 엎어놓은 것이었고, 통 위에 놓인 기다란 갑판 널이 식탁을 지탱하고 있었다. 의자는 회색으로 변해가고 있는 지푸라기 덩어리였다. 반대편 벽에 지푸라기 매트리스가 몇 개 놓여 있었는데, 그중 한 곳에서 어떤 남자가 셔츠 바람으로 자고 있었다.

그들은 널찍한 난파선을 하나 골라서 자리를 잡았다. 모스카는 배가 고픈 나머지 갈비뼈 아래가 아플 정도였다. 이미 식탁 위에 놓여 있는, 작은 빵 덩어리들이 담긴 접시와 물통이 눈에 들어왔다. 파트리지가 빵 덩어리 위에서 술잔을 잠시 흔든 뒤 술을 마시는 것도 흥미로웠다. 처프에서는 다들 '토스터로이 바다 건너편의 왕' 인 프라엘 왕에게 건배한다는 것을 보여주기 위해 항상 물통 위에서 술잔을 흔들었다. 하지만 모스카는 파트리지의 몸짓이 빵 덩어리로 상징되는 '마고라 산맥 건너편의 왕' 인 해저드 왕을 기리는 것임을 알고 있었다.

옆 테이블에서 어떤 짐꾼이 식탁에 물을 조금 엎지르고는 술잔으로 그 위를 한 번 훑고 지나갔다. 이것은 '팰로우스미어 호수 너머의 왕' 인 갤브래시 왕을 기리는 행동이었다. 맞은편에 앉은 그의 친구는 자기 왼손 손가락 위에서 커다란 술잔을 흔들었는데, 이것은 '조틀랜드 산기슭 너머의 군주들' 인 쌍둥이 여왕에게 충성을 바친다는 뜻이었다. 햄버드의 손님들이 따르는 왕을 모두 합하면 십여 명쯤 되는 것 같았다. 하지만 다른 왕을 섬기는 사람에게 게거품을 물고 달려들 것처럼 보이는 사람은 하나도 없었다. 왕들의 문제는 싸움거리가 아닌 모양이었다.

모스카는 몰랐지만, 사실 그녀는 지금 시대의 변화를 암시하는 징조를 목격하는 중이었다. 라이벌 관계인 왕들의 추종자들이 서로를 보자마자 주먹을 날리거나 소총을 쏘아대던 것은 이미 오래전의 일이었다. 이제는 모든 마을들이 한숨을 내쉬며 저마다 섬기는 왕들을 인정해주었고, 술집 주인들은 손님들이 어떤 군주를 섬기든 적절히 건배할 수 있게 식탁마다 물통과 빵 접시를 조심스레 놓아두었다.

어떤 거룻배 선장이 모스카 일행의 자리에 합류해 파트리지와 얘기를 나누느라 여념이 없었다.

"그래…… 맨들리온 소식은 없나?" 파트리지가 곰방대에 불을 붙이려고 양초 불 위로 몸을 숙이면서 물었다.

"글쎄, 공작이 날이 갈수록 심해지고 있다는군. 새로 지은 번영의 뾰족탑 얘기 들었나?"

파트리지가 눈썹을 추켜올렸다.

"혹시 쌍둥이 탑 아닌가?"

"맞아."

"그럼 여전히 쌍쌍을 좋아하는 건가?" 파트리지는 한숨을 내쉬고는 고개를 저었다.

낯선 이름들이 연달아 흘러나왔기 때문에 모스카는 중간중간 대화의 맥을 놓쳤다. '열쇠장이'라는 집단에 대해 이야기하는 사람이 많았다. 열쇠장이는 길드의 이름인 것 같았지만, 그녀는 그런 이름을 한 번도 들어본 적이 없었다. 거룻배 선장은 맨들리온에서 그들의 세력이 점점 강해지고 있다면서, 절대 그런 일이 일어나지 않기를 바랐다고 말했다. 파트리지는 괜찮다고 대답했다. 그들이 스커리를 장악한 것처럼 맨들리온을 장악하는 것을 공작의 누이가 가만히 두고 볼 사람이 아니라는 것이었다. 만약 열쇠장이가 그냥 열쇠 만드는 사람들의 길드라면, 왜 사람들이 그들 이야기를 하면서 그토록 우울하고 겁에 질린 표정을 짓는 건지 모스카는 도무지 알 수 없었다.

그녀의 잔에 담긴 맥주는 강물만큼이나 순한 것 같았지만, 맛은 오리 백 마리가 발을 씻은 물 같았다. 하지만 얼마쯤 시간이 흐르자 모스카의 몸이 따스해지며 뒤통수 근처의 빈 공간이 윙윙거렸다. 그녀는 대화 내용을 이해하려고 애써보았지만, 그건 마치 손가락 대신 물갈퀴가 달린 사라센의 발로 실을 집어들려고 애쓰는 것 같았다.

"당신 조카의 눈 주위가 조금 거무스름하네요. 아이가 의자에서 불 속으로 떨어지기 전에 침대에 재우는 게 낫겠소."

'침대'란 알고 보니 반대편 벽 옆에 다른 매트리스들과는 조금 떨어진 곳에 놓인 지푸라기 매트리스였다. 모스카는 차마 옷을 벗지 못하고 그대로 자리에 누웠다. 그리고 보닛을 앞으로 살짝 기울여 얼굴만 가렸다. 그녀는 클렌트가 까다롭게 보일 정도로 세심하게 자기 매트리스를 쓸어내린 다음, 외투를 벗어 담요처럼 덮고 자리에 눕는 것을 모자 테 밑으로 지켜보았다. 그가 보퉁이를 먼저 매트리스 밑에 집어넣었기 때문에 무척 실망스러웠다.

그 뒤 다섯 시간 동안 모스카는 어둠을 노려보며 사라센이 지푸라기 매트리스를 찢어발기는 소리에 귀 기울였다. 클렌트가 자기를 두고 몰래 빠져나가는 일을 또다시 당할 수는 없었으므로 그녀는 잠들지 않으려고 지푸라기 줄기로 손바닥을 찔러댔다. 하지만 워낙 지쳐 있었기 때문에 깜박 잠이 드는 것을 도저히 막을 수 없었다. 결국 동틀 무렵에 누군가가 모스카를 흔들어 깨웠다.

"그래, 다리를 흔들어." 파트리지가 그녀를 내려다보며 히죽 웃었다. 퉁명스러운 표정은 아니었다.

모스카는 파트리지를 따라 배로 갔다. 잠이 부족한 탓에, 속이 뒤집히는 것 같았다. 클렌트는 고물에서 그리 멀지 않은 곳에 앉아 손가락으로 삶은 달걀 껍데기를 벗기고 있었다. 그의 보퉁이는 어디에도 보이지 않았다.

모스카가 클렌트 옆에 앉는데 그가 눈을 가늘게 뜨고 모스카를 쳐다보았다. 그는 달걀을 한 입 베어 물고 생각에 잠긴 표정으로 잠시 갑판을 내려다보다가 다시 모스카를 바라보았다.

"얘야, 잠은 잘 잤니?"

품위 있는 말투였지만, 아침 공기만큼이나 차갑고 딱딱했다. 그는 새끼손톱으로 잠시 잇새를 쑤셨다. 그러고는 파트리지가 두 사람의 대화를 들을 수 없는 곳으로 간 뒤에야 말을 이었다.

"오늘 아침에 강물이 조금…… 더 불어 오른 것 같지 않아?"

"빗소리는 못 들었는데요." 모스카는 강을 바라보았지만, 강물은 여전히 힘없이 늘어져 있는 것처럼 보였다.

"강둑에서 수위가 올라갔다는 얘기가 아냐. 뱃전이 더 잠겼다는 얘기지. 어제보다 배가 더 깊이 잠겼어. 아무래도 우리 뱃속에 든 맥주랑 빵 때문이라고 할 수는 없을 것 같은데."

"그러니까…… 저 사람들이 뭔가 다른 물건을 싣는 걸 못 보게 하려고 우리를 데리고 나갔다는 거예요?"

모스카는 눈을 가늘게 뜨고 배 안을 둘러보았다.

"그게 건초더미들 속에 숨겨져 있나요?"

"아니." 클렌트의 대답이 즉각 튀어나왔다.

"아냐, 아닐 거야. 갑판을 봐라. 우리 발밑의 널은 원래 짐이 배 바닥에 부딪히지 않게 해주는 거지만, 이 배에서는 조금 다른 역할을 하는 것 같구나."

이런 유형의 바지선들이 대부분 그렇듯이, 혈기왕성한 아가씨호에도 화물칸이 없었기 때문에 건초 덩어리들이 갑판에 그냥 쌓여 있었다. 그리고 갑판은 느릅나무로 짠 배 바닥보다 조금 높은 곳에 널을 평평하게 붙여 만든 것이었다.

모스카는 지푸라기 몇 개가 갑판 널들 사이에 끼어 있는 것을 처음으로 알아챘다. 마치 누가 널들을 떼어냈다가 다시 끼워 넣은 것 같았다. 그녀가 휘둥그렇게 뜬 눈에 의문을 담고 클렌트를 바라보았다.

"저기 저 캔버스 차일 아래는 선원들이 잠을 자는 곳이지. 지금은 거기 아무도 없을 거다. 그러니 네가 거기서 잠시 쉬고 싶다고 해도 반대할 사람은 없을 거야. 그러니까 그리로 들어가서 널 하나를 떼어내고 배 바닥으로 내려가기만 하면 궁금증을 풀 수 있을 거야."

"하지만……"

"자, 족제비 같은 아이와 나를 엮어준 능력이 있잖니. 내가 아는 한 족제비를 쓸 수 있는 곳은 두 군데뿐이지. 품질 나쁜 모피 옷의 가장자리를 두르거나, 토끼를 잡아오라고 토끼굴 속으로 내려 보내는 것. 착한 족제비답게 굴어라. 빨리 갔다와."

모스카는 하품하는 시늉을 하며 고물을 향해 다가갔다. 파트리지가 뱃전 위에 놓인 커다란 키를 나른하게 한 손으로 잡고 저 앞쪽의 강물을 바라보고 있었다. 모스카가 차일을 들치고 그 안의 어둠 속으로 들어가는데도 그는 별로 신경 쓰지 않았다.

널을 떼어내는 것은 결코 쉬운 일이 아니었다. 모스카의 손톱은 짧았고, 널은 삼십 센티미터 너비의 단단한 참나무였다. 그녀는 클렌트의 지갑 속에 들어 있던 금속 조각을 널 사이로 끼워 넣는 방법을 생각해내고 몇 분 동안이나 애를 쓴 끝에 마침내 널 하나를 떼어낼 수 있었다.

모스카가 그 구멍 속 깊이 손을 집어넣자 가늘게 홈이 파인 나무로 된 배 바닥이 손바닥에 닿았다. 그녀가 어둠 속에서 손을 흔들어봤더니 뭔가 혹이 달린 물건이 손가락을 때렸다. 모스카는 물건을 밖으로 꺼내 흐릿한 빛 속에서 살펴보았다. 그것은 전투에서 검을 인도하는 자인 착한 남자 그레이글로리를 새긴, 작고 무거운 목상이었다. 왜 저기 어둠 속에 사당에서 떼어 온 온갖 종류의 성상들이 노예선 창고 안의 노예들처럼 웅크리고 있는 걸까? 왜 이 성상들을 몰래 배에 실은 거지?

그녀는 조심스러운 나머지 입술이 하얗게 될 정도로 깨물면서 착한 남자를 다시 어둠 속에 돌려놓고 널을 제자리에 끼웠다. 그리고 캔버스 차일을 밀치며 네 발로 기어서 밖으로 나와 둑과 이포니머스 클렌트 반대편의 뱃전에 쌓여 있는 건초더미들 옆을 기어가기 시작했다. 건초더미 속에 성상이 숨겨져 있지는 않았지만, 틀림없이 뭔가 다른 것이 숨겨져 있을 것 같다는 생각이 들었다.

클렌트는 왜 그 종이뭉치를 숨겼을까? 아마 뱃사공 길드의 배가 바지선 옆으로 다가오면 그 종이뭉치를 펼쳐 보일 수밖에 없을 것이라는 생각 때문이겠지. 클렌트가 그것을 어디에 숨겼을까? 눈에 잘 띄지 않으면서도 빨리 도망쳐야 할 경우 금방 꺼낼 수 있는 곳일 것이다.

만약 모스카가 신경 써서 주위를 살펴보지 않았다면, 건초더미 두 개 사이에 매여 있는 줄을 보지 못했을 것이다. 간단하지만 효과적인 방법이었다. 다급한 상황에서 그가 저 줄을 잡아당기면……

줄을 잡아당기자 종이 꾸러미가 미끄러지듯 모습을 드러냈다. 모스카는 꾸러미를 묶은 줄을 입에 물고 다시 네 발로 살금살금 기어가서 캔버스 차일 밑의 어둠 속으로 뛰어들었다.

줄을 잡아당겨 꾸러미를 풀어보자 인쇄된 종이가 무릎 위로 한가득 떨어졌다. 대부분은 범죄자들의 이야기를 다룬 싸구려 내용으로 천으로 된 표지에 대충 꿰매져 있었다. 하지만 표지에 묶이지 않은 커다란 종이들도 있었는데, 민요가 인쇄되어 있는 것이 대부분이었다. 모든 종이에는 출판업자 길드의 인장이 찍혀 있었지만, 그 종이들 사이에 클렌트가 그토록 숨기려 했던 종이 다발이 있었다. 설레는 손길로 열어본 모스카는 그것이 일종의 소개장임을 알고 처음에는 기운이 빠졌다. "……이포니머스 클렌트가 출판업자 길드를 대신해서 부정행위를 조사하고 있음을 증명하며……"

갑자기 글을 읽기가 한결 쉬워졌다 싶었더니, 캔버스 차일이 살짝 젖혀지면서 이포니머스 클렌트의 머리가 작은 동굴 같은 차일 속으로 불쑥 들어왔다.

양초 위를 지나가는 물처럼 그의 미소가 사라지고 통통한 얼굴이 완전히 무표정해졌다. 모스카는 그 얼굴만 보고도 클렌트가 엄청 화가 났음을 알 수 있었다. 그녀는 의기양양하게 이글거리는 검은 눈으로 그를 마주 쏘아보았다.

"그걸 어떻게 찾았지?"

"아저씨, 출판업자 길드랑 일해요? 첩자예요?"

"너 글 읽을 줄 알아?" 클렌트가 차일 속으로 들어오려고 애쓰면서 믿을 수 없다는 듯 그녀를 바라보았다.

"나한테는 놀라운 일들이 잔뜩이에요." 모스카가 고소하다는 듯 속삭였다.

이때 차일이 휙 젖혀지는 바람에 모스카와 클렌트는 동시에 쿵

하고 종이를 깔고 앉았다. 두 사람의 엉덩이가 부딪쳤다.

파트리지가 입구에서 허리를 수그리고 있었다. 그의 구부러진 입가가 성난 사람의 주먹처럼 움찔거렸다.

"당신들 혹시 골치 아픈 짓을 저지른 거요?" 그가 갈라진 목소리로 물었다. "저 앞에서 뱃사공 길드의 배가 한 다섯 척쯤 길을 막고 있는데, 아무래도 배들을 수색하고 있는 것 같거든."

D는 Daylight Robbery 백주의 강도짓

모스카와 클렌트는 시선을 교환하며 소리 없이 둘 사이의 한 가지 문제를 해결했다. 두 사람의 관계는 살얼음판 같아서 언제 무슨 일이 터질지 모르는 형편이었다. 하지만 당장은 두 사람이 같은 편이 될 수밖에 없었다.

"자자, 우리한테 공동의 관심사가 있는 것 같군요." 클렌트가 파트리지에게 시선을 돌리면서 재빨리 입을 열었다. "당신은 불법으로 승객을 태운 걸 뱃사공 길드에 들키고 싶지 않을 테고, 우리는…… 우리도 굳이 발각될 생각은 없소. 그러니 빨리 의견을 모아서, 음……"

"모아서 뭐요? 정확히 뭘 하자는 거요? 희멀건한 게 기름기만 좔좔 흐르는 주제에."

클렌트는 대답 대신 손을 뻗어 갑판 널을 한 번 두드렸다. 속이 텅 빈 소리가 났다.

"세상에, 당신을 그 밑에 숨겨달라고? 우리 아가씨 호의 뱃속에서 당신이 무슨 짓을 할지 모르는데? 그러느니 당신을 갈매기 먹이로 던져주고 말지. 도더릴!"

어떤 선원의 머리가 차일 입구에 나타났다.

"뱃사공 길드의 배에 신호를 보내서 방금 밀항자 둘을 발견했다고 해. 네가 보기에도 그런 것 같지?"

"예, 그런 것 같은데요, 선장님." 도더릴이 뻔뻔스레 맞장구를 쳤다. "우리가 헬버드에 정박했을 때 몰래 탄 모양이에요."

"선장님이 우릴 넘겨주면……" 모스카가 독기를 품고 말했다. "저 아래에 또다른 밀항자들이 있다고 제가 다 말해버릴 거예요. 그들은 선장님 배에 무슨 짓을 하고 있는 것 같진 않던데요. 저 아래에 구멍보다는 거룩한 게 더 많다고나 할까요."

클렌트는 모스카가 지금 무슨 이야기를 하는 건지 전혀 모르면서도 훌륭하게 맞장구를 쳤다.

"그래, 비밀이 탄로난 것 같군요. 우린 당신 배가 다른 '아가씨들'과 마찬가지로 뱃속에 비밀을 숨기고 있다는 걸 알고 있소. 보시다시피 내 조카가 호기심이 많아서. 내가 여기저기 캐고 다니는 아이를 말리려고 애쓰고는 있지만 원래 타고난 본성이라 나도 어쩔 수가 없소이다. 자, 선장, 나도 더는 좋은 생각이 없는데…… 우리를 어떻게 할지 결정내렸소?"

"우물쭈물할 시간이 없어요." 도더릴이 속삭였다. "강둑 쪽으로 슬금슬금 다가가면서 시간을 벌 수는 있지만, 만약 그렇게 하면 저기서 달그락거리는 소리가……" 그의 시선이 갑판을 향했다.

파트리지의 입술이 한 번, 두 번 움찔거렸다. 마치 자그마한 견과류를 입에 물고 깨뜨리려 하는 것 같았다.

"널을 걷어." 그가 낮은 소리로 지시했다. "하지만 조금이라도 소리를 내면 당신들 머리 위의 널에다 못질을 하고, 틈새를 역청으로 메워버릴 거야. 당신들이 어찌 되든 내 알 바 아니니까."

이포니머스 클렌트는 널을 세 개나 걷어낸 뒤에야 비로소 간신히 구멍 속으로 내려갈 수 있었다. 그가 조그맣게 꽥꽥거리는 소리를 내며 어둠 속으로 사라졌다.

"조용히 해!"

"운명의 여신도 무심하시지! 당신도 착한 부인 셈폴린을 방금 보았다면 말을 조심……"

"쉿!"

모스카가 클렌트의 뒤를 따라 갑판 밑의 좁고 어두운 공간으로 들어갔다. 널 사이로 들어오는 빛줄기 몇 개를 제외하면 사방이 칠흑처럼 깜깜했다. 그녀는 손을 들어 거친 나무로 된 갑판 아래를 만져봤다가 금방 후회했다. 나무로 된 관 속에 들어온 것 같았다.

이제 물의 목소리가 훨씬 더 크게 들렸다. 여기서는 바지선의 생각을 들을 수 있었다. 작은 파도가 뱃전을 때릴 때 배가 짜증스럽다는 듯 혀를 차는 소리, 짐꾼들이 잡아당기는 밧줄의 압력에 맞서서 버티며 쿵쿵, 윙윙거리는 소리, 물살이 배를 끌어당기는 소리.

똑똑, 딱딱. 모스카의 머리에서 그리 멀지 않은 곳에 클렌트의 종이뭉치가 있었다. 그리고 그 종이들 중에 출판업자 길드의 편지가 있었다. 모스카는 그 편지를 겨우 몇 줄밖에 읽지 못했지만, 그것만으로도 클렌트가 출판업자 길드의 첩자임을 충분히 증명할 수 있었다. 지금이야말로 그를 장악할 수 있는 기회였다. "큰 걸 노려야 돼." 팰피대틀의 목소리가 머릿속에서 울렸다. 그녀의 긴 손가락이 살금살금 뻗어나가 종이 같은 물건의 가장자리에 닿았다.

"……영합니다. ……문제가 있는 모……" 파트리지의 목소리가 갑판 위에서 들려왔다.

"……공작님의 명령으로……" 낯선 사람이 찬찬히 말하고 있었다. "아니오, 건초더미를 전부 열어볼 필요는 없습니다. 모든 배를 샅샅이 조사하려 든다면, 우린 오늘 밤에 아내를 보지 못할……"

모스카는 손가락 끝으로 종이 가장자리를 조심스레 쥐고 잡아당기기 시작했다. 그런데 종이를 잡아당기자마자 아무래도 작은 혹이 많이 달린 착한 부인 아그라갑, 즉 아이의 침대에서 언청이 요정을 쫓아내는 자의 조각상처럼 느껴지는 물체가 그녀의 손마디를 강하게 때렸다.

"……뭘 찾고 계십니까?"

"……정쇄요."

모스카는 자유로운 손으로 강한 바람의 수호자인 밉스콜의 흉상을 쥐었다. 잠시 후, 이 성자의 두 뿔이 클렌트의 꽉 쥔 주먹과 세게 충돌했다.

"……네?"

"……공작님의 명령입니다. 노상강도 클램 블라이드 때문이죠. 공작 각하께서는 충성스러운 신민들이 절대 그런 불한당을 숨겨주면 안 된다는 점을 분명히 하셨습니다……"

이 말 속에 피로와 냉소가 잔뜩 배어 있었다.

"블라이드는 틀림없이 저쪽 육지에서 강을 건너오고 있을 겁니다. 그러니 우리는 모든 배를 멈춰 세우고 혹시 블라이드와 그 일당과 말들을 맨들리온으로 태워다주는지 살펴봐야 합니다. 말이 있었던 흔적이 전혀 없어야 할 곳에 말굽자국이나 말똥이 있지 않은지……"

갑판 아래에서는 은밀하게 주고받던 공격이 숨죽인 줄다리기로 변해 있었다. 모스카는 희미하게 덜컹거리는 소리를 듣고 클렌트가 착한 부인 아그라갑을 놓쳤으며, 새로운 천상의 동맹을 찾으려고 주위를 헤집고 있음을 알 수 있었다. 그녀는 손을 내뻗어 그를 공격했지만, 움직임이 너무 느려서 그가 평화로운 꿈의 성 휠몹을 낚아채는 것을 막을 수 없었다. 성 휠몹의 온화하고 인자한 얼굴이 모스카의 눈썹 윗부분을 아프게 때리자, 그녀는 자기도 모르게 윽하고 자그맣게 소리를 냈다.

갑판 위에서 이야기를 나누던 사람들이 조용해지더니 조심스레 돌아다니는 발걸음 소리가 들렸다. 두 도망자는 어둠 속에서 그대로 얼어붙었다.

"하찮은 거위 소리입니다." 파트리지가 뻔뻔스럽게 단언했다. 사라센의 맥없는 발걸음 소리가 저 위에서 간신히 들릴 정도로 작게 들려왔다.

갑판 위의 사람들이 상냥한 말투로 뭐라고 중얼거리는 소리, 손바닥이 서로 부딪치는 소리가 들리더니 짐꾼들이 소리를 지르며 밧줄을 끌어올리는 소리가 들렸다. 혈기왕성한 아가씨 호는 다시 물살을 헤치며 나아가기 시작했다.

십 분 뒤 밧줄이 끽끽거리는 소리와 이파리들이 뱃전에 부딪쳐 속삭이는 소리가 들려왔다. 갑판 널 두 개가 서둘러 제거된 뒤 길쭉한 푸른 하늘과 진홍빛 얼굴 두 개가 나타났다.

"나와요." 파트리지가 말했다.

숨어 있던 승객 두 사람은 갑판으로 기어올라왔다. 클렌트는 엉망이 된 종이뭉치를 가슴에 꼭 끌어안고 의기양양한 표정을 짓고 있었고, 모스카는 아픈 이마를 조심스레 만지고 있었다.

"내리시오." 파트리지가 말했다.

두 사람이 동시에 뭐라고 항의하기 시작했다. 주위의 육지는 가시금작화만 잔뜩 피어 있는 황야인데다 심지어 흙길 하나도 보이지 않았다.

"가는 길에 뱃사공 길드 사람들이 우글우글해요. 어서 뱃삯을 내시오."

클렌트는 마지못해 동전 몇 개를 파트리지의 손바닥에 놓았다.

"조금 아까 고생한 대가로 조금 더 줘야지."

클렌트는 미소가 전혀 없는 짐꾼들의 얼굴을 둘러보며 계산을 하고 있는 것 같았다. 그의 입술이 점점 덜 익은 서양자두처럼 작고 동그랗게 변했다.

모스카가 어떻게 해보기도 전에 클렌트는 그녀의 양팔을 옆구리에 딱 붙인 채로 허리를 잡았다.

"거위를 가지시오." 그가 어깨 너머로 이렇게 말하고는 모스카의 발길질과 그의 손가락을 떼어내려는 격렬한 몸부림을 무시한 채 그녀를 질질 끌고 바지선에서 내렸다.

사라센이 무슨 일이냐는 듯 고개를 들어, 난동을 피우며 배에서 내리는 그녀를 바라보는 것이 보였다. 그러고는 곧바로 보닛이 다시 그녀의 얼굴 위로 떨어져 내렸다.

오 분이 지나자 클렌트의 팔에서 힘이 빠져 더는 모스카의 몸무게를 지탱할 수 없게 되었고, 그의 발목도 그녀의 정확한 발길질에 지쳐 있었다. 그래서 그는 고사리가 잔뜩 자라는 곳에 모스카를 아무렇게나 내려놓았다. 그녀가 다시 일어선 뒤, 주춤거리는 햇빛과 멋대로 자란 가시금작화와 천천히 펄럭이는 나방의 날개가 이국적인 용어들이 오가는 서사적 말싸움의 증인이 되었다.

처음에 모스카는 행상들에게서 들은 은어 몇 개를 제시했다. 개의 턱에 매달려 있는 침을 뜻하는 단어, 썩어가는 베이컨의 푸르스름한 광택을 뜻하는 단어였다.

이포니머스 클렌트는 민요와 고전적인 신화에서 따온, 배은망덕하고 배신 잘하는 여자를 가리키는 말로 응수했다.

모스카는 몰래 숨겨놓았던 단어들 중 일부를 꺼내 반격했다. 밀수꾼들이 밀고자를 지칭할 때 쓰는 단어와 군인들이 열쇠구멍을 들여다보는 최악의 첩자를 지칭할 때 쓰는 단어였다.

클렌트는 어른의 가르침을 받지 못한 젊은이가 당연히 타락하게 되어 있음을 설파한 최고의 에세이들에서 따온 압도적이고 어마어마한 사례들로 응수했다.

모스카는 기억의 밑바닥을 뒤져 오래전 삼촌이 아버지의 책을 몽땅 태워버리기 전에 그 책들 속에서 발견한 장황한 욕을 내뱉었다.

클렌트가 그녀를 뚫어져라 바라보았다.

"이건 말도 안 돼. 네가 '윤리적으로 무기력한 타협' 이라는 말의 뜻을 조금이라도 안다고는 도저히 믿을 수 없다……" 클렌트가 모스카의 어깨 너머에 시선을 고정시키며 말끝을 흐렸다.

조잡한 바퀴들이 거친 돌에 부딪히는 요란한 소리가 들렸다. 저 멀리, 가시금작화 밭 너머에서 짐을 높다랗게 싣고 기우뚱거리며 나아가는 수레의 짐 꼭대기가 보였다.

두 사람은 말싸움을 당장 그만두고 무성한 풀과 거친 덤불을 헤치며 수레의 뒤를 쫓기 시작했다. 모스카는 치맛자락을 허벅지까지 걷어올렸고, 클렌트는 마부의 주의를 끌려고 휘파람을 불어댔다.

수레는 바퀴 위에 삐걱거리는 나뭇조각들을 밧줄로 묶어놓은 것에 지나지 않았다. 몸집이 아주 작아서 햇볕에 그을린 꼬마도깨비처럼 생긴 마부는 고삐를 느슨하게 잡고, 볼품없는 적갈색 말에게 마차를 맡긴 채 빵을 씹어 먹고 있었다.

"맨들리온까지 태워달라는 거요? 알아서 자리를 찾아 올라타시오. 하지만 조심해요. 내 물건에는 이빨이 달려 있으니까. 정말로."

모스카가 짐을 덮고 있는 천을 젖히자 금속으로 만든 물건 이십여 개가 히죽 웃고 있는 것 같은 모습이 드러났다. 쇠로 만든 짐승들이 자는 동안 녀석들의 가짜 이빨을 훔쳐다놓은 것 같았다.

"덫이에요. 온갖 종류의 덫이 다 있소. 침입자의 발가락을 잘라버리는 덫, 오소리의 코를 잘라버리는 덫."

모스카는 천을 다시 덮고 불안한 표정으로 수레에 올라가 짐 더미 위에 앉았다. 스프링의 노랫소리와 덫이 딱딱 닫히는 소리가 가끔 들려왔다.

'클렌트의 침대에 덫을 놓을까. 클렌트의 수프에 덫을 넣을까.' 그녀는 쓰라린 심정으로 힘없이 자신의 몸을 감싸 안고는 아무 말도 하지 않았다. 출판업자 길드의 첩자라면 틀림없이 적이 많을 터였다. 그녀는 맨들리온에 도착할 때까지 시간을 벌 생각이었다. 거기 도착하면 클렌트에 관해 자신이 갖고 있는 정보를 비싼 값에 팔 수 있을 테니까. 그러면 허리띠에 매달린 지갑에는 사라센을 다시 사올 수 있는 돈과 학교 수업료와 덫을 살 돈이 생길 터였다. 출판업자 길드의 첩자를 잡을 덫……

"전부 다 내가 직접 만든 거요. 허리띠에 매는 덫도 있어요. 혹시 누가 지갑을 채가려고 할지도 모르니까……"

"정말 영리하군요." 클렌트가 말했다.

"포스터를 만들어서 광고할 생각을 해본 적 있소? 이런 물건을 살 기회가 이번뿐이라고 분명히 밝히는 게 좋을지도 모르지. 범죄자 연합이 자기들 생활에 당신이 미치는 영향 때문에 당신을 철천지원수로 선포했다면서 말이오……"

몸집이 자그마한 덫 행상인은 고양이가 털뭉치를 게워내려고 기침하는 것 같은 소리를 내며 웃기 시작했다.

"아, 당신 말투가 마음에 들어요." 그가 말했다. "그건 마치…… 이런, 저것 좀 보시오. 트롤 소굴에 사람들이 또 빠졌구먼."

저 앞에서 도로가 갑자기 푹 꺼져 있었다. 모스카가 지금까지 본 것 중에 가장 크고 가장 우아한 마차의 커다란 바퀴가 지나가기에는 분명히 너무 깊은 구멍이었다. 그 마차가 길을 막고 있었는데, 기울어진 모양을 보아하니 틀림없이 바퀴가 빠져버린 모양이었다. 흰옷을 입은 하인 두 명이 허리를 숙이고 손상된 곳을 살펴보는 동안 백마 두 마리는 가시금작화를 뜯어먹었다. 하얀 마차는 둥그렇게 구부러진 금속 촉수들로 이루어진 틀 위에 화려한 술 장식을 달고 올라앉아 있었는데, 그 촉수들이 워낙 가늘어서 마차가 혼자 공중에 둥둥 떠 있는 것처럼 보일 지경이었다. 마차와 그 일행이 모두 현실이라고 하기에는 너무나 훌륭하고 요정 같았다. 울퉁불퉁한 도로도 분명히 모스카와 똑같은 생각을 한 모양이었다.

"일거리가 생겼소." 행상인은 미소를 지으며 이렇게 말하고는 수레에서 내렸다.

그 자그마한 행상은 자기가 바퀴를 고칠 수 있다고 생각하는 모양이었다. 흰옷을 입은 하인들은 행상의 말을 듣고 반색하며 바퀴를 고쳐주는 대가로 두둑한 보수를 주기로 했다. 하지만 '두둑한'이라는 말의 의미를 놓고 약간의 설왕설래가 있었다. 다양한 액수의 매력에 관한 토론이 한동안 계속될 것 같았다.

모스카는 한숨을 내쉬었고, 클렌트는 빗방울 하나가 자신의 미간을 거만하게 두드리자 눈을 깜박였다. 두 사람은 수레에서 내려와 흥정을 하고 있는 사람들에게 다가갔다.

"겨우 오 분이면 끝날 일인데? 그건 백주의 강도짓이오!" 마부가 고함을 질렀다.

"아." 클렌트가 불길한 말투로 끼어들었다. "더 살벌한 일을 만나느니 이렇게 얌전한 강도가 더 낫지, 그렇지 않소? 어쨌든 여기서 옴짝달싹도 못한 채 황혼을 맞이할 생각은 없지 않소?" 그가 극적인 효과를 노리고 잠시 말을 멈췄다가 다시 입을 열었다. "블랙 캡틴 블라이드가 날뛰고 있는데 말이오."

"누구요?"

"아, 아무래도 다른 이름으로 알고 있는 모양이군. 혹시 과부 생산자라는 이름은 아시오?"

"악마의 친구라는 이름도 있어요." 모스카가 재빨리 덧붙였다. 여러 사람이 무슨 소리냐는 듯 그녀를 바라보았다. 그중에는 클렌트의 시선도 섞여 있었다.

"진짜예요. 그 사람이 진짜 괴상한 것들을 알고 있기 때문에 검은 신사한테서 꼬마도깨비를 받은 모양이라고 말하는 사람들도 있어요. 검은 신사가 그 사람한테 많은 것을 알려준대요. 예를 들면, 그 사람은 남들을 공격할 때 권총을 갖고 있는 사람이 누군지 항상 알고 있는 것 같아요. 그래서 상대가 권총을 뽑기 전에 먼저 쏴버려요."

모스카는 마부와 하인 한 명이 하얗게 질리는 것을 보고 만족감을 느꼈다.

"총알이 목을 그냥 뚫고 나가게." 그녀가 즐거이 덧붙였다.

클렌트가 살짝 눈썹을 추켜올리고는 잘했다는 듯이 보일락 말락 고개를 끄덕였다.

마차의 창문에 걸려 있던 섬세한 레이스 커튼이 산들바람 때문에 마치 깜짝 놀란 사람처럼 부르르 떨었다. 이것이 모스카의 주의를 끌었다. 창문 맨 위에 자그마한 진흙물 한 방울이 매달려 있었다. 바람이 그것을 부드럽게 이리저리 굴려대고 있었는데, 그 물방울이 그만 너무 건방져져서 아래로 떨어져버리고 말았다. 물방울은 눈송이처럼 누군가의 소매 속으로 탐욕스레 가라앉았다. 소매에 커피색의 얼룩이 남았다. 하얀 장갑을 낀 가느다란 손에 하얀 손수건이 나타나더니 그 얼룩을 닦고 또 닦아 마침내 얼룩이 깨끗이 사라져버렸다. 모스카는 마차의 어둠 속으로 물러가는 그 장갑을 눈으로 뒤쫓았다. 그녀의 눈에 하얀 세상이 들어왔다.

이 순간까지 모스카는 하얀색이 무엇인지 안다고 생각했었다. 하얀 것은 낡은 것이고, 하얀 것은 추한 것이고, 하얀 것은 물속에 너무 오래 잠겨 있던 것이었다.

또한 이 순간까지 모스카는 부유하다는 것이 무엇인지 안다고 생각했었다. 부유함이란 거위 기름 냄새이고, 배와 뺨에 추위를 막아주는 빨간 기름 덩어리가 굴러다니는 것이었다.

그런데 이 기묘하고 새로운 세상에는 빗방울들이 수없이 매달려 있었으며, 빗방울 하나하나가 모두 진주였다.

모스카는 그때까지 한 번도 진주를 본 적이 없었다. 수많은 진주가 마차 안에 혼자 앉아 있는 사람의 손목과 목에서 긴 줄에 매달려 얼룩 하나 없는 비단을 배경으로 노래를 연주하고 있었다.

어둠 속에 떠 있는 얼굴은 도자기처럼 창백하고 완벽했다. 그리고 그 얼굴 위로 복잡하게 감아 올려 핀으로 고정시키고 마치 대리석을 조각해 만든 것처럼 보이게 파우더를 칠한 머리가 솟아 있었다. 그 얼굴에 따스함이나 표정이 깃든 적이 있었는지는 몰라도, 이미 파우더가 그런 것들을 매끈하게 펴서 억눌러버린 지 오래였다. 모스카는 진정한 부유함은 포효하는 불길이나 빨간색 모직 망토가 아니라는 것을 갑자기 깨달았다. 진정한 부유함은 눈(雪)이었다.

"헤더슨, 무슨 일이지?"

차갑고, 부드럽고, 깃털 같은 말투였다. 모스카는 저 대리석 얼굴 뒤에 젊은 여자가 숨어 있음을 순간적으로 깨달았다.

"헤더슨, 무슨 일이야?"

여자가 길을 내다보려고 몸을 살짝 앞으로 기울였다. 모스카는 여자의 반짝이는 뺨 위에 훨씬 더 눈부신 흰색의 레이스가 희미하게 드리워져 있는 것을 보았다. 그것은 여자의 오른쪽 광대뼈 위에 눈송이처럼 흩뿌려진 흉터였다.

"아가씨, 아무래도 저희가……" 마부의 목소리가 잦아들면서 자그마한 딸꾹질 소리로 변했다. "……아무래도 저희가…… 제 생각에는……"

모스카의 주위가 조용해졌다. 행상은 더이상 혀를 차지 않았고, 하인들은 더이상 투덜거리지 않았으며, 클렌트의 유쾌한 목소리도 더이상 허공에 그림을 그릴 수 있을 만큼 생생한 이야기를 늘어놓지 않았다. 그녀의 머리 위에서 마부가 손을 들어올려 귀를 막았다. 그의 얼굴이 레이스 커튼처럼 하얗게 질려 있었다.

네다섯 명의 남자들이 가시금작화밭에 서 있었다. 그들 모두 권총을 한 자루씩 들고 마차 주위에 서 있는 사람들을 조심스레 겨냥하고 있었다.

E는 Extortion강탈

모스카는 그때까지 한 번도 권총을 본 적이 없었지만, 『교수형 집행인의 이야기』와 『절박한 이야기』를 탐독했고, 노상강도와 살인자들을 새긴 목판화도 본 적이 있었다. 그런데 권총을 실제로 보니 생각보다 너무 작아서 약간 놀라웠다. 그림에서는 누구나 그것이 권총임을 알 수 있도록 항상 크게 그려져 있었다.

총구멍을 바라보는 기분이 얼마나 이상했는지! 딱히 공포라기보다는 가벼운 충격에 더 가까웠다. 눈뭉치에 배를 맞았을 때처럼. 머리는 상당히 명료한 것 같았지만, 생각이 너무나 느리게 움직이는 것 같아서 자신의 생각들이 무심하게 굴러가는 것을 그녀 자신이 지켜볼 수 있을 정도였다.

모스카는 차갑고 차분한 기분으로 남자들이 대부분 젊다는 생각을 했다. 그중 한 명은 불안한 사람처럼 계속 침을 꿀꺽꿀꺽 삼키며 권총을 잡은 손을 꼼지락거리고 있었다. 머리도 계속 움찔거렸다. 마치 어깨 너머를 돌아보고 싶은 것을 참는 사람처럼. 잠시 후 그 강도가 들었던 소리가 그녀에게도 들려왔다. 말발굽 소리였다. 무장강도들은 그 소리를 듣고도 전혀 놀라는 기색이 없었다. 그런 소리가 날 줄 이미 알고 있었던 모양이었다.

빗방울 하나가 갑자기 그녀의 눈 속으로 떨어져서 모스카는 눈을 닦으려고 본능적으로 손을 올렸다. 자기가 이렇게 갑자기 손을 움직이면 강도들이 어떤 반응을 보일지 미리 생각하고 말고 할 틈도 없이. 그래서 그녀는 순간적으로 얼어붙었다. 손가락은 여전히 뺨에 닿아 있었고, 금방이라도 총알이 날아올 것 같아서 가슴이 따끔거렸다. 하지만 강도들은 열두 살짜리 여자아이가 심각한 위협이 되리라고는 생각하지 않는 것 같았다. 그들은 마차 수행원들과 저쪽 길이 휘어지는 곳에서 고사리밭 너머로 머리와 어깨가 보이기 시작한 남자에게 절반씩 주의를 쏟고 있었다.

잠시 후 튼튼해 보이는 회색 말 한 마리가 모퉁이를 돌아왔다. 진창처럼 얼룩무늬가 있는 녀석이었다. 숨을 헐떡이는 것을 보니 한참 달려온 모양이었다.

그 회색 말에 타고 있는 사람은 키가 크지도 않았고, 운동선수처럼 몸이 건장하지도 않았다. 모스카는 그 사람이 피리를 갖고 있는지, 아니면 자줏빛 케이프를 두르고 있는지 살펴보았지만 그런 것은 눈에 띄지 않았다. 그는 심지어 가발도 쓰고 있지 않았다.

챙이 둥근 모자가 그의 이마 위로 낮게 내려와서 귀를 바람으로부터 보호해주었다. 모자 밑으로 텁수룩한 머리를 돼지꼬리처럼 묶으려고 애쓴 흔적이 보이기는 했지만, 반란을 일으킨 머리카락이 많았다. 그는 두꺼운 외투 위에 거친 삼베로 만든 망토를 두르고 있었다.

남자의 얼굴은 무시무시했다. 모스카는 그의 붉게 충혈된 눈, 뒤로 젖혀진 윗입술, 가끔 주름이 잡히는 얼굴이 무엇을 의미하는지를 한참만에야 깨달았다. 그 노상강도는 감기 때문에 콧물을 줄줄 흘리고 있었다.

"블랙 캡틴 블라이드." 클렌트가 질렸다는 듯 숨죽인 소리로 중얼거렸다.

"저놈들을 마차에서 떼어놔." 블라이드가 부하들에게 지시했다. "그리고 외투 주머니를 전부 비우라고 해."

그는 모자를 휘두르며 인사도 하지 않았다.

"마차에 탄 사람들도 밖으로 나오라고 해. 우리가 볼 수 있게." 그는 곤경에 처한 사람들을 위해 우아한 말을 하지도 않았다. "지갑을 빼앗아. 부츠도. 가발도."

그의 눈은 반짝이지 않았다. 모스카는 점점 그가 진짜 노상강도인지 의심이 들기 시작했다.

마부와 하인들이 몸수색을 당하는 동안 블라이드는 다른 포로들을 훑어보았다. 그는 부들부들 떨고 있는 덫 행상을 경멸 섞인 시선으로 흘깃 본 뒤 모스카를 그대로 지나쳐 클렌트에게 시선을 고정시켰다.

"너, 마차 문 열고 승객들한테 나오라고 해."

클렌트는 머뭇거리며 마차 문을 손으로 잡았다.

"아가씨." 그가 창문을 향해 부드럽게 중얼거렸다. "아무래도 아가씨께서 나와보셔야 할 것 같습니다."

잠시 아무 소리도 없다가 달처럼 하얀 얼굴이 커튼 뒤에서 꽃처럼 나타났다.

"저들이 우리 몸수색을 하려는 건가요?" 여자의 말투에는 화난 기색이 전혀 없었다. 그냥 단순한 질문일 뿐이었다.

"그런…… 것 같습니다. 저 캡틴한테는 돈을 줘야 할 부하가 많은데, 그래도 친절하게 굴려고 필사적으로 애쓰고 있는 것 같습니다."

"허용할 수 없어요." 여자의 목소리는 부드러워서 마치 아이 목소리 같았지만, 서늘하고 단호했다.

"불가피한 일입니다."

"불가피한 일은 없어요. 나한테 권총 모양의 주머니 시계가 있어요. 내가 지갑과 함께 그걸 줄 테니 저 도적 두목한테 내 돈을 가져다주겠어요? 그리고 내 일행이 권총을 돌려받을 때까지 두목 머리에 그 시계를 겨누고 계세요. 보상은 두둑이 하겠어요."

클렌트는 감자라도 집어넣을 수 있을 만큼 입을 크게 벌렸다가 그냥 다물어버렸다.

"아가씨, 사람이 총을 맞으면 세상의 금실을 다 가져와도 그 사람을 다시 꿰매놓을 수 없을 겁니다."

"난 지금 개인적으로 소중한 물건을 지니고 있는데, 그걸 내놓을 생각이 없어요."

이제 그녀의 얼굴이 커튼에 바싹 닿아 있었기 때문에 레이스 무늬의 그림자가 그녀의 뺨에 비쳤다.

"내가 누군지 아나요?"

클렌트는 고개를 한 번 끄덕했다. 모스카는 그가 아가씨의 손가락에 끼워진 인장을 보고 있음을 눈치챘다. 그녀는 클렌트가 낮은 목소리로 다급히 아가씨에게 하는 말을 듣고 혼비백산했다.

"아가씨…… 만약 제가 저 사람을 설득해서 아가씨 몸을 수색하지 않게 한다면, 저와 저의……." 그는 모스카를 바라보며 눈에 띄게 상냥한 표정을 지었다. "비서에게 일자리를 마련해주시겠습니까? 저희는 평판이 괜찮은 시인이자 이야기꾼이랍니다."

"좋아요." 아가씨의 도자기 같은 얼굴이 창가에서 물러났다. "당신이 얼마나 말을 잘하는지 한번 보기로 하죠."

"그럼 제게 지갑을 주십시오, 아가씨."

자주색 비단 주머니가 창문을 통해 클렌트의 손에 들어왔다.

"그렇게 할 수 있어요?" 모스카가 숨죽인 소리로 물었다.

"아니." 클렌트의 숨소리가 떨리고 있었다. "생각을 좀 해봐야겠어." 그는 입을 삐죽 내밀고 잠시 하늘을 바라보며 빗방울을 이마와 머리카락 속으로 쓸어 보냈다. 잠시 후 그가 모스카를 향해 약간 사나운 표정으로 유쾌한 미소를 지어 보였다. "그래, 이제 할 수 있을 것 같다."

블라이드는 하인들의 몸을 수색하는 부하들을 감독하고 있었지만, 더이상 참을 수 없다는 듯 험악한 표정으로 클렌트를 바라보았다.

"뭘 꾸물거리고 있는 거야?"

"이 안에는 아가씨 한 분만 타고 있습니다. 병약한 분이죠. 아가씨가 열이 나서 상태가 위험해지기 전에 서둘러 집으로 가시는 길이었습니다. 아가씨께서는 밤공기를 쐬는 것이 너무 잔인한 일이라며 제발 그것만은 면하게 해달라고 하십니다. 비를 맞지 않게 해달라는 말씀도 하셨죠. 여기 아가씨의 지갑이 있습니다……"

클렌트는 비단 주머니를 머리 위로 들어올리고 조심스레 앞으로 나아갔다.

"이 지갑을 가져가도 좋다고 하십니다. 당신이 건강에 해가 되는 일을 피하게 해준다면 말입니다."

"여자가 빨리 나와서 다른 사람들과 같이 설수록, 빨리 집에 갈 수 있을 거야." 블라이드가 덜덜 떨리는 이 사이로 중얼거렸다.

모스카는 클렌트와 나란히 앞으로 나아갔지만, 울타리에 앉은 제비만큼도 주의를 끌지 못했다.

"마음과는 다른 말씀을 하시는 것 같습니다. 캡틴 블라이드에 관해 많은 이야기를 들었는데, 캡틴 블라이드가 무방비 상태의 꽃 같은 아가씨로 하여금 오한과 헛소리에 시달리며 천천히 죽음을 맞게 할 사람이라고 판단할 만한 이야기는 없었습니다. 당신의 말은 차가운 빗물, 구멍 난 부츠, 더 커다란 구멍이 난 배가 한 말이지 캡틴 블라이드의 말이 아닙니다. 내 앞에 서 있는 남자는 그런 말을 하기에는 너무 훌륭한 사람이니까요."

모스카는 블라이드의 얼굴을 자세히 살펴보며 저 사람이 '캡틴'이라는 호칭이 자기 이름 앞에 붙는 것을 한 번도 들어본 적이 없는 것 같다고 생각했다. 아마 클렌트가 캡틴이라는 호칭을 멋대로 갖다 붙인 모양이었다.

"내가 자유롭게 이야기해도 되겠습니까?"

"자유로우면서도 짧게 할 수 있다면." 노상강도가 무뚝뚝하게 대답했다.

"고맙습니다." 클렌트가 그에게 더 가까이 다가갔다.

"당신이 이런 기회를 그냥 던져버리는 것을 보면서 내가 도저히 그냥 입을 다물 수 있을 것 같지 않습니다. 병에 시달리는 저 가엾은 아가씨를 빗속으로 끌어내서 드레스 단추를 잘라내면 당신이 얻는 게 무엇입니까? 어쩌면 당신 부하들이 아가씨의 머리카락까지 잘라서 가발 제조인에게 넘기고 싶어할지도 모르지 않습니까? 그러면 아가씨는 머리카락까지 빼앗긴 채 추위에 떨게 될 텐데 말입니다."

"그런다고 내가 잃을 게 뭐가 있어?"

"아!" 클렌트가 의미심장한 표정으로 집게손가락을 코앞으로 들어올렸다.

"그런 말씀을 해주셔서 얼마나 반가운지 모르겠습니다. 당신은 아주 소중한 것을 잃게 될 겁니다. 내가 내 힘으로 제의할 수 있는 것. 하지만 먼저 한 가지 물어볼 것이 있습니다. 신발을 얼마나 자주 수선하는 편입니까?"

"뭐?" 이 젊은 노상강도는 완전히 어이가 없다는 표정이었다. 가장자리가 붉은 그의 눈이 좌우로 오락가락했다. 마치 아직 대답을 듣지 못한 자신의 질문과 클렌트의 어이없는 질문을 번갈아 생각하는 것 같았다.

"대답하실 필요 없습니다." 마침 클렌트가 끼어들었다.

"내가 대신 대답해드리죠. 신발에 구멍이 여러 개 난 걸 보니 필요한 만큼 자주 수선하지 않는다는 게 정답입니다. 신발에 금화만 한 구멍이 나서 바람이 어떤지 보려고 엄지발가락이 고개를 내미는 게 보이는군요. 그럼 이렇게 된 이유가 무엇일까요? 그것도 제가 대답할 수 있습니다. 당신 주머니에서 동전들이 즐겁게 짤랑거릴 때, 당신은 구두장이를 먼저 찾아간 다음에 재단사에게 가고, 그다음에야 몸에 난 상처를 꿰매 물 한 방울 못 들어오게 할까요? 아닙니다! 첫날 밤에 당신과 동지들은 주점을 찾아가서 모든 왕과 여왕들에게 건배한 다음, 당신의 상상 속에만 존재하는 나라를 다스리는 왕들에게도 건배할 겁니다. 그러고도 계속 술을 마셔서 나중에는 당신 자신이 왕이 되고, 그 어떤 법도 당신을 건드릴 수 없다고 생각하게 되겠죠.

그리고 다음 날이 되면 다시 가난하고 신중해져서 신발을 수선할 여유가 없을 겁니다. 하지만 바로 그날 밤에!"

클렌트는 모든 것을 끌어안듯이 양팔을 활짝 벌렸다.

"굉장한 일입니다! 당신은 세상을 향해 소리칩니다. 내가 사악한지는 몰라도 비열해지지는 않겠다. 거친지는 몰라도 좀팽이가 되지는 않겠다. 진흙이 내 부츠 속으로 스며들지라도 내 영혼을 더럽히지는 못할 것이다……"

클렌트는 극적인 효과를 위해 잠시 가만히 있다가 양팔을 아래로 떨어뜨렸다.

"나는 민요 작가입니다. 그래서 몸짓을 소중하게 생각하고 이해합니다. 몸짓을 가지고 내가 무엇을 할 수 있는지 알고 있습니다.

예를 들어, 이런 생각을 해보면 어떨까요. 당신이 이 아가씨에게 마차 안에 그대로 있어도 좋다고 하고, 돈을 돌려주면서 아가씨와 수행원들에게 맨들리온까지 가도록 신의 가호를 빌어준다면, 아가씨가 맨들리온에서 좋은 의사를 만나 목숨을 구했으면 좋겠다고 말한다면…… 아, 내가 그걸로 얼마나 굉장한 작품을 쓸 수 있을까!"

블라이드의 눈이 클렌트에게 과연 어떤 작품을 쓸 수 있느냐고 소리 없이 물었다.

"나는 '목청 큰 캡틴 블라이드'의 기사도정신을 유명하게 만들 민요를 쓸 겁니다. 당신은 한밤중에 자갈로 포장한 차가운 거리를 지나다가 길가의 주점에서 사람들이 그 노래를 부르는 것을 듣고 그 얄팍한 외투를 입었을 때보다 더 따스한 느낌을 받을 겁니다. 당신이 광야에서 경찰관에게 쫓길 때면 수백 명의 사람들이 밤잠을 이루지 못하고 용감한 캡틴 블라이드의 자유를 바랄 겁니다.

그리고 밤에 당신이 물이 뚝뚝 떨어지는 고사리 지붕 밑에 누워 있을 때, 근처에서 이끼를 뜯어 먹는 당신의 말과 바람 외에는 동무도 없이 땅바닥에 누워 있을 때, 어딘가의 번쩍거리는 연회장에서는 어떤 고귀한 아가씨가 틀림없이 당신을 생각할 겁니다.

당신은 바로 그런 것들을 잃게 될 겁니다."

블라이드는 몽유병환자처럼 눈을 휘둥그렇게 뜨고 있었다. 그는 몇 번이나 뭐라고 말을 하려고 시도한 끝에 간신히 단어를 입 밖으로 내뱉는 데 성공했다. 그는 헛기침을 하며 클렌트의 손에서 지갑을 가져가 무게를 가늠해보고는 다시 돌려주었다.

"남자들에게서 돈이라는 짐을 덜어주는 게 우리 일이지, 아가씨한테서 건강을 빼앗는 건 우리 일이 아냐. 아가씨더러 이 돈을 갖고 가서 의사를 구해보라고 해."

그는 클렌트에게 눈으로 질문을 던졌다. 마치 이 말이 민요와 잘 어울리겠느냐고 묻는 것 같았다. 클렌트는 아주 잘 어울릴 것이라는 뜻으로 상냥하게 고개를 끄덕였다.

클렌트가 마차까지 절반쯤 걸어왔을 때 블라이드가 다시 그를 불러 세웠다.

"혹시…… 혹시 우리가 바퀴를 고치는 걸 도와주면 그게 민요와 어울릴 것 같아?"

눈을 반짝이며 기쁨을 참는 표정이 클렌트의 얼굴에 떠올랐다.

"그럼요. 아주 큰 도움이 되고 말고요."

*F*는 *Fair Mark* 선명한 낙인

집파리 모스카가 마차 안에서 물결무늬가 있는 하얀 비단 쿠션 위에 앉는 것은 있을 수 없는 일이었다. 노상강도들이 일행을 그냥 보내는 것도 있을 수 없는 일이었다. 밖에서 블라이드가 마부에게 만약 자기네 패거리의 다른 강도들이 다가오면 어떤 비밀 신호를 보내야 하는지 가르쳐주는 소리가 들렸다. 클렌트의 말이 금방이라도 마법의 이슬처럼 그 노상강도의 머리에서 미끄러져 내려가서 머리가 다시 맑아진 노상강도가 마구 화를 낼 것만 같았다.

마부가 말들을 향해 길게 휘파람을 불었다. 마차가 바퀴 위에서 흔들리다가 덜컹거리며 움직이기 시작했다. 누군가가 모스카 머리 옆의 벽을 쿵 하고 치며 작별인사를 하는 바람에 모스카는 화들짝 놀랐다.

그녀와 클렌트가 마차를 타고 하인들에게 둘러싸여 솜털로 속을 댄 껍데기 속의 마로니에 열매처럼 하얀 벨벳 쿠션에 앉아 맨들리온에 도착한다는 것은 있을 수 없는 일이었다. 틀림없이 두 사람이 변덕스러운 꿈의 신 도레이스의 신성한 나무인 무화과 밑에서 잠이 드는 바람에 이런 꿈을 꾸게 된 것일 터였다. 어쩌면 마차가 흐르는 물을 건너려다가 민들레 씨앗더미 속으로 떨어지고, 마차 안의 아가씨는 백조가 되어 날개를 펼치고 하늘로 날아가는 모습을 보게 될지도 몰랐다.

진주 두 알이 모스카를 지켜보고 있었다. 하얀 옷을 입은 아가씨의 무릎에는 자수를 놓은 상자가 있었는데, 상자 뚜껑은 담비 인형으로 장식되어 있었고, 둥글게 구부린 담비의 등이 손잡이 역할을 했다. 인형 눈에는 유리알 대신 작은 진주 두 알이 박혀 있었다. 빗줄기가 레이스 커튼을 후려치는 가운데, 아가씨는 장갑을 낀 손끝으로 담비의 등을 부드럽게 쓰다듬었다. 마치 살아 있는 애완동물을 쓰다듬듯이.

"놀라워."

아가씨는 눈을 들지 않았다. 그래서 모스카는 순간적으로 그녀가 담비에게 말을 걸고 있다고 생각했다. 클렌트는 잠시 후에야 입을 열 수 있었다.

"아, 아가씨께 봉사하는 건 당연히 제게 기쁨이었습니다. 이런 말씀을 드리면 화를 내실지 모르지만, 제가 그토록 유창하게 말할 수 있었던 건, 너무나 아름다워서 자갈까지도 입을 열게 만들 만한 분을 생각한 덕분이었습니다……"

기대에 찬 클렌트의 얼굴을 보며 모스카는 왠지 마음이 불편해졌다. 비버 가죽으로 만든 모자는 그가 챙을 이리저리 굽혀도 거의 불평을 늘어놓지 않았다.

"그래요? 곧 좋은 일자리에 발탁될 거라는 기대가 의욕을 불어넣은 줄 알았는데요. 이제 말씀하시죠. 원하는 걸 솔직히 말씀하세요."

"제가 바랐던 건, 레이디 타마린드, 제게 아가씨 가문의 서사적인 역사 집필을 맡기시지 않을까 하는 것이었습니다. 어부어레이스 공작 가문의 부상, 대를 이어 수백 년 동안 현명하게 맨들리온을 다스린 공작님들의 이야기, 전쟁과 새잡이 시대에 망명을 떠나셨던 비극적인 이야기, 그리고 아가씨 오라버니께서 당당히 돌아와 조상 대대로 내려온 권리를 다시 찾으신 이야기……"

모스카는 자신이 지금 맨들리온 공작의 누이를 바라보고 있다는 사실을 깨닫고 눈이 휘둥그레졌다.

"좋아요."

타마린드의 목소리는 눈 속에 새겨진 여우 발자국처럼 부드럽고 또렷했다.

"당신이 그걸 쓰세요. 보수는 지불하겠어요. 아마 내가 그걸 읽을 필요는 없겠죠."

"그리고…… 저……"

삐걱. 클렌트의 모자챙이 경직되었고, 그의 눈빛은 송곳처럼 열렬했다.

"저…… 소개장을 하나 써주셨으면 합니다. 제가, 저, 훌륭하신 분들과 어울릴 수 있게요."

모스카는 그 편지가 그에게 돈보다 더 소중하다는 것을 금방 깨달았다.

"맨들리온에서 동쪽 뾰족탑에 있는 내 거처를 둘러싼 벌집 정원에 가면 고귀한 상류사회 사람들을 만날 수 있을 거예요."

레이디 타마린드는 마치 이 문제를 실제로 깊이 생각해보려는 듯 잠시 말을 멈췄다.

"당신의 품성을 보증하고, 당신에게 벌집 정원 하층의 출입을 허용해주는 게 좋을 거라는 내용의 편지를 보내주죠. 내가 잘 알지도 못하는 사람에게 그 이상 해줄 수는 없어요."

클렌트는 만족스럽다는 듯 살짝 숨을 내쉬었다.

침묵이 뒤따랐다. 빗방울 소리와 바퀴와 돌이 부딪치는 소리도 모스카의 졸음을 막진 못했다. 그녀의 눈이 감겼다.

모스카는 미리 계획을 세우려고 했지만, 생각들이 그녀의 발밑에서 허물어져 꿈이 되었다. 그녀는 맨들리온에서 아버지를 찾아내는 꿈을 꾸었다. 아버지는 죽은 것이 아니라 거기서 몇 년 동안 학교를 운영하고 있었다. 게다가 알고 보니 모스카의 남동생과 여동생도 아주 많았다. 그들은 모두 학교에서 공부하며 그녀를 만날 날을 기다리고 있었다. 첫 등교일이 되었지만 그녀는 겁에 질렸다. 무엇이든 그녀가 만지기만 하면 화르르 불꽃이 피어오르기 때문이었다. 그녀는 하얀 장갑을 끼어야 안전하다는 것을 알고 있었지만, 클렌트가 그 장갑을 훔쳐갔기 때문에 찾을 수가 없었다. 아버지에게 모든 것을 설명하려 했지만 아버지는 그녀를 바라보지도, 그녀에게 말을 걸지도 않았다. 그래서 그녀는 아버지 대신 클렌트에게 달려가 장갑을 돌려달라고 했다. 그는 능글맞은 표정을 짓고 그 하얀 장갑으로 자신의 커다란 손을 쓰다듬으며 가만히 앉아 있기만 했다. 그녀는 클렌트의 턱을 붙들고 그를 태워 재로 만들어버리고 싶은 마음이 굴뚝같았다.

마차 벽이 꾸짖듯이 모스카의 뒤통수를 두드렸다. 정신을 차려 보니 그녀의 앞에서 클렌트가 깊이 잠들어 있었다. 방금 꾼 꿈이 너무나 생생했기 때문에 자신의 눈에서 불꽃이 튀어나와 그의 타이에 내려앉을지도 모른다는 생각이 들었다.

"미움도 쓸모가 있지. 하지만 그걸 그렇게 노골적으로 드러내면, 오히려 너한테 안 좋을 거다."

모스카는 이 조용한 목소리에 깜짝 놀라서 완전히 잠에서 깨어났다. 레이디 타마린드가 그녀를 똑바로 바라보고 있었다. 모스카는 한 줌밖에 안 되는 지혜를 동원해 설명하려고 애썼다.

"저 사람은……"

"난 네 사정에 관심 없다. 네 주인의 요구에만 관심이 있지. 저 사람이 왜 자기 지위보다 높은 사람들과 저토록 어울리려 하는 거냐?"

모스카의 머릿속에서 증오의 불꽃이 튀었다.

"염탐을 하려는 거예요." 그녀는 앞뒤를 따져볼 생각도 하지 않고 독살스럽게 말했다. "저 사람은 더럽고 늙은 몸으로 구석진 곳만 바라보는 첩자예요. 출판업자 길드의 서명이 있는 편지를 갖고 있어요. 제가 봤어요."

잡티 하나 없는 가면 같은 레이디 타마린드의 얼굴이 어둑어둑한 마차 속에 떠서 모스카를 바라보았다. 얼마 동안 그녀의 얼굴은 꼼짝도 하지 않았다. 어쩌면 모스카의 경솔한 짓이 마음에 안 드는 건지도 몰랐다. 아니면 그녀를 믿지 못하는 것일 수도 있고.

"출판업자 길드의 첩자라."

마침내 그녀가 중얼거렸다. 아주 조용히, 아무런 감정도 없이.

"저 사람 이름이 무엇이냐?"

"이포니머스 클렌트예요."

"이포니머스 클렌트."

타마린드의 목소리에 뭔가 묘하고 아련한 기색이 있었다. 모스카는 그것이 무엇인지 알 수 없었다.

"이름이 모든 걸 바꿔놓다니!"

그녀의 시선은 결코 모스카의 얼굴을 떠나지 않았다.

"얼굴만으로는 아무것도 알 수 없다."

타마린드가 평소와 똑같은 목소리로 말을 이었다.

"하지만 이름을 통해서는…… 그 사람을 알 수 있지. 이포니머스*. 터무니없는 이야기의 주인공한테 딱 맞는 이름이구나. 하지만 그런 이야기의 주인공을 믿을 수 있는 경우는 드물지. 그럼 너는…… 너도 네 주인처럼 첩자인 거냐?"

"저는 아니에요. 저 사람은 저한테 그 편지를 보여줄 생각도 없었어요."

코를 골며 자던 클렌트가 갑자기 코로 딸꾹질 소리를 내는 바람에 모스카는 흠칫했다. 하지만 그의 낭랑한 숨소리가 다시 이어지

---

* eponymous. '이름의 시조가 되는', '시조의 이름을 붙인' 이라는 뜻.

자 모스카는 긴장을 풀었다.

"저는 더 좋은 일자리가 생길 때까지만 비서 노릇을 하는 거예요. 저는 학교에 갈 거예요." 그러고 나서 말을 덧붙였다. "저는 글을 읽을 줄 알아요."

북극처럼 차가운 레이디 타마린드의 시선에 정말로 흥미롭다는 기색이 서렸다. 다시 입을 연 그녀의 말투가 더 부드럽고 다급해서, 모스카는 벨벳을 털이 난 반대 방향으로 문질렀을 때 나는 소리 같다는 생각이 들었다.

"내 진주에 관심이 많은 모양이구나. 하나 갖고 싶으냐?"

모스카는 진주 한 알을 가질 수만 있다면 처프 전체를 기꺼이 태워버릴 수도 있을 것 같았다. 방앗간과 맥아저장소, 도자기 가마와 부엌까지 모두. 그녀는 진주를 자기 것으로 만들어 물오리처럼 회색을 띤 자그마한 수정구처럼 들여다보며 그것이 자신의 삶에서 슬그머니 빠져나가버리기 전에 그 기묘하고 낯선 흰색의 세계를 이해하고 싶었다. 모스카는 아가씨의 시선을 피하며 어깨를 으쓱했다.

"네가 나를 위해 일을 하나 해주면, 그 일을 잘해주면, 진주 한 알을 가질 수 있다. 어쩌면 '이보다 더 좋은 것'을 갖게 될지도 모르지. 넌 얼마나 용기가 있느냐?"

"악마가 탄 말의 꼬리를 잡아당길 정도는 되지만, 그 말에 올라탈 정도는 아니에요." 모스카는 처프에 오래전부터 내려오는 속담을 자동적으로 중얼거렸다.

"네 이름이 무엇이냐?" 이름을 알게 되면 무척 기쁠 것 같다는 말투였다.

"모스카 마이에요."

이 말이 입에서 나오는 순간 모스카는 자신이 법망을 피해 도망치는 도망자임을 기억해냈다. 하지만 이 눈의 여왕에게 어찌 대답을 안 할 수 있단 말인가? 가짜 이름을 대는 것은 생각할 수도 없는 일이었다. 자기 이름에 대해 거짓말을 하는 사람은 하나도 없었다. 이름은 그 사람 자신이었으니까.

"그리고…… 아가씨는 레이디 타마린드죠. 공작님의 누이. 맨들리온의 공작님 말이에요."

"그렇다. 공작의 누이에게도 강력한 적이 있다면 넌 뭐라고 하겠느냐? 아주 위험한 적이지."

모스카는 햄버드에서 사람들이 하던 말을 떠올렸다.

"열쇠장이!"

그녀가 열띤 목소리로 소리쳤다. 담비의 이마를 쓰다듬던 레이디 타마린드의 손끝이 그대로 멈췄다. 모스카는 서둘러 말을 이었다.

"햄버드에서 선원들이 이야기하는 걸 들었어요. 어제 저녁에요. 그 사람들은 제가 자는 줄 알았어요. 열쇠장이들이 맨들리온을 차지하고 싶어한댔어요…… 스커리를 차지한 것처럼…… 하지만 아가씨가 절대 가만히 안 있을 거라고 했어요. 열쇠장이가 누구예요?"

"아마 왕국에서 제일 무서운 길드일 거다." 레이디 타마린드가 잠시 망설이다가 말했다. "옛날에는 그냥 자물쇠와 귀중품 상자를 만드는 사람들이었지. 하지만 왕이 없어진 뒤로 모든 길드들이 점점 강해졌다. 말해봐라, 아이야. 포도꾼이라는 말을 들어보았느냐?"

"예."

포도꾼은 『교수형 집행인의 이야기』에 자주 나오는 말이었다.

"경찰이 도둑을 찾아내지 못할 때 도둑을 잡아달라고 부르는 사람들이에요. 맞죠?"

"그건 진실의 일부에 불과하다. 잘 들어라, 아이야. 포도꾼은 제가 잡아들이는 악당들보다 나을 것이 없다. 포도꾼은 전부 열쇠장이의 지휘를 받는데, 그들의 진짜 임무는 범죄자들이 절대 자유로이 돌아다니지 못하게 하는 것이다. ……열쇠장이 길드를 위해 일하는 범죄자들만 빼고. 열쇠장이 길드는 4대 도시에서 지하 범죄 세계를 장악하고 있다. 다른 곳에서도 점점 부상하는 중이고. 왜 나에게 위험한 적이 있다고 했는지 이제 알겠느냐?"

모스카의 입이 쩍 벌어졌다.

"네가 날 위해 일하게 된다면, 아무한테도 그 말을 하면 안 된다. 우리가 다시 만나서도 안 돼."

모스카는 고개를 끄덕였다.

"그럼, 됐다. 열쇠장이들의 세력이 커지고 있기 때문에 내가 그놈들을 막지 않으면, 맨들리온이 그놈들 차지가 될 거다. 나는 다른 세력들이 열쇠장이 길드에 맞설 생각인지 반드시 알아내야 해. 특히 출판업자 길드가 중요하다."

타마린드는 몸을 앞으로 기울이고 목소리를 더욱 낮췄다. 그래서 목소리가 그냥 고막을 살살 간질이기만 할 정도로 작아졌다.

"내가 책략을 꾸미는 것처럼 보여서는 절대 안 되지만, 그래도 나는 그들이 무슨 계획을 짜고 있는지 알아야 한다."

"저더러 출판업자 길드를 염탐하라시는 거예요?" 모스카가 바짝 말라서 모래알 같은 혀끝으로 입술을 핥았다.

"네 주인 옆을 지키면서 주인에 대한 정보를 캐내거라. 네 주인이 너를 출판업자 길드의 다른 사람들과 만나게 해줄 것이고, 아마도 출판업자 길드 학교에 넣어줄 수 있을 것이다. 일단 학교 교육을 제대로 받은 뒤에는…… 신분이 높은 사람이 널 고용하더라도 그리 눈에 띄지 않겠지. 나한테 전달할 정보가 생기면 도시의 깃털 정원을 찾거라. 착한 남자 클래습킨의 동상 앞에 꿩 깃털들이 심어져 있을 거다. 거기서 깃털 하나를 뽑아 깃대 속에 편지를 숨기고 깃털을 다시 땅에 심어라. 그러면 그 편지가 내 손에 들어올 것이다."

모스카는 눈을 심하게 깜박거리면서 아가씨의 말을 모조리 기억에 새기려고 애썼다.

"너 자신의 안전을 위해서 반드시 명심해야 할 것이 있다. 실내에서 점심을 먹을 때에도 장갑을 벗지 않는 남자들을 조심해야 한다. 네 주머니와 지갑을 철지히 시켜야 돼. 포도꾼은 가끔 적의 몸에 훔친 물건을 심어놓기도 하니까. 그리고 아이야, 누가 널 의심하는 것 같거든…… 사고를 조심하거라……"

클렌트가 잠에서 깨어나며 길게 숨을 들이쉬었다. 눈꺼풀이 퍼덕거리며 떠지고, 그는 흐릿한 눈으로 마차 천장을 멍하니 바라보았다. 타마린드는 흠잡을 데 없이 차분한 태도로 다시 뒤로 물러나

앉았다. 모스카는 클렌트에게서 먼 쪽으로 몸을 둥그렇게 말면서 눈을 감고 자는 척했다.

모스카가 창틀에 몸을 기대고 주인의 숨소리를 세기 시작한 지 오 분쯤 되었을 때, 마차가 기울어지면서 그녀의 잠을 깨웠다. 하얀 옷의 아가씨가 창밖을 내다보고 있었다. 돌처럼 딱딱한 빛 속에서 그녀의 흉터가 지독히 하얗게 보였다. 모스카는 아까 그 기묘한 대화가 혹시 꿈속의 일이었는지도 모른다는 생각이 들었다.

모스카가 졸다가 자다가 깨어나보니 길가에 마을들이 불쑥불쑥 솟아 있었다. 다시 졸다가 자다가 깨어나보니 길이 강과 나란히 달리고 있었고, 강에 떠 있는 배들의 돛 위에서는 뱃사공 길드의 표지가 그려진, 바람받이 연들이 여섯 개쯤 가늘게 떨고 있었다. 뱃사공 길드의 표지는 연못에서 스케이트 타는 사람의 모습을 검은 바탕에 은색으로 그려 넣은 것이었다. 또다시 졸다가 자다가 깨어나보니 하늘이 흐릿했고, 호된 옆바람 때문에 커튼이 마차 지붕에 납작하게 붙어 있었다.

마차는 다리를 건너고 있었다. 다리 옆에는 마치 모스카를 엿보려는 듯 집들이 옹기종기 모여 있었다. 그 집들 사이로 물이 살짝 보였는데, 물의 폭이 워낙 넓어서 처음에 그녀는 그것이 호수인 줄 알았다. 하지만 호수는 아니었다. 저 멀리서 강둑이 둥글게 구부러져 수평선과 손을 맞잡았다. 아직도 슬라이 강이 끝나지 않은 것이다. 다리 반대편에서는 맨들리온이 연기를 피워올리며 넓게 퍼져서 뾰족탑으로 하늘을 긁어대고 있었다.

모스카는 흥분을 주체하지 못하고 좌석 끝까지 꿈틀꿈틀 몸을 빼내서 창밖으로 고개를 내밀었다. 동쪽과 서쪽에서 모든 건물들 위로 뾰족탑 두 개가 솟아 있었고, 그 두 개의 탑 사이에 도시가 펼쳐져 있었다. 파이 껍질처럼 부서져내리고 있는 긴 담장 뒤에는 지붕들이 모자이크처럼 모여 있었고, 흐릿한 빛 속에서 비누 거품처럼 영롱하게 반짝이는 커다란 둥근 지붕이 보였다. 서쪽의 강가에서는 아직 다 완성되지 않은 배들이 하늘을 향해 나무 갈빗대를 드러내고 있었다. 조선소의 삐걱삐걱, 찰싹찰싹 소리가 귀뚜라미 오케스트라의 연주처럼 희미하게 들려왔다.

바람이 강어귀에서 새로이 힘을 얻어 포효했다. 갯벼룩과 바다양귀비 냄새가 바람에 실려 왔다. 물 위를 걷는 새들의 희미한 울음소리, 물고기들이 은빛 눈으로 꾸는 끈적끈적한 꿈도 바람에 묻어 있었다. 모스카는 연안지방을 한 번도 본 적이 없었지만 지금 눈에 보이는 저 풍경 너머 어디선가 바다가 상상조차 할 수 없는 심연을 끌어안고 거대한 어깨를 으쓱거리며 파도를 끌어오고 있는 것이 느껴져서 마음이 들떴다.

마차가 다리 끝에 이르자 모스카가 지금까지 본 가장 높은 건물들이 도로 양편에 늘어서 있었다. 밤이 검은 목재들을 집어삼켜서 하얗게 회칠을 한 건물 진면만이 허공에 깃발처럼 떠 있었다. 모스카의 눈에는 이 건물들이 왠지 하얀 옷의 아가씨에게 속해 있는 것처럼 보였다. 그들도 하얀색이었으니까. 강 위에서 반짝이는 하얀 돛들도 이 아가씨의 것임이 틀림없었다. 칼날에 묻은 크림처럼 은빛 구름 위에 올라앉은 희고 통통한 달도 이 아가씨의 것임이 틀림없었다.

"마부에게 어디서 내릴 건지 알려주세요, 클렌트 씨." 레이디 타마린드가 말했다.

"저희, 음, 친구는 이스트 스트래들 거리에 살고 있을 겁니다, 아가씨."

마차가 말다툼을 하고 있는 이륜마차들 옆을 돌아 강변도로로 접어들었다. 건물들 사이로 가끔 반짝이는 강물이 보였다.

마침내 마차가 덧문이 내려진 가게 앞에 멈춰 섰다. 모스카는 마지못해 클렌트의 뒤를 따라 거리로 내려섰다.

"아가씨, 저, 음, 저, 음, 소개장은……"

"……이 주소로 곧 보내주겠어요."

아이 같은 말투 속에 더이상 말을 붙이면 안 될 것 같은 냉정함이 담겨 있었다. 도자기 같은 얼굴이 커튼 뒤로 희미하게 사라졌다. 마차가 다시 덜컹 하며 움직이기 시작했다. 클렌트는 실망감을 감추고 몸을 돌려 가게 문을 두드렸다.

모스카는 문 위에 걸려 있는 간판을 올려다보았다. 남자가 여자의 손을 잡고 있는 모습이 그려져 있었다.

"클렌트 아저씨…… 왜 결혼의 집 앞에 내린 거예요?"

클렌트가 뭐라고 대답하기도 전에 후추단지처럼 땅딸막한 남자가 문을 열었다. 그는 목사들이 쓰는 챙 넓은 모자를 썼으며, 경건한 표정과 재채기를 참는 표정을 뒤섞은 것 같은 표정이었다. 하지만 클렌트가 뭐라고 몇 마디 속삭이자 남자가 오소리처럼 활짝 웃었다. 고르게 늘어선 캐러멜색 치아가 드러났다.

"아, 베셀 부인이 내 이름을 알려주었다고요? 당신이 젠의 친구라면 어서 들어와 보커비의 환영을 받으셔야죠. 자기 전에 나하고 같이 꼭 코담배를 피워야 합니다."

그는 매번 굵직하고, 울림이 큰 교회 종소리 같은 목소리로 문장을 시작했지만, 문장을 끝맺을 때에는 행상처럼 수다스럽고 다듬어지지 않은 말투로 바뀌었다.

모스카와 클렌트는 그의 뒤를 따라 비좁고 지저분한 복도를 지나 역시 비좁고 지저분한 거실로 들어갔다. 탁자 위에는 꽃병들이 잔뜩 놓여 있었다. 그런데 꽃병을 채우고 있는 것은 꽃이 아니라, 크기는 금화만 하고 색깔은 비취색 종이 같은 빛나는 씨앗 주머니를 머리에 인 마른 루나리아 다발이었다. 스탠드에는 결혼의 집을 찾는 연인들이 자기들의 이름이 상서롭게 어울리는지 찾아볼 수 있게 각 날짜의 이름이 적힌 책이 놓여 있었다.

사랑받는 자들의 자그마한 성상들이 벽을 대충 잘라 만든 벽감들 속에 앉아 있었는데, 마치 이 작은 신들이 둥지를 만드는 새처럼 스스로 벽을 파서 집을 마련한 것 같았다. 여기 전시된 사랑받는 자들 중에는 모스카가 처음 보는 사람들이 많았지만, 버금 진실의 착한 부인 모젯, 유감스러운 서약의 착한 남자 해픈다빗, 밤의 은밀한 자에게 외투를 빌려주는 자인 성 리시, 빌린 얼굴의 착한 부인 주딘을 알아보고는 약간 두려워졌다. 가장 커다란 제단은 깨어 있는 한쪽 눈의 림포의 것이었다. 전설에 따르면, 림포는 손을 맞잡게 하는 토퀘스트조차 강철 장갑을 낀 손의 새끼손가락으로도 만지려 하지 않는 결합과 계약에 미소를 보내는 착한 남자였다.

모스카는 점잖은 사람들은 모두 교회에서 결혼식을 올리지만,

돈이 너무 없거나 숨길 것이 너무 많은 사람들은 결혼의 집을 이용한다는 것을 알고 있었다. 아이가 있는 아가씨들, 금지된 사랑을 하는 사람들, 중혼을 하려는 사람들. 자신의 사생활을 대중에게 널리 알리고 싶어하지 않는 이 모든 사람들이 애인을 데리고 결혼의 집을 몰래 찾아와 몇 실링만 주면 결혼증명서를 손에 쥘 수 있었다. 옷차림을 보건대, 보커비는 이곳에서 사무원 겸 주례로 일하고 있는 것 같았다.

보커비가 벽난로 선반에서 마호가니 상자를 가져와 클렌트에게 권했다. 클렌트는 엄지손가락 뿌리 쪽에 코담배를 아주 조금 올려놓은 다음, 코를 손목에 대고 힘차게 빨아들였다.

"그래……"

클렌트가 커다란 흔들의자에 앉아 모스카에게 벽 앞의 등받이 없는 의자를 가리켰다.

"이 화려한 도시가 요즘 어떻게 돌아갑니까, 보커비 씨?"

"전에 여기 와본 적이 있습니까? 없다고요?"

보커비는 한쪽 어깨를 으쓱하며 코담배를 조금 빨아들였다. 그의 이마에 주름이 지면서 지도 같은 모양이 나타났다.

"아…… 사실 말이죠, 클렌트 씨, 지금 이곳이 조금 부글부글 들끓고 있습니다."

"성벽이 심하게 불탄 걸 봤습니다."

"대개는 옛날에 난 화재 때문이죠, 클렌트 씨. 예, 맨들리온은 진작부터 엉망이었습니다."

"옛날 그 전쟁 때문에요?"

"그 전쟁 때문에요. 그다음에는, 새잡이들이 나타났죠. 타격이 컸습니다. 다른 곳보다 더. 새잡이들이 권력을 잡았을 때 저는 겨우 열두 살쯤이었지만, 다 기억납니다. 나팔 소리처럼 또렷하게."

모스카는 클렌트와 보커비가 자기를 흘깃 보고 대화 내용을 모호하게 바꾸기를 기대했지만, 놀랍게도 둘 다 그렇게 하지 않았다. 자기도 모르는 사이에 모스카가 그런 이야기를 들어도 될 만큼 커버린 모양이었다.

"새잡이들은 제일 먼저 성 스퀴클의 날 쇠고둥 아가씨들의 춤을 금지했습니다. 그러고는 자기들 말로, '악마처럼 야단법석을 떠는 사람들'을 잡아들였죠. 그 사람들 발가락을 어찌나 꽉 묶어놓았는지 제대로 걷지도 못했습니다. 그다음에 정화운동이 일었죠. 교회의 가족석이 몽땅 텅 비어 있던 기억이 납니다. 그런데 아무도 나한테 그런 일이 벌어지는 이유를 말해주지 않았어요."

보커비가 웃음을 터뜨렸다. 모스카는 과거를 회상하며 웃음을 터뜨리는 사람들이 왜 이렇게 많은지 모르겠다는 생각이 들었다. 과거의 기억이 별로 웃기지도 않은데 말이다.

"그때 나는 한 번 질문을 던지기 시작하면 아주 찰거머리 같았습니다. 게처럼 꽉 잡고 놓질 않았죠."

그는 엄지와 집게손가락을 단단한 집게발처럼 움직여 보였다.

"제일 분명하게 기억나는 건 립스 옆의 강 하류로 고기를 잡으러 몰래 나갔다가 어두워진 다음에 집으로 돌아오곤 하던 일입니다. 달도 뜨지 않아서 사방이 칠흑 같았죠.

강둑에 늘어선 풍차 방앗간들은 제각각 다른 소리로 탁탁, 삐걱

삐걱 돌아갔습니다. 그래서 나는 항상 그 소리를 이정표로 삼았죠. 그런데 어느 날 밤, 찰칵 소리조차 나지 않는 겁니다. 내가 마녀에 홀렸나 싶어서 절대 집에 가는 길을 못 찾을 것 같은 생각이 막 드는데, 불빛 두 개가 움직이는 게 보였습니다. 등불잡이 소년이 재 다리를 건너는데, 그 불빛과 강에 비친 불빛이 내 눈에 들어온 겁니다. 나는 어둠과 정적 때문에 겁에 질린 나머지 아침까지 다리 위에 있었습니다. 그런데 먼동이 틀 때 보니 왜 풍차들이 조용했는지 알겠더군요.

모든 풍차 날개에 나무로 된 새장이 걸려 있었습니다. 전부 나무 술통만 한 크기였는데, 그 안에 들어 있는 것은 술이 아니라 사람들이었습니다. 남녀노소 할 것 없이 성 재리 축제를 위해 옷을 차려입은 사람들이었죠. 새잡이들이 밤중에 양초를 들고 행진하는 그 사람들을 습격해서 목을 비틀고 날개를 달아준 겁니다."

"날개를 달아줬다고요?" 클렌트가 조심스레 물었다.

"어쩌면 새잡이들이 맨들리온 이외의 지역에서는 그런 짓을 안 했는지도 모르죠. 그러니까 깃털의 깃대에 기다란 핀을 꽂은 다음, 그 핀을 다시……"

보커비가 이제야 모스카의 존재를 기억해냈는지 그녀를 흘깃 바라보고는 마치 기억을 밀어내는 것처럼 살짝 손을 움직였다.

"지금의 공작님이 누이와 함께 조틀랜드에서 돌아왔을 때 사람들이 얼마나 기뻐했는지 알 수 있겠죠?"

"공작님은 어떻습니까?" 클렌트가 조심스레 물었다. 마치 함부로 말해서는 안 되는 질병에 대해 묻는 것처럼.

"공작님은…… 예전 같지 않습니다." 보커비는 말을 신중하게 고르는 것 같았다.

"십육 년 전 우리가 새잡이들을 쫓아낸 뒤에 공작님이 망명지에서 처음 돌아왔을 때, 우리는 전부 깃발을 흔들고 미소를 짓고 모자를 던져 올렸습니다. 그런데 이 년쯤 지난 뒤 죽은 글자의 해에 그 소란이 일었죠. 출판업자 길드에 내분이 일어났을 때 말입니다. 공작님은 그때 폭동을 강력히 진압하시고는 사람이 완전히 달라졌습니다.

지금은 폭동이 일어나면, 공작님이 소총수들을 또 거리로 내보낼까봐 두렵습니다. 내가 공작님을 싫어하는 건 아닙니다, 절대로. 공작님의…… 이상한 행동이 해가 갈수록 점점 더 이상해지고 있지만, 그거야 뭐, 공작님들은 원래 그러시니까. 당신이 아무나 귀족을 한 명 데려오면, 난 그 귀족이 돌았다는 걸 증명할 수 있습니다."

클렌트가 한숨을 내쉬었다. "뭐, 사랑받는 자들은 힘 있는 사람들의 지혜를 지켜주시고, 약한 자들을 보호해주십니다! 보커비 씨, 아무래도 우리가 잠의 제단 앞에서 축 늘어져버릴 것 같습니다. 우리 방이 어디인지 안내해주시면……"

그는 모스카의 코앞에서 손가락을 강하게 튕겨 그녀를 깨웠다.

보커비가 양초를 들고 앞장서서 거실을 나갔다. 모스카는 비틀거리며 클렌트의 뒤를 따라 또다른 복도를 지나서 작은 방에 이르렀다. 책상 하나, 벽장 하나, 그리고 오래전에 잊혀진 쥐의 모험이 남긴 냄새가 있는 방이었다.

보커비가 사라진 뒤 모스카는 중앙 침대 발치의 바퀴 달린 침대에 반가운 듯이 쓰러졌지만, 그녀의 머릿속은 더이상 잠들 수 있는 상태가 아니었다. 묘하게도 레이디 타마린드에게 클렌트의 비밀을 털어놓은 것 때문에, 그를 향한 증오심이 어느 정도 무뎌져 있었다. 모든 것이 너무 낯설다는 느낌이 마음속에서 파도처럼 철썩거려서, 비록 밉살스럽기는 해도 클렌트가 옆에 있다는 사실이 거의 위안이 될 정도였다.

"공작님 머리가 모자이크된 거예요, 클렌트 아저씨?"

클렌트는 몸을 부르르 떨었다. "네 어휘력을 확장시킬지 말지는 내가 판단할 거야. 내가 듣는 곳에서 네가 한 번만 더 공작님한테 그런 단어를 썼다가는, 현명하게 말하는 법을 배울 때까지 말린 동사랑 물만 먹일 테다. 맨들리온에서는 말 한마디만 잘못해도 목이 날아가는 수가 있어."

"그럼, 머리가 모자이크된 게 아니라면, 돌았다느니 쌍쌍이니 하는 말은 다 뭐예요?"

"아." 클렌트가 의미심장하게 말했다. "쌍쌍." 그는 창턱에 편안하게 자리를 잡았다.

"공작님이 쌍쌍을 좋아하게 된 건 메리엘 여왕, 페리 여왕과 함께 머물렀을 때부터다. 그 쌍둥이 여왕에 대해 너도 들은 적 있지?"

"지난번에 옥좌에 올랐던 왕의 손녀들이죠?"

"그래, 잘 아는구나. 그럼 그 여왕들이 초상화 속에서 왜 항상 소매가 길게 끌리는 옷을 입고 있는지 아니?"

모스카는 쌍둥이 여왕의 초상화를 한 번도 본 적이 없었으므로 고개를 저었다.

"쌍둥이는 항상 같이 태어나는 법이지만, 쌍둥이 여왕은 손에 손을 잡고 태어났다. 메리엘의 오른손 바깥쪽 가장자리가 페리의 왼손 가장자리랑 딱 붙어 있었단 말이다. 그리고 두 여왕의 새끼손가락 사이에 손가락 하나가 새로 자라났는데, 두 사람 모두 그 손가락을 마음대로 움직일 수 있었지.

두 사람이 다섯 살이 되었을 때, 사람들은 이상하게 연결되어 있는 두 사람을 떼어놓아야 한다는 결정을 내렸다. 별도로 자라난 손가락은 메리엘이 갖게 되었지만, 손이 분리된 뒤로 두 사람은 항상 자기들이 서로 다르다는 걸 감추려고 장갑을 끼고 긴 레이스 소매가 달린 옷을 입는 거야. 미신을 믿는 사람들은 문제의 손가락을 메리엘이 갖고 있지만, 아직도 두 사람 모두 그 손가락을 움직일 수 있다고 생각한다.

지금의 맨들리온 공작인 보카도 어부어레이스와 그 누이인 레이디 타마린드는 망명지인 조틀랜드에서 태어났다. 공작 가문은 그곳에서 쌍둥이 여왕과 그 어머니에게 충성을 바쳤지. 공작님은 어렸을 때 어린 여왕들과 많은 시간을 보냈고, 성년이 된 뒤에는 두 여왕에게 열성적으로 구애하기 시작했어. 문제는, 공작님이 두 사람 모두에게 구애를 했다는 점이다. 사실 두 사람이 너무나 똑같아서 누굴 고르고 말고 할 것이 없었으니까.

결국은 두 자매가 공작님한테 신부를 한 명만 골라야 한다고 분명히 말했지. 공작님은 페리를 골랐고, 처음에는 다들 기뻐했어. 그런데 페리가 왜 자기를 골랐느냐고 물어보았더니, 공작님은 메리엘의 여섯 번째 손가락이 무서워서 페리를 골랐다고 말해버렸다. 페리는 이 고백을 듣고 파혼해버렸고. 공작님이 메리엘을 욕한 것에 화가 나서 그랬다는 사람도 있고, 페리가 아직도 그 손가락을 자신의 일부로 생각하고 있기 때문에 그 손가락을 받아들이지 못하는 남자랑 결혼하기 싫어서 그랬다는 사람도 있다.

공작님은 조국으로 돌아온 지금도 잠잘 때를 제외하고는 항상 쌍둥이 여왕을 생각한다고들 하더라. 식사시간에는 닭뼈와 버찌씨를 쌍쌍으로 맞춰놓고, 두 여왕의 똑같은 얼굴이 새겨진 동전을 보며 한숨을 짓는대. 한 면에는 오른쪽을 보고 있는 메리엘이 새겨져 있고, 다른 면에는 왼쪽을 보고 있는 페리의 얼굴이 새겨진 동전 말이다. 공작님은 지금도 자기가 맨들리온을 쌍둥이 여왕에게 걸맞을 만큼 훌륭하게 재건한다면, 두 여왕이 자길 용서하고 맨들리온을 수도로 삼아 왕국을 다스리러 올 거라는 꿈을 꾸고 있다."

"두 여왕이 맨들리온으로 올 것 같아요?" 모스카가 물었다.

"그럴지도 모르지. 태양이 수프로 변하는 날에." 클렌트가 건조한 말투로 말했다. "그때까지는 공작님의 혈통이 이어지지 않을 것 같다. 공작님은 쌍둥이 여왕이 아니면 결혼하지 않을 테니까."

"하지만 레이디 타마린드가 아이를 낳을 수도 있잖아요! 그분은 결혼하셨나요?"

클렌트는 교활한 시선으로 모스카를 흘깃 바라보았고, 그녀는 얼굴을 붉혔다. 자기가 그 고귀한 여성에게 얼마나 넋을 잃었는지 그가 눈치챌까봐서였다.

"아니. 내가 아는 한 레이디 타마린드한테 구애하는 사람도 없고, 그녀가 좋아하는 사람도 없다."

"왜요? 그 흉터 때문에요?"

"레이디 타마린드의 흉터는 꽃 같아." 클렌트가 부드럽게 말했다. "레이디 타마린드가 결혼하지 않은 건, 그걸 그렇게 간직하고 싶어서야."

"레이디 타마린드는 어쩌다가 그런 흉터가 생긴 거예요?"

"그건 나도 모른다. 열세 살에 조틀랜드에서 돌아올 때부터 이미 그 흉터가 있었던 것 같아."

그 순간에 레이디 타마린드는 수도에서부터 맨들리온의 동쪽탑까지 이르는 긴 귀향길의 마지막에 거의 다다라 있었다. 그녀는 이제 마차가 아니라 가마를 타고 벌집 정원을 통과해 동쪽탑으로 향하고 있었다. 레이디 타마린드는 자신이 결혼의 집에서 열띤 대화의 주제가 되었음을 전혀 모르고 있었지만, 우연히도 뺨의 흉터에 생각을 모으고 있었다.

그녀는 그 흉터를 쉽사리 무시해버릴 수 없었다. 아주 드물게 미소를 지을 때면, 흉터가 뺨을 팽팽하게 당겼다. 마치 그녀로 하여금 다시 엄숙한 표정을 짓게 만들려는 듯이. 겨울이면 차가운 기운이 흉터를 파고드는 것이 느껴졌다. 진짜 눈송이가 뺨에 내려앉은 것 같았다. 그녀가 아는 한 두려움과 가장 가까운 것은 흉터 뒤에서 뭔가가 욱신거리며 퍼덕이는 것 같은 느낌이었다. 그런데 그녀가 마차 여행을 하며 생긴 일들을 되돌아보는 동안 그 느낌이 왔다. 나방의 날개가 그녀의 뺨을 두드려대는 것 같았다. 그녀는 아

무런 감정도 없이 생각했다. '아무래도 내가 그 일 때문에 겁을 집어먹었던 모양이야.'

하인 한 명이 가마에서 내리는 그녀의 손을 붙잡아주었고, 다른 하인들은 동쪽탑의 문에 달려 있는 커다란 자물쇠 여섯 개를 여느라 분주히 움직였다.

"수도에서 볼일이 끝났다." 타마린드가 설명했다.

"콜라비 씨의 거처로 편지를 보내 시내로 돌아오는 즉시 나에게 와달라고 해라. 그러고 나서 간식 한 접시, 《가제트》 최근호, 죽은 고양이 한 포대를 가져와."

오 분 뒤 시녀들이 그녀가 요구한 물건들을 가져왔고, 그들은 함께 탑으로 들어갔다.

자물쇠들이 하나씩 매끄럽고 맑게 찰칵 소리를 내며 그녀의 등 뒤로 미끄러졌다. 그 커다란 자물쇠들에는 열쇠장이 길드의 보증이 붙어 있었다. 이는 이 자물쇠들이 최고급품이라는 뜻이었다. 또한 만약 이 자물쇠들이 부서지면, 열쇠장이 길드가 보상금으로 적지 않은 금액을 지불할 것이라는 뜻이기도 했다. 그리고 동쪽탑은 출입금지 구역이라는 말이 지하세계에 쫙 퍼져서 생각이 제대로 박힌 도둑놈이라면 이 자물쇠들에 손댈 생각을 하지 않을 것이라는 뜻도 되었다. 열쇠장이 길드의 무서운 포도꾼들이 그 도둑을 잡겠다고 나설지도 모르니까 말이다.

이것으로 레이디 타마린드가 안심할 수도 있었을 것이다. 만약 그녀가 열쇠장이들을 제외한 모든 사람의 출입을 막을 작정이었다면. 그녀는 열쇠장이들이 자신의 거처를 마음대로 돌아다니지 못하게 하려고 다른 조치들을 취했다.

그녀는 계단을 오르면서 어깨까지 오는 긴 가죽 장갑을 끼었다. 그러고는 응접실 문 앞에서 잠시 걸음을 멈추고 죽은 고양이 한 마리의 꼬리를 잡고 꺼내서 바닥 한가운데로 조심스레 던졌다. 뭔가를 줄에 가는 것 같은 소리가 났다. 모래가 밀짚을 통과할 때 나는 소리. 가죽으로 묶인 사악한 것이 하프시코드 밑의 어둠 속에서 뱀처럼 꿈틀꿈틀 기어나왔다. 그것의 턱이 상상을 초월할 정도로 벌어졌다. 마치 이빨이 잔뜩 달린 얄팍한 책 같았다. 그 턱이 고양이를 물었다. 고양이가 미처 바닥에 닿기도 전에 벌어진 일이었다.

시녀 두 명은 문 앞에 그대로 서 있고, 타마린드만 앞으로 나아가 자신의 애완동물을 살펴보았다. 그녀는 그 독특한 생김새, 왼쪽 눈 위에 흙과 같은 색으로 움푹 팬 자국, 불쑥 튀어나온 납작한 이빨 한 개를 확인하고 만족스러운 표정을 지었다.

원래 그녀의 방을 지키던 것은 비명을 지르는 여우매였다. 녀석은 그녀를 제외한 모든 사람의 눈을 노리고 달려들곤 했다. 그런데 어느 날 그녀가 집에 돌아와보니 녀석이 묘하게 얌전한데다가 전보다 약간 커져 있었다. 그녀가 자기 거처를 수색하려는 침입자를 막기 위해 여우매 다음으로 사들인 것은 사나운 울프하운드였다. 하지만 그 녀석이 뜻하지 않게 새끼를 낳는 바람에 누군가가 울프하운드 역시 바꿔치기했다는 사실을 알게 되었다. 육즙비늘 뱀은 그보다 오래 버텼지만, 그 녀석 역시 바꿔치기를 당한 뒤 그녀는 점점 더 이국적인 동물들에게 의존하게 되었다. 상황을 보아 하니, 열쇠장이들이 아직 이 악어를 대신할 녀석을 찾아내지 못한 모양이었다.

악어는 잔디밭 속으로 파고드는 삽처럼 고양이의 시체를 덥석 물었고, 타마린드는 창가에 앉아 담비 손잡이가 달리고 자수가 놓인 상자를 열었다. 그녀가 수도에서부터 가져온 인장 반지가 아직 그 안에 있었다. 노상강도들의 피투성이 손과 열쇠장이들의 장갑 낀 손가락을 물리치고 안전하게. 이 반지를 비밀리에 만드는 데 돈이 많이 들었다. 그녀는 이 반지가 자신의 수중에 있다는 사실이 발각된다면 어떤 일이 벌어질지 너무나 잘 알고 있었다.

창 아래로 맨들리온이 벽돌과 슬레이트로 만들어진 나비처럼 펼쳐져 있었다. 이런 각도에서도 좌우 균형이 완벽한 도시의 모습을 분명히 알아볼 수 있었다. 서쪽에는 동쪽탑과 똑같은 탑이 서 있었는데, 그곳이 바로 맨들리온 공작의 거처였다.

오빠의 집착에 생각이 이르자 흉터 밑이 퍼덕거리기 시작했다. '틀림없이 내가 뭔가를 느끼고 있는 거야.' 그녀는 속으로 생각했다. '혹시 두려움일까? 아니, 두려움은 아냐.' 그녀는 다른 창문으로 옮겨가서 뜰에 놓인 칼*과 교수대를 내려다보았다.

저 아래 마당에 어떤 남자가 무릎을 꿇고 있었다. 경찰관은 불 속에서 낙인을 찍을 때 쓰는 긴 쇠막대기 하나를 골라 사려 깊게 물에 담갔다가 꺼내더니 죄인의 손을 자기 쪽으로 끌어당겼다. 아마 낙인은 도둑을 뜻하는 'T' 거나 위조범을 뜻하는 'F' 일 터였다. '저런 놈들을 그냥 매달아버리는 게 더 빠르고 간단할 텐데.' 타마

* 죄인의 목에 끼우는 형구.

린드는 생각했다. '도둑이라는 낙인이 찍히면, 다시는 정직한 일자리를 구할 수 없겠지. 그래서 몇 주 안에 비정한 강도가 될 거야. 낙인이 저 사람의 본성을 드러내는 게 아니라, 새로 만들어내는 셈이야.'

기다란 손가락 끝으로 그녀는 뺨에 난 눈송이 모양의 흉터를 둥글게 어루만졌다. '혹시 두려움일까? 아니, 두려움은 아냐.'

그녀가 태어나서 자란 조틀랜드의 집 아래쪽에는 배드민턴장으로 따로 마련된 빈터가 있었다. 그녀는 그곳에서 마지막으로 배드민턴을 쳤던 때를 너무나 선명하게 기억하고 있었다. 열세 살 때 있는 힘껏 오빠의 소매를 끌고 나왔는데 비에 젖은 정원이 반짝이던 기억이 생생했다. 그녀는 페리 여왕에게 거절당한 일이 오빠에게 얼마나 깊은 상처를 남겼는지 아주 어렴풋이 짐작만 했을 뿐이었다. 하지만 몇 시간 동안이나 벽장에 앉아서 동전이나 로켓 속의 두 얼굴을 들여다보는 것이 오빠에게 좋을 리 없다는 것만은 잘 알고 있었다. 또한 오빠의 주의를 다른 곳으로 돌려서 정신을 차리게 하는 것이 자신의 임무라는 것도 알고 있었다.

그녀의 오빠는 마치 새의 노랫소리 때문에 치통이 생기기라도 한 것처럼 움찔거리며 셔틀콕을 후려쳤다. 처음에는 전혀 내키지 않아했지만, 나중에는 워낙 사납게 달려들었기 때문에 이파리들이 라켓 줄에 엉켜버렸다. 타마린드는 오빠를 도와 이파리를 떼어내려고 달려갔지만, 그가 그녀의 손을 밀어냈다. 그녀의 발치에 잔디밭이 움푹 팬 곳이 있었는데, 그곳에 물이 고여 거기에 비친 모습이 기쁨과 놀라움이 담긴 시선으로 그녀를 바라보았다.

"이것 좀 봐, 보카도!" 그녀가 물에 비친 자신의 모습을 가리키며 말했다. "나한테 쌍둥이가 생겼어!"

쌍둥이. 아무 뜻 없는 그 단어만큼 보카도를 괴롭히는 단어는 없었다. 그녀는 미소를 기대하며 오빠를 바라보았지만, 바로 그 순간 그의 라켓이 그녀의 얼굴을 사납게 후려쳤다.

저 아래 뜰에서 경찰관이 죄수의 손에서 쇠막대기를 떼어내고 고개를 돌려 재판관을 바라보았다. 뾰족탑 안의 방에서는 비명도 들을 수 없고, 열기도 느껴지지 않고, 타는 냄새도 나지 않았다. 하지만 타마린드는 경찰관이 자신의 작품을 그 자리에 모인 사람들에게 보여주며 전통적인 말을 하고 있으리라는 것을 알고 있었다.

"선명한 낙인입니다, 재판관님."

G는 Gentleman's Agreement 신사협정

"호이!"

모스카는 여느 때처럼 두 주먹을 좌우로 내뻗으며 서서히 잠에서 깨어났다. 그런데 오늘은 주먹이 답답한 나무 벽에 부딪혀 손마디에 멍이 들었기 때문에 그 충격으로 정신이 번쩍 들었다. 그녀의 몸 위에는 먼지투성이의 긴 거미줄이 감겨 있는 낯선 서까래가 있었다. 근처에서 나는 물소리 때문에 그녀는 순간적으로 처프에 돌아와 있는 줄 알았다. 하지만 지금 나는 소리는 신사인 듯싶은 사람의 물기 어린 목소리였다. 그가 한 번 소리를 지를 때마다 채찍이 종아리를 한가로이 후려치는 것 같았다.

"호이!"

모스카는 머리가 이상한 각도로 구부러진 채로 옆을 바라보았다. 바지를 입고 있는 그녀의 무릎이 목제 발판 위에 걸쳐져 있었다. 서까래 아래에는 창문이 하나 있었는데, 동트기 직전의 회색 하늘이 창틀 때문에 다이아몬드 모양으로 잘려 있었다. 창문 너머 어딘가에서 누군가가 숨죽여 고함을 지르려고 애쓰고 있었다.

모스카는 한숨을 쉬며 침대에서 빠져나와 창문을 열었다. 저 아래에서 노란색 머리를 굵은 돼지꼬리처럼 묶고, 입은 개구리처럼 커다란 여자가 어떤 신사를 일으켜 세우고 있었다. 그녀의 통통하고 강한 팔이 그의 허리를 붙들고 있었다.

"이봐요! 거기 위에 있는 사람!"

여자는 이웃들을 깨우지 않고 이 집 안의 사람들만 깨우려고 거친 목소리로 숨죽여 소리를 질렀다.

"여기가 결혼 시켜주는 곳 맞죠? 우린 결혼하고 싶어요. 그렇지?"

"브즈즈즈." 그녀의 일행이 동의하더니 손에 들린 병을 향해 미소를 지었다.

벽을 따라 조금 더 내려간 곳에서 창문 하나가 열리더니 새빨간 머리카락이 나타났다.

"빨리 결혼하고 싶어요?" 가시처럼 날카롭고 젊은 목소리였다. "삼 실링에다가, 야밤 할증료 육 펜스 있어요?"

"지갑 속에 있어요." 약혼자가 쓰러지지 않게 붙들고 있는 것이 힘들었는지, 통통한 여자의 얼굴색이 변하기 시작했다.

"그럼 내가 내려가서 문을 열어줄게요." 빨간 머리 아가씨가 말했다. "아무래도 등록부에 서명할 때 댁이 신랑의 손을 붙들어줘야 할 것 같네요."

집 안 어디선가 부싯깃을 긁는 소리와 무거운 신발 밑창이 나무바닥에 철썩철썩 닿는 소리가 들렸다. 이윽고 정문이 열려 여자와 그녀의 술 취한 친구를 집어삼켰다.

오 분쯤 뒤에 아까 그 창문이 활짝 열렸다. 빨간 머리를 대충 밀어 넣은 실내모자 밑에 아직 굽지 않은 빵 반죽처럼 창백하고 현명해 보이는 얼굴이 있었다. 그 얼굴의 주인이 창문들을 훑어보다가 모스카를 발견했다.

"잠을 깨워서 죄송해요, 부인. 부인과 남편께 더이상 불편을 끼치지 않을게요."

모스카는 그 아가씨가 자기 얼굴을 제대로 볼 수 없는 모양이라고 생각할 수밖에 없었다. 자기보다 두 살쯤 많아 보이는 사람이 자기를 '부인' 이라고 불러주니 기분이 이상했다.

"저는 결혼하러 온 게 아니에요. 그냥 여기 머무르고 있을 뿐이에요."

빨간 머리 아가씨의 얼굴이 펴지면서 활짝 미소를 지었다. "아, 그럼 여긴 왜 오신 거예요? 저는 케이크예요."

"네?"

"제가 케이크를 만든다고요. 결혼식이 끝나고 먹는 것 말이에요. 부인은 여기 왜 오신 거예요?"

"저는 비서예요."

"아." 케이크의 얼굴이 어두워졌다. 모스카의 말이 사실이 아니라고 생각하는 모양이었다. 하지만 그녀는 자기가 간섭할 일이 아니라고 생각한다는 걸 보여주려는 듯 어깨를 으쓱했다.

"그럼 아침식사 때 봐요."

저 멀리 뾰족탑들 뒤에서 하늘이 은색으로 바뀌는 동안, 모스카는 누더기처럼 터진 곳 투성이인 자기 계획을 손보려고 애썼다. 졸음에 겨운 상태에서 레이디 타마린드와 나눈 대화가 모든 것을 바꿔놓았다. 내가 정말로 레이디 타마린드와 그런 대화를 나눈 걸까?

레이디 타마린드를 생각하니 뱃속이 꼬이는 것 같았다. 흥분 때문이었지만, 전적으로 즐겁기만 한 흥분은 아니었다. 오히려 자신에게 부족한 점, 마차에 타고 있던 그 아가씨의 부유하고 낯선 분위기 속에서 자신이 느꼈던 그 부족한 점을 갑작스레 인식한 탓이었다. 고통스러웠다. 이에 구멍이 뚫린 것처럼.

레이디 타마린드를 위해 일하게 되다니! 조만간 레이디 타마린드의 기묘한 하얀색 부와 권력이 가루눈처럼 모스카에게도 묻을 것이다…… 그러면 모스카는…… 그녀는 자신이 어떻게 될지 분명하게 예측할 수 없었다. 이런 생각을 하다보니 등 뒤로 부드러운 날개가 지나가는 것 같았다. 날개가 지나가면서 생긴 산들바람에 목에 난 털이 흔들릴 만큼 가까이. 자그마한 황금빛 독액 방울들이 피부를 아주 살짝 스치고 지나가는 것 같은 느낌이었다. 벌에게 쏘여서 피가 날 때처럼.

여섯시에 시장의 종소리가 울리고 행상들이 점차 거리를 채웠다. 모스카는 무한한 사치를 누리고 있는 듯한 기분으로 저 아래 계단에서 자기가 아닌 다른 사람이 백랍 그릇에 반짝반짝 광을 내고 있는 모습을 지켜보았다. 말쑥하게 차려입은 클렌트를 따라 늦은 아침식사를 하러 내려갈 무렵에는 여기가 세상에서 제일 좋은 곳이라는 생각까지 들었다. 보커비가 응접실에서 두 사람을 맞이했다. 그가 아주 신중하고 빠릿빠릿한 모습이었기 때문에 모스카는 어젯밤에 그가 취한 상태였음을 깨달았다.

"아, 예, 기억납니다. 젠의 친구라고 했죠? 젠은 잘 지냅니까?" 모두 자리에 앉은 뒤에 보커비가 물었다.

"아가씨처럼 튼튼하고 건강합니다. 점점 재산가가 되어가고 있죠. 지갑이 통통해져서 도제 두 명을 고용했더군요."

"아, 통통해졌다고요? 젠은 옛날부터 항상 굶주림의 지혜를 갖고 있었죠. 은퇴했다는 말을 듣고 놀랐습니다. 아, 우리 모두 이제는 점잖은 사람들이 되었군요…… 심지어 젠도."

"치안판사한테서…… 아주 강력한 의미의 글자를 받고 젠이 그 직업에 흥미를 잃었다고나 할까요." 클렌트가 움찔거리는 것 같은 미소를 지었다.

보커비가 서글픈 미소를 지으며 혀끝으로 치아 끝을 차례로 건드렸다. 마치 숫자를 세는 것처럼.

"그럼 'T'라는 글자겠네요." 모스카가 빵을 입 안 가득 씹으며 말했다.

보커비가 마치 갑자기 나타난 사람을 보듯이 모스카를 바라보았다. 그는 잠시 그녀를 찬찬히 훑어보고 나서 날카로운 시선으로 클렌트를 바라보았다.

"이애는 눈치가 빠른 편입니까?" 그가 턱짓으로 모스카를 가리키며 물었다.

클렌트는 고개를 끄덕이는 것도 아니고 어깨를 으쓱하는 것도 아닌 애매한 몸짓으로 고개를 살짝 기울였다.

"걱정할 필요 없습니다. 당면한 일에서는."

보커비는 불만스럽다는 듯이 혼자서 뭐라고 중얼거렸다.

"몇 살입니까? 기껏해야 열세 살 정도일 것 같은데…… 조금 풋내가 나는군요. 조금 풋내가 나. 그래도……" 보커비는 빵을 한 조각 더 잘라냈다. "내가 당신이라면, 어쨌든 저 아이와 결혼하겠습니다. 아시다시피, 일단 남편의 성을 쓰게 되면 더 고분고분해지는 경우가 많거든요."

"정신을 푼돈에 팔아버리기라도 했습니까?" 클렌트가 벌컥 화를 내며 귀가 멍멍할 정도로 고함을 질렀다.

벽 뒤편 어디선가 결혼식을 진행하는 단조로운 소리가 잠깐 멈추더니, 아까보다 더 머뭇거리는 듯한 말투로 다시 시작되었다.

"나 자신에게 족쇄를 채운 게 아닌데 두 사람 몫의 생각을 해야 하는 처지가 된 것이 마음에 들지 않는데."

보커비는 어깨를 으쓱하고는 잔을 물병 위에서 한 번 돌린 다음 물을 마셨다. 프라엘 왕을 기리는 행동이었다.

모스카는 자신이 갑자기 눈에 안 보이는 존재가 되어버린 것 같다는 결론을 내릴 수밖에 없었다. 그렇다면 식탁 위에 남은 빵과 치즈를 몽땅 훔쳐도 될 것 같았다.

"글쎄요." 보커비가 아무 의미 없는 미소를 지으며 약삭빠른 표정으로 클렌트를 지켜보았다. "조만간 저애를 어떻게든 해야 할 겁니다."

"그래요, 그래요, 압니다……"

"보커비 선생님?" 빨간 머리 여자가 문 뒤에서 고개를 내밀고

코 위로 흘러내린 고수머리를 입으로 후 불었다. "동쪽 예배당에 가보셔야겠는데요, 보커비 선생님."

"그래…… 일을 하러 가야겠군요. 실례합니다." 보커비는 자리에서 일어나 챙이 넓은 목사 모자를 머리에 썼다. "저의 신성한 임무가 저를 부르고 있습니다. 방으로 돌아가실 때, 보통 우리 고객들에게 드리는 방을 당신에게 드렸다는 점을 잊지 마세요. 그러니까 혹시 복도에서 누구와 마주치거든, 부탁이니…… 더없이 행복한 표정을 지어주십시오."

모스카는 '더없이 행복한 표정'을 어떻게 지어야 할지 몰랐고, 클렌트는 분명히 뭔가 다른 생각을 하고 있었다. 그러니 복도에서 아무도 만나지 않는 편이 좋을 것 같았다. 무사히 방으로 돌아온 뒤 클렌트가 문에 빗장을 채웠다.

"앉아라. 아냐, 저기 책상 옆에." 그는 밑 빠진 독 같은 주머니를 뒤져 몇 가지 물건을 꺼내 모스카 앞의 책상에 내려놓았다. "배에서 쓰는 물건이다."* 그가 말했다.

모스카는 둘둘 만 백지, 잉크 한 병, 살짝 뭉개진 깃털펜을 내려다보았다.

"그래요?"

"만약 꼭 내 말을 방해하고 싶다면……" 클렌트가 쌀쌀맞게 말했다.

"적어도 머리를 쓰는 시늉이라도 해라. 에헴. 가끔은 사략선 두

* Ships' articles. 클렌트는 배에서 통용되는 규칙이라는 뜻으로 이 말을 했으나 모스카가 잘못 알아들은 것이다.

척이 나란히 항해할 수밖에 없을 때가 있지. 두 배의 목적이 같을 수도 있고, 같은 적을 뒤쫓을 수도 있지만, 이유야 어찌 됐든 사소한 말다툼을 벌였다가는 같이 물속으로 가라앉게 된다. 그런 상황에서 파도를 타고 넘는 이 신사들은 모두가 지켜야 하는 조항, 규칙들을 만드는 데 익숙해져 있다. 이제 무슨 말인지 알겠니?"

모스카는 휴전을 하자는 이야기임을 알아차렸다. 그녀는 잠시 볼 안쪽을 깨물며 고민했다. 그녀는 레이디 타마린드에게 당분간은 클렌트 옆에 머물겠다고 이미 약속한 처지였다. 게다가 사라센이 없는 지금, 클렌트는 그녀가 알고 있는 세상과의 유일한 연결고리였다.

"그럼 그 규칙들을 적을까요?"

"넌 내 비서잖아. 내 말을 받아 적어라. 작은 글씨로. 종이가 귀하니까. 첫째, 모스카…… 아……"

"모스카 마이."

"모스카 마이는…… 이포니머스 클렌트의 비서로 일할 것이며, 모든 합당한 지시에 의문을 제기하지 않고 복종할 것이며, 이포니머스 클렌트는 그 대가로 모스카 마이에게 식사와 숙소를 제공할 것이며…… 그리고…… 아…… 연간 이십 실링을 매년 연말에 지급할 것이다."

"……그리고 곰방대도……" 모스카가 앙심이 서린 목소리로 일부러 이 말을 강조하며 덧붙였다. '거위도' 라는 말을 덧붙이고 싶었지만, 사라센에 대해서는 차마 생각할 수 없었다.

"뭐? 아, 뭐, 좋다. 하지만 담배를 피우려면 그건 스스로 알아서 해."

"……그리고 의복도……" 모스카는 고집스레 말을 계속했다.

"적절한 의복." 클렌트가 말을 고쳤다. "당분간은 네가 지금 입고 있는 옷으로 충분할 것 같다."

모스카는 고개를 들지 않은 채 한쪽 발을 내밀어 닳아빠진 신발을 보여주었다. 베셀 부인의 궤짝에서 찾아낸 신발은 옛날에 그녀보다 어린아이가 닳고 닳을 때까지 신었던 것이라 납작한 밑창이 완전히 망가져 있었다.

"그 문제에 대해서는 너무 자세히 들어가지 말자. 그 신발이면 한동안은 괜찮을 거다. 얘야, 너 혹시 속바지를 입고 있니?"

모스카는 발을 치마 밑으로 다시 집어넣었다.

"그건 강을 건널 때 필요한 거예요." 그녀가 변명하듯이 설명했다.

"내 귀여운 개구리야, 네가 사는 곳은 이제 물웅덩이가 아니다. 내가 감히 말하지만, 네가 조금 덜 자란 사내아이라고 해도 믿을 거다. 지금 넌 전혀 정체를 알 수 없는 물건이지만. 다시 받아 적어라. 둘째, 모스카 마이는 남자와 여자 중 하나를 선택해서 계속 그런 행세를 할 것이다."

"셋째, 이포니머스 클렌트는 모스카의 물건을 빼앗거나 그것으로 물건값을 치르거나 갑자기 도망치지 않겠다고 약속한다."

"아…… 뭐, 그러고 싶다면 그렇게 해라." 클렌트는 한 손을 우아하게 흔들었다. 자신이 그런 짓을 할 거라고 생각하다니 정말 어처구니가 없다는 듯이.

"넷째……" 모스카는 고개를 들지 않고도 클렌트가 창가에 멈춰 서 있음을 알 수 있었다. 그가 창밖의 강을 내다보고 있는지, 아니면 그 영리한 회색 눈으로 창에 비친 그녀의 모습을 지켜보고 있는지는 알 수 없었다.

"넷째, 모스카 마이는 고용주의 허락 없이 고용주와 관련된 민감한 이야기를 누설하지 않을 것이며, 고용주의 서류를 뒤지거나 그의 말을 나중에 다시 끄집어내지 않을 것이다."

"다섯째, 이포니머스 클렌트는 모스카 마이를 밀고하거나 그녀의 물건을 마음대로 처리하지 않을 것이다."

"여섯째, 모스카 마이는 고용주 몰래 정보를 감추지 않을 것이며, 그에게 부지런히 정보를 알려줄 것이다."

"일곱째, 이포니머스 클렌트는 두 사람과 관련된 문제와 두 사람을 고용한 사람들에 관해 모스카 마이에게 알려줄 것이다."

"좋아, 그만하면 됐다. 밑에 서명해라."

그녀가 서명한 뒤 클렌트도 서명했다.

"그럼……" 모스카는 클렌트가 종이를 다시 돌돌 말아 윗옷 주머니에 넣는 모습을 지켜보았다. "우리가 왜 출판업자 길드를 위해 일하는 거예요?"

"오늘 저녁에 모든 답을 알 수 있을 거다. 하지만 그때까지 우리 둘 다 할 일이 있어. 나는 지난번 길에서 만난 악당에게 약속한 민요를 써야 하고, 너는…… 내 지난번 비서는 문제가 많기는 했지만, 그래도 내 부츠를 항상 정성들여 깨끗이 닦아놓았다. 저기 물병 뒤에 걸레가 있을 거다. 게다가 내 외투가 한심한 몰골이라 네가 부지런하지 못한 것처럼 보이는구나. 그리고…… 부탁이니, 여기서 나가기 전에 그 눈썹 좀 어떻게 해라."

클렌트는 작은 방으로 들어갔고, 모스카는 불 속에서 검게 그을린 나뭇조각을 꺼내 창문에 비친 자기 모습을 보며 조심스레 눈썹을 그렸다.

그날 내내 모스카는 클렌트의 외투에서 가시금작화 줄기와 먼지를 털어내고, 솔기를 꿰매고, 부츠를 닦았다. 가끔 클렌트가 시적인 발작에 사로잡혀 작은 방에서 벌컥 뛰어나오곤 했다.

"성 비벳이 우리에게 빛을 빌려주신다! 그 사람 이름은 왜 그토록 시에 어울리지 않는 거냐? 내가 이미 'lithe'*를 썼으니 'writhe'**를 쓰지 않는다면, 같은 말을 반복할 수밖에 없어."

그는 마치 생각을 빗질하듯이 머리를 매끈하게 정돈하고는 작은 방으로 돌아갔다.

저녁식사를 한 지 얼마 안 됐을 때 그가 마침내 방에서 나와 마치 갓난아기가 병에 걸리지 않았는지 살펴보는 어머니처럼 글자를 마구 갈겨쓴 종이를 훑어보았다.

"이거면 될 거야, 틀림없어." 그는 모스카가 그려 넣은, 석탄처럼 새까만 눈썹을 흘깃 보고는 절망스럽다는 듯 이 사이로 가늘게 '쯧' 소리를 냈다. 그는 외투를 입고 떨리는 손으로 옷매무새를 정돈했다.

---

* 나긋나긋한이라는 뜻.

** 꿈틀대다라는 뜻.

"그리하여……" 그는 겁에 질린 목소리로 중얼거렸다. "우리는 매브윅 토크의 시선에 용감하게 맞서야 한다."

"그 사람이 누군데요?"

"매브윅 토크는 출판업자 길드의 맨들리온 지부장이야. 토크는 '느긋한 출생'의 장에서 '여파'의 장에 이르기까지 페시미즈의 '노역'을 아크릴어 원문 그대로 전부 암송할 수 있다. 토크는 스무 개 언어를 할 줄 아는데, 그중 절반은 지금도 살아 있는 언어야. 아라개시 고원 사람들이 쓰는 언어 두 개와 혀 밑에 동전을 넣고서만 말할 수 있는 언어도 거기 포함되지. 여행할 때 토크는 마차 선반에 책을 잔뜩 꽂아서 가지고 가기 때문에 산들바람조차 그 안으로 들어가려면 억지로 비집고 들어가야 할 정도다. 토크는 오페라 티켓의 종이결 속에 끼여 있던 비단실 한 가닥만 가지고 파괴분자 집단을 찾아낸 적도 있어. 만약 지혜가 핀처럼 생겼다면, 토크는 진짜 고슴도치 같은 모습일 거다."

"그렇게 예리한 사람이라면서 왜 아저씨를 쓰는 거예요?"

"민감한 일들이 진행 중이라서 그렇다. 출판업자 길드와 드러나게 연결되어 있지 않은 특수요원이 필요해서 그래. 나는 미지의 인물이니 유령처럼 맨들리온을 돌아다닐 수 있지."

모스카가 보기에는 클렌트가 유령처럼 뻔질나게 드나드는 곳이라고는 식료품 저장실밖에 없을 것 같았지만, 그 말을 입 밖에 내지 않았다.

"그럼 언제 고슴도치 토크 씨를 만나러 가요?"

"지금. 보닛을 쓰고 날 따라오너라."

모스카는 보닛을 잡아채듯이 집어들고 가죽 실내화 위에 외출용 나막신을 신고는 달각달각 클렌트의 뒤를 따랐다.

거리로 나가자 모스카의 예리한 눈은 수많은 구경거리에 넋을 잃었다. 자갈로 포장된 길 위에 말굽이 부딪치는 소리는 귀가 멍멍할 정도였다. 모스카가 막 걸음을 떼었을 때, 바로 앞에 말 머리가 나타나 비탄에 잠긴 황소 같은 소리를 내며 콧김을 내뿜었다.

"이보시오, 텔링 워드로 가려면 어떻게 해야 합니까?"

클렌트가 외치는 소리를 듣고 어떤 땜장이가 걸음을 멈추더니 하늘을 바라보았다. 마치 태양의 위치를 가늠하려는 것처럼.

"텔링 워드요? 제지공장 바로 바깥의 모어스트로스에 가면 있소이다."

클렌트는 비서에게는 거의 신경 쓰지 않고 길을 성큼성큼 건넜다. 모스카는 한쪽 나막신의 버클을 아직 다 잠그지 못했기 때문에 한 발로 펄쩍펄쩍 뛰면서 힘들게 뒤를 따라갔다.

마침내 그가 거대한 풍차가 달린 커다란 건물 앞에 멈춰 섰다. 풍차를 보고 모스카는 처프가 생각나 화들짝 놀랐다. 건물 안에서 핑, 핑, 핑, 소리가 활기차게 들려왔다. 마치 수많은 거인들이 짝을 지어 한꺼번에 제기차기를 하고 있는 것 같았다. 셔츠 차림의 남자 여러 명이 손수레를 밀며 바삐 오가고 있었다. 하얀 넝마가 가득 실린 손수레도 있었고, 색색가지 넝마를 실은 손수레도 있었다. 밧줄 끝부분과 돛조각들이었다. 제지공장임이 분명했다. 저 넝마조각들은 갈기갈기 찢겨서 펄프가 되어 종이 속으로 들어갈 터였다.

모스카가 옆 건물의 열린 창문 안을 들여다보니 여자들이 두 줄로 늘어서서 빠르고 숙련된 손가락으로 천조각들을 분류해 단추를 잘라내고, 천을 잘게 자르고 있었다. 넋을 잃은 그녀는 다음 창문으로 재빨리 달려갔다.

창문에서 들어오는 다이아몬드꼴 빛줄기가 종횡으로 뻗어 있는 이곳에 출판업자 길드의 인쇄기가 있었다. 어깨가 사각형인 인쇄기 나무틀이 서랍을 모조리 빼앗긴 서랍장처럼 똑바로 서 있었다. 셔츠 차림의 커다란 남자가 경첩이 달린 틀에 단단히 고정된 종이를 검은 활판으로 내리더니 롤러 위에서 활판을 인쇄기 중심부 안쪽으로 밀었다. 그가 크게 힘을 쓰며 레버를 움직이자 압력을 받은 인쇄기가 활판 위에 종이를 눌렀다. 단어들을 억지로 세상에 끌어내는 금속의 움직임이 생생히 느껴지는 듯했다. 남자가 레버를 올리고, 활판을 꺼내고, 종이를 끼운 판을 들어내서 글이 인쇄된 종이를 확 잡아당겨 꺼냈다. 또다른 남자가 뚱뚱한 북채처럼 생긴 물건의 끝부분을 잉크 단지에 담그더니, 다음 장을 인쇄하기 위해 활판 위에 잉크를 듬뿍 발랐다. 더위와 힘든 노동 때문에 두 남자의 몸이 번들거렸다. 인쇄기는 검은 잉크와 유약이 묻어 번들거렸다. 방의 반대편에서는 여우 같은 얼굴의 노인이 인쇄된 종이들을 한 장씩 주의 깊게 훑어보았다. 그는 한 손에 밀랍 막대기를 들고 있었는데, 먼저 그것을 촛불에 녹여 부드럽게 만들어서는 종이 구석에 밀랍을 바르고 출판업자의 인장이 있는 반지로 스탬프를 찍었다.

모스카는 잉크가 덜 마른 종이의 글자들을 읽으려고 고개를 거꾸로 꼬다가 하마터면 목이 부러질 뻔했다. 인쇄물은 금방 부서질 것처럼 생긴 커다란 대문자로 된 포스터였는데, 그레이 매스티프 여관에서 '수많은 군주들의 사자(使者)인 짐승들의 격돌'이 있을 것이라고 광고하는 내용이었다.

한편 클렌트는 강의 옆구리를 따라 뻗어 있는 길 건너편의 더 작은 건물 앞에 가 있었다. 모스카는 그런 건물을 생전 처음 보았다.

그것이 커피하우스라는 것은 알 수 있었다. 문 위의 간판에 동방의 우아한 커피 주전자가 그려져 있었으니까. 세상에 대해 아는 것이 별로 없었어도, 대도시에 커피하우스가 있다는 이야기는 들은 적이 있었다. 많은 남자들이 그런 곳에서 잠시 쉬거나, 거래를 하거나, 생각이 비슷한 사람들과 고담준론을 벌였다. 커피하우스마다 각각 분위기가 독특했으며, 대개는 클럽처럼 단단히 뭉친 충성스러운 단골들이 있었다.

이 커피하우스의 담은 햇빛에 바래고 옆으로 기우뚱하게 기울어진 수많은 포스터와 인쇄물 조각들이 덕지덕지 붙어 있어서 거의 보이지 않았다. 홈통 옆에서는 신문 조각들이 허수아비의 누더기 옷처럼 아무렇게나 펄럭였다. 종이마다 출판업자 길드의 붉은 인장이 찍혀 있었으므로, 커피하우스가 가벼운 홍역을 앓고 있는 것처럼 보였다.

"이포니머스 클렌트, 시인입니다." 클렌트가 문 앞에서 뺨을 부들부들 떨고 있는 남자에게 시를 갈겨쓴 종이를 요란하게 흔들어 대며 경쾌하게 말했다. "매브웍 토크 씨를 만나러 왔습니다."

문이 활짝 열렸고, 모스카는 클렌트를 따라 텔링 워드로 들어갔다.

두 사람은 글을 쓰는 책상과 놀라울 정도로 닮은 탁자들이 잔뜩 놓인 커다란 정사각형 방으로 들어갔다. 탁자에는 잉크가 튄 자국과 유리로 된 깃털펜 받침대까지 있었다. 실제로 여러 고객들이 직접 가져온 글 상자를 열어놓고 있었다. 깃털펜과 강철펜들이 상자 안쪽을 감싼 초록색 펠트 천에 꽂혀 있었다. 잉크의 금속성 냄새와 뒤섞인 커피 향기가 났다. 사람들이 활기차게 수다를 떠는 주점과 달리 이곳에는 사람들이 습관적으로 숨을 죽여 조용히 중얼거리는 목소리뿐이었다.

모스카의 눈이 저도 모르게 벽 여기저기에 꽂혀 있는 단어 묶음들과 유리 뒤의 광고로 쏠렸다. 단어들, 단어들, 단어들. 그녀에게 이곳은 과자의 집과 같았다. 하지만 잉크 냄새 때문에 현기증이 날 것 같았다. 가끔 바닥이 가볍게 꺼졌다가 다시 올라오는 것 같은 느낌이 들었다.

모스카와 클렌트는 웃음기 하나 없는 쉰 살의 자그마한 남자 앞으로 안내되었다. 누가 그 남자를 사과 속처럼 갉아먹은 것 같았고, 안색은 노란색이었다. 그 자그마한 남자의 입은 작고 신랄한 V자 모양이었는데, 원래부터 작고 신랄한 말만 하도록 만들어진 것 같았다. 모스카는 그의 가발을 보고 깜짝 놀랐다. 갈색의 긴 가발에 워낙 윤기가 흘러서 남자가 가발을 쓴 것이 아니라, 가발이 그 남자를 쓰고 그의 생기를 다 빨아먹어버린 것 같았다.

"아…… 인쇄 명인 매브윅 토크 씨입니까? 아, 출판업자들 사이에서 그토록 저명하신 분을 만나게 되어 영광입니다……"

"내가 알고 싶은 건 말이오, 이포니머스 클렌트 씨, 왜 당신이 나를 만나러 왔는가 하는 점이오." 토크가 날카롭게 그의 말을 자르며 끼어들었다. "맨들리온에는 우리 요원들이 있소. 우리가 당신을 이리로 데려온 건 순전히 우리랑 눈에 띄게 연결되지 않은 사람이 필요해서였소."

"그럼요, 그럼요." 클렌트가 걱정할 것 없다는 듯 통통한 두 손을 활짝 벌렸다. "하지만 시를 쓰는 사람으로서 제가 제 작품을 출판하는 문제로 출판업자 길드를 찾지 않는 것도 이상하지 않겠습니까. 오늘은……" 그는 자신이 가져온 두루마리를 탁자 건너편으로 밀었다. "이곳을 찾아올 구실을 미리 준비했습니다."

매브윅 토크는 눈으로 민요를 재빨리 훑어보며 목구멍 속에서 나는 소리로 거기 적힌 단어들을 혼자 단조롭게 중얼거렸다. 그는 자기도 모르게 깃털펜을 들어 메모를 적고 틀린 곳을 수정했으며, 가끔 펜촉을 혀로 핥아 마르지 않게 했다. 그의 혀끝이 앵무새처럼 새까만 것을 보니 이것이 습관인 모양이었다.

'저 사람은 잉크를 마시는 거야.' 모스카는 그의 검은 혀를 보며 이런 생각을 했다. '저 사람은 종이 말고는 아무것도 안 먹어.' 그녀는 그의 건조하고 창백한 입술, 얼굴과 손의 쭈글쭈글한 피부를 보면서 속으로 이렇게 덧붙였다.

"좋군. 조금 화려하기는 하지만 잘 팔릴 거요. 이 민요 속에 병든 아가씨 이름이 나와 있지 않지만 그건 중요한 일이 아니지. 노상강도를 직업에 비해 너무 밝게 그린 건 아닌지 모르겠소. 도덕적인 교훈이 없어. 강도가 교수형에 처해졌지만, 최후의 순간에 자신의 사악함을 뉘우쳤다는 내용을 덧붙일 수 있겠소?"

"죄송한 말씀이지만, 명인님, 그럴 수는 없을 것 같습니다. 그 친구가 아직 살아 있어서……"

"거참 유감이로군. 뭐, 이 블라이드라는 남자가 붙잡혀서 목이 매달릴 때까지는 이 민요를 이대로 찍을 수밖에 없겠소." 토크는 종이를 조심스럽게 말아 마호가니로 만든 글 상자에 넣었다.

"명인님……" 클렌트가 목을 가다듬었다.

"사실 이 블라이드라는 남자가 없었다면, 저희가 이렇게 금방, 이렇게 무사히 맨들리온에 도착하지 못했을 겁니다. 재앙으로 점철된 이번 여행에서 그 일은 유일한 행운이었습니다. 그 이야기를 자세히 하자면 위험, 모욕, 배신, 불행의 이야기가 되겠죠. ……하지만 저, 명인님이 너무 바빠서 안 될 것 같군요. 그냥 제가 롱 퍼싱을 떠난 뒤로 미행당한 것 같다는 말씀만 드리겠습니다. 웹와이크에서는 고상한 말씨의 남자가 제 이름을 정확히 대면서 절 찾았다는 얘기를 들었고, 램프지벳에서는 제 인상착의를 대면서 저에 관해 물었다고 들었습니다. 저는 그 남자를 떼어버리려고 일부러 좁은 길을 택했습니다. 그리고 처프라는 황량하고 초라한 곳에서 밤을 보냈죠. 하지만 거기서도 그 남자가 저를 찾아낸 것 같습니다. 어떤 신사가 뜻하지 않게 거기를 찾아와서 몇 시간 동안이나 치안판사와 이야기를 나눴습니다. 이건 제가 확실히 알고 있는 사실입니다. 바로 그날 오후에 폭도들이 아우성을 치며 달려와 차를 마시고 있던 저를 끌어내서는 차꼬를 채웠습니다. 만약 제가 독창적인 책략을 쓰지 않았더라면, 그 남자가 저를 헐뜯어서 끝내 교수형을 당하게 만들었을지도 모릅니다. 토크 명인님, 제가 맨들리온으로 오는 걸 막으려고 누군가가 나선 겁니다."

'어떤 신사가 뜻하지 않게 거기를 찾아와서……' 모스카는 비둘기장에 숨어서 들은 대화를 기억해냈다. 치안판사와 따뜻한 우유 같은 목소리의 남자가 나눈 대화. 하지만 그녀는 아무 말도 하지 않고 비서처럼 굴려고 혀를 깨물었다. 자신이 혀를 놓아버린다면, 다시 그 혀를 붙들 수 있을지 자신이 없었다.

"클렌트 씨, 내가 보낸 편지들의 인장은 무사하오?"

"편지들이라고요? 영인님, 제가 받은 편지는 한 통뿐입니다. 저더러 비밀리에 맨들리온으로 오라고 하신 편지 말입니다."

"나는 편지를 두 통 보냈소. 두 번째 편지에 더 자세한 내용이 담겨 있는데 누가 가로챈 모양이군. 그렇다면 당신이 여기 와 있는 이유를 누군가가 너무나 잘 알고 있으며, 당신은 상황이 어떻게 돌아가는지 짐작도 못하고 있다고 봐야겠군."

클렌트는 불쌍한 표정으로 고개를 갸우뚱했다.

"좋소. 당신을 부른 이유는 이거요. 맨들리온에 불법 인쇄기가 있다는 것."

방 안에 침묵이 내려앉았다. 마치 모든 사람이 그의 말을 기다리다가 그 말의 심각성을 존중하는 의미에서 숨을 죽인 것 같았다. 옆에서 이야기를 엿들은 출판업자 한두 명이 반사적으로 허리띠의 장식용 사슬에 달린 사랑받는 자의 자그마한 부적을 움켜쥐었다. 클렌트는 눈썹을 추켜올리고 소리 없이 휘파람을 부는 것처럼 입술을 내밀었다. 맨들리온이 화약더미 위에 앉아 있다는 말이라도 들은 사람 같았다. 오로지 처프의 아이만이 진짜 노상강도를 이미 만난 터에 인쇄기가 뭐 그리 대단한가 하는 생각을 하고 있었다.

"케이비잇! 사악한 인쇄물!" 뺨을 부들부들 떨고 있던 아까 그 젊은이가 다다다 달려왔다. 그는 마호가니 상자를 마치 살아 있는 독사가 들어 있기라도 한 것처럼 조심스레 들고 있었다.

"맨들리온에 소책자가 넘쳐나고 있소." 토크가 그 상자의 자물쇠를 열자 커다란 종이에서 찢어낸 것처럼 보이는, 정사각형의 자그마한 갈색 종이가 나타났다. 문자가 인쇄되어 있었다. 토크는 집게로 그 종잇조각을 들어 클렌트에게 내밀었다. 클렌트는 그 종이를 읽다가 눈썹을 추켜올렸다.

"광기, 사악함, 살인을 하겠다는 협박." 클렌트가 숨죽인 소리로 중얼거렸다. "급진파인 모양입니다."

모스카는 반역자들의 재판 이야기를 다룬 싸구려 이야기책에서 급진파에 대해 조금 읽은 적이 있었다. 그녀는 대부분의 급진파가 고함을 많이 지르고, 부자나 권력자라면 누구든 가리지 않고 수류탄을 던져대고, 괭이 든 사람들을 선동해 소총 든 사람들을 공격하게 만들려고 한다고 막연히 짐작하고 있었다. 왕이 되고자 하는 사람들은 모두 급진파가 위험한 미치광이라는 데 의견을 같이했으며, 왕국 어디서나 급진파가 잡히면 반역 혐의로 기소되었다.

"급진파의 야단법석처럼 들리는 내용이오." 토크가 종이를 다시 가져가면서 말했다.

"놈들이 항상 하는 말처럼 모든 사람이 평등해야 한다는 위선적인 말, 공작의 거처에 농부 가족이 몇 세대나 살 수 있는지 아느냐는 말이 다 들어 있지. 하지만 이 소책자에는 또한 도시를 좌우대칭의 모습으로 재건하려는 공작의 계획이 자세히 나와 있소. 예를 들면, 미드매클 거리에서부터 크로클즈 사이의 모든 것을 평평하게 만들어서 새로 시장이 들어설 자리를 마련한다는 얘기가 그렇소. 그 일대는 지금 난리가 났지. 일주일 전에 최신 소책자가 나왔을 때에는 그 지역에서 폭동이 일어났소."

모스카는 전날 저녁에 보커비에게서 맨들리온에 폭동이 있었다는 이야기를 들은 것이 기억났다.

"사람들은 집을 잃는다는 생각을 하면 쉽게 흥분하죠." 클렌트가 중얼거렸다.

"그게 문제가 아니오. 거리에서 소란을 피우는 녀석들이 그런 계획을 그렇게 자세히 알 리가 없소. 궁정의 누군가, 그것도 공작과 가까운 사람만이 알 수 있는 일이오." 토크가 말을 계속했다. "내 생각에는 누군가가 이 소책자들을 급진파의 것처럼 꾸미려고 한 것 같소. 그런데 너무 꾸민 티가 나고 말았지. 나는 열쇠장이들이 관련되어 있다고 보고 있소. 아라마이 고속이 맨들리온에 와 있거든."

모스카는 처음 듣는 이름이었지만, 클렌트의 얼굴이 백짓장처럼 하얗게 질린 것을 눈치챘다.

"하지만…… 그 사람이 스커리를 떠났다는 보고를 전혀 받지 못했는데……"

"스커리에서 온 보고 말이오? 스커리에서 오는 보고는 없소. 스커리가 육 개월 전에 열쇠장이들의 도시가 되었기 때문에, 이제 성

문도 바뀌었소. 단단한 떡갈나무 문에 자물쇠가 잔뜩 달렸지. 어느 누구도 도시를 떠나거나, 도시로 들어갈 수 없소.

고솩이 스커리에 있었던 건 분명하오. 부하 포도꾼들도 마찬가지고. 놈들은 시내의 중죄인들 절반을 몰래 고용하고는, 자기들에게 협조하지 않는 범죄자들을 '체포' 했다면서 보상금을 요구했소."

토크의 신랄하고 자그마한 입이 움찔했다. 미소를 짓는 것 같기도 했다.

"고솩이 길들인 살인자와 좀도둑들이 워낙 말썽을 일으켜서 시장이 겁에 질릴 정도가 되자, 열쇠장이들이 나서서 범죄의 물결을 짓밟아버리겠다고 했소. 멍청한 시장은 그 제안을 받아들이고는 시 금고의 재물 중 절반을 열쇠장이들에게 주고, 그들에게 특별한 권한을 부여해주는 허가서에 서명도 했소. 다음 날, 열쇠장이 제복을 입은 경비원들이 배 한가득 나타났소. 도시의 성벽을 재건할 벽돌공들과 함께. 지금 스커리에서 무슨 일이 일어나고 있을지 누가 알겠소.

열쇠장이들이 고솩을 맨들리온으로 보냈고, 그놈은 우리 공작한테도 정확히 똑같은 술수를 쓰고 있소. 공작의 가장 소중한 꿈은 사랑하는 여왕들이 맨들리온을 다스리게 되는 것이라서 정신 나간 급진파가 여왕들을 암살할까봐 병적으로 두려워하고 있소. 이 사악한 소책자들의 내용은 공작이 가장 두려워하는 악몽 속에서 튀어나온 것 같소. 쌍둥이 여왕을 마구 비난하면서 그들을 '손가락이 스물한 개나 되는 자연의 괴물' 이라고 부르고 있으니 말이오. 공작은 이 소책자들을 읽고 입에 거품을 물었소. 소책자를 유포한 놈들을 잡기 위해서라면 수단과 방법을 가리지 않을 거요.

물론, 공작은 범인들을 잡아달라며 가장 먼저 우리를 불렀소. 지난 한 달 동안 우리는 그 불법 인쇄기를 찾으려고 도시를 샅샅이 뒤졌소. 소책자를 몸에 지닌 사람이 있으면 무조건 체포하고 있지. 그런데 조사를 해보면 항상 나무에 꽂혀 있거나 창문 틈으로 누가 밀어 넣은 걸 몸에 지니고 있었을 뿐이오. 소책자가 나타나는 장소에도 일정한 패턴이 없소. 동에 번쩍, 서에 번쩍, 인쇄기가 마음대로 춤을 추는 것 같소. 종이를 만든 솜씨는 조잡하고, 종이 자체도 처음 보는 것이오. 그래서 종이에서 아무것도 알아낼 수가 없소. 이 눈에 안 보이는 인쇄기가 찍어낸 종이들이 며칠에 한 번씩 더욱더 추잡한 내용을 담고 거리에 등장하고 있소. 우리가 애를 쓰고 있는데도 말이오. 공작은 점점 인내심을 잃고 있소.

이런 짓을 해서 이득을 보는 사람이 누구일까? 물론 열쇠장이들이오. 고속은 공작에게 만약 열쇠장이 부대를 불러들여 특별한 권한을 부여해주면, 그들이 우리와 달리 그 불법 인쇄기를 찾아낼 것이라고 장담했소. 내 생각에는 고속이 직접 이 추잡한 소책자를 쓰는 것 같소. 급진파가 음모를 꾸미고 있다고 공작을 설득해서 열쇠장이들을 불러들이게 하려고. 만약 우리가 이 저주받을 인쇄기를 빨리 찾아내지 못하면, 공작이 고속의 제안을 받아들일 것이고, 그러면 맨들리온도 열쇠장이들의 손에 들어갈 거요."

레이디 타마린드의 말이 모스카의 머릿속에 떠올랐다. '열쇠장이들의 세력이 커지고 있기 때문에 내가 그놈들을 막지 않으면, 맨들리온이 그놈들 차지가 될 거다. 나는 다른 세력들이 열쇠장이 길드에 맞설 생각인지 반드시 알아내야 해. 특히 출판업자 길드…… 그들이 무슨 계획을 짜고 있는지 알아야 한다……'

모스카는 이야기에 너무나 열심히 귀 기울인 탓에, 이러다가 귀가 모슬린 모자를 구멍 낼지도 모른다고까지 생각했다. 그녀는 이 자리에서 오가는 말을 다 이해하지는 못했지만, 세 가지 사실이 점점 분명해졌다. 첫째, 레이디 타마린드와 나눈 대화는 꿈이 아니었다. 둘째, 출판업자들도 레이디 타마린드 못지않게 열쇠장이들을 싫어한다. 셋째, 클렌트는 그들을 진심으로 무서워하고 있다.

"아, 에헴. 분명히 말씀드리지만, 만약 저더러 열쇠장이들을 정탐하라고 하실 작정이라는 걸 미리 알았더라면……"

"클렌트 씨." 토크가 고함을 질렀다.

"당신은 '시나몬 왕과 젖 짜는 여자'라는, 저속하고 불법적인 싸구려 이야기 책 열여섯 권을 손풍금 속에 숨겨서 가지고 있다가 잡힌 몸이오. 교수형을 당하느니 우리를 위해 일하겠다는 현명한 선택을 한 사람이기도 하고. 당신은 프라이팬과 불길 사이에 갇힌 물고기 같은 신세이니 지글지글 타면서 그걸 즐기는 수밖에 없소."

클렌트는 눈에 띄게 풀이 죽었다. 모스카는 자기도 모르게 그가 가엾다는 생각을 할 뻔했다.

"우리가 당신을 우리 요원으로 삼은 건, 열쇠장이들을 조사하고 있다는 걸 들키면 안 되기 때문이오. 우리는 여기 맨들리온에서 이상하고 비밀스러운 전쟁을 치르고 있소. 하지만 이것이 우리 두 길드 사이의 공개적인 전쟁이 되선 안 되오. 그랬다간 왕국에 재앙이 일어날 테니까." 토크의 창백한 눈이 반짝였다.

"케이비앳과 나는 얼마 전부터 어딜 가든 신분을 밝히려 하지 않는 남자들에게 미행을 당하고 있소. 다행히도 그들은 감히 이 커피하우스에 들어오지 못하오. 그래서 나는 지난 나흘 동안 여기서 살았소. 케이비앳은 두 주 동안 있었고."

케이비앳이 정신없이 고개를 끄덕이더니 희미한 소리로 뭐라고 중얼거렸다.

"나는 이런 식으로 몇 주 동안이나 살아남을 수 있지만, 맨들리온은 그렇지 못할 거요. 도시가 차분해 보인다고 해서 속지 마시오, 클렌트 씨. 공기 중에 벼락이 떠 있소. 맨들리온이 이렇게 시끄러웠던 건, 십오 년 전 끔찍한 마이 문제가 생기기 직전 이후 처음이오……"

모스카는 죄를 지은 사람처럼 화들짝 놀랐다. 하지만 곧 마이가 흔한 이름이고, 십오 년 전에 무슨 일이 있었든 자기 잘못일 리가 없다는 결론을 내렸다. 발밑에서 바닥이 또다시 푹 가라앉았다가 솟아오르는 것처럼 보인 것은 아마 그녀가 불안한 탓이었을 것이다.

토크가 마침내 그녀의 존재를 알아차렸다. "클렌트 씨, 당신과 함께 온 아이요?"

"아, 예, 이 아이를 데리고 다녀야 할 필요가 있어서요. 이 아이가 혹시 이곳의 도제가 될 수 있지 않을까 해서 데려왔습니다. 그러면 이 아이를 비밀의 맹세로 묶어둘 수 있으니까요."

그녀가 다시 비밀의 맹세에 묶이는 신세가 됐다는 얘기였다.

'선원들의 규칙'에 서명을 했는데도. 아무래도 클렌트가 자신을 믿지 못하는 것 같았다.

"그렇게 하시오. 케이비앳, 넝마 고르기 도제한테 필요한 서류를 가져와서 저 아이 서명을 받아."

케이비앳은 커다란 종이 두루마리 두 개를 힘겹게 들고 돌아왔다. 그는 뚝뚝 끊어지는 것 같은 이상한 말투로 모스카가 만약 출판업자 길드의 비밀을 누설하면 어떤 끔찍한 벌을 받게 되는지 열거한 다음, 그녀가 '자신의 표지를 남길' 수 있는 종이 아래쪽의 한 지점을 가리켰다. 모스카의 펜이 덜덜 떨렸다. '마이 문제'라는 게 뭘까? 출판업자들이 그녀의 이름을 알게 되면 그녀에 대해 편견을 갖게 될까? 그렇다고 거짓 이름으로 서명할 수는 없었다. 그 이름이 도자기 가면처럼 그녀의 진짜 얼굴을 가릴 것이고, 그것이 가짜임을 누구나 알아볼 터였다. 그래서 모스카는 글자를 전혀 모르는 평범한 시골아이처럼 그냥 가위표로 서명을 대신했다.

"그럼 이제 제가 출판업자 학교에 가게 되는 건가요?" 그녀는 케이비앳에게 서류를 넘겨주며 작은 목소리로 물었다. "그러니까 제가 글자를 어느 정도 알아야 하잖아요, 그렇죠?"

"글쎄다. 네 고용주가 허락한다면. 너에 대한 평가, 고려될 거야."

케이비앳의 말을 듣다보면 숨어 있던 곳에서 종종걸음으로 달려 나오다가 잠시 멈춰 서서 주위를 둘러보고 다시 낮은 자세로 달려가는 짐승의 모습이 생각났다. 그는 미소를 지으려고 했지만, 모스카와 눈이 마주치자 깜짝 놀랐는지 두루마리를 품에 안고 허둥지둥 가버렸다.

클렌트는 레이디 타마린드와 만난 이야기를 하고 있었다. 그녀가 소개장을 써주겠다고 약속했으며, 벌집 정원에 들어갈 수 있을 것이라는 이야기도.

"잘됐군." 토크는 기분이 한결 나아진 것 같았다.

"벌집 정원에서 뭘 좀 알아내거든 펠멜 거리의 가마에 보고서를 가져다두시오. 저 아이는 거리의 사람들 속에 뒤섞여서 귀를 항상 열어둘 수 있겠지."

그는 잠시 예리한 눈으로 모스카를 살펴보았다. "혹시 나랑 만난 적이 있느냐?" 모스카가 어리둥절한 표정으로 고개를 젓자 그가 미간에 주름을 잡았다. "낯익은 얼굴인데. 상관없지."

"가자, 모스카." 클렌트가 속삭였다. 모스카는 바로 그 자리에서 자신을 넝마 고르기 작업장으로 끌어가려는 사람이 없는 것 같아서 마음이 놓였다. 그녀는 클렌트를 따라 다시 거리로 나왔다.

아까보다 인적이 뜸했다. 클렌트가 거리에서 빈둥거리는 사람들을 불안하게 바라보는 모습이 눈에 들어왔다.

"클렌트 아저씨." 모스카가 그의 옆에서 서둘러 걸으면서 숨죽인 소리로 말했다. "열쇠장이들이 우리를 미행하는지 어떻게 알아요?"

"진짜 열쇠장이는 항상 장갑을 낀다. 열쇠의 윤곽선이 오른손 손바닥에 낙인처럼 찍혀 있기 때문에." 클렌트도 숨죽인 소리로 속삭였다. "각 비밀 세포의 우두머리는 또한 허리띠에 장식용 사슬이 달려 있다. 자기 세포 안의 부하들이 만드는 모든 자물쇠 열쇠를 허리띠에 매달고 있거든."

"클렌트 아저씨…… 신사들은 대부분 밖에 나갈 때 장갑을 끼잖아요."

"그래, 얘야, 그렇지." 클렌트의 눈이 거리 모퉁이를 차례로 훑었다.

"거리에서 마주치는 사람들 중에 열쇠장이 길드의 첩자가 있을지도 모른다.

고속 자신이 그림자 중의 그림자야. 그 녀석 손가락이 아이처럼 가늘고 우아하다고들 하더라. 밤마다 레몬즙을 듬뿍 묻힌 모슬린으로 손가락을 묶어 그런 모습을 유지한대. 그 녀석은 워낙 기이해서 자기 말고는 아무도 쓸 수 없는 열쇠를 만들었다. 그래서 자물쇠가 삼중으로 달리고 빗장까지 걸린 문을 쉽게 통과할 수 있지. 너나 내가 빗속을 걸을 때처럼. 그 녀석은 고양이가 그 분홍색 코로 크림 단지 냄새를 찾아내듯이 비밀 통로나 비밀 방을 찾아낼 수 있다. 우린 방금 바람을 정탐하라는 명령을 받은 거야."

H는 High Treason 중대한 반역

다음 날, 레이디 타마린드의 편지가 하얀 나무로 만든 두루마리 상자에 담겨 도착했다. 클렌트는 무도회에 나갈 준비를 하는 귀부인처럼 자기 옷가지들을 뒤적이며 난리를 피우기 시작했다.

"아, 부당한 운명이여, 내게 가발 파우더조차 남겨주지 않다니. 얘야, 부엌으로 몰래 가서 밀가루를 한 숟가락만 가져오면 틀림없이……" 그러더니 다시 탄식이 시작되었다. "향수를 뿌린 장갑이 없으면 벌집 정원에 갈 수 없는데…… 십 실링짜리 방으로 몰래 들어가서 장미화장수 한 대야만 빌려오렴?"

"그럼 나는요?" 모스카는 클렌트의 가발에 밀가루를 듬뿍 뿌려주고는 눈썹에 묻은 밀가루를 솔로 털어주었다. "난 뭘 입어요?"

"나 때문에 네 꿈이 너무 급히 솟아올랐구나." 클렌트가 장미화장수에 우아하게 손을 씻고 손톱을 자세히 살펴보면서 말했다. "내가 네게 이 도시 최고의 출판업자를 만나게 해주었기 때문에,

넌 지금 공작의 측근들 모임에 데뷔할 준비가 된 줄 알고 있어. 아직 젖도 안 뗀 계집애를 매달고 벌집 정원을 돌아다닐 수는 없다."

모스카는 혀로 뺨을 밀어내면서 클렌트의 타이를 확 잡아당겨 모양을 잡아주었다. 이 젖도 안 뗀 계집애의 태도에는 전혀 드러나지 않았지만, 그녀는 지금 은밀한 계획을 십여 가지나 짜내느라 머리를 붕붕 굴리고 있었으며, 벌집 정원 덕분에 클렌트에게 시달리지 않아도 되는 귀중한 시간이 몇 시간이나 될지 정신없이 계산하고 있었다.

"이봐요, 아가씨, 아가씨 귀는 욕심도 많고 호기심도 많잖아요. 시내를 돌아다니면서 그 귀를 좀 써보심이 어떨는지. 뭔가 쓸모 있는 걸 물어올 수 있는지 좀 보게." 클렌트는 이 말과 함께 으쓱으쓱 몸을 흔들면서 문 밖으로 나갔다.

오 분 뒤 그의 비서는 결혼의 집을 살짝 빠져나와 서늘한 이른 아침 거리로 나섰다.

모스카의 계획은 이랬다. 아버지가 말했던 '누더기 학교'를 찾아내서 자신의 지식으로 그곳 사람들의 넋을 빼놓는다. 어쩌면 아버지가 따스한 표정으로 언급했던 트와인 교장 선생님이 퀼럼 마이라는 이름을 기억하고 그녀에게 돈을 좀 빌려줄지도 모른다. 파트리지가 맨들리온에 도착하면 사라센을 되살 수 있게. 만약 교장이 돈을 빌려주지 않으면, 출판업자 길드에서 일하면서 파트리지가 사라센을 팔아버리거나 먹어버리기 전에 품삯을 받을 수 있기를 바라는 수밖에 없었다.

레이디 타마린드를 생각하자 심장이 둘로 쪼개질 것처럼 마구 뛰었다. 그녀는 출판업자 길드의 계획을 타마린드에게 보고하겠다고 약속했지만, 그 뒤로 너무나 많은 일이 일어났다. 좋든 나쁘든, 그녀는 클렌트와 합의한 조항에 서명했고, 출판업자 길드의 도제로 받아들여졌다. 만약 그녀가 출판업자 길드의 비밀을 누설하고, 길드원들이 그 사실을 알게 된다면 그들은 그녀의 가죽을 벗겨 책 표지로 쓸 터였다. 게다가 사실, 보고할 만한 가치가 있는 사실을 그녀가 알고 있기는 한 걸까? 출판업자들이 열쇠장이들을 믿지 못한다는 사실밖에 알아낸 것이 없는데 말이다.

모스카는 한동안 등 뒤에서 불어오는 바람을 받으며 북쪽으로 걸었다. 더 번잡한 대로가 나오면 누더기 학교로 가는 길을 물어볼 수 있겠거니 하면서. 하지만 바람의 방향이 바뀌자 모스카도 덩달아 방향을 잃어버렸다. 아까 지나쳤던 강이 오른쪽에 다시 나타나 그녀를 놀래켰다. 강이 둥글게 구부러져 있고, 도시가 그 안에 아늑하게 앉아 있다는 사실을 그녀가 알 리가 없었으니까.

실망이었다. 모스카는 맨들리온에 대한 아버지의 해박한 지식을 틀림없이 물려받았을 거라는 비이성적인 생각을 하고 있었다. 아버지가 맨들리온에 대해 아무렇게나 툭툭 던진 말들이 그녀의 머릿속에 마법처럼 콕 박혀서 단번에 정확한 길을 찾아갈 수 있는 본능이 생겼을 거라고.

결국 그녀는 뗏목에 짐을 싣고 장대로 뗏목을 밀어 슬라이 강을 오르락내리락하면서 폐물과 천조각을 모으는 '넝마주이' 한 사람을 소리쳐 불렀다. 그는 맨들리온 바깥을 여행한 사람과 이야기하게 된 것을 기뻐했다. 모스카는 수도의 삶에 관한 이야기를 화려하게 꾸며서 들려주고는 그 대가로 시내 지리에 관한 몇 가지 재미없는 정보를 얻었다.

"하지만 거기에 너한테 도움이 될 만한 것이 있을지 모르겠다." 넝마주이는 그녀를 기묘한 시선으로 바라보았다. 모스카는 그의 눈에 자기가 학구적으로 보이지 않는 모양이라는 결론을 내렸다.

그가 일러준 거리가 가까워졌을 때에야 비로소 그녀의 자신감이 흔들리고 속이 불편해지기 시작했다. 선생들이 내 더러운 옷을 비웃거나 내 배경에 대해 물어보면 어떡하지? 나더러 옛 아크릴 문자를 읽으라고 하면 어떡하지?

그녀는 마지막 모퉁이를 돌았다. 그러고는 학교 건물을 그냥 멀거니 바라보았다.

학교의 풍향계는 책을 손에 들고 웅크리고 있는 남자 모양이었다. 남자는 뭔가를 열망하는 표정으로 머리를 앞으로 쑥 내밀고 있었다. 모스카는 착한 남자 위스커화이트, 진실을 탐색하는 자의 날카로운 이목구비를 쉽게 알아보았다.

모스카는 불안한 걸음으로 앞으로 나아가 풍향계를 발로 쿡쿡 쑤셨다. 풍향계는 깨지고 이끼가 낀 기왓장들 사이에 반쯤 묻혀 있었다. 그녀는 고개를 들고 몇 조각 남지 않은 학교 담장 앞에 수북이 쌓인 건물 잔해를 바라보았다. 뻥 뚫린 창문이 슬퍼 보였고, 창틀은 깨져서 들쭉날쭉했다. 그녀는 땅에 내려앉는 새처럼 양 어깨를 으쓱했다.

이끼가 끼고 쇠락한 건물의 상태로 보아 누더기 학교는 모스카가 태어나기도 전에 이미 죽어버린 것 같았다. 꿈이 깨어져서 그 조각들이 가슴을 찌를 때에야 비로소 그녀는 자신이 그 꿈에 얼마나 매달리고 있었는지 깨달았다. 그녀는 학교가 자신을 받아주기를 바란 것이 아니라, 당연히 받아줄 것이라고 생각했었다. 마음 속 깊은 곳에서 그녀는 아버지가 자신에게 이 학교 이야기를 해준 것은 자신이 이 학교를 찾아내기를 바라서였다고 믿었다. 자기가 세상을 떠난 뒤에도 그녀가 행복하게 지낼 수 있게……

"멍청한 늙다리 새 같으니." 모스카는 이것이 정말로 자기 목소리인지 믿을 수가 없었다. "왜 날 여기로 보낸 거야? 이것뿐이야? 당신이 할 수 있는 일이 기껏 이것뿐이야?"

퀄럼 마이가 누더기 학교를 언급한 것은 모종의 암시나, 모든 것을 미리 알고 대비한 현명한 계획의 일환이 아니었다. 그는 딸의 장래를 위해 아무런 준비도 해주지 않고 그냥 세상을 떠나 딸을 버렸다. 폐허가 된 누더기 학교는 모스카에게 엄청난 실망감과 함께 배신감을 안겨주었다.

모스카는 폐허가 된 학교를 재빨리 가로질렀다. 눈이 따끔거렸다. 학교가 워낙 철저하게 무너진 걸로 보아 사고나 세월의 풍상 때문은 아닌 것 같았다. 화재의 흔적도 없었다. 그녀는 비스듬하게 무너진 목재 밑에서 은신처를 찾아내 무릎을 끌어안고 한동안 앉아 있었다. 담쟁이덩굴이 목덜미를 간질였다.

그녀는 멍하니 자신의 나막신을 노려보다가 근처의 두 벽돌 사이에 각진 모양의 누르스름한 물건이 끼어 있는 것을 발견했다. 모스카가 힘들게 그것을 빼보니 아이들이 쓰는 글자 연습판이었다.

그녀는 손잡이를 잡고 먼지를 턴 다음 그것을 들어올려 손거울을 보듯 바라보았다. 종이를 보호하기 위해 달아놓은 뿔 덮개는 여기저기가 갈라지고 더럽게 때가 묻어 있었으며, 세월의 풍상 때문에 알파벳이 거의 알아볼 수 없을 정도로 뭉개져 있었다. 종이를 받친 판도 썩어 있었다.

어렸을 때 그녀는 아버지의 책상 옆에서 이런 글자판을 들고 몇 시간 동안이나 앉아 있곤 했다. 아버지는 글을 쓰고, 그녀는 공부를 했다. 두 사람은 한 시간이 흘러도 말 한마디 하지 않았으며, 서로를 바라보지도 않았다. 그냥 말없이 기묘한 유대감을 느낄 뿐이었다. 이런 기억을 떠올리자 자기도 모르게 눈이 반짝였다.

이건 그래도 뭔가 의미 있는 물건이었다. 어쩌면 보물들이 더 숨겨져 있을 수도 있었다. 그녀는 은신처에서 기어나와 폐허를 뒤지기 시작했다. 그동안 이곳을 찾은 수많은 약탈자들이 모든 걸 깡그리 가져갔을 거라는 생각이 들기 시작할 무렵, 고개를 들어보니 자기 말고도 이곳을 뒤지는 사람이 있었다.

아이 두 명이 폐허를 뒤지고 있었다. 한 명은 구겨진 노란색 보닛을 쓴 열다섯 살가량의 여자아이였고, 다른 한 명은 아직 아기옷을 입은 여섯 살가량의 남자아이였다. 두 아이는 모스카를 보더니 겁에 질린 토끼처럼 벌떡 일어섰다. 여자아이가 손에 강철펜을 들고 있는 것 같았다.

뭔가가 모스카 옆을 휙 지나가더니 글자판이 그녀의 손에서 사라졌다. 그녀는 자기 또래의 남자아이가 염소걸음으로 폐허를 가로질러 뛰어가는 것을 그냥 지켜보는 수밖에 없었다. 누군가에게

서 물려받은 것 같은 남자아이의 반바지가 헐렁하게 펄럭거렸다.

"야!"

그녀는 치마를 걷어올리고 깨진 굴뚝을 한 걸음에 뛰어넘어 남자아이의 뒤를 쫓아 뛰었다. 지금까지 짧은 인생을 살면서 이미 너무나 많은 것을 빼앗겼는데, 자신과 몸집이 비슷한 상대에게 그토록 쉽게 보물을 내줄 수는 없었다. 남자아이는 뒤도 돌아보지 않고 곧장 내달렸고, 모스카도 같은 속도로 뒤를 쫓았다. 그녀의 보닛이 벗겨져 등 뒤에서 팔랑거렸다. 골목길이 연달아 나왔다.

어떤 모퉁이를 돌자 번잡한 대로가 나왔고…… 퍼스티언 천으로 된 코트가 나타나더니 누군가가 그녀의 배에 한 방을 먹였다.

모스카는 허리를 숙이며 뒤로 한 걸음 물러났다. 그러고는 주먹을 쥐어 허리춤에 대고 또다시 주먹질이 날아오면 막아낼 준비를 했다.

저 아래쪽에서 아까 그 남자아이가 계속 뛰어가면서 글자판을 더 나이 많은 소년들에게 던져주는 것이 보였다. 나이 많은 소년들 중 한 명이 그것을 잡더니 살펴보지도 않고 주머니에 넣었다. 글자판을 훔쳐간 아이는 계속 달아났다.

모스카는 웅크린 채 고개를 들고 자신을 때린 사람을 바라보았다.

대부분의 도제들이 그렇듯이 허름한 옷을 입은 열다섯 살가량의 남자아이였다. 하나로 묶은 머리는 그림붓처럼 뻣뻣했다. 그 아이는 신사용품 가게 앞의 테이블에 공단 두루마리를 깔고 있었다. 태도를 보아하니 자기가 팔꿈치로 그녀의 배를 때렸다는 사실은 커녕 그녀의 존재조차 모르고 있는 것 같았다. 모스카가 그의 옆을 돌아가려고 한 걸음 나아가자 그가 거만하고 태연하게 뒤로 움직였다. 코브라 같은 초록색 비단을 흔들어서 펴는 척하면서. 그의 눈꺼풀이 파르르 떨렸다. 속눈썹 아래로 그녀를 몰래 힐끔대는 것 같았다. 그의 둥근 분홍색 얼굴은 유쾌하게 보였으며, 미소 짓는 표정은 꼴사나운 여성용 모자에 대해서도 항상 뭔가 칭찬거리를 생각해내는 사람 같았다.

분노의 크기에 비해 몸집이 훨씬 작다는 것은 정말이지 끔찍한 일이다. 모스카는 주먹으로 가린 뱃속이 엄청나게 부풀어오르는 것을 느꼈다. 자신의 배가 거친 검은색 파도처럼 몸을 뚫고 솟아올라 상점 판매대와 행인들을 모두 쓸어버리고 벽의 회칠을 물어뜯을 것 같았다. 하지만 모스카가 다시 정신을 차렸을 때, 그녀를 때린 소년은 아무 일도 없었던 것처럼 서 있었다.

글자판을 훔쳐간 아이는 거의 눈에 보이지 않는 곳까지 가 있었다. 모스카는 충동적으로 한 발 더 앞으로 나아갔지만, 신사용품 가게의 도제가 재빨리 나서서 그녀를 막았기 때문에 털썩 넘어져 버렸다. 그의 팔뚝에 맞은 턱이 타는 듯 아팠고, 넘어지면서 부딪친 엉덩이에는 멍이 든 것 같았으며, 가슴과 손끝이 분노 때문에 따끔거렸다. 그녀는 글자판을 훔쳐간 아이가 도망칠 수 있게 이 소년이 자신을 가로막고 있다고 확신했다. 모스카는 네 발로 기어 그에게서 멀어진 다음 무릎으로 일어서서 손에 묻은 진흙을 닦았다.

그녀가 그렇게 숨을 고르는 동안 굉장한 일이 눈에 띄었다.

글자판을 받은 세 소년이 갑자기 어떤 냄새를 맡은 개들처럼 뻣뻣하게 긴장한 것이다. 그들은 뭔가 목적이 있는 사람들처럼 재빨리 길을 건너 초콜릿색 삼각모를 쓴 젊은이를 잡았다. 그들은 그 가엾은 젊은이를 근처 골목으로 끌고 갈 작정인 것 같았다. 모스카는 저 도둑놈들이 젊은이에게서 귀중품을 모두 빼앗을 거라고 확신했다. 그런데 이상하게도 젊은이는 걱정스럽거나 놀란 표정이 아니었다. 그는 소년들의 거친 손길에 순순히 몸을 맡기고 거리를 벗어나 시야에서 사라졌다.

이 골목길 근처에는 돌조각들이 불쑥불쑥 튀어나온 울퉁불퉁한 담이 솟아 있었다. 화살을 쏠 수 있게 담에 뚫어놓은 구멍들 사이로 은빛 하늘이 보였다. 맨들리온 토박이들은 이것이 도시의 옛 성벽이며, 지금은 반쯤 잊혔지만 수백 년 전에 혈통과 돈을 둘러싸고 다툼이 벌어졌을 때 이 성벽이 뚫렸다는 사실을 모두 알고 있었다. 하지만 모스카는 자신이 이 벽을 기어올라갈 수 있을 것 같다고 생각했을 뿐이었다.

그녀는 상점 도제가 행인들 때문에 자신을 찾아내지 못하도록 고개를 숙이고 살짝 길을 건넜다. 수레들이 지나가며 그녀의 치맛자락에 흙탕물을 튀겼다. 모스카는 벽에 난 구멍을 힘들게 빠져나왔다. 붉은 데이지 꽃들이 벽의 틈새마다 피어서 가늘게 몸을 떨며 성벽을 오르는 그녀의 손끝을 간질였다.

벽은 어떤 골목길을 굽어보며 솟아 있었는데, 그곳에서 아까 그 젊은이가 숨을 고르고 있었다. 그는 먼지가 잔뜩 묻은 코트를 입고 가발을 쓴 차림이었다. 가발이 하도 흉한 모습이어서 어떤 얼빠진 인간이 찻주전자 덮개로 쓰던 물건 같았다. 그는 봄날 아침 같은 연한 파란색의 작은 안경 속에서 자신이 빠져 들어온 세상을 향해 눈을 깜박거렸다. 그는 한 손에 지팡이를 들고 있었으며, 다른 팔 밑에는 커다란 빵 덩어리를 끼고 있었다.

아이들이 골목에서 공기놀이를 하고 있었다. 날카로운 휘파람 소리가 나자 아이들이 고개를 들더니 너무나 태연하게 놀이를 그만두었다. 그러고는 윗옷과 치마 주머니를 뒤져 각자 둘둘 말린 종이와 잉크병과 깃털펜을 꺼냈다. 구겨진 노란색 보닛을 쓴 여자아이도 폐허를 뒤져 가져온 펜에서 녹을 닦아내고 있었다. 아이들이 모인 곳에 마지막으로 모습을 드러낸 것은 상점 도제였다. 그는 골목 입구에서 잠시 걸음을 멈추고 거리를 힐끗 바라보았다. 아직도 모스카를 찾고 있는 것처럼. 그러고는 아이들에게 다가와 머리에 해어진 흰색 레이스 숄을 쓴 호리호리한 여자아이 옆에 앉았다.

만약 아이들 중 한 명이라도 위를 올려다보았다면, 성벽 중간쯤에 나 있는 구멍을 보았을지도 모른다. 그 구멍은 예전에 소형 대포를 놓던 곳이었다. 하지만 지금은 찌르레기처럼 바람에 맞서 몸을 수그리고, 검댕으로 그린 시커먼 눈썹을 찌푸리고 있는 자그마한 아이에게 몸을 웅크리고 숨을 수 있는 공간을 제공해주었다.

"아…… 안녕?"

파란 안경을 쓴 남자가 빵을 고쳐 쥐더니 둘로 나눴다. 빵은 쉽게 나눠졌다. 빵 껍질 안에 낡고 자그마한 책이 들어 있었다.

"어제 하던 데부터 시작하자. 아, 그렇지. ……정부의 책무는 낮은 사람들의 절망으로부터 높은 사람들의 재산을 지키는 것이 아니라, 높은 사람들의 폭정으로부터 낮은 사람들의 권리를 보호해주는 것이다. ……아이고, 이런, 미안하구나. 이건 이미 읽었지?"

그는 콧등에 주름을 잡으며 파란 안경을 추켜올리고 책장을 넘겼다. 십여 명의 아이들은 그의 말 한마디 한마디를 모두 성실하게 받아 적고 있는 것 같았다. 그가 머뭇거리는 부분이나 혼잣말을 하는 부분까지도.

이곳은 학교였다. 펜과 시간을 훔쳐 뒷골목에서 공부하는 학교였지만, 그래도 학교는 학교였다. 모스카는 먼 거리에서 지켜볼 수밖에 없다는 사실에 피눈물이 흐를 것 같았다. 그녀는 책을 좋아한다는 이유로 평생 괴짜로 따돌림을 당했다. 다른 아이들은 그녀를 비웃고 불신했다. 그런데 이제는 자기처럼 학교에 다니는 아이들조차 그녀를 받아들여줄 것 같지 않았다. 그녀는 여전히 따돌림당하는 아이였다. 만약 그녀가 다가가려 한다면, 저 아이들이 길 잃은 침입자에게 고함을 질러대는 어린 개떼처럼 그녀를 쫓아낼 터였다.

"아, 찾았다. 아……『진실에 관한 대담』. 같은 사람이 쓴 글인 것 같구나."

선생이 목을 가다듬고 고개를 들었다. 안개처럼 멍하고 흐릿한 얼굴이 왠지 안경 뒤에서 또렷해지는 것 같았다.

"진실에 관하여." 그가 책을 읽기 시작했다.

"진실은 위험하다. 진실은 궁전을 무너뜨리고 왕을 죽인다. 진실은 온화한 사람을 휘저어 분노하게 하고, 그들에게 무기를 들라고 명한다. 진실은 과거의 불만을 일깨우고, 잊었던 상처를 다시 벌려놓는다. 진실은 잠 못 드는 밤과 가위눌린 낮의 어머니이다. 하지만 진실보다 더 위험한 것이 하나 있다. 진실의 입을 막으려

하는 사람들이 훨씬 더 파괴적이다.

진실의 대변인이 되는 것만큼 위험한 일은 없다. 때로 우리는 반드시 입을 다물거나, 우리 입을 막는 타인의 손길을 받아들여야 한다. 하지만 진실을 말할 수 없다면, 최소한 남에게 알리기라도 해야 한다. 비록 감히 다른 사람들에게 진실을 말하지는 못하더라도, 자신에게 거짓말을 해서는 안 된다.

나는 머릿속에 방을 하나 만들어 감히 말할 수 없는 진실을 보관해두었다. 이 방에서 나는 가끔 말했다. 왕국에 왕들이 돌아오는 일은 이제 없을 거라고. 아무도 감히 이런 말을 못 하지만, 이것이 진실임을 모두들 알고 있다. 이 방에서 나는 말했다. 왕들의 폭정이 영원히 끝난 것은 좋은 일이라고. 사람들은 이런 말을 했다는 이유로 나를 교수대에 매달겠지만, 그들의 가슴은 내 말이 진실이라고 내내 속삭일 것이다. 이 방에서 나는 평범한 사람들이 스스로 지도자를 선택하게 될 때까지는 계속 고통을 당하게 될 것이라고 말했다. 이것도 진실이다……"

대부분의 아이들은 이 글의 의미를 깨닫지 못했겠지만(사실 많은 어른들도 마찬가지일 것이다) 포대에서 몰래 엿듣고 있는 사람은 바로 모스카 마이였다. 책과 종이를 구하려고 평생 구걸도 하고 물물교환도 했던 아이. 이 글은 급진적이었다. 반역의 기운이 뚝뚝 떨어졌다. 저 아래의 선생은 이런 글을 큰 소리로 읽었다는 이유로 교수대에 매달릴 수도 있었다. 모스카의 눈이 강렬하게 반짝였다.

"마음속의 이 작은 방에서 진실이 점점 강하고 소란스럽게 자라났다. 나는 어떤 대가를 치르더라도 진실을 말해야 한다는 것을 깨달았다……"

모스카 바로 아래쪽 어디선가 날카로운 휘파람 소리가 들렸다. 그녀는 자신이 뒤쫓던 소년이 벽에 등을 붙이고 서서 거리를 감시하고 있었음을 알고 깜짝 놀랐다.

"모두 해산." 선생이 날카로운 소리로 말했다. 그가 빵을 쾅 하고 닫자 빵 부스러기가 살짝 피어올랐다.

아이들 다섯 명이 무너진 담의 구멍들을 빠져나가 사라졌고, 가장 작은 아이는 네 발로 기어서 구멍을 빠져나갔다. 가장 나이가 많은 소년은 가장 가까운 집의 측면으로 서둘러 달려가서 지붕 위로 손을 뻗어 어린 친구를 안아 내렸다. 다른 아이 네 명은 무릎으로 착지해서 소리 없이 공기놀이를 다시 시작했다.

선생은 타이를 헐겁게 잡아당겼다가 거리를 향해 걸어가면서 다시 맸다. 그가 골목 입구에 도착했을 무렵, 타이는 원래대로 나비넥타이 모습을 갖춰가고 있었다. 누가 봐도 그가 바람을 피해 넥타이를 바로 매려고 골목 안으로 들어간 줄 알 터였다. 거리 모퉁이에서 그는 아래쪽이 풍성하게 퍼진 가발을 쓰고 방금 골목 안으로 들어선 키 큰 신사 옆을 지나쳤다. 파수꾼이 휘파람을 분 것은 바로 그 신사 때문이었다. 선생은 신사에게 예의 바르게 목례를 했다.

너무 흥분한 나머지 다리를 부들부들 떨면서 모스카는 서둘러 담을 내려와 그 반역적인 교사의 뒤를 쫓기 시작했다. 곧 그녀는 도시의 번잡한 거리에서 정탐꾼 노릇을 하는 것에 대해 가혹한 교훈을 몇 가지 배우게 되었다.

그녀는 이미 오래전에 자신의 모습을 감추는 술수를 터득했었다. 가능한 한 꼼짝도 하지 말고, 가능한 한 소리도 내지 말고, 다른 사람들이 내는 작은 소리에 내 발걸음 소리가 묻히게 하라. 눈을 속일 수 없다면 뇌를 속여야 한다. 아무도 예상치 못한 곳에 서 있으면, 아무도 눈치채지 못할 것이다. 여건이 허락한다면, 높은 곳이나 낮은 곳에서 벗어나지 말고, 사람들의 눈높이에 있는 장소를 피하라. 하지만 이런 기술은 군데군데 나무들이 서 있는 곳에서나 통하는 것이었다. 거리에서는 흐름을 파악하는 것이 중요했다. 가만히 있으면 오히려 눈에 잘 띄었다. 개울 속의 바위처럼.

앞뒤로 흔들리는 우유통에 보닛이 자꾸만 부딪쳤다. 하마터면 수레바퀴 밑에 깔릴 뻔하기도 했다. 선생을 시야에서 놓치지 않기 위해 그녀는 벽을 따라 걷거나 사람들 사이를 빠져나가야 했다. 그래서 어떤 사람들은 그녀에게 발을 밟혔고, 또 어떤 사람들은 불쾌한 표정으로 혼자 구시렁거렸다.

다행히도 그녀의 사냥감은 주변 세상을 전혀 인식하지 못하고 혼자 유쾌해하는 것 같았다. 하지만 이것도 문제였다. 한번은 그가 갑자기 멈춰 서서 웅크리고 앉더니 자기 발 때문에 껍데기가 부서져버린 달팽이를 살펴보았다. 굴 장수의 쟁반이 그의 머리 위에서 위태롭게 기울어지고 있는데도 그는 부서진 달팽이 껍데기 조각을 제자리에 놓아주고 녀석을 부드럽게 콕콕 찔러 다시 움직이게 했다. 그가 아무것도 모른 채 미소 띤 표정으로 그 자리를 떴을 때, 그가 떠난 자리에는 넘어진 사람들과 뒤집힌 수레들이 잔뜩 뒤엉켜 있었다. 모스카는 자기도 모르게 감동을 받았다. 십 초 만에 이렇게 엄청난 혼란을 일으킬 수 있는 생물은, 지금까지 그녀가 본 바로는, 사라센밖에 없었다.

그녀는 선생의 뒤를 따라 리버슬리버 레이스를 지나갔다. 매끈한 은빛 고등어가 높게 쌓인 채 반짝이고, 눈이 검은 참새우들이 주변을 탐색하듯 다리를 꿈틀거리고 있었다. 하이즈도 지나갔다. 머리 없는 칠면조들이 목과 허벅지의 가느다란 털을 제외하고는 털을 몽땅 뽑힌 채 문간에 매달려 있고, 토끼들은 모피 장갑처럼 대롱대롱 매달려 있었다. 가죽을 무두질하는 냄새가 역하게 풍기는 거리도 지나갔고, 얽히고설킨 골목길과 건물 샛길도 지나갔다. 선생은 강가로 내려가서 어떤 커피하우스로 들어갔다.

"잘 돌아오셨어요, 퍼텔리스 씨." 문간에서 웨이트리스가 모자와 코트를 받아들면서 말했다.

문이 닫혔고, 가만히 지켜보던 모스카는 어이도 없고 겁도 났다. 선생이 커피하우스에 들어간 것은 그리 이상한 일이 아니었다. 하지만 커피하우스가 심하게 삐걱거리면서 부드럽게 옆으로 돌더니 강변을 떠나 강 한가운데로 둥둥 떠갈 줄은 전혀 예상하지 못했다.

배가 떠난 빈 자리로 거센 바람이 휭휭 불어와서 모스카는 도무지 말을 듣지 않는 보닛과 씨름해야 했다. 커피하우스의 벽은 교활하게도 벽돌담처럼 그림이 그려져 있었지만, 이제 보니 나무 벽이었다. 지붕 위에서 널찍한 사각돛 두 개가 흔들리고 있었다. 길고 강한 밧줄이 끝나는 저 하늘 위에는 다이아몬드 모양의 연 대여섯 개가 매달려 있었는데, 대부분 폭이 육십 센티미터밖에 되지 않았지만 가장 큰 것은 폭이 이 미터에 가까웠으며 하얀 바탕에 둥글게 휘어진 월계수가 그려져 있었다.

"뭘 잃어버렸니?" 지나가던 하역 인부가 물었다.

"커피하우스를 잃어버렸어요." 모스카가 불분명한 소리로 대답했다. "그게…… 강으로 떠내려갔어요."

인부가 멀어져가는 커피하우스를 바라보았다. "삼십 분 늦었군. 단골손님을 기다리고 있었던 모양이다."

모스카는 이 대답만으로는 왠지 만족할 수 없었다. 그래서 다시 시도해보았다. "강으로 떠내려갔다고요."

"거기 타려고 했니? 뭐, 저 월계수 정자가 투틀 거리에서 설탕을 싣기는 하지. 강 이쪽 편에서 저기에 타려면 거기서 타는 게 제일 좋을 거다. 빨리 뛰어가야 할 거야."

그래서 모스카는 이 이상한 일에 의문을 품을 여유도 없이 인부가 가리키는 방향으로 냅다 뛰었다.

그녀는 지붕들 위로 보이는 하얀 연을 눈으로 뒤쫓으며 힘들게 거리를 달렸다. 마침내 커피하우스가 방파제 옆으로 스르르 다가와 멈춰 서는 것이 보였다.

문이 열리고 남자들 여러 명이 햇살 속으로 나왔다. 그중 한 명이 조금 낯익어 보였다. 모스카가 그를 밀치고 지나가려고 하자, 그가 억지로 앞길을 막아섰다.

누군가가 모스카의 어깨를 거칠게 잡더니 갑자기 발이 바닥에 닿지 않았다. 혈기왕성한 아가씨 호의 선장 파트리지의 얼굴이 그녀의 얼굴 바로 앞에 있었다.

"내가 원하는 게 뭔지 알아?" 그가 이를 악물고 말했다. 파트리지의 뺨에 있는 매듭 모양의 흉터가 무서울 정도로 빠르게 단단해지면서 모양이 변하고 있었다.

모스카는 고개를 저었다.

"내…… 배를…… 돌려줘."

"아저씨 배를 왜 우리한테 돌려달라고 해요?"

"하긴 그렇군." 파트리지가 거의 미친 것처럼 보일 만큼 강렬한 눈으로 그녀의 눈을 쏘아보았다. "거위가 배를 가졌으니까."

순간적으로 모스카는 사라센이 배를 묶어두는 밧줄을 물어뜯어 배를 바다로 몰고 나가는 악몽 같은 모습을 상상했다. 어쩌면 돛을 조절하는 법을 혼자 터득했는지도 모른다……

"우리가 화물을 꺼내려고 널을 뜯었더니……" 파트리지가 천천히 설명했다. "그 틈에 거위가 그리로 내려갔는데, 그놈을 꺼낼 수가 없었어. 그래서 짐도 못 꺼냈지. 우리가 도더릴을 갑판 밑으로 내려 보냈는데, 거위가 도더릴의 발목을 부러뜨리더군. 그래서 이젠 도더릴도 꺼낼 수 없게 됐어. 내 배를 돌려줘."

모스카는 살짝 고개를 끄덕였다.

"돈도 필요해. 내 시간과 거래 손실을 배상해야지."

모스카는 다시 고개를 끄덕였다. 조금 불안하게.

"거위 때문에 고생한 대가로 내가 또 뭘 원하는지 알아? 네 삼촌의 심장을 갈고리장대에 꽂아놓고 그게 햇빛에 지글지글 익어가는 소리를 듣는 거야."

I는 Informer 정보원

모스카는 파트리지의 눈을 들여다보며 그의 눈빛과 자기 어깨를 잡은 손가락의 힘을 가늠해보았다.

"내가 돈을 받게 해줄게요! 그러니까 이것 좀 놔요. 그러면 돈을 받게 해줄게요! 그렇지 않으면 사랑받는 자가 나한테 낙인을 찍어 장님으로 만들 거예요!"

파트리지는 믿지 못하겠다는 시선으로 그녀를 노려보며 어깨를 잡은 손에 더욱 힘을 주었다. 파트리지를 찾아 사라센을 되찾는 것만큼 모스카가 바라던 일은 없었다. 하지만 지금은 그녀의 주머니에 아무것도 없었고, 파트리지는 약간 제정신이 아닌 것 같았다.

"물론 난 돈을 받을 거야." 파트리지가 무서운 표정으로 말했다. "네 가죽을 벗겨 북 만드는 사람한테 팔아서 내 돈을 챙길 거다."

모스카는 파트리지가 협상을 할 만한 상태가 아니라는 결론을 내렸다.

그녀는 뱀처럼 몸을 뒤틀며 그의 오른손 손마디를 물었다. 그동안 그녀의 손톱은 내내 그의 손가락을 후벼 파고 있었다. 그녀는 파트리지가 자신의 어깨를 고쳐잡는 틈을 타 손아귀에서 빠져나왔다. 옷의 솔기가 툭툭 터지는 소리가 들렸다. 모스카는 충동적으로 배를 묶어둔 밧줄이 뒤엉킨 곳을 뛰어넘어 커피하우스를 향해 전속력으로 달려갔다. 커피하우스는 막 떠나려는 참이었다.

지붕 위의 선원들이 배를 미느라 긴 장대를 방파제에 대고 힘을 줄 때 모스카가 훌쩍 뛰어올랐다. 그녀의 손이 대롱대롱 매달려 있던 밧줄을 잡아챘고, 발이 커피하우스 벽에 못으로 박혀 있는 조잡한 나무 사다리에 닿았다. 그녀는 숨을 헐떡이며 사다리에 매달려 파트리지의 성난 손에 목덜미를 잡히기 전에 월계수 정자가 출항하기를 기도하는 수밖에 없었다.

바로 이 순간 그녀는 자신이 각각 나름의 법칙을 지닌 두 세계 사이에 매달려 있다는 사실을 알았더라도 별로 관심이 없었을 것이다. 그녀는 부두에서 뛰어오르는 순간 공작이 다스리는 도시를 떠난 셈이었다. 강 위에서는 뱃사공 길드의 자유롭고 느긋한 규칙만이 적용되었다. 맨들리온의 커피하우스들은 육지의 법을 피하기 위해 강을 종횡으로 돌아다녔으므로, 손님들은 자유로이 대화를 나눌 수 있었다. 이곳에서는 선동과 거친 음모들이 커피주전자처럼 부글거렸다.

한편 미스 카이틀리의 커피하우스인 월계수 정자 안에서는, 파란색 안경을 쓴 그 젊은 선생이 방금 도착한 친구를 보고 반색을 했다.

"코퍼백!"

선생은 사람들을 밀치며 앞으로 나아가 반짝거리는 갈색 눈에 성난 질문이 항상 담겨 있는 남자의 손을 잡았다.

"이렇게 반가울 데가…… 자네하고 최근의 일을 이야기할 수 있지 않을까 하고…… 그러니까, 그렇지, 하하. 아야. 아…… 무슨?"

코퍼백은 아플 정도로 계속 선생의 손을 세게 잡은 채, 진홍색 조끼를 입은 남자가 모자를 찾아서 쓰고 지팡이를 휘두르며 문 밖으로 나가는 것을 지켜보았다. 그 남자의 등 뒤에서 문이 단단히 닫히고 도자기 찻잔들이 달그락거리는 소리를 내면서 커피하우스가 출항하자, 코퍼백이 살짝 손에서 힘을 뺐다. 문을 열심히 지켜보던 방 안의 다른 남자들도 어깨에서 힘을 뺐다.

"세상에, 퍼텔리스." 코퍼백이 마침내 투덜거리듯이 말했다. "자네가 그 사람 앞에서 다 말해버리는 줄 알았어."

호프우드 퍼텔리스는 파란 안경 뒤에서 눈을 깜박거리며 방 안을 둘러보고는 전체적으로 긴장이 감돈다는 사실을 처음으로 깨달았다.

"누구……?"

"공작 밑에서 일하는 첩자야. 내 눈을 걸라면 걸 수도 있어. 강 위에서도 안전하게 이야기를 나눌 수 없다니, 세상이 어찌 된 건지. 아까 그 남자가 어제 여기 와서는 어떤 대학도시에서 맨들리온으로 방금 온 참이라면서 '부당한 꼴을 당하고 있는 서민들을 생각하는' 지식인들을 만나고 싶다고 했어."

"그게 사실일 수도 있잖아." 퍼텔리스가 말했다.

"아니, 아닐걸요."

미스 카이틀리가 퍼텔리스에게 줄 커피를 들고 한들한들 들어오면서 말했다. 그녀는 안색이 창백하고 몸이 마른 편이었으며, 무거운 눈꺼풀은 볼품이 없었다. 하지만 그 때문에 파란색 눈이 한층 더 날카롭게 보였다.

"그 남자는 커피를 주문하더니, 자기에게 말을 거는 사람들한테도 커피를 샀어요. 그러면서 그 사람들한테 나중에 커피를 사라는 말도 안 했어요. 내가 우리 직원더러 그 남자한테 바가지를 씌우라고 했는데, 그 남자는 아무런 불평이 없었어요. 그러더니 최신 소책자들을 읽고 싶다면서 누가 좀 보여줄 수 있느냐는 거예요."

"혹시 그 사람한테 무슨 얘기를 해준 사람이 있나요?" 퍼텔리스가 물었다.

코퍼백은 미스 카이틀리와 시선을 교환했다. 미스 카이틀리는 무거운 눈꺼풀을 내리깔며 천천히 눈을 한 번 깜박이고는 다시 눈꺼풀을 들어올렸다. 코퍼백은 방 안의 여러 사람들과도 시선을 교환했고, 그들은 살짝 고개를 끄덕이거나 기대에 찬 표정으로 눈썹을 추켜올렸다. 코퍼백은 그 뒤에야 퍼텔리스를 다시 바라보며 자기 가슴 앞에서 팔짱을 꼈다.

"자네는 왜 그걸 알고 싶은 건데?"

"뭐?"

"퍼텔리스, 자네가 그 악마의 인쇄기를 운영하고 있나?"

퍼텔리스는 커피 접시를 입으로 들어올리다가 그대로 멈췄다.

"세상에. 그거 굉장한 질문이군. 만약 그렇다면 자네는 어쩔 텐가?"

코퍼백은 양손을 머리 위로 휙 들어올렸다. 하지만 그 손으로 할 수 있을 만한 일이 없었기 때문에 깍지를 끼고서 잠시 손가락을 꼼지락거리더니 허벅지에서 찰싹 소리가 날 정도로 양손을 아래로 내렸다.

"틀림없이 자네일 줄 알았어. 사방에 자네의 흔적이 있으니까. 퍼텔리스, 경솔한 자들의 수호자 핍슈리크의 이름으로 묻는 건데, 왜 우리한테 말하지 않은 건가? 정신 차리라고 자네를 설득할 기회만이라도 우리한테 줬어야지! 자네 때문에 출판업자들이 우리 모두를 뒤쫓게 될 걸세. 이 다음 순회재판에서 우리 모두 코를 잘릴 거야!"

코퍼백은 분노와 두려움이 깃든 시선으로 방 안을 휘 둘러보았다.

월계수 정자의 단골들은 혹시 몸에 지닌 글을 수색당하거나 동지들이 수사를 받는 경우 급진파로 체포당할 위험이 있는 사람들이었다. 그들의 견해는 각자 달랐지만, 세상이 부당하게 돌아가고 있다는 열정적인 믿음만은 모두 공유하고 있었다. 그들이 보기에 세상은 한 번 부러졌다가 구부러진 채로 나은 다리 같았다. 다리가 똑바로 자라게 하려면 다시 부러뜨려야 할 터였다. 그들은 그런 믿음을 갖는 것이 얼마나 위험한 일인지 잘 알고 있었다.

"그렇군." 퍼텔리스가 생각에 잠긴 표정으로 커피를 한 모금 마셨다. "그럼 만약 내가 아니라고 하면 자넨 어쩔 텐가?"

"퍼텔리스……" 코퍼백은 답답하다는 몸짓을 했다. "퍼텔리스, 우리 모두 틀림없이 자네일 거라고 짐작하고 있어. 자네가 소책자를 배포하는 데 불굴의 열정을 쏟고 있으니까 말이지. 우리들 대부분이 자네의 떠다니는 학교 아이들이 필사한 '법의 불평등에 관하여'를 한 부씩 갖고 있지 않은가."

"그래, 내가……" 퍼텔리스는 바닥을 향해 괴로운 미소를 던졌다. "내가 보기에는 우리 아이들 대부분이 이제 글씨를 상당히 잘 쓰게 된 것 같네."

"글씨는 잘 쓰지만 그 내용을 생각해봐! 퍼텔리스, 아이들은 자네가 하는 말을 모조리 받아 적고 있어. 내가 갖고 있는 책에는 '오 맙소사, 수업은 끝났다. 한 줄로 서서 풍찻간 밖으로 나가라, 얘들아'라는 말로 끝나는 문단도 있다네."

"그래, 그렇지. 인쇄기로 찍으면 그런 문제들이 모두 사라지고, 시간도 절약되고, 위험도 줄어들지. 아무래도 내가 그런 인쇄기를 운영하고 있다고 다들 결론을 내린 것 같은데. 내가 이렇게 많은 사람들에게 어떻게 저항하겠나? 그러니 아무 말도 않겠네."

젊은 선생의 목소리가 높아졌다.

"내가 그런 식으로 사람들의 정신에 불을 붙이는 걸 부끄럽게 생각할까? 아니, 그렇지 않네. 지난겨울에 과중한 세금에 시달리던 가난한 사람들이 굶어죽었어. 공작은 그 세금으로 번영의 탑을 지었지. 올겨울에는 공작이 미친 짓을 또 벌이려고 집들을 부숴버렸기 때문에 무고한 사람들이 거리에서 죽어갈 걸세. 이런 일에 소리 높여 항변할 가치가 있느냐고? 물론이지!"

코퍼백은 분노가 담긴 목소리로 뜻을 정확히 알 수 없는 소리를 내고는 성큼성큼 걸어서 자기 자리로 돌아가 곰방대를 뻑뻑 빨아댔다. 얼마나 세게 빨아댔는지 향내 나는 연기구름에 가려 금방 그의 모습이 보이지 않게 될 정도였다. 월계수 정자는 창문세 때문에 창문이 없어서 어두웠지만, 나무 벽의 수많은 옹이구멍들을 통해 햇빛이 들어와 푸른 연기 속에서 유령의 창처럼 흐릿하게 소용돌이쳤다.

미스 카이틀리가 퍼텔리스에게 곰방대를 가져다주었다.

"당신은 너무 고집이 세요." 그녀가 숨죽인 소리로 말했다.

"내가 방금 적을 만든 건가요?" 그가 조용히 말했다.

"아뇨, 그냥 친구로 삼기에는 너무 열정적일 뿐이죠. 저분은 당신이 교수대에 서는 꼴을 보게 될까봐 걱정하고 있어요."

퍼텔리스는 곰방대를 천천히 빨더니 미스 카이틀리에게 몹시 걱정스러운 시선을 보냈다.

"방금 나간 손님 말이에요, 지난달에 내가 체포된 뒤로 공작의 첩자들이 여길 많이 다녀갔나요?"

"그 사람들을 막으려고 문을 잠글 수는 없으니까요."

"그렇겠죠. 저들이 나의 선동 혐의를 입증하지 못하면 내 친구들에게 주의를 돌릴 거라는 생각을 미처 못 했어요. 내가 친구들을 위험하게 만들었어요."

퍼텔리스는 한쪽 팔꿈치에서 다른 쪽 팔꿈치로 몸무게를 옮겨 미스 카이틀리의 움푹 들어간 눈에서 약간 빗겨난 쪽으로 얼굴을 돌렸다.

"내가 이리로 오는 대신 진짜 사무실을 마련할 때가 됐다는 생각을 하고 있었어요. ……어쩌면 위노윙 형제들하고 사무실을 같이 쓸 수도 있지 않을까……"

"우리 창고에 당신이 아주 좋아하는 브랜디 케이크가 아주 많이 있어요." 미스 카이틀리가 차분하게 말했다. "대부분의 사람들은 너무 써서 그걸 못 먹어요. 그러니까 당신이 오지 않으면, 난 그걸 사느라고 쓴 돈을 잃어버리게 될 거예요. 그건 아주 심각한 일이에요, 퍼텔리스 씨."

퍼텔리스는 자그맣게 이상한 소리를 냈다. 담배 연기를 한꺼번에 너무 많이 들이마신 사람 같았다.

"웃기는 건……" 잠시 후 그가 말을 이었다.

"내가 학교를 이미 오래전에 그만뒀을 수도 있다는 점이에요. 하지만 아이들이 나보다 똑똑해서…… 지금은 순전히 아이들이 학교를 이끌어가고 있어요. 거리를 걸을 때 나는 아이들이 또 어느 거리 모퉁이를 찾아내서 수업 준비를 해놓았을지 전혀 짐작도 못 해요. 이게 얼마나 위험한 일인지 수백 번이나 이야기해주었는데도, 아이들의 열의가 워낙 강해요. 그애들은 전부 출판업자 길드의 학교에 다닐 형편이 못 돼요. 설사 형편이 된다 해도, 그 학교에서 뭘 배우겠어요? 유순하고 쓸모 있는 하인이 되는 법과, 절대 어떤 것에도 의문을 품지 않는 법만 배우겠죠.

그래서 내가 학교를 계속하고 있는 거예요. 게다가 매달 똑똑한 아이들이 새로 들어오는 것 같아요. 오늘도 처음 보는 여자아이가 분명히 내 뒤를 따라오고 있었어요. 틀림없이 다른 아이들한테서 이 학교 이야기를 들었겠죠. 그애는 수줍은지 나한테 다가오지 못했어요. 그렇지 않았으면 그애랑 이야기를 해봤을 텐데. 하지만 감히 말하건대, 앞으로 그 아이를 또 만나게 될 거예요. ……공부에 굶주린 표정이었거든요……"

수많은 상스러운 말들이 지금까지 오랜 세월 동안 모스카의 마음을 집어삼켰다는 것을 퍼텔리스가 알았더라면, 그녀가 공부에 굶주려 있었다는 생각을 바꾸었을지도 모른다. 바로 이 순간에도 모스카는 상스러운 말들을 숨죽여 내뱉고 있었다. 어린아이들이 사다리에 매달려 있는 그녀를 발견하고 부둣가에서 배를 따라 뛰면서 저기 몰래 타고 있는 사람이 있다고 목청껏 소리를 질러댔던 것이다.

"어이!" 빨간 얼굴 하나가 그녀의 머리 위에 나타났다. "우리는 손님이 아니면 안 태워줘! 어서 뛰어내려!"

"어디로 뛰어내려요? 내가 개구리인 줄 알아요?"

"그런 건 미리미리 생각했어야지. 승객은 안 태워. 뱃사공 길드의 규칙이야." 선원은 몸을 똑바로 세우고 드넓은 강을 위아래로 훑어보았다. "배를 우측으로 돌려."

강 한가운데에서 돌기둥이 솟아올랐다. 그 위에는 착한 남자 서서래치, 강의 포옹으로부터 부주의한 자들을 보호하는 자의 청동상이 서 있었다. 그 옆에 자그마한 나무다리가 뻗어 있었다. 연줄을 힘들게 조종한 끝에, 커피하우스가 방향을 돌려 그 나무다리 옆을 미끄러지듯 지나갔다.

"여기서 내려. 당장! 나룻배에 손짓이라도 해봐."

모스카는 마지못해 사다리를 놓고 나무다리 위로 떨어졌다.

"구더기가 그 귓속으로 기어들어가서 안에서부터 뇌를 깨끗이 핥아먹을 거다!" 그녀는 멀어져가는 커피하우스를 향해 소리쳤다. 배를 불러 탈 돈은 없었다.

하지만 슬라이 강의 갈색 물 위에서 지나치게 큰 차 상자처럼 부드럽게 일렁이고 있는 저것이 무엇일까? 문 위에서 흔들리는 간판으로 보아 또다른 커피하우스였다. 하지만 이 커피하우스는 속속들이 커피색으로 물든 것처럼 보이는 지저분한 건물이었다. 커피하우스의 연에는 수사슴이 그려져 있었으며, 문 위에는 '궁지에 몰린 암사슴'이라는 말이 적혀 있었다.

커피하우스의 지붕 위에 있던 남자들은 갑자기 방향이 바뀐 바람과 씨름하고 있었다. 돛의 활대가 한 바퀴 빙 돌아버렸기 때문에 모두들 돛을 조종하는 데 매달려 있었다. 그들 중 어느 누구도 착한 남자 서서래치의 조각상에 나선형으로 난 돌계단을 올라가 뛰어내릴 준비를 하며 몸을 웅크린 자그마한 사람을 보지 못했다. 축 늘어진 돛에서 나는 삐걱삐걱, 철썩철썩 소리가 귀를 가득 채워서 지붕 구석에 누군가가 가볍게 떨어지는 소리도 듣지 못했다.

쿵.

큰 소리는 아니었지만, 잠자는 사람 한 명을 깨울 정도는 되었다.

그 소리에 깨어난 남자는 즉시 움직이지 않고 인상을 찌푸린 채 잠시 그냥 누워 있었다. 마치 자기 머리가 의자 등받이에 어색하게 걸쳐져 있다는 것을 조금씩 인식하는 듯했다. 그러더니 그가 녹청색 눈을 떴다.

남자는 더러운 벽을 보며 눈을 깜박였다. '상인의 친구'에서 지친 얼굴로 잡담을 나누고 있는 포목상들, 해치 너머에 구릿빛으로 반짝이는 커피주전자가 보였다.

그는 움직이는 물체 위에서 자는 데 익숙한 사람답게 다시 의자에 몸을 기대고 금방 잠이 들었다. 방 전체가 우현 쪽으로 덜컹 흔들리면서 단골손님들이 익숙한 동작으로 커피주전자를 잡으려고 뛰어올랐을 때에야 비로소 눈꺼풀이 파닥파닥 다시 떠졌다.

그는 주인에게 작별인사를 했다. 따뜻한 우유처럼 마음이 놓이는 유쾌한 목소리였다. 그는 모자와 지팡이를 가져다준 아가씨에게 미소를 지어 보였다. 악수처럼 솔직하고 유쾌한 미소였다. 그가 문을 나가 몇 걸음 걸었을 때 모자가 바람에 날려갔고, 뭔가 창백하고 뾰족한 것이 모슬린 날개를 달고 천국에서 내려오는 것처럼 내려와 발치에 털썩 떨어졌다.

모스카는 눈을 깜박이며 시선을 들어 햇살을 바라보았다. 그녀를 내려다보며 서 있는 남자는 젊은 사람 같았다. 놀란 표정이었고, 신사들이 여행할 때 입는 긴 외투를 입고 있는 것 같았다.

그녀가 남자의 모자를 깔고 앉은 모양이었다.

그의 놀라움이 분노로 변하기 전에 납작해진 모자를 정중하게 돌려주고 재빨리 도망치면 되지 않을까? 모스카는 휘청거리며 일어났다. 남자가 본능적으로 팔을 뻗어 그녀의 팔을 잡았다. 그 덕분에 모스카는 현관 계단과 배다리 사이의 틈에 빠지지 않았다.

"조심해라." 그가 말했다. 퉁명스럽지 않은 목소리였다.

모스카는 아무 대답도 하지 않았지만 그대로 얼어붙어서 이 낯선 남자의 어깨 너머를 빤히 바라보았다.

"무슨 일이지?" 그가 고개를 돌렸다.

그녀가 이미 본 광경이 그의 눈에도 들어왔다. 파트리지가 부두에 서서 손으로 햇빛을 가리고 커피하우스 지붕을 노려보는 광경. 커피하우스들이 돛을 바삐 부풀리고 연을 조종하느라 씨름하는데도 사실은 걷는 속도보다 느리게 움직이고 있는 것 같다는 생각이 갑자기 모스카의 머릿속에 떠올랐다. 파트리지가 부두에서 그녀와 줄곧 같은 속도로 움직인 것 같았다. 파트리지는 잠시 그녀의 모습을 놓친 것 같았지만, 금방 다시 찾아낼 터였다. 그녀는 여행용 외투를 입은 남자 뒤에서 움츠러들었고, 남자는 고개를 돌려 의문이 담긴 시선으로 모스카를 바라보았다.

'이 사람은 내가 소매치기나 밀항자, 아님 도망친 도제나 살인자인 줄 알 거야……'

모스카가 할 수 있는 일이라고는 겁에 질린 시선으로 호소하듯 낯선 남자를 올려다보며 고개를 젓는 것뿐이었다.

파트리지가 턱을 긁으며 커피하우스를 향해 급히 몇 걸음 다가왔다가 사라져버렸다. 이 세상과 함께. 칠흑같은 어둠이 모스카를 삼켜버렸기 때문이다. 어둠은 따스했으며, 젖은 도로와 풀씨 냄새가 났다. 공포에 질린 모스카는 몇 초가 지난 뒤에야 낯선 남자가 외투를 자신에게 덮어씌웠음을 알아차렸다.

"가능하면 나랑 속도를 맞춰라." 남자의 목소리는 나직했고, 외투 때문에 먹먹하게 들렸다. "발을 헛딛지 않게 조심해. 잘하면 저 사람이 외투 안에 발이 한 쌍 더 있다는 걸 못 보고 그냥 지나쳐 갈 거다."

모스카는 반쯤 웅크린 자세로 걸으면서 뜻하지 않게 자기를 구해준 남자의 몸에 부딪치지 않으면서도 가능한 한 가까이 붙어 있으려고 애썼다. 그럼에도 그녀는 끊임없이 뭔가에 부딪혔다. 아마도 크게 부풀어오른 외투 속에 겁에 질린 소녀가 웅크리고 있다는 사실을 모르는 행인들이 외투를 밀치며 지나가려 하는 것 같았다.

남자가 외투를 벗겨 모스카에게 햇살 가득한 세상을 돌려주었을 때에는 바람소리가 조금 잦아들어 있었다. 그녀는 비스듬하게 걸쳐 있던 모자를 뒤통수로 밀고 눈앞으로 흘러내린 머리카락을 입으로 후 불었다. 그녀는 사암으로 만든 벽과 성당의 차갑고 높은 옆구리 사이에 있는 어떤 골목에서 낯선 남자와 함께 서 있었다.

"그래, 내가 방금 얼마나 끔찍한 죄의 공범이 된 거지?"

구원자가 미소를 지으며 가슴 앞에서 팔짱을 꼈다. 그 미소와 함께 눈썹이 깔끔한 밤색 초승달처럼 위로 휘어졌다. 마치 세상이 자신에게 자꾸만, 자꾸만 놀라움을 안겨줄 운명임을 알고 있다는 듯이. 그래서 기분 좋게 놀랄 수 있는 일들이 자꾸만 생길 거라고 믿어버리기로 했다는 듯이.

'잘생겼다고 할 만큼 신사답지는 않아.' 모스카는 속으로 생각했다.

우선 그는 가발을 쓰고 있지 않았다. 파우더를 뿌리지 않은 붉은 갈색 머리를 검은 리본으로 뒤에서 묶어놓았을 뿐이었다. 남자의 얼굴은 한창 유행하는 창백한 안색이 아니라 차 얼룩 같은 구릿빛이었다. 그런데도 왠지 일부러 거만하게 구는 하인 같은 느낌은 들지 않았다. 그는 회중시계 속에 온 세상을 넣어 가지고 다니는 사람처럼 소박하고 자신 있게 보였다.

모스카는 얼굴을 붉혔다. 고마운 마음 때문에 그녀는 충동적으로 사실을 말했다.

"제 거위가 아까 그 사람의 배를 훔쳤다나봐요. 하지만 걔가 일부러 그런 게 아니에요. 아마 겁이 나서 그랬을 거예요. 그런데 그 사람은 화가 나서 모든 사람의 심장을 꺼내 꼬챙이에 꽂아서 요리해 먹을 거래요."

외투를 입은 청년은 입술을 힘주어 다물고 열심히 땅만 바라보았다. 그가 아주 천천히 고개를 두 번 끄덕였다. 마치 모스카가 이런 대답을 할 줄 이미 짐작하고 있었다는 듯이.

"음. 그렇구나." 그의 목소리가 살짝 떨렸다.

모스카는 남자가 웃음을 참고 있다는 것을 깨달았다.

"글쎄다, 남을 속일 작정이었다면, 그보다는 더 말이 되는 이야기를 꾸며냈겠지. 그러니 네 말을 사실로 믿어야 할 것 같구나. 어쨌든, 설사 그게 거짓말이라 해도, 틀림없이 사실을 바탕으로 살을 붙인 이야기일 거야."

"제 얘기는 사실이에요!" 그녀가 솔직히 이야기하는 경우가 많지도 않은데 이렇게 의심을 받다니 너무하다는 생각이 들었다.

"알았다, 내가 사과하마. 이름이 뭐냐?"

"모스카예요."

"만나서 반갑다." 그가 손을 내밀었다. "난 린덴 콜라비라고 한단다."

그녀는 남자와 악수했다. 그가 자기를 놀리고 있는 건지 종잡을 수가 없었다.

"넌 맨들리온 토박이가 아니지? 네 말투가 귀에 익은데, 어디 말투인지 알 수가 없구나."

"시를 쓰는 사람하고 같이 바로 얼마 전에 이곳으로 왔어요. 전 그 사람 비서예요." 그녀가 도전적인 말투로 자랑스레 선언하듯 말했다.

그의 입가가 웃음을 참느라 또 부들부들 떨리기 시작했다. 모스카는 갑자기 이 남자에게 자기가 얼마나 대단한 사람인지 보여주고 싶었다.

"전 그냥 당분간만 그 일을 하는 것뿐이에요." 그녀가 말을 이었다. "조금 있으면…… 저기서 일할 거거든요."

사암으로 된 벽과 모자이크처럼 모여 있는 지붕들 위로 창백한 바늘처럼 생긴 동쪽탑이 보였다.

"저기 레이디 타마린드가 사는 곳에서, 레이디 타마린드를 위해 일할 거예요."

그녀는 히죽 웃으며 콜라비를 올려다보았다. 그의 눈이 깜짝 놀라서 초록색으로 변한 것을 보니 기분이 좋았다.

"저기에 취직해서 레이디 타마린드한테 시를 읽어드리고, 편지를 쟁반에 담아 가져다드리고, 또……"

그녀는 아무도 자기를 밀치지 않고, 깃을 잡고 자기를 들어올리지도 않는, 고요하고 서늘한 곳을 생각하느라 말을 잃었다. "꼭 그럴 거예요."

"굉장한 우연이구나." 콜라비가 시치미 떼는 표정으로 매끄럽게 말했다.

"나도 저기 한번 들러볼까 하던 참인데. 아가씨를 찾아뵙고, 벽걸이 구경도 하고. 꼭대기 방의 전망이 꽤 괜찮다고 하던데……"

모스카는 그의 진흙투성이 부츠와 장난스러운 미소를 보고는 큰 소리로 웃음을 터뜨렸다.

"절 놀리는 거죠?" 그녀가 말했다. "제 말을 못 믿는 거예요. 하지만 제 말은 전부 사실이에요. 두고 보세요!" 모스카는 동쪽탑을 손으로 한 번 가리킨 다음 방향을 돌려 골목을 따라 전속력으로 달려갔다.

모스카는 기분이 좋았기 때문에 집까지 절반쯤 온 뒤에야 그 뒷골목 학교를 기억해냈다. 씁쓸한 생각들이 그녀를 찌르고 또 찔러댔다. 나나니벌을 주먹에 꽉 쥐고 있을 때처럼.

'내가 담 위에서 파수꾼 노릇을 해줄 수도 있었어.' 그녀는 생각했다. '내가 출판업자 길드에서 펜을 훔쳐다줄 수도 있었어.'

하지만 그 옷장수 도제가 팔꿈치로 그녀를 밀어 넘어뜨린 것이 생각났다. 팔다리는 물론이고 자존심에도 멍이 들어 있었다. 그 학교에는 가고 싶지 않았다. 그 학교에는 절대로 가고 싶지 않았다. 그 학교는 썩어빠졌고, 과격하고, 반역자들이 들끓는 곳이었다.

하지만…… 급진적인 책을 가르치는 무허가 학교에 관한 정보에 돈을 낼 사람이 누가 있을까? 출판업자 길드라면 돈을 낼 터였다. 그들이 그녀에게 돈을 주면, 그녀는 그 돈으로 사라센을 되살 수 있을 것이다. 그들은 그녀의 정보에 만족해서 그녀를 학교에 보내줄 터였다. 레이디 타마린드가 바라는 대로.

이포니머스 클렌트가 한쪽 옷깃에 난초를 핀으로 꽂은 채 와인 냄새를 풍기며 돌아왔을 때, 모스카는 이미 어느 정도 마음을 굳힌 다음이었다. 클렌트는 그녀에게 자기 모자를 건네주면서 분홍빛 코를 찡긋거리며 들뜬 미소를 지었다.

"아, 정말 훌륭한 하루였다. 품격 있는 사람들이 내 시를 알아주는 기분이란…… 품격뿐만 아니라 재산도……"

모스카는 클렌트가 특수요원치고는 좀 쉽게 정신을 파는 편이라는 생각이 들었다.

"너도 오늘 잘 지냈겠지?"

모스카는 우울한 미소를 지었다.

"머릿속을 좀 정리하세요, 클렌트 아저씨. 지금부터 내가 하는 얘기를 들으려면 머리에 빈 공간이 있어야 할 테니까."

모스카가 파트리지와 뒷골목 학교에 관한 이야기를 클렌트에게 죄다 늘어놓는 동안 린덴 콜라비 역시 보고서를 준비하고 있었다. 터무니없는 이야기를 늘어놓고, 흥분도 잘하던 검은 눈의 이상한 소녀 덕분에 그는 자신의 불쾌한 임무를 잊고 잠시 즐거운 시간을 보냈지만, 이젠 더이상 일을 미룰 수 없었다.

동쪽탑의 문들을 지키는 하인들은 그가 올 것이라는 말을 미리

들었기 때문에 콜라비를 즉시 레이디 타마린드에게 안내했다.

"아가씨, 유감스럽게도 이포니머스 클렌트를 놓치고 말았습니다. 그의 뒤를 따라잡았으나, 처프라는 작은 마을에서 놓쳤습니다. 그래서 그가 아직 제멋대로 돌아다니고 있습니다."

"알아요." 타마린드가 대답했다. "그 사람은 맨들리온에 있어요."

"벌써요?" 콜라비가 눈썹을 추켜올렸다. "배를 타고 강을 내려온 건가요?"

"마차를 타고 왔어요. 내 마차. 우리가 그 사람을 길에서 태웠어요."

공작의 여동생에게 절대 해서는 안 되는 말이 있는 법이므로, 콜라비는 입을 다물고 잠시 얼음처럼 냉랭한 표정을 지었다.

"아가씨." 그가 마침내 불쑥 입을 열었다. "그가 그토록 지독하게 위험한 인간이 아니었다면……"

"……내가 그 사람의 정체를 알자마자 위험을 무릅쓰고 내 마차에서 쫓아냈겠죠."

타마린드가 그의 말을 받았다.

"하지만 난 그 사고를 최대한 이용했어요. 클렌트의 움직임을 모조리 지켜볼 요원을 하나 구했으니까요. 그러니까 만약 클렌트가 무슨 짓을 저지르려 한다면, 우리가 미리 알 수 있을 거예요. 그 요원을 얼마나 믿을 수 있을지 아직 잘 모르겠지만, 유망해 보이는 아이예요……"

J는 Judgement 심판

다음 날 아침, 출판업자 길드의 케이비앳은 안전한 텔링 워드를 떠나 가마를 타고 펠멜의 제본소를 찾아갔다. 이포니머스 클렌트에게 보고서를 가져다두라고 했던 그곳이었다.

"보고서를 가져오라고 도제를 두 명 보냈다."

매브윅 토크가 그날 아침에 성난 목소리로 말했다.

"그런데 둘 다 거기 가지 못했어. 티틀은 수레 밑으로 밀려들어가는 바람에 지금도 이발사 의사한테 치료를 받고 있다. 게다가 웨프트는 아예 소식이 없어. 그러니까 이번에는 정식 길드원을 보내야겠다. 열쇠장이들이 길드원을 해친다면, 그건 규칙을 어기고 길드 전쟁을 공식적으로 선포하는 꼴이 되니까. 제아무리 아라마이 고속이라도 감히 그런 짓은 못 할 거다. 케이비앳! 네가 가라."

토크는 커피하우스의 문을 열었다.

"'소란한 시간'이 거의 끝났으니까 거리가 비어 있을 때 빨리 갔다 와."

사랑받는 자들의 수많은 종파들이 예배시간을 알리기 위해 종을 알리는 방식에 대해 저마다 다른 생각을 갖고 있었기 때문에, 이틀에 한 번씩 한 시간 동안 종소리로 전투를 치르는 것이 관습이 되었다. 종들이 바리톤에서부터 병아리가 삐약거리는 소리에 이르기까지 갖가지 높이로 댕댕, 뗑그렁뗑그렁, 둥둥, 짤랑짤랑 울려대면 모든 교회, 사당, 성당이 불협화음으로 가득 찼다. 비교적 유명하지 않은 사랑받는 자를 믿는 신자들이 종을 사서 위층 창문에 매달아놓는 경우도 있었다. 그렇지 않아도 시끄러워서 정신이 없는 판국에 소리를 또하나 덧붙이는 것이다. 자기들은 귀를 솜으로 틀어막고. 대부분의 사람들은 '소란한 시간'이 끝날 때까지 창문을 굳게 닫고 집 안에 숨어 있는 편을 택했다. 케이비앳은 손가락으로 귀를 막은 채 가마에 웅크리고 앉아 있었다. 시끄러운 종소리들이 맨들리온의 아침을 공격하고 있었으므로.

'토크 씨는 항상. 일을 훌륭하게 처리하셔.' 케이비앳은 허리를 숙이고 제본소 안으로 들어가면서 생각했다. '하지만 열쇠장이들이. 그럴 거라고. 믿어도 될까. 스커리에서 오랫동안 아무 소식도 못 들었는데. 거기서 일이 벌어지고 있는지도 몰라.'

이 분 뒤 케이비앳은 클렌트의 보고서를 조끼 속에 끼고 다시 펠멜 거리로 나왔다. 그는 말을 할 때는 자주 말을 끊곤 했지만, 글을 읽을 때는 벌새가 하늘을 날 때보다 더 속도가 빨랐다. 그래서 둥글게 구부러진 글씨로 되어 있는 클렌트의 세 쪽짜리 보고서를 단 세 번 바라보는 것만으로 다 읽어버렸다. 겁에 질린 송충이처럼 마구 날뛰던 눈썹은 이제 흥분한 송충이처럼 날뛰고 있었다.

"텔링 워드!" 그는 가마꾼에게 날카롭게 외쳤다. 둘 다 천으로 귀를 막고 있었기 때문에 목소리를 높여야 했다. 그는 가마에 다시 기어올랐다. 짧은 말을 한꺼번에 외치는 편이 더 편했다. "빨리!"

가마꾼은 그의 명령대로 뛰기 시작했다. 케이비앳이 막 의자에 등을 기대고 자세를 잡을 때 앞쪽에서 쿵 하는 소리가 나더니 의자가 앞쪽이 휘청거리며 기울어졌다.

"뭐야? 무슨 일이야?" 두 가마꾼 중 앞쪽 사람이 뭐라고 외친 것 같았다.

쿵쿵, 우지끈 소리가 뒤에서 연달아 들려오더니 누군가가 작은 소리로 "아!" 하고 외쳤다. 마치 아주 중요한 일을 방금 기억해낸 것 같았다. 가마 뒤쪽이 급격히 기울어져 자갈에 부딪혔다가 튀어 오르는 바람에 케이비앳은 뒤로 쓰러졌다. 가발이 코를 덮었고, 발은 하늘을 향하고 있었다.

그가 가마꾼들한테 뭐라고 하기도 전에 가마가 사뿐히 들어올려졌다. 그러고는 눈에 보이지 않는 가마꾼들이 아무 일도 없었다는 듯이 얌전히 가마를 들고 뛰기 시작했다. 하지만 잠시 후 그들은 마구 속도를 높여 명령에 반항하듯 질주하기 시작했다.

케이비앳이 몸을 바로잡으려고 애쓰는 동안, 눈에 보이지 않는 가마꾼들은 왼쪽, 오른쪽, 왼쪽, 왼쪽, 오른쪽으로 방향을 바꿨다. 케이비앳은 자갈길 위에서 두 명 이상의 발걸음 소리가 나는 것을 들을 수 있었다. 소리가 울리는 것으로 보아 습하고 인적이 드물며, 높은 담으로 둘러싸인 골목을 지나가고 있는 것 같았다.

그러더니 소리의 울림이 사라지고, 납작한 신발 밑창이 젖은 나무를 밟을 때 나는 찰싹찰싹 소리가 났다. 바람의 웃음소리, 갈매기들의 팡파르도 들려왔다. 미친 듯이 달리던 가마꾼들이 멈춰 섰다. 가마 전체가 어지러울 정도로 옆으로 훽 기울어지더니 곤두박질쳤다. 케이비앳은 힘겹게 몸을 바로 세우고 창밖으로 몸을 내밀었다. 캐러멜색 강물이 그를 맞이하려고 쑥 올라오는 것이 보였다.

목이 쉰 듯한 철썩 소리. 탁한 물이 문틈으로 마구 새어 들어왔다. 케이비앳이 한쪽 문을 향해 몸을 날리자 가마가 기울어지면서 열린 창문을 통해 물이 쏟아져 들어왔다. 공포에 질린 그는 반대편에 몸무게를 실어 간신히 가마를 바로잡았다.

그는 차가운 물이 가마 안에 점점 차올라 종아리를 간질이는 것을 느끼며 좌석 한가운데에 뻣뻣하게 앉아 있었다. 그의 머리에서 멀지 않은 곳에서 쿵쾅거리며 뭔가를 헤집는 소리가 크게 들려왔다. 고개를 들어보니 검은 쇠발톱이 창틀 윗부분 바로 아래에 걸려 있었다. 쿵쾅거리는 소리가 세 번 더 들려오고, 나머지 창문에도 쇠발톱이 단단히 걸렸다. 제자리에서 빙글빙글 소용돌이치던 가마가 움직임을 멈추고 길게 물을 내뿜으며 공중으로 들어올려졌다.

케이비앳은 몇 분 동안 숨죽인 채 꼼짝도 못하고 있다가 뚜껑처럼 생긴 가마 지붕을 밀어 열고 일어섰다. 가마는 튼튼한 밧줄 네 개에 매달려 물을 뚝뚝 떨어뜨리면서 좁은 인도교의 그림자 속에 떠 있었다. 다리의 낡은 판자 틈새와 옹이구멍 사이로 하늘이 새어 들어왔다. 그의 발에서 얼마 떨어지지 않은 곳에서는 슬라이 강이 도시에서 떠내려온 잡동사니들을 상한 담배 씹듯이 씹어대고 있었다. 장갑을 낀 세 남자가 근처의 황량한 방파제에 서서 그를 지켜보고 있었다.

"웃기게 생긴 물고기로군."

세 남자 중 한 명이 말했다. 그의 왼쪽 뺨에는 고등어에 난 무늬처럼 생긴 흉터가 물결치고 있었다.

"하긴 위커백 포인트에서는 뭘 낚을지 전혀 짐작할 수 없는 법이지. 온갖 찌꺼기들이 다 이리로 밀려오거든."

"우리가 여길 지나가고 있었던 걸 다행으로 아시오, 출판업자 양반."

좀전의 그 남자보다 키가 큰 남자가 소리쳤다. 그는 히죽 웃으면서 입꼬리의 수염자국을 긁적이고 있었다. 나머지 한 남자는 아무 말도 하지 않고, 이 사이로 곰방대 연기를 내뿜었다.

"혹시……" 케이비앳이 머뭇거리며 말했다. "관리를 좀. 불러다 줄 수 있겠소. 그러면. 반짝거리는 일 실링을 주겠소. 당신들한테."

방파제 위의 남자들이 그의 길드 배지를 보았을 리 없었다. 그런데도 그들은 그가 출판업자라는 것을 알고 있었다. 세 사람 모두 옷차림은 별로였지만, 장갑은 고급품이었다.

"선생을 그렇게 대롱대롱 매달아놓을 수는 없지." 키 큰 남자가 소리쳤다. "선생이 떨어지기라도 하면 어쩌겠소? 사고가 많기로 유명하니까, 여기는."

"사, 사크, 사그……" 그렇지 않아도 뚝뚝 끊어지는 케이비앳의 말투가 완전히 엉망이 되어버렸다.

열쇠장이들이 일으키는 '사고'는 악명이 높았다. 멍청하게도 도르래를 타고 흑맥주 통 위로 내려가 열쇠장이가 만든 자물쇠를 열었다고 자랑했던 좀도둑 이야기는 모르는 사람이 없었다. 그 좀도둑은 자랑을 늘어놓은 다음 날, 수탉 모양 풍향계가 땅으로 떨어질 때 거기서 튀어나온 금박 화살에 맞아 머리가 쪼개진 모습으로 발견되었다. 포효하는 블래디먼 형제의 이야기도 있었다. 난봉꾼이었던 두 형제는 어떤 열쇠장이의 어여쁜 딸과 이야기를 나누려고 그 집 문을 박차고 들어갔었다. 그다음 날 밤, 그들이 자주 가던 주점에서 술통 더미가 머리 위로 무너져내려서 두 사람을 과자 반죽처럼 납작하게 깔아뭉개버렸다.

"이보게들, 이러면 어떻겠나?" 고등어 무늬가 있는 남자가 말했다. "우리가 하나, 둘, 셋에 힘을 합쳐서 저 양반을 잡아당겨 이리로 끌어오는 게 제일 좋을 것 같아."

"그래. 저 양반 대가리에 밧줄을 걸어서 편안하게 해주는 거야." 곰방대를 피우는 남자가 말했다. "깨지기 쉬운 것부터 먼저 쪼아야지."

케이비앳은 깜짝 놀랐다. 그는 부모의 얼굴보다 세상 모든 사전을 더 잘 알고 있었지만, 저 남자가 하는 말은 도둑들의 은어라서 지금 미소를 지으며 말하고 있는 저 남자가 케이비앳의 넥타이를 칭찬하는 건지 아니면 목을 그어버리자고 하는 건지 알 수가 없었다.

"우리가 잡아당기는 동안에 선생이 몸부림을 치면 우리도 선생을 끌어낼 수 없소." 키가 제일 큰 남자가 소리쳤다. "어쨌든 물 속에 빠뜨리면 안 되는 물건부터 우리한테 던져주시오."

"아니. 필요 없소 나는. 좋아요 사실 그냥. 여기서 친구를 기다리겠소."

케이비앳은 손끝으로 재빨리 주머니를 확인했다. 마치 저 세 남자가 눈길만으로도 지갑을 뽑아갈 수 있다고 생각하는 것 같았다.

"지금 이 세상에서 선생한테 제일 좋은 친구는 저 밧줄 네 개뿐이오."

고등어 무늬가 있는 남자가 말했다.

"현명한 사람이라면 친구들의 인내심을 시험하지 않는 법이지. 그랬다가는 저 밧줄들이 자신에게 이로운 것이 뭔지도 모르는 사람 때문에 왜 이 고생을 하고 있는지 모르겠다고 생각할지도 모르니까. 그렇게 되면 밧줄이 끊어지면서 선생을 슬라이 강의 입맞춤에 맡겨버릴 거요."

그의 말에 위협이 담겨 있음은 의문의 여지가 없었다.

만약 케이비앳의 짐작처럼 이 사람들이 열쇠장이 길드의 포도꾼이라면, 감히 출판업자 길드원에게 '사고'를 일으키려 할 터였다. 만약 그가 물에 빠진다면, 몸부림치는 그의 코와 입으로 얼음처럼 차가운 물이 스며들어 올 것이다. 그는 자기 가발이 물에 흠뻑 젖고 더러워진 채 강가에서 갈매기들의 장난감이 되어 있는 모습을 상상해보았다.

"어이!"

케이비앳은 소리가 난 쪽으로 고개를 돌렸다. 작은 배가 다가오고 있었다. 안도감 때문에 희미하게 가슴이 설레었다. 매부리코 젊은이가 노를 내려놓고 공중에 매달려 있는 케이비앳을 빤히 바라보았다.

"괜찮으세요? 강가로 옮겨드릴까요?"

"그래! 그래! 그, 아. 여기서 먼 강가로."

방파제 위의 세 남자는 자그마한 배가 미끄러지듯 다가와 공중에 매달린 가마를 슬쩍슬쩍 미는 모습을 돌처럼 굳은 표정으로 지켜보았다. 젊은이가 일어서서 손을 뻗어 케이비앳이 흔들리지 않게 잡아주었고, 케이비앳은 가마 문을 열고 조심스레 한 발을 배에 디뎠다. 그때 젊은이가 느닷없이 케이비앳의 가슴을 세게 밀었다. 케이비앳은 팔다리를 허우적거리며 가마 속으로 떨어졌고, 젊은이는 노로 바닥을 밀어 그에게서 멀어졌다.

"죄송해요, 아저씨."

젊은이가 장갑을 낀 긴 손가락으로 케이비앳의 주머니에서 빼낸 두루마리를 흔들며 작별인사를 했다.

"승객을 태울 수가 없어요, 그렇지 않아요? 뱃사공 길드의 규칙 때문에."

그는 두루마리와 케이비앳의 지갑을 강둑에서 기다리던 남자들에게 던져준 뒤, 부지런히 노를 저었다. 네 남자의 웃음소리가 발소리와 함께 멀어졌다. 케이비앳은 손에 얼굴을 묻은 채 바람의 웃음소리를 들으며 어둠 속에서 흔들리고 있었다.

이포니머스 클렌트의 보고서에는 떠다니는 학교에 관해 모스카가 알아낸 사실과 그녀가 퍼텔리스를 미행하려 했던 사실이 자세하고 화려하게 적혀 있었다. 어떤 경우에는 심지어 정확하기까지 했다. 맨들리온 열쇠장이 길드의 신임 지도자인 아라마이 고쇽은 자그맣고 완벽한 손으로 종이를 조심스레 넘기며 그 보고서를 읽고 또 읽었다.

고쇽은 같은 장소를 한 번 이상 '사무실'로 쓰는 일이 결코 없었다. 오늘 그는 갈매기들의 영역에서 일을 보고 있었다. 성당 지붕에서 보는 도시의 풍경이 기가 막혔다. 뾰족탑 위에서 보는 풍경과도 비교할 수 없었다. 곰보 같은 무늬가 있는 거대한 둥근 지붕이 그의 책상과 의자를 거센 바람으로부터 보호해주었고, 주위에서는 갈매기들이 햇빛 속에서 천사처럼 하얀 날개를 뽐내며 하늘을 빙글빙글 돌거나 바닥에 내려앉았다. 그는 녀석들의 잔인함과 소란스러움, 그 이기적인 교향곡이 마음에 들었다.

고쇽 앞에서 모자를 쥐어짜며 서 있는 남자는 그다지 행복해 보이지 않았다. 너무 높은 곳이라 무릎을 덜덜 떨었고, 갈매기들이 부리를 크게 벌릴 때마다 몸을 움찔거렸다.

"그래……" 고쇽은 흐릿한 눈을 들어 그를 바라보았다. "자네 일당은 시내의 어떤 지역을 장악하고 있지? 손으로 가리켜봐."

"저쪽입니다. 강과 코클 거리 사이." 젊은 도둑은 고쇽의 입장에서 봤을 때 자신의 영역이 너무 작다는 것을 깨닫고 얼굴을 구겼다.

고쇽이 보기에 세상에는 탐욕스럽거나, 겁에 질렸거나, 아니면 둘 다인 사람들뿐이었다. 그리고 사람들에 대해 알아야 할 것도 그것뿐이었다. 그는 겁에 질린 사람들을 더 좋아했다. 이 젊은 범죄자는 십중팔구 탐욕 때문에 일당과 함께 고쓱에게 봉사하겠다고 말하러 왔겠지만, 시간이 흐른 뒤에는 두려움 때문에 감히 그 맹세를 바꾸지 못할 터였다. 앞으로 도둑, 사기꾼, 공갈범, 장물아비, 염탐꾼, 살인자, 치안판사, 궁정신하들이 두려움 때문에 줄줄이 그의 앞에 나타날 것이다. 열쇠장이들과 좋은 관계를 맺으려고 필사적으로 애쓰면서. 고쓱은 왕국을 허약하고 겁에 질린 사람들로 가득 채워놓은 새잡이들에게 남몰래 감사하고 있었다. 자유를 찬양하던 과거의 분위기는 사라져버렸다. 요즘은 누구나 안전을 원했으며, 열쇠장이들은 대가를 받고 안전을 제공해주었다.

스커리에서 고쓱의 전술은 놀라울 정도로 빠르게 효과를 발휘했다. 도시를 장악하기 위한 싸움에서 전환점이 찾아온 것은 그가 모킨스 패거리를 제압한 직후였다. 언제나 그렇듯이 음침한 검은색 옷차림으로 윌렛 모킨스의 장례식에 공개적으로 참석한 그는 '추모객들'이 겁에 질려 소곤거리는 소리를 듣고 곰보자국이 있는 뺨을 실룩거렸다. 거의 미소를 짓는 것처럼 보일 정도였다. 그날 이후로 다른 패거리들도 고쓱이 반드시 승리할 것이라는 결론을 내렸다. 그리고 그 덕분에 그들의 결론은 현실이 되었다. 그들은 그의 조직에 들어오려고 앞 다퉈 달려왔다. 이제 스커리는 얌전했으며, 공포에 질린 거리들은 텅 비었고, 창문에는 모두 덧창이 내려져 있었다. 그리고 모든 사람이 열쇠장이 길드에 십일조를 바쳤다……

지금 그의 앞에 서 있는 도둑은 아라마이 고쓱에게 접근할 수밖에 없는 임무를 맡은 것을 후회하고 있었다.

"저희 패거리 한 명이 유치장에 들어가 있습니다." 그가 말했다. "저희 패거리 중 최고의 밤손님이죠. 그 녀석 재판이 순회재판 첫날로 예정되어 있는데, 지금으로부터 나흘 뒤입니다……"

"……그러니까 나더러 거짓말쟁이를 두어 명 보내서 그 친구 알리바이를 제공해달라는 건가?"

열쇠장이들은 '거짓말쟁이,' 즉 돈을 받고 위증해주는 사람을 많이 고용하고 있었다.

"해줄 수는 있지. 하지만 먼저…… 자네가 우리한테 충성한다는 증거를 봐야겠어."

고쇽의 머릿속에서 계획이 만들어지고 있었다. 그의 시선이 클렌트의 보고서를 스치고 지나갔다. 그의 길드가 출판업자들에게 여러 번 겁을 주었는데도 출판업자들은 여전히 열쇠장이들을 조사하려고 애쓰고 있었다. 그들의 간섭이 무서운 것은 아니었다. 정신이 산만해져서 짜증스러울 뿐이었다. 고쇽은 출판업자들과는 전혀 다르고 훨씬 더 강력한 적과 머리싸움을 벌이고 있었으므로, 모든 자원을 총동원해야 했다.

그는 몇 달 전부터 맨들리온을 장악하기 위해 공작의 누이인 레이디 타마린드와 싸우고 있었다. 공작을 조종하는 것은 미친 듯이 날뛰는 벌들을 잡으려는 것과 같았지만, 타마린드가 공작의 귀에 이런저런 이야기들을 속살거리지 않았다면 지금쯤 확실히 맨들리온을 장악했을 터였다. 그녀의 첩보망은 고쇽의 첩보망과 맞먹는 것 같았다. 고쇽이 편지들을 찾기 위해 그녀의 거처로 들여보낸 요원들은 거의 모두 그녀가 모아들인 괴물들에게 당했다. 설상가상으로 두 사람의 머리싸움이 주점의 잡담거리가 되었는지, 지금쯤 그에게 가담했어야 하는 악당들이 뒤로 물러나서 눈치를 살피며 누가 이기는지 지켜보고 있었다. 고속은 인상을 찌푸렸다. 자신이 출판업자들과도 칼을 주고받고 있다는 사실을 지하세계 사람들이 눈치채게 할 수는 없었다.

"출판업자들한테 겁을 좀 줄 필요가 있어. 그뿐이다. 그러면 그 놈들이 뒤로 물러날 거야." 그는 숨죽여 중얼거렸다. "놈들은 공개적인 길드 전쟁을 겁내고 있기 때문에 감히 우리에게 맞서지는 않을 것이다. 보자. 놈들은 조사 과정에서 찾아낸 이 퍼텔리스라는 놈을 아주 중요하게 생각하는 것 같군……"

그는 시선을 들어 앞에서 기다리고 있는 도둑을 바라보았다.

"네 패거리의 솜씨를 한번 봐야겠다. 어스름 무렵까지 이 퍼텔리스라는 학자를 찾아와."

한편, 겨우 이틀 만에 자신이 엄청 유명해졌다는 사실을 전혀 모르는 부주의한 젊은 변호사 호프우드 퍼텔리스는 맨들리온 감옥에서 오후를 보내며 어떤 농부와 이야기를 나누고 있었다. 그는 다가오는 순회재판에서 공작이 새로 제정한 가혹한 세금을 내지 않았다는 이유로 감옥에 갇힌 이 농부의 변호를 맡을 예정이었다. 그는 걸어서 집으로 돌아가는 동안 오로지 이 농부의 사건만 골똘히 생각했다. 참을성 많은 가정부가 그의 팔꿈치 옆에 놓아둔 수프를 멍하니 후루룩 마실 때에도 마찬가지였다.

퍼텔리스의 집에 있는 방들은 유난히 어두웠다. 대부분의 도시가 그렇듯이, 맨들리온에서도 창문 하나마다 세금을 내야 했으므로, 부유한 사람들만이 세금을 내고서라도 창문을 통해 들어오는 햇살을 즐기는 편을 택했다. 퍼텔리스는 열심히 일했지만, 그가 고르는 고객들 중에는 부자가 거의 없었기 때문에 세월이 흐르는 동안 집 안의 창문들을 대부분 판자로 막아버려야 했다. 싸구려 양초가 연기를 피워올리며 방 안을 음침하게 밝혀주었다. 양초에서는 빗속에 내버려둔 양고기 같은 냄새가 났다. 그런데도 조용한 사람들이 대개 그렇듯이, 퍼텔리스 역시 무척이나 고집스러운 사람이어서 그날 밤 늦게까지 희미한 빛 속에서 눈을 가늘게 뜨고 힘들게 농부의 기록을 살폈다.

서재 문이 열렸을 때 그는 아픈 눈을 좀 쉬려고 막 안경을 벗은 참이었다. 따라서 나무가 은밀하게 삐걱거리는 이유를 찾으려고 고개를 든 그가 본 것은 문간의 어둠 속에서 나타나 소리 없이 자신에게 다가오는 다섯 개 정도의 검은 형체뿐이었다.

한밤중에 등불을 들고 위커백 포인트의 어두운 지역들을 순찰하며 혹시 집까지 안내해줘야 하는 사람이 없는지 살피던 젊은 등불잡이가 우연히 재채기 소리를 들었다. 등불로 비춰보니 가마가 허공에 매달려 있고, 그 안에서 케이비앳이 부들부들 떨고 있었다.

어떤 친절한 관리가 케이비앳을 텔링 워드까지 데려다주었다. 그래서 토크는 케이비앳의 고난을 알게 되었고, 퍼텔리스와 떠다니는 학교에 관한 클렌트의 보고서 내용도 알게 되었다.

그는 텔링 워드에서 커피가 출몰하는 꿈에 취해 있던 출판업자

세 명을 즉시 깨웠다. 그러고는 왜 한밤중에 교사들을 쫓아다녀야 하느냐며 마뜩잖아 하는 그들의 말을 그냥 무시해버렸다.

"그만 징징거리고 가서 외투나 입어."

토크가 쏘아붙였다.

"새잡이들 중에도 교사가 많았어. 절대 그걸 잊지 마. 중요한 사람들의 아들들을 어렸을 때부터 가르치면서 아이들의 생각을 몰래 비틀어놓았잖아. 그 아이들이 자라서 새잡이들이 머릿속에 심어놓은 씨앗을 간직한 채 권력자가 됐지. 때가 너무 늦을 때까지 아무도 몰랐어. 그런 애들이 얼마나 많은지. 그러니까 아이들은 출판업자들한테서 교육을 받든지 아니면 아예 교육을 받지 못하게 해야 돼. 안 그러면 이십 년 뒤에 또 똑같은 문제를 겪게 될 거야. 머릿속에 틀린 생각들이 꽉꽉 들어차면, 그걸 제거하는 것 외에는 다른 방법이 없어. 그러니까 애당초 그런 생각들이 자리 잡지 못하게 하는 편이 훨씬 나아."

밖으로 나온 토크는 치안관을 깨웠고, 그는 퍼텔리스라는 이름을 알고 있었다. 이 젊은 변호사가 선동 혐의로 두 번 체포되었지만 증거 부족으로 석방되었다는 것이었다. 그의 주소가 재판기록에 남아 있었다.

한 시간 뒤, 토크는 출판업자 세 명과 하급 경관 두 명을 대동하고 퍼텔리스의 집 문 앞에 서 있었다. 하지만 집을 보자마자 자신이 너무 늦었음을 알았다.

앞문, 뒷문, 벽장, 글쓰는 책상의 자물쇠를 누가 억지로 연 것이 분명한데도 긁힌 자국 하나 남지 않았다. 가정부는 금속 욕조 속에서 몸이 묶이고 입에 재갈이 물린 상태로 발견되었다. 얼굴에는 모슬린 모자가 덮어 씌워져 있었다. 퍼텔리스는 보이지 않았다. 범인들은 이웃은 물론 복도에서 자고 있던 개조차 눈치채지 못하게 일을 처리하고 떠났다.

식품 저장실에서 토크는 속을 파낸 빵을 여러 개 발견했다. 그 안에는 각각 다른 금서들이 들어 있었다. 이제 출판업자 길드는 퍼텔리스의 죄를 증명할 증거를 손에 넣었지만, 정작 퍼텔리스가 없었다.

매브윅 토크는 현장을 척 보기만 해도 열쇠장이들이 침입했는지 아닌지 알 수 있는 사람이었다. 하지만 열쇠장이들이 왜 호프우드 퍼텔리스를 데려갔을까? 만약 토크의 생각이 옳다면, 공작을 헐뜯는 소책자들을 인쇄한 것은 바로 열쇠장이들 자신이었다. 하지만 만약 급진파가 비밀 인쇄기를 운영하고 있다고 공작이 생각했다면, ……열쇠장이들은 퍼텔리스를 포박해서 급진파의 지도자라며 공작에게 내밀어 신뢰와 호의를 얻을 생각인지도 몰랐다. 아니면 혹시 열쇠장이들이 퍼텔리스를 앞잡이로 이용해 비밀 인쇄기를 운영하다가 그가 출판업자들에게 붙들려 사실을 털어놓을지도 모른다는 생각을 하게 된 걸까?

"어쨌든……" 토크는 혼잣말을 했다. "열쇠장이들이 그놈을 잡아야 한다고 생각했다면, 그놈은 틀림없이 중요한 인물이야. 내가 그놈을 반드시 되찾아올 테다. 고속, 두고 봐. 난 당신이랑 전쟁을 할 생각이 없었지만, 전쟁이 무서워서 그런 건 아니야. 난 새잡이들이 이 나라를 손에 쥐고 있을 때 그들과 싸운 사람이야. 새잡이들도 무서워하지 않았는데, 아라마이 고쏙 당신을 무서워하겠어?"

그는 잠을 제대로 자지 못해서 창백한 동료 출판업자들의 얼굴을 둘러보았다.

"입을 조금만 더 벌렸다간, 얼굴이 뒤집히도록 하품만 하게 될 줄 알아. 다들 거리로 나가서 등불잡이를 불러. 등불잡이를 가능한 한 많이 데려와!"

얼마 되지 않아 퍼텔리스의 집 현관에 등불잡이 여섯 명이 모였다. 토크는 그들의 교활하고 더러운 얼굴을 살피면서 이 녀석들이 어둠 속에서 밤일을 즐기는 것도 무리가 아니라는 생각을 했다.

약간 날카로운 어조로 질문을 던지며 조심스레 뇌물을 쥐어준 결과, 곧 가장 어린 등불잡이가 '어떤 친구를 부축해서 집으로 데려가는' 신사 다섯 명을 보았다고 털어놓았다. 등불잡이는 등불을 비춰주겠다고 했지만, 신사들은 그에게 꺼져버리라고 말하더라는 것이다.

"혹시 그 신사들이 마음을 바꿀까 싶어서 드림프스까지 따라갔어요." 소년은 이렇게 말을 덧붙이고 나서, 토크가 손에 동전을 쥐어주자 시커멓게 이 빠진 자리를 드러내며 히죽 웃었다.

드림프스라고 불리는 좁은 거리에는 눈먼 양초장이가 사는데, 그는 항상 덧창을 열어놓고 잠을 잤다. 다음 날 아침 토크가 찾아갔을 때, 그는 두 번째 종소리가 울린 지 얼마 안 됐을 때 여섯 명쯤 되는 남자들이 드림프스를 서둘러 지나가 스트레인지웨이를 내려가는 소리를 들었다고 말했다.

이 말을 들은 토크의 눈이 반짝였다. 스트레인지웨이는 구불구불하고 지붕이 있는 골목으로 도시의 성벽까지 죽 이어져 있었으며, 이 길을 따라가다보면 그레이 매스티프라는 주점이 나왔다.

그레이 매스티프는 보름마다 한 번씩 굉장한 '동물 격투기' 가 열리는 곳으로 맨들리온 전역에서 유명했다. 하지만 매브윅 토크는 그레이 매스티프가 열쇠장이들의 비밀 회합장소 겸 안가로 사용되는 게 아닌지 얼마 전부터 의심하고 있었다. 유명한 열쇠장이 여러 명이 동물 격투기가 열릴 때마다 그곳에 모이는 것이 목격된 적이 있었고, 아라마이 고속의 거만한 그림자가 위층 창문에 얼핏 나타난 적도 있었다.

"그러니까 놈들은 그 녀석을 공작한테 데려갈 생각이 아닌 거야. 어쨌든 곧장 데려갈 생각은 아니야. 퍼텔리스라는 놈을 거기에 숨겨놓았을 거야. 내 가발을 걸어도 좋아." 토크는 가마를 타고 텔링워드로 돌아가면서 혼잣말을 했다. "어떻게 그 녀석을 빼낸다?"

토크에게는 고속의 부하들처럼 열쇠를 따거나 담을 넘을 수 있는 부하가 없었다. 하지만 그런 부하가 꼭 필요한가? 퍼텔리스의 체포영장을 작성하기에 충분한 증거가 있는데 말이다. 그가 영장을 들려 부하들을 그레이 매스티프로 보내서 대담하게 그를 체포해 데리고 나오게 해도 되지 않는가?

또다른 생각이 떠오르자, 토크의 눈빛이 예리하고 냉혹해졌다.

"공작은 급진파가 자기를 몰아내려는 음모를 꾸미고 있다고 믿고 싶어해, 그렇지?"

그는 생각에 잠긴 채 중얼거렸다.

"그럼 믿게 해주는 거야! 퍼텔리스를 음모 주동자로 만들어야겠다. 그 악마 같은 인쇄기의 소유주이자 쌍둥이 여왕의 가장 커다란 적으로 만드는 거야. 그게 사실이든 아니든 상관없지. 그러고는 다음번 동물 격투기가 열릴 때 부하들을 보내서 그를 체포해오는 거야. 열쇠장이들이 그레이 매스티프에서 모임을 갖고 있을 때 말이지. 부하들한테 반드시 경찰관을 딸려 보내야겠다. 그 '급진파 지도자'가 열쇠장이들에게 둘러싸여 있는 모습을 경찰관에게 보여주는 거야. 열쇠장이들이 급진파 지도자를 숨겨주다가 들켰다는 얘기를 공작이 듣고 나서 고속을 얼마나 신뢰하는지 한번 두고 보자고……"

열쇠장이들은 공작의 총애를 잃을 것이다. 하지만 그보다 중요한 것은 그들이 체포되지 않으리라는 점이었다. 그들 중 어느 누구도 위험에 처하지 않을 테니, 길드의 규칙을 어겼다고 토크를 비난할 수도 없을 터였다.

"행동에 나서기 전에 클렌트와 그 눈빛이 대담한 여자아이를 보내 그곳을 염탐하게 해야겠다."

토크는 마음을 정했다. 만약 고속이 클렌트의 보고서를 읽었다면 그의 이름을 알고 있겠지만, 십중팔구 얼굴까지 알아보지는 못할 것이다. 어쨌든 출판업자 길드의 소중한 회원보다는 길드와 아무 상관없는 악당을 위험한 곳에 보내는 편이 더 나았다.

"전쟁에서는 인명 피해가 생기는 법."

토크는 클렌트에게 줄 새로운 명령서를 작성하려고 펜을 집어 들면서 나직하게 으르렁거렸다.

그날 저녁 토크의 편지는 그레이비소스가 잔뜩 묻은 채로 클렌트의 저녁 식탁에 놓였다. 토크는 편지에서 그날 밤에 일어난 일들을 대충 설명했다. 클렌트의 보고서를 빼앗겼다는 얘기는 당연히 비치지도 않았다. 그런데 클렌트가 이 편지 내용을 모스카에게 들려주는 동안, 왠지 위험하기 짝이 없는 추격전과 총격전 이야기로 변해버렸다.

모스카는 눈을 휘둥그렇게 뜨고 열심히 들었다. "그러니까…… 열쇠장이들이 퍼텔리스 선생님을 그레이 매스티프라는 곳에 붙잡아두고 있다는 거예요?"

"그래. 그리고 사흘 뒤 밤에 출판업자들이 그레이 매스티프로 쳐들어가서 이 급진파 교사를 고속의 장갑 낀 손에서 냉큼 채 올 예정이야. 이 퍼텔리스라는 선동가가 체포되면 그가 열쇠장이들과 음모를 꾸미는 것 같은 분위기 속에서 붙잡혔다는 얘기가 공작의 귀에 들어갈 거고…… 공작은 자신의 눈이 어두웠음을 슬퍼하며 그 고귀한 이마를 치고, 열쇠장이 아첨꾼들을 내치겠지. 우리 임무는 그 전에 이 주점을 염탐해서 호프우드 퍼텔리스가 그 안에 있는지 확인하는 거다. 여우처럼 지혜로운 우리 두 사람한테는 간단한 일이야."

여우처럼 지혜로운 두 사람은 마지막으로 남은 수프를 놓고 즐겁게 투닥거렸다. 시내 어딘가에서 아라마이 고속이 클렌트의 보고서를 다시 읽으며 이포니머스 클렌트와 모스카 마이라는 이름을 뚫어지게 바라보고 있다는 사실은 까맣게 모른 채.

K는 Kidnapping 납치

"내 거위를 찾아줘요!"

"모스카, 그 거위 친구에 대한 너의 애정이 대단하기는 하다만, 내 생각에는 도무지……"

"내 거위를 찾아줘요!"

"네가 고아라서 그 새를 가족처럼 생각하는 모양인데, 아마 부리가 특별히 긴 삼촌쯤으로……"

"클렌트 아저씨, 내 거위를 찾아줘요!"

"파트리지 선장이 내 심장을 햇볕에 구울 계획이라고 네 입으로 말한 걸 잊어버린 거냐?" 클렌트가 고함을 질렀다.

지난 삼십 분 동안 두 사람의 대화는 계속 같은 자리를 맴돌고 있었다. 그는 점점 화가 나기 시작했다.

"아저씨가 선장한테 돈을 주면 되잖아요. 돈을 충분히 주면, 선장은 절대로 아저씨 심장을 먹어버리지 않을 거예요. 우리가 염탐한 정보의 대가로 출판업자들이 틀림없이 아저씨한테 돈을 줄 거예요."

클렌트는 모스카가 떠다니는 학교를 발견한 것이 너무나 기뻐서 이틀 동안 그녀와 그럭저럭 참아줄 수 있을 만큼 잘 지내기까지 했다. 하지만 이 눈부신 아침에 방금 일어난 모스카는 클렌트가 새 넥타이를 매보고 있는 것을 발견했다. 그녀는 즉시 그가 돈을 받았으면서도 자신에게 알리지 않았다는 결론을 내렸다.

"돈을 받았죠? 그건 내 돈이에요. 어쨌든 내 돈이나 마찬가지예요."

"우리가 적은 '선원들의 규칙'을 다시 읽어봐라, 얘야. 네가 네 임무와 함께 글자까지 잊어버린 게 아니라면 말이지. 넌 내 명령에 복종해야 돼. 그러면 일 년 뒤에 후한 월급을 받을 거다. 네가 이렇게 배은망덕하게 굴기 전에, 나는 심지어 출판업자들에게 너를 학교에 넣어달라고 부탁할 생각까지 했었다. 네가 원했으니까."

클렌트는 결혼의 집 벽이 아주 얇다는 점을 감안할 때 자기들 두 사람의 목소리가 너무 높아졌다는 생각이 들었는지, 속삭이듯이 말을 이었다.

"물론, 네가 우화에 나오는 모든 악마들을 나방한테 먹혀버린 가슴속에 다 품고 있는 것 같은 그 못돼 처먹은 늙은 새를 사려고 너 자신을 더 낫게 가꾸겠다는 희망을 내팽개칠 생각이라면 마음대로 해. 선택은 네 몫이다."

클렌트는 팔짱을 끼었다. 그의 입술은 단단한 서양자두처럼 변했다.

출판업자 학교에 들어갈 수 있다니…… 왠지 모스카의 생각이 제멋대로 움직이는 것 같았다. 학교에 들어간다는 생각이 그녀에게 현실처럼 다가온 탓이었다. 그녀는 손가락으로 서늘한 서판을 잡는 상상을 했었다. 자기보다 어린아이들을 위해 깃털펜을 깎아주는 상상도 했었다. 심지어 어떻게 하면 사라센이 잉크병을 먹지 못하게 할 수 있을지 고민하기까지 했다. 학교는 목적을 이룰 수 있는 수단인 것 같았다. 그녀의 목적은 레이디 타마린드가 사는 동쪽탑으로 가는 것이었다.

두 가지 이미지가 모스카의 눈앞을 스치고 지나갔다.

하얀 마차에서 내리는 여자가 보였다. 그녀는 치맛자락이 땅바닥에 닿지 않게 치마를 살짝 들어올리고 있었다. 하인 두 명이 백조 솜털로 만든 솔로 자갈의 먼지를 털어 공단 신발이 더러워지지 않게 했다. 여자는 어떤 문을 휙 통과해서 무도장으로 들어갔다. 무도장 벽에는 백호 가죽이 걸려 있었다. 그녀는 춤을 추었고, 마호가니 탁자에서 흰 담비들이 눈동자 대신 진주가 박힌 눈으로 여자를 지켜보았다. 그녀는 크리스털 잔으로 음료수를 마셨다. 그녀는 너무나 아름답기 때문에 미소를 짓거나 얼굴을 붉히지 않았다. 그녀의 눈은 검은색이었다. 후추 같은 검은색. 그것은 모스카의 눈이었다.

그다음으로 나타난 이미지는 혈기왕성한 아가씨 호의 어두운 화물칸이었다. 사라센이 나무와 납으로 만든 사랑받는 자들의 조각상 더미 위에서 불안하게 종종걸음을 쳤다. 녀석의 가죽 같은 발이 조각상의 울퉁불퉁한 얼굴과 날개 위에서 미끄러졌다. 녀석이 목구멍으로 혀를 차는 것 같은 소리를 살짝 냈지만, 피로와 굶주림 때문에 목이 축 처졌다. 녀석은 바보들의 상냥한 레이디의 뾰족한 코를 조금씩 물어뜯더니 실망한 듯 고개를 흔들었다. 머지않아 녀석의 힘이 약해지면, 선원들이 널을 뜯어내고 삽과 갈고리장대를 들고 녀석의 뒤를 쫓을 것이다……

"어떠냐?" 클렌트가 만족스러운 표정으로 대답을 기다리고 있었다. "이제 제정신을 되찾고 마음을 정한 거냐?"

그랬다.

"내 배라먹을 거위를 찾아줘요!"

"그럴 수는 없어!" 클렌트가 시뻘겋게 달아오른 얼굴로 쏘아붙였다.

"그럼 아저씨는 곰팡내를 풀풀 풍기는 거짓말쟁이에 사기꾼이에요. 난 이제 아저씨를 위해 아무것도 안 할 거예요!"

모스카가 악을 썼다. 클렌트는 그녀의 말이 끝나기도 전에 쿵쾅쿵쾅 방을 나가 문을 쾅 닫아버렸다.

그의 부츠가 쿵쿵 벽을 치는 소리가 만족스러웠다. 모스카는 아무리 애를 써도 클렌트의 외투 소매를 찢어버릴 수 없었으므로, 그가 새로 산 가발을 발로 밟아 쓰레기 운반차에 치인 강아지처럼 만들어버리는 것으로 만족할 수밖에 없었다.

클렌트의 가발에 묻어 있던 밀가루를 부츠에 잔뜩 묻힌 채 숨을 헐떡이며 몸을 일으킨 그녀의 머릿속에 갑자기 할 일이 너무나 선명하게 떠올랐다. 만약 클렌트와 출판업자들에게서 돈을 뜯어낼 수 없다면, 그녀가 아는 사람들 중에서 사라센의 몸값을 내줄 수 있는 사람은 한 명뿐이었다. 레이디 타마린드.

창가 자리에 클렌트의 종이, 깃털펜, 잉크병이 그대로 있었다. 그녀는 냉큼 펜을 집어들고 재빨리 편지를 갈겨썼다.

친애하는 아가씨께

출판업자들이 열쇠장이들에게 반감을 품고 있습니다. 그들이 공작님의 화를 돋운 인쇄기를 운영하고 있다고 의심하기 때문입니다. 이 모든 것이 어떻게든 이 도시를 손에 넣기 위한 일입니다.

열쇠장이들은 호프우드 퍼텔리스라는 급진파를 숨겨주고 있는데, 그는 골목길 학교에서 금지된 책을 가르치는 사람입니다. 그 장면을 제가 직접 본 적이 있습니다. 열쇠장이들은 그레이 매스티프에 그를 숨겨두었습니다. 내일 밤 출판업자들이 그리로 가서 열쇠장이들에게 둘러싸여 있는 그를 체포할 겁니다. 그러면 공작님께서 열쇠장이들이 얼마나 교활하고 두꺼비 같은 놈들인지 알고 아뿔싸, 하실 테니까요.

길에서 만난 모스카 올림

모스카는 편지를 좁은 파이프 모양으로 돌돌 말아서 앞치마 주머니에 넣고 가슴을 두근거리며 서둘러 결혼의 집을 빠져나왔다.

"실례합니다." 그녀는 카네이션 바구니를 든 여자의 소매를 잡아당겼다. "깃털 정원에 어떻게 가야 하죠?"

여자의 미소가 사라졌다. 그녀는 햇빛과 힘든 노동 때문에 나무처럼 갈라지고 반짝반짝 윤이 나는, 널찍하고 유쾌한 얼굴의 중년 여성이었다. 그녀가 슬픈 눈으로 모스카를 바라보았다. 마치 그녀의 뒤에 죽은 딸의 유령이 서 있기라도 한 것처럼.

"그래, 가르쳐주고 말고, 예쁜 아이야."

그녀는 소곤소곤 부드럽게 길을 일러주었다. 환자를 대할 때처럼. 모스카는 그 어느 때보다 불안하고 병자가 된 것 같은 기분으로 그 자리를 떠났다. 걷다보니 거리가 좁아져 골목으로 변했고, 집들도 난쟁이처럼 작아졌다. 그녀는 널찍한 광장으로 꺾어져 들어갔다가 그대로 걸음을 멈췄다.

착한 남자 포스트로피의 사당이 모퉁이마다 있다는 것을 미처 깨닫기도 전에 그녀는 이 광장의 정적 속에서 무시무시한 기분을 느낄 수 있었다. 광장 중앙의 풀밭에는 풀을 뜯어먹는 양이나 염소가 한 마리도 없었다. 풀밭에는 수천 개의 깃털들이 땅 속에 깊숙이 박혀 있었다. 비둘기, 까치, 꿩, 떼까마귀의 깃털이었다. 대부분의 깃털은 바람에 꺾어지고 비를 맞아 추레한 몰골이었다. 모스카의 등골을 타고 미신적인 두려움이 거미처럼 스멀스멀 기어올라왔다.

모스카는 지금까지 깃털 정원을 본 적이 한 번도 없었다. 어떤 행상인이 수도의 깃털 정원에 대해 하던 말이 생각났다.

'……그걸 제대로 만들 공간이 없었지. 도시 성벽 안에서는 안 되는 일이야. 게다가 대개는 시 경계 바깥의 커다란 구덩이에 시체들을 삽으로 퍼 넣었으니까. 새잡이들이 무너진 뒤에도 거기 가서 잔뜩 뒤엉켜 있는 뼈들을 헤집으며 어느 것이 누구 뼈인지 확인할 만큼 배짱 좋은 사람은 없었어……'

왕국의 모든 도시에 이곳처럼 황량한 추모시설이 있을 터였다. 깃털 하나하나는 무덤을 상징했다. 새잡이들의 손에 죽은 남자나 여자나 아이들의 무덤. 이 점은 모스카도 이미 알고 있었지만, 아직도 아물지 않은 이 도시의 상처를 들여다보는 것 같은 기분이 될 줄은 미처 예상하지 못했다. 이른 아침의 산들바람 속에서 움찔거리는 깃털이 몇 천 개나 되는지 짐작도 할 수 없었다. 깃털이 너무 많아서 생각하기조차 무서웠기 때문에 그녀는 제일 작은 솜털이 아이들의 것인지에 대해서는 생각하지 않기로 했다.

주위를 둘러보니 그녀 혼자 있는 게 아니었다. 사람들이 한두 명씩 짝을 지어 풀밭을 돌아다니며 교회에 갔을 때처럼 소곤소곤 이야기를 하거나 침묵 속에서 고개를 숙이고 있었다. 깃털들 사이에 무릎을 꿇고 앉아 부러진 깃털 대신 새 깃털을 꽂아 넣는 사람도 있었다. 성당의 기도 신부들이 성 베리블의 날에 모든 깃털을 새것으로 바꿀 테지만, 일부 고인들의 가족은 무덤에 항상 좋은 깃털을 꽂아두고 싶은 모양이었다.

자그마한 단 위에 떠나간 친척에게 우리의 말을 전해주는 자인 착한 남자 클래습킨의 동상이 앉아 있었다. 사랑하는 아이의 턱을 오목하게 쥐려는 것처럼 한 손을 뻗은 자세였다. 모스카는 벼랑 가장자리에 선 것처럼 무릎을 부들부들 떨면서 꿇고 클래습킨의 발치에 무리 지어 꽂혀 있는 꿩 깃털을 향해 떨리는 손을 뻗었다. 마치 사랑하는 사람의 무덤에 꽂힌 깃털을 새것으로 바꾸려고 온 사람처럼.

그녀가 깃털 하나를 잡아당기자 깃털이 스르르 빠져나오면서 깃대에 묶어놓은 튜브 모양의 뿔이 드러났다. 그녀는 주위를 둘러보고 싶은 것을 애써 참으며 주머니에서 편지를 꺼내 뿔 속에 밀어넣고 깃털과 뿔을 다시 땅에 꽂았다. 일은 저질러졌다. 그녀가 출판업자들의 비밀의 서약을 깬 것이다. 혹시 그들이 이 사실을 알게 된다면, 그녀를 인쇄기에 넣고 그녀가 밤톨처럼 기계에서 튀어나올 때까지 기계를 돌릴 것이다……

모스카는 결혼의 집으로 서둘러 돌아왔다. 모든 사람이 장갑을 끼고 이상한 눈으로 그녀를 지켜보고 있는 것 같았다. 클렌트와 함께 쓰고 있는 방의 문을 열자 클렌트가 몸을 돌려 그녀를 빤히 바라보았다. 이상하고 멍한 표정이었다.

"왜요?" 그녀의 손이 움찔거렸다. 혹시 내 무릎에 흙이 묻은 걸 봤을까? 날 의심하는 걸까? 어떻게 날 의심할 수 있지? 만약 그가 그녀를 의심하는 거라면, 그냥 그렇다고 말해주었으면 싶었다. "왜요?"

"혹시……"

클렌트가 손가락 하나를 쳐들고 모스카의 머리 위 어딘가를 바라보았다. 그렇게 한 곳을 바라보면서 생각을 정리하려는 것 같았다.

"혹시 네가 정말로 원한다면, 네가 거위라고 부르는 그 날개 달린 전쟁광을 데려오기로 하자. 하지만……" 그가 손가락을 흔들었다. "하지만 녀석이 반드시 밥값을 해야 돼. 필요한 경우, 녀석은 반드시, 그러니까…… 출판업자 단체의 요원으로 간주되어서 그들의 일에 헌신해야 한다."

모스카는 그를 멀거니 바라보았다. 안도감을 느껴야 하는지, 클렌트를 의심해야 하는지 판단을 내릴 수 없었다. 클렌트가 살짝 미친 것 같기는 했지만, 어쨌든 그녀에게 이로운 쪽으로 미쳤으니 다행이었다. 레이디 타마린드가 하루나 이틀 안에 돈을 주지는 않을 것이다. 그러니 클렌트의 생각이 바뀐 것을 이용하지 않을 이유가 없지 않은가?

"그 정도면 괜찮은 조건인 것 같아요." 그녀는 조심스레 그의 조건을 받아들였다.

"훌륭하군. 내 가발과 외투를 준비해라. 아침을 먹고 나서 파트리지 선장과 담판을 짓는 거야."

'가발!'

클렌트는 아침식사를 주문하려고 성큼성큼 아래층으로 내려갔다.

몇 분 뒤 모스카는 소리를 죽여 다급하게 케이크의 방문을 두드리고 있었다. 안에서 아주 작은 소리가 들려오자 그녀는 그것이 들어오라는 뜻이라고 해석해버렸다. 하지만 기세 좋게 문을 열어젖히고 방 안으로 두 걸음 들어간 그녀는 그 소리가 전혀 그런 뜻이 아니었음을 깨달았다. 케이크는 침대 옆에 무릎을 꿇고 있었는데, 양손으로는 자수가 놓인 하얀색 삼베 손수건 조각을 움켜쥐고 입은 금방이라도 울음을 터뜨리려는 것처럼 흐물흐물하게 벌어져 있었다.

모스카는 사과해야 한다는 생각을 자연스레 떠올리지 못해 대신 불쌍한 표정으로 가발을 쳐들었다.

"이건 클렌트 아저씨 건데…… 내가…… 밟았어."

케이크가 코를 훌쩍였다. 그녀의 얼굴이 여느 때처럼 날카롭고 딱딱한 표정으로 바뀌었다.

"맨들리온 민병대원들이 짓밟은 것 같구나."

그녀가 위아래 입술을 모두 깨물면서 일어나 모스카에게 다가와서 가발을 가져갔다.

"자, 이런 일에 적합한 브러시가 나한테 있어. 가발을 살 여유가 없는 신랑들한테 우리가 가발을 빌려주거든. 가끔 신랑들이 가발을 어떤 몰골로 만들어서 돌려주는지 너도 봐야 돼……"

모스카가 지켜보는 가운데 케이크는 브러시를 들고 손을 움찔거리며 세심하게 빗질을 했다. 어찌 된 영문인지는 몰라도 브러시가 헝클어진 머리카락을 건드려 구불구불한 모양으로 되돌려놓는 것 같았다. 그 덕분에 가발이 원래의 모습을 되찾았다.

"저기…… 보커비가 언니를 많이 때려?" 모스카가 아는 한, 사람이 혼자서 우는 이유는 하나뿐이었다.

"뭐? 아, 아니야. 거의 안 때려…… 그냥 결혼식 때문에 그래. 난 결혼식 때 항상 울거든."

모스카는 멍하니 그녀를 바라보았다.

"뭐라고? 결혼식 때마다 전부? 언니는 결혼의 집에서 살고 있잖아! 그러니까 그렇게 비쩍 말랐지. 눈물을 짜내느라고 속이 전부 말라버렸을 거야."

"난 그냥 결혼식을 좋아할 뿐이야." 케이크가 슬프게 말했다. "사람들이 등록부에 자기 이름을 적는 걸 보는 게 좋아. 뭐, 자기들이 적을 수 있는 이름을 적는 거지만. 그 사람들한테 케이크라는 이름을 빌려주는 게 좋아. 행복한 사람들도 좋고, 겁에 질린 사람들도 좋고, 심지어 술에 취한 사람들도 좋아. 그 사람들이 할아버지의 옷 중에서 제일 말쑥한 조끼를 입고 제일 좋은 리본을 맨 모습도 좋아. 행운을 빌면서 그 사람들한테 루나리아 꼬투리를 던져주는 것도 좋아. 난 그냥…… 그 행운이 어떻게든 나한테도 조금 돌아오기를 계속 바라고 있는 것 같아."

브러시를 쥐고 있던 손이 힘없이 축 처졌다. 아무래도 케이크의 기분을 북돋워줘야 할 것 같았다. 그렇지 않으면 가발을 구할 길이 없을 터였다.

"뭐, 행운이 언니한테 돌아올지도 모르지. 언니는 못생기지도 않았잖아. 그냥 좀 뾰족할 뿐이지." 케이크를 격려하려고 한 말이었지만, 머리로 생각할 때만큼 좋게 들리지 않는 것 같았다. 하지만 케이크는 너무 풀이 죽어서 화를 낼 기운도 없었다.

"그런다고 달라질 것도 없어. 나같이 출신이 천한 사람을 누가 원하겠어."

케이크는 옹색한 시선으로 모스카를 흘깃 바라보더니 한숨을 내쉬었다.

"아, 그래, 너도 언젠가 누구한테 듣게 되겠지. 우리 아버지는 우리 어머니랑 결혼할 생각이었지만, 무슨 일이 있었는지 생각을 바꿔서 바다로 나가버렸어. 아버지가 돌아오셨을 때 어머니는 이미 돌아가신 뒤였고 난 열 살이었지."

"아버지가 언니를 위해서 아무것도 안 해줬어?"

"물론 해줬지." 케이크가 무뚝뚝하게 대답하더니 또다시 모스카를 슬쩍 훑어보았다. "날 받아줬잖아, 안 그래? 나한테 일자리도 줬고. 뭘 더 바라겠어?"

"보커비가 언니 아버지야?"

"당연하지. 우리 둘만 있을 때는 나한테 잘해줘. 날 제대로 대접해준다니까. 아마 아버지는 어머니랑 결혼하지 않은 게 미안해서 차마 날 딸이라고 부르지 못하는 모양이야. 생각하면 우스워. 우린 사람들한테 결혼 증명서를 써주는 일을 하고 있잖아. 사람들 부탁으로 결혼 날짜를 조금 앞당겨서 써주기도 하고. 그러면 아이들이 결혼식 이후에 합법적으로 태어난 것처럼 보일 테니까. 하지만 내 경우에는 때가 너무 늦었어."

케이크는 가발 속으로 양 주먹을 쑥 밀어넣어 이리저리 돌리면서 가발을 꼼꼼히 살펴보았다. "이 정도면 될 거야."

클렌트가 방으로 돌아왔을 때 모스카는 그의 장화를 반짝반짝 닦고 있었다. 그녀가 평소와 다르게 순진무구한 표정을 짓고 있었기 때문에 그는 조금 경계심을 품은 것 같았지만 아무 말도 하지 않았다. 두 사람은 더이상 다투지 않고 아침식사를 하러 내려갔다.

식사를 하는 내내 그는 이상하게 말이 없었다. 모스카는 그가 책략을 짜느라 정신이 없는 모양이라고 생각했다. 만약 그가 그녀에게 그 책략들을 이야기해주고 싶은 생각이 든다면, 조만간 말해줄 터였다. 그녀의 머릿속은 사라센을 다시 만날 생각으로 가득 차 있었다.

두 사람은 보커비에게서 대부분의 바지선과 거룻배들이 드래그맨의 아치 근처에 있는 부둣가에 정박하고 있다는 이야기를 듣고, 아침식사를 마친 뒤 그곳으로 출발했다.

드래그맨의 아치는 배에서 물건을 내려 시내로 가져갈 수 있도록 과거의 요새 성벽을 뚫어 만든 것이었다. 모스카와 클렌트는 아치들 밑으로 이어진 벽돌 경사로 중 한 곳을 미끄러지듯 내려갔다. 길은 둥근 통들을 쉽게 굴려 올릴 수 있게 나무 널로 덮여 있었다.

"배가 저기 있어요." 모스카가 클렌트의 소매를 잡아당기며 손가락으로 배를 가리켰다.

혈기왕성한 아가씨 호는 다른 바지선들과 약간 거리를 두고 부두 끝에 정박해 있었다. 이름과는 달리 소심하거나 수줍음이 많은 성격으로 변해버린 것 같았다. 선원 한 명이 갑판에 쭈그리고 앉아 가느다란 줄 몇 개를 하나로 꼬고 있었다. 햇볕에 탄 그의 손가락 때문에 면으로 된 줄이 눈부시도록 하얗게 보였다.

"그렇구나. 모스카, 신사라면 모름지기 자기 감정과는 상관없이 다른 사람의 감정을 상하지 않게 해야 할 것 같다. 파트리지 선장이 너한테 한 얘기로 보아 틀림없이 엄청 억울해하고 있을 거야. 선장이 이미 정신적으로 들끓는 상태일 때 내가 저 배로 다가간다면, 나를 보자마자 엄청난 고뇌에 사로잡혀서 어쩌면……"

"……아저씨 심장을 꺼내 갈고리장대에 꽂아 구워서 먹어치우고는 맛없는 부분을 갈매기들한테 던져……"

"모스카……"

클렌트는 그녀를 흘낏 쳐다보더니 눈을 감고 살짝 몸을 떨었다. 마치 도덕의 우물 속에서 모스카의 미개한 영혼을 보고 현기증이 난 것처럼. 그가 그녀의 손에 지갑을 떨어뜨렸다.

"이 돈을 가져가서 거위를 찾아와라. 이 문제를 해결해버리자."

모스카는 조금 겁을 내며 혈기왕성한 아가씨 호로 다가갔다. 위안이 되는 것이라고는 파트리지의 모습이 어디에도 보이지 않는다는 사실뿐이었다.

"안녕하세요?" 그녀가 조용히 말했다. 선원은 흘깃 그녀를 올려다보더니 눈썹을 추켜올리며 꼬고 있던 줄을 무릎에 떨어뜨렸다.

"세상에나. 이런 일이 있나. 어이! 도더릴! 그 조카가 왔어."

음산하고 섬뜩한 소리가 배의 밑창에서 올라왔다. 마치 양동이 속에 들어 있는 고양이 소리 같았다. 어쩌면 안도의 흐느낌 소리 같기도 했다.

"올라와라." 선원이 일어서서 한 손을 내밀었다. 모스카는 그 손을 잡고 배다리를 조심스레 올라갔다.

"파트리지 선장님 계세요?"

가장 두려운 일을 빨리 알아내는 것이 최선이었다.

"아니, 없어. 너 혹시 선장님한테 특별히 할 말이 있는 건 아니겠지? 선장님이 어디 있는지 나도 모르니까 말이야. 선장님은 어제 나갔어. 볼일이 있다면서 얼마간 자리를 비우겠다고 하던데. 아마 배 여인숙에서 볼일이 있을 거야. 선장님이 어스름 무렵까지 돌아오지 않으면, 틀림없이 술독에 빠져 있는 거거든. 아침까지 돌아오지 않으면, 선장님이 술독에서 빠져나오기 전에 누가 술독에 뚜껑을 덮어버렸나보다 해." 그가 무시무시하게 웃었다.

"그럼 어제 저녁에 선장님과 이야기를 한 거예요?"

모스카는 파트리지가 자신의 뒤를 쫓아 도시를 절반이나 돌다가 돌아와서 부하들에게 심장을 갈고리장대에 꽂으라는 식의 자세한 지시를 내렸느냐고는 무서워서 물어볼 수 없었다.

"아니. 어제 점심때가 마지막이야. 조금 있으면 선장님이 저기 저 경사로를 통처럼 굴러내려올걸. 틀림없어. 하지만 지금은 선장님이 어디 있는지 나도 몰라." 선원은 갑자기 모스카를 노려보며 약간 위협적인 동작을 취했다. 마치 어깨에서 힘을 빼는 것 같은 동작이었다. "그런데 지금 생각해보니 선장님이 수갑을 차고 어디 감옥에 들어가 있는지도 모르겠다. 너 혹시 뭐 아는 것 없어? 네 삼촌이 밀고한 거냐?"

"아뇨……"

모스카는 입술을 깨물었다. 선원이 정확히 무엇을 물은 건지 잘 알 수 없었지만, 틀림없이 '아뇨'가 가장 안전한 대답일 것 같았다. 그녀는 화제를 바꾸려고 주위를 둘러보다가 대충 갑판 쪽을 가리켰다.

"저쪽은…… 괜찮아요?"

"뭐 그리 건강하지는 않지. 발목이 부러졌거든. 하지만 곧 나을 거야."

"제가 물어본 건 그게 아니라……" 모스카는 부상당한 도더릴이 아니라 거위의 안부를 물어본 거라고 설명하려다가 말을 멈췄다.

"뭘 우물쭈물하는 거야?"

갑판 밑에서 울부짖는 소리가 울려 퍼졌다.

"빨리 이 물건을 꺼내…… 아이고, 세상에, 이놈이 또 내 가슴으로 올라오고 있어……"

선원은 차일 끝을 들어올리고는 모스카에게 그리로 들어가라고 고갯짓을 했다. 갑판 널 세 개가 빠져 있었다. 아마도 그 아래에 갇힌 도더릴에게 공기가 들어가게 하려고 그런 모양이었다. 모스카는 보닛과 모자를 벗고 고개를 숙여 그 틈새로 상체를 휙 집어넣었다.

가장 먼저 눈에 띈 것은 거꾸로 뒤집힌 사라센의 모습이었다. 녀석의 하얀 깃털이 어둠 속에서 달처럼 빛났다. 사라센은 모스카를 보고 반가웠는지 입가에 비누거품 같은 것을 피워올렸다.

사라센의 발치 언저리에서 나는 희미한 소리 때문에 모스카는 녀석이 밟고 서 있는 물체에 시선을 돌렸다.

"도더릴 아저씨…… 괜찮아요. 움직이지만 않으면 돼요. 괜찮아요. 정말이에요. 걔는 자기가 좋아하는 사람 얼굴만 밟아요."

"난 이 녀석이 싫어."

도더릴이 이를 악물고 말했다. 그의 입가에 촘촘하게 주름이 나 있었는데, 한동안 이빨로 할 수 있는 모든 일을 해본 모양이었다. 그는 사랑받는 자들의 출렁거리는 조각상 더미에 팔꿈치를 고이고 몸을 뒤로 빼려고 했다. 한 손은 떡갈나무 받침대를 꽉 움켜쥐고 있었다.

"제발, 용서하는 자인 착한 부인 시로피아로 개를 때리지 마세요. 그건 아저씨 영혼에 해로운 짓이에요. 건강에도 안 좋고요. 그러다 사라센이 겁을 집어먹겠어요. 옛날에 들개가 물려고 한 적이 있는데, 개가 그 들개의 목을 부러뜨렸어요."

도더릴의 손이 멈칫하더니 조각상을 놓았다.

"이리 와, 사라센. 보리를 줄게."

"보리!"

도더릴의 목소리가 분노 때문에 부들부들 떨렸다.

"저놈은 빵도 먹고, 치즈도 먹고, 비스킷도 먹고, 양고기도 먹었어. 사람들이 나한테 던져준 음식을 저 악마 같은 놈이 모조리 부리로 딱딱 받아서 몸을 부르르 떨면서 식도로 내려보냈다고……"

사라센이 키득거리며 뒤뚱뒤뚱 앞으로 걸어와 모스카의 머리카락이 녀석의 부리와 하얀 목에 닿을 수 있는 곳까지 왔다. 그녀는 단단하고 하얀 녀석의 몸을 양팔로 끌어안고 힘들게 허리를 폈다.

다시 보닛을 쓴 그녀는 방수포를 밀치고 밖으로 나갔다. 근처에서 기다리던 선원은 뱃머리 쪽에 밧줄을 두고 왔다는 사실을 갑자기 기억해냈는지 건초더미를 발로 차다시피 하면서 서둘러 밧줄을 가지러 갔다. 모스카가 작별인사를 하려고 조심스레 뒤를 따라갔지만, 그는 일을 하기에는 선미 쪽의 불빛이 훨씬 더 좋다는 생각이 들었는지 허둥지둥 그녀에게서 멀어져 적당한 자리를 찾으러 갔다.

"파트리지 선장님이 돌아오실 때까지 기다리지 않아도 돼요?"

"물론이지!" 선원의 목소리는 잔뜩 긴장해 있었다. 마치 억지로 숨을 참고 있는 것 같았다. "그냥…… 그냥 가서 네 볼일이나

봐라."

"그럼 이건……" 모스카는 주머니 속에 있는 돈을 꺼내려고 손을 움직였다.

"괜찮아!"

"알았어요, 그럼." 모스카가 배다리를 내려가 부두에 발을 내딛자 선원의 어깨가 조금 편안하게 늘어졌다.

모스카가 사라센을 품에 안고 걸어오는 모습이 보이자 클렌트의 얼굴에서 걱정스럽고 멍한 표정이 싹 사라졌다. 이제는 그의 얼굴이 반짝반짝 빛나고 있었다.

"이 녀석도 우리의 위대한 목적에 동참한 걸로 생각하자꾸나."

클렌트는 고개를 한쪽으로 갸우뚱하게 기울이고는 거위를 자세히 살펴보는 척했다. 그러면서도 사라센의 부리와 날개가 닿을 수 없을 만큼 거리를 유지하는 것을 잊지 않았다.

"흠. 빰이 좀 약하지만 불같은 눈은 용감하군. 어깨를 뒤로 젖히고, 귀족들처럼 가슴을 앞으로 쭉 내밀고 있어. 좋습니다, 부인, 당신 친구한테 군인의 자질이 있는 것 같군요."

드래그맨의 아치에서 한 발짝씩 멀어질 때마다 클렌트의 기분이 점점 하늘로 치솟는 것 같았다. 모스카의 기분도 사람 크기만 한 연처럼 하늘로 날아올랐다. 클렌트가 사라센에게 너무나 너그럽고 애정 어린 미소를 지었기 때문에 클렌트에 대한 호감이 그녀의 가슴속에 밀어닥쳤다. 물론 돈을 전부 돌려줄 만큼 호감이 크지는 않았다. 다만 파트리지의 부하들이 몸값을 조금밖에 요구하지 않았다고 말할 정도였다.

"훌륭해. 네가 그 날카로운 혀로 값을 깎았겠지. 아무래도 축하를 해야겠다. 자……"

그는 지갑을 공중으로 삼 미터쯤 던져올렸다가 다시 받았다. 그 광경을 열심히 지켜보던 개구쟁이들 두어 명이 실망한 표정을 지었다.

"자, 이제는 내일 밤에 그레이 매스티프에서 체면을 세울 수 있겠다. 듣자하니 그 집 포도주는 교향곡 같다는구나. 이 펜스를 내면 욕조만 한 크기의 크림 푸딩도 먹을 수 있대. 훌륭한 신사숙녀들이 파우더를 바른 얼굴로 그곳을 기웃거린다니, 그곳에 있는 게 눈에 띄더라도 너한테 해로울 건 없을 거다. 하지만 먼저 그 사람들의 시선을 받을 만한 모습이 되어야지. 너의 그 한심한 신발은 밑창을 갈아야겠구나. 발이 가죽 같은 우리 동지를 위해 입마개와 목줄도 사야 할 것 같고. 저 녀석이 혈기왕성한 아가씨 호에서 그랬던 것처럼 또다른 바지선을 제 것으로 만들어버리면 안 되니까 말이야."

왠지 모스카는 공돈이 생긴 것 같은 느낌이 들었다. 모스카의 신발 밑창을 갈아주는 일이나 사라센을 되찾아오는 일을 놓고 얼마 전까지 클렌트와 심하게 다툰 것이 실제로 있었던 일인가 싶을 정도였다. 클렌트가 보물지도를 빨리 펼쳐놓고 싶어서 탁자 위의 도자기를 싹 쓸어버린 것처럼 그런 기억이 그냥 사라져버린 것 같았다. 실제로 있었던 일들은 깨진 도자기처럼 챙그랑 챙그랑 바닥으로 떨어져 머릿속에서 사라져버렸다.

갖바치는 입마개와 목줄 가격을 깎아주려 하지 않았다. 사라센이 모스카를 불타는 교회에서 끌어내 목숨을 구해준 적이 있는데, 그때 그녀의 다른 가족들을 구하지 못했다는 자책감 때문에 부리로 자해를 할지 모르기 때문에 입마개를 해줘야 한다고 클렌트가 설명했지만 소용이 없었다. 하지만 갖바치는 아주 감동적인 이야기라면서 가끔 그런 이야기를 들으며 웃음을 터뜨리는 것이 기분전환이 된다고 말했다. 그는 두 사람에게 각각 진을 한 모금씩 마시게 해주었는데, 모스카는 그걸 마시고 나니 코가 멍해지고 가슴뼈 뒤에다 누가 촛불을 켜놓은 것 같았다. 두 사람은 원래 어린 여우 사냥개용으로 만들어진 입마개를 샀다. 사라센이 그걸 차고 고개를 흔들자 입마개가 약간 덜걱거렸지만 떨어지지는 않았다.

구두장이도 사라센의 이야기를 듣고 즐거워했다. 특히 두 번 폭풍이 있었다는 얘기와 집시들이 음모를 꾸몄다는 얘기를 덧붙인 것이 효과가 좋았다. 클렌트는 모스카가 세상을 떠난 식구들을 위해 착한 남자 클래습킨에게 기도를 드리려고 산꼭대기의 사당까지 순례를 가느라 신발이 닳았다고 열심히 주장했지만, 구두장이 역시 값을 깎아주려 하지 않았다. 하지만 그는 모스카의 신발에 새로운 밑창을 꿰맨 뒤에 둘이 나눠 먹으라고 굴 파이 반쪽을 주었다. 두 사람은 손을 오목하게 오므려 파이를 들고 결혼의 집으로 돌아가면서 우적우적 먹어치웠다. 굴즙이 턱을 타고 흘러내렸다.

클렌트는 방에 도착한 뒤에야 조금 제정신을 차렸다. "오늘 저녁에는 내 머릿속에 아이디어가 넘치는 것 같다. 그러니 깃털펜으로 그 아이디어들을 잡아두어야겠어. 네가 날 방해하지 않을 거라고 믿어도 되겠지?"

그가 작은 방으로 사라진 뒤 모스카는 두 손으로 뾰족한 턱을 받치고 침대 가장자리에 앉았다. 그녀의 검은 눈 뒤에서 한데 얽혀 있던 생각들이 정리되어 계획이 만들어졌다. 어쩌면 모스카의 머릿속에서 교활한 목소리가 붕붕거리며 유용한 동맹을 만들고 누군가에게 은혜를 갚으라고 요구할 수 있는 기회가 생겼다고 속삭이는 것 같기도 했다. 하지만 모스카의 마음 한구석은 케이크의 이야기에 공감을 느끼며 그녀가 외로울 거라는 생각으로 메워졌다.

한밤중에 모스카는 케이크의 침실 쪽으로 살금살금 다가갔다. 아주 늦은 시간이었기 때문에 케이크는 소리를 죽일 생각을 전혀 하지 않고 마음껏 흐느끼고 있었다. 모스카가 문을 두드리자 헉 하고 놀라면서 코를 훌쩍이는 소리가 나더니, 케이크가 문을 열었다. 그녀는 빨개진 눈을 가리려고 실내모자를 거의 턱까지 눌러쓰고 있었다.

"언니, 어머니 물건 중에 갖고 있는 거 있어?" 모스카가 속삭였다.

"뭐?" 케이크는 얼굴을 감추는 것을 포기하고 상대가 누구인지 보려고 모자의 프릴을 들어올렸다.

"언니 아버지는 깨어 있는 눈의 림포의 이름으로 신성한 결혼식을 주재하시잖아, 그렇지?"

케이크가 고개를 끄덕였다.

"내가 생각해봤는데…… 내가 살던 마을에서 옛날에 가끔 산 사람과 죽은 사람을 결혼시킬 때 하던 예식이 있거든. 두 사람이 다 결혼을 원할 때, 그러니까 음, 두 사람이 금방 결혼할 사이였는데 남자가 소한테 밟혀서 죽었다거나 급류에 빠져 죽었다거나, 뭐 그럴 때. 생각을 해봤는데, 그 예식을 어떻게 하는 건지 기억이 날 것 같아. 언니 어머니 물건 중에 갖고 있는 거 있어?"

"응. 레이스 한 조각이랑 나사(羅紗) 가운이 있어. 그런데 그 예식이 합법적인 거야?" 케이크가 의심스럽다는 듯이 물었다. "그러니까 등록부에 혼인신고를 할 수 있는 거야?"

"그런 예식을 치렀다는 걸 아무한테도 말하면 안 돼." 모스카가 재빨리 말했다. "사람들한테 말할 수 없는 일이거든. 그러니까 한 눈은 뜨고 다른 눈은 감고 있는 림포와 같아. 우리는 이 일에 대해 눈을 뜨고 있지만, 세상 사람들은 반드시 눈을 감고 있어야 돼."

모스카 자신의 귀에도 이 말이 거의 진실처럼 들렸다.

"다른 사람들이 전혀 모른다면 무슨 소용이냐고? 그건 두고 보면 알아. 어서 숄을 쓰고 나와. 내가 예배당 의자 등받이에 걸쳐져 있던 언니 아버지의 타이를 가져왔어."

모스카가 고른 작은 예배당에는 마른 루나리아가 가득 꽂힌 토기 꽃병들이 잔뜩 있었다. 케이크가 든 촛불빛에 반사되어 얇은 루나리아 꼬투리들이 창백한 눈꺼풀처럼 보였다. 하얀 레이스 숄은 실밥이 몇 개 뜯어져 있었지만, 케이크가 머리에 쓰고 있으니 마치 다른 세상 사람처럼 보였다. 눈물이 글썽글썽한 눈도 숄에 가려 잘 보이지 않았다. 사라센은 타이를 먹을 수 없다는 사실을 확인하자마자 더이상 이의를 제기하지 않고 모스카가 그것을 자기 목에 묶을 수 있게 가만히 있었다.

"언니가 거기 서서 언니 어머니 역할을 해…… 사라센이 언니 아버지 역할을 할 거야."

모스카는 입술을 축이고, 숨을 한 번 들이쉬고 나서 예식을 시작했다. 그녀는 결혼의 집의 얇은 벽을 통해 띄엄띄엄 들었던 주례의 말들을 끄집어냈다. 그러고는 아버지의 책에서 읽은 화려한 구절들을 거기에 끼워 맞췄다. 그리고 상상력이라는 진홍빛 실로 이 두 가지를 꿰맸다.

벽감 한 곳에 도자기로 만든 림포 상이 한쪽 눈을 감은 모습으로 서 있었다. 마치 사정을 다 알고 있다는 듯 윙크하는 것 같았다. 케이크는 예식이 진행되는 동안 훌쩍거리다가 예식이 끝날 무렵에는 숄로 눈가를 훔쳤다.

"이건 틀림없이 진짜 결혼식일 거야." 마침내 그녀가 말했다. "그렇지 않으면 내가 이렇게 울 리 없어."

모스카는 케이크 혼자 마음껏 울 수 있게 타이를 손에 쥐여주고 그 자리를 떠났다.

그녀는 거의 한 시간 동안 기분 좋게 잠에 취한 상태로 바퀴 달린 침대에 누워 있었다. 사라센이 잠들기 전에 개울물이 졸졸 흐르는 것 같은 소리로 혼자 키득거리는 소리가 들렸다. 이제야 세상이 제자리를 찾아가고 있는 것 같았다.

모스카가 막 잠에 빠져들던 바로 그 순간, 타마린드는 오빠를 만나기 위해 기다리고 있었다. 면담을 하기에는 어울리지 않는 시간이었지만, 최근 들어 공작의 변덕이 점점 더 심해지고 있었다. 잠이 부족한 탓에 타마린드의 눈가가 거무스름하게 변해 있었지만, 얼굴에 바른 파우더가 그것을 가려주었다.

서쪽탑에 있는 공작의 거처를 찾아오는 사람들은 대부분 사물이 두 개로 보이는 현상을 막으려고 눈을 깜박거리고, 두통을 물리치려고 콧등을 꼬집곤 했다. 모든 책상, 모든 선반, 모든 의자, 모든 계단, 그 밖의 모든 것이 여기서는 쌍으로 되어 있었다. 하지만 타마린드는 좌우대칭에 집착하는 오빠에게 익숙해져 있었다. 심지어 좌우대칭으로 만들기가 까다로운 진짜 풍경 대신에 아예 똑같은 그림을 그려놓은 창문 모양의 벽감도 익숙했다.

"아름다운 타미!"

에메랄드 같은 초록색 실내복을 눈부시게 차려입은 공작이 성큼성큼 걸어와서 누이의 양손을 잡았다. 이 집안 사람들이 대개 그렇듯이 보카도 어부어레이스도 미남이었다. 그가 옛날에 맨들리온을 다스렸던 가문의 권리를 되찾으려고 처음 이곳에 왔을 때 그의 모습은 좋은 세상을 불러오려고 나타난 영웅 그 자체였다.

처음에는 오로지 타마린드만이 그의 표정이 어색하고 불안하게 바뀐다는 사실을 알아차렸다. 솜씨가 형편없는 인형술사가 그의 얼굴 근육과 연결된 줄을 잡아당긴 것 같았다. 요즘은 모든 사람의 눈에 두려움이 서려 있었다. 공작은 조율 상태가 엉망인 낡은 피아노 같았지만, 그것을 바로잡겠다고 나서는 사람이 없었다. 공작들과 왕들은 한가할 땐 미쳐도 되는 법이다. 그들을 저지할 수 있을 만한 권력을 쥔 사람이 하나도 없으니까.

"이리 와서 앉아라. 아주 좋은 소식이 있어."

타마린드는 자리에 앉았다.

"좋은 소식이 뭐예요, 보카도?"

그녀가 부드럽게 그를 재촉했다. 자신이 키우는 악어에게 말을 걸 때처럼 조용하고 침착한 말투였다. 공작의 커다란 갈색 눈은 탁하고 생기가 없었다. 그가 눈을 깜박이자 순간적으로 눈이 아주 밝아졌다. 파도가 핥고 지나간 조약돌처럼. 하지만 금방 눈이 다시 탁해졌다. 조약돌이 햇빛에 말라버린 것 같았다.

"그 사람들한테서 소식을 듣게 될 줄은 몰랐다. 그 일이 있은 후에……"

공작의 얼굴이 살짝 마비된 것처럼 굳어졌다가 풀렸다. 그는 페리 여왕과의 파혼을 절대로 직접 언급하지 않았다.

"그런데 그 사람들이 날 용서했어." 그는 경건한 태도로 똑같은 인장이 찍힌 똑같은 편지 두 통을 꺼내 무릎에 놓았다.

"폐하들께서……"

그가 속삭인 이 말 속에 경외와 고통과 갈망으로 가득 찬 세상이 있었다.

"정말 잘됐어요, 보카도."

"넌 그 사람들이 절대로 날 용서하지 않을 거라고 생각했지, 타마린드." 그가 날카로운 목소리로 말을 덧붙였다.

"그럴 리가 있나요."

타마린드는 조용히 일어서서 자기 얼굴을 볼 수 없게 공작의 등 뒤로 돌아갔다. 그녀는 살짝 떨리는 손으로 파우더를 바른 화려한 가발을 그의 머리에서 들어올렸다. 그러고는 자기 머리에 꽂혀 있던 상아 빗을 꺼내 공작의 갈색 머리를 빗었다. 마치 위험한 짐승을 진정시킬 때처럼 조심스럽게.

"편지에 뭐라고 써 있어요?"

"나더러 그 사람들의 이름을 더럽히고 있는 그 인쇄기 주인을 반드시 찾으라고 했다. 내가 찾아낼 거야. 폐하들이 맨들리온을 다스리러 왔을 때 연주할 수 있게 내가 그놈의 뼈로 하프시코드 건반을 만들 거야. 그 사람들의 작고 하얀 손가락에 어울리는 작고 하얀 건반을 만들어야지."

공작은 고개를 비틀어 타마린드의 얼굴을 바라보았다. 그녀는 깜짝 놀란 표정이었다.

"농담이다, 타미."

그가 갑자기 불안한 미소를 지었다.

"넌 이제 내 농담을 구분하지 못하는 것 같구나."

그건 사실이었다. 평생 오빠를 제어하려고 애쓴 타마린드조차도 공작의 행동을 예측하거나 이해하기가 점점 어려워지고 있었다.

"그것 말고 또 뭐라고 하시던가요?"

"적의 실체를 알아내는 법에 대해 조언해줬다."

그가 이렇게 중얼거리더니 어깨 너머로 그녀를 바라보았다. 의심이 깃든 표정이었다.

"왜 그렇게 편지 내용을 알고 싶어하는 거냐? 따로 생각하는 게 있지, 타마린드? 언젠가 네 머리를 열어서 무슨 생각을 하고 있는지 봐야겠다."

그는 잠시 그녀를 노려보다가 농담이라는 듯 미소를 지었다. 하지만 미소 짓는 입 위에서 눈은 계속 그녀를 노려보고 있었다.

타마린드는 오빠의 무릎 위에 놓인 편지로 시선을 떨어뜨렸다. 각각의 편지에 쌍둥이 여왕의 인장이 찍힌 밀랍 봉인이 붙어 있는 것을 보니 만족스러웠다. 수도에서 그 인장 반지를 몰래 만드느라 그녀는 상당한 수고와 돈을 들여야 했다. 그녀는 그만한 가치가 있는 결실이 있기를 기도했다.

"그러니까…… 두 분이 적의 실체를 알아내는 걸 도와주신 거예요, 보카도?"

"내 마음은 편안해지지 않을 거다." 공작이 손끝으로 편지를 부드럽게 어루만졌다. 마치 그 종이가 살아 있는 피부라도 되는 듯이.

"가끔 이 편지들을 읽다가 나는 구름 속을 들여다보며 내 적의 얼굴을 찾아본다. 그럴 때면 아라마이 고쏙이 나를 마주 노려보는 것 같아. 하지만 말이다, 타마린드, 내가 어떻게 해야 되겠니? 급진파의 음모는 반드시 분쇄해야 한다. 매사에 그놈들의 손길이 뻗어 있는 게 눈에 보이니까 말이야. 노상강도들의 탈출을 돕고, 폭동을 일으키라고 내 백성들을 선동하고…… 경찰은 아무 쓸모가 없어. 출판업자들도 마찬가지고. 고쏙은 내가 명령만 내리면 이틀 만에 맨들리온으로 들어올 수 있는 부대가 상류에 있다고 하더구나. 오로지 열쇠장이들만이 날 도울 수 있어."

"그렇지 않아요."

타마린드는 오빠의 옆을 빙 돌아 앞으로 와서 섰다가 무릎을 꿇었다.

"고속만 오빠를 도울 수 있는 게 아니에요. 나도 오빠를 도울 수 있어요. 조틀랜드에서 온 군대가 대기하고 있는 배가 바다에 떠 있어요. 내 명령을 기다리면서요."

"뱃사공들은 그 어떤 군대도 해안에서 수로를 따라오지 못하게 할 거라고 다짐했다. 왕위 계승 문제가 결정될 때까지는 말이야."

공작이 멍한 표정으로 대답했다.

"오빠가 뱃사공들의 주의를 분산시키면 돼요. 그놈들한테 돈을 충분히 준다면, 상류로 가서 열쇠장이들의 배를 붙잡아두라고 설득할 수 있을지도 몰라요. 그러고는……"

"왜 나와 뱃사공들을 이간질하려고 하는 거냐, 타마린드?"

공작이 인상을 찌푸렸다. 타마린드는 발밑의 바닥이 모래 소용돌이로 변해가고 있음을 느낄 수 있었다. 이제 모든 것을 걸고 도박을 할 때였다. 그녀는 눈 하나 깜짝하지 않고 말했다.

"내 말을 들어야 돼요, 보카도. 열쇠장이들은 오빠를 속이고 있어요. 출판업자들이 급진파의 음모를 이끄는 남자의 정체를 알아냈어요. 사악한 인쇄기의 주인 말이에요. 그런데 그자가 보호받고 있어서 출판업자들이 그자를 체포하지 못했어요. 열쇠장이들이 그자를 숨겨주고 있어요, 보카도."

공작의 입꼬리가 험상궂은 낫처럼 둥글게 말려 올라가기 시작했다. 그가 뭔가 잔인하거나 폭력적인 행동을 하기 직전에 항상 나타나는 표정이었다. 그 운명적인 배드민턴 경기가 있던 날에도 그런 표정이 떠올랐었다.

"내가 증명할 수 있어요."

레이디 타마린드의 흉터 뒤에서 겁에 질린 나방 한 마리가 파닥거렸다. 그녀는 오빠의 표정을 읽을 수 없었다. 그가 지금 느끼고 있는 분노가 아라마이 고속에게 미칠지 아니면 그녀 자신에게 미칠지도 짐작할 수 없었다.

"나한테 사람을 몇 명 주세요. 그럼 내가 내일 밤까지 그 사실을 증명할게요. 오빠는…… 생각을 좀 해볼 시간이 필요할 거예요, 보카도. 난 그만 가볼게요."

타마린드는 문 밖에서 마음을 가다듬었다. 흉터가 워낙 심하게 욱신거려서 뺨에 감각이 없었다. 단 한순간에 그녀는 모든 것을 걸었다. 오빠의 마음을 움직일 수 있는 자신의 힘, 맨들리온의 운명, 자신의 목숨까지도. 이제 모든 것이 공작의 결정에 달려 있었다. 보카도 어부어레이스의 곁에는 자신만이 들을 수 있는 목소리들밖에 없었다. 그 목소리들이 그림, 태피스트리, 창문의 스테인드글라스에 그려진 쌍둥이들의 미소 속에서 중얼거렸다. 하지만 새로 도착한 편지들이 속삭이는 소리가 가장 분명하게 들렸다.

"우리는 당신이 범인들을 반드시 찾아낼 것이라고 굳게 믿고 있습니다." 쌍둥이들의 목소리가 속삭였다. "범인을 찾아내면 주저 없이 체포하시겠지요. 법이 당신의 창이니, 사악한 자들을 분쇄하기 위해 필요하다고 생각되는 만큼 사납게 그 창을 휘두르셔도 됩니다……"

"예……"

공작의 생각은 여러 날 전부터 찻잔 속의 찻잎처럼 같은 자리를 어지럽게 맴돌고 있었다. 그런데 지금 그의 생각들이 마침내 안정을 찾기 시작했다. 조금 있으면 그 생각들이 하나의 틀을 이룰 것이고, 그것이 맨들리온과 그 안에 있는 모든 것들의 운명을 결정할 것이다.

L은 Lock-pick 자물쇠 따기

다음 날 아침, 모스카는 부탁하지도 않았는데 클렌트가 휴가를 주는 바람에 마음이 들떴다.

그녀는 결혼의 집을 나서자마자 깃털 정원 쪽으로 발길을 옮겼다. 어쩌면 아직 자신의 편지를 다시 가져올 여유가 있을지도 몰랐다. 레이디 타마린드의 답장이 거기 들어 있을지도 모르고. 사실 그녀는 자신이 어느 쪽을 바라고 있는지 잘 알 수 없었다.

그녀는 또다시 황량한 깃털 잔디밭 사이를 걸어, 또다시 착한 남자 클래습킨 앞에 무릎을 꿇었다. 연락용 깃털을 삽아낭기자 반투명한 노란색 깃대 속에 자신이 돌돌 말아 넣은 편지가 검게 비쳤다. 그녀는 안전했다. 아직 늦지 않았다. 하지만 쓰라린 실망감이 느껴졌다. 그녀는 깃털을 뽑았다⋯⋯ 그런데 그 안에 들어 있는 것은 그녀의 편지가 아니었다.

"임무를 훌륭히 수행했구나." 편지에는 이렇게 적혀 있었다. "네 주인의 행동을 계속 나한테 알리거라. 네가 출판업자 학교에 들어가게 되거든, 그것도 나한테 알리고."

편지 속에서 아주 자그마한 물체 하나가 모스카의 손바닥으로 또르르 굴러 나왔다. 작은 진주알이었다.

모스카는 진주를 손수건으로 싸서 치마 주머니 속에 깊숙이 숨기고는 몽유병자처럼 멍하니 거리를 걸었다. 이 진주는 절대 팔지 않고 영원히 간직할 작정이었다. 그녀의 주머니 속에 레이디 타마린드의 물건이 들어 있었다.

행상들의 외침이 황홀경에 빠져 있던 그녀를 깨웠다. 싸구려 책을 파는 행상들이었다. 그녀가 꾀를 부려서 얻은 얼마 안 되는 돈을 쉽사리 내놓을 수는 없었지만, 싸구려 책이 가득 쌓여 있는 광경에는 저항할 수 없었다. 책장은 거칠게 재단되어 있고, 표지에는 밝은 색 천이 씌워져 있었다.

"누더기 학교의 일에 관한 책이 있나요?" 모스카가 어떤 행상에게 묻자 그가 허리를 숙이고 자신의 물건을 뒤졌다.

"책 폭동에 관한 책을 말하는 거지? 누가 읽을 거냐?"

"저요."

행상은 모스카의 말을 믿지 않는 눈치였다. "어린 아가씨가 읽기에는 좀 잔인한데. 다른 여자애들처럼 캡틴 블라이드에 관한 훌륭한 민요를 읽으련?"

"잔인한 건 상관없어요. 저는 내장과 화약이 등장하는 책이 좋아요."

"알았다, 그럼. 옛다. '죽은 글자의 해에 발생한 소란스러운 무질서에 관한 보고서.'"

여러 사람의 손을 거친 흔적이 있고 누렇게 바랜 책이 모스카의 손 위에 놓였다.

잠시 후 모스카는 어떤 놀이공원의 풀밭에 쭈그리고 앉아 일 페니짜리 빵을 씹으며 책 폭동에 관한 책을 열심히 집어삼키고 있었다.

'……맨들리온에서 죽은 글자의 해는 이른바 책 폭동과 함께 영원히 기억될 것이다. 망상에 빠진 군중이 살인과 사악한 짓을 저질렀으며, 퀄럼 마이라는 자의 말이 그들을 부추겼다……'

누군가가 그녀의 머리에 화약을 가득 채우고는 귓속으로 불똥을 불어넣은 것 같았다.

'……새잡이들이 몰락한 뒤 출판업자들은 책을 모조리 찾아내서 가져오라는 포고령을 내렸다. 출판업자의 인장이 없거나 새잡이들의 냄새가 나는 책이 시장에 높이 쌓여 불태워졌고, 아이들은 몹시 즐거워하며 그 주위에서 춤을 추었다……

……퀄럼 마이라는 유명한 출판업자가 분서(焚書)를 비난했다. 그는 모든 자유인에게 책을 지키라고 호령하는 소책자를 썼으며, 불붙지 않은 책더미 위에서 연설을 했다. 그의 말에 속아서 잔뜩 흥분한 사람들이 엄청나게 운집해 거리를 점거하고는 공작의 부하들을 폭행하고, 헤아릴 수 없이 많은 창문들을 깨뜨리고, 자기들과 함께 마이의 이름을 외치지 않는 사람들을 모두 잔인하게 쓰러뜨렸다……

……퀄럼 마이는 법의 심판을 받기 전에 마법을 이용해 맨들리

온을 탈출했다고 한다. 새잡이 사상과 소란을 다른 도시에도 퍼뜨리려고……'

"전부 머리가 모자이크됐어!" 모스카는 기가 막혀서 소리를 질렀다. "마법은 무슨 마법! 아빠가 마법사였다면, 윙크 세 번으로 나랑 같이 처프에서 탈출했을 거 아냐! 게다가 새잡이 사상이란 건……"

아버지는 새잡이들을 증오했다. 당연한 일이었다. 그렇지 않은가? 새잡이들에 관한 이야기를 할 때 아버지가 거의 항상 자신의 의견 대신 사실만 들려주었다는 생각이 갑자기 떠올랐다.

그녀는 아버지가 다른 사람들처럼 새잡이들을 마구 비난하던 모습을 기억해내려고 필사적으로 노력했다. 하지만 언젠가 아버지에게 새잡이들에게 맞선 반란의 주동자가 누구냐고 물었을 때의 일만 생각날 뿐이었다.

"현명하지 못한 사람들이지." 아버지의 대답은 이것뿐이었다. 비록 여느 때와 달리 따스한 시선으로 그녀를 바라보기는 했지만. 현명하지 못한 사람들이라니. 그게 무슨 뜻이지? 그녀는 다시 책을 읽기 시작했다.

'……누더기 학교의 교장 파노플 트와인이 마이의 편을 들었기 때문에, 마이가 사라진 뒤 공작은 현명하게도 누더기 학교의 담을 부숴버렸다. 트와인은 담장에서 우수수 무너져내리는 벽돌처럼 눈물을 뚝뚝 흘리다가 얼마 뒤 상심 때문에 세상을 떠났다……'

"아빠가 학교를 무너뜨렸어." 모스카는 큰 소리로 중얼거렸다. 이유는 모르겠지만, 그녀는 이 책에서 이 이야기를 유일하게 느끼고 이해할 수 있었다. 그녀의 아버지가 학교를 무너뜨렸다.

하지만 이 퀄럼 마이가 어떻게 아버지와 똑같은 사람일 수 있단 말인가? 모스카는 이 사실을 받아들일 수 없었다. 아무리 애를 써 보아도 아버지가 망상에 빠진 군중 앞에서 거품을 무는 모습을 상상할 수 없었다. 하긴 초록색 잔디밭, 대리석 분수, 신사들의 초상이 그려진 노름 카드 제조인의 탑이 있는 맨들리온에서 군중이 악을 쓰며 피를 흘리고 총성이 울리는 모습 역시 상상하기 힘들기는 마찬가지였다. 하지만 이 도시는 겉으로 보이는 것처럼 차분하고 온건한 곳이 아님이 분명했다.

모스카는 결혼의 집으로 돌아와서 이포니머스 클렌트가 사라센에게 씌울 모자를 만들고 있는 것을 보고 또다시 뭔가가 이상하다는 느낌을 받았다.

그는 현명하게도 모자를 만드는 동안 사라센과 거리를 유지했다. 사라센이 깨진 사기그릇에 담긴 보리를 게걸스레 삼키는 동안 클렌트는 문가에 웅크리고 앉아 한 눈을 감은 채 녀석을 비판적으로 지켜보았다. 초상화를 그리기 위해 각도를 가늠하는 화가처럼. 그는 노란색 다마스크 천조각을 든 팔을 쭉 뻗고 있었다. 불룩 튀어나온 사라센의 이마에 그 천이 어울릴지 가늠해보는 것처럼. 잠시 후 그는 천조각을 떨어뜨리고 파란색 천조각을 집어들었다.

"클렌트 아저씨……" 모스카는 순간적으로 겁이 나서 그에게 뭘 하는 거냐고 물을 수 없었다. 혹시 그의 대답을 듣고 그가 하루아침에 미쳐버렸음을 알게 될까봐서. 어쩌면 이것이 사당에서 열매를 훔친 벌인지도 몰랐다.

"아, 왔구나. 어떠냐? 네 친구 사라센이, 그러니까 턱 밑에 리본이나 레이스 매는 걸 허락할 것 같냐?"

"아마 아저씨 귀를 물어뜯을걸요." 모스카가 무뚝뚝하게 대답했다. "왜 걔한테 리본을 묶으려고 하는 건데요?"

"모스카, 앉아라."

클렌트가 사랑하는 고양이의 죽음을 알려야 하는 착한 삼촌 같은 말투로 말했다. 모스카는 자리에 앉았다. 페티코트 주머니 속에서 종이가 바스락거리는 소리가 크게 들리는 바람에 몸을 움찔거리면서.

"기억하겠지만, 사라센이 출판업자들을 위해 일해서 밥값을 해야 한다고 너도 동의했지?"

모스카는 그의 말을 듣고는 있지만, 그 말이 마음에 들지 않는다는 뜻을 표현하기 위해 입을 한쪽으로 삐죽거렸다.

"너도 알다시피 오늘 밤 우리는 몸소 그레이 매스티프를 찾아갈 거다. 그 술집을 조사해서 열쇠장이들이 어디서 회합을 갖는지 알아내고, 퍼텔리스가 거기 있는지 확인하라는 명령을 받았으니까. 불행히도 주점 안의 개인실 구역은 출입금지야. 예외는 거기 직원들, 열쇠장이, 그리고, 아, 동물 격투기 조련사들……"

"안 돼요!" 모스카는 숨을 죽이고 있다가 냅다 고함을 질렀다. "사라센을 동물 격투기에 내보낼 수는 없어요! 그러기만 해봐요. 내가 사라센더러 아저씨한테 달려들어서 무릎이 있어서는 안 되는 곳에 무릎을 새로 만들어주라고 할 테니까……"

"얘, 얘!" 상냥한 웃음소리가 금실처럼 클렌트의 말 속에 섞여 있었다.

"우리가 모종의 이해에 도달해서 이제는 네가 그런 시위를 안 할 줄 알았는데. 모스카, 넌 말이다, 날 좀 믿어야 돼."

그는 재미있는 소리를 듣기는 했지만 조금 마음이 상한 것 같은 표정으로 머리카락을 뒤로 매끈하게 넘겼다.

"동물 격투기는 수도에서 열리는 다른 싸움들처럼 규모가 큰 화려한 구경거리가 아냐. 아, 그레이 매스티프가 포스터에서 '수많은 군주들의 사자인 짐승들의 격돌'이 있을 거라고 으스대는 건 사실이다만, 내가 알기로는 사실 싸움이라고 해봤자 한심한 수준이다. 불도마뱀처럼 보이라고 빨갛게 색칠을 한 영원*이 나오고, 호랑이 대신 얼룩 고양이가 나오고, 송아지를 황소랍시고 내보내는 수준이지."

클렌트는 데이지꽃 모양의 천조각을 손에 쥐고 흔들었다.

"그렇지 않고서야 우리가 어떻게 사라센을 프라엘 왕의 '별 모양 볏이 달린 독수리'라고 내세울 생각을 하겠니?"

모스카는 걱정스러운 표정으로 사라센을 흘깃 바라보았다.

"너희 마을은 어쨌든 프라엘 왕을 지지했잖아. 네 애국심은 다 어디로 간 거냐?"

"안전하게 숨겨뒀어요. 남을 믿는 마음과 같이. 혹시 흠집이라도 날까봐 자주 사용하지 않아요."

"뭐, 그럼 네 불행한 새에 대한 의무감은 어떠냐?"

* 도룡뇽과의 동물.

클렌트는 눈 하나 깜짝하지 않고 전술을 바꿨다.

"저애가 지금보다 더 나아지면 절대 안 되는 거야? 어쩌면 네가 사라센의 운명을 가로막고 있는 건지도 몰라. 사라센이 모든 술집에서 건배의 대상이 되고, 모든 응접실에서 화제가 되는 걸 막고 있는 건지도……"

"사라센은 명성 따위 신경 쓰지 않을걸요, 클렌트 아저씨. 그런 건 노상강도한테나 효과가 있는 거예요."

"알았다. 그럼 이렇게 생각해봐라."

클렌트가 양손을 펼쳐 자기 앞의 허공을 매끈하게 다듬는 시늉을 했다. 마치 허공이 모래밭이어서 거기에 그림을 그릴 준비를 하는 것 같았다.

"어두운 골목길에 산전수전 다 겪은 불량배 두 명이 쪼그리고 앉아서 곤봉을 휘두르고 있다. 누군가의 부주의한 발걸음 소리가 들리자, 두 불량배는 귀를 기울이며 공격 준비를 하지. 땅딸막한 형체가 골목에 나타난다. 늙은 거위구나. 녀석이 목을 뻣뻣하게 돌리면서 어기적어기적 걷고 있다. 두 도둑놈은 미소를 짓는다. 오늘 밤에는 거위 요리를 먹을 수 있겠어. 하지만 잠깐! 한 놈이 다른 놈의 팔을 잡아 세운다. '틀림없어.' 녀석이 속삭인다. '그레이 매스티프의 그 거위야! 드리즐소프트 여왕의 사자랍시고 나온 그 솔담비를 저 녀석이 때려눕히던 모습을 잊을 수가 없어.' 두 녀석의 눈빛이 아련해지고, 손에 든 곤봉은 힘없이 늘어진다. 이 영웅 새가 지나간 뒤, 두 녀석은 잊고 있던 군대시절의 공적들을 퍼뜩 떠올린다. 아주 오랜만에 녀석들의 심장에 숭고한 충동의 불이 켜지고……"

클렌트가 모스카에게 시선을 떨어뜨리더니 갑자기 이야기를 멈췄다.

"내가 이런 말을 해봤자 무슨 소용이겠니. 네 가슴은 의무감이나 측은지심 같은 것에 전혀 흔들리지 않는데. 알았다. 미사여구 따위 다 없애버리고 그냥 단도직입적으로 말하마."

클렌트답지 않은 말이어서 모스카는 자기도 모르게 흥미가 솟았다.

"우리가 열쇠장이들을 막지 않으면, 열쇠장이들이 이 도시를 자기 것으로 만들어버릴 거다. 놈들은 모든 열쇠구멍에 눈을 박아 넣고, 모든 사람의 목에 보이지 않는 칼을 들이댈 거야. 하긴 그래봤자 네가 걱정 같은 걸 할 리 없지."

클렌트는 뚫어버릴 듯한 시선으로 재빨리 모스카를 바라보았다.

"가서 레이디 타마린드가 짐 싸는 거나 도와줄 거냐?"

"뭐라고요?" 모스카는 화들짝 놀라 허리를 똑바로 세웠다.

"레이디 타마린드가 열쇠장이들에게 권력을 주지 말라고 오빠를 설득하는 데 갖은 노력을 기울였다는 건 비밀도 아니지. 놈들이 이긴다면, 레이디 타마린드는 도망칠 수밖에 없을 거다. 물론……"

클렌트는 서성거리던 발걸음을 멈추더니 모스카 맞은편에 앉았다.

"물론, 누군가가 열쇠장이들의 악마적인 계획을 폭로해서 레이디 타마린드를 돕는다면, 레이디 타마린드는 그 사람에게 커다란 빚을 지게 되는 셈이니……"

모스카는 잠시 뺨 안쪽을 씹으며 고민하다가 수줍음과 증오의 중간쯤 되는 표정으로 클렌트를 올려다보았다.

"그러니까 그냥 영원 같은 녀석들만 나온단 말이죠?" 그녀의 말투는 퉁명스러웠지만 불안감이 배어 있었다.

사라센이 그릇을 밀며 바닥을 가로질렀기 때문에 그릇이 걸레받이에 챙그랑 하고 부딪혔다. 녀석은 튼튼하고 하얀 목을 똑바로 펴더니 허공을 향해 부리를 딱딱거렸다. 무슨 일이 있어도 끄떡없을 것 같은 모습이었다.

삼십 분 뒤, 사라센은 도시의 동문을 향해 사납게 걸어가고 있었다. 노란색 소모사로 만든 별 하나가 녀석의 한쪽 눈 위에 늘어져 있고, 검은 리본이 턱 밑에 보기 좋게 묶여 있었다. 모스카는 뾰족한 턱을 쭉 내민 채 주위 사람들을 무시하며 목줄을 손에 쥐고 한두 걸음 뒤떨어져 걸어갔다. 사람들은 소리 내어 웃으면서 개가 마법에 걸렸다고 소리를 질러댔다. 클렌트는 사람들의 야유를 못 들은 척하면서, 마치 세상에서 가장 우아한 일행과 함께 걷고 있다는 듯이 지팡이를 빙빙 돌리며 걸었다.

그레이 매스티프는 옛 성벽에 바싹 붙어 있었기 때문에 다른 집들보다 뒤쪽으로 쑥 들어가 있었다. 마치 건물 전체가 벽에 기대서서 빈둥거리고 있는 것 같았다. 건달처럼 서서 행인들을 지켜보는 소매치기처럼. 벽에는 말을 묶어둘 수 있는 커다란 쇠고리들이 박혀 있었고, 여섯 명쯤 되는 남자아이들이 주위에서 어정거렸다. 말 탄 사람이 나타나기만 하면 녀석들은 즉시 달려가 일 페니에 말을 끌어주겠다고 할 태세였다. 술집의 돌벽은 오래된 치즈 껍질처럼 칙칙한 색이었으며, 백 마리쯤 되는 생쥐들이 갉아먹은 것처럼 여기저기가 잔뜩 패여 있었다. 술집이 가까워졌을 때 모스카는 그 구멍들 중 일부가 총알구멍임을 깨달았다. 십중팔구 내전 때 생긴 자국일 터였다. 벽을 요새의 성벽처럼 단단하게 만들어놓은 부분도 대부분 같은 자국으로 뒤덮여 있었다.

클렌트는 귀족적인 몸짓을 하고 싶을 때 항상 그렇듯이, 장갑을 벗은 상태였다. 문 앞의 말구종에게 다가가면서 그는 있지도 않은 파리를 쫓듯이 장갑을 휘휘 휘둘렀다. 또한 팔을 살짝 구부려 모스카가 자신의 팔오금에 점잖게 손을 걸칠 수 있게 해주었다. 그런데 조금 문제가 있었다. 모스카가 한 손으로 사라센의 목줄을 잡고 있었는데, 사라센은 말들이 있는 쪽으로 가고 싶어했기 때문이다. 하지만 그녀는 잠시 줄다리기를 한 끝에 줄을 잡아당겨 다시 균형을 잡을 수 있었다.

"안녕하시오, 신사 양반. 우리의 '별 모양 볏이 달린 독수리'를 어떻게 하면 명단에 올릴 수 있는지 알려주시겠소?"

건장한 몸집에 하얀 앞치마를 입은 말구종이 사라센을 내려다보았다. 그는 입꼬리에 물고 있는 지푸라기를 씹는 것조차 잊어버리고 있었다.

"프라엘 왕의 이름으로 말입니까?"

말구종이 정중하게 말했다. 자신감이 넘치는 클렌트의 모습에 지레 기가 죽은 것 같기도 하고, 사라센이 그의 바지 단추 하나를 다정하게 물고 있는 모습에 겁을 먹은 것 같기도 했다.

"그럼 육 펜스를 내셔야 합니다. 저 짐승이 싸움에서 이길 때마다 오 실링을 받게 될 겁니다."

클렌트는 무심히 육 펜스를 꺼내주었다. 그 돈을 주어도 자기 지갑에는 전혀 구멍이 뚫리지 않는다는 듯이. 말구종은 두 사람이 조련사라는 표시로 손목에 빨간색 실을 묶어주었다. 두 사람은 그레이 매스티프 술집 안으로 들어갔고, 사라센은 마지못해 말구종의 다리를 놓아주었다.

높다란 서까래에 나무로 만든 자그마한 메달들이 대롱대롱 매달려 있었는데, 각각의 메달에는 왕들의 문장이 그려져 있었다. 연기 때문에 벽에 그려진 흙색 그림들이 어둡게 보였다. 그림 속의 크림색 사냥개들이 뒷다리로 일어선 건장한 곰 주위에 몰려 있었다. 녀석들의 주둥이는 무시무시하게 툭 튀어나와 있었고, 사선으로 기울어져서 이글거리는 눈은 인간의 눈처럼 보였다.

검게 변색된 떡갈나무 문이 가끔 활짝 열릴 때마다 술집 종업원들이 구운 비둘기와 자그마한 타트가 담긴 커다란 접시를 머리 위로 쳐들고 모습을 드러냈다. 그 문에서 나오는 바람은 열기로 이글거렸으며, 쇠고기 굽는 냄새가 뚝뚝 떨어졌다. 문 위에는 발코니가 불쑥 튀어나와 있었는데, 우아한 옷을 입은 사람 십여 명이 그 위에 앉아 있었다. 얼굴과 가발에 파우더를 두껍게 바른 그들은 굴뚝에서 나오는 연기를 들이마시지 않으려고 버찌색으로 색칠한 입술을 손수건으로 가리고 있었다.

순간적으로 모스카는 거기 앉은 숙녀들 중 한 명을 레이디 타마린드로 착각하고는 뱃속이 졸아드는 기분이 들었다. 그 숙녀의 드레스는 모스카가 마차 안에서 본 레이디 타마린드의 드레스와 똑같이 거품 폭포 같은 모양이었으며, 가발 모양도 타마린드의 것과 똑같이 다듬어져 있었다. 게다가 타마린드의 흉터가 있던 바로 그 자리에 별 하나가 그려져 있었다. 하지만 그녀의 입은 너무 크고 꼴사나웠다. 웃음소리도 너무 크고 너무 잦았다. 게다가 소맷부리에 검은 얼룩까지 묻어 있었다. 레이디 타마린드라면 그렇게 얼룩이 묻은 옷을 입을 리가 만무했다. 얼룩의 너비는 십여 센티미터는 되어 보였고, 트럼프 카드에 그려진 하트와 같은 모양이었다.

술집 한쪽 구석에는 술 장식이 있는 차일 밑에 백랍 단지가 가득 놓인 자그마한 카운터가 있었다. 카운터 뒤에는 술통이 쌓여 있었고, 어떤 여자가 전쟁의 춤을 추는 장수말벌처럼 정신없이 왔다갔다 하면서 단지를 집어들어 속을 채운 다음 거품을 살짝 튀기면서 카운터에 털썩 내려놓고는 숲 속의 나뭇가지들처럼 뻗어 있는 사람들의 손에서 동전을 채갔다.

"뭐루하시류?"

모스카는 이 여자의 질문을 머릿속으로 두 번이나 되뇌어본 다음에야 그것이 "무엇으로 하시겠습니까?" 라는 뜻임을 알았다.

"스리스레드 한 단지, 내 어린 친구가 먹을 시이디 반 단지를 주시오."

"스리스레드하단지사다바단지요."

여자가 모스카에게 윙크를 했고, 그녀의 뺨이 같이 움직이며 주름이 잡혔다. 천에 실을 꿰어 잡아당겼을 때처럼.

"다르건요?"

"이 고귀한 짐승을 동물 격투기에 출전시킬 생각인데, 좀 쉬면서 경기를 준비할 수 있는 조련실은 어디 있소?"

"오르쪼문."

여자가 손가락으로 방향을 가리켰기 때문에 두 사람은 그녀의 말이 "오른쪽 문"이라는 것을 간신히 알아들을 수 있었다.

모스카는 사라센이 사람들의 발에 깔리지 않게 안아 들고는 어깨로 사람들을 헤치며 나아가는 클렌트의 뒤를 바짝 따라갔다. 발코니 바로 밑의 구덩이 주위에 사람들이 가장 많았다. 벽처럼 빙 둘러선 사람들 때문에 구덩이가 잘 보이지 않을 정도였는데, 벨벳 옷을 차려입은 사람들도 있고, 모직 옷을 입은 사람들도 있었다. 지갑을 움켜쥔 사람, 야유나 응원을 하려고 몸을 앞으로 기울인 나머지 거의 구덩이에 빠질 지경인 사람들도 있었다.

"시나몬 왕과 왕국을 위해서 나아가라!"

어떤 신사가 구덩이를 향해 소리를 지르면서 술잔을 휘둘러대는 바람에 옆 사람들의 눈에 거품이 튀었다.

"랜트위치 언덕에서 영광스럽게 죽어간 사람들을 기억해! 저놈의 부리를 잡아버려!"

모스카는 여러 군주들의 지지자들이 실제로 싸움을 벌이지 않고도 경쟁할 수 있는 곳이 바로 이 동물 격투기장이라는 것을 알고 있었다. 하지만 여기 있는 사람들은 모두 칼을 뽑아들고 구덩이 안으로 뛰어들 만큼 흥분해 있는 것 같았다. 그래서 오른쪽 문을 통과한 뒤 문이 뒤에서 닫히는 소리가 들리자 정말 안심이 되었다.

짤막한 통로를 지나가자 감방처럼 생긴 자그마한 방들이 줄지어 늘어선 곳이 나왔다. 어떤 방에서 셔츠 차림의 남자가 짹짹거리는 새장 옆에 쪼그리고 앉아 있었다. 그는 술을 홀짝거리다 사라센을 발견하고는 입 안에 든 술을 전부 쏟아내며 재채기를 했다.

"무시해라." 클렌트가 투덜거리듯이 말했다. "아무래도 독수리를 한 번도 본 적이 없는 모양이구나."

두 사람은 자그마한 방으로 들어갔다. 등받이가 없는 의자 두 개와 공포가 배인 톱밥 냄새 외에는 아무것도 없는 방이었다. 두 사람이 제대로 자리에 앉기도 전에 누군가에게 잔뜩 시달린 것처럼 보이는 말구종이 문 뒤에서 고개를 들이밀었다.

"별 모양 볏이 달린 독수리인가요? 시간에 딱 맞게 오셨네요. 지금 바로 대진 추첨을 하고 있답니다."

모스카는 점점 더 불안해지는 마음을 안고 클렌트를 도와 사라센을 살살 달래서 나무 상자 안에 들어가게 했다. 그러고는 말구종이 그 상자를 들고 가는 모습을 두려운 표정으로 지켜보았다.

클렌트는 말구종이 자기 이야기를 들을 수 없을 만큼 멀어질 때까지 기다렸다가 모스카의 귀에 입을 대고 중얼거렸다.

"가자. 우리의 눈과 귀를 쓸 때가 왔어."

두 사람은 문 밖으로 고개를 내밀고 수위를 살핀 다음, 각각 반대 방향으로 통로에 발을 내디뎠다. 모스카가 향한 쪽의 첫 번째 문에서는 음울한 야옹야옹 소리가 들렸고, 두 번째 문에서는 어린 돼지가 만족스럽게 꿀꿀거리는 소리가 났다. 복도 끝에는 옆으로 눕혀서 쌓아놓은 거대한 통들이 가득 찬 식품 저장실이 있었다. 다양한 종류의 며느리발톱과 재갈들이 벽의 고리에 걸려 있었다. 그녀가 목줄 하나를 고리에서 막 떼어내 사라센을 위해 훔쳐갈까 말까 고민하고 있을 때 거대한 통 한 개의 둥근 뚜껑이 문처럼 옆으로 열리더니 어떤 남자가 기어나왔다. 모스카는 그 통이 그 뒤로 이어진 어두운 터널의 입구임을 알 수 있었다.

그 남자는 키가 컸고, 얼굴 피부는 쌀 푸딩처럼 조금 우둘투둘했다. 옷은 검은색의 단순한 모양이었지만, 허리띠의 장식용 사슬에는 보석이 섬세하게 장식된 열쇠 다섯 개가 대롱대롱 매달려 있었다. 하지만 모스카의 시선은 그의 손에 고정되어 있었다. 믿을 수 없을 만큼 작고 섬세한 손이었다. 그가 끼고 있는 송아지가죽 장갑은 원래 어린아이용이라고 해도 될 것 같았다.

"고쇽은 그림자 중의 그림자야." 클렌트가 이런 말을 한 적이 있었다. "그놈의 손가락은 아이처럼 가늘고 우아하다고들 하지."

굴처럼 아무 색깔 없는 두 눈이 그녀의 얼굴을 바라보았다. 그가 한 손을 들어올리자 모스카는 움찔했다. 그러고는 고쇽이 모자를 벗어 지팡이와 함께 자신에게 건네주고는 식품 저장실 밖으로 걸어나가는 모습을 얼떨떨해하며 지켜보기만 했다. 아라마이 고쇽—맨들리온 열쇠장이들의 지도자, 그림자 중의 그림자—이 모스카 마이를 그레이 매스티프 주점에서 일하는 아이로 착각한 모양이었다.

모스카는 들키지 않으려고 애를 쓰느라 인상을 잔뜩 찌푸린 채 까치발로 고쇽의 뒤를 따랐다. 다행히 그가 길게 늘어선 조련실들 중 한 곳으로 들어가는 것을 볼 수 있었다. 그녀는 품위일랑 신경 쓰지 않고 정신없이 클렌트에게 달려가서 고쇽이 들어간 문까지 끌고 왔다. 그동안 말 대신 입 모양과 손짓으로 정신없이 그에게 사정을 알리려고 했다.

문이 두꺼운데다가, 두 사람이 서로 열쇠구멍에 귀를 갖다대려고 다퉜으므로 안에서 나는 소리를 거의 들을 수 없었다.

"내가 알았다면 당신에게 말했겠죠." 문 뒤에서 누군가가 목소리를 높인 덕분에 두 사람은 그 말을 분명히 들을 수 있었다. "하지만 모릅니다."

'퍼텔리스!'

모스카는 기쁨과 흥분으로 잔뜩 들떠서 입술만 움직여 클렌트에게 말해주었다. "퍼텔리스예요!"

클렌트는 눈을 반짝이며 술집의 홀로 통하는 문 앞으로 다시 모스카를 데리고 갔다.

"이제 서둘러야 해. 용감하게 거리로 나가서 일부러 눈에 띄게 이 손수건을 떨어뜨려라. 그건 길 건너편의 우리 친구들에게 우리가 이 작은 연극에서 마지막 장면을 공연할 준비가 되었다고 알리는 신호야. 나는 친구들을 저 방으로 안내할 수 있게 여기 복도에서 기다리마."

술집의 홀로 다시 들어가자 애국심에 취한 사람들이 질러대는 고함소리 때문에 거의 귀가 멀 지경이었다. 가끔 분노에 찬 야유도 들려왔다. 모스카는 클렌트의 손수건을 들고 팔꿈치로 사람들을 밀면서 문으로 다가갔다. 거리로 나온 그녀는 왠지 바보 같다고 생각하면서 손수건을 거리의 자갈 위에 떨어뜨렸다. 어떤 취객이 금방 그것을 밟고 지나가면서 웅덩이에 빠뜨려버렸다. 그녀는 출판업자 길드의 첩자들을 찾아보려고 주위를 둘러보고 싶은 것을 간신히 참으면서 다시 문을 밀고 주점 안으로 들어가 구덩이 쪽으로 향했다.

그동안 술집 안의 고함소리가 훨씬 더 커진 것 같았다. 발코니로 이어진 나무 계단에 어떤 남자가 서서 사람들의 고함소리를 뚫고 뭔가 이야기하려고 애쓰고 있었다.

"……승리했습니다. 시나몬 왕의 흐느끼는 올빼미가 승리했습니다. 여러분이 딴 돈을 찾아가세요."

고함소리가 중얼거림으로 잦아들었다. 투덜거리는 사람도 있고 만족스러워하는 사람도 있었다. 동전들이 짤랑거리며 사람들의 손에서 손으로 옮겨졌다.

"그럼 이제……"

계단 위의 남자가 가죽 주머니 속으로 손을 집어넣어 덜걱거리며 방패처럼 생긴 도자기 타일 두 개를 꺼냈다.

"이제 왕가의 두 거인, 윌크페스터 혈통의 해저드 왕과 불굴의 갤브래시 왕의 싸움을 볼 차례입니다. 여러분, 잠시 후 저희가 여러분께…… 해저드 왕의 사나운 뇌조와 갤브래시 왕의 회색 늑대가 충돌하는 그 현장을 보여드리겠습니다!"

구덩이 바닥은 주점의 마룻널보다 일 미터쯤 낮은 곳에 있었는데, 흙과 짓밟힌 깃털 그리고 사람들의 입에서 쏟아진 맥주가 사방에 흩어져 있었다. 사방에서 사람들이 내기 금액을 큰 소리로 외쳐대는 가운데, 고리버들 바구니와 그보다 조금 커다란 자루가 구덩이 안으로 내려왔다.

긴 장대를 든 소년 두 명이 구덩이 안으로 장대를 내리더니 한 명은 바구니를 뒤집고, 다른 한 명은 자루를 쿡쿡 찔러댔다. 뭔가가 퍼덕거리며 바구니에서 나왔다.

어떤 뚱뚱한 남자의 팔꿈치에 모스카의 시야가 일부 가렸지만, 그녀는 그 무엇인가가 얼룩덜룩한 갈색이며 크기도 그리 크지 않다는 인상을 받았다.

자루 속 생물은 일어서려고 애쓰다가 일어설 수 없다는 것을 깨닫고는 잠깐 바닥을 정신없이 굴러다녔다. 그러다가 기다란 코가 자루 주둥이에서 주위를 탐색하듯이 삐져나왔다. 단단히 묶인 자루 주둥이 때문에 입 주위의 살갗이 뒤로 젖혀져서 뾰족한 이빨이 드러나 있었다. 자루 주둥이에 감긴 밧줄이 느슨했던 탓에 잠시 후 길쭉한 회색 머리가 밖으로 쓰윽 나오더니 튼튼한 어깨와 수척한 옆구리가 그 뒤를 따랐다. 그 짐승은 허리에 걸린 자루를 떨쳐버리려고 몸을 흔들어대다가 자신이 싸워야 할 상대를 발견했다.

모스카는 그다음에 벌어진 일을 정확히 보지 못했지만, 상황을 파악할 수는 있었다. 회색 형체가 쏜살같이 구덩이를 가로질렀고, 곧 깃털들이 슬프게 폭발했다.

"저건 늑대였어." 그녀가 건조한 목소리로 중얼거렸다. "진짜 늑대……"

"갤브래시 왕의 회색 늑대가 승리했습니다!"

계단에 서 있는 아나운서가 소리쳤다.

"하지만 훌륭한 뇌조를 데려오신 신사분들께 건배. 걱정 마십시오, 여러분. 어쩌면 언젠가 늑대의 내장을 찢어발길 수 있는 뇌조가 나타날지도 모릅니다!"

찢어지는 듯한 웃음소리와 박수갈채가 뒤섞인 가운데, 이발사의 작업복을 입은 남자 두 명이 실망한 표정으로 자리를 떴다.

"이제……"

아나운서가 가죽 주머니 속으로 손을 집어넣어 새로운 타일을 꺼냈다.

"이번에 화려한 싸움을 벌일 주인공은 프라엘 왕의 별 모양 볏이 달린 독수리와……"

그가 다시 주머니 속에 손을 넣어 덜걱거렸다.

'제발, 늑대가 나오면 안 돼.' 모스카는 간절히 바랐다. '제발, 호랑이나 사자도 안 돼.'

"그리고…… 캐필러리 여왕의 미소 짓는 사향고양이입니다."

사향고양이는 모스카가 전혀 모르는 동물이었다.

구덩이 한쪽에 바구니가 놓여 있었다. 그 안에서 사라센 특유의 킬킬거리는 소리가 들린 것 같았다. 반대편에서는 자루 하나가 천천히 아래로 내려오고 있었다. 자루가 뚜렷한 형태 없이 늘어져 있어, 그 안에 들어 있는 동물의 크기가 어느 정도나 되는지 알 수 없었다. 고양이보다 별로 크지 않은 것 같아. 모스카는 생각했다. 그것은 그녀의 희망사항이기도 했다.

"사향고양이한테 이 실링!" 모스카 옆의 뚱뚱한 남자가 소리쳤다.

"사향고양이한테 십 실링!" 다른 사람이 소리쳤다.

별 모양 볏이 달린 독수리에게 선뜻 돈을 걸 사람은 많지 않은 것 같았다. 아무래도 사람들이 사향고양이에 대해 잘 알고 있는 것 같아서 모스카는 손에 땀이 났다.

누군가가 자루 주둥이를 쿡쿡 찔러 열자 지독한 냄새가 바깥으로 새어나왔다. 무딘 회색 발톱이 잠시 자루의 천을 뚫고 나타나더니 어두운 자루 속에서 눈 두 개가 진주처럼 반짝였다. 곧이어 얼굴 일부가 자루 주둥이를 밀어댔다. 아래로 갈수록 뾰족해지는 그 얼굴은 썩어가는 버섯처럼 회색 반점으로 뒤덮여 있었다.

누군가가 상자 뚜껑을 장대로 쳐서 밀어내자 사라센의 머리가 쑥 나타났다. 머리에 매달아둔 별이 미끄러져 내려와 있었는데, 이마에는 검은 리본이 장식되어 있고, 대충 턱이라고 부를 수 있는 부위에는 노란색의 뾰족뾰족한 턱수염이 나 있는 것 같은 모양이었다. 사라센이 하얀 날개를 마구 퍼덕거리며 폭발하듯 쏟아져 나오자 바구니가 흔들거렸다.

사라센은 화가 단단히 나 있었다. 뭔가가 녀석의 목을 간질였고, 누군가가 녀석을 바구니에 넣었으며, 지금은 어찌된 영문인지 땅 속에 떨어져 있었다. 게다가 하늘이 그에게 고함을 질러대며 맥주 거품을 잔뜩 튀기고 있었다. 그런데 녀석 앞에는 이 모든 일을 저지른 범인으로 보이는 생물이 딱 한 마리밖에 없었다. 능숙하게 몸을 꿈틀거리며 사루에서 빠져나오고 있는 녀석. 등이 높게 솟아 있고, 털은 비 오는 날 같은 색깔인 얼룩무늬 짐승. 눈에는 어두운 밤이 가득했고, 몸에서는 썩어가는 숲 같은 악취가 났다.

사라센이 고개를 숙여 목을 땅에 바짝 붙이고 쉭쉭거리자 관중들은 환호했다. 프라엘 왕을 지지하는 몇 사람이 환성을 질러댔다.

사향고양이가 한쪽 발을 들어올렸다. 마치 고양이가 당황했을 때 그러듯이 그 발을 닦으려는 것처럼. 누군가가 던진 양뼈다귀가 녀석의 목덜미를 때리자 녀석은 귀를 납작하게 눕혔다. 그러고는 고개를 한쪽으로 돌리고 옆걸음으로 살살 움직이기 시작했다. 모스카는 고양이들이 적을 물어죽일 때 각도를 가늠하기 위해 그렇게 고개를 돌리는 것을 본 적이 있었다.

사라센이 부리를 크게 벌리고 사향고양이를 향해 달려갔다. 녀석의 목이 기사의 창처럼 쭉 늘어나 있었다. 마지막 순간에 사향고양이는 돌풍을 맞은 깃발처럼 몸을 뒤틀더니 옆으로 풀쩍 뛰어 얼룩덜룩한 네 발을 쫙 펴고 착지했다. 녀석은 재빨리 앞으로 뛰어나와 사라센을 가볍게 때리고는 몸을 웅크리며 뒤로 물러났다.

녀석의 공격은 서투르고 약해 보였다. 술래잡기에서 술래가 다른 아이의 몸을 건드릴 때처럼. 하지만 사라센이 몸을 똑바로 세우며 균형을 잡을 때, 모스카는 녀석의 어깨에 동전만 한 빨간 자국이 생긴 것을 볼 수 있었다. 뭔가가 사라센에게 그렇게 상처를 입힌 것을 보는 건 참으로 오랜만이었다.

모스카는 고함을 질러대는 사람들 사이를 힘들게 뚫고 나와 나무 계단으로 갔다. 주점 아나운서는 그녀가 소매를 여러 번 잡아당긴 뒤에야 그녀의 존재를 눈치챘다.

"안녕, 아가씨. 계단에 서면 더 잘 보일 것 같아서? 좋다. 하지만 두 번째 계단까지만……"

"아뇨, 저는…… 저 아래에서 싸우고 있는 게 제 거위거든요. 제 거위를 돌려주세요."

"이런, 싸움이 한창인데 방해할 수는 없지. 안 그러니?"

"제가 육 펜스를 더 드릴게요……"

"그럴 수는 없어. 애야, 나는…… 카마인, 이리 좀 와봐."

어떤 청년이 바닥에 깔린 톱밥과 비둘기뼈를 쓸어담다가 멈추고는 앞치마에 손을 닦으며 서둘러 달려왔다.

"이 꼬마 아가씨가 좀 흥분한 모양이다. 조련실로 데려갔다가 싸움이 끝난 뒤에 풀어줘. 알았지?"

카마인은 벌써 한 손으로 모스카의 어깨를 단단히 붙들고 있었고, 모스카는 벌써 그의 정강이를 차려고 한 발을 뒤로 빼놓고 있었다. 그런데 그 순간 서로의 얼굴을 바라본 두 사람이 상대의 얼굴을 알아보고는 그대로 굳어버렸다. 카마인은 나흘 전 거리에서 모스카를 때려눕혔던 그 옷감장수 도제였다. 밤에는 여기서 일을 하는 모양이었다.

모스카는 구덩이 쪽으로 한 발을 떼었지만, 카마인이 그녀를 사람이 없는 곳으로 끌고 갔기 때문에 결국 구덩이에서 네 걸음 떨어진 곳까지 가버렸다.

"여긴 웬일이냐? 또 염탐질이야?"

"알지도 못하면서 그런 소리 하지 마. 넌 미쳤어. 진짜야. 나방이 네 조끼 대신 미리를 먹어버렸나 보구나."

"내가 분명히 봤어. 네가 퍼텔리스 선생님 주위에서 얼쩡거리는 걸. 그러고 나서 선생님이 사라져버렸어. 넌 모르겠지만, 너에 관한 소문이 돌고 있어. 이 도시 안에서 네가 어딜 가든 우리가 찾아낼 거야."

모스카의 얼굴이 뜨거워졌다. 무섭고 혼란스러웠는데다 화를 내는 것이 가장 쉬웠기 때문에 일단 화를 내기로 마음먹었다. 그녀가 어떤 말로 화를 낼지 열심히 생각하고 있는데, 주점 문이 다시 벌컥 열리더니 출판업자 두 명이 어깨로 문을 밀치며 안으로 들어왔다. 검은색과 초록색 바탕에 쌍둥이 여왕의 문장이 수놓인 상의를 입은 경찰관 한 명이 그 옆에 서 있었다.

카마인도 고개를 돌려 모스카의 시선이 향한 곳을 보더니 그녀의 팔을 잡은 손에 더욱 힘을 주었다. 다시 고개를 홱 돌려 그녀를 바라보는 그의 얼굴은 두려움 때문에 하얗게 질려 있었다. 순식간에 안쓰러울 만큼 앳된 모습으로 변해버린 것 같았다.

"네가 날 밀고한 거지?"

그가 속삭였다. 깜짝 놀란 목소리였다. 상처받은 것 같기도 했다.

"정말로 그랬구나. 네가 퍼텔리스 선생님을 밀고한 거야. 이젠 저들한테 내가 있는 곳까지 알려주다니. 저들이 나를 데려가 눈알을 빼버릴 거야……"

그는 몸을 돌려 사람들 속으로 뛰어들었다.

구경꾼들이 질러대는 환호성이 멍해 있던 모스카를 깨웠다. 사람들이 난리법석을 피우는 것으로 보아, 사라센과 그 상대가 오늘밤 최고의 싸움을 벌이고 있는 모양이었다. 사람들은 구덩이를 들여다보려고 의자와 식탁 위에 올라가 있었다. 이제는 계단에도 많은 사람들이 몰려서 까치발로 서 있었기 때문에, 아나운서는 모스카가 사람들 사이를 꿈틀꿈틀 빠져나가는 것을 눈치채지 못했다. 그래서 그녀는 곧이어 벌어진 일을 낱낱이 볼 수 있는 최고의 위치를 확보할 수 있었다.

사라센이 날개를 펼치고 몸을 돌리는 모습이 보였다. 폭풍을 품은 구름처럼 무시무시했다. 눈에 불빛을 잔뜩 받은 사향고양이가 하얀 깃털을 마구 뿌려대는 모습이 보였다. 수많은 사람들의 머리가 밀치락달치락하며 시야를 가렸다.

공작의 부하들이 입는 검은색과 초록색 제복 차림의 남자들 두어 명이 문을 밀치고 들어오더니, 곧이어 세 명이 더 나타났다. 모스카는 이 도시의 물정에 어두웠지만, 급진파 한 명을 체포하는 데 경비병이 그렇게 많이 필요할 것 같지는 않았다. 급진파가 두 명이라 해도 마찬가지였다. 그들이 아무리 필사적이라 해도, 그렇게 엄청난 소란을 일으킬 것 같지는 않으니까……

잠시 후 그녀가 주점의 어두운 구석으로 시선을 돌리자 카마인이 늑대를 풀어놓는 것이 보였다.

우리 문이 갑자기 열렸음을 알게 된 늑대는 사람들에게 발각되지 않게 기꺼이 살금살금 벽을 따라 걸으면서 덩치 큰 개처럼 보이려고 최선을 다하고 있었다. 하지만 약종상 차림의 살찐 남자가 손에 솔 같은 것이 닿는 것을 느끼고 짜증을 내며 아래쪽을 노려보다가 끓어오르는 주전자처럼 비명을 질러댔다.

지금까지 사람들은 거위를 응원하며 소리를 질러대는 축과 사향고양이를 응원하며 소리를 질러대는 축으로 나뉘어 있었다. 하지만 이제는 여전히 즐겁고 상스러운 밤 외출을 즐기고 있는 축과 덩치 크고 굶주린 늑대가 사람들 사이를 배회하고 있음을 깨달은 축으로 나뉘었다. 늑대가 약삭빠르게 뒤로 물러섰는데도, 오래지 않아 모든 사람이 상황을 깨닫게 되었다. 사방에서 의자가 뒤집어졌고, 적어도 한 명이 권총을 휘둘러댔지만, 다행히도 발사하지는 않았다. 갑자기 사람들은 늑대와 같은 층에 있는 것보다 거위가 있는 구덩이 속으로 뛰어내리는 편이 낫다고 판단한 축과 이것이 얼마나 잘못된 판단이었는지를 옆에서 지켜볼 수 있었던 축으로 나뉘었다.

공작의 부하들은 이 소란을 철저히 무시했다. 그들은 또한 카마인에게도 전혀 관심을 보이지 않았다. 그는 겁에 질린 나머지 눈물을 글썽거리며 매를 묶은 끈을 풀어주고, 상자를 쓰러뜨려 오소리를 풀어놓고, 올빼미를 풀어주고, 어떤 단지를 뒤집어 아무리 봐도 빨갛게 색칠한 영원처럼 보이는 동물을 풀어놓았다. 하지만 공작의 부하들은 조련실로 통하는 문을 향해 굳건히 나아갔다.

그들의 등 뒤에서 문이 닫힌 지 겨우 일 분쯤 지났을 때, 그 문이 다시 열리더니 고속이 걸어 나왔다. 그의 걸음걸이는 그가 서두르고 있으면서도 차분함을 유지하고 있다는 걸 보여주었지만, 창백한 눈은 분노 때문에 번들거리고 있었다. 거리로 통하는 문에 이르렀을 때 그는 마치 소맷부리에서 뭔가를 털어내듯이 살짝 짜증스러운 몸짓을 하더니 손목에서 수갑을 스르륵 빼내서 주인 없는 맥주 조끼에 걸었다. 그러고 나서 거리로 나가 자취를 감춰버렸다. 모스카는 그가 지팡이와 모자도 챙기지 않았다는 걸 알아차렸다.

공작의 부하 두 명이 뒷문을 벌컥 열고 튀어나와 발끝으로 서서 걱정과 짜증이 담긴 표정으로 사람들을 훑어보았다. 모스카가 지켜보는 동안, 공작의 다른 부하 두 명이 호프우드 퍼텔리스의 팔꿈치를 각각 붙들고 모습을 드러냈다. 퍼텔리스의 삼각모자와 안경은 보이지 않았고, 입꼬리가 찢어져 피가 흐르고 있었다. 그때 뭔가가 모스카의 배를 강타했다. 아까 마신 사이다 맛이 혀에 진하게 느껴지면서 시큼하게 변했다.

퍼텔리스와 그를 붙들고 있는 공작의 부하들 뒤로 또다른 부하들이 따라 나왔다. 깜짝 놀란 표정의 중년 남자들에게 빨리 걸으라고 재촉하면서. 남자들은 모두 허리띠에 정교한 장식용 사슬을 매달고, 송아지 가죽 장갑을 끼었으며, 목에는 열쇠꾸러미를 걸고 있었다.

"모스카."

어찌 된 영문인지 클렌트가 계단 옆에 나타났다.

"이렇게 즐거운 일이 벌어지고 있는데 너를 끌고 나가기는 정말 싫지만, 내가 보기에는 재미가 점점 시들해지기 시작한 것 같다."

그의 오동통한 얼굴이 땀으로 번들거렸다.

이제는 구덩이에 접근하기가 훨씬 더 쉬웠다. 아무도 그 주위에 몰려 있지 않았으니까. 사향고양이 주인이 구덩이 너머로 몸을 숙이고 있었고, 친구가 그의 바지 엉덩이를 단단히 붙들고 있었다. 사향고양이 주인은 사라센의 바구니 뒤에 있는 사향고양이를 꼬여내려고 쩍쩍 소리를 내고 있었다. 다행히도 누군가가 사라센에게 의자를 던지려 했던 모양이었다. 그 덕분에 사라센이 쉽게 의자 위로 올라와 허공을 날아서 모스카의 품속으로 들어왔다.

"여러분! 여러분!"

아나운서가 갈라진 목소리로 소리를 지르고 있었다. 모스카와 클렌트는 그의 목소리를 들으며 거리로 통하는 문을 향해 사람들을 밀치고 나아갔다.

"진정하세요, 여러분, 권총은 안 됩니다! 싸움은 잠시 중단되었지만, 프라엘 왕의 별 모양 볏이 달린 독수리가 비할 데 없는 용맹을 발휘해서 승리했음을 알려드리게 되어 기쁩니다……"

아나운서의 말이 다 끝나기도 전에 모스카와 클렌트의 등 뒤에서 문이 닫혔다.

모스카가 사라센의 안전 외에 다른 것을 생각할 수 있을 만큼 마음의 여유가 있었다면, 클렌트가 승리의 대가인 오 실링을 챙기려 하지 않은 걸 무척 이상하게 여겼을 것이다. 또한 클렌트가 길을 밝혀줄 등불잡이를 찾아보지도 않고 혼자 힘으로 밤거리를 걷고 있는 걸 이상하게 생각했을지도 모른다. 만약 그녀가 사라센의 자잘한 상처들에서 시선을 들어 달빛 속에서 하얗고 수척해 보이는 클렌트의 얼굴을 바라보았더라면, 밤이 이제야 막 시작되었음을 깨달았을 것이다.

M은 Murder살인

청동으로 된 물건들이 우당탕 쿵쾅 부딪치는 소리와 비명소리가 모스카의 귀에서 희미하게 잦아들 무렵에는 비가 내리고 있었다. 빗줄기가 워낙 가늘어서 그저 살갗을 간질이는 수준에 지나지 않았다. 십 분이 지나자 길바닥의 자갈들이 불안해서 땀을 흘리는 것처럼 반짝거렸고, 모스카의 신발 밑창이 미끄러지기 시작했다.

"클렌트 아저씨……"

"계속 걸어."

"좀 천천히 걸으면 안 돼요?"

"안 돼."

두 사람은 왼쪽으로 꺾어져서 드림프스를 지났다. 쇠기름 제조업자들의 물건이 먼지 낀 유리창 뒤에서 송장을 파먹는 귀신의 창백한 손가락처럼 매달려 있었다.

마침내 클렌트가 텅 빈 거리에서 걸음을 멈추고는 달을 올려다보았다. 달은 깨끗했으며, 금방 자른 치즈처럼 하얬다. 그는 그 크림 같은 빛이 자기 눈으로 방울방울 떨어지기라도 하는 것처럼 눈을 깜박이더니 손으로 머리카락 속까지 이마를 쓸어올렸다. 겁을 잔뜩 집어먹은 작은 별들이 도망치려는 것처럼 그의 눈 속에서 우왕좌왕했다.

"재앙이야." 그가 중얼거렸다. "완전히 재앙이야."

"하지만 우리가 이겼어요, 클렌트 아저씨!"

모스카는 그가 싸움의 결말을 놓친 모양이라고 생각할 수밖에 없었다.

"사라센이 그 사향고양이를 이겼다고요. 그리고…… 원래 그 싸움에 끼어들 생각이 없었던 사람들도 상당히 많이 물리쳤고요."

"아침이면 맨들리온 전체에 퍼져 있을 거다."

클렌트가 공허한 목소리로 읊조리듯 말했다.

"오늘 밤만 해도 벌써 맨들리온 사람들 절반이 거기 와 있는 것 같던데요. 높은 양반들, 길드원들, 학자들, 그 사람들이 전부 사라센을 봤어요……"

"그 사람들이 전부 한꺼번에…… 단번에……"

"그래요, 단번에. 부리로 쪼고 몸으로 밀치고……"

클렌트는 손가락을 고리 모양으로 구부려 타이를 느슨하게 잡아당겼다. 타이가 올가미처럼 목을 조인다는 생각이 드는 모양이었다.

"의심의 여지가 없어. 전쟁이 될 거다."

모스카는 주인을 빤히 바라보았다.

"뭐라고요?"

바로 그 순간에 모스카가 했던 말들 중 일부가 다른 데 정신을 팔고 있던 클렌트의 머릿속으로 뚫고 들어간 모양이었다.

"뭐라고?"

그의 시선은 차갑고, 다른 곳에 초점이 맞춰져 있었으며, 짜증이 약간 배어 있었다. 그러다가 그가 한숨을 내쉬고는 피곤하지만 어쩔 수 없이 참아준다는 표정을 지었다.

"모스카, 공작이 맨들리온의 열쇠장이들을 전부 체포했어."

"하지만…… 그건 잘된 일이잖아요. 안 그래요?"

모스카가 주춤거리며 물었다.

"아냐, 잘된 일이 아냐!"

그가 아무리 화를 내며 고함을 지를 때에도 모스카는 그렇게 차가운 말투를 들어본 적이 없었다. 건방지고 볼품없는 클렌트의 외양 속에 숨어 있는, 칼처럼 날카로운 성격이 언뜻 드러난 것 같다는 생각이 또다시 들었다.

"규칙이라는 게 있어, 규칙! 오랫동안 출판업자와 열쇠장이들이 서로를 물어뜯지 못하게 막아준 건 길드원 규칙밖에 없었다. 우리가 방금 두고 나온 군중들이 왕의 뇌조나 여왕의 사향고양이를 응원하며 고함을 질러댈지라도, 속으로는 이제 왕도 여왕도 전혀 믿지 않아. 왕국을 유지해주는 건 길드다. 그건 모두가 아는 사실이야. 만약 길드들이 서로에게 달려든다면, 하늘의 도움을 바랄 수밖에.

매브윅 토크는 열쇠장이들이 모욕당하기를 원했다. 심지어 고발당하기를 원했을 수도 있어. 하지만 체포당하길 바란 건 아냐! 젠장, 순회재판은 내일부터 시작이야! 열쇠장이 길드의 지부원 전체가 처형당하면 어떻게 될 것 같니? 공작은 무슨 생각으로 이런 일을 저지른 거야?"

모스카는 고개를 흔들었다.

"열쇠장이들은 출판업자들이 고의로 규칙을 깼다고 생각할 거다. 그건 곧 전쟁을 의미해. 출판업자들은 자기네 소굴에 갇혀서 굶어죽거나 장식용 사슬에 목이 졸려 죽을 거다. 열쇠장이들은 강철펜에 찔려 죽거나 제지 공장에서 비스킷처럼 납작해지겠지. 그러고 나면 뱃사공들이 출판업자의 편을 들 거고, 마부 길드는 열쇠장이의 편을 들 거고, 다른 길드들도 전부 어느 편이 될 건지 선택할 거다. 심지어 트럼프 제조업자들과 여성 모자 제조업자들까지도. 도로와 수로에서는 살인과 피와 폭력이 난무할 거야. 시민들은 굶주리고, 군인들은 강도로 변하겠지. 수십 년 동안 기회가 오기를 기다리던 왕과 여왕들은 여기가 무정부 상태로 변한 것을 보고 각자 군대를 이끌고 한꺼번에 들이닥칠 거야. 이게 잘된 일 같으냐?"

모스카의 입 안이 바짝 말랐다. 어느 쪽이 더 무서운 건지 판단할 수 없었다. 방금 클렌트가 말한 미래가 무서운 건지, 아니면 이번만은 그가 정말로 진실을 말하고 있다는 놀라운 깨달음이 무서운 건지.

"전 몰랐어요……"

"그렇겠지. 네가 어떻게 알겠냐?"

클렌트가 씁쓸함과 용서가 뒤섞인 복잡한 표정으로 그녀를 바라보았다.

"네가 어떻게 알겠어?" 그가 한숨을 내쉬었다.

"제일 나쁜 건, 열쇠장이들이 그 말도 안 되는 인쇄기를 갖고 있지 않은 것 같다는 점이야."

"뭐라고요?" 모스카가 지금까지 열쇠장이들에 관해 들었던 모든 이야기가 머릿속에서 깔끔하게 공중제비를 했다.

"놈들이 그 인쇄기를 실제로 운영하는 사람이 누구인지 알아내려고 호프우드 퍼텔리스를 고문하려 하는 걸 엿들었다. 그런데 무슨 이유에서인지 놈들 이야기가 옆길로 새더니 암시장에서 얌전한 악어를 구하기가 힘들다는 이야기를 하더라. 그다음에는 문 뒤에서 찾아낸 첩자를 심문하기 시작했고."

"그 사람들이 첩자를……" 모스카의 시선이 클렌트의 시선과 마주쳤다. "아." 그녀가 소리 없이 입만 움직여 말했다.

"물론 놈들이 내 옷깃을 잡고 날 끌고 들어갔을 때 나는 열쇠장이 길드에 들어가고 싶은 마음이 너무나 간절해서 일부러 열쇠장이를 찾아다녔다고 말했다. 하지만 더는 말할 수 없었다. 내가 누군지 놈들이 알고 있었거든. 내가 출판업자들을 위해 일한다는 걸 알고 있더라고. 공작의 부하들이 나타나기 전에, 내가 매브윅 토크에게 보낸 마지막 보고서에 쓴 내용을 놈들이 전부 알고 있다는 걸 분명히 확인했다. 어떻게 구했는지 모르겠지만, 놈들이 그 보고서를 읽은 게 틀림없어."

모스카는 머릿속을 정리하려고 눈을 깜박거렸다. 갑자기 머릿속이 지독하게 와글거리는 것 같았다.

“그럼 이제 우리가 열쇠장이들을 위해 일하고 있다는 얘기예요?”
“아니. 우리가 떠날 거라는 얘기야. 내 이름이 그 보고서에 있었다.” 그가 한숨을 내쉬었다. “네 이름도 거기 있었어, 모스카.”
클렌트와 보조를 맞추느라고 계속 뛰고 있는 모스카의 눈 속으로 빗줄기가 스며드는 것 같았다. 빗줄기는 또한 눈물과 똑같은 맛으로 혀 안쪽을 간질였다. 그녀는 고개를 들지 않았다. 사랑하는 동쪽탑이 눈앞에서 희미하게 사라질까봐, 눈물과 어둠이 동쪽탑을 훔쳐갈까봐.
“클렌트 아저씨…… 저를…… 저를 두고 가셔도 돼요. 레이디 타마린드한테…… 편지를 한 통 보내주세요. 레이디 타마린드가 주선해주는 일자리를 받아들일 수 없을 것 같다고, 그리고…… 대신 저한테 일자리를 주라고요. 아저씨도 그 편이 더 좋잖아요.”
클렌트는 걸음을 멈추고 완전히 무표정한 얼굴로 모스카를 뚫어지게 내려다보았다. 이제 빗줄기가 더 굵어졌기 때문에, 자그마한 빗방울들이 가발 위에 은하수의 별들처럼 몰래 내려앉았다.
“안 돼.”
그가 한참 만에 조용히 말했다. 그는 옆으로 흘러내리고 있는 모스카의 보닛 리본을 풀어서 다시 묶었다.
“안 돼. 내가 그렇게 할 수는 없을 것 같구나.”
길가의 도랑에 금방 빗물이 차더니, 쓰레기와 시장에서 흘러나온 잡동사니들의 뒤를 쫓아 강으로 흘러갔다. 모스카와 클렌트도 빗물을 따라 걸음을 서둘렀다.
마침내 머리 위에서 흔들리고 있는 결혼의 집 간판이 눈에 들어왔다.

"모스카, 가게 뒤편에 작은 배가 한 척 매여 있다. 그걸 일 층 창문으로 몰고 오너라. 가리비 껍데기처럼 생긴 창문 말이야. 그리고 배 안에서 기다려라."

모스카는 고개를 끄덕였다. 눈과 마음이 온통 빗물로 가득 차서 말을 할 수도, 침을 삼킬 수도 없었다. 클렌트가 자물쇠에 열쇠를 넣고 딸깍거리는 소리가 들릴 때마다 몸을 움찔거리며 열쇠를 조심스레 돌리는 동안, 그녀는 결혼의 집 옆으로 돌아가서 울타리 구실을 하는 불쏘시개 더미 위로 기어올라갔다. 녹슨 쇠 같은 빛깔을 띤 슬픈 닭 두 마리가 썩은 판자 아래에 웅크리고 앉아서 그녀를 지켜보았다. 모스카는 팔 밑에 사라센을 단단히 끼고 물에 흠뻑 젖은 잔디와 진흙으로 된 둑을 서투르게 미끄러져 내려가 물가로 향했다.

배는 둥글었으며, 너무 자라버린 작은 배 같았다. 배 안에는 나무를 쪼개서 만든 노 두 개가 쐐기 모양으로 놓여 있었다. 밧줄의 매듭은 단단하고 철저했지만, 전문가의 솜씨는 아니었다. 케이크가 안전을 위해 몇 번이나 매듭을 짓는 모습과, 구불구불한 빨간 머리가 코에 자꾸만 부딪히는 모습이 갑자기 모스카의 머릿속에 떠올랐다. 케이크는 아침에 물가로 나와 기겁할 것이다. 한 손에서 닭 사료를 뚝뚝 떨어뜨리고, 눈으로는 배가 있어야 할 자리를 바라보면서. 그러고는 울기 시작할 것이다.

'상관없어.' 모스카는 속으로 혼잣말을 했다. '어차피 케이크 언니는 항상 우니까.'

모스카는 배 안으로 들어가 사라센을 내려놓고 밧줄을 풀었다. 노가 축축하고 무거웠기 때문에 그녀는 담쟁이덩굴 한 줌을 쥐고 잡아당겨 배를 움직였다. 이른 서리를 막아주는 감시자 성 마피켓의 얼굴이 일 층 창문의 석조 창턱에 새겨져 있었다. 성 마피켓은 마치 빗물을 마시려고 입을 쩍 벌린 사람처럼 하늘을 쳐다보고 있었다. 그의 당당하고 귀족적인 코가 알맞게 휘어 있어서 모스카가 밧줄을 매기에 딱 좋았다.

모스카는 클렌트와 함께 맨들리온을 떠나기로 이미 마음을 정한 상태였다. 자신이 그런 결정을 내렸다기보다는 비를 잔뜩 머금은 하늘에서 그런 생각이 그녀의 머릿속으로 뚝 떨어져 내려온 것 같았다. 전쟁이 일어나지 않으면, 시간이 얼마쯤 흐른 뒤에 클렌트가 자기를 이곳으로 다시 데려다주었으면 좋겠다는 생각이 들었다. 레이디 타마린드를 생각하자 마음이 욱신거렸지만, 지금은 모스카가 함께 있어주기를 바라는 사람이 있었다. 그것이 너무나 낯설고 새로운 일이라서 가볍게 내칠 수 없었다.

클렌트가 그런 식으로 말한 것이 밉지는 않았다. 지금까지 사는 동안 대개는 클렌트보다 힘이 세지만 그녀에게는 전혀 관심이 없는 사람들이 그녀를 멋대로 휘두르곤 했었다. 모스카는 항상 겁에 질려 있었으며, 그 두려움 때문에 화가 났다. 그런데 클렌트 역시 무력하게 겁에 질려 살아왔다는 사실이 갑자기 실감나기 시작했다. 어쩌면 그도 내세울 것 하나 없이 전성기가 지나버린 뚱보가 되었지만 사냥개들을 떨쳐버리기 위해 여전히 여우 같은 잔꾀를 모조리 동원해야 한다는 사실에 화를 내고 있는지도 몰랐다.

이번에는 클렌트가 어떤 잔꾀를 부릴까? 그는 집 안에 있는 사람들이 깨어나는 것을 원하지 않았다. 그건 사람들 몰래 주머니를 두둑이 채워서 떠날 생각이라는 뜻이었다. 아마 침대에서 담요를 걷고, 양초도 챙기고, 부엌에 있는 잡동사니도…… 모스카는 머릿속으로 클렌트의 뒤를 따라 이 방 저 방 돌아다니다가 그가 리앰포, 주딘, 해픈다빗의 자그마한 사당에서 봉헌물을 슬쩍하는 모습을 상상하며 손마디를 잘근잘근 씹었다. 어쩌면 나중에 녹여버리거나 팔아치울 요량으로 성상까지 주머니에 챙길지도 몰랐다.

'그러지는 않겠지.'

'당연히 그렇게 할걸.'

'그러면 안 돼.'

가리비 모양의 창문이 안으로 열리자 모스카는 굵은 담쟁이덩굴 줄기를 사다리처럼 이용해서 창턱으로 기어올라가 예배당 안으로 굴러 떨어졌다. 클렌트가 처프 근처에서 착한 남자 포스트로피의 사당을 터는 것을 그녀가 막지 못한 것은 사실이었다. 하지만 이번에는 그녀의 말을 들어줄지도 모른다는 생각이 들었다. 그가 그녀를 데려가고 싶어하는 것으로 보아, 모든 것이 틀림없이 예전과는 다를 것 같았다.

모스카가 굴러 떨어진 곳은 리앰포의 자그마한 예배당이었다. 사라센이 케이크의 죽은 어머니와 결혼한 곳. 그녀는 더듬더듬 길을 찾아 문으로 갔다. 사방이 어두운데도 자기 방으로 돌아가는 길을 찾을 수 있다는 것이 반가웠다. 예배당 문 앞을 지나칠 때마다 걸음을 멈추고 귀를 기울였지만, 아무 소리도 들리지 않았다. 마침내 클렌트와 함께 쓰는 방에 다다른 모스카는 부드럽게 문을 밀어 열었다. 큰 방은 어둡고 쓸쓸했지만, 작은 방 문이 살짝 열려 있었고 그 틈으로 너울거리는 촛불 빛이 희미하게 새어나왔다.

클렌트는 그녀에게 무슨 일이 있어도 작은 방에 들어오면 안 된다고 했었다. 그 방을 자기만의 공간으로 남겨둬야 할 필요가 있다면서. 하지만 그가 그녀를 데려가고 싶어하는 것으로 보아, 모든 것이 틀림없이 예전과는 다를 것 같았다.

모스카는 작은 방 문을 밀어 열었다. 바닥에 양초가 하나 있었다. 초가 문에 너무 가까이 있었기 때문에 순간적으로 모스카는 밝은 불빛 외에 아무것도 볼 수 없었다. 그녀는 아무 생각 없이 허리를 숙여 초를 집어들고 팔을 쭉 뻗어 방 안을 비춰보았다. 그리고 그 순간 모든 것이 정말로 변했음을 깨달았다.

클렌트는 벽 앞의 무거운 떡갈나무 옷상자 위에 반쯤 허리를 수그리고 있었다. 힘을 쓴 탓에 얼굴이 붉게 상기되어 있었고, 커다란 두루마리 천처럼 보이는 물건을 들어올리느라 손마디가 하얗게 질려 있었다. 옷상자 가장자리 너머로 빠끔 나와 있는 것은 모스카가 한 번도 본 적이 없는 가발이었다. 파우더도 칠하지 않았고, 제멋대로 헝클어진 갈색 곱슬머리 가발. 그때 클렌트가 그녀를 발견하고 천천히 일어섰다. 촛불 빛으로 가발 너머의 구릿빛 뺨 윤곽을 부드럽게 더듬던 모스카는 가발이 아니라는 것을 깨달았다.

옷상자 옆구리에 팔 한 짝이 늘어져 있었다. 유람선 뱃전을 손으로 쓸어보는 당일치기 여행자처럼 아주 태평하게. 그 손의 피부가 왠지 무시무시하게 보였다. 창백한 색이었지만, 귀족들처럼 파우더를 칠해서 창백해진 것도 아니고, 학자들처럼 햇빛을 보지 못해서 창백해진 것도 아니었다. 그것은 지하에서나 볼 수 있는 창백함이었다. 파헤쳐진 뿌리나 처프에서 어른들이 아이들에게 산속 동굴에 산다고 이야기해주던 눈 없는 괴물처럼. 그 색깔은 충격적인 동시에, 충격을 받아 그렇게 된 것처럼 보였다. 모스카는 그 손의 주인이 죽었음을 깨달았다.

손목이 살짝 구부러져 있었다. 부러진 곳을 제대로 치료하지 않은 것처럼.

"너더러……" 클렌트가 마치 단어에 날카롭게 날이 서 있는지 시험하는 것처럼 조심스레 말했다. "너더러 배 안에서 기다리라고 했을 텐데."

"비를 피해서 들어왔어요." 모스카가 아주 자그마한 목소리로 말했다. 그녀 자신도 그것이 자기 목소리인지 알아듣기 어려울 정도였다.

"뭔가 할 말이 있는 거냐?" 클렌트가 말을 짧게 할 때에는 왠지 무시무시한 분위기가 풍겼다.

모스카는 고개를 저었다.

"이 일은 나중에 얘기하자. 지금은 상황을 최대한 이용해야 돼. 이리 와서 날 좀 도와다오."

모스카는 잠시 머뭇거리며 양초를 그냥 떨어뜨리고 도망치는 것이 가능할지 생각해보았다.

"얘야, 만약 우리가 지금 이 상태로 남의 눈에 띈다면 어떤 곤경에 빠질지 짐작이라도 하는 거냐?"

'넌 저자의 약점을 잡고 싶어했지.' 팰피태틀이 모스카의 상상 속에서 거친 목소리로 짧게 속삭였다. '이제……' 그녀가 상자를 향해 몇 걸음 내딛는 동안 그 목소리가 말을 덧붙였다. '이제 넌 저자의 공범이 될 거고, 저자가 네 약점을 잡게 생겼구나.'

파트리지의 눈은 감겨 있었다. 적어도. 그는 상자 안에 어색하게 쑤셔 넣어져 있었다. 마치 이 상자를 작은 침대로 착각하고는 아무리 불편해도 반드시 여기서 자고야 말겠다고 결심한 사람처럼.

'내가 도망치면 클렌트 아저씨는 내가 집 안 사람들을 깨우려 한다는 걸 알아차릴 거야. 그럼 날 붙잡아 죽이겠지……'

모스카는 클렌트가 밖으로 튀어나온 파트리지의 팔다리를 상자 안으로 접어 넣는 것을 지켜보았다. 그는 상자 뚜껑을 닫고, 몸을 웅크리더니, 상자 한쪽을 붙들고는 뭔가를 기대하는 듯한 얼굴로 모스카를 바라보았다. 그녀는 몇 초쯤 시간이 흐른 뒤에야 그 표정의 의미를 깨닫고는 웅크리고 앉아 상자 밑으로 힘들게 손을 집어 넣었다.

상자가 생각보다 훨씬 더 무거웠기 때문에 그녀는 상자를 무릎 위로 떨어뜨리고 말았다. 두 사람은 상자를 기울인 채 임시변통으로 몇 걸음 휘청거리며 움직였지만, 결국은 클렌트가 상자의 무게를 대부분 감당하게 되었다. 두 사람은 서투르게 한 걸음씩 내디디며 방을 나갔다. 마치 나무토막처럼 몸이 딱딱한 기묘한 네 다리 생물 같았다. 모스카는 뒤로 걷고 있었다.

언제든 누군가가 문을 열기만 하면 끝장이었다. '도둑이야' 하고 소리를 지를 테니까. 보커비가 상자를 열어젖힐 것이고, 그러면

'도둑이야' 라는 외침은 '살인이다' 로 바뀔 터였다. 모스카는 만약 교수대에 서게 된다면 차가운 바람에 옷자락이 채찍처럼 몸에 휘감길 것이라는 생각이 갑자기 들었다. 대학들은 그녀의 심장이 얼마나 시커먼지 보려고, 심장을 잘라낼 것이다.

'제발.'

모스카는 모든 사랑받는 자들에게 소리 없이 기도를 드렸다.

'제발 무사히 도망치게 해주세요. 앞으로 다시는 뭘 부탁하지 않을게요. 약속해요. 이번에 무사히 도망친다면, 언젠가 제가 부자가 됐을 때, 모든 재산을 사당에 바칠게요. 제발, 제발, 꼭 무사히 도망쳐야 돼요. 안 그러면 교수대에 매달릴 거예요. 교수대에 매달려서 까마귀밥이 될 거예요. 그러면 제가 여러분들을 위해 아무것도 할 수 없잖아요.'

리앰포의 사당에서 클렌트가 숨죽인 소리로 씹듯이 잔혹한 말을 내뱉었다. "저 창문으로는 이 상자를 절대 가지고 나갈 수 없을 거야. 이놈 머리에 외투를 씌우고 우리 둘 사이에 앉혀야겠다."

사라센은 배에서 고개를 들어 모스카가 창턱에서 기어 내려오는 걸 바라보았지만 아무 소리도 내지 않았다. 잠시 후 죽은 파트리지의 얼굴이 단쟁이덩굴에 둘러싸인 창문에 나타났다. 곧이어 그의 허리를 양팔로 감고 힘들게 창문을 통과하고 있는 클렌트의 모습이 보였다.

모스카는 파트리지가 천천히 내려오게 하려고 애썼지만, 손에 힘이 들어가지 않았다. 그래서 결국 시체가 철썩 소리와 함께 물을 튀기며 배 안으로 떨어져버렸다. 배가 흔들리자 모스카는 물속으로 떨어지지 않으려고 몸을 낮게 웅크리고는 파트리지의 부츠 한 짝이 강물을 따라 떠내려가는 모습을 지켜보았다. 떠내려가는 부츠에 점점 물이 들어찼다.

"눈 똑바로 뜨고 있어. 너의 총명함에 우리 목숨이 달렸으니까."

클렌트가 배로 기어 내려왔다. 그가 매달린 덩굴에서 우지직 소리가 났다. 그는 노를 잡고 담장을 따라 조심스레 배의 방향을 잡으면서 소리 없이 노를 물속에 담갔다가 천천히 끌어당겼다. 그러다가 잠시 둑 옆에 배를 멈추고 통통한 손가락으로 주위를 뒤져 주먹만 한 크기의 매끄러운 돌 몇 개를 찾아내더니 다시 힘주어 노를 젓기 시작했다. 둑이 멀어지면서 두 사람을 저버렸다.

강물의 흐름 때문에 작은 배가 한동안 이리저리 흔들렸다. 아이가 구슬을 양 손바닥 사이에 넣고 굴릴 때처럼. 집들이 왼쪽으로 어지러울 만큼 휙휙 사라졌다가 오른쪽에서 다시 나타났고, 달이 모스카의 머리 위에서 나방처럼 빙빙 돌았다. 굵은 빗방울이 검은 유리 같은 수면을 때릴 때마다 가장자리에 쭈글쭈글 주름이 진 동전 모양의 움푹 팬 자국이 생겼다. 종이가 바스락거리는 것 같은 빗소리가 하도 커서 클렌트는 모스카에게 말을 하기 위해 몸을 모스카 쪽으로 수그려야 했다.

"저 섬에서……"

그가 강 한가운데에 고독한 기둥처럼 서 있는 착한 남자 서서래치를 가리키더니 파트리지를 향해 몸짓을 하며 말을 이었다.

"돌멩이를…… 옷 속에."

모스카는 그가 이 말을 여러 번 되풀이한 뒤에야 비로소 그 뜻을 알아들었다.

돌멩이는 죽음처럼 차가웠지만, 모스카는 감히 뭐라고 말하거나 클렌트의 뜻을 거역할 수 없었다. 그녀는 돌멩이 몇 개를 살짝 집어넣을 수 있을 만큼만 파트리지의 셔츠 단추를 열었다. 그러는 동안 돌멩이를 든 손을 쭉 뻗고 있었다. 자기가 몸을 수그리면 살짝 벌어진 파트리지의 입술이 뭐라고 속삭일 것 같아 무서웠다.

'네 삼촌의 심장을 갈고리장대에 꽂아놓고 그게 햇빛에 지글지글 익어가는 소리를 듣는 거야……'

파트리지의 양 뺨에는 세로로 깊게 팬 주름이 있었다. 마치 양쪽 눈에서 흘러내린 눈물에 홈이 팬 것 같았다. 두 개의 주름은 턱 밑에서 빨간색 주름으로 합쳐졌다. 어쩌면 죽은 사람의 얼굴은 전부 이렇게 보이는 건지도 몰라. 모스카는 속으로 생각했다. 어쩌면 죽음이 사람들을 종이처럼 구겨버리는 건지도 몰라.

배가 물속에 워낙 낮게 가라앉아 있었기 때문에, 두 사람이 마침내 섬에 닿았을 때 작은 배가 방파제 밑으로 쏙 들어가 커다란 기둥의 바위 같은 면에 부딪히고 말았다.

"이제 안개가 더 싵어지실 기다리자." 클렌트가 소용히 발했다.

방파제 밑에서 밖을 내다보던 모스카는 강에서 은밀하게 올라오는 증기 때문에 저 멀리에 줄지어 늘어선 집들이 벌써 희미해지기 시작했음을 깨달았다. 물의 차가운 기운이 신발 속으로 스며드는 느낌과 함께, 만약 클렌트가 그녀의 입을 막을 작정이라면 결혼의 집에 있을 때보다 지금이 훨씬 더 위험한 상황이라는 생각이 갑자기 들었다. 그녀는 가능한 한 숨을 고르게 쉬면서 몰래 클렌트를 바라보았다. 그는 안개를 바라보고 있는 것 같았지만, 그녀에게 보이는 것이라고는 얼굴 윤곽뿐이어서 그가 그녀를 힐끔거리고 있지 않다고는 장담할 수 없었다.

모스카에게 작은 방에 절대 들어가지 말라고 말할 때 클렌트는 너무나 자연스럽고 태평스러웠다. 그녀에게 하루 휴가를 주어 내보냈을 때에도 그는 너무나 상냥하고 쾌활해 보였다. 그게 전부 연극이었던 걸까? 하지만 클렌트는 파트리지를 무서워했었다. 때로는 두려움이 분노를 부르는 법이다. 혹시 세월이 흐른 뒤에는 분노가 식어버리는 걸까? 용광로에서 꺼낸 칼처럼? 그래서 결국은 뭔가 아주 차갑고 아주 날카로운 것만 남게 되는지도 모르지.

클렌트가 출판업자들을 위해 한 일이 정확히 무엇일까? 그냥 첩자 노릇만 한 걸까? 아니면, 깃털펜만으로는 충분하지 않아서 칼을 꺼내야 하는 때도 있었을까? 그래서 출판업자들이 그를 이용한 걸까? 어쩌면 파트리지가 클렌트를 찾으려고 깡패처럼 결혼의 집에 쳐들어왔다가 그가 뭔가 아주 끔찍한 일을 하고 있는 모습을 보았던 건지도 모른다…… 모스카가 조금 전에 그의 일을 방해한 것처럼.

"자."

마침내 클렌트가 속삭였다.

"놈의 발을 잡아라."

방파제가 너무 낮아서 일어설 수는 없었지만, 마구 흔들리는 배에서 몸부림을 친 끝에 첨벙 하는 소리가 났다. 둥근 모양의 물거품과 수면 위에서 물음표를 그리고 있는 파트리지의 타이를 빼면, 흔적은 전혀 남지 않았다. 자그마한 거품들이 잠시 부글거렸다. 곧 침묵이 뒤따르더니 이내 클렌트가 불길한 경보를 울렸다.

"저기!"

뭔가가 하류 쪽으로 십 미터쯤 떨어진 곳에서 수면에 떠올라 떠내려가고 있었다. 등 위로 젖은 셔츠가 풍선처럼 부풀어오른 채.

"젠장, 저놈이 돌멩이를 내버렸어!" 클렌트는 열심히 노를 저으려 했지만, 너무 서두른 나머지 한쪽 노 손잡이가 방파제의 널 사이에 끼어버렸다. 그가 노를 빼냈을 때에는 이미 안개가 물에 흠뻑 젖은 시체를 집어삼킨 다음이었다.

클렌트는 추적을 그만두고 묵묵히 배를 밀어 방파제에서 빠져나온 다음에도 한동안 침묵 속에서 노를 저었다. 마침내 강둑이 점점 분명하게 모습을 드러내기 시작했고, 모스카는 눈에 들어오기 시작한 결혼의 집을 안도감과 혼란이 뒤섞인 기분으로 바라보았다. 클렌트는 왜 돌아온 걸까? 이젠 맨들리온에서 도망칠 생각이 없어진 걸까?

그녀는 클렌트의 뒤를 따라 사라센과 함께 담쟁이덩굴을 기어올랐다. 그리고 클렌트의 신호에 따라 그를 도와 상자를 다시 방으로 가져갔다. 지금은 상자가 비어 있었지만, 그녀는 다리가 후들거리는 바람에 두 번이나 상자를 놓칠 뻔했다. 두 사람이 방으로 돌아와보니 수지 양초가 다 타서 촛불이 아주 낮아져 있었다.

"왜 돌아온 거예요, 클렌트 아저씨?"

클렌트는 괴로운 표정으로 어깨를 으쓱하더니 여느 때의 모습이 살짝 드러나는 몸짓으로 옷깃의 먼지를 털었다.

"그놈은 언젠가 발견될 거다. 만약 우리가 같은 날 밤에 사라진다면 사람들이 우리를 추적하겠지. 우리가 태연한 모습으로 이번 일에 대처해나가는 것 외에는 별로 방법이 없는 것 같다."

그는 가발을 벗고 침대 위에 몸을 쭉 펴고 누웠다. 부츠도 벗지 않은 채였다. 완전히 탈진했는지 눈을 스르르 감던 그가 갑자기 눈을 번쩍 떴다.

"어디 가는 거냐?"

"저는……"

모스카는 미처 무슨 생각을 하기도 전에 본능적으로 문을 향해 몇 걸음을 뗀 상태였다.

"사라센을 보러 가려고요. 사향고양이한테 상처를 입어서 브랜디를 좀 발라줘야 할 것 같아요. 케이크 언니한테 브랜디가 좀 있거든요."

"알았다. 하지만 멀리 가지 마라. 그리고 돌아온 다음에는 날 깨우지 않게 조심해라."

모스카는 한 손으로 사라센의 목줄을 아무렇게나 잡고 방을 나갔다.

*

모스카가 문을 두드리자 케이크가 문을 열어주었다. 그녀는 털실로 짠 나이트캡을 쓰고 있었으며, 빨간 곱슬머리가 어깨에 늘어져 있었다. 밤중에 결혼식을 올릴 때보다 더 행복해 보이는 모습이었고, 안색도 더 발그레했다.

"들어와! 혹시 배고프니?"

케이크는 밤중에 모스카가 자기를 찾아온 것이 기쁘면서도 놀라운 모양이었다. 하지만 모스카가 문을 밀고 들어와 털썩 주저앉아서 무릎에 턱을 댄 자세로 몸을 쪼그리자 케이크의 미소가 살짝 흔들렸다.

"무슨 일이야?"

모스카는 무릎 사이에 코를 묻고는, 크고, 무기력하고, 적의 어린 검은 눈으로 케이크를 올려다보았다.

"모스카…… 무슨 일이야?"

케이크의 얼굴이 아래로 처지면서 새의 부리 같은 느낌을 주기 시작했다. 그녀가 울음을 터뜨리기 직전에 항상 짓는 표정이었다.

"무섭잖아. 누가 널 해치기라도 했어?"

모스카는 고개를 저었다.

"그럼 악몽을 꾼 거야? 악몽이라면 나도 알지. 여기 있고 싶으면 잠시 있어도 돼."

케이크는 자기 침대로 돌아가서 앉았다. 현명한 언니처럼. 그러고는 나이트캡을 벗고 헝클어진 곱슬머리를 손가락으로 빗었다.

"저기 접시 위에 케이크가 몇 조각 있어. 배고프면 먹어. 좀 오래되긴 했는데, 그래도 먹을 만해. 오늘 결혼한 부부가 아무것도 안 먹고 침대로 직행했거든. 신부는 어찌나 정신이 없던지 제대로 서 있지도 못했어."

케이크가 촛불 빛을 후광처럼 머리에 이고 모스카의 눈앞에 떠 있었다. 모스카는 자기 손조차 보이지 않을 만큼 어두운 우물 바닥에서 케이크를 올려다보고 있는 것 같은 기분이었다. 케이크의 세상이 손에 닿지 않는 곳을 떠다니는 작고 밝은 거품 같다는 생각도 들었다. 모스카는 그 세계를 향해 손을 뻗고 싶었지만, 그랬다가는 거품이 터질 것 같았다. 그러면 그녀는 한없는 암흑 속에 홀로 남겨질 터였다.

"꿈을 꾼 거야?" 케이크가 콧등을 간질이는 머리카락 때문에 코에 주름을 잡았다.

"응." 모스카가 갈라진 목소리로 말했다. "그냥 꿈을 꾼 것뿐이야."

N은 Not Proven 증명되지 않았음

그냥 악몽이야……

모스카는 바퀴 달린 침대에 누워 왜 사방이 이렇게 어두운지, 왜 물방울이 커다란 혀처럼 나무를 핥는 소리가 들리는지 모르겠다는 생각을 하고 있었다. 손가락으로 주위를 더듬어보니, 침대에 뚜껑이 있었고, 그 뚜껑은 단단히 닫혀 있었다. 얼굴에서 십오 센티미터쯤 떨어진 곳에. 공기가 점점 따뜻해지면서 숨쉬기가 힘들어졌다. 그녀는 자물쇠가 쪼개질 때까지 뚜껑을 두드려댔다.

뚜껑이 휙 열리자 달의 하얀 얼굴이 레이스 커튼 같은 안개 속에서 그녀를 내려다보고 있었다. 모스카는 일어나 앉았다. 그런데 자세히 보니 자신이 앉아 있는 곳은 떡갈나무로 만든 옷상자 안이었고, 상자는 착한 남자 서서래치의 기둥 옆을 떠가고 있었다.

가까운 곳에서 날씬한 돛단배 한 척이 진주처럼 반짝였다. 갑판 위 높은 곳에는 레이디 타마린드가 상아 옥좌에 앉아 있었다. 그녀의 하얀 물레에서 노래처럼 풀려나온 실들이 안개 속을 뚫고 눈에 보이지 않는 시내 구석구석까지 뻗어나갔다. 그리고 그 실 가닥들에 또다른 실들이 얽혀서 연결되어 있었다. 결국 모스카는 실 가닥들이 거대한 거미줄 같은 무늬를 만들고 있는 것 같다는 상상을 하기 시작했다.

"전 지금 동쪽탑으로 가려고 애쓰던 중이었어요!" 모스카가 소리쳤다. "전 이 검은 물 속에 빠져 죽고 싶지 않아요!"

"이 실을 잡아라. 그러면 내 배가 널 탑까지 끌어줄 거야."

레이디 타마린드가 물레에서 가는 실 한 가닥을 풀어내 모스카 쪽으로 던졌다. 실은 열린 상자 뚜껑에 닿아 그대로 붙어 있었다. 마치 설탕처럼 끈적거리는 물질을 뿌려놓기라도 한 것처럼. 모스카는 실을 향해 손을 뻗다가 잠시 망설이며 소매를 손 위로 내렸다. 실이 너무 밝아 보여서 더러운 손가락으로 만지면 안 될 것 같기도 했고, 실이 유리가루처럼 반짝이고 있어서 겁나기도 했기 때문이다. 그녀가 망설이는 동안 실이 뚜껑에서 떨어져 물속에 빠지더니 뱀처럼 그녀에게서 멀어졌다.

"실을 잡지 못했어요!" 그녀가 절망스럽게 소리쳤다. "한 번 더 던져주시면 안 되나요?"

"기회는 항상 한 번뿐이야." 레이디 타마린드가 대답했다.

사방이 고요한데도 그녀의 머리 위로 레이스 돛들이 부풀었다. 거미줄 모양의 실들이 수면에 비친 자신들의 그림자 위에서 부드럽게 흔들리는 가운데 진주 같은 돛단배가 안개를 헤치며 미끄러지듯 멀어졌다.

"널 만나고 싶어하는 사람이 있다."

돛단배가 남기고 간 물거품이 러플 달린 하얀 레이스 리본 같았다. 물에 흠뻑 젖은 형체 하나가 얼굴을 아래로 한 채 고통스럽게 물속에서 흔들렸다. 그 형체의 머리카락은 잡초처럼 물에 떠 있었고, 젖은 셔츠는 등 위에서 풍선처럼 부풀어 있었다. 그 형체가 돛단배가 남긴 물거품과 물살이 잡아당기는 힘을 거슬러 모스카를 향해 둥둥 떠내려왔다.

손에 조각난 노가 쥐여 있었으므로 그녀는 공포에 질려 노를 젓기 시작했다. 결혼의 집이 허공에서 나타나 그녀를 맞이했다. 강둑은 보이지 않았다. 모스카는 가리비 모양의 창문으로 기어들어가 이 방 저 방을 휘청거리며 돌아다녔다. 물이 뚝뚝 떨어지는 소리, 뭔가를 질질 끄는 소리, 죽은 사람의 흐물흐물한 발이 물에 젖어 바닥에 철썩철썩 부딪치는 소리가 등 뒤에서 들렸다. 그녀는 자기 방으로 뛰어 들어가서 바퀴 달린 침대에 숨었다. 착한 남자 포스트로피가 집으로 돌아오는 망자를 막을 수 없다는 것을 잘 알면서. 그녀와 클렌트가 그의 사당에 바쳐진 멜로베리를 모두 먹어버렸으니까 말이다.

잠에서 깨었을 때 그녀는 자기 침대에 누워 있었다. 주위가 왜 이렇게 밝은지, 왜 물이 철썩이는 소리와 갈매기들이 끽끽거리는 소리와 포고문을 큰 소리로 알리는 관리가 거리에서 새 소식을 외치는 소리밖에 들리지 않는지 모르겠다는 생각이 들었다.

"……급소를 잔인하게 찔린 시체가 발견되었다…… 위커백 포인트 옆에서 송어 그물에 시체가 걸렸다……"

모스카는 눈을 질끈 감고 손가락을 귓구멍에 쑤셔 넣었다. '이건 꿈이야 이건 꿈이야 이건 꿈이야……' 그녀는 사랑받는 자에게 이 세상을 바꿔서 전날 밤의 일들을 없었던 일로 만들 수 있는 기회를 실컷 주었다. 하지만 귓구멍에서 손가락을 빼냈을 때에도 관리는 여전히 소리를 지르고 있었다.

혹시 클렌트가 밤사이에 도망쳐버린 걸까? 모스카는 조심스레 일어나 앉아서 기대에 찬 눈빛으로 커다란 침대 쪽을 바라보았다. 하지만 클렌트는 그곳에 있었다. 그의 커다란 배가 오르락내리락하고, 고른 호흡과 함께 콧구멍이 넓어졌다 좁아지기를 반복했다.

사라센의 자잘한 상처들은 생생한 빨간색에서 죽은 빨간색으로 변해 있었고, 녀석은 자신이 얼마나 건강한지 과시하려는 듯 지저분하게 흩어진 촛농을 먹으려 하고 있었다. 모스카가 침대 아래로 다리 한 짝을 내리자 녀석이 고개를 들어 모스카를 바라보았다. 녀석이 그녀를 살인자의 공범으로 생각했는지는 몰라도, 석탄 조각 같은 녀석의 눈에는 그런 기색이 전혀 없었다. 모스카는 자기가 이 도시를 전부 쑥밭으로 만들어도 녀석의 관심을 잃지 않으리라는 걸 알고 있었으므로, 순간적으로 마음이 놓였다.

"클렌트 아저씨!"

케이크가 문 두드리는 시늉을 한 번 하고는 곧장 안으로 들어왔다. 그녀의 뾰족한 얼굴은 분홍색이었고, 잔뜩 흥분한 표정이었다.

"여기 사람들한테 전부 물어볼 것이 있다고 경찰관이 왔어요. 아침식사를 하는 식당으로 좀 내려오실래요?"

클렌트는 우아하지는 않지만 어쨌든 놀라울 만큼 재빨리 일어나 앉아 침대에 달린 고리에서 가발을 잡아채서는 철썩 소리가 날 정도로 세게 머리에 썼다. 가발의 뒤가 앞으로 와 있었다. 어쨌든 그 뒤에야 그는 실제로 잠에서 깨어나기 시작했다.

"정말 미안한데…… 경찰관이라고 했니?"

케이크가 고개를 끄덕였다. 흡족하고 젠 체하는 표정이었다.

"나더러 영리한 어린애라고 했어요."

그녀가 행복한 표정으로 선언하듯 말했다.

"오늘 아침에 우리 작은 배가 항상 매어두던 나무가 아니라 창문 밑에 매여 있는 걸 내가 발견했거든요. 그래서 관청으로 뛰어가서 신고했더니, 그게 어쩌면 오늘 아침에 발견된 시체와 관련이 있을지도 모른다고 했어요. 경찰관 말로는 거리를 배회하는 살인자와 강도 무리가 저지른 일인지도 모른대요. 우리 집으로 들어와 사당에서 물건을 훔치고, 자고 있던 우리를 죽이려던 놈들인지도 모른다고……"

클렌트와 모스카는 옷상자를 잊지 않고 제자리에 돌려놓았었다. 하지만 작은 배는 그만 까맣게 잊어버리고 말았다.

'아, 다정한 사랑받는 자님, 저희가 힘들지 않게 해주세요.' 모스카는 속으로 생각했다. '저희를 좀 보세요. 도둑질도 하고, 방앗간도 태우고, 첩자 노릇도 했어요. 게다가 저희 둘 중 한 명은 살인까지 저질렀어요. 저희는 음산하기 짝이 없는 범죄자들인데, 심지어 범죄를 저지르는 솜씨조차 별로예요.'

"우리는 물론 당신을 칭찬해준 그 사람과 기꺼이 만나서 이야기할 겁니다, 아가씨."

클렌트가 피곤한 표정으로 예의바르게 말했다.

"정신도 차리고, 몸단장도 해야 하니 몇 분만 시간을 주시오."

케이크가 문을 닫고 나가자 모스카와 클렌트만 방에 남아 서로 필사적인 표정으로 소리 죽여 이야기를 나누기 시작했다.

"가발을 거꾸로 썼어요!"

"네 눈썹이 번져서 코까지 내려왔어! 그리고 깃털 달린 성 민치의 머리를 걸고 말하는데, 내…… 아, 저기 있군. 앞치마를 뒤집어 입어. 누가 앞치마 오른쪽을 보면, 네가 쥐새끼들을 쫓아 굴뚝을 올라간 줄 알겠다."

"아저씨 부츠는 진흙투성이예요……"

"이런 날씨에는 이런 장화를 신은 사람이 백 명은 될 테니까 침착해. 잠깐, 물병과 그릇을 가져오너라. 가만히 서 있어……"

클렌트가 손수건으로 그릇의 물을 찍어 모스카의 얼굴을 살살 닦아주는 동안, 모스카의 어깨뼈가 딱딱하게 굳었다. 움찔거리며 그의 손을 피하지 않기 위해 그녀는 안간힘을 써야 했다. 클렌트는 석탄가루로 그린 눈썹을 닦아내고 연필로 조심스레 새 눈썹을 그려주었다. 그렇게 정신을 집중해서 눈썹을 그리는 동안 그의 눈썹도 실룩거렸다.

"우린 동물 격투기를 보고 돌아와서 곧장 잠자리에 든 거다." 그가 눈썹을 마지막으로 손보면서 중얼거리듯 말했다. "한 번도 잠에서 깨지 않았기 때문에 우리는 아무 소리도 못 듣고, 아무것도 못 봤어. 우리 둘 다 이 이야기를 끝까지 고집하면, 무사히 이 폭풍을 뚫고 나올 수 있을 거야."

모스카는 클렌트를 따라 복도를 내려갔다. 심장이 터질 것 같았다. 착한 부인 시로피아가 안쓰럽다는 듯 나무눈으로 그녀를 바라보았다. 착한 남자 트라이비스킷은 색칠이 된 손가락 사이로 감히 그녀를 지켜보지 못했다.

'제발 무사히 넘어가게 해주세요. 제발, 제발, 제발……'

경찰관은 사십대 남자로 텁수룩한 빨간 머리에 피곤해 보이는 눈은 꼬리가 아래로 처져 있었다. 탁자 위에 진 한 병이 놓여 있는 것으로 보아 케이크가 서늘한 아침 거리를 걸어온 그의 몸을 녹여주려고 커피에 따뜻한 술을 조금 섞은 모양이다. 경찰관은 모자를 가지고 장난을 치면서 케이크와 이야기를 나눴다. 모스카와 클렌트가 방 안으로 들어섰을 때에도 그의 웃음은 사라지지 않았다. 다만 웃음소리가 잦아들어 딱딱하게 바뀌었을 뿐.

"이분이 여기에 장기투숙하고 있는 신사분인가?"

"저는 이포니머스 클렌트입니다. 이렇게 뵙게 되어 영광입니다. 제가 그다지 도움이 될 것 같지는 않지만, 조금이라도 도울 수 있는 일이 있다면 열심히 돕겠습니다."

"정말 신사다운 말씀이군요." 경찰관은 클렌트의 예의바른 태도에 조금 당황한 것 같았다. "하지만 왜 선생께서 별로 도움이 될 것 같지 않다고 생각하시는지 모르겠습니다."

"아마 제가 조금 잘못 알고 있었던 모양입니다." 클렌트가 재빨리 입을 열었다.

'너무 빨라요, 클렌트 아저씨, 조심해요, 클렌트 아저씨……' 모스카는 자신이 살인자에게 머릿속으로 주의를 주고 있음을 깨닫고 경악했다.

"악당들이 이 집에서 강도짓을 하려다가 실패하고는 밤중에 다른 한심한 악마의 목을 그었나보다 하고 짐작하고 있었습니다. 제가 너무 곤히 자고 있었기 때문에 뭔가 도움이 될 만한 소리를 전혀 듣지 못한 것 같습니다."

"글쎄요…… 악당들이 이 집에 침입하려다 실패했다고 볼 수는 없을 것 같습니다. 창가에 배가 매여 있었잖습니까. 만약 악당들이 그쪽으로 해서 안으로 들어왔다면…… 어떻게 다시 강둑으로 나갔을까요? 그것뿐만이 아닙니다……"

경찰관은 손을 뻗어 루나리아의 꼬투리 하나를 꺾더니 종이 같은 느낌의 원반 모양 꼬투리를 엄지와 검지로 비볐다.

"시체의 옷깃과 머리카락 속에 이런 것이 잔뜩 묻어 있었습니다. 이 근처에서는 이것이 자라지 않지요. 강 하류 쪽 페인블레스까지 내려가야 볼 수 있습니다. 아무래도 그 한심한 악마 녀석은 얼마 전에 이 집을 다녀간 것 같습니다."

이제 겨우 깃털이 나기 시작한 새끼 새를 밟은 것 같은 소리가 났다. 모스카는 그게 무슨 소리일까 궁금해하다가 곧 자신이 그 소리를 냈음을 깨달았다. 경찰관은 그 소리를 듣지 못한 것 같았지만, 클렌트는 경계심이 가득한 눈으로 그녀를 흘깃 쳐다보았다.

"그렇다면 제가 잘못 생각했던 것 같군요."

그가 미소와 함께 이렇게 말하면서 의자에 앉아 탁자 위에 팔꿈치를 고였다. 클렌트의 손이 불안한 듯 빵 껍질을 찢어 줄을 맞춰 늘어놓기 시작했다.

“저는 물론 경관님의 질문에 대답하고 싶은 마음이 간절합니다만, 저 아이를 먼저 내보내는 게 어떨지 모르겠습니다. 죽음에 관한 이야기를 감당하기에는 아이가 아직 어려서요. 해야 할 일도 있고요.”

‘너무 영악해요, 클렌트 아저씨, 말도 너무 많고요. 그렇게 너무 영악하게 굴면 호감을 살 수 없어요.’

“그게 얼마나 급한 일이기에 저 아이가 살인범 추적을 잠시 도와줄 수도 없을 정도인지 물어봐도 되겠습니까?” 경찰관의 말투는 차가웠다.

순간적인 아이디어가 갑자기 각다귀처럼 모스카를 물었다.

“레이디 타마린드께 전해드릴 말이 있어요.”

그녀는 자기 몸을 무는 벌레를 후려치듯이 반사적으로 말했다.

“클렌트 아저씨는 레이디 타마린드를 위해 일하고 계세요.”

“레이디 타마린드……”

경찰관은 깜짝 놀라서 다시 예의바른 모습으로 돌아왔다.

“이 아이의 말을 증명할 수 있습니까, 선생님?”

클렌트는 얼굴이 창백해졌지만, 곧 레이디 타마린드의 편지를 기억해낸 모양이었다. 레이디 타마린드가 그를 자신이 고용한 시인이라며 써준 소개장 말이다. 그는 모스카에게 그 편지를 가져오라고 했다. 편지를 읽으면서 경찰관의 얼굴에서 긴장이 풀렸다. 오래지 않아 그는 다시 유쾌한 표정을 짓고 있었다.

경찰관은 편지를 조심스레 둘둘 말아 아까와는 좀 다른 정중한 태도로 클렌트에게 돌려주었다.

"알겠습니다, 선생님, 저 때문에 일이 지체되면 안 되겠지요. 저 때문에 레이디 타마린드의 일이 늦어지는 건 원하지 않습니다."

"그럼 저는 레이디 타마린드께 보낼 편지를 써야겠습니다. 잠깐 실례하겠습니다."

경찰관은 고개를 끄덕였다. 역시 사근사근한 태도였다. 모스카는 클렌트를 따라 다시 방으로 돌아왔다.

"레이디 타마린드, 레이디 타마린드."

클렌트가 혼자 중얼거렸다.

"좋은 생각이야. 적어도 기회를 만들 수는 있겠어. 여기 가만히 앉아서 열쇠장이들이 날 추적해오기만 기다릴 수는 없어. 폭풍이 일기 전에 동쪽탑으로 피신할 수만 있다면……"

모스카는 종이, 잉크, 펜, 밀랍을 가져다주고는, 클렌트가 편지를 쓰는 동안 뒤에 서 있었다.

누구보다 존경스럽고 눈부신 아가씨께

아가씨를 위한 서사시 첫 번째 연을 이 편지에 동봉합니다. 보잘것없는 작품이지만, 아가씨께서 이것을 읽고 한순간만이라도 미소를 지으시기를 바라고 또 바랍니다. 하다못해 저의 노력과 영혼의 몸부림에 대한 관대한 연민 때문에라도 미소를 지어주시기를.

아가씨, 염치없지만 아무래도 아가씨께 더 커다란 호의를 부탁드려야 할 것 같습니다. 아가씨께서 후하게 주시마고 했던 보수를 받는 대신, 저와 제 비서가 동쪽탑에 살면서 일을 할 수 있는 자리를 주선해주시기를 부탁드립니다. 저희는 지금 위험한 상황에 처해 있고, 저의 숙소는 아가씨의 보호라는 축복을 받은 사람에게 잘 어울리지 않습니다.

감사의 마음을 담아 간청하오니, 저의 부탁을 들어주시기 바랍니다. 아가씨께서도 잘 아시다시피, 이 변덕스러운 세상에서는 고귀한 분이든 천한 사람이든 모두 바닥으로 내동댕이쳐져서 낯선 사람들의 도움에 의지해야 할 때가 있지 않습니까.

아가씨를 경외하고 숭배하는,
아가씨의 종 이포니머스 클렌트

모스카는 클렌트가 뜨거운 밀랍으로 편지를 봉하는 모습을 지켜보았다. 심장이 귓속에서 뛰는 것 같았다. 그녀는 편지를 손에 쥐자마자 밀랍을 식히려고 입김을 후후 불면서 문으로 향했다.

그녀는 깨끗하게 씻겨서 새로 깨어난 냄새들로 가득 찬 세상으로 나아갔다. 머뭇거리는 돌풍 여러 줄기가 불안하게 불어오면서 구름을 빵처럼 갈라놓았나. 빗물이 거리의 모는 간판에 유약을 발라놓은 것 같았다. 모든 것이 새로움을 약속하고 있었다.

모스카는 뛰었다. 자신의 불운을 앞지르려고 뛰었다. 그녀가 배반을 꿈꾸고 있다는 사실을 클렌트가 짐작하기 전에 탑에 도착해야 했다. 이 편지를 이용해서 벌집 정원에 들어갈 수만 있다면! 일단 그곳에 들어가기만 하면, 어떻게든 레이디 타마린드를 만날 방법을 찾아낼 작정이었다. 레이디 타마린드에게 그레이 매스티프에서 일어난 일들의 진상을 알리고, 동쪽탑에 숨겨달라고 애원할 작정이었다. 열쇠장이들이 찾아내지 못하게…… 이포니머스 클렌트가 찾아내지 못하게. 레이디 타마린드에게 파트리지 살인사건에 대해 감히 말할 수만 있다면! 하지만 모스카 자신도 그 일에 너무 깊이 관련되어 있었다.

강가의 초라한 가게들이 물러나더니, 번쩍이는 주랑 현관이 있고 어깨가 떡 벌어진 집들이 나왔다. 높다란 창문들이 뛰어가는 모스카를 보며 눈썹을 추켜올리듯이 아치형으로 휘어져 있었다.

그녀는 넓고 번잡한 대로에 도착했다. 대로 건너편에 높이 세워진 쇠 난간들이 호기심에 찬 군중을 제자리에 묶어두고 있었다. 쇠문에는 젊은 여인 두 명의 윤곽이 새겨져 있었다. 그들은 빗장이 걸리는 부분에서 손을 맞잡고 있는 것 같았다. 널찍한 사각형의 사암 건물에서 동쪽탑이 솟아 있었다. 기둥들이 탑을 받치고, 탑은 조각상들과 함께 흔들렸다.

그녀가 문으로 다가가 경비병들 중 한 명에게 말을 붙이려 하자, 그는 장사꾼들이 드나드는 문을 고갯짓으로 가리켰다.

장사꾼의 문을 지키고 있는 것은 하인 두 명뿐이었는데, 그들은 모스카가 다가가도 아랑곳하지 않고 카드놀이를 계속했다.

"이포니머스 클렌트 씨가 레이디 타마린드께 보내는 편지를 갖고 왔어요. 안으로 들어와서 기다리라는 분부를 받았어요. 레이디 타마린드께서 저를 만나주실 거예요."

하인 한 명이 편지를 가져가 그것으로 귀를 긁으면서 모스카를 위아래로 훑어보았다.

"그럼 날 따라와라."

쌍둥이 여왕의 문장이 그려진 문이 열리자 태피스트리들이 걸려 있는 복도가 나타났다. 습기 찬 겨울을 너무 많이 지낸 탓에 복도에서는 곰팡내가 났다. 또다른 문이 열리자 차갑고 신선한 공기가 밀려 들어왔고, 두 사람은 널찍한 직사각형 뜰에 발을 내디뎠다. 지붕 있는 주랑이 뜰을 둘러싸고 있었다.

"여기서 기다려라. 여기저기 돌아다니지 말고."

하인은 모스카를 어두운 아치 길에 남겨둔 채 편지를 들고 서둘러 가버렸다.

뜰에는 크림색과 캐러멜색으로 칠해진 커다란 육각형 타일이 깔려 있었다. 뜰 건너편에서는 사치스러운 차림의 사람들이 가마를 타고 빈둥거리거나, 거대한 벌집 위에서 햇볕의 습격을 받은 수벌들처럼 한가로이 산책을 즐기고 있었다. 밑창이 천으로 된 신발을 신은 하인들이 어두운 주랑을 따라 기운차게 돌아다녔고, 하녀들은 말린 라벤더를 담은 바구니를 들고 공이로 바구니를 두드려 향내를 사방에 퍼뜨리며 활기차게 오갔다.

모스카는 손톱 밑의 때를 긁어내고, 삐져나온 머리카락을 모자 밑으로 쑤셔 넣고는 안절부절못하며 서 있었다. 마침내 라벤더를 들고 다니던 하녀들 중 한 명이 그녀를 보고 가까이 다가왔다. 대략 열다섯 살쯤 되어 보였다. 그녀는 통통하고 예뻤으며, 허리가 가늘었다. 주름장식을 단 드레스가 아주 잘 어울렸다. 그녀의 코끝은 매력적으로 위를 향해 들려 있었는데, 그녀는 때로 눈을 내리깔고 속눈썹 사이로 미소를 지어 보내며 자기 코에 감탄했다.

"하인 숙소를 찾고 있니?" 하녀가 모스카에게 다가오면서 물었다.

"아뇨, 아뇨, 레이디 타마린드를 뵈러 왔어요. 저한테 일자리를 주시기로 했거든요."

'레이디 타마린드는 날 만나줄 거야. 우리는 마음이 통했어. 레이디 타마린드는 날 만나줄 거야.'

"어떤 일자리?"

"난 비서예요." 모스카가 자신 있게 이 말을 할 수 없다는 사실에 분노를 느끼며 선언하듯 말했다.

"비서처럼 안 보이는데. 비서는 남자잖아."

"난 달라요. 난 시인의 비서예요."

모스카는 불안해서 거의 열에 들뜬 것 같은 상태였다.

"난 현실적인 시각과 간결한 화술을 갖고 있어요. 우린 결코 평범하지 않은 명문장가예요."

하녀가 그녀를 위아래로 훑어보았다.

"네 모자가 웃기게 생겼어."

"이건…… 이건 유행이에요!" 모스카가 방어적으로 쏘아붙였다.

"아냐. 나는 레이디 타마린드의 거처에서 일하면서 아가씨의 옷을 관리하고 있어. 그래서 유행에 대해서는 모르는 게 없다고. 시내 사람들이 전부 아가씨 옷을 흉내내기 전에 내가 제일 먼저 아가씨 드레스를 보거든. 가끔은……"

그녀가 비밀 이야기라도 하려는 듯 앞으로 몸을 수그렸다.

"가끔은 부인들이 나더러 아가씨가 다음 파티에서 손수건을 어떻게 꽂을지, 망토를 입을지 알려달라면서 돈을 주기도 해. 그리고 아가씨가 나한테 버릴 옷들을 건네주면, 어떤 부인들은 값을 치르고서라도 그걸 사려고 한다니까."

"아가씨가 언니한테 옷을 주신다고요? 그냥 줘요?"

'내가 레이디 타마린드를 위해 일하게 되면 나한테도 옷을 주실 거야. 그러면 내가 내 몸에 맞게 줄여서……'

"많이 주셔. 좋은 옷들이야. 아가씨는 얼룩이 묻은 옷을 참지 못하시거든. 핀 대가리처럼 아주 작은 얼룩이라도. 가끔은 못 쓰게 된 담비 목도리도 주셔."

모스카가 아주 감탄한 표정을 지은 모양이었다. 하녀의 건방진 표정이 조금 풀린 것을 보면.

"이런 꼴로는 아무도 만날 수 없어."

그녀는 잘난 척하는 태도로 모스카의 보닛 리본을 풀어 모자 윗부분 아래에 붙어 있는 고리에 끼우더니 다시 둘로 겹쳐서 턱 밑에 묶어주었다.

"됐다. 이게 유행이야. 이젠 하녀장을 만나서 추천장을 드릴 때에도 칭피하지 않을 거야."

"난 하녀장을 만나러 온 게 아니에요! 반드시 레이디 타마린드를 만나야 한다고요!"

"아가씨는 널 만나지 않으실 거야. 오늘은 아무도 안 만나실 거야."

하녀는 모스카가 너무 무지해서 기가 막힌다는 표정을 지었다.

"오늘은 순회재판 첫날이야. 아가씨는 지금 공작님과 함께 개막식이 열리는 법원까지 걸어가려고 준비하고 계시단 말이야."

하녀가 자리를 떴다. 모스카의 발밑에서 땅이 뗏목으로 변하더니 눈에 보이지 않는 바닷물에 실려 넘실거렸다.

순회재판. 모스카는 순회재판을 까맣게 잊고 있었다. 어둠 속에서 파트리지의 시체 위로 허리를 숙이고 있던 클렌트의 모습이 그녀의 머릿속에서 모든 것을 지워버린 탓이었다. 그녀는 감방에서 복수의 칼을 갈고 있는, 창백한 눈의 열쇠장이들도 잊어버렸다. 길드 전쟁도, 맨들리온을 향해 살금살금 다가오고 있는 재앙도 잊어버렸다.

레이디 타마린드는 그녀를 만나주지 않을 것이다. 하인은 다시 돌아와서 그녀를 문으로 데려갈 것이다. 그러면 그녀는 이포니머스 클렌트가 있는 결혼의 집으로 돌아가는 수밖에 없을 것이다. 만약 지금 도망치려 한다면, 죄를 저지른 사람처럼 보일 것이고, 경찰관이 그녀를 파트리지의 살인범으로 지목해 뒤쫓을 터였다. 모스카는 꿈속에서 반짝이는 실이 검은 물속에서 뱀처럼 멀어져가면서 희망이 모두 사라져버렸을 때와 똑같은 심정이었다.

그럴 수는 없었다. 만약 레이디 타마린드가 만나주지 않는다면, 그녀가 아가씨를 찾아 나서면 될 일이었다. 모스카는 하인이 지정해준 자리에서 조심스레 밖을 내다보다가 기둥에서 기둥으로 살금살금 자리를 옮기며 호화로운 차림의 사람들을 훑어보았다.

사람들이 신이 나서 떠들어대는 소리가 토막토막 들려왔다.

"……그런 악당한테 그토록 매력적인 후렴구를 낭비한다는 게 좀 안타깝지만, 지금은 너도 나도 블랙 캡틴 블라이드에게 노래를 바치고 있는 것 같아……"

"……열쇠장이들의 반역사건 재판이 둘째 주에 열리는 게 얼마나 끔찍한 일인지. 그때 나는 핀캐스터에서 약속이 있는데 말이야……"

여기에는 위커백 포인트에서 발견된 시체에 관심을 보이는 사람이 하나도 없는 것 같았다. 궁정의 화젯거리는 단연코 열쇠장이들의 체포 소식이었다.

갑자기 분수 가에서 레이디 타마린드의 모습이 눈에 띄었다.

"아가씨!"

여자가 뒤를 돌아보았다. 하얀 파우더 밑으로 군살이 불독처럼 늘어져 있었고, 목은 아코디언처럼 주름져 있었다. 레이디 타마린드가 아니었다.

모스카를 이곳으로 데려왔던 하인이 호통이라도 칠 것 같은 표정으로 서둘러 다가오는 게 눈에 들어왔다. 그녀는 지나가는 저명인사의 손에서 코담뱃갑을 잡아채서 상자 안의 내용물을 하인의 면전에 던졌다. 도망치는 모스카의 귀에 가짜 타마린드가 반짝이는 드레스에 검은 것이 잔뜩 묻었다며 화가 나서 꽥꽥거리는 소리가 들렸다.

모스카는 황금빛 아치를 지나 자그마한 잔디밭까지 전력을 다해 뛰었다. 잔디밭에서는 카드 제조업자들이 궁정 부인들의 초상화를 그리고 있었다. 그리고 그곳에 정교한 두건에 꽂은 백합을 손보고 있는 레이디 타마린드가 있었다! 하지만 아니었다. 이 레이디 타마린드는 턱이 약하고 보조개가 패어 있었다. 모스카가 팔을 움켜쥐자, 그녀는 멍청히 입을 벌린 채 모스카를 바라보았다.

타마린드처럼 보이는 사람들이 자꾸만 나타나서 쉬지 않고 달리고 있는 모스카의 시야를 어지럽혔다. 부인들 두 명 중 한 명꼴로 레이디 타마린드를 본떠서 눈부신 하얀색 옷을 입고, 뺨에 그녀와 똑같은 흉터를 그려 넣고 있었다. 모스카는 만약 레이디 타마린드가 한쪽 눈을 잃었더라도 저들이 저렇게 열심히 그녀를 흉내내려 했을지 궁금해졌다.

앞쪽에서 어떤 귀부인이 문을 통과하고 있었다. 그 부인의 능직 드레스 자락이 엄청나게 부풀어 있어서 엉덩이가 양편으로 육십 센티미터쯤 툭 튀어나온 것 같았다. 모스카는 이 거대한 드레스 뒤에 몸을 웅크리고 숨어서 남에게 들키지 않고 문을 통과할 수 있었다. 그러고는 다시 달리기 시작했다. 그녀는 기억을 최대한 더듬어 탑이 있는 쪽을 향해 달렸다.

막다른 뜰이 나왔다. 뜰을 둘러싼 석조 격자 울타리에는 수많은 사랑받는 자들의 얼굴이 새겨져 있었다. 울타리의 격자 구멍을 통해 또다른 뜰이 보였다. 하얀 대리석에 황금색을 칠한 육각형 타일이 반짝이는 곳이었다.

"보카도, 이렇게 애원할게요." 레이디 타마린드의 목소리였다. "내 부하들을 불러오게 해줘요."

구멍을 통해 하얀 망토를 완벽하게 차려입은 여자의 모습이 얼핏 보였다. 모스카는 마차에서 만났을 때와 꿈속에서 보았을 때의 타마린드의 옷차림만 생각하고 있었기 때문에, 순간적으로 타마린드의 옷차림을 흉내낸 여자가 또 나타났다고 생각했다. 하지만 여자의 뺨에 눈송이 모양의 흉터가 있는 것이 금방 눈에 들어왔다.

그녀의 옆에는 동화책에 나오는 왕자님이 서 있었다. 그 어떤 남자보다도 키가 커 보였는데, 와인처럼 새빨간색의 구두 굽이 높은 데다가 황금가루를 뿌린 당당한 가발 때문이었다. 바닥까지 옷자락이 끌리는 프록코트와 조끼에는 나비 날개에 새겨진 것과 비슷한 눈(眼) 무늬가 있었다. 공작이 틀림없었다.

"고솤이 도망쳤어요."

타마린드가 여전히 차분하면서도 다급한 목소리로 말했다.

"고솤은 십중팔구 상류에서 배를 띄워놓고 기다리고 있는 열쇠장이 부대를 부르려고 연락을 취했을 거예요. 뱃사공들이 그 부대의 도착을 지연시키겠다고 했지만, 그래봤자 시간을 조금 벌 수 있을 뿐이에요. 제 병사들이 탄 배는 해안을 따라 조금 떨어진 곳에 있고, 바다로 나가는 길은 속도를 내기 힘든데다 잡초도 무성해요. 우리가 당장 전령을 보낸다 해도, 배가 여기 닿으려면 열흘은 걸릴 거예요, 보카도, 당장 그들을 불러들여야 해요."

"알았다, 타미. 내가 명령서에 서명을 하마."

공작의 목소리는 경쾌하고 음악적이었지만, 왠지 음정이 약간 맞지 않는 것 같았다.

젊은 청년이 앞으로 나와 두루마리를 내밀었고, 공작은 거기에 서명했다. 모스카가 왠지 청년의 얼굴이 낯익다는 생각을 하고 있을 때 힘센 두 팔이 그녀의 허리를 붙들었다.

"아가씨!" 모스카는 돌 격자에 손가락을 걸고 급작스럽게 밀려드는 광기를 느끼며 미친 듯이 격자에 매달렸다. "아가씨!" 그녀가 원하는 모든 것이 울타리 너머에 있었다.

공작이 고개를 돌려 모스카를 바라보았다. 그의 생기 없는 갈색 눈과 시선이 마주친 순간, 그녀의 가슴이 철렁 내려앉았다. 예전에 이상한 병에 걸려서 몸부림을 치며 돌아다니는 여우를 본 기억이 났다. '너무 가까이 가면 안 돼. 그랬다가는 널 물어버릴 거야.'

"급진파의 첩자군." 그가 말했다. 아까처럼 무의미한 음악 같은 어조로.

"아니에요."

순백의 아가씨가 안개 같은 색의 눈으로 절박하게 일그러진 모스카의 얼굴을 바라보았다.

"그냥 심부름 온 아이일 뿐이에요. 나한테 돈을 바라고 있어요. 일 실링을 줘서 쫓아버리세요."

타마린드 옆의 청년이 시선을 들어 모스카를 바라보더니 깜짝 놀라서 밤색 눈썹을 위로 올렸다. 지금은 머리를 깨끗이 빗어서 돼지꼬리 모양으로 묶었지만, 검푸른색 모직으로 만든 말쑥하고 단순한 디자인의 겉옷을 입고 있지만, 모스카는 린덴 콜라비를 금방 알아보았다. 여행용 망토 밑에 그녀를 숨겨주었던 남자.

모스카의 손가락에서 힘이 빠졌다. 하인이 그녀를 울타리에서 떼어내 그녀가 온 길로 다시 데려갔다. 그녀는 저항할 기운이 없었다. 타마린드가 그런 식으로 말한 것을 원망하지는 않았다. 어떻게 원망할 수 있겠는가? 그래서 그녀는 대신 무거운 고뇌 속에서 자신을 증오했다. 타마린드는 그동안 정말로 중요한 일을 하느라 바삐 움직인 사람이었다. 십중팔구 길드 전쟁과 열쇠장이들로부터 이 도시를 구하는 것과 관련된 일일 터였다. 그런데 모스카가 제멋대로 들어와서 공작 앞에서 미친 사람처럼 고함을 질러댔다. 타마린드가 절대 자기를 만나려 하면 안 된다고 말했는데도. 아까까지는 타마린드를 만나는 것이 유일한 방법인 것 같았지만, 지금은 자신이 모든 것을 망쳐버렸음을 알 수 있었다. 레이디 타마린드는 결코 그녀를 용서하지 않을 것이다.

"괜찮다."

누군가가 그녀의 등 뒤에서 조용히 말했다.

"아이의 목을 조를 필요는 없어. 내가 아이를 데리고 가겠다."

하인이 손을 놓자 두 발로 바닥을 디딜 수 있게 된 모스카는 떨리는 손을 들어 라벤더 하녀가 세심하게 묶어주었던 리본을 똑바로 매만졌다. 그녀는 콜라비의 얼굴을 쳐다보지 않고, 그의 뒤를 따라 여러 개의 문을 통과해 대로로 향했다.

벌집 정원과 법원 앞에 많은 사람이 모여 있었지만, 사람들 뒤의 거리는 거의 텅 비어 있었다. 인적이 드문 곳까지 왔을 때 모스카는 콜라비를 흘깃 훔쳐보았다.

"레이디 다마린드를 위해 일하시는군요." 모스카는 그를 비난하는 것처럼 이 말을 할 생각이 없었다.

"그리고 너는 이포니머스 클렌트 밑에서 일하는 것 같구나." 콜라비가 피로와 약간의 경계심이 깃들인 목소리로 말했다.

"아가씨한테서 들었어요?"

"레이디 타마린드께서 나더러 너를 안전하게 문 밖까지 데려다주라고 하셨다. 너랑 있는 모습을 남이 보면 안 되지만, 순회재판이 끝나면 만날 기회를 마련하겠다고 하시더구나. 그때까지는 예전과 똑같이 하라고 하셨다."

모스카는 작은 희망이 솟아오르는 것을 느꼈다. 아가씨가 그녀를 버리지 않은 것이다. 아마도. 그녀와 클렌트가 순회재판이 끝날 때까지 목숨을 보전할 수 있을까?

"나는 네가 무슨 일을 하는지 모른다." 콜라비가 말을 이었다. "하지만 아가씨께서 아무 이유 없이 무슨 일을 하시는 경우가 거의 없다는 건 알지. 왜 궁정으로 온 거냐, 모스카? 이포니머스 클렌트가 널 보낸 거냐?"

그의 목소리에 살짝 날카로움이 배어 있었기 때문에 모스카는 긴장된 시선으로 그를 바라보았다.

"아저씨는 클렌트 아저씨를 싫어하시는군요."

"그래. 그 사람을 너무 잘 알기 때문에 좋아할 수가 없다. 그러는 너는 네 주인에 대해 얼마나 알고 있니, 모스카?"

모스카는 손끝을 깨물며 고집스럽게 그를 노려보았다.

"난 그냥 당분간 클렌트 아저씨 밑에서 일하고 있는 것뿐이에요. 난 클렌트 아저씨에 대해 아무것도 모르고, 알고 싶은 생각도 없어요."

"모스카……" 콜라비가 말을 멈추고 잠시 눈을 감으며 한숨을 내쉬었다.

"내 말을 안 믿을지도 모르지만, 너한테 경고를 해주는 게 내 의무인 것 같구나. 이포니머스 클렌트는 아주 위험한 사람이야. 그건 내가 잘 알지. 지난 한 달 동안 그 사람의 뒤를 쫓으며 그가 일으킨 재앙을 목격했으니까."

어떤 기억이 떠오르며 모스카의 눈이 휘둥그레졌다. 갑자기 축축하고 썩은 냄새, 비둘기 똥 냄새, 바람에 날려 온 연기 냄새가 코를 다시 가득 채웠다. 콜라비의 이름을 어디서 처음 들었는지 이제야 기억이 났다. 따뜻한 우유처럼 기분좋은 목소리, 젊은 청년의 목소리가 하던 말도……

"처프에 오셨었죠! 치안판사님을 만났죠!" 그녀가 무슨 생각을 하기도 전에 말이 먼저 튀어나왔다.

"마른 돌과 엉겅퀴." 콜라비가 중얼거렸다.

"너의 그 사투리를 어디서 들었는지 궁금했는데. 처프였구나. 그걸 왜 몰랐지? 그럼 너는 방앗간을 태워버린 그 아이겠구나."

모스카가 경악한 표정을 지은 모양이었다. 그가 달래듯이 손을 뻗으며 살짝 웃은 것을 보면.

"괜찮다, 괜찮아. 너의 흉악하기 짝이 없는 범죄 때문에 널 경찰에 넘길 생각은 없으니까. 하지만 도대체 다른 사람도 아니고 네가 어떻게…… 왜 이포니머스 클렌트인 거냐, 모스카?"

'내가 오랫동안 행상들한테서 단어들을 사서 숨겨두고, 그걸 잊지 않으려고 나무껍질 조각에 몰래 새기곤 했으니까요. 그때 클렌트 아저씨가 나타나서 "출현"이니 "영원한 꽃" 같은 단어들을 말했어요. 클렌트 아저씨가 시장에서 화려한 비단을 펼치는 상인처럼 문장들을 펼쳐내는 것도 봤고요. 클렌트 아저씨는 단어와 생각들이 불꽃처럼 춤추게 하는 사람이고, 그 때문에 축축하게 죽어가던 것들이 내 머릿속에서 생생하게 살아났어요. 사람들이 아버지의 책들을 불태워버린 뒤로 그런 적은 처음이에요. 클렌트 아저씨는 신나는 곳에서 가져온 이야기들을 5월제 기둥의 리본장식처럼 몸에 휘감고 처프로 걸어 들어왔어요……'

모스카는 어깨를 으쓱했다.

"클렌트 아저씨는 단어들을 다룰 줄 알아요."

"너 때문에 난리가 났었다. 그렇게 사라져버렸으니. 한동안 사람들은 네가 방앗간 안에서 타죽은 줄 알았지만, 치안판사의 열쇠와 클렌트가 사라진 걸 알고는 생각이 바뀌었지. 고향으로 돌아가거라. 너희 가족들도 그 화재가 우연한 사고였다는 걸 틀림없이 이해해줄 거야. 네가 다시 고향으로 돌아온 걸 무척 반가워할 거다."

모스카는 까마귀가 기침하는 것 같은 소리로 살짝 웃었다.

"우리 삼촌하고 외숙모를 만난 적 없죠?"

콜라비는 모스카의 얼굴을 유심히 들여다보았다.

"그래, 만난 적 없다." 그는 그녀의 가족에 대해 더이상 묻지 않았다.

두 사람은 광장 가장자리에서 걸음을 멈추고 서 있었다. 효수대에서 음산하게 물이 뚝뚝 떨어지고, 교수대의 밧줄이 산들바람에 흔들렸다. 고양이가 쥐구멍 옆에서 잠복하며 꼬리를 흔들 때처럼 참을성 있게.

"왜 그러니, 모스카? 어디 아픈 거냐? 가자. 바람이 차다. 어쨌든 곧 실내로 들어가야 하니까. '소란한 시간'이 되기 전에."

가장 가까운 술집으로 두 사람이 다가갔을 때, 여주인은 이미 덧창을 단단히 닫고 출입문을 닫던 중이었지만 두 사람을 가엾게 여겨 안으로 들어오게 한 뒤 문에 빗장을 걸었다.

술집 안에서는 이야기 소리가 거의 들리지 않았다. 손님들이 모두 천이나 가죽으로 귀를 막은 것이 한 가지 이유였다.

조금 떨어진 곳에서 종소리가 연달아 빠르게 울렸다. 저녁식사를 알리는 종소리와 그리 다르지 않은 소리였다.

"아, 저건 착한 부인 윈터블라섬의 팡파르 같은데." 콜라비가 중얼거렸다.

"착한 부인 윈터블라섬은 항상 먼저 말하는 걸 좋아하지. 다른 사랑받는 자들도 곧 뒤를 따를 거야. 어쨌든, 그럭저럭 우리끼리만 이야기할 수 있게 된 것 같구나. 아무도 우리 얘기를 듣지 않고 있으니까."

콜라비가 모스카를 향해 미소를 지었다. 귀를 막지 않을 만큼 대담한 사람들 축에 끼었다는 것이 묘하게 짜릿했다.

"아저씨는 왜 클렌트 아저씨를 뒤쫓은 거예요?"

"레이디 타마린드의 분부로 롱 퍼싱에 일을 보러 갔을 때 클렌트의 이름을 처음으로 들었다. 십여 명의 상인들에게 거의 파산할 정도로 엄청난 빚을 남기고는 밤사이에 사라져버렸더구나. 바로 그날 밤에 클렌트가 두 달치 집세를 밀렸던 집주인이 자기 집 우물에 빠져 죽었지. 나는 그 죽은 사람의 아들에게 혹시 클렌트의 소식이 들리거든 귀담아들어두겠다고 약속했다. 그 약속 때문에 클렌트의 뒤를 쫓느라 여관과 촌락을 전전하며 자꾸 곁길로 새게 됐지. 그런데 처프에서 클렌트를 놓쳤다…… 맨들리온으로 돌아와서야 클렌트가 이미 여기 와 있다는 걸 알게 됐지."

모스카는 끈기 있게 클렌트를 추적하던 콜라비의 코앞에서 자신이 클렌트를 낚아챈 꼴이 됐다는 생각이 들었다. 얼굴이 따끔따끔 쑤시기 시작하더니, 그 느낌이 얼굴 전체로 번져나갔다.

"그 사람 손에는 피가 묻어 있다." 콜라비가 조용히 덧붙였다. "아직 증거를 찾지는 못했지만, 틀림없이 증거가 있을 거다."

모스카는 아무 말도 못한 채 흑요석처럼 단단하고 반짝이는 눈으로 그를 지켜보았다. 콜라비가 그녀를 향해 몸을 기울였다.

"모스카, 제발 내 말 잘 들어라. 겉과 속이 똑같은 사람은 하나도 없어. 특히 여기 맨들리온에서는. 매일 봐서 몸짓 하나하나가 새들의 노랫소리만큼 친숙해진 사람이라 해도, 그 사람이 어떤 사람인지는 여전히 알 수 없는 법이다.

내가 이야기를 하나 해주면 네가 더 쉽게 이해할지도 모르겠구나. 너도 알다시피 이십 년 전에 새잡이들이 사람들에게 쫓겨 몸을 숨겼다. 그러다가 잡힌 새잡이들은 교수형이나 화형을 당했지. 한 교구에서는 신도들이 매년 교회에 모여 새잡이들에게 승리를 거둔 날을 축하하기도 했다. 어느 날 밤 그 축하행사가 절정에 이르렀을 때, 누군가가 연기 냄새를 맡고는 교회에 불이 붙었다는 걸 알아챘다. 하지만 아무도 손을 쓸 시간이 없었어. 불꽃이 순식간에 지하실에 저장해둔 화약에 닿았거든. 나중에 몇 명 안 되는 생존자들은 납골당 청소부로 일하던 남자가 사 년 동안 화약을 사서 몰래 교회로 들여왔다는 걸 알게 되었다. 그 사람은 복수의 기회를 기다리던 새잡이였는데, 아무도 그걸 짐작조차 못했던 거야."

콜라비가 일그러진 미소를 지었다.

"나는…… 그 일을 잘 기억하는 편이다. 화약이 폭발할 때 우리 아버지가 실종되셨거든. 그 사건이 나라는 사람을 만들었다고 해도 될 거다."

"우리 아버지는 그냥 어느 날 갑자기 돌아가셨어요. 머리가 아프다면서 서재로 들어가셨는데, 제가 진한 수프를 들고 들어갔더니 이미 돌아가셨더라고요. 그래서 저는 차임스 가마로 가서 숨었어요. 사람들이 아버지의 책을 불태울 줄 알았으면 절대 서재를 떠나지 않았을 거예요. 전부 태웠어요…… 전부. 아직 읽지 못한 책이 대부분이었는데."

모스카는 얼굴이 일그러지는 것을 막으려고 인상을 찌푸렸다.

"아버지의 물건 중에 지금도 가지고 있는 게 있니?"

"아버지의 곰방대가 있었어요."

모스카는 젠 베셀의 손에 들어가 있는, 이빨 자국이 많이 난 곰방대를 안타깝게 생각하며 코를 훌쩍거렸다.

"저는 그 곰방대 자루를 잘근잘근 씹곤 했어요. 그러면 아버지의 담배연기 맛이 났으니까. 머릿속으로 아무리 생각해도 아버지 목소리를 만들어낼 수 없었어요. 그러니까 어떤 사람과 아주 잘 아는 사이라면 머릿속으로 그 사람이 내가 듣고 싶어하는 말을 해주는 것처럼 상상할 수 있잖아요. 저는 팰피태틀한테서는 언제든 듣고 싶은 말을 들을 수 있는데, 아버지한테는 그게 안 돼요. 그래도 아버지의 담배연기 맛을 느낄 때면 아버지가 내 옆 책상에 앉아 있는 것 같았어요. 우리 둘 다 너무 바빠서 이야기를 하지 않을 뿐이지 저는 책을 들고 서재에 앉아 있고, 머리도 잘 돌아가요…… 아버지는 처프를 좋아하시지 않았어요. 그건 확실해요."

"거긴 학문을 하는 사람이 있을 만한 곳이 아니지. 네 아버지가 그런 사람이었다면."

"아버지는 그보다 훨씬 뛰어난 사람이었어요." 모스카가 은밀하고 경계심 어린 시선으로 콜라비를 바라보았다. "우리 아버지는 퀼럼 마이예요."

"퀼럼 마이!" 콜라비가 눈썹을 한껏 추켜올렸다. "퀼럼 마이의 딸이라니!"

그는 의자에 등을 기대고 그녀를 뚫어지게 바라보았다. 그동안 술집 문 너머의 거리에서는 종(鐘)들이 신이 나서 차례로 목소리를 높였다.

"'나는 논쟁 때문에 맨들리온을 떠날 수밖에 없었다.' 아버지가 저한테 해주신 말은 이게 전부예요." 모스카가 말했다. 수줍기도 하고, 경계를 해야 할 만큼 중요한 사람이 된 것 같기도 했다.

"네 아버지를 한 번 뵌 적이 있어!"

콜라비가 다시 앞으로 몸을 기울였다. 밖에서 쇠로 만든 혀들이 혼돈을 만들어내고 있었기 때문에 그는 고함을 질러야 했다.

"그 '논쟁'이 정점에 이르렀을 때, 모스카! 난 열 살이었는데, 수많은 사람들과 함께 거리를 뛰고 있었지. 출판업자들이 퀼럼 마이를 체포하려고 사람을 풀 거라는 소리를 들었거든. 수백 명이나 되는 사람들이 뛰고 있었기 때문에, 서로의 몸에 눌려서 숨쉬기도 힘들 정도였어."

모스카는 탁자 맞은편을 향해 몸을 기울이며 그의 말을 더 잘 들으려고 손을 오므려 귀에 갖다댔다.

"그분의 집에는 불이 꺼져 있었다. 자기랑 같이 체포되지 않게 하인들도 미리 내보낸 뒤였지. 우리가 도착했을 때, 출판업자 길드의 마차 한 대가 문 앞에 있었다. 그분이 전혀 두렵지 않은 표정으로 나와서 마차에 올라탔지만 우리는……"

콜라비가 얼굴을 움찔거리며 미소를 짓더니 귀를 반쯤 막았다. 모스카의 귀에는 이제 그의 말이 토막토막 들어올 뿐이었다.

"……놈들이 그분을 죽이려고 데려간다는 걸 알고 있었다…… 사람들이 마차로 몰려들었어…… 마부를 던져버리고, 말을 떼어내고…… 우리가 직접 마차를 끌고 갔지…… 안전한 곳으로…… 창문을 통해 그분의 얼굴을 봤다…… 수백 명이나 됐어, 모스카! 수백 명…… 모두 그분의 이름을 외치며……"

사람들의 손에 이끌려 맨들리온의 거리를 지나던, 그때는 영웅이던 아버지. 처프의 무딘 적의 속에서 죽어가던 아버지. 처프에서는 그가 어떤 사람이었는지 아무도 몰랐다.

술집 문 밖에서 수많은 종들이 귀에 거슬리는 소리를 내며 방패를 서로 부딪치는 군대처럼 논쟁을 벌이고 있었다. 그 소리가 콜라비의 말을 집어삼켰지만, 모스카는 그가 여전히 손짓을 하며 뭐라고 고함을 지르는 것을 볼 수 있었다. 기억이 불러온 흥분 때문에 그의 눈이 밝게 빛났다.

"죄송해요!" 그녀가 소리쳤다. 콜라비가 자신의 말을 들을 수 없다는 것을 알면서도. "아저씨한테 모든 얘기를 다 하고 싶어요, 그러고 싶지만 그럴 수가 없어요!"

콜라비는 여전히 뭐라고 말을 하고 있었다. 아까보다는 조금 우울한 기색이었다. 그의 눈빛은 진지하면서도 조금 슬퍼 보였다. 그녀의 얼굴에서 고뇌를 조금 알아채기라도 한 것처럼.

"이미 너무 늦었어요!" 그녀가 말을 계속했다. "저는 클렌트 아저씨가 늑대 친척 같은 사람이라는 걸 몰랐어요. 하지만 지금은 저도 이미 피 속에 몸이 깊이 빠져 있어요."

콜라비는 말을 멈추고 마치 움찔거리는 것처럼 살짝 웃음을 터뜨리더니 자기 귀를 막았다.

"지금은 차마 아저씨한테 말할 수가 없어요. 어쩌면 제가 이번 일을 무사히 넘길 수 있을지도 모르니까. 퀼럼 마이의 딸이 무슨 짓을 저질렀는지 아저씨는 절대 알 필요가 없을지도 모르니까. 죄송해요, 콜라비 아저씨, 죄송해요, 죄송해요……"

그녀는 시끄러운 종소리가 점점 잦아드는 동안 가만히 앉아서 콜라비를 뚫어지게 바라보았다. 착한 남자 보니페이스의 묵직한 종소리가 종 울리는 시간이 끝났음을 알렸을 때, 그녀는 귀에 대고 있던 손을 떼고 일어섰다.

"이제 클렌트 아저씨한테 가봐야 돼요, 콜라비 아저씨."

"모스카…… 혹시 클렌트의 계획에 대해 조금이라도 알게 되거든, 아니면 혹시 내 도움이 필요해지거든, 제발 부탁이니 내 커피하우스로 와서 나를 찾아라. 이름은 궁지에 몰린 암사슴이야. 이번 일을 혼자 어떻게 해볼 생각은 하지 마."

모스카는 콜라비의 얼굴을 똑바로 볼 수 없었다. 파트리지 살인사건이라는 비밀이 그녀를 이포니머스 클렌트에게 확실히 묶어둔 것 같았다. 보커비가 두 사람을 결혼시켰다 해도 그 정도는 아니었을 것이다. 모스카는 말없이 술집에서 걸어 나왔다.

O는 Oath 서약

콜라비와 이야기를 나눈 뒤 꼬박 사흘 동안 모스카는 덜 외로웠다. 그것은 기묘하고, 수줍고, 새로운 감정이었지만, 그녀는 그 감정에 대해 너무 깊이 생각하지 않기로 했다. 혹시 그 아름다운 색채가 닳아서 없어져버릴지도 모르니까.

힘든 시기였다. 클렌트는 모스카와 함께 있는 것이 불편한 모양이었지만, 그녀를 자신에게서 멀리 떼어놓지 않으려 했다. 그는 모스카에게 수없이 많은 심부름을 시키면서 서둘러 갔다오라고 쏘아붙이곤 했다. 오랫동안 밖에 나가 있다가 돌아와보면 그는 방 안을 서성이고 있었다. 하지만 그녀가 예상보다 일찍 돌아와도 그는 짜증스러운 표정을 지었다. 그러면서 책상 가장자리가 하프시코드라도 되는 듯이 손가락으로 빠른 템포의 소나타를 연주하기 시작했다.

모스카는 그에게 대거리할 수 없었다. 그가 두려웠기 때문에 안전을 위해 자신의 궤짝 위에서 사라센과 함께 잠을 잤다. 한시라도 도망칠 생각을 안 한 적이 없지만, 그가 자신의 뒤를 쫓아와서 입을 막아버리거나, 파트리지의 죽음을 어떻게든 그녀의 탓으로 돌릴 것 같았다. 게다가 사라센 없이 혼자서는 도망칠 수 없는데, 클렌트는 '안전을 위해서'라며 그녀가 심부름을 나가 있는 동안 사라센을 작은 방에 가둬두었다.

"여기서 당분간 조용히 지내자." 클렌트는 매일 이렇게 말했다. "그러면서 레이디 타마린드의 답장을 기다리는 거야."

레이디 타마린드의 답장이 오지 않을 것임을 알고 있는 모스카는 클렌트의 명령으로 거리로 나갔다. 거리에는 열쇠장이들의 체포 소식과 고속의 도주 소식에 관한 갖가지 소문이 들끓었고, 사람들은 흥분했다가, 겁을 냈다가, 소문을 의심하다가, 화를 내곤 했다. 그녀가 신문을 가지고 돌아오면, 클렌트는 혹시 길드 전쟁의 조짐이 보이지 않는지 신문을 샅샅이 훑어보곤 했다.

어느 날 아침, 전날 밤에 제지공장에서 발생한 화재 소식이 모든 신문에 대문짝만 하게 실려 있었다.

"아라마이 고속의 첫 번째 움직임이군." 클렌트가 중얼거렸다.

"이건 아마 출판입자들한테 보내는 경고일 기다. 내가 생각했던 대로, 고속은 열쇠장이들이 체포된 걸 출판업자들의 탓으로 돌리고 있어. 그래서 출판업자들에게 겁을 줘서 그들이 직접 열쇠장이들의 사면을 주선하게 하려는 거다. 쓸데없는 짓이야, 쓸데없는 짓."

여러 날이 지나고, 열쇠장이들의 재판 날짜가 가까워졌지만, 사면 소식은 전혀 들려오지 않았다.

"부엌으로 뛰어 내려가." 때로 클렌트는 이렇게 말하곤 했다. "틀림없이 현관문이 쾅 하고 닫히는 소리가 들렸다. 경찰관이 다시 온 건지 알아봐. 만약 그렇다면, 그 커다란 귀에 힘을 잔뜩 주고 한마디라도 물어 와라. 그리고…… 서둘러서 곧장 돌아와."

그러면 모스카는 살금살금 계단을 내려가 부엌문 뒤에서 몸을 웅크리곤 했다. 발걸음 소리가 들리면 즉시 도망칠 준비를 갖추고서. 대개는 케이크가 케이크를 만드느라 접시 부딪치는 소리밖에는 들리지 않았다. 케이크는 클렌트가 지은 캡틴 블라이드의 민요와 아주 흡사하게 들리는 노래의 한 소절을 부르고 있었다. 때로는 바람이 한 줄기 불어와 현관문이 열려 있음을 깨닫게 되는 경우도 있었다. 그럴 때는 케이크가 넝마주이의 뗏목에 타고 있는 행상인과 옥신각신 값을 흥정하는 소리가 들려오곤 했다.

모스카는 몇 시간 동안이나 창턱에 앉아 창문에 몸을 꼭 붙이고 많은 남녀들이 불안하거나, 술에 취하거나, 흥분한 모습으로 결혼의 집을 향해 다가오는 것을 지켜보았다. 몇몇 신부들은 배가 좀 둥글게 부풀어 있는 것 같았다. 대개는 망토로 배를 감추려고 애를 썼지만 말이다.

"예배당으로 뛰어 내려가." 문이 열리고 남녀가 들어오면, 클렌트는 이렇게 말하곤 했다. "가서 저 사람들 중에 반지를 교환할 때조차 장갑을 벗지 않는 사람이 있는지 살펴봐."

그래서 모스카는 그가 열쇠장이들의 추적을 두려워하고 있음을 깨달았다.

하지만 어느 날, 벌써 열세 번째 클렌트의 명령을 받아 이야기를 엿들으러 부엌으로 내려간 모스카의 귀에 정말로 경찰관의 목소리가 들렸다. 그는 결혼의 집에 낯선 사람들이 찾아온 적이 있는지 묻고 있었다.

"아, 결혼식에 대해 물어볼 것이 있다며 오는 사람들이 있죠." 케이크가 말했다. "하지만 실제로 결혼할 사람들이 아니라면 절대 이 안에 못 들어와요. 그리고 저 뒷방에는 결혼식이 끝난 뒤 이곳에서 숙박하는 행복한 부부들뿐이에요."

케이크는 이것이야말로 세상에서 가장 낭만적인 일이라고 생각하는 모양이었다.

"그 사람들 이름은 전부 등록부에 적혀 있어요. 그러니까 보커비 씨와 저, 그리고 등록부에 기록된 사람들 외에는 이 집 안에 아무도 없어요."

"장기 투숙객들도 있잖아." 경찰관이 말했다.

"아, 예, 그 사람들도 있죠."

뭔가가 매끄럽게 철썩거리는 소리가 났다. 케이크가 손님을 위해 와인 밀크를 만들려고 거품을 내고 있는 것 같았다.

"그…… 손님들 말인데, 그 사람들이 거위를 갖고 있니?"

"그럼요, 갖고 있죠. 하얗고, 통통하고, 잘생긴 놈이에요. 그렇게 큰 거위는 처음 봤어요. 그런데 그건 왜요?"

"그냥 오늘 아침에 조금 소란이 있어서. 그 두 사람이 파트리지라는 남자 얘기를 한 적 없어?"

"제가 기억하는 한, 제 앞에서는 한 적 없어요." 케이크가 느릿

느릿 말했다.

"하지만 생각해보니, 그 이름을 한 번 얼핏 들은 것 같기는 해요. 그 두 사람이 있는 문 앞을 지나다가요. 저는 귀를 항상 닫아두기 때문에 일부러 사람들 말을 엿들으러 돌아다니지는 않지만, 두 사람이 항상 서로에게 고함을 질러대는 게 제 탓은 아니잖아요. 하지만 어쩌면 두 사람이 파이나 뭐 그런 데에 넣을 파트리지* 이야기를 한 건지도 모르겠어요."

"넌 옆방에서도 들릴 만큼 고함을 질러대며 요리 이야기를 자주 하나보지?"

"아뇨, 그렇지는 않지만……"

"지금 클렌트 씨가 여기 있니?"

"그럴걸요. 오전에는 대개 여기 있어요."

"그럼 내가 한번 만나봐야겠군."

갑자기 의자 다리가 바닥에 긁히는 소리가 났다. 누군가가 서둘러 일어선 것 같았다.

"저건 뭐지? 복도에서 뭔가가 바스락거린 것 같은데."

"아, 그건 제가 느림보 착한 남자 펄크의 예배당에 말리려고 매달아 놓은 루나리아 다발에서 나는 소리일 거예요. 씨앗주머니가 터질 때는 꽤 큰 소리가 나요."

물론, 경찰관이 부엌문을 열고 복도를 위아래로 훑어보았을 때에는 복도에 아무도 없었다. 느낄 수도 없을 만큼 약한 바람 속에

* 목도리뇌조.

서 부드럽게 흔들리는 루나리아 다발들 외에는 움직이는 것이 전혀 없었다. 경찰관은 복도를 걸어 내려가 맨 끝의 문을 두드렸다. 누군가가 차분한 목소리로 대답하자 그는 문을 살짝 조금만 열었다. 클렌트가 혼자 있었다. 클렌트는 창가의 의자에서 시적인 추상에 빠진 것 같은 자세로 쉬고 있었다. 종이 두루마리 하나가 한쪽 무릎에 둥글게 펼쳐져 있었고, 엄지와 검지 사이에는 깃털펜 하나가 섬세하게 갇혀 있었으며, 시선은 도시의 상공을 떠돌고 있었다. 마치 구름들이 그에게 비밀을 들려주는 것 같았다.

경찰관에게 시선을 돌린 그가 자리에서 일어나 우아하게 허리를 숙여 인사하며 살짝 눈을 깜박였다. 마치 평범하고 세속적인 것을 보기 위해 눈의 초점을 다시 맞춰야 하는 것처럼.

"죄송하기 짝이 없습니다. 저는 보커비의 하녀가 차를 가지고 온 줄 알았습니다. 앉으시지요."

경찰관은 이 방 안의 유일한 의자에 앉았다.

"선생이 데리고 있는 여자아이는 여기 없습니까?"

"아, 예, 잉크를 사오라고 심부름을 시켰습니다."

"애석하군요. 그 아이를 꼭 만날 일이 있는데. 상관없습니다. 위커백 포인트에서 시체로 발견된 사람의 이름을 알아냈습니다. 혹시 호크 파트리지라는 이름을 들어보신 적이 있습니까?"

클렌트는 눈썹을 추켜올리고는 잠시 생각에 잠긴 표정을 지었다.

"어디서 들어본 것 같기는 합니다만, 생각의 고리가 제멋대로 떠다니면서 어딘가에 걸릴 생각을 안 하는군요."

"뱃사공들은 그물에 걸려서 발견된 그 한심한 작자가 부두에서

운행하는 거미 배의 칼에 찔렸을까봐 걱정이 돼서 죽은 남자의 인상착의를 돌렸습니다. 혹시 누가 그 작자를 알아볼까 해서 말이죠. 물에서 건져올렸을 때에는 그 작자가 강물 때문에 온통 퍼렇고 흉측하게 변해 있어서 좀 힘든 일이었죠. 제 말이 무슨 뜻인지 아실 겁니다. 하지만 그 작자 손목에 작은 흉터가 있더군요. 바로 여기에."

경찰관이 자기 소맷부리를 잡아올리고 손목뼈 끝을 문질렀다.

"아주 특이한 흉터라서 부두의 짐꾼 한 명이 바로 그런 흉터가 있는 바지선 선장을 본 적이 있다는 기억을 해냈습니다."

클렌트는 참을성 있고 정중한 표정을 지었다. 마치 고상한 시를 짓는 작업이 그를 부르고 있지만, 지금은 그 부름을 듣지 않으려고 애쓰고 있다는 듯이.

"그래서 우리가 드래그맨의 아치로 내려갔죠." 경찰관이 말을 계속했다.

"그래서 그 바지선 선장이 한 일주일 전부터 안 보였다는 걸 알게 됐습니다. 그 배의 일등 항해사가 '눈 큰 청어'에서 도르래 일을 하고 있다고 하더군요. 그래서 우리가 눈 큰 청어로 가서 일등 항해사를 찾았는데, 제 부하가 그 작자의 주의를 끌려고 어깨에 손을 얹었더니, 그 작자가 눈 깜짝할 사이에 시선을 들어 우리가 공작님의 제복을 입고 있는 걸 보고는 제 머리에 자기가 먹고 있던 스튜를 던지지 뭡니까. 싸움에는 아주 타고난 작자였습니다. 우리 쪽에서 세 사람이 그 작자의 가슴을 타고 앉았을 때에야 비로소 그 작자한테서 제대로 된 이야기를 들을 수 있었으니까요.

그 작자는 우리가 자기를 밀수 혐의로 체포한 줄 알았다고 하더군요. 그래서 아주 영혼이 시커멓게 될 정도로 욕을 해대면서, 자기를 밀고했다고 짐작되는 두 사람에게 저주를 퍼부어댔습니다. 그 작자 말로는, 바지선 선장이 그 두 사람을 켐프 티터링에서 승객으로 태웠다더군요. 그 작자가 한 말을 정확히 옮기자면, 아마 '변호사처럼 번지르르하고 거만한 독사 같은 놈과 진짜 눈썹 같지 않은 눈썹이 있는 흰족제비 같은 여자아이'였을 겁니다."

클렌트는 자신을 이처럼 불쾌하게 묘사한 말을 듣고 기분 나쁘다는 듯이 몸을 살짝 움직였다. 순간적으로 그의 눈에 정말로 은밀하고 독사 같은 표정이 떠올랐다.

"그 작자는 또 거위 얘기도 했습니다."

경찰관은 바닥을 의미심장하게 바라보았다. 바닥에는 사라센이 털을 고를 때 떨어진 자그맣고 하얀 깃털과 연한 색의 배설물 덩어리가 흩어져 있었다.

"가치를 따질 수 없는 새들이죠." 클렌트가 밝은 미소를 지으며 말했다. "집을 지키는 데에는 커다란 맹견보다 훨씬 낫습니다."

"클렌트 씨." 경찰관이 양손으로 무릎을 짚고 몸을 앞으로 기울였다.

"제 입장을 이해해주셨으면 합니다. 저는 레이디 타마린드를 위해 일하는 신사분을 괴롭힐 생각이 전혀 없습니다. 아가씨의 이름에 누가 될 수도 있는 스캔들을 일으킬 생각도 없고요. 하지만 선생이 이 파트리지라는 사람을 알고 있으며, 그가 하는 일에 대해 상당히 많은 것을 알고 있었다고 분명히 확신합니다. 이제 도저히 무시해버릴 수 없을 만큼 일이 심각해졌어요.

그래서 말인데, 클렌트 씨, 여쭤볼 것이 있습니다. 아마 선생께서도 제가 뭘 물어볼지 알고 계실 겁니다."

경찰관은 뒤로 물러나 앉아 팔짱을 끼고 공들여 무표정을 유지하고 있는 클렌트를 마뜩찮다는 듯이 바라보았다.

"성상들을 녹여서 탄알을 만든 사람이 누굽니까?"

이 질문이 너무 뜻밖이었기 때문에 클렌트의 포커페이스가 무너졌다. 그는 정말로 놀라서 움찔했다.

"정말 죄송합니다만…… 조금 자세히 설명해주시면…… 저는 조금…… 뭐라고요?"

"우리는 일단 그 일등 항해사에게 수갑을 채운 뒤, 나머지 선원들을 추적했습니다. 대부분의 선원들은 입을 열지 않았지만, 제일 어린 녀석이 입을 열었죠. 밀수한 화물을 물가의 옹기장이 집에 내려놓았다더군요. 우리는 그 집을 샅샅이 뒤져서 마룻널 밑에서 거의 백사십 개나 되는 성상들을 찾아냈습니다. 아시다시피 대부분의 성상들은 속이 납으로 되어 있죠. 그래야 사당에 세워놓았을 때 바람에 날아가지 않으니까요. 전쟁 중에 탄알을 만들려고 납을 모조리 녹여버렸으니, 지금 납을 찾을 수 있는 곳은 아마 성상들밖에 없을 겁니다. 마룻널 밑에는 당연히 탄알 거푸집과 제련도구도 있었죠. 우리의 고귀한 공작님께서 쌍둥이 여왕님들을 겨냥해서 음모를 꾸미고 있는 악마 같은 급진파의 주동자들을 찾고 있다는 걸 모르는 사람이 없습니다…… 그래서 우리는 탄약을 만들던 그 녀석들이 그 음모와 관련되어 있을지도 모른다고 생각하고 있습니다."

"경관님, 저는 방금 씨앗주머니에서 터져 나온 애송이 완두콩처럼 이 일에 대해 아는 게 전혀 없습니다. 제가 비서와 함께 켐프 티터링에서부터 한동안 바지선을 타고 여행한 건 사실입니다. 만약 경관님께서 그 배의 선장 이름이 호크 파트리지라고 말씀하신다면, 저도 반박하지 않겠습니다. 하지만 우리가 그의 검은 거래에 대해 알고 있었다고 일등 항해사가 제멋대로 상상했다면, 저로서는 그자가 망상에 빠져 있다고 말씀드릴 수밖에 없습니다."

경찰관은 천천히 고개를 끄덕였지만, 만족한 기색은 아니었다.

"좋습니다, 클렌트 씨." 그가 자리에서 일어섰다.

"시간이 지나면 선생께서 이 파트리지라는 친구에 대해 더 많은 것을 기억해낼지도 모르죠. 그러면 저한테 말씀해주시기 바랍니다. 그리고 비서가 돌아오거든, 그 아이를 저희 초소로 데려와주시면 감사하겠습니다. 물어볼 것이 있어서요. 파트리지가 사라진 다음 날, 그 아이가 파트리지의 배에 타서 선원 한 사람과 이야기를 나누는 것을 본 사람이 있거든요."

경찰관이 방을 나가는 동안 클렌트는 꼼짝도 하지 않았다. 현관문이 닫힐 때까지도 그대로 가만히 있다가 발끝으로 살금살금 잽싸게 창가로 다가가 거리를 내다보았다. 그의 몸집 때문에 발끝으로 걷는 모습이 우습기 그지없었다. 그는 경찰관이 정말로 결혼의 집에서 나간 걸 확인한 뒤에야 침대를 덮고 있던 외투를 홱 잡아챘다. 그 안에 웅크리고 있던 모스카의 모습이 드러났다. 그녀는 단춧구멍으로 밖을 내다보며 두 사람의 이야기를 듣고 혼란스러워하고 있었다.

클렌트의 눈이 아주 밝게 빛났다. 그의 희미한 미소를 본 모스카는 그가 스트레스에 시달린 나머지 미쳐버려서 갑자기 자기를 죽이려 할지도 모른다는 생각이 들었다.

"알겠니?" 그가 손가락 하나를 들어올리며 물었다.

모스카는 손가락을 바라보다가 다시 그의 얼굴을 바라보았다. 그러고는 손가락이 가리키고 있는 천장을 올려다보다가 다시 클렌트를 바라보았다.

"희미한 빛이 나타난 거야. 우리가 걷고 있던 어두운 동굴에서 탈출할 수 있다는, 아주 가느다란 희망이 나타난 거라고. 내 생각엔 말이다, 이게 바로 탈출구다. 네가 잠시만 아무 소리도 내지 않고 가만히 있으면, 내가 탈출구를 찾아내마."

그는 눈을 감았다. 그의 손이 살짝 움직였다. 마치 그가 정말로 바위벽을 더듬으며 갈라진 틈이나 구멍을 찾고 있는 것처럼.

모스카는 뺨을 빵빵하게 부풀리고 숨을 참았다. 치맛자락이 바스락거릴까봐 감히 움직일 수가 없었다.

"찾았다."

클렌트의 눈이 반짝 떠졌다. 그의 표정은 광적이었지만 기쁨에 차 있었다.

"틈이 아주 좁기는 하지만, 의지와 용기가 있으면 우리가 빠져나갈 수 있을 것 같다. 다시 얼굴에 햇빛을 받게 될 거야. 잘 들어라. 일주일 전에 너는 호프우드 퍼텔리스가 그 반역적인 가르침으로 어린아이들의 정신을 오염시키는 걸 봤다. 맞지? 너는 이 나라의 착하고 충성스러운 어린이이기 때문에 그 악당이 어디로 가는지 보려고 뒤를 쫓아가서 그 녀석이 우리 친구 파트리지와 대화를 나누다가 파트리지에게 돈이 든 지갑을 주고 함께 어디론가 가는 걸 본 거다."

"하지만 그건 사실이 아니……"

"그걸 네가 어떻게 알겠니? 그런 비슷한 일이 일어났을지도 모르지. 십중팔구 일어났을 거다. 만약 파트리지가 퍼텔리스한테 직접 납 탄알을 팔지 않았다면, 아마 퍼텔리스의 패거리 중 한 명에게 팔았을 거다. 믿음을 가져. 이야기가 얼마나 완벽하냐. 모든 게 제일 좋은 쪽으로 마무리되잖아. 파트리지가 급진파를 협박하려다가 그놈들 손에 죽은 걸로 하자. 경찰관은 급진파의 음모를 밝혀내고 살인사건까지 해결했다며 우쭐거릴 수 있고, 우린 안전해지는 거야."

"하지만 퍼텔리스 선생님은……"

"급진파다. 그 녀석은 십중팔구 아기 공주님들을 군밤처럼 굽는 꿈을 꾸며 밤을 보낼 거야."

왠지 그럴 것 같지는 않았다. 모스카는 당황한 표정을 짓던, 퍼텔리스의 샘처럼 파란 눈을 떠올리며 자신의 생각을 설명할 말을 찾으려 했다.

"퍼텔리스 선생님은 으스러진 달팽이들을 다시 한데 모으려는 거예요." 그녀가 할 수 있는 말은 이것뿐이었다.

"그럼 틀림없이 미친놈이네." 클렌트가 자신 있게 대답했다.

"어쨌든, 그게 무슨 상관이냐? 그놈은 어차피 반역 혐의로 교수형을 당하게 되어 있어. 살인사건을 하나 덧붙이더라도 그놈 처지가 더 나빠지지는 않을 거다. 지금 우리는 너무 위험한 처지라서 그런 일에 일일이 신경 쓸 여유가 없다."

소름이 끼치는 일이긴 해도 클렌트의 말에 일리가 있는 것은 사실이었다. 모스카는 대답할 말을 찾을 수 없었기 때문에, 클렌트가 외투를 입고 가발을 매만질 때에도 아무 말도 하지 않았다.

"자, 우리가 구원받을 길이 나타났는데 그렇게 엄숙한 표정을 짓다니. 얘야, 네가 께름칙해하는 걸 이해는 한다만, 날 믿어라. 네 이야기가 사실이 아니라는 걸 증명할 수 있는 사람은 하나도 없어. 아니, 증명하려고 하지도 않을걸. 가자. 우리가 꾸물거리면 무슨 음모를 꾸미고 있는 것처럼 보일 거야."

모스카는 몽유병자처럼 클렌트의 뒤를 따라 거리를 걸었다. 사실 그게 그렇게 엄청난 거짓말일까? 게다가 달리 선택의 여지도 없지 않은가? 클렌트는 만약 교수형을 당하게 된다면, 기어코 그녀도 자기와 나란히 교수대에 매달리게 만들 것이다. 갑자기 모스카는 콜라비에게 모조리 털어놓을 걸 그랬다는 생각이 들었다.

"저걸 봐라." 클렌트가 다리 근처에서 민요집을 팔고 있는 상인을 지팡이로 가리키며 숨죽여 중얼거렸다.

"내가 캡틴 블라이드에 관한 민요를 한 편 썼더니, 이제는 온갖 싸구려 삼류 작가들이 그 친구에 관한 노래를 쓰고 있다. 그 노래들에 나오는 말이 전부 사실이라면, 우리의 가엾은 친구 블라이드는 깨어 있는 동안 한시도 쉬지 않고 못된 구애자들에게서 아가씨들을 지켜주고, 굶주리는 거지에게 돈을 주고, 빚에 시달리는 농부들이 감옥으로 끌려가지 않게 관리의 손에서 도망치는 걸 도와주느라 정신이 없다는구나. 게다가 그 와중에도 모든 아가씨와 귀부인들에게 완벽한 신사의 모습까지 보여주고 말이야. 그 친구가 언제 시간이 나서 자기 말을 단장하고, 가보트를 연습하는지 모르겠다."

클렌트는 기적처럼 다시 기분이 좋아진 것 같았다.

"모스카, 돌아가는 길에 새 깃털펜 몇 개를 사야 한다고 반드시 나한테 알려줘야 한다. 네가 써달라던 편지를 쓸 마음이 생겼으니까. 널 레이디 타마린드에게 추천하는 편지 말이다. 너를 다이아몬드처럼 순수하고 진실한 영혼을 가진 충성스러운 사람으로 묘사했으면 좋겠니, 아니면 재치 있고, 적응력이 뛰어나고, 기민한 녀석으로 묘사했으면 좋겠니? 어쨌거나, 내가 틀림없이 그 두 가지를 하나로 합칠 수 있을 거다. 정말로 신기한 일이지만…… 아무래도 네가 정말로 보고 싶어질 것 같다, 모스카."

옹기장이의 벽돌 가마 옆에서 광대뼈에 손마디 모양의 석탄 얼룩이 묻은, 부랑아 같은 생김새의 소년이 걸음을 멈추고 모스카가 지나가는 것을 지켜보았다. 이글이글 불이 타고 있는 통을 긴 집게로 잡고 있다는 사실도 까맣게 잊어버린 채. 그는 뭔가 잉심을 품은 것 같은 표정이었다.

"지금 이런 말을 하는 게 이상하지만……" 클렌트가 말을 이었다. "한때는 네가 옆에 있는 것이 짐이 될 거라고 생각하기도 했다. 지금 고백하건대, 그건 완전히 잘못된 생각이었다. 너는 네 나이와 보잘것없는 교육 수준을 훨씬 뛰어넘는 가치가 있다는 걸 증명했으니까. 네가 레이디 타마린드를 위해 일하겠다는 결심이 그렇게 굳지 않았다면…… 아, 하지만 그 높다란 성이 너의 가장 소중한 꿈이라는 건 나도 잘 알고 있다."

회색 동쪽탑이 저 멀리서 쉿 하고 입술에 댄 손가락처럼 솟아 있었다. 가발가게의 어두운 문간에서 구부러진 노란색 보닛을 쓴 소녀가 그 탑을 흉내내듯 입술에 손가락을 대며 남동생에게 조용히 하라고 말하더니 거리 맞은편의 모스카를 가리키면서 뭐라고 속삭였다.

"나는 수도를 다시 보고 싶다는 생각이 드는구나. 워낙 유명인사라서 여기저기서 찾는 사람이 많다는 건 정말 좋은 일이지만, 때로는 그냥 무지갯빛으로 반짝이는 커다란 물고기떼 속의 작은 피라미 한 마리가 되는 편이 더 편안하기도 해. 레이디 타마린드 곁에서 확실히 자리를 잡거든, 넌 틀림없이 그렇게 될 거라고 믿어 의심치 않는다만, 그렇게 되거든 레이디 타마린드한테 수정궁을 보고 싶으니 수도에 데려가달라고 해라. 수정궁의 수많은 창문들은 전부 네 손가락보다 얇고, 그 안에는 바닥에 무지갯빛 보석 같은 빛을 던지도록 세심하게 자른 유리 조각들이 가득 들어 있다. 게다가 귀부인들 중에는 과거의 모든 전설들을 하나도 빼놓지 않고 일일이 수놓을 수 있을 만큼 옷자락이 긴 드레스를 입은 사람들도 있지. 혹시 레이디 타마린드가 네게 휴가를 준다면, 내가 널 디지페더 클럽으로 데려다주마. 거기서는 가장자리가 초록색으로 장식된 차일 밑에 앉아 가시처럼 좁은 잔으로 블랙베리 주스처럼 까만 와인을 마실 수 있다. 그리고 페티골을 따라 번쩍이는 바지선들이 늘어서 있는 광경만큼 대단한 건 어디에도 없지……"

교수대가 음산하게 흔들리고, 까마귀들이 교수대의 밧줄을 쪼는 광경만큼 대단한 건 어디에도 없었다. 지저분한 갈색의 낡고 둥근 경비초소와 그 뒤로 높이 솟아 있는 감옥의 담장만큼 굉장한 것도 역시 찾아보기 어려웠다. 경비초소 앞에서 빨간 머리 경찰관이 뱃사공 길드의 옷을 입은 키 큰 남자에게 곰방대 담배를 나눠주고 있었다. 하지만 그는 클렌트와 모스카를 보더니 눈빛이 어두워지며 함께 담배를 피우던 남자에게 작별인사를 했다.

"아이를 찾으신 겁니까?" 그가 소리쳤다.

"그럼요, 찾았지요. 무사히. 경관님께서 들으면 반가워하실 만한 이야기가 잔뜩 있답니다." 클렌트가 유쾌한 목소리로 대답했다. "들어가도 되겠습니까?"

"들어오시죠." 경찰관은 클렌트의 기분이 바뀐 것을 보고 조금 당황한 기색이었다.

두 사람은 경찰관을 따라 무거운 떡갈나무 문을 지나 조명이 침침한 방으로 들어갔다. 지저분한 사슴 사냥개 한 마리가 돌바닥에 누워 옆구리를 실룩거리며 자고 있었다. 방에서는 차가운 저녁식사와 권태의 냄새가 났다. 모스카는 권태의 냄새가 달걀 커스터드 냄새와 너무나 비슷하다는 것을 처음으로 깨달았다. 경찰관은 부츠를 신은 발끝으로 개의 배를 툭툭 치더니 곰방대를 손바닥에 올려놓고 벽에 기대어 섰다.

"말해봐라." 그가 기대에 찬 눈빛으로 모스카를 바라보았지만, 모스카는 아무 말도 할 수 없었다. 하지만 그건 별로 문제가 되지 않았다. 그녀가 숨을 들이쉬기도 전에 클렌트가 다채로운 리본을 풀듯이 이야기보따리를 풀어놓기 시작했으니까 말이다.

"아마 경관님께서는 모르시겠지만, 일주일 전에 이 아이가 호프우드 퍼텔리스라는, 거칠고 악명 높은 급진파를 곤경에 몰아넣었습니다. 그자가 저 악명 높은 떠다니는 학교의 수업을 진행하는 것을 목격하고 출판업자들에게 처음으로 그자를 신고한 게 바로 이 아이거든요. 그자는 그 학교에서 아기 조개처럼 분홍색으로 순진무구하게 빛나는 아이들의 마음속에 악의 씨앗을 뿌렸습니다. 출판업자들에게 그자가 갖고 있던 사악한 금서들을 어디서 찾을 수 있는지 알려준 것도 바로 이 아이였습니다. 경관님도 아시다시피 이 퍼텔리스라는 작자는……"

"나도 퍼텔리스에 대해 알고 있습니다." 이제 경찰관은 아까처럼 피곤한 표정이 아니었다. 그는 마치 굴을 먹다가 진주처럼 둥글고 하얀 물건을 얼핏 보고 눈이 번쩍한 사람 같았다.

"알겠습니다. 이 용감한 아이는 여자들 특유의 안절부절못하는 연약함과 두려움을 극복하고 부둣가의 어둡고 구불구불한 골목길에서 그 반역자를 미행했습니다. 그리고 마침내 물가에 이르렀을 때 퍼텔리스가 우리의 바지선 선장과 은밀하고 교활하게 만나 돈이 든 지갑을 주고 떠나는 것을 봤죠. 파트리지가 퍼텔리스와 뭔가 은밀한 거래를 한 것이 틀림없습니다…… 그러다가 그 사악한 급진파의 음모에 대해 너무 많은 것을 알게 되어서 목숨을 잃었는지도 모르죠."

"이 아이가 전에는 이런 얘기를 한 적이 없습니까?" 경찰관의 말투는 날카로웠지만, 그는 화가 났다기보다 흥분한 것처럼 보였다.

"아, 얘기했지요." 클렌트가 재빨리 대답했다.

"하지만 저희는 떠다니는 학교에만 너무 관심을 쏟은 나머지 다른 이야기에는 전혀 신경 쓰지 않았습니다. 저는 이 아이가 그 이야기를 다시 꺼낼 때까지 완전히 잊어버리고 있었어요. 이 아이는 심지어 그다음 날 그 선장의 바지선에 다시 가보기까지 했답니다. 사악한 짓거리를 밝혀내겠다는 결심이 그토록 확고했던 것이지요. 하지만 선장은 배에 없었답니다."

"이게 전부 사실이냐?" 경찰관이 모스카를 똑바로 바라보며 의미심장하게 눈썹을 추켜올렸다. 클렌트가 아니라 그녀에게서 직접 대답을 듣고 싶다는 뜻이었다. 모스카의 등골 맨 아래에서부터 전혀 진짜 같지 않은 눈썹 꼭대기까지 열기가 확 올라왔다.

그녀는 딱 한 번만 고개를 끄덕였다. 그것으로써 이미 일을 저지른 셈이었다.

"그렇다면 정말 반가운 이야기로구나."

경찰관의 지친 얼굴에서 긴장이 풀리며 미소가 떠올랐다.

"여기 앉아서 킬그리프를 한 잔 마시겠니? 잠깐만 기다려라……"

그가 방을 나섰다가 삼시 후 주전자 하나와 그릇 세 개를 들고 돌아왔다.

"물론 이 아이가 그자의 얼굴을 보고 지목해야 할 겁니다. 재판정에서도 다시 그렇게 해야 하고요. 하지만 아주 용감한 아이 같으니 놀라서 기절하는 일은 없겠죠."

경찰관은 아까보다 훨씬 더 다정한 눈으로 모스카를 바라보았다. 그의 목소리도 아까보다 더 따스하고 허물이 없었다.

"우리가 퍼텔리스를 체포한 뒤로 얼마나 애를 먹었는지 상상도 못 하실 겁니다. 그자를 무슨 영웅처럼 생각하는 사람이 워낙 많아서 경비초소에 돌이 날아들고, 경찰관들 집 창문에도 썩은 달걀이 날아들었죠. 가난한 사람들이 가족을 먹이는 데 써야 할 돈을 들고 감옥을 찾아와서 그 돈으로 퍼텔리스가 좀더 편안히 지낼 수 있게 해달라고 애원하기까지 하구요. 그래서 내 속이 부글부글 끓고 있었어요. 하지만 그자가 살인자라는 걸 다들 알게 되면…… 뭐, 아무도 그자를 영웅으로 보지 않겠죠. 그렇지 않습니까? 그자가 죽든 살든 아무도 신경 쓰지 않을 겁니다."

모스카는 경찰관이 내민 그릇을 받아 조심스레 그 안에 담긴 진을 마셨다. 술이 혀에서 감각을 빼앗아갔고, 코 안에는 강제로 옷이 벗겨져서 추위에 떠는 것 같은 감각이 남았다.

문이 열리더니 공작의 제복을 입은 말단 경찰관 세 명이 어떤 남자를 부축하며 안으로 들어왔다.

파란색 렌즈의 안경은 이미 사라진 지 오래였고, 재킷의 단추도 모조리 떨어져 있었다. 가발도 쓰고 있지 않았기 때문에, 갈색 머리가 구불구불하게 엉켜서 갖가지 교묘한 모양을 이루고 있었다. 양 발목의 족쇄는 사슬로 연결되어 있고, 팔은 등 뒤에 묶여 있었다. 잠을 자지 못해 붉게 충혈된 눈이 이 작은 방의 희미한 조명 때문에 움찔거렸다. 마치 그 빛이 이글거리는 햇빛이라도 되는 것처럼. 그의 옷에서는 젖은 지푸라기와 절망의 냄새가 났다.

"퍼텔리스, 내가 누군지 아나?" 경찰관이 차갑게 물었다.

“예, 알 것 같습니다.” 퍼텔리스는 멍한 표정이었으며, 죽은 사람처럼 얼굴이 창백했고, 말을 더듬었다. “정말 죄송합니다만…… 성함이 생각나지 않습니다. 제가 지금 제정신이 아니라서요.”

“네가 제정신을 차릴 수 있는 날도 얼마 안 남았다. 사실 아무것도 할 수 없다고 봐야지.” 경찰관이 무서운 농담을 던지고는 족쇄를 찬 퍼텔리스 앞으로 다가가 섰다. “이제 그 바지선 선장에 대해 우리가 모든 것을 알고 있다.”

퍼텔리스가 짧고 슬프게 숨을 내쉬듯이 웃음소리를 내자 경찰관이 발끈했다.

“뭐가 그렇게 웃긴가?”

“죄송합니다. 죄송합니다. 제가 저질렀다는 온갖 일들을 미처 다 따라가질 못해서요. 다들 저더러 불법 인쇄기를 운영했다고 하는데, 아무래도 저는 그런 적이 없는 것 같거든요. 일주일 내내 사람들이 저더러 쌍둥이 여왕을 해치려고 음모를 꾸민 급진파의 지도자라고 했는데, 전 정말로 아닙니다. 오늘 아침에는 누가 뛰어들어와서 제가 성상들을 녹여 탄알을 만들었다고 하더군요. 그건 정말 영리한 아이디어입니다만, 저는 그런 생각을 한 번도 해보지 않았습니다.”

“네가 가엾은 파트리지를 강물 속에 던지는 것 말고 달리 제거할 방법을 찾아내지 못한 것이 안타깝군.” 경찰관이 메마른 목소리로 말했다.

퍼텔리스는 경찰관의 상의 중간쯤에 있는 단추를 열심히 바라보며 눈썹을 추켜올렸다. 그는 잠깐이었지만 열심히 귀를 기울이고 있는 것처럼 보였다. 마치 경찰관의 말이 아직도 귓속에서 울리고 있다는 듯이.

"죄송합니다만." 마침내 그가 입을 열었다. "제가 사람을 죽였다고요?"

"그래봤자 나한테는 안 통해."

경찰관이 이를 악물고 중얼거렸다.

"착하고 단순한 사람들은 네가 경건한 척하는 걸 보고 깜박 속아 넘어가서 네가 대의를 위해 일하는 성인인 줄 알겠지만, 나한테 장난칠 생각은 하지 마. 나는 평등이니 정부 전복이니 하는 너의 사악한 소리들을 무조건 받아들이는 어린애가 아냐…… 네가 아이들의 순진무구한 마음을 더럽혀서……"

"경관님도 자식이 있군요." 퍼텔리스가 갑자기 눈을 휘둥그렇게 뜨며 말했다.

"네가 그걸 어떻게 알지?" 경찰관의 목소리에 두려움과 의심이 배어 있었다.

"그냥 추측한 겁니다. 경관님은 자식들을 걱정하고 있으니 당연히 저를 미워하시겠죠."

호프우드 퍼텔리스는 시선을 들어 경찰관을 바라보며 미소를 지으려고 애썼다.

"아이들이 몇 살입니까?"

경찰관은 대답하지 않았다. 사실 그는 조금 겁을 먹은 것 같았다. 그 질문에 대답하면, 퍼텔리스가 요정처럼 훨훨 날아 감옥을 빠져나가서 자기 아이들을 훔쳐갈 능력을 얻게 될지도 모른다고 생각하는 것 같았다.

"네가 호크 파트리지라는 자와 만나서 이야기를 나누고, 돈을 주고, 그자와 이야기를 하며 어디론가 가는 걸 목격한 사람이 있다."

경찰관이 엄격한 말투로 단호하게 말했다.

"그 뒤로는 호크 파트리지라는 자가 살아 있는 걸 본 사람이 아무도 없어."

"누가 그러던가요?" 퍼텔리스는 완전히 어리둥절한 표정이었다.

'상관없어 상관없어 저 사람은 어쨌든 교수형을 당할 테고 그건 내가 어쩔 수 없는 일이야……' 모스카는 경찰관의 손에 이끌려 앞으로 나아갔다. 경찰관의 태도는 상냥하면서도 단호했다. '어쨌든 이제는 너무 늦었어. 저 사람들이 물어보았을 때 내가 고개를 끄덕였으니까 이미 엎질러진 물이야 이젠 나도 어쩔 수 없어……'

그녀가 마지못해 앞으로 나서자 퍼텔리스가 모스카를 바라보았다. 그녀를 알아본 그의 얼굴에 슬픔이 번졌다. 그녀는 그를 마주 바라보았다. 비참함 때문에 무기력해진 눈을 크게 뜨고서.

"괜찮다, 얘야." 따스하고 자신감이 넘치는 클렌트의 목소리였다. "저자는 족쇄를 차고 있으니 널 해치지 못해."

"네가 본 사람이 이 남자라고 맹세할 수 있느냐? 고개만 끄덕이면 된다." 이제는 아까보다 차분해진 경찰관의 목소리였다.

퍼텔리스가 그녀에게 희미한 미소를 지어 보였다. 슬프면서도 다정한 미소. 거의 격려하는 것 같은 미소였다. '괜찮아.' 그 미소는 이렇게 말하고 있었다. '괜찮아. 너도 어쩔 수 없는 일이라는 걸 나도 안다.'

모스카는 자신이 어쩔 수 있는 여지가 있다는 걸 갑자기 깨달았다.

"아니에요! 아무리 강요해도 난 안 할 거예요, 클렌트 아저씨! 그 얘기는 전부 사실이 아니에요. 아저씨가 아무리 강요해도 난 안 할 거예요!"

몇 시간 동안이나 가슴 속에 갇혀 있던 모스카의 목소리가 갑자기 폭발하듯 터져 나왔다. 주전자에서 솟아오르는 수증기처럼 날카로운 소리를 내며 걷잡을 수 없이.

"내가 아저씨 말대로 할 때마다 점점 더 어두운 우물 속으로 떨어졌어요. 지금 이 일을 하면 너무 깊고 너무 어두운 곳으로 떨어지게 될 거예요. 아직 하늘이 조금이라도 보일 때 떨어지는 걸 멈춰야 돼요. 퍼텔리스 선생님은 파트리지 선장님을 죽이지 않았어요. 범인은 클렌트 아저씨예요. 클렌트 아저씨가 우리 방에서 시체를 낡은 옷상자에 넣고 있는 걸 내가 봤어요. 클렌트 아저씨가 나더러 시체를 강에 던지는 걸 도와달라고 해서 그렇게 했어요. 클렌트 아저씨가 살인자라는 걸 내가 알게 됐으니까, 안 도와주면 날 죽일까봐서요. 필요하다면 맹세라도 할 수 있어요."

그 무시무시한 밤에 있었던 일들이 거친 급류처럼 모스카의 입에서 낱낱이 쏟아져 나왔다. 아무도 그녀를 막을 수 없었다.

클렌트는 그녀의 번뜩이는 시선에 비할 데 없는 충격을 받은 표정으로 답했다. 그의 눈 뒤에서 별들이 추락하고 있었다.

"세상에, 맙소사." 경찰관이 혐오스럽다는 듯 중얼거렸다. "좋다. 퍼텔리스를 감방으로 다시 데려가고, 이놈도 사형수 감방에 처넣어. 재판에서 시비를 가릴 때까지."

클렌트는 순순히 끌려가면서 자기 손을 뚫어지게 내려다보았다. 마치 자신이 꾸며낸 완벽한 이야기의 깨진 조각들이 거기 있기라도 한 것처럼.

"그리고 저 아이는…… 그냥 내 눈에 띄지 않는 곳으로 데려가."

모스카는 스스로 문을 찾아 나가서 강물 때문에 더이상 나아갈 수 없을 때까지 뛰었다. 날카로운 바람 한 줄기가 저 먼 바다에서 불어오고 있었다. 그녀는 가만히 서서 그 바람을 가슴속으로 들이마셨다. 마치 일주일 동안 숨쉬는 것을 잊어버리고 있다가 방금 기억해낸 것 같은 기분이었다.

P는 Prison감옥

'이제 뭘 하지?'

모스카의 머리 위에서 자그마한 연 끈 하나가 떨어졌다. 더 크고 오래된 연들은 줄이 잡아당기는 힘 때문에 파르르 떨었지만, 줄이 이끄는 대로 가지 않으면 결국 저 아래로 떨어져 물에 푹 잠기는 신세가 될 것임을 알고 있었다. 끈에서 풀려난 작은 연은 끈에 좌우되는 신세를 더이상 참을 수 없다는 생각만 했다. 이제 그 연은 다채로운 깃털을 달고 하늘에서 파란색 리본을 훔치러 훨훨 날아 올라가는 새가 되었다.

안색이 창백하고 빼빼 마른 여자아이가 부둣가에 쪼그리고 있는 것을 본 사람들은 모스카의 영혼이 구름과 전투를 치르러 하늘로 올라가고 있다는 것을 짐작도 하지 못했을 것이다. 그녀의 머리는 차가웠으며, 눈부시고 무서운 광경들로 가득 찬 곳에 있었지만 자유로웠다. 클렌트가 이끄는 대로 따라갈 때에는 몽유병자 같았지만, 지금은 무엇이든 그녀가 원하는 대로 할 수 있었다. 모스카는 그 사실을 확인하려고 얼음처럼 차가운 강물 속에서 발을 철벅거렸다.

이제 뭘 하지? 지금은 살아남는 것이 무엇보다 중요한 일 같았다. 다른 문제는 나중에 생각해도 될 것이다. 모스카의 발은 물에 불어 쭈글쭈글했다. 자기가 여기에 얼마나 오랫동안 앉아 있었는지 알 수 없었다. 그녀는 물속에서 발을 빼내고는 스타킹과 신발을 찾으려고 주위를 더듬었다.

조금 전에 있었던 일이 곧 결혼의 집에도 알려질 것 같았다. 모스카는 그 소식이 알려지기 전에 그곳으로 가야 했다. 그래야 그 일을 자신의 입장에서 이야기해줄 수 있을 테니까. 하지만 진실이 몸에서 빠르게 빠져나가면서 힘까지 몽땅 가져가버린 것 같았다. 일어서려는데 다리가 후들거렸다.

남자 세 명이 경비초소 옆에서 빈둥거리고 있었다. 한 명은 숟가락을 깎고 있었고, 두 명은 카드놀이를 하고 있었다. 경찰관 한 명이 경비초소에서 나오자 그들은 소일거리 삼아 하던 일들을 그만두고 그를 따라 종종걸음을 쳤다. 마치 뼈다귀를 든 요리사를 따라가는 개들처럼. 그들이 그의 소매를 붙들자 그가 태도를 누그러뜨리더니 음식 찌꺼기를 던지듯이 몇 마디를 던졌다. 그들은 날카로운 시선으로 서로를 바라보고는 경찰관의 등을 탁 치더니 부두로 줄달음질쳤다.

소문이 이미 퍼지고 있었다. 게다가 그 소문은 모스카처럼 약하지 않았다. 사슴 사냥개처럼 튼튼하고 예리했다.

모스카는 뛰기 시작했지만, 새로운 소식을 퍼뜨리는 그 세 남자가 더 빨랐다. 그 셋 중 한 명이 대기하고 있던 배 안으로 뛰어들어 부지런히 노를 젓기 시작했다. 다른 한 명은 가장 가까운 술집으로 달려갔고, 잠시 후 그 술집에서 십여 명의 아이들이 쏟아져 나왔다. 다들 잔뜩 들떠 있었으며, 의미심장한 표정을 짓고 있었다. 나머지 한 명은 부두 끝으로 달려갔다. 마침 커피하우스 하나가 막 출발하고 있었다. 그는 손을 오므려 입에 갖다댔다.

"이봐요. 위커백 포인트의 살인사건이 해결됐어요. 공작의 부하들이 페니머스* 클렌트를 체포했어요. 리버보트 급진파 한 명을 잔인하게 살해한 혐의로……"

커피하우스 문이 벌컥 열리더니 단발 스타일의 꼭 끼는 가발을 쓴 신사 한 명이 나타나 물 속으로 고꾸라지지 않으려고 문설주를 붙들고 균형을 잡으며 소식을 전한 남자에게 동전이 든 주머니를 던져주었다. 남자는 이미 주머니를 받으려고 한 손을 내밀고 있었다. 커피하우스 안에서 사람들이 열을 내며 목소리를 높였고, 누군가가 자유의 찬가처럼 들리는 노래를 부르기 시작했다.

모스카는 배에 올라탄 소식꾼이 노를 놓고 배 안에서 위태롭게 일어서 있음을 깨달았다. 그는 서서래치 기둥 주위에 용골이 맞닿을 정도로 옹기종기 모여 있는 작은 배들을 향해 소식을 전할 참이었다. 모스카가 있는 곳에서는 그의 목소리가 간신히 들렸다. 그녀는 치맛자락을 걷어올리고 전속력으로 달리기 시작했다.

---

* 입에서 입으로 소식이 전해지면서 발음이 달라진 것.

"이보시오. 위커백 포인트에서 발견된 시체가 피전이라는, 뱃사공들의 첩자임이 밝혀졌어요. 급진파의 고약한 음모를 알아낸 뒤 끔찍하게 살해된……"

거리에서는 토끼처럼 생긴 소년이 낡은 부츠 차림으로 주점 '목 졸린 새'의 문을 벌컥 열었다.

"경비초소에서 흘러나온 소식이에요. 평화의 재판관님이 직접 하신 말이에요." 소년이 숨도 제대로 쉬지 않고 재잘거렸다. "모든 교회의 성상들을 훔친 후, 녹여서 사람들이 잘 때 귀에다가 그 물을 부으려는 급진파의 엄청난 음모가……"

그가 고개를 움츠리는 속도가 너무 느렸기 때문에 누군가가 던진 동전 조각이 그의 얼굴을 맞혔다. 그래서 그는 진흙 바닥에 떨어진 자신의 돈을 한 눈으로 지켜보면서, 그 돈을 주우려고 달려든 다른 아이들의 손을 마구 쳐내야 했다.

모스카가 이스트 스트래들 거리에서 숨을 고르려고 잠시 멈춰 섰을 때, 또다른 소년 소식꾼이 '선웃음 치는 다람쥐' 밖에서 손님을 기다리며 시끄럽게 떠들어대던 가마꾼들에게 소식을 전하고 있었다.

"……공작님의 부하들과 급진파 사이에 커다란 싸움이 벌어져서 뱃사공들한테 도움을 청할 수밖에 없었어요. 하지만 급진파 우두머리는 스피니머스 린트라는 사람이었는데, 그놈이 성상들을 전부 집어넣을 수 있게 만든 특수한 대포를 갖고 있어서 그 대포로 성상 하나를 발사했더니, 그것이 필차드라는 뱃사공의 머리를 곧장 뚫고 지나가는 바람에 필차드가 그 자리에서 죽었대요……"

아직 한낮인데도 결혼의 집은 덧문이 굳게 닫혀 있었다. 클렌트와 달리 모스카는 현관문 열쇠를 갖고 있지 않았고, 문을 살짝 두드려봐도 대답하는 사람이 없었다. 그녀가 케이크의 방 창문을 향해 돌멩이를 던졌더니 비로소 덧문 하나가 살짝 열리면서 곱슬곱슬한 빨간 머리 두어 가닥이 나타나 산들바람에 제멋대로 흔들렸다.

"오늘은 문을 닫았어요…… 착한 남자 그르노블의 엄숙한 축제를 기리는 의미에서."

"케이크 언니! 나야! 그리고 턱수염이 엉키지 않게 해주는 착한 남자 그르노블은……"

"너한테 문을 열어줄 수 없어. 보커비 선생님이 태틀러스 테일에 있다가 소식꾼한테서 모든 얘기를 들었어."

"그 얘긴 사실이 아니야!" 모스카는 입술을 깨물었다. "뭐…… 십중팔구 아닐 거야. 분위기가 어때?"

케이크의 얼굴이 살짝 열린 덧문 틈으로 나타났다. 안색이 창백하고 표정이 비참했다. 모스카가 한밤중에 결혼식을 올려주기 전에 짓고 있던 바로 그 표정이었다.

"보커비 선생님은 베셀 부인의 친구라면 곧 자기 친구이기도 하대. 베셀 부인의 친구의 친구도 마찬가지고. 클렌트 아저씨는 베셀 부인의 친구지. 하지만 넌 클렌트 아저씨의 친구가 아니잖아. 너 때문에 클렌트 아저씨가 체포됐다는 얘기를 들었어. 클렌트 아저씨가 목도리뇌조의 시체에 사당의 성상들을 숨겨서 맨들리온으로 몰래 들여왔다는 얘기를 네가 경찰관한테 해서……"

"세상에, 그건 정말로 사실이 아니야……"

갑작스레 안도감이 밀려온 덕분에 모스카는 마침내 모든 진실을 털어놓았다. 클렌트가 파트리지의 시체를 갖고 있는 걸 발견한 일, 말할 수 없이 힘들었던 시체 옮기는 일, 그리고 경비초소에서 있었던 마지막 장면까지. 이야기를 마친 모스카는 기대에 찬 시선으로 위를 올려다보았다.

케이크가 덧문을 조금 더 열었다. 그녀의 얼굴은 홀쭉하고 창백했으며, 마치 실망한 사람처럼 입꼬리가 늘어져 있었다.

"그러니까…… 퍼텔리스 선생님을 출판업자와 공작의 부하들한테 밀고한 게 너라고?"

이 사실을 이야기에서 빼버리기가 쉽지 않았다.

"모스카, 그게 너였어?"

모스카의 입이 쩍 벌어졌다. 그녀는 케이크에게 거짓말을 하고 싶은 생각이 없었지만, 설사 그랬다 해도 수많은 기억들이 눈앞을 줄줄이 지나가는 광경을 지켜보느라 정신이 없어서 거짓말을 하지 못했을 것이다. 케이크가 혼인 기록부에 사람들의 이름 하나하나를 정성 들여 쓰는 모습. 케이크가 한밤중에 예배당에 서서 거미줄 모양의 하얀 숄에 눈물 어린 얼굴을 거의 감추고 있던 모습. 어린 소녀 하나가 골목길에 쭈그리고 앉아 하얗고 긴 레이스로 머리카락을 감춘 채 퍼텔리스의 말을 공책에 받아 적던 모습…… 모스카는 케이크가 어디서 글자를 배웠는지 한 번도 궁금해한 적이 없었다.

"그게 너였어, 그렇지?" 케이크가 슬픈 표정으로 이렇게 말하고는 덧문을 닫으려 했다.

“잠깐만!” 이 말을 꼭 해야 할 것 같았다. “그 사람들은 나더러 퍼텔리스 선생님이 바지선 선장도 죽였다고 말하라고 했지만 난 안 그랬어……”

“그래봤자 퍼텔리스 선생님한테 무슨 도움이 되겠니? 네 거위는 집 뒤에 있어. 내가 보리로 그애를 밖으로 유인했거든.”

슬프지만 단호하게 찰칵 소리를 내며 덧문이 닫혔다. 모스카는 몇 초 동안 혼란스러운 심정으로 덧문을 멀거니 올려다보았다. 너무 불공평하다는 생각이 그녀를 사로잡았다.

“내가 다시는 사실대로 말하나봐라! 사실을 말해봤자 교수대에 매달리고, 집에서 쫓겨나고, 굶주림에 시달리고, 추위 속에서 얼어붙고, 미움을 받고……”

그러다가 사라센을 데려와야겠다는 생각이 들었다. ‘사라센더러 이 집 닭들을 공격하라고 해야지.’

그녀가 사라센을 발견했을 때, 사라센은 이미 보리를 다 먹고, 누군가가 울타리 위에 말리려고 널어놓은 이불 한 귀퉁이를 즐겁게 질겅거리고 있었다. 옛날에 녀석이 식탁보를 먹은 적이 있었는데, 그후로는 물건들 위에 덮여 있는 천을 끌어내리는 일이 항상 좋은 결과를 가져올 것이라고 믿는 것 같았다. 비참한 몰골의 닭들은 양동이 속에 숨어 있었다. 사라센이 모스카의 계획을 미리 실행에 옮긴 모양이었다.

“가자, 사라센. 여기 케이크는 쉬어 터졌고, 방에는 바람이 숭숭 들어와. 게다가 결혼식이 한도 끝도 없이 벌어지니까 잠도 잘 수 없어."

모스카가 사라센을 들어올리려고 허리를 굽혔을 때, 아무렇게나 묶은 꾸러미 하나가 그녀의 발치에 털썩 떨어졌다.

'추울 태니까 담뇨를 가져가.' 이렇게 적힌 쪽지가 꾸러미에 붙어 있었다. 담요 안에는 착한 케이크가 넣어놓은 빵 두 덩어리와 일 실링이 있었다. 모스카는 창문을 올려다보았지만, 누가 지켜보는 것 같은 기색이 전혀 없어서 그냥 닭들을 향해 안심하라는 듯 미소를 지어주는 것으로 만족했다.

다시 거리로 나와보니 덧창을 꼭꼭 닫아건 건물은 결혼의 집만이 아니었다. 이웃의 한 건물 밖에서 하녀 두 명이 현관 계단 청소를 서둘러 끝내고 있었다.

"……급진파가 동굴에 탄약을 엄청나게 숨겨뒀대. 다람쥐가 도토리를 숨겨두는 것처럼."

한 하녀가 다른 하녀에게 속삭이는 소리가 들려왔다.

"지하실 바닥 밑에는 틀림없이 소총도 숨겨놓았을 거야. 공작님의 탑을 습격하려고."

"급진파가 나중에 평범한 사람들 집에도 올까?"

"아마 그럴걸. 그때가 되면 우리 주인은 커스터드처럼 얼굴이 노랗게 변해서 돈이든 뭐든 달라는 대로 다 주고는 그걸 가져가줘서 고맙다고 상냥하게 인사까지 할 거야. 캡틴 블라이드 같은 신사가 곁에서 우리를 안전하게 지켜주면 좋겠다는 생각 안 들어?"

이 말을 들은 하녀는 수많은 의미가 담긴 한숨으로 대답을 대신

했다.

거리 모퉁이에서는 말 한 마리가 길 위의 자갈들 사이에서 펄럭이는 종이 때문에 놀라서 뒷다리로 일어섰다. 길을 건던 사람들이 몸을 움츠리며 피했기 때문에, 둥글게 말린 양피지 두 장 주위로 둥글게 공터가 생겼다. 종이에는 굵은 검은색 글자가 찍혀 있었지만, 출판업자 길드의 인장이 없었다.

"저게 뭐야?"

"뒤로 물러서! 저걸 보면 안 돼!"

어떤 젊은 엄마가 아장아장 걷는 아들을 확 안아 들고는 아이가 그 수상한 종이를 보지 못하게 머리를 자기 옷 속에 파묻었다. 그러고는 사람들 사이를 뚫고 자리를 떴다.

"어떻게 하지? 저게 어디로 도망가지 못하게 흙을 끼얹어 놓을까?"

"출판업자! 출판업자를 데려와! 그 사람들이라면 어떻게 해야 할지 알 거야."

바람이 강해지자 종이가 두루마리 모양으로 저절로 돌돌 말려서 길가의 도랑을 향해 부드럽게 굴러갔다. 사람들은 겁을 집어먹고는 허겁지겁 종이 앞에서 길을 비켜주었다. 베이컨을 살코기에 끼워 넣을 때 쓰는 바늘을 파는 상인이 다른 사람들보다 대담하게 앞으로 나섰다. 그는 한 손으로 자기 눈을 가리고는 그 사악한 종이 쪽으로 말똥 덩어리를 찼다. 그러자 말똥 무게 때문에 종이가 바닥에 붙어 움직이지 않게 되었지만, 귀퉁이는 여전히 구부러졌다 펴졌다 했다. 마치 종이가 한가로이 사람들을 향해 손짓을 하는 것 같았다.

오 분 뒤 작은 수레 한 대가 시끄러운 소리를 내며 다가왔다. 출판업자 제복을 입은 두 남자가 모자를 머리에 착 붙이고, 글 상자를 가슴에 꼭 끌어안은 채 거기에 타고 있었다. 수레에서 내린 두 사람 중 한 명은 신기할 정도로 자루가 긴 삽을 들고 있었고, 다른 한 명은 집게로 그 위험한 종이를 집어 아주 조심스럽게 삽 위에 놓았다. 삽을 든 출판업자는 잠시 안경을 닦더니 매우 딱딱한 표정으로 사람들을 훑어보았다.

"이걸 본 사람이 있습니까?"

"저 사람이 봤어요! 저 사람이 봤어요!" 말똥을 발로 찼던 사람이 앞으로 밀려나왔다.

"아니오, 절대 안 봤어요! 뭐, 거의 안 봤죠…… 게다가 난 글을 읽을 줄 몰라요."

"우우, 거짓말. 저 사람이 글을 읽을 때처럼 눈동자를 좌우로 굴리는 걸 내가 봤어요……"

"그럼 이 사람을 데려가야겠군. 가시죠, 선생. 수레에 타요. 소란피우지 말고. 선생이 정말로 글을 읽을 수 없다는 게 확인된다면, 아무것도 걱정할 필요 없겠지, 그렇지 않소? 하지만 그런 게 아니라면……"

종이를 잡은 사람과 불운한 상인이 출판업자 길드의 수레에 올라탔고, 적갈색 암말이 고삐를 잡아당기는 손길에 나른하게 고개를 끄덕이더니 서서히 움직이기 시작했다.

수레가 막 모퉁이에 다다랐을 때, 사람들 사이 어디에선가 돌멩이 하나가 날아와 출판업자 한 명의 뒤통수를 정통으로 맞혔다.

"그건 퍼텔리스 선생님을 위한 거야!"

주인을 알 수 없는 앳된 목소리가 소리쳤다.

사람들은 목소리의 주인을 찾으려고 두리번거렸지만 헛수고였다. 너도나도 놀라서 숨을 집어삼키는 와중에 잘한 짓이라며 중얼거리는 소리들이 들렸다.

"급진파!"

어떤 남자가 소리쳤다.

"열쇠장이!"

또다른 남자가 소리쳤다. 두 사람의 고함소리가 모두 똑똑히 들렸지만, 그냥 아무렇게나 질러댄 소리라서 그들이 급진파와 열쇠장이를 비난하는 건지 아니면 구호를 외쳐댄 건지 알 수가 없었다. 돌에 맞은 출판업자가 소리쳤다.

"경찰을 불러!"

잠시 후 공작의 제복을 입고 어깨에 소총을 멘 채 성큼성큼 다가오는 남자들 몇 명 앞에서 사람들이 흔들리기 시작했다.

"돌멩이가……"

"열쇠장이! 어딘가에……"

"그렇다면 우리가 찾아낼 겁니다. 당신! 장갑을 벗어! 오른손을 보여봐!"

공작의 부하들은 소총을 겨눈 채 사람들 사이로 뚫고 들어가며 마주치는 남자들에게 모두 오른쪽 장갑을 벗으라고 명령했다. 모스카는 그들이 열쇠장이들의 손에 찍힌 열쇠 모양을 찾고 있음을 알고 있었다.

모스카와 얼마 떨어지지 않은 곳에서 낡은 갈색 외투를 입은 남자가 사람들을 밀치고 빠져나가더니 골목으로 냅다 달아났다.

"거기 서!"

공작의 부하 한 명이 소총을 겨눴다. 골목길에서는 계속 발자국 소리가 울려 나왔다.

순식간에 한여름의 천둥 같은 소리가 나더니 소총에서 연기가 뿜어져 나왔다. 모스카 옆에 서 있던 여자가 비명을 지르며 화약에 덴 뺨을 감싸쥐었다. 말단 경찰관 한 명이 골목길로 달려 들어갔다.

"이놈의 손에는 도둑의 낙인밖에 없습니다!"

그가 외치는 소리가 들려왔다. 사람들 사이에서 성난 속삭임이 번철 위의 물방울처럼 지지직거리며 앞뒤로 튀었다.

어쩌면 세상은 항상 이런 꼴이었는지도 몰라. 모스카는 사람들을 밀치고 앞으로 나아가며 생각했다. 겉으로는 멀쩡해 보이지만 사실은 깨어진 꿀단지. 깨어진 조각들이 제자리를 지키고 있고, 꿀이 아교 역할을 하고 있기 때문에 단지가 허물어지지 않을 뿐이다. 하지만 단지를 살짝 찌르기만 해도 단지가 부서지며 꿀이 스며나올 것이다. 어쩌면, 클렌트가 그녀에게 꽥꽥거렸을 때 이 세상이 광기와 엉터리 소문의 덩어리가 되어 모스카의 뒤를 쫓기 시작한 건지도 모른다. 방앗간을 태우고, 못된 짓을 저지르고, 그 밖에 수많은 비행을 저질렀다고 그녀를 비난하면서. 숨을 곳을 찾아야 했다.

콜라비.

그가 가장 좋아하는 커피하우스는 궁지에 몰린 암사슴이었다. 이 집이 여느 때처럼 메리헬 로우의 정박지로 다가가고 있을 때, 커피하우스 안에서 소란이 벌어지고 있음을 누가 봐도 알 수 있었다. 남자 두 명이 나무 벽을 어찌나 세게 후려쳤는지 벽에 구멍이 뚫렸고, 지금은 두 사람의 상체가 그 구멍으로 삐져나와 있었다. 그 와중에도 두 사람은 주먹 쥔 손으로 함께 쥐고 있는 자그마한 권총을 서로 빼앗으려고 난리를 피우고 있었다. 총구에서 총알이 나와 안쓰러울 만큼 자그맣게 푸싯 소리를 내며 수면을 때렸다. 하지만 싸움은 전혀 수그러들지 않았다. 건포도처럼 얼굴이 검은 변호사가 거친 목소리로 열쇠장이들에게 독설을 퍼부어댔고, 젊은 약종상은 눈썹을 물어뜯는 것만으로도 수천 마디 말을 한 것과 같은 효과를 낼 수 있다는 사실을 즐기며 아무 말도 하지 않았다.

"실례합니다." 모스카가 싸우고 있는 두 남자를 끌어내리느라 정신이 없는 웨이트리스 두 명에게 소리쳤다. "여기서 혹시 콜라비 씨가 저녁식사를 하고 계신가요?"

"지금 이 시간에는 안 계셔, 아가야." 웨이트리스 한 명이 변호사의 타이를 손가락으로 움켜쥐고 그를 억지로 끌어내리면서 소리쳤다. "성당에 한번 가봐라. 이 시간에는 대개 거기 계시거든."

하지만 성당으로 향하는 길은 잔뜩 흥분해서 소리를 질러대는 사람들로 가득했다. 모스카는 다리 힘이 빠진데다, 사라센을 안고 있어서 움직일 수가 없었다.

사람들 사이에 입을 굳게 다문 앳된 얼굴들이 끼어 있었다. 그들은 눈으로 그녀의 뒤를 좇았다. 호프우드 퍼텔리스가 체포되는 데 모스카가 결정적인 역할을 했다는 소문이 이미 빠르게 퍼져 있었다. 때묻은 얼굴에 무서운 표정을 한, 떠다니는 학교의 아이들이 자루걸레와 공깃돌을 내려놓고 성당 문 앞까지 그녀를 따라왔다. 처음에는 종종걸음으로, 그다음에는 살살 뛰어서, 그다음에는 전속력으로 뛰어서.

어둠이 성당에게 친절을 베풀고 있었다. 화재, 전쟁, 세월이 남긴 흉터들을 어둠이 가려주었다. 모스카의 눈에 보이는 것이라고는 벽에 걸린 화려한 태피스트리와 장밋빛 대리석으로 만든 기둥뿐이었다. 고양이의 콧수염처럼 섬세한 황금 이파리가 나선형으로 기둥을 휘감고 있었다. 지금까지 그녀가 본 사랑받는 자들은 모두 나무로 깎은 평범한 모습이었다. 하지만 이곳의 사랑받는 자들은 대리석으로 되어 있었고, 늘씬지근한 모습이었다. 축 늘어진 손에 검이나 저울을 나른하게 들고 있는 성상들도 있었다. 머리 위로 높이 아치형을 그리고 있는 둥근 지붕에는 살짝 놀란 표정의 사랑받는 자들이 있었다. 마치 문을 잘못 열어서 한 발만 내디디면 허공으로 떨어지게 생겼다는 사실을 알게 된 사람들 같았다.

중앙 통로 한복판에 대리석으로 된 거대한 성수반이 있었다. 성수반 위에는 말린 장미꽃잎이 가득했다. 성수반 옆구리에 새겨진 글귀에 따르면, 이곳은 꼬마 굿킨이 영원한 휴식을 취하고 있는 장소였다. 이 세 아이는 숲에 버려져서 굶어 죽었는데, 한 달 뒤 해골

이 되어 마을 교회로 되돌아와 부모에게 망신을 주었다. 모스카도 아이가 어둡고 외로운 곳에서 길을 잃으면 꼬마 굿킨이 와서 집까지 인도해준다는 이야기를 들은 적이 있었다. 지금까지 수많은 아이들이 꼬마 굿킨 덕분에 무사히 위험을 벗어날 수 있었음은 틀림없는 사실이었다. 뜻은 좋지만 어쨌든 생김새는 해골 모양인 길동무들이 나타나 어둡고 외로운 곳에서 벗어나야 한다고 설득하는 모습을 상상하는 것에 견줄 만한 일이 없으니까 말이다.

모스카는 급히 서두르고 있었음에도 잠시 걸음을 멈추고 꽃잎 한 줌을 낚아채 옛날부터 내려오는 관습대로 얼굴에 문지른 뒤 성수반 위로 떨어뜨렸다.

"친날지." 그녀는 이렇게 속삭였다. 사람들은 오래전부터 내려오는 기도문인 '친구들이여 날 지켜줘요'를 흔히 이렇게 줄여서 말하곤 했다.

'……그 아이는 어디 있지 이쪽인가……'

등 뒤로 그리 멀지 않은 곳에서 이런 속삭임이 들려왔다.

가장 가까운 벽은 바닥부터 천장까지 아치형의 입처럼 생긴 자그마한 사당들로 뒤덮여 있었고, 그 뒤에는 또다른 사당들이 이어져서 모든 것이 서로 복잡하게 연결된 토끼굴을 이루고 있었다. 대부분의 사당은 너무 작고 접근하기도 어려운 곳에 있었기 때문에, 부유한 신도들은 대개 사제에게 돈을 주고 봉헌물을 원하는 사당으로 가져다달라고 부탁하곤 했다. 하지만 형편이 넉넉지 못한 신도들은 맨 앞에 있는 자그마한 아치들을 향해 동전을 튕겨 올리며 그저 동전이 원하는 곳에 가 닿기를 바라는 수밖에 없었다.

모스카는 좋은 바람의 착한 남자 블랙휘슬 옆 구석진 곳에 사라센을 밀어 넣고는 가장 가까운 사당 입구로 후다닥 들어갔다. 동전들 때문에 그녀의 손에 멍이 들었다. 사당들을 연결하는 통로 중 일부는 사실상 돌을 쌓는 과정에서 생긴 틈새에 지나지 않았다. 그녀는 그 틈새들을 억지로 빠져나가면서 구부러진 굴뚝에 갇힌 굴뚝 청소부처럼 이 안에 갇힐지도 모른다는 생각은 하지 않으려고 애썼다. 토끼굴의 갑갑한 통로 때문에 점점 두려움이 밀려올 무렵, 저 앞에 빛이 나타났다. 그녀 앞에 텅 빈 사당이 하나 나타났다는 뜻이었다. 그곳은 성당 바닥으로부터 약 육 미터 높이에 있었다.

'……저기 있다 저 아이가 어떻게 저기까지 올라갔지……'

모스카의 주위와 아래쪽에서 한동안 누군가가 드잡이를 하는 것 같은 소리가 들리더니 떠다니는 학교의 아이들이 하나씩 토끼굴에서 돌아 나와 그녀를 올려다보았다. 그녀는 자신이 어쩌다가 이렇게 위험한 곳까지 오게 됐는지 도무지 알 수 없었다. 그런데 떠다니는 학교의 아이들도 모르기는 마찬가지인 것 같았다. 그들은 꼬마 굿킨의 성수반 옆에 서서 숨죽인 소리로 그녀를 어떻게 할지 의논하며 아무 생각 없이 한 명씩 장미꽃잎을 집어 얼굴에 문지르고는 전통적인 축복의 말을 중얼거렸다. 마치 그들이 모스카에게 경의를 표하려고 모인 것처럼 보일 지경이었다. 그래서 한 아이가 던진 돌이 그녀의 정강이에 맞았을 때 그녀는 경악할 수밖에 없었다.

또다른 발걸음 소리가 모자이크로 장식된 바닥 전체를 울리더니 곧 그녀의 머리 옆 석조물로 더이상 돌멩이들이 날아들지 않게 되었다. 모스카는 몇 번 심호흡을 하고는 턱에 대고 있던 무릎을 떼며 보닛 차양 밑으로 주위를 살폈다.

“안녕, 꼬마 신.” 콜라비가 말했다. “어떤 신인지 물어봐도 될까?”

“숨어 있는 신이에요. 계속 살아 있는 신.” 모스카는 스타킹이 새로 찢어진 부분을 손으로 문질렀다. 찢어진 곳 가장자리에 피가 축축하게 묻어 있었다. 돌팔매질 솜씨가 뛰어난 아이가 있었던 모양이었다.

“누굴 피해서 숨어 있는 거야?”

“다른 아이들이요.”

“놀이를 하는 건가?”

모스카는 고개를 저었다.

“다른 아이들은 보이지 않는데.”

떠다니는 학교의 아이들은 하필이면 지금 다른 곳으로 떠가기로 한 모양이었다.

“사실 내가 보기에는 네가 거기서 날 기다리고 있다가 갑자기 휙 내려와서 또 내 모자를 밟아버리려고 했던 것 같은데. 하지만 뭐, 두고 보면 알겠지.”

콜라비는 중앙 통로를 향해 한가로이 몇 걸음 걸어가서 망토를 뒤로 젖히고 주먹 쥔 손으로 일부러 과장되게 기지개를 켜며 하품을 했다. 빠른 발걸음 소리가 들리더니 성당 문이 쾅, 삐걱삐걱 소리를 냈다.

“이런, 내가 잘못 생각했군. 아이들이 아주 많은걸. 네가 도대체 무슨 짓을 했기에 저애들이 저렇게 화가 난 거지?”

모스카는 순간적으로 그냥 놀이를 한 거라며 거짓말을 할까 생각해보았다. 하지만 무슨 이유인지 그녀는 자기도 모르게 진실을 마구 쏟아놓고 있었다. 그날 하루 동안만 벌써 세 번째였다. 퍼텔리스가 체포된 일, 파트리지 살인사건, 클렌트 고발, 학교 아이들의 복수.

"이제 그만 가보시는 게 좋을 거예요."

이야기를 마친 뒤 모스카가 말했다. 그도 그녀를 미워하게 됐을까봐서 콜라비의 얼굴을 바라보고 싶지 않았다.

"내가 너한테 주려고 뭘 좀 샀어." 콜라비가 말했다. 마치 그녀의 말을 듣지 못한 것처럼. 그는 주머니에서 브라이어 뿌리로 만든 긴 곰방대를 꺼냈다.

"너한테는 조금 크지만, 곧 익숙해질 거야. 중고품이라서 담배 냄새가 배어 있어. 하지만…… 네가 이걸 받으려면 아래로 내려와야 할 거다. 내가 잘못 던졌다가 이게 깨질 수도 있으니까 말이야. 너도 언젠가는 거기서 내려올 생각이지? 아니면 그냥 사람들이 사당에 바치는 음식을 먹고살 생각이냐?"

"내려갈 수 없을 것 같아요."

"모스카, 지금은 세상이 아주 모질게 보이겠지만, 꼭 그런 것만은 아니……"

"그게 아니라…… 아래로 내려가는 길을 찾을 수 없을 것 같다고요. 사실 몸을 돌릴 수도 없어요. 그랬다가는 바닥으로 떨어질 테니까."

콜라비가 양팔을 뻗어주었고, 모스카는 숨어 있던 사당에서 뛰어내렸다. 그래도 그의 모자를 망가뜨리는 것만은 피할 수 있었다. 그가 그녀의 겨드랑이를 잡고 바닥에 내려놓더니 어깨를 꼭 쥐었다.

"잘했다, 모스카. 잘했어."

왠지 이것이 잘 뛰어내렸다는 소리만은 아닌 것 같았다. 그는 소매로 곰방대를 반짝반짝 닦아서 그녀에게 내밀었다. 담배를 담는 부분에 살짝 탄 자국이 있었지만, 나무에서는 광택이 흘렀고, 색깔은 꿀과 똑같았다. 모스카는 자루 끝 부분을 시험 삼아 씹어보았다. 누군가 다른 사람이 만들어놓은 이빨자국에 그녀의 이가 꼭 맞았다.

"아버지의 담배하고는 다른 냄새예요. 하지만……"

모스카는 갑자기 자신이 울음을 터뜨리기 직전임을 깨달았다. 도저히 어떻게 손을 쓸 도리가 없었다. 그녀는 곰방대 자루 끝 부분을 이로 꽉 물었지만, 세상이 점점 안개가 낀 것처럼 변했다.

"마음에 들어? 그걸 갖고 있으면 생각을 할 수 있겠니?"

모스카는 고개만 끄덕일 뿐 아무 말도 할 수 없었다.

"가자. 내가 집까지 바래다줄게."

모스카는 그저 고개만 저어댔다.

"알았다…… 그럼 결혼의 집으로는 가지 말자."

잠시 침묵이 흐르더니 콜라비가 길게 한숨을 내쉬었다. "아무래도 나랑 같이 가야겠다."

사라센은 신 노릇을 하는 것이 마음에 들었는지 빵 껍질을 몇 개 주면서 힘들게 어르고 달랜 뒤에야 토끼굴에서 나왔다. 성당을 나서기 전에 콜라비는 사람들이 모스카를 알아보지 못하게 케이크의 담요를 둘러주었지만, 거리에는 떠다니는 학교의 아이들이 전혀 보이지 않았다. 거리에 모여 있는 사람들은 여전히 잔뜩 긴장해서 불안한 분위기를 조성하고 있었지만, 콜라비 주위에는 차분함이 마치 망토처럼 모여들었다. 그는 미소를 지으며 작은 소리로 휘파람을 불었다. 뭔가 비밀을 간직한 사람처럼. 잠시 후 모스카도 조금 차분해졌다. 자기도 그 비밀을 알고 있다는 듯이. 두 사람은 어떤 가발 가게로 들어갔다. 커다란 가게 둘 사이에 간신히 끼어 있는 것처럼 보이는 가게였다.

"모스카, 이분은 녹스 부인이시다."

앵초처럼 연노랑색의 수수한 드레스를 입고 모자를 약간 앞으로 기울여 쓴 여자였다. 그녀의 얼굴에는 희미한 미소가 떠올라 있었다. 마치 방금 우스갯소리의 결정적인 대목을 듣고 그 의미를 알아차리려고 하는 사람 같았다.

"녹스 부인, 모스카는 이 층에 있는 그 방을 쓸 겁니다. 열쇠 좀 주시겠어요?"

녹스 부인은 허리띠에 매달아놓은 열쇠들을 하나하나 세심하게 살펴본 뒤에야 비로소 약간의 놀라움을 담은 표정으로 의기양양하게 열쇠를 내밀었다. 콜라비는 그녀의 손에 동전 몇 개를 조심스레 쥐여주고는 동전을 떨어뜨리지 않게 잠시 그녀의 손가락을 접어 붙들고 있었다.

"녹스 부인은 말이 별로 없어." 콜라비가 모스카를 데리고 계단을 올라가며 설명해주었다. "하지만 요리를 정말 잘하지. 아! 다 왔다. 어떠냐, 모스카? 분위기가 좀 잠잠해질 때까지 여기서 며칠 동안 잘 지낼 수 있을 것 같니?"

방에는 훌륭한 침대가 있었고, 초콜릿 같은 갈색 커튼과 자수가 놓인 베개도 있었다. 심지어 두 뼘 높이의 거울이 달린 화장대까지 있는 것을 보고 모스카는 깜짝 놀랐다. 길고 훌륭한 촛대도 세 개나 있었다. 한쪽 벽에는 손님들이 이곳에 머무르는 동안 주머니에 넣고 다니던 성상을 놓을 수 있게 약간 팬 부분이 있었다. 가발 걸이도 있고, 뼈로 만든 작은 빗도 있었다. 그리고……

"벽지가 발라져 있어요." 모스카가 놀랍기 그지없다는 표정으로 말했다.

콜라비가 허리띠에 매어놓은 지갑으로 손을 뻗었다.

"여기 있으면 안전할 거다. 이 방에서 밖으로 나가지 않고, 나와 녹스 부인을 제외하고는 아무에게도 문을 열어주지 않는다면. 혹시 모르니까 이 돈을 갖고 있어라. 끼니때가 되면 녹스 부인이 음식을 가져다줄 거야. 하지만 달리 필요한 것이 있으면, 녹스 부인한테 사다 달라고 해. 이 돈으로."

모스카는 대답하지 않았다. 콜라비가 지갑을 꺼내려다가 부주의하게 망토자락을 옆으로 제쳤는데, 그 순간 그녀는 떠다니는 학교의 아이들이 왜 그를 피해 도망쳤는지 정확하게 알 수 있었다.

콜라비도 모스카가 무엇을 그토록 홀린 듯이 바라보고 있는지 알아차렸다.

"아, 이거." 그는 옆구리에 찬 권총을 감추려고 다시 망토자락을 잡아당겼다.

"거리에는 위험한 일들이 있다." 그가 말했다. "대로도 마찬가지지. 그렇지 않았다면 내가 널 맨들리온에서 데리고 나가려고 했을지도 모른다. 시골 사람들 중 일부가 강도로 변했다고들 하더구나."

"전쟁이 일어나는 거죠, 그렇죠?" 모든 것이 분명해지는 것 같았다.

"맨들리온에서?" 콜라비는 모스카의 질문을 진지하게 생각해 보는 것 같았다. "어쩌면 사소한 싸움이 일어날지도 모르지. 하지만 사소한 싸움일 뿐이야. 모스카, 처음에는 상황이 지금보다 더 나빠지겠지만 곧 좋아질 거다. 하지만 모든 일이 다 잘될 거야. 틀림없이."

그는 미소를 지으면서도 걱정스럽다는 듯 미간에 주름을 잡으며 모스카를 살펴보았다.

"걱정할 것 없다." 그가 말했다. "레이디 타마린드는 아주 영리한 분이라서 모든 계획을 세워두셨다. 네가 순회재판에 출두해서 클렌트의 범죄에 대해 증언할 때가 되면, 무사히 다녀올 수 있도록 내가 반드시 조치를 취하마. 거리에서 아무리 커다란 소동이 일어나더라도."

"무슨…… 제가 거기 가서 사람들한테 그 얘기를 다시 해야 돼요?" 모스카가 더듬더듬 말했다.

"그게 가장 좋을 거야." 콜라비가 부드럽게 말했다. "네가 진술서를 쓰는 걸 내가 도와줄 수도 있지만, 만약 네가 법정에 나타나지 않으면 클렌트가 그냥 풀려날 가능성이 있다. 그건 사형선고를 받을 만한 범죄니까, 클렌트는 스스로 변호에 나설 거야. 그런데 내가 듣기로 그 사람 말솜씨가 보통이 아니라고……"

모스카가 그 이야기를 더듬더듬 다시 말해야 한다는 뜻이었다. 그것도 법정에서, 수많은 사람들이 숨 막히게 그녀를 지켜보는 가운데. 어쩌면 케이크와 보커비가 비난하듯 차가운 시선으로 그녀를 지켜볼지도 모르고, 떠다니는 학교의 아이들이 석탄 같은 눈으로 지켜볼지도 모른다. 주위에는 법과 규칙들이 눈에 보이지 않는 밧줄처럼 잔뜩 깔려 있을 것이고, 그녀는 문장을 하나씩 말할 때마다 장님처럼 비틀거리며 그 줄에 발이 엉킬 터였다. 그러면 클렌트는 그녀가 잘못 뱉은 말에 달려들 것이다. 클렌트도 그 자리에 있을 테니까. 그 매끄러운 목소리와 차가운 회색 눈으로……

"알았어요." 그녀가 퉁명스럽게 대답했다.

그 뒤 며칠 동안 콜라비는 그녀에게 종이와 잉크를 가져다주고, 진술서 작성을 도와주었다. 또한 그녀가 법정에 마련되어 있을지도 모르는 함정을 이해할 수 있게 법률 서적도 가져다주었다. 콜라비는 그녀가 성공하리라고 확신하는 듯했다. 그가 없는 동안 그것이 모스카에게 힘이 되었다. 멀리서 동굴에 철썩철썩 부딪치는 파도 소리처럼 들려오는 사람들의 함성과 소총 소리를 듣고 있을 때.

하지만 모스카는 밤마다 서늘하고 깨끗한 이불이 깔린 커다란 침대 한복판에 누워 어떻게든 위안을 얻으려고 낡은 다마스크 커튼을 어루만지며 잠을 이루지 못했다. 위장이 배에서 튀어나오려고 계속 몸부림을 치는 것 같았고, 머리도 꿈틀꿈틀 돌아다니며 순회재판이 열리기 전에 도망칠 구실을 찾아다녔다. 하지만 만약 그녀가 도망친다면 이포니머스 클렌트는 법의 손가락 틈새로 미끄러지듯 빠져나올 것이고, 그가 그녀의 뒤를 쫓아온다면 그때는 그녀를 보호해줄 콜라비 같은 사람이 곁에 없을 터였다……

어느 날 아침, 아침식사로 나온 초콜릿 냄새에 잠을 깬 모스카는 어느새 클렌트의 재판 첫날이 되었음을 깨달았다. 콜라비는 법정에 나갈 때 입으라고 깨끗한 하얀색 드레스와 앞치마를 가져다주었었다.

"기분이 어떠냐, 모스카?"

"서로를 미워하는 갈가마귀 십여 마리를 산 채로 삼킨 것 같아요." 모스카는 침대 가장자리에 앉아 자기 손을 물끄러미 들여다보았다.

"기다리는 게 제일 힘들지." 콜라비가 그녀 앞에 쪼그리고 앉았다. "걱정 마라. 거기에 비하면, 증언을 하는 건 세상에서 제일 쉬운 일처럼 느껴질 테니."

"재밌네요." 모스카가 말했다.

"그동안 저는 법정에 선다는 생각을 피해 다녔는데, 지금은 머리가 멍해요. 지금은 거리를 걷는 게 제일 힘든 일일 것 같아요. 제가 누군가에 관해 수다를 떨러 간다는 걸 모든 사람이 알고 있는 것 같은 기분. 저 사람들이 또 나한테 돌을 던지면 어떡하나 하는 생각. 제가 점점 밀고자가 되어가고 있는데, 다들 그걸 싫어해요."

"알았다." 콜라비가 조용히 말했다.

"거리가 텅 비는 시간이 언제인지 내가 알지."

그는 모스카를 혼자 내버려둔 채 잠시 나갔다가 긴 스카프 두 개를 팔에 걸쳐 들고 돌아왔다.

"이걸 머리에 쓰면 된다. 그리고 이건……"

그는 밀랍을 입힌 천조각처럼 보이는 물건을 한 줌 내밀었다.

"귀를 막을 때 쓰는 거야."

"그러니까…… 소란한 시간 말이에요?"

"그래. 십 분 있으면 시작된다."

두 사람이 터번처럼 스카프로 머리를 둘둘 말고 십오 분 뒤 녹스 부인의 가게를 나섰을 때, 맨들리온 시민들은 이미 종들의 전쟁을 피해 건물 안으로 들어가서 덧문을 닫아걸고 있었다. 귀를 막았는데도 종소리가 모스카의 살갗을 빗줄기처럼 두드려대는 것 같았다. 최근 도시에서 벌어진 소란 때문에 종치기들이 더 열성적이고 공격적으로 경쟁을 벌이고 있었다.

두려움이 모스카의 마음을 가득 채웠다. 그녀는 방화범, 도망자, 도둑, 첩자, 살인범의 공범이었다. 그런데 지금 후들거리는 다리로 감옥을 향해 스스로 걸어가고 있었다. 마지막 모퉁이를 돌자 둔덕 뒤에 몸을 숨긴 팬더처럼 감시탑 뒤에 웅크린 채 그녀에게 달려들려고 대기하고 있는 감옥이 눈에 들어왔다. 감옥. '인간쓰레기들의 집' '시련' '돌집' '내스킨' 감옥이 커다란 앞발을 들어 그녀를 찍어 누를 것이다. 그러면 그녀는 다시는 도망치지 못할 것이다.

콜라비도 모스카와 같은 생각을 했는지 갑자기 걸음을 멈췄다. 하지만 그는 감옥 정문을 뚫어지게 바라보고 있었다. 십여 장의 두루마리 종이가 고양이처럼 나른하게 거기에 걸쳐져서 바람의 손길을 즐기고 있었다. 바닥에 네 활개를 펴고 쫙 뻗어 있는 세 남자는 공작의 제복을 입고 있었다.

콜라비는 모스카더러 이 자리에 꼼짝 말고 있으라는 신호를 보내고는 경비초소로 달려갔다. 그가 문을 두드렸지만 대답하는 사람이 하나도 없었다. 그가 모스카에게 다시 달려오고 있을 때 감옥 정문이 활짝 열리더니 세 남자가 거리로 뛰어나왔다. 그들은 얼굴을 천으로 가리고 소총을 들고 있었다.

콜라비가 모스카에게 손을 뻗어 손목을 낚아채듯 잡고 휙 돌려세웠다. 그러고는 곧장 전속력으로 도망치기 시작했다. 머리 위의 하늘에서는 종소리가 시끄럽게 울려대고 있었다.

Q는 Questioning 의심

두 사람은 소란한 시간의 끝자락에 가발 가게로 돌아왔지만 녹스 부인이 문을 열어줄 때까지 기다려야 했다. 콜라비는 부드럽지만 단호하게 모스카를 데리고 안으로 들어간 뒤 아무런 설명도 없이 다시 거리로 나가 어디론가 달려가버렸다.

모스카는 이 층 자기 방으로 들어가 귀마개를 뺐다. 종들이 하나씩 차례로 숨을 헐떡이며 조용해졌고, 마침내 단 하나의 종만이 남아 쉬지 않고 단조롭게 울어댔다. 창가 의자에 무릎을 끌어안고 앉은 모스카는 긴장과 불안 속에서 사람들이 뛰어다니며 커다란 소리로 질문을 던져대는 소리에 귀를 기울였다.

콜라비는 두 시간이 지난 뒤에야 돌아왔다. 모스카는 그의 표정을 보고 가슴이 철렁 내려앉았다.

"무슨 일이에요?"

"모스카, 널 걱정시키거나 불안하게 만들고 싶지는 않다……"

모스카는 이 말을 듣자마자 걱정과 불안에 휩싸였다.

"무슨 일이 있었던 거예요? 무슨 일이 있었죠! 내가 체포되는 거죠! 아저씨도 체포되는 거죠! 레이디 타마린드한테 무슨 일이 있었죠!"

"아냐, 진정해라, 모스카, 그런 게 아냐. 하지만…… 감옥에서 탈옥사건이 있었다."

처음에 모스카는 퍼텔리스를 생각했다. 어쩌면 아이들이 권총을 휘두르며 감옥을 습격해 퍼텔리스를 데려갔을지도 모른다고. 하지만 곧 또다른 가능성이 떠올랐다.

"클렌트 아저씨!"

"그래. 그 사람이 도망친 것 같다…… 하지만 그건 사건의 일부일 뿐이야. 사실 감옥 전체가 뚫렸다. 유죄 판결을 받은 죄수들이 전부 도망쳤어. 전부."

콜라비가 일그러진 미소를 지었다.

"내 생각에는 열쇠장이들을 자물쇠와 열쇠로 가둬두려 했던 것이 잘못인 것 같구나."

사실이 그랬다.

소란한 시간이 시작된 직후, 재수 없이 그 시간에 거리를 순찰하게 된 모든 하급 경찰관들이 솜으로 귀를 막고 있을 때, 출판업자 길드의 색을 칠한 수레 한 대가 감옥으로 한가로이 다가갔다. 불법 인쇄기로 찍은 소책자가 워낙 많이 발견되었기 때문에 보안관의 명령으로 감옥 옆에 자그마한 소각로가 지어지고 있었다. 그래야 소책자들을 빨리 태워버릴 수 있을 테니까. 출판업자들도 수상쩍은 서류들을 소각로에 집어넣으려고 작은 수레에 싣고 오곤 했으므로, 경비원들은 습관처럼 슬쩍 고개를 돌리곤 했다. 마치 그 수레에 전염병으로 죽은 이들의 시체가 실려 있기라도 한 것처럼.

감옥 정문을 지키던 경비원들이 나중에 진술한 내용에 따르면, 수레를 몰던 마부가 자기들에게 뭐라고 소리치며 양피지 한 다발을 흔들어댔는데, 거기에는 출판업자 길드의 인장이 전혀 찍혀 있지 않았다고 했다. 그런데 그때 바람이 강해졌고, 마부가 종이를 너무 경솔하게 흔들어댄 바람에 종이들이 그의 손을 벗어나 바람에 실려 허공을 제멋대로 돌아다녔다.

경비원들은 당연히 소스라치게 놀랄 수밖에 없었다. 종이 한 장이 어떤 남자의 다리를 장난처럼 휘감자 그 남자는 불에 덴 사람처럼 몸을 비틀었다. 또다른 사람은 담 모퉁이 근처에서 제멋대로 굴러다니는 종이 두 장에게 쫓기고 있었는데, 마치 종이가 사슴을 쫓는 사냥개처럼 그의 양 옆구리를 공격하는 것 같았다. 또다른 남자는 자그마한 공처럼 몸을 웅크리고 있었기 때문에 누군가가 자기 머리를 곤봉으로 깔끔하게 때리는 것을 막을 수 있는 처지가 아니었다.

경비원들은 감옥 정문 열쇠를 갖고 있지 않았지만, 출판업자 길드의 제복을 입은 침입자들은 갖고 있는 것 같았다. 게다가 그들은 감방, 심문실, 망각의 함정, 침묵의 지하실의 열쇠도 갖고 있는 것 같았다. 얼마 후 근처 막사에 있던 공작의 부하들은 뭔가가 잘못됐다는 사실을 간신히 깨달았지만, 막사 문을 도저히 열 수가 없어서 문을 발로 차서 여는 데 소중한 시간 몇 분을 허비할 수밖에 없었다. 그런데 그들이 병기고로 서둘러 달려가보니 그 문 역시 그들을 철저히 무시했다.

건물 안에 있다가 침입자들에게 제압당해 손발이 묶이고 재갈이 물렸던 한 경비원은 소총 소리가 처음 들렸을 때 감방 문들이 하나씩 차례로 안에서 열렸으며, 열쇠장이들이 밖으로 나오며 아무렇지도 않게 족쇄를 발로 차서 벗어버렸다고 나중에 진술했다. 그들은 굳이 경비원에게서 열쇠를 빼앗으려 하지 않고 차분하게 통로를 걸어가며 빗, 숟가락, 안경테로 자물쇠를 모두 따버렸다. 자물쇠를 따는 속도가 어찌나 빨랐는지 그들이 걸음을 늦출 필요도 없을 정도였다.

건물 밖 마당에서는 공작의 부하들이 마침내 병기고 문을 부수고 안으로 물밀듯이 들어갔다. 그들은 소총과 나팔총을 어깨에 메고, 권총과 창을 집어들고는 밖으로 나가려 했지만, 문이 다시 잠겨 있었다.

거리는 사실상 텅 비어 있었다. 그나마 종을 흔들려고 창문 밖으로 고개를 내밀고 있던 몇몇 사람들은 수많은 남자와 여자들이 여기저기 흩어져서 귀를 손으로 막고 거리를 질주하는 모습을 보며 그냥 재미있다고 생각했다. 소란한 시간이 끝나고 사람들의 귓속에서 울리던 종소리가 멈춘 뒤에야 비로소 혼자서 외로이 슬프게 울려대는 경보 종소리가 사람들의 귀에 들어왔다.

침입자들이 출판업자가 아니었음은 말할 필요도 없었다. 출판업자들 자신도 그 침입자들의 정체를 전혀 짐작하지 못했다.

"너무 겁먹지 마라, 모스카. 공작님의 부하들이 시내 구석구석을 뒤지고 있으니 동이 틀 때까지는 죄수들을 거의 다 잡아들일 거다. 만약 이포니머스 클렌트가 아직 시내에 있다면 금방 잡힐 거야. 맨들리온을 빠져나갔다면 현상수배령이 떨어질 테고. 그러면 아마 네가 법정에서 증언하지 않아도 될 거다. 어쨌든 내가 널 보살펴주마. 레이디 타마린드도 널 보살펴주실 거야. 내가 레이디 타마린드를 만나봤는데, 너한테 관심을 갖고 계시더라."

"레이디 타마린드께서요? 뭐라고 하셨어요?"

"'우리가 그 아이한테 일자리를 찾아줘야 할 것 같다, 그렇지 않으면 그 아이가 일자리를 찾으려고 탑들을 손톱으로 갈기갈기 찢어버릴 거야.' 이렇게 말하고 나서 혼자 웃으셨다. 도통 웃는 일이 없는 분인데. 너한테서 뭔가 특별한 걸 발견하신 것 같다, 모스카. 나도 그 이유를 알 것 같아. 성당에서 꼬마 굿킨의 성수반이 있던 곳 기억나니?"

모스카는 고개를 끄덕였다.

"아마 넌 몰랐겠지만, 그 지점의 천장이 다른 곳보다 더 낮고, 바닥에 깔린 석판은 깨져 있다. 사실 맨들리온이 그냥 자그마한 마을에 불과했을 때, 소박한 작은 교회 하나가 바로 그 자리에 서 있었지. 예쁘지는 않았다. 요새처럼 엄숙하게 보이는 교회였어. 사실 요새이기도 했고. 당시 마을 사람들은 항상 해적을 두려워했는데, 지금 동쪽탑이 있는 곳에 감시탑이 서 있었다. 파수꾼이 돛대를 발견하면 종을 울려 마을에 알렸지. 그러면 마을 사람들이 전부 교회로 달려가서 몸을 숨겼어.

그 교회의 담이 지금도 서 있다. 대리석으로 지은 성당의 화려한 모습 속에 숨어 있을 뿐이지. 눈으로 볼 수는 없지만, 성당 서쪽에는 펄펄 끓는 기름을 마당으로 떨어뜨리던 꼭지들이 있다. 남쪽 담의 '응보의 심장' 밑에는 강과 면한 화살구멍들이 숨어 있고.

내가 보기에 레이디 타마린드가 너를 보면서 느끼는 감정은, 성당이 과거에 소총과 잔인한 바닷바람 앞에서 끝까지 버티던 작고 어두운 교회이던 시절을 갑자기 기억해냈을 때 느낄 법한 감정일 것 같다."

'그건 다 좋아.' 콜라비가 떠난 뒤 모스카는 생각했다. '내가 작고 어두운 교회든 뭐든 다 좋아. 하지만 해적의 정체를 모를 때, 아니면 해적들이 어디서 오는지 모를 때는 어떻게 해야 하지? 게다가 나한테는 화살도 없어.'

그녀는 만약 해적이나 아니면 다른 적들에게 포위당하는 경우 이 방을 지킬 방도를 생각해보며 시간을 보냈다. 하지만 사라센이 그녀를 위해 싸워줄 거라는 생각을 해봐도 시간이 좀 지나자 모든 것이 지루해졌다.

'안전한 건 다 좋아. 하지만 지금 무슨 일이 벌어지고 있는지 모르는데 어떻게 내가 안전할 수 있겠어?'

모스카는 녹스 부인에게 돈을 주며 신문을 사다 달라고 했지만, 가엾은 녹스 부인은 말을 혼동하기 일쑤였으므로 도덕적인 이야기책을 사가지고 돌아왔다. 형제자매들보다 일을 열심히 하고 한 번도 욕을 하지 않았다는 이유로 사랑받는 자들에게 축복받은 어린 소녀들에 관한 이야기들이 담긴 책이었다. 녹스 부인이 너무나 기대에 찬 미소를 지었으므로, 불평을 해봤자 소용없을 것 같았다.

탈옥사건이 일어난 지 이틀째 되던 날, 아침 일찍 모스카는 화장대와 거울을 살펴보았다. 이가 거의 빠지지 않은 빗, 에나멜을 칠한 등 부분에 금이 가 있는 브러시, 파우더가 들어 있는 작은 단지, 립스틱 한 조각, 그리고 온갖 종류의 작고 이상한 브러시들, 작은 조각들, 족집게 등이 있었다. 하얀색, 크림 같은 노란색, 라일락색, 연한 복숭아색 가발용 파우더가 각각 들어 있는 병들도 있었다. 그녀는 삼십 분 동안 보닛을 가지고 씨름한 끝에 라벤더 하녀가 가르쳐준 대로 리본을 매는 데 성공했다. 그러고는 대리석처럼 창백한 레이디 타마린드의 안색을 생각하며 브러시 하나에 파우더를 묻혀 시험 삼아 얼굴에 발라보았다. 그녀는 양초를 거울에 가까이 대고 몸을 기울여 자기 얼굴을 자세히 살펴보았다.

진짜 거울에 자기 얼굴이 그토록 선명하게 비친 것을 보는 기분이 어찌나 묘하던지! 양초의 자그마한 불꽃들이 그녀의 눈동자에서 반짝이는 모습이 보기 좋았다. 새로 자라나오는 눈썹의 뿌리 부분이 까만 것을 보고는 기분이 더욱더 좋아졌다. 마침내 처프의 물에서 벗어난 눈썹이 머리카락과 같은 색으로 변하고 있었다.

모스카는 보닛과 실내모자를 벗어 거기에 묻어 있던 검은 머리카락 하나를 집어들었다. 눈썹과 나란히 들고 비교해보기 위해서였다. 그녀는 얼굴에 더 많은 빛이 비치도록 양초를 들어올렸다가 화들짝 놀라서 다시 내려놓았다.

모스카의 양 뺨에 희미한 주름이 있었다. 마치 눈물 두 줄기가 뺨에 홈을 파놓기라도 한 것처럼. 두 개의 주름은 턱 밑에서 빨간색 주름 하나로 합쳐졌다. 죽은 파트리지의 얼굴에서 보았던 흉터와 거의 똑같았다.

어쩌면 죽은 사람 얼굴은 다 그렇게 보이는 건지도 몰라. 죽음이 사람을 종이처럼 구겨버리는 건지도 몰라. 어쩌면 나도 이미 죽어가기 시작했는데 미처 눈치채지 못했던 건지도 몰라. 어쩌면 이 주름들이 점점 깊어지고, 살갗이 파란색으로 변해서……

……하지만 전혀 다른 이유 때문일 수도 있었다.

모스카는 주머니 속을 뒤져 새 곰방대를 찾아내서는 이로 물고 침대로 가서 앉았다. 그녀가 곰방대 자루를 씹으니 자루가 흔들렸다. 그녀는 곰방대를 씹는 내내 찌푸린 얼굴로 허공을 바라보았다. 그러다가 여전히 얼굴을 찌푸린 채 침대에서 일어나 가발 걸이 꼭대기에 걸려 있던 보닛을 낚아채서 다시 거울로 다가갔다.

그녀는 보닛을 머리에 쓰고 라벤더 하녀가 일러준 최신 유행 스타일로 리본을 묶었다. 리본이 뺨에 난 주름과 딱 맞아떨어졌고, 리본 매듭은 턱 밑에 빨갛게 팬 곳에 닿았다. 틀림없었다. 모스카의 얼굴에 생긴 주름은 보닛 리본 때문이었다. 하지만 이 작은 수수께끼를 해결하고 나니 더 커다란 의문이 생겼다.

파트리지가 왜 여자 보닛을 썼을까?

거울에 비친 검은 눈의 아이는 양손으로 턱을 고이고 모스카를 마주 바라보며 계속 곰방대를 씹어댔다. 그러다가 턱의 움직임이 느려지더니 검은 눈이 동그래졌다. 갖가지 실수와 오해가 거미줄처럼 쓸려가고 진실이 그녀의 머릿속에서 알몸을 드러내고 있었다. 동물 격투기가 있던 날 무슨 일이 있었던 건지 이제 분명히 알 수 있었다. 그렇다면 당연히……

"아, 사라센!" 모스카는 눈을 휘둥그렇게 뜨고 소리쳤다. "우리가 무슨 짓을 한 거지?"

사라센은 방금 베개에서 깃털을 부리 한가득 꺼내 물고 부리를 딱딱거리며 깃털을 사방에 흩날리느라 정신이 없는 나머지, 진실을 깨달은 모스카에게 신경을 쓸 여유가 없었다.

어떻게 하면 좋을까? 어쩌면 콜라비는 며칠 동안 모습을 나타내지 않을지도 모른다. 그렇다고 헷갈리기 일쑤인 녹스 부인에게 이토록 중요한 연락을 부탁할 수는 없었다. 모스카 자신이 직접 결혼의 집으로 돌아가서 케이크를 만나봐야 했다. 금방 다녀올 수 있을 것이다. 그녀가 사라진 것을 누가 눈치채기 전에 돌아올 수 있을 것이다. 사라센은 이 작은 방에 있으면 안전했다. 하지만 사라센이 불안해져서 가구를 뒤집어엎는다면, 녹스 부인이 무슨 소리인가 싶어서 살펴보러 올 수도 있었다. 그리고 부인이 문을 열자마자 사라센이 갑자기 미쳐 날뛰기 시작한다면……

"너도 나랑 같이 가야겠다." 모스카는 한숨을 내쉬었다.

가게 문은 아직 열려 있지 않았으므로, 손님들 틈에 끼어 살짝 빠져나가는 방법은 쓸 수 없었다. 하지만 녹스 부인은 공단으로 만든 꽃과 헝겊에 속을 채워 만든 벌새인형을 연한 초록색 가발에 장식하느라 정신이 없었기 때문에 모스카가 사라센의 목줄을 손목에 감고 카운터 뒤를 네 발로 기어가는 것을 눈치채지 못했다. 문에 도착한 모스카는 뒤늦게 한 가지 생각을 떠올리고 커다란 검붉은색 가발상자를 들어 팔 밑에 끼었다.

"그냥 빌려가는 거야." 아무 방해도 받지 않고 밖으로 나가 문을 닫은 뒤, 그녀는 사라센에게 이렇게 설명했다. "빌리는 건 괜찮아."

상자의 둥근 뚜껑은 쉽게 열렸다. 하지만 그 안에 사라센을 넣고 뚜껑을 닫기가 그리 쉽지 않았다. 하늘이 가려지는 것을 싫어한 사라센이 틈새로 자꾸만 부리를 내밀려고 했기 때문이다.

"넌 사람들 눈에 너무 잘 띈단 말이야, 사라센."

모스카는 뚜껑을 단단히 닫으며 말했다. 마차로 여행할 때 상자를 묶을 수 있도록 가죽 끈이 달려 있었으므로, 모스카는 그 끈을 이용해 상자를 오른쪽 어깨에 둘러메고 왼쪽 겨드랑이 밑에서 버클을 채웠다.

시장의 종소리가 이미 울렸으니, 케이크는 시장에 있을 터였다.

공기는 서늘했지만, 지금은 바람이 약했다. 모스카는 거리에 인적이 없을 거라고 반쯤 기대하고 있었다. 모두들 덧창 틈새로 밖을 내다보며 전쟁이 일어나기를 기다리고 있을 거라고. 하지만 수십 명의 주부들과 상점 주인들이 바구니를 들고 입김으로 공기를 가득 채우며 수다를 떨고, 자갈로 포장한 바닥에 탁탁 슬리퍼 부딪치는 소리를 내며 돌아다니고 있었다.

왕들이 나타났다 사라졌다는 이유만으로 평범한 일상이 멈추지는 않는다는 사실을 모스카는 깨달았다. 사람들은 환경에 적응했다. 세상이 거꾸로 뒤집히면 모두들 집으로 달려가 숨었지만, 다시 모든 것이 조용해졌다 싶으면 금방 밖으로 나와 서로에게 감자를 팔기 시작했다.

시내에 있는 옛 시장은 좌우대칭에 집착하는 공작이 보기에 너무 동쪽으로 치우쳐 있었으므로, 공작은 시장을 관통하는 길을 새로 뚫고 주택들을 지을 기초를 놓으라고 지시했었다. 그러고는 새로 시장이 들어설 좋은 자리를 찾아냈다. 시내 중심부와 훨씬 더 가까운 곳이었다. 그런데 불행히도 이 자리에는 배은망덕하고 비이성적인 사람들이 잔뜩 살고 있었다. 그들은 자기들이 살고 있는 집을 좋아했기 때문에, 그 집을 부수면 지도의 모양이 더 깔끔해진다는데도 말을 듣지 않았다. 공작의 부하들이 이 사람들을 집에서 쫓아내려고 씨름하는 동안, 무언의 동의에 의해 아침 시장의 위치가 재다리 남쪽의 목초지로 옮겨졌다.

모스카가 재다리를 건너갈 때에도 강에서는 여전히 안개가 피어오르고 있었다. 이 다리에 이런 이름이 붙은 것은 순전히 이 다리가 해적과 노상강도들의 손에 불탄 적이 워낙 많기 때문이었다. 나중에는 의회 의원들도 이 다리를 불태웠다.

시장은 다리 건너편에 부채꼴로 퍼져 있었고, 과일과 향신료 진열대에는 활기가 넘쳤다. 케이크의 모습은 보이지 않았다. 하지만 물이 시작되는 곳에서 시장이 끝나는 것은 아니었다.

시장의 종이 울린 뒤 한 시간 동안 수상시장이 허공에서 뚝 떨어진 것처럼 모습을 드러냈다. 자그마한 배들이 물살에 흔들리며 옹기종기 모인 백합 꽃잎들처럼 착한 남자 서서래치의 섬 주위로 모여들었다. 그들은 서로 줄로 묶여 있었으며, 가장 끝에 있는 배들은 안개 때문에 흐릿하게 보였다. 여윳돈이 조금 있는 사람들은 사람이 꽉 들어찬 거룻배를 타고 섬으로 가서 뱃전 너머로 몸을 내밀고 물건을 사고팔았다. 하지만 그보다 더 위험한 길을 택하는 사람이 많았다.

다리 끝에서부터 섬까지 사슬로 서로를 연결한 배들이 구불구불 한 줄로 늘어서 있었다. 배와 배 사이에는 자그마한 배다리가 걸쳐져 있었다. 주부들은 치맛자락을 걷어올리고, 바구니와 멜빵을 어깨에 둘러멘 채 배다리 위에서 조심스레 옆걸음질을 쳤다. 배가 짐을 너무 많이 실어서 물속으로 낮게 가라앉고 안개가 짙은 곳에서는 여자들이 마치 강 위를 걷는 것처럼 보이기도 했다.

"예쁘구나." 첫 번째 배에 타고 있던 노파가 진홍색 리본을 모스카의 팔에 두 번 감아주면서 말했다. "널 5월의 아침처럼 예쁘게 만들어줄 거다, 이게." 모스카는 비틀거리며 노파의 손에서 벗어나 출렁거리는 배다리를 계속 걸었다.

강변과 가장 가까운 곳에 있는 배들은 광장의 시장에서 파는 것과 거의 비슷한 물건들을 팔았다. 한 배에는 호박과 셀러리액*이 뱃전까지 가득 쌓여 있었고, 또다른 배에는 살아 있는 닭과 토끼가 들어 있는 바구니들이 묵직하게 실려 있었다. 하지만 모스카는 서서래치의 섬이 가까워질수록 풍경이 바뀌는 것을 알아챘다. 강은 뱃사공들의 영역이었으므로 육지의 평범한 법칙들이 적용되지 않았다. 여기에는 다른 길드와 공작의 힘이 거의 미치지 못했고, 다른 종류의 상인들이 어둠 속에서 미끄러지듯 나와 자리를 잡고 있었다.

여기서는 화학자들이 약종상 길드를 걱정하지 않고, 물 위에서

* 뿌리를 먹는 셀러리.

출렁이는 자그마한 배에서 약을 팔았다. 히야신스 물이 담긴 병 속에 둥둥 떠 있는 고양이 이빨, 두꺼비 돌*, 출산을 도와주는 쑥국화 추출액, 통풍 치료제로 쓰이는 오소리 박제, 귓병 치료제인 노래기 등이었다.

공 세 개를 그려 넣은 전당포 간판이 달린 돛대들도 있었다. 그런 전당포 주인 한 명이 누덕누덕한 검은색 삼베 숄을 걸친 여자와 옥신각신하고 있었다. 여자는 조잡한 솜씨로 잘라낸 머리채 십여 개를 무릎 위에 펼쳐놓은 채였다. 모스카가 그것을 들여다보려고 걸음을 멈추자 여자가 어깨 너머로 험악하게 그녀를 바라보았다. 아무래도 혼자 있는 아이들의 머리카락을 잘라 가발장이에게 팔아치운다는, 악명 높은 여자 가위손들 중 한 명인 모양이었다. 여자 가위손이 무릎 위에 펼쳐놓은 머리채들은 굵고 매끄러운 밧줄 같았고, 원래 머리를 묶었던 작은 리본들이 가엾게도 여전히 남아 있었다.

그다음 배에서는 상인이 모스카를 발견하고, 자는 듯이 놓여 있던 권총 세 자루 위에 아무렇지도 않게 담요를 덮었다. 그가 손님과 대화를 나누는 소리도 잠잠하게 잦아들었다.

서서래치 섬 주위의 배들은 서로 옆구리를 맞대고 있었다. 따라서 배에서 배로 건너가기가 더 쉬웠다. 물론 누가 배와 배 사이의 틈새로 빠져 배들 밑에서 익사하더라도 아무도 눈치채지 못하기 십상이었지만 말이다.

---

* 옛날 사람들이 두꺼비의 몸속에서 생긴다고 믿었던 돌. 부적으로 사용했다.

섬 부두에서 그리 멀지 않은 곳에서 모스카는 마침내 케이크를 발견했다. 그녀가 멜빵에 매달아놓은 바구니들에는 과일과 사랑의 묘약이 든 병들이 잔뜩 들어 있었다. 모스카가 옆걸음질로 다가가자 케이크는 뻣뻣하게 굳어버렸지만 커다란 솥에서 피처럼 붉은 주스를 국자로 퍼서 미리 가져온 단지에 담는 작업을 멈추지는 않았다.

"난 널 못 봤어." 그녀가 약간 딱딱하게 말했다. "난 끓인 서양자두와 토마토를 사는 중이고, 너한테는 전혀 신경 쓰지 않아."

"알았어."

모스카가 평소와 달리 얌전하게 말했다. 케이크는 신경 쓰지 않는다면서도 계속 그녀와 이야기를 나눴으므로, 모스카는 이 정도면 됐다고 생각했다.

"케이크 언니, 물어볼 게 있어."

"난 너랑 얘기하는 게 아냐." 케이크가 말했다. "그냥 혼자 중얼거리는 거야."

"맞아. 하지만 언니가 우연히 내가 물어본 것과 같은 얘기를 중얼거릴 수도 있잖아. 난 지금…… 난 지금 잘못된 일을 전부 바로잡으려고 애쓰는 중이야."

케이크는 코르크 마개를 단지에 끼우면서 마음에 안 든다는 듯이 입을 살짝 내밀었지만, 그래도 모스카의 말에 귀를 기울이는 것 같았다.

"우리가 언니 부모님을 결혼시켜드린 다음 날, 언니가 그랬지? 어떤 커플이 들어왔는데 신부가 너무 취해서 몸도 가누지 못했다고. 그 사람들에 대해서 뭐 기억나는 거 없어?"

모스카는 입술을 깨물었다.

"아마 언니가 등록부를 확인해봐야 알겠지만……"

"내가 왜 그런 짓을 해!"

케이크는 모스카의 말에 너무 놀란 나머지 그녀에게 시선을 돌렸다. 자기가 혼자 중얼거리는 척해야 한다는 사실을 잊어버린 것 같았다.

"난 이번 달에 등록부에 적은 사람들의 이름을 하나도 빼놓지 않고 너한테 말해줄 수 있어. 바로 이 자리에서. 그리고 그날 일도 기억해. 내가 귀뚜라미처럼 기분이 좋았거든. 왜냐하면…… 너도 알잖아. 술을 엄청나게 마신 신부가 있었던 건 사실이야. 한 걸음 걸을 때마다 신랑이 부축해야 할 정도였어. 여자가 등록부에 X라고 서명할 때도 신랑이 여자 손을 잡고 대신 써주다시피 했지. 하지만 그런 일은 흔하잖아. 두 사람은 하룻밤 머물겠다면서 방을 잡았는데, 다음 날 아침 내가 시장 간 사이에 나간 것 같아."

"그 여자가 어떻게 생겼는지 기억나?" 모스카는 목소리에서 흥분을 숨기기가 힘들었다.

"여자 얼굴을 자세히 보지는 못했어. 보닛을 이마까지 내려 쓰고 있었거든. 숙녀는 아냐. 살갗이 햇볕에 그을리고 억센 인상이었으니까. 노란색 드레스를 입고 있었어. 그건 확실해. 그 위에 크림색 겉옷을 입고 있었는데, 칼라와 소매 끝동에 파란색 모직으로 자수가 놓아져 있었어. 전부 데이지 모양이야. 아, 그리고 바로 여기 피부 밑에 작은 뼈가 튀어나와 있었어."

케이크는 자기 손목 측면을 톡톡 두드렸다.

"그 여자가 안됐다는 생각이 들더라. 아마 고독해서 술을 많이 마시고는 비틀거리다 넘어져서 손목이 부러진 것 같았어. 그래서 그 여자가 다음 날 아침에 일어나 자기가 결혼했다는 사실을 알게 되면 기분이 어떨지 상상하면서 나도 기뻐했어."

케이크의 얼굴이 빛났다.

"그 남자는? 기억나는 거 있어?"

케이크는 인상을 찌푸리더니 살짝 어깨를 으쓱했다.

"여자한테는 과분한 남자였지. 그런 생각이 들었어. 차림새가 깨끗했거든. 신사처럼. 칼라 밑에 두른 스카프도 좋은 비단으로 된 거였고. 이름도 기억해. 아주 이상한 이름이라서. 더플리모어 그워드였어."

"더플리모어?" 모스카는 이마에 주름을 잡았다.

"나중에 한번 찾아봐."

케이크는 기분이 좋은 모양이었다. 평소에 잡기 힘든 고기를 잡은 어부처럼.

"그건 빌린 얼굴의 착한 부인 주딘에게 바쳐진 이름이야. 착한 남자 그레이글로리의 날, 해가 뜰 때 태어나는 아이는 주딘의 아이거든."

"케이크 언니." 모스카가 작고 조용한 목소리로 말했다. "더플리모어라는 이름을 가진 사람을 만나기는 쉽지 않지?"

"흔한 이름은 아니지. 그날 해가 막 뜰 때 아이가 태어날 가능성이 얼마나 되겠어?"

"아니…… 내 말은, 설사 그때 태어났다 해도 말이야. 주딘의 이름을 달고 태어난다는 건, 제일 재수 없는 일이잖아. 아이한테 주딘의 이름을 붙여주고 싶어하는 사람이 어디 있어? 그러니까 그때 아이가 태어나도 이름을 그렇게 짓지 않을 거야. 눈을 가늘게 뜨고 해를 바라보고는, 해가 뜬 것도 같고 안 뜬 것도 같다면서 그레이 글로리의 이름을 따서 아이 이름을 지을 거야. 우리 유모도 내가 해 지기 전에 태어났다고 주장했어. 그러면 내가 팰피태틀의 아이가 아니라 보니파스의 아이가 되니까. 그런데 우리 아버지가…… 우리 아버지가 다른 사람들하고 달랐던 게 문제지."

"네 말은…… 사람들이…… 이름을 가지고 거짓말을 할 수도 있다는 거야?"

두 소녀는 서로를 빤히 바라보며 이 말을 이해하려고 씨름했다. 누군가가 자기 얼굴 가죽을 벗겨내고 가짜 얼굴을 붙이는 모습을 상상하는 것 같은 기분이었다. 나중에 자기의 원래 이름을 어떻게 다시 찾으려고 그러는 걸까? 원래 이름을 붙여줘야 할 사랑받는 자가 화를 내지 않을까? 부모가 아이에게 붙여주는 이름은 낙인처럼 지워지지 않는 표지였으며, 아이가 자라서 어떤 사람이 될지를 의미했다. 그러니까 아무도, 심지어 저 교활한 이포니머스 클렌트조차도 자기 이름을 갖고 거짓말하지는 않았다.

"거짓말을 한 사람이 있는 것 같아." 모스카가 느릿느릿 말했다. "그 커플이 어느 쪽에서 왔는지 봤어?"

"아마 강 쪽에서 왔을걸. 맞아, 그쪽에서 왔어. 내가 닭 모이를 주려고 나갔다가 그 사람들이 넝마주이의 배에서 내리는 걸 봤거든.

난 넝마주이가 친절한 사람이라 그 두 사람을 태워준 줄 알았어."

케이크의 얼굴에서 미소가 점점 사라졌다. 모스카와 이야기하지 말아야 한다는 사실을 기억해낸 탓이었다.

"내가 잘못된 일을 전부 바로잡을 거야." 모스카가 다짐했다. 하지만 구체적으로 어떻게 해야 할지 전혀 알 수가 없었다. "그 넝마주이를 어디 가면 만날 수 있어?"

"넝마주이들은 대부분 시장에 있어. 섬 서쪽에."

케이크가 다시 돌처럼 무표정한 얼굴로 돌아갔으므로, 모스카는 그녀의 뜻을 눈치채고 그 자리를 떠났다.

그렇다면 그게 사실이었다. 그녀가 거울 앞에 앉아 있다가 문득 깨달았던, 그래서 멍해졌던 그 일이 사실이었다. 파트리지가 애당초 결혼의 집에 어떻게 들어왔는지 왜 한 번도 생각해보지 않았을까? 이제는 파트리지가 어떻게 들어왔는지 알 것 같았다.

파트리지는 챙이 넓은 보닛을 얼굴까지 내려 쓰고 여자로 변장해서 결혼의 집에 들어온 것이다. 그는 다른 사람의 손에 이끌려 예배당으로 갔고, 돈 몇 푼에 결혼을 당했으며, 다른 사람의 손에 이끌려 등록부에 서명했고, 개인실로 거의 끌려가다시피 했다. 그런데 파트리지는 전혀 반항하지 않았다. 이미 죽었으니까.

그렇다면 이름을 바꾼 그 신랑, 비단 스카프를 맨 그 신랑은 누구였을까? 그자가 살인범임이 거의 확실했다. 그런 사람은 과연 어떤 사람일까? 자기가 죽인 사람을 끌어안고 대로를 걸어온 것을 보면 그 사람의 피는 틀림없이 얼음물처럼 차가울 것이다. 누가 보닛 밑에서 남자의 얼굴을 볼 수도 있고, 신부의 손을 건드렸다가 그 손이 이상하게 차갑다는 것을 알게 될 수도 있는데 눈 하나 깜짝 않고 결혼식을 끝까지 치른 것을 보면 틀림없이 신경도 강철처럼 튼튼할 것이다. 게다가 애당초 그런 계획을 생각해낸 것을 보면 원래 성격이 이상하고, 장난을 좋아하고, 뒤틀린 사람임이 분명했다.

모스카가 이 남자에 대해 확실히 알고 있는 사실이 하나 더 있었다. 그 사람이 이포니머스 클렌트일 리가 없다는 것. 그는 저녁 내내 그레이 매스티프에 있었다. 게다가 만약 그 사람이 클렌트였다면, 케이크가 금방 알아봤을 것이다.

오늘까지 모스카는 클렌트가 복수의 일념으로 자신의 뒤를 쫓는 상상에 시달렸다. 그런데 이제는 그가 추운 벌판에서 소총을 든 사람들에게 쫓기면서 부들부들 떨리는 그 뚱뚱한 몸으로 산울타리나 짐승의 굴 밑에 숨으려고 애쓰는 모습을 상상하며 고민에 빠졌다. 십중팔구 그는 지금까지 교수형을 당해 마땅한 죄를 수없이 저질렀을 것이다. 도둑질, 사기, 거짓말 등등. 그러니 그가 저지르지도 않은 죄로 교수형을 당한다 해도 별 상관이 없을지도 모른다. 하지만 상관이 있었다. 모스카는 자기가 그를 구해야 한다는 것을 깨달았다. 그러려면 진짜 살인범을 찾아내는 수밖에 없었다.

넝마주이들의 배에는 물건이 실려 있다기보다, 색색가지 천조각과 프릴과 온전한 옷가지들이 어지럽게 흩어져 있다고 해야 맞을 것 같았다. 대부분의 배들은 소박한 사각형 뗏목배였지만, 누더기 더미가 이슬에 젖지 않게 술 달린 차양이 쳐 있는 자그마한 바지선도 두어 척 있었다. 하녀, 침모, 주부들이 천조각 더미로 기어

올라가서 먹이를 쪼는 갈매기처럼 여기저기를 잡아당기고 있었다.

"실례합니다."

모스카가 목소리를 높이자 차양이 있는 바지선 한 척에서 바느질을 하던 할머니 두 명이 하던 일을 멈추고 고개를 들었다. 두 사람 모두 천조각과 자그마한 반짝이들을 괴상한 모양으로 꿰맨 옷을 입고 있었다.

"저희 삼촌이 일주일 전에 어떤 넝마주이의 배에 타셨는데, 지금까지 소식이 없어요…… 그래서 삼촌이 어디로 가셨는지 알아보는 중이에요."

"잘못 찾아왔구나, 아가야." 두 할머니 중 몸이 호리호리한 할머니가 말했다. 그녀의 코는 어찌나 심하게 휘어져 있는지 중간에 마디가 하나 있는 것 같았다.

"넝마주이들은 사람을 태우지 않는단다. 뱃사공들의 규칙이야. 그렇지, 버터바라?"

"맞아." 몸매가 통통한 할머니가 말했다. "그렇지, 테어?"

나이가 좀 젊은 남자가 자그마한 뗏목배에서 고개를 들고 열심히 고개를 끄덕였다. 하지만 그는 동생 소렐을 불러 자기 말이 옳다는 것을 확인해야 한다고 고집을 부렸고, 소렐은 친구 드레글리를 불러 자기 말에 동의하게 했다. 이렇게 해서 곧 모든 넝마주이들에게 이 말이 퍼져나갔는데, 그들 모두 넝마주이가 사람을 태웠을 리가 없다고 입을 모았다.

"어쩌면 꾀죄죄한 거룻배였는지도 모르겠구나." 버터바라가 친절하게 말했다.

모스카는 눈을 가늘게 떴지만 그냥 고개를 끄덕였다. 넝마주이들은 이제 그녀에게 흥미를 잃어버리고, 배를 매어둔 사슬을 풀어 물속으로 던지는 일에 주의를 돌렸다. 모스카가 막 돌아서려고 할 때, 어떤 뗏목배 위의 물건 하나가 시선을 끌었다.

찢어진 페티코트 조각과 얼룩이 묻은 린넨 조각들 속에 크림색 린넨 소매 하나가 대롱대롱 매달려 있었다. 아직 해가 다 뜨지는 않았지만, 모스카는 소매 가장자리에 파란색으로 데이지 무늬가 수놓여 있는 것을 알아보았다. 그녀는 바지선에서 그 뗏목배로 내려갔다. 자그마한 뗏목배에 누더기가 그녀의 머리 높이만큼 쌓여 있었다. 그녀가 누더기 더미 옆에 쪼그리고 앉는 순간, 사라센이 물갈퀴 달린 발로 상자를 두드려대는 소리가 들렸다. 마치 녀석이 균형을 잃지 않으려고 춤추듯이 옆걸음질을 치고 있는 것 같았다. 그녀는 메고 있던 가발상자를 내려 자기 옆에 두었다.

모스카는 그 크림색 천을 잡아당겼다. 누더기 더미가 물속으로 와르르 쏟아질까봐 처음에는 살살 조심스레 잡아당겼지만, 나중에는 손에 힘을 더 주었다. 그런데도 소매가 쉽게 빠져나오지 않았다. 모스카는 어깨로 누더기 더미를 밀면서 바닥에 흩어진 천조각들을 조금 치운 덕분에 그 소매가 바닥의 뚜껑문에 단단히 물려 있다는 것을 알 수 있었다.

뚜껑문에는 고리 손잡이가 달려 있어서, 모스카는 그 문을 들어 올려 옷 전체를 빼냈다. 그것은 틀림없이 여자의 겉옷 소매였다. 드레스 위에 걸쳐 입게 되어 있는, 끝단이 넓게 퍼진 실용적인 반팔 겉옷으로, 형편이 넉넉한 여자들을 위해 만들어진 옷이었다. 칼라와 소매 끝동에는 파란색 모직으로 된 자수가 있었을 뿐만 아니라, 모든 면에서 그 섬뜩한 결혼식 때 '신부'가 입었다고 케이크가 설명해준 그 옷과 똑같았다. 게다가 배 근처에는 진흙인지 그레이비소스인지 모를 얼룩이 묻어 있었다. 아니, 혹시 완전히 다른 얼룩인 걸까? 옷에 수많은 발자국이 찍혀 있어서 확실히 알 수가 없었다.

어쩌면 이것만으로도 클렌트의 혐의를 벗겨줄 수 있을 것도 같았다. 파트리지가 살해된 이유나 이 옷이 여기 이 뗏목배 위에 있는 이유…… 또는 넝마주이의 뗏목배에 뚜껑문이 있는 이유를 굳이 알아내지 않아도……

모스카는 뚜껑문을 열고 어둠 속을 내려다보았다. 아침 햇빛이 금속에 반사되어 몇 군데 반짝이고 있을 뿐이었다. 그녀는 가능한 한 몸을 앞으로 기울였다. 그러자 따뜻한 금속 맛 같은 냄새가 느껴졌다. 그런데 뗏목배가 갑자기 움직이는 바람에 몸이 생각보다 훨씬 더 앞으로 기울어졌고, 그녀는 착한 남자 서서래치에게 나막신 밑창을 보여주며 뚜껑문 안으로 굴러 떨어졌다.

"배가 무엇에 부딪힌 건가?"

저 위에서 누군가의 목소리가 들려왔다. 모스카는 숨이 막혀서 말을 할 수 없었다. 어둠 속에서 빨간 별들이 흐릿하게 나타났다 사라졌다. 아무래도 뚜껑문이 그냥 닫혀버린 모양이었다.

"여기서 그럴 리가 있나. 레티티아 호와 엉덩이를 부딪친 것뿐이야."

"테어." 처음에 말했던 남자의 목소리가 나직하고 진지해졌다.

약간 위험하게 들리는 목소리였다. "이게 왜 여기 있는 거지?"

"뭐?"

"크림색 겉옷. 벌써 오래전에 태워버리거나, 갈기갈기 찢어버렸어야 하는 물건이잖아. 이걸 누가 알아보기라도 하면 큰일이야."

저 위의 선원들에게 소리를 지르려고 숨을 들이쉬었던 모스카는 천천히 허파에서 공기를 빼냈다.

"내가 그걸 당장 갖고 내려가서 처리할게. 네가 무섭다면." 머리 위에서 연한 색 하늘이 사각형으로 나타나더니, 누더기를 묶어서 만든 사다리가 주르르 내려와 창고 바닥에 살짝 닿았다.

모스카는 얼른 몸을 웅크렸다. 이제는 눈이 어둠에 익숙해진 덕분에, 쇠를 가공해서 만든 하프시코드와 아주 비슷하게 생긴 물건이 옆에 웅크리고 있는 것이 보였다. 모스카는 기다란 손가락으로 이 물건을 더듬어보았는데, 이 하프시코드에 건반이 전혀 없으며, 쇠로 된 선반 두 개가 있을 뿐이라는 결론을 얻었다. 두 선반 사이의 틈은 좁았지만 모스카가 들어갈 정도는 되었다. 그녀는 꿈틀꿈틀 몸을 움직여 머리부터 먼저 틈새로 집어넣었다. 밧줄 사다리가 이리저리 흔들리다가 갑자기 홱 움직였다. 무거운 부츠를 신은 두 발이 바닥에 닿을 때쯤 모스카는 눈에 보이지 않는 틈새에 벌써 들어가 있었다.

그녀는 누군가가 칼로 천을 찢는 소리에 귀 기울이면서 호기심을 참지 못하고 손가락으로 계속 사방을 더듬었다. 머리 위의 선반은 금속이 아닌 것 같았다. 짤막한 털이 있는 것처럼 까슬까슬한 느낌이었다. 북을 만들 때 쓰는 가죽 같았다. 그녀는 충격과 함께 자신이 지금 쓰다듬고 있는 것이 종이임을 깨달았다. 그녀는 손을 더 아래쪽으로 옮겨서 자신이 누워 있는 선반을 쓸어보았다. 선반에는 살짝 기름기가 있었으며, 작은 돌기들로 뒤덮여 있어서 자그마한 이빨이 줄줄이 늘어서 있는 것 같았다. 손가락 끝을 눈앞으로 가져와 보니 석탄처럼 새까만 얼룩이 묻어 있었다.

모스카가 이제 맨들리온에서 저 악명 높은 불법 인쇄기가 있는 장소를 아는 몇몇 사람들 중 한 명이 되었다는 것은 좋은 일이었다. 하지만 아무래도 모스카가 그 인쇄기 안에 들어가 있는 것 같다는 점이 문제였다.

R은 Redemption 구원

'적어도……' 모스카는 속으로 생각했다. '적어도 저 사람 손이 레버 근처에 있지는 않아. 그러니까 내가 갑자기 인쇄기에 눌려서 죽는 일은 아마 없을 거야.'

금속판들 틈새로 모스카는 테어라는 넝마주이의 칼이 희미하게 반짝이는 모습을 지켜보았다. 넝마주이는 그 크림색 겉옷을 자그마한 사각형 조각들로 찢더니 구석에 있는 누더기 더미로 던져버렸다. 그는 참을성 있고 조심스럽게, 그리고 자신의 솜씨를 자랑스러워하는 사람처럼 칼날을 천조각들 사이로 밀어 넣었다. 칼 쓰는 일을 좋아하는 사람임이 분명했다. 일이 끝나자 그의 그림자가 방을 가로질러 벽으로 다가갔다. 벽에는 십여 개의 연한 색 사각형 물건들이 어둠 속에 매달려 있었다.

"종이가 거의 말랐어." 그가 위를 향해 소리쳤다.

"조용히 해. 시내 사람들이 우리 소리를 들을 수 없는 곳으로 나갈 때까지는."

저 위에서 으르렁거리는 것처럼 고함치는 소리가 들려왔다.

"안개가 걷히기 전에 페인블레스까지 한번 달려보자고. 금방 바람이 일어날 거야."

갈매기의 노랫소리, 말발굽 소리, 거리에서 사람들이 외쳐대는 소리가 점점 작아졌다. 저 위의 어디선가 장대 하나가 물속을 휘저었고, 뗏목배의 들보들은 고장 난 송풍기처럼 삐걱거렸다. 수많은 기억들을 깊이 감추고서 그것을 말하고 싶어하던 강이 마침내 그 기억들을 내보였다.

채찍을 휘두르는 것 같은 묵직한 소리가 가끔 일정한 간격으로 조그맣게 들려오다가 점점 커지더니 나중에는 귀가 멍멍할 지경이었다. 하지만 그 소리는 점차 뒤쪽으로 사라져갔다. 그 사이에 마도요와 그 밖의 여러 새들이 지저귀는 소리가 가느다란 나선형을 그리며 정적 속으로 떨어져 들어왔다.

창고 안의 넝마주이는 천조각을 찢는 일에 점점 싫증이 나는 모양이었다. 그의 검은 몸통이 인쇄기 옆으로 다가오고, 모스카가 있는 곳 위쪽 어디선가 찰칵, 찰칵 소리가 났다. 잘 돌아가지 않는 자물쇠에 열쇠를 넣고 돌리는 것 같은 소리였다. 그녀의 위쪽에 있는 판이 덜컹하면서 몇 센티미터쯤 아래로 떨어졌다.

"테어? 이리 올라와서 이것 좀 봐."

인쇄기 옆에 서 있던 검은 형체가 뒤로 물러나더니 곧이어 사다리를 올라가는 소리가 들려왔다.

"뭔데?"

"네가 직접 봐. 난 지금 장대를 잡고 있어서. 거기, 해치 옆에. 전에 그런 거 본 적 있어?"

"아니, 없는 것 같은데. 가발상자 같아."

아래쪽 창고의 어둠 속에서 까만 눈 두 개가 동전처럼 동그래졌다.

"어쨌든 그 안에 뭐가 있는지 한번 봐."

누군가가 물건을 들어올리려고 끙 하고 허리를 숙이는 소리가 나더니 쿵, 쿵, 쿵 소리가 작게 들려왔다. 상자가 비었는지 보려고 누가 상자를 흔들어댄 것 같았다.

"조심해. 그러다 가발 찌그러지겠다…… 야, 너 왜 그래?"

"뭔가가……"

테어가 기겁한 목소리로 말했다.

"뭔가가 이 안에서 움직였어, 소렐. 그런 눈으로 보지 마. 내가 보여줄게. 그 갈고리장대 좀 줘봐."

잠시 침묵이 흐르더니 가발상자에서 뚜껑이 스르르 벗겨지는 소리가 희미하게 들렸다. 곧이어 두 남자가 함께 웃어대기 시작했다.

"세상에, 뭔가 했더니……" 한참 뒤에 소렐이 숨찬 목소리로 말했다. "누가 널 좋아하나 보다, 테어. 누가 너한테 선물을 주고 간 거야. 어쨌든, 오늘 밤에는 거위를 먹겠군."

"잠깐만." 테어의 목소리는 아까와 달리 유쾌하지 않았다. "이거 그레이 매스티프에 있던 그 거위야! 틀림없어!"

클렌트가 모스카에게 생생하게 묘사해주었던 그 터무니없는 장면이 펼쳐지고 있었다. 이 두 남자가 캐필러리 여왕의 사향고양이를 이긴 용감한 거위를 알아본 것이다. 감동과 감격에 사로잡힌 두 사람은 그동안 잊고 있던 군대 시절의 모험을 떠올리며 숭고한 충동이 가슴속에서 다시 불붙는 것을 느꼈다. 모스카는 인상을 찌푸렸다. 숭고한 충동에 불이 붙는다면 틀림없이 주먹질과 고함소리가 줄어들어야 하는데……

"테어! 너 뭐 하는 거야? 미쳤냐? 당장 그 권총 치워!"

"이거 그레이 매스티프에 있던 그 거위라니까! 이 녀석이 사람들 다리를 불쏘시개처럼 부러뜨리는 걸 내가 봤어!"

"그 총을 쏘면 이 근방에 있는 사람들이 전부 그 소리를 들을 거야. 밭에서 일하는 사람들, 여기서부터 페인블레스 사이에 있는 뱃사공들이 전부 들을 거라고. 테어, 안 돼!"

아주 커다랗게 쿵 하는 소리, 채찍을 휘두르는 것 같은 소리, 덜컹거리는 소리가 연달아 들렸다.

"아이고, 망했다. 그게 어디로 떨어졌는지 알아? 아이고 젠장, 그 거위 녀석이 우릴 잡으러 올 거야!"

첨벙, 첨벙, 풍덩, 풍덩. 헤엄치는 소리가 점점 멀어지더니, 잠시 후 숨죽여 이야기를 나누는 목소리가 희미하게 들려왔다.

"뗏목이 저 앞의 나무에 걸릴 거야. 그러면 줄을 던져서 뗏목을 끌어당긴 다음에 기다리는 거야……"

모스카는 바닥으로 떨어질 때의 충격 때문에 아직도 팔다리가 아팠다. 손에도 뭔가 축축한 것이 묻어 있었지만, 그녀는 그것이 잉크일 거라고 생각하려 했다. 인쇄기에서 빠져나오는 것은 결코 간단한 일이 아니었다. 인쇄판에 얼굴이 쓸리기도 했다. 그녀가 헝겊 사다리를 붙들고 올라가려 하자, 사다리가 미련하게 흔들리면서 그녀의 발을 훔쳐가려고 했다. 하지만 그녀가 다리를 흔들어 나막신을 벗어버리자 사다리를 타고 오르기가 훨씬 쉬워졌다.

어두운 창고 안에 있다가 밖으로 나오니 아직 이른 아침인데도 해가 완전히 떠오른 것처럼 느껴졌다. 이십 미터쯤 떨어진 강둑 위에는 두 사람이 안개 속에서 검은 딸기 덤불 속에 앉아 모자의 물기를 짜내고 있었다. 앞에는 쓰러진 나무 한 그루가 둑에서부터 불쑥 튀어나와 물살을 따라 흔들리고 있었다. 죽은 나뭇잎, 물거품, 물 위에 떠 있는 여러 가지 물건들을 턱수염처럼 매달고서. 장대는 모스카의 손이 닿을 수 있는 거리에서 두 개의 금속 고리에 매달려 있었지만, 무거워서 움직이기가 힘들 것 같았다. 노를 이용하는 편이 훨씬 더 나을 듯싶었다.

그녀는 누더기 더미 뒤에 앉아 미친 듯이 노를 저었다. 처음에는 아무리 애를 써도 뗏목배의 방향이 바뀌지 않는 것 같았지만, 고개를 들어보니 바로 앞에 있던 나무가 왼쪽으로 약간 옮겨가 있었다. 어쩌면 배가 나무의 손아귀를 간신히 피해 갈 수 있을 것 같기도 했다.

넝마주이들은 이미 그녀를 발견하고 강둑을 따라 달리고 있었다. 그녀가 보기에 아무래도 테어인 것 같은 사람이 흙 속에 부챗살처럼 퍼져 있는 나무뿌리 위를 힘들게 지나서 나무줄기를 네 발로 기어오르고 있었다. 그런데 모스카가 막 그에게 붙잡힐 것 같다고 생각하는 순간, 그의 몸이 옆으로 기우뚱하더니 꿀꺽거리는 것 같은 소리를 내며 물속으로 사라져버렸다. 그의 모자만 물 위에 남아 출렁거렸다. 그가 허푸허푸 소리를 내며 물 위로 다시 올라왔을 때에는, 그에게서 가장 먼 곳의 잔가지들이 뗏목배의 널에 손톱을 박아 넣고 있었다. 모스카는 온 힘을 다해 노로 가지들을 밀쳐냈다. 그러자 뗏목배가 물살을 타고 휙 방향을 돌려 안개 속으로 흘러갔다. 그동안 사라센은 누더기 산의 정상에 서서 고개를 높이 들고 날개를 펄럭였다. 마치 그렇게 날개를 펄럭여서 배를 움직일 수 있다는 듯이.

"있지, 사라센."

넝마주이들이 어쩔 줄 모르고 고함을 질러대는 소리가 등 뒤로 점점 사라져가자 모스카는 사라센에게 작은 소리로 속삭였다.

"정말이지, 이젠 배를 훔치는 짓은 그만 해야겠어."

그녀는 충성스러운 시민으로서 그 인쇄기를 맨들리온으로 가져가 출판업자 길드에 넘겨야 한다는 것을 알고 있었다. 따라서 지금 뗏목배가 가고 있는 방향은 잘못된 것이었다. 하지만 뗏목배가 가야 할 길에 관해 강이 강하게 고집을 부리는 것 같았고, 강이 모스카를 이렇게 도와주고 있는데 거기에 토를 다는 것은 무례한 짓인 것 같았다.

채찍을 휘두르는 것 같은 소리가 희미하게 다시 들려오기 시작하더니, 탁탁탁 하고 정신없이 연달아 나는 소리로 바뀌었다. 바로 그때 안개 속에서 풍차 방앗간의 둥근 지붕이 모습을 드러냈다. 풍차의 낡은 날개들이 마치 총 쏘는 것 같은 소리를 내고 있었다. 바람이 강해지면서 사람이 살지 않는 집의 가구들을 덮어놓은 천을 걷어가듯이 안개를 걷어가기 시작했다. 양쪽 강둑 뒤에는 텅 빈 밭과 저지대가 펼쳐져 있었다. 마침내 가을 태양이 회색 숲 위로 고개를 내밀었다. 치통만큼이나 밝고 차갑게. 모든 나무의 꼭대기 선을 따라 자잘한 황금빛 술 장식이 생겨났다.

넝마주이들이 장대로 배를 움직여 강을 오르내리는 것을 지켜본 모스카는 장대를 강바닥에 박고 뗏목배를 밀어야 한다는 것을 알고 있었다. 하지만 아무리 시도해봐도 물에 흠뻑 젖어 점점 지쳐갈 뿐, 배는 둑에서 훨씬 더 멀어져 아예 장대가 강바닥에 닿지도 않게 되었다.

"아이고, 아무래도 이게 그냥 운명인가보다." 그녀는 쓰러지듯이 바닥에 몸을 던지며 말했다. "그냥 바다까지 밀려가서 해적 대신 밀수꾼들한테 잡히기나 기도해야지."

모스카는 치마에서 물기를 짜내고, 누더기를 쌓아 매트리스를 만든 다음, 손으로 머리를 받치고 그 위에 벌렁 누웠다. 구름들이 낡은 포스터처럼 벗겨지면서 선명한 파란색 하늘이 점점 모습을 드러내고 있었다. 배가 맨들리온에서 멀어질수록, 그녀의 무거운 기분도 점점 벗겨지는 것 같았다. 바다까지 떠가는 게 정말로 그렇게 나쁜 일일까?

하늘이 너무 밝아서 눈이 아팠기 때문에 그녀는 눈을 감았다. 그래서 정말로 순식간에 어디론가 떠가기는 했는데, 도착한 곳은 바로 꿈나라였다. 그녀가 잠에서 깨었을 때에는 골풀들이 하늘 가장자리에 술 장식처럼 매달려 있었고, 깃털 같은 갈대 잎들이 얼굴을 쓰다듬고 있었다.

뗏목배가 강가에 있는 널따란 갈대밭으로 떠내려와 발목이 잡힌 것이다. 아마 운명의 여신은 모스카가 바다로 도망치는 것을 바라지 않는 모양이었다. 모스카 자신도 그건 자기가 원하는 일이 아니라는 생각이 갑자기 들었다.

모스카는 순간적으로 함께 여행하는 동료, 즉 무시무시한 이빨이 달린 인쇄기를 생각했다. 거미 같은 글자들과 미친 생각들이 인쇄판들 사이에서 쏟아져 나와 어둠 속에서 시끄럽게 재잘거릴 것만 같았다. 하지만 그녀는 인쇄기를 두려워하면서도 인쇄기에 매혹당하고 있었다…… 안 돼. 그녀는 혼잣말을 했다. 인쇄기의 꼬임에 빠져 그 소굴로 들어갈 수는 없는 일이었다.

이곳에서는 강 계곡이 거의 초원처럼 넓어서 강물도 한가로이 흘러가고 있었다. 희미하게 반짝이는 진흙땅이 여기저기서 물 위로 얼굴을 내밀고 있어서 거위와 백조들이 모여 회의를 열 수도 있을 것 같았다. 하류 쪽으로 훨씬 떨어진 곳에는 잿빛 둥근 지붕 하나가 받침대 하나 없이 아침 햇빛 속에 둥둥 떠 있는 것 같았다. 폐허가 된 도시 페인블레스가 있는 언덕이 바로 그곳인 것 같았다.

모스카는 장대를 부지런히 움직여서 갈대 사이로 억지로 뗏목배를 움직여 둑에 갖다댔다. 화창한 아침 햇빛 속에서 그녀는 자기 손에 묻은 것이 단순히 검댕과 얼룩만은 아니며, 드레스와 앞치마에도 인쇄된 글자들이 잔뜩 묻어 있다는 것을 깨달았다.

"사라센!" 그녀는 기겁해서 사라센에게 소리쳤다. "이것 좀 봐! 내 몸에 나쁜 글자들이 잔뜩 찍혔어!"

골풀 아래에서 물이 희미하게 반짝였다. 모스카는 골풀을 옆으로 밀치고 작은 거울 같은 물에 자신의 모습을 비춰보았다. 상태가 생각보다 더 심각했다. 물에 비친 모습을 보니, 팔뚝과 얼굴에 수많은 글자들이 거꾸로 잔뜩 찍혀서 번져 있었다.

"이런 꼴로는 맨들리온으로 돌아갈 수 없어." 그녀가 중얼거렸다. "내 코가 불법이 되어버렸어."

앞치마는 구할 길이 없었다. 인쇄기에서 꿈틀거리며 빠져나올 때 그녀가 앞치마 위에 무릎을 꿇었는데, 그때 무릎이 잉크가 묻은 활판 위에 앞치마를 눌러댔던 것이다. 모스카는 허둥지둥 앞치마를 벗어 왼쪽에 찍힌 선명한 검은색 자국을 잠시 빤히 들여다보았다. 그 자국은 손바닥만 한 크기였으며, 새까만 색이었고, 트럼프 카드의 하트 같은 모양이었다.

이런 모양을 어디서 봤더라? 잠시 후 기억이 떠올랐지만, 그로 인해 그녀는 더욱더 당혹스러웠다. 동물 격투기가 있던 날, 그레이매스티프의 발코니에 하얀 드레스를 입은 여자가 있었다. 레이디 타마린드를 흉내내려 했지만 살이 축 늘어진 얼굴은 멍청해 보였고, 옷은 레이디 타마린드의 드레스와 비슷했지만 소매에 이 검은 자국과 비슷한 검은 하트가 찍혀 있었다. 레이디 타마린드의 드레스, 다른 여자의 얼굴, 검은 하트…… 이 모든 것이 꿈처럼 뒤엉켜서 도무지 의미를 알아낼 수 없었다.

그래서 의미를 알아내는 것은 나중으로 미루기로 했다. 몸에 묻은 잉크를 닦아내는 것이 그보다 더 급했다. 그녀는 앞치마 한 귀퉁이를 물에 적셔서 살갗을 세게 문지르기 시작했다. 얼마 뒤 얼굴에 묻은 글자들은 희미해졌지만, 오른쪽 팔뚝의 글자들은 여전히 선명한 검은색이었다. 어찌나 선명했는지 모스카가 살갗을 문지르면서 단어 몇 개를 알아볼 수 있을 정도였다.

"……칼과 대포가 지배하는 곳에서 이 하트가 떨리지 않게 하라……"

모스카는 미간을 찌푸렸다. 그녀는 급진파의 폭언이나 정치적 폭로 같은 것을 기대하고 있었다. 그런데 이것은 '마음을 편안하게 해주는' 오래된 기도문과 아주 비슷했다. 내전 중에 많은 병사들이 이런 기도문을 양피지에 써서 가슴 주머니에 접어 넣고 전장으로 향하곤 했다. 기도문이 행운과 용기를 가져다줄 거라고 믿고서.

"누가 전투를 준비하고 있는 것 같아."

그녀는 숨죽여 중얼거렸다. 마음을 편안하게 해주는 기도문을 사제를 시켜 손으로 쓰지 않고 왜 인쇄기로 찍어내는 것일까? 이걸 손으로 쓸 수 없을 만큼 시간이 촉박해서? 아니면 기도문을 줘야 하는 병사들이 너무 많아서?

"……나라가 영혼의 질병 속으로 가라앉았다…… 피를 흘려야만 제거할 수 있는 독…… 우리의 모습이 어둡게 보인다. 빛이 우리 뒤에 있으므로……"

흥미를 느낀 모스카는 계속 읽어나갔다.

"……우리의 영광스러운 형제들……"

그다음 단어는 읽기가 힘들었다. 그것이 모스카의 손목을 가로질러 있었기 때문에. 그녀는 팔을 비틀어 눈을 가늘게 뜨고, 그 흐릿한 잉크 자국의 비밀을 알아냈다.

그러고는 쿵 소리를 내며 주저앉았다. 갑자기 사방에 새들이 가득했다. 사방의 골풀들 속에서 새들이 겁먹은 영혼처럼 날개를 퍼덕거리며 폭발하듯 날아올랐다. 날개가 한 번 펄럭일 때마다 하얀 아랫부분이 번개처럼 나타났다가 사라졌다. 새들이 떠난 뒤로도 공기가 잔물결을 일으키며 잠잠해지려 하지 않았다.

'하지만 그 사람들은 죽었어.' 모스카는 필사적으로 생각했다. '전부 죽었다고. 그건 다 아는 사실이야……'

그녀는 절박한 시선으로 치마, 살갗, 스타킹에 번져 있는 글자들을 바라보며, 뱀처럼 자신을 휘감고 있는 그 거뭇거뭇한 글자들의 윤곽을 더듬었다.

"……불의 검으로…… 심지어 아이들조차…… 순수……"

그녀가 손목에서 본 그 단어가 다시 나타났다. 여기에도, 저기에도……

새잡이들……

아침 공기는 그 어느 때 못지않게 황금빛을 띠고 있었고, 들장미 열매가 산울타리에서 여전히 즐겁게 흔들리고 있었지만, 이제는 산들바람에서 다른 맛이 느껴졌다. 새들이 질러대는 소리가 금속을 찢어발기는 소리처럼 들렸다.

새잡이들……

이젠 무슨 일이 일어날지 정말로 알 수 없었다. 완만한 능선들이 신음을 내뱉으며 입을 벌려 과거의 괴물들을 풀어주는 소리가 들리는 것 같았다. 죽어버린 시대의 것들 중에서도 최악의 것들이 무덤에서 몸을 일으키고 있었다. 자그마한 착한 남자 포스트로피에게 멜로베리를 아무리 갖다 바쳐도 그들이 고향으로 돌아오는 것을 막을 수 없을 터였다.

하지만 현실은 그런 아이 같은 상상보다 더 심각하고 무시무시하다는 것을 모스카는 깨달았다. 이 기도문을 기다리고 있는 새잡이 군대는 유령의 무리가 아닐 터였다. 그 군대의 병사들은 피와 살로 이루어진 진짜 사람들, 맨들리온 사람들일 것이다. 오랜 세월 동안 무서운 인내심으로 때가 오기를 기다리던 사람들. 콜라비의 이야기에 등장했던, 새잡이 교회의 신도 같은 사람들. 그러니까 새잡이들은 결코 뿌리뽑힌 것이 아니었다. 눈에 띄지 않게 몸을 감추는 법을 기억해냈을 뿐이었다.

그들이 이제는 행동에 나설 태세였다. 전투가 계획되고 있었고, 그 전투가 끝난 뒤에는 나무들이 교수형을 당한 시체들의 무게 때문에 비명을 질러대는 세상이 올 것 같았다. 모든 사람의 마음속 처마 밑에 지금도 박쥐처럼 숨어 있는 두려움이 한꺼번에 쏟아져 나와 하늘을 까맣게 물들이는 세상.

앞치마에 선명하게 찍힌 검은 하트가 낙인처럼 그녀의 눈으로 들어와 귀에 쿵쿵 울리는 심장박동 소리에 맞춰 고동쳤다. 그것은 응보의 심장, 순수의 정수, 눈에 보이지 않는 군대의 북소리였다. 하지만 그것이 전부가 아니었다. 모스카가 하트를 뚫어지게 바라보고 있자니, 새로운 의미가 드러나기 시작했다.

*

일곱 시간 뒤, 사람들로 북적대는 맨들리온의 중앙 대로에서 어린 소녀 두 명이 옛 성벽의 울퉁불퉁한 부분 옆에 웅크리고 서서 나직하고 급박한 목소리로 이야기를 나눴다. 둘 중에 키가 큰 쪽은 빨간 곱슬머리가 모자 밑으로 마구 삐져나와 있었고, 손이 차가워지지 않게 앞치마 속에서 손을 모아쥐고 있었다. 키가 작은 쪽은 검은 머리였는데, 흙색이 섞인 분홍색 파우더가 머리카락에 덕지덕지 들러붙어 있었다. 키 작은 소녀는 나이에 비해 너무 유행에 뒤떨어진, 헝겊을 덧댄 올리브그린색 원피스를 입고 있었다. 어깨에 멘 줄에는 빨간색의 둥근 가발상자가 매달려 있었으며, 나막신은 진흙투성이였다. 지나가던 사람들이 두 소녀를 보았다면, 아마 상점 주인의 딸들이 심부름 가는 길에 잠시 쉬면서 수다를 떨고 있는 모양이라고 생각했을 것이다. 두 소녀가 신들과 길드에 대해, 그리고 나라의 운명에 대해 이야기하고 있을 것이라고는 짐작도 하지 못했을 것이다.

"난 지금도 사실 너랑 이야기를 하는 게 아냐."

케이크가 벌써 여섯 번째 같은 말을 되풀이했다. 그녀는 동쪽탑의 철문 앞에 모여 있는 사람들을 훑어보았다.

"다시 말해봐. 걔가 어떻게 생겼다고?"

"통통하고 얼굴이 분홍빛이야." 모스카가 중얼거렸다. "허우적거리는 것 같은 걸음걸이에, 코는 이렇게 위로 들려 있어." 그녀는 손끝으로 자기 코끝을 밀어올렸다.

"난 이런 일을 해본 적이 한 번도 없어." 케이크가 불안한 표정으로 중얼거렸다.

"그냥 그애 앞치마를 머리에 씌우고 그대로 붙들고 있기만 하면 돼. 아무 말도 할 필요 없어." 모스카는 케이크의 팔을 움켜쥐었다. "저기 있어! 저기 저애야! 가자!"

라벤더 하녀가 문 앞에 서서 예쁜 드레스의 허리받이에 달린 프릴을 정리하고 있었다. 그녀는 미소로 경비병들의 마음을 녹여 문을 빠져나오면서 눈을 내리깐 채 자신에게 찬사를 보내는 그들의 표정을 살폈다. 그러고는 잠시 걸음을 멈추고, 밀물과 썰물처럼 오가는 사람들과 마차들 사이로 빠져나갈 틈새가 있는지 훑어보았다. 이렇게 잠시 망설인 것이 잘못이었다.

그 가엾은 라벤더 하녀가 처음으로 위험을 알아차린 것은 자기 얼굴에 린넨이 덮어 씌워졌다는 것을 알았을 때였다. 그녀가 정신을 차리고 비명을 지르기도 전에 야윈 손 네 개가 팔을 움켜쥐고 들어올려 발걸음 소리가 메아리처럼 울리는 골목길로 서둘러 들어가더니 그녀를 벽에 밀어붙였다. 케이크는 물에 빠져서 나뭇가지에 매달린 선원처럼 그녀를 꼭 붙들고 있었고, 모스카는 그녀의 통통한 팔을 두어 번 꼬집었다.

"너희들 누구야? 원하는 게 뭐야? 아야!"

"넌 원래 그 드레스를 팔면 안 되는 거였어, 그렇지?" 모스카가 이를 악물고 말했다.

"뭐? 무슨 드레스?" 라벤더 하녀는 너무 놀란 나머지, 얼굴에서 앞치마를 걷어낼 생각도 하지 못했다.

"레이디 타마린드가 너한테 눈처럼 하얀 드레스를 줬잖아. 레이스가 거품처럼 달리고 진주가 잔뜩 박혀 있고 소매에 하트 모양 얼룩이 있는 드레스 말이야. 아가씨가 너더러 그 옷을 태워버리라고 했지? 그런데 넌 태우지 않았어. 그건 도둑질이야. 지금 바로 너 같은 사람들을 재판하는 순회재판이 열리고 있다고."

라벤더 하녀가 우는 소리를 냈다.

"아가씨가 그걸 꼭 태워버려야 한다고 하시지는 않았어. 팔아도 괜찮다고 하셨단 말이야. 소매 끝동만 잘라내면 괜찮다고. 하지만…… 소매 끝동이 얼마나 훌륭했는데. 진짜 메이더밀 레이스가 달려 있었어. 그래서 아가씨가 설마 진심으로 그런 말을 하시지는 않았겠지 싶었어. 나한테서 그 드레스를 사간 부인도 그 자그마한 하트가 예쁘다고 했어. 심장을 소매에 새긴다는 시도 있잖아. 그건 도둑질이 아니야. 정말로 아니야……"

"좋아."

모스카는 행운을 빌며 라벤더 하녀의 팔을 한 번 더 꼬집었다.

"지금 우리가 나눈 얘기에 대해서 아무한테도 말하지 마. 그러면 나도 그 드레스에 대해서 아무 말도 안 할게."

그녀가 어깨를 치자 케이크는 모스카의 뒤를 따라 뛰기 시작했다. 두 사람이 골목길을 빠져나간 뒤, 골목 안에서는 라벤더 하녀가 앞치마를 뒤집어쓴 채 벌벌 떨고 있었다.

"꼭 그렇게까지 했어야 돼?" 모스카를 따라잡은 케이크가 물었다.

모스카는 어깨를 으쓱했다. "시간이 별로 없잖아."

"그래, 그런 것 같아." 케이크는 잘 모르겠다는 표정이었다. "그럼…… 네 생각이 맞았던 거야?"

"응."

모스카는 보닛 뒤에서 찰싹 소리가 나게 양손을 모으고 허리를 뒤로 젖혀 동쪽탑을 올려다보았다.

"레이디 타마린드는 모든 사람이 그 인쇄기를 찾으려고 이리 뛰고 저리 뛰게 만들었어. 공작님은 급진파를 뒤쫓게 만들고, 출판업자들은 열쇠장이를 뒤쫓게 만들고. 그 인쇄기는 처음부터 레이디 타마린드의 것이었는데 말이야."

"그럼…… 드레스의 그 얼룩이 그 인쇄기에서 묻은 거야?"

"응. 자기가 일으킨 온갖 소란을 보는 것만으로는 충분하지 않았던 거지. 레이디 타마린드도 어쩔 수 없었을 거야. 자기가 직접 가서 그 인쇄기를 봐야 했겠지."

"왜?" 케이크는 도무지 무슨 소리인지 모르겠다는 표정이었다.

"권력 때문이야."

모스카는 확신에 찬 자신의 목소리에 깜짝 놀랐다.

"그 인쇄기는 금속 이빨이 가득 들어 있는 입으로 사람들을 향해 활짝 웃고 있어. 마치 자기가 도시를 뒤집어놓을 수도 있고, 공작을 미치게 만들 수도 있고, 폭동과 전쟁을 일으킬 수도 있다고 말하는 것처럼. 권력이라는 건, 사람들이 자꾸 가까이 다가가서 그 기운을 빨아들이고 그 일부가 되고 싶다는 생각을 하게 만들어."

이제 모스카는 자기가 레이디 타마린드를 만났을 때 마치 최면에 걸린 듯 빠져든 것이 권력 때문이었음을 알았다. 레이디 타마린드는 권력의 냄새를 풍기고 있었다. 궁정의 다른 귀부인들이 재스민 향수 냄새를 풍기는 것처럼. 모스카는 그것을 느낀 것이다. 타마린드 주위의 공기 중에 떠서 하얗게 반짝이는, 눈에 보이지 않는 그 존재를. 그리고 무엇인지도 모르면서 그것을 원했던 것이다.

레이디 타마린드도 그 인쇄기에 똑같이 홀렸을 것이다. 모스카는 레이디 타마린드가 권력의 짜릿함을 느끼고 싶어서 인쇄기를 손으로 쓸어보는 모습이 눈에 보이는 듯했다.

"인쇄된 종이를 꺼내려면 틀을 잡아당겨서 구부려야 한다는 걸 몰랐을 거야."

모스카가 큰 소리로 말을 덧붙였다.

"그래서 그냥 안으로 손을 넣어서 종이를 꺼내려고 했겠지. 그러다가 소매에 커다란 검은색 얼룩이 묻은 거야. 레이디 타마린드는 여느 때처럼 그 옷을 없애버렸어. 그 들창코 하녀한테 준 거야. 다만 이번에는 옷을 태우거나 소매 끝동을 잘라버리라고 말한 게 달랐을 뿐이야. 하지만 하녀는 머리가 나쁘고, 욕심이 많고, 경솔해서 소매 끝동이 달려 있으면 더 높은 값을 받을 수 있을 거라고 생각했어. 그래서 입술이 축 늘어지고 웃기는 소리로 웃어대는 여자가 그 옷을 사서 동물 격투기가 있던 날 입고 온 거야. 내가 거기서 그 여자를 본 거고."

"하지만 왜? 레이디 타마린드가 그 인쇄기로 뭘 하려고 한 거야?"

"나도 몰라." 모스카가 대답했다.

"레이디 타마린드가 굶주리고 있는 가난한 사람들에게 세금을 물린 공작님의 처사에 대한 급진파의 주장을 인쇄한 이유도 모르겠어. 레이디 타마린드는 급진파가 아니잖아. 가난한 사람들한테 신경을 쓸 사람도 아닌 것 같고. 레이디 타마린드는 새잡이야."

'내가 마차 안에 출판업자 길드의 첩자가 있다고 말했을 때 레이디 타마린드는 틀림없이 놀라서 죽을 지경이었을 거야.' 모스카는 음침한 미소를 지으며 생각했다. 아마 타마린드는 모스카에게서 뭔가 특별한 점을 발견한 것이 아니라, 출판업자 길드를 염탐할 방법을 보았을 것이다. 출판업자들이 엉뚱한 곳에서 인쇄기를 찾아 헤매게 만들 수 있는 방법.

케이크가 몸을 부르르 떨었다. "이제 어떻게 하지, 모스카?"

모스카는 케이크가 자신의 뜻대로 따를 것임을 갑자기 깨달았다. 만약 모스카가 타마린드의 비밀을 발설하지 않기로 하면, 케이크도 입을 다물 터였다.

모스카는 한 번도 권력의 맛을 본 적이 없었다. 권력의 맛은 진을 마셨을 때의 느낌과 조금 비슷했다. 하지만 코가 싸해지면서 감각이 마비되는 느낌은 없었다. 만약 그녀가 동쪽탑으로 가서 자기가 무엇을 알고 있는지 밝힌다면, 레이디 타마린드는 틀림없이 무슨 수를 써서라도 모스카의 입을 막으려 할 터였다.

타마린드가 권력을 잡으려고 온갖 음모를 꾸민 것도 무리가 아니었다. 권력의 맛이 이렇게 좋은데! 동쪽탑 높은 곳의 방에서 내려다보면, 아마 맨들리온이 언제나 작고 얌전하게 보일 것이다. 레이디 타마린드의 길고 하얀 손가락이 하늘에서 내려와 사람들을 카드처럼 뒤섞는 모습이 눈에 보이는 것 같았다. 충격 때문에 병에 걸린 퍼텔리스도 카드에 지나지 않았다. 뚱뚱한 몸으로 땀을 뻘뻘 흘리는 이포니머스 클렌트도 카드에 지나지 않았다. 분노로 인해 검은 눈이 활활 타오르는 모스카 마이도 카드에 지나지 않았다. 마음 내키는 대로 계속 들고 있든지 아니면 버릴 수 있는 카드……

모스카는 손수건을 꺼내 펼쳐서 안전을 위해 그 속에 싸두었던 진주알을 꺼냈다. 빛을 향해 들어올리자 진주가 영원처럼 반짝였지만, 그녀가 그것을 땅바닥에 놓고 발꿈치로 몇 번 갈아버리자 밀랍처럼 부서져버렸다.

"레이디 타마린드를 막아야 돼. 타마린드가 무슨 짓을 하든, 우리가 막아야 돼. 하지만 그 전에 먼저 클렌트 아저씨를 찾아봐야겠어."

케이크는 감정이 북받쳐서 눈만 깜박거렸다. "카마인을 만나봐야 할 거야."

옷감장수 도제인 카마인은 이제 주인의 가게 밖에서 비단과 다마스크 천을 힘차게 흔들고 있지 않았다. 그는 옷감 가게 바로 옆의 양초 가게 지하실에 있었다. 자기가 입은 주름진 옷처럼 이마에 잔뜩 주름을 잡은 채, 아무도 자기를 찾지 못하기를 바라는 사람 같았다. 그는 케이크를 보자 얼굴이 엄청 환해졌다가, 모스카를 보고는 엄청 어두워졌다.

"도멀리즈, 저애는 왜 데려왔어?"

"도멀리즈가 누구야?" 모스카가 물었다.

케이크가 불안한 표정으로 살짝 미소를 지으며 그녀를 바라보았다. 모스카는 그제야 '케이크'가 그녀의 본명이 아닐 것이라는 사실을 깨달았다.

"이애를 좀 도와줘…… 얘는 네가 퍼텔리스 선생님이 숨어 있는 곳을 알 거라고 생각해. 그리고 선생님한테 할 얘기가……"

케이크가 조심스러운 시선으로 모스카를 흘깃 바라보았다.

"응보의 문제를 이야기할 거야." 모스카가 말했다.

"저애를 왜 데려온 거야?" 몹시 화가 난 목소리였는데도 카마인은 케이크의 손을 부드럽게 토닥거렸다.

"난 그 인쇄기를 돌린 사람이 누군지 알고 있어. 그게 어디 있는지도 알아. 내가 그걸 너희들한테 말해주면, 퍼텔리스 선생님이 틀림없이 클렌트 아저씨를 찾는 걸 도와줄 거야. 클렌트 아저씨는 퍼텔리스 선생님과 같이 도망쳤어. 난 클렌트 아저씨를 꼭 찾아야 돼."

카마인은 깜짝 놀란 표정이었지만, 즉시 시선을 내리깔고 표정을 숨기려 했다.

"아, 그 못된 인쇄업자들을 찾기만 하면 퍼텔리스 선생님의 처지가 다 좋아질 거다, 그거야?"

"그래."

모스카는 사실 별로 자신이 없었지만, 겉으로는 자신감을 드러냈다.

"사람들은 온통 그 인쇄기에만 신경을 쓰고 있어. 공작님은 누가 쌍둥이 여왕에 대해 무례한 말을 했다는 이유로 화가 났을 뿐이고, 출판업자들은 모든 인쇄기를 자기 것으로 만들고 싶어할 뿐이야. 맞지? 그러니까 그동안 그 인쇄기를 돌린 사람이 누군지 알면, 그 사람들은 퍼텔리스 선생님이나 너희들한테 눈곱만큼도 신경 쓰지 않을 거야."

"그럼 그 범인이 누군데?" 카마인이 팔짱을 꼈다.

모스카는 앞으로 몸을 기울여 범인의 이름을 말해주고는, 그의 얼굴이 하얗게 질리는 것을 지켜보았다.

월계수 정자 커피하우스는 재다리 근처에 정박해 있었다. 열다섯 살짜리 도제 소년이 부두를 따라 그곳으로 다가갔다. 그보다 몇 걸음 뒤에는 어린 소녀 두 명이 있었다.

"손님 안 받는다!"

월계수 정자의 갑판원 하나가 지붕에서 나무 사다리를 타고 내려오며 소리쳤다.

"여주인이 아파. 식량을 좀 싣고 의사 선생을 태우려고 정박한 것뿐이야. 아, 잘 있었냐, 카마인?"

그가 친근한 표정으로 목소리를 낮췄다.

"널 몰라봤다. 너라면 얼마든지 타도 되지. 하지만 조심해라. 사람들 눈에 띄면 안 돼."

카마인은 몸을 앞으로 기울여 갑판원에게 뭐라고 귓속말을 했다. 그러자 그가 의심스러운 시선으로 모스카를 흘깃 바라보더니 카마인의 팔을 움켜쥐고 커피하우스 문 안으로 끌고 들어갔다. 케이크가 제발 그러지 말라고 애원하는 표정을 지었는데도, 모스카는 문으로 살그머니 다가가 귀를 바짝 갖다댔다.

안에서 나는 소리를 들어보니 아무래도 환자가 있는 집 같지 않았다. 문 안에서 많은 사람들이 한꺼번에 떠들어대고 있는 듯했다.

"도멀리즈 보커비 말로는 그애가 야무지대요."

카마인의 목소리였다.

"그리고 제가 이리로 올 때 스크레입스 옆으로 해서 멀리 돌아왔기 때문에 전혀 미행당하지 않았어요. 저도 처음에는 내키지 않았지만, 그애가 하는 말을 들어보셔야 할 것 같아서요."

"그애는 틀림없이 앞잡이야."

교양 있고 성격이 다혈질인 것 같은 사람의 목소리였다. 모스카는 그 목소리를 들으니 왠지 망아지의 마구에 매는 종이 생각났다.

"누구 앞잡이인지는 별로 중요하지 않아. 우리가 알아낼 수는 있지만 그러려면 대가를 치러야 해."

"우리가 이렇게 얘기하는 동안 그 가엾은 아이가 문간에서 기다리고 있는 거니?"

이건 틀림없이 호프우드 퍼텔리스의 목소리였다. 지쳤지만 참을성 있는 목소리.

"그럼 얼른 데리고 들어와. 만약 우리가 피해를 볼 일이 있다면, 이미 피해를 본 거나 마찬가지야. 우리가 어디 있는지 그애가 알게 됐으니까. 날도 추운데 빨리 데리고 들어와서 코코아를 좀 줘."

사람들이 안 된다고 떠들어댔다.

"여러분, 누구든 나가서 그애를 데리고 들어오지 않는다면 내가 나가서 직접 그애와 얘기하겠습니다."

모스카는 문이 열리기 직전에 간신히 몇 걸음 뒤로 물러섰다. 그녀는 케이크와 함께 안으로 들어갔다.

월계수 정자에는 창문이 하나도 없어서 어두웠으므로 그녀는 눈을 몇 번 깜박인 뒤에야 어둠에 익숙해졌다. 나무 벽의 옹이구멍을 통해 햇빛이 새어 들어 왔고, 모든 탁자의 중앙에 촛대가 서 있었다. 탁자들 사이에 목조 기둥 두 개가 있었는데, 지붕 위에 있는 돛대의 아랫부분이었다. 기둥에는 벽과 마찬가지로 우아한 줄무늬가 그려져 있었다.

커피하우스의 여주인은 아픈 사람 같지 않았다. 안색이 창백하긴 했지만 원래 타고난 안색이 그랬다. 어두컴컴한 커피하우스에서 살고 있다는 사실도 아마 어느 정도 영향을 미쳤을 것이다. 여주인의 생기 넘치는 푸른 눈은 묵직한 눈꺼풀 밑에서 선명하고 차분하게 보였다. 린넨을 북북 찢어서 만든 붕대 몇 개가 그녀의 한쪽 팔에 걸쳐져 있었고, 손에 들린 그릇에서는 김과 함께 약초 냄새가 풍겼다.

퍼텔리스가 훨씬 더 환자처럼 보였다. 모스카가 경비초소에서 보았을 때보다 조금 건강을 회복한 것 같기는 했지만. 그는 모직 스카프를 턱까지 올려서 두르고 있었다. 비록 안색은 여전히 창백했지만, 멍 자국은 조금 가라앉았고 면도도 깨끗이 한 상태였다.

방 안에는 남자들이 아주 많이 있는 것 같았는데, 개중에는 면도를 안 한 사람도 있고 붕대를 두른 사람도 있었다. 이 사람들이 퍼텔리스와 함께 음모를 꾸민 급진파인지는 몰라도, 혁명의 지도자들처럼 보이지는 않았다. 몇몇 사람이 다른 사람들과 떨어져 서 있는 것이 모스카의 눈에 띄었다. 그들은 모두 장갑을 끼고 있었으며, 허리띠에는 분명히 사슬이 대롱대롱 매달려 있었다. 그들은 반사적으로 예의를 차리며 웨이트리스에게서 커피 잔을 받아들었지만, 그들과 다른 남자들이 서로를 경계하며 예의를 차리는 모습을 보니 그들이 서로를 신뢰한다기보다는 불안한 동맹을 맺은 상태임을 알 수 있었다. 그들은 모두 구석에서 의자에 앉아 있는 이포니머스 클렌트를 피했다. 그는 사람들의 눈을 피하는 편이 더 좋다는 듯이 고개를 숙이고 있었다. 이포니머스 클렌트가 풀이 죽어서 쪼그라든 모습이라니…… 하지만 다친 곳은 없는 것 같았다.

모스카가 대담하게 앞으로 나서자 수많은 사람들의 눈이 모스카의 얼굴을 바라보았다.

"저는 모스카 마이예요. 저는…… 모든 걸 바로잡고 싶어요."

"정말이니?"

퍼텔리스가 슬픈 미소를 짓자 이마에 주름이 잡혔다.

"우리 둘이 같은 생각을 하고 있는 것 같구나. 아, 미안합니다, 이 집 안에만도 같은 생각을 하는 사람이 열다섯 명 정도나 되는데. 괜찮다. 이리 와서 앉아. 미스 카이틀리가 널 주려고 코코아를 가져왔다."

모스카는 말없이 여주인에게서 잔을 받았다. 그러니까 여기가 급진파의 소굴인 모양이었다. 그녀는 폭동의 온상이라면 더 많은 화약과 비밀스레 악수를 주고받는 사람들이 있을 것이라고 생각했다. 사람들이 이렇게 발을 꼼지락거리거나 설탕을 주고받을 줄은 몰랐다.

"그 인쇄기에 대해서 네가 아는 것이 있다고?"

"그 인쇄기를 찾아냈어요. 어떤 넝마주이의 낡은 뗏목배에 있는 비밀 창고에 있어요. 하지만 제가 거기서 빨리 빠져나와야 했기 때문에……"

모스카는 주머니에서 잔뜩 구겨진 린넨 덩어리를 꺼내 퍼텔리스에게 건네주었다.

"이게 뭐지?" 그가 천을 흔들어 펴서 탁자 위에 펼쳤다.

"제가 입던 앞치마예요."

퍼텔리스는 조끼 주머니에서 깨진 외알안경을 꺼내 자기 눈에서 몇 센티미터쯤 떨어진 곳에 들고 글자들을 들여다보았다. 그러더니 천천히 허리를 폈다. 그의 손이 멍하니 다시 조끼로 옮겨 가서 외알안경을 주머니에 넣으려고 서너 번 허우적거렸다. 그의 이마에는 주름이 잡혔고, 그는 정신없이 눈을 깜박거리고 있었다.

"내가 한 말이야." 그가 중얼거렸다.

"새잡이들이에요." 모스카가 미처 말이 되어 나오지 못한 말을 했다.

순간적으로 주위가 조용해지더니, 그 단어가 날개를 달고 겁먹은 표정으로 사람들의 입에서 입으로 펄럭펄럭 옮겨 다니며 의문과 탄성과 두려움과 놀라움을 불러일으켰다.

"믿을 수가 없어."

퍼텔리스의 표정은 생전 처음으로 죽음을 이해한 아이 같았다.

"이 사랑스러운 땅에 공포의 시대가 다시 돌아오기를 바라는 사람이 정말로 있을 수 있을까? 도대체 누가 이런 짓을 한 거지?"

"그 사람이 누군지 당장 말씀드릴 수 있어요." 모스카가 심각하게 말했다. 그녀는 사람들의 시선이 자신을 압박하는 것을 느끼며 레이디 타마린드의 드레스 이야기를 했다.

다들 경악해서 침묵에 빠졌다.

"믿을 수가 없구나. 그런 아가씨가……"

퍼텔리스는 말을 잇지 못하고 머뭇거리다가 기침을 했다.

"여자들의 영혼에는 항상 가장 냉혹하고 사악한 악행을 저지르지 못하게 막아주는 숭고한 면이 있어."

"아뇨, 없어요." 미스 카이틀리가 그의 손에 잔을 내려놓으면서 상냥하지만 단호하게 말했다. "코코아나 마셔요, 퍼텔리스 씨."

"레이디 타마린드의 전략이 뭔지 알 것 같소, 퍼텔리스."

열쇠장이 한 명이 살짝 갈라진 목소리로 말했다. 마치 분필가루를 한 입 가득 물고 말하는 것 같았다. 그는 커피하우스의 어두운 구석자리에 앉아 있었기 때문에 얼굴이 거의 보이지 않았다. 가느다란 빛 한 줄기가 무릎 위에서 깍지를 끼고 있는 장갑 낀 자그마한 손을 비췄다.

'고쇽이야.' 모스카는 속으로 생각했다. 틀림없이 그의 눈이 있을 것이라고 짐작되는 곳에 희미한 빛이 고여 있는 것이 간신히 보였다.

"맨들리온을 다스린다는 것은 곧 공작을 조종하는 거요. 당신들도 그 정도는 분명히 알고 있겠지. 상대가 가장 원하는 것이 무엇인지, 가장 두려워하는 것이 무엇인지, 어떤 거짓말로 스스로를 속이고 있는지 안다면, 누구든 그 사람이 죽을 때까지 마음대로 꼭두각시놀음을 시키면서 즐거워할 수 있소."

퍼텔리스의 동료 여러 명이 이런 말을 듣고 살짝 화를 냈지만, 고쇽은 아랑곳하지 않고 말을 계속했다.

"레이디 타마린드는 어렸을 때부터 그 자그마한 손가락으로 오빠를 마음대로 휘둘렀소. 만약 우리가 나타나지 않았다면, 영원히 그리했겠지. 우리는 공작을 조종할 힘을 얻으려고 거의 반년 동안 싸웠소. 그리고 비록 느리지만 확실히 그 싸움에서 승리를 거두고 있었소.

공작은 쌍둥이 여왕이 왕국으로 돌아와 맨들리온을 다스리는 것을 보고 싶다는, 웅대하고 정신 나간 꿈을 갖고 있소. 우리는 그 꿈을 실현할 수 있다고 공작을 부추겼소. 공작이 무엇보다 두려워하는 것은 바로 당신 같은 사람들이오, 퍼텔리스. 겁도 없고 뇌물도 먹히지 않아서 도무지 말이 통하지 않는 위험한 이상주의자들. 그래서 우리는 공작의 두려움에 불을 지펴서 하찮은 노상강도든 난동을 피우는 주정뱅이든, 떠다니는 학교에 대한 소문이든 무슨 일이 있을 때마다 거기에 피에 굶주린 급진파의 엄청난 음모가 숨어 있다고 생각하게 만들었소."

"우리한테 누명을 씌우려고 워낙 바삐 움직이느라, 레이디 타마린드가 당신들한테 누명을 씌우려 한다는 사실을 눈치채지 못한 모양이군요."

이 말을 한 사람은 다른 사람들보다 두 배는 더 또랑또랑해 보이고, 세 배는 더 화난 것처럼 보이는 갈색 눈의 젊은이였다. 모스카는 밖에서 엿들을 때 '망아지의 마구'를 연상시킨 목소리의 주인이 바로 그라는 것을 알 수 있었다.

"좋은 표현이오, 코퍼백 씨." 고숙이 말했다. 화가 난 기색은 전혀 없었다.

"석 달 전에 공작은 우리가 내미는 모든 서류에 무조건 서명할 준비가 거의 되어 있었소. 레이디 타마린드가 비밀 인쇄기를 마련한 건 틀림없이 최후의 필사적인 도박이었을 거요. 아주 멋진 도박이었지. 중요한 효과를 내는…… 출판업자 길드가 이 일에 끌려들었으니 말이오. 레이디 타마린드는 출판업자들의 마음을 움직여 우리가 공작을 조종하기 위해 그 인쇄기를 돌리고 있다고 믿게 만들었소. 그러고는 출판업자들이 미리 계획을 짜서 우리를 체포한 것처럼 보이게 만들었지. 우리 두 길드가 서로 물어뜯는 것을 지켜보며 레이디 타마린드는 틀림없이 아주 즐거워했을 거요."

"하지만 그건 좀 근시안적인 계획이 아닙니까?"

퍼텔리스가 눈을 깜박이며 고숀이라고 짐작되는 어두운 그림자를 바라보았다.

"시간이 흐르면 양쪽 길드가 서로 알고 있는 것들을 비교해보고 속았다는 사실을 깨달을 텐데요. 그러면 레이디 타마린드는 방어할 길이 없을 겁니다."

모스카의 피가 갑자기 차갑게 식었다.

"아뇨, 그렇지 않을 거예요." 그녀가 말했다.

"공작님이 레이디 타마린드한테 질서 유지를 위해 해안에서 병사들이 잔뜩 타고 있는 큰 배를 불러와도 좋다고 허락하는 걸 제가 들었어요. 새잡이들의 글을 인쇄한 건 그래서……"

"뱃사공들이 절대 가만히 있지 않을 거야!" 미스 카이틀리가 소리쳤다.

다른 사람들도 같은 생각이라는 듯 웅성거렸다.

"혹시 눈치채지 못하셨을까봐 드리는 말씀입니다만, 부인," 고숀이 끼어들었다.

"현재 맨들리온에는 뱃사공이 한 명도 없는 거나 마찬가지입니다. 벌써 여러 날 전에 대부분의 뱃사공들이 상류 쪽으로 사라졌어요."

모스카는 곁눈질로 열쇠장이들의 지도자를 바라보았다.

"레이디 타마린드가 그것에 대해서도 뭐라고 말하는 걸 제가 들었어요. 상류 쪽에서 대기하고 있는 열쇠장이 군대를 '지연' 시키려고 뱃사공들을 그리로 보냈대요."

"새잡이 군대가 가득 타고 있는 배가 맨들리온을 장악하러 들어올 수 있을 만큼 수로가 활짝 열려 있단 말이냐?"

퍼텔리스는 렌즈가 밖으로 밀려날 만큼 외알안경을 세게 닦고 있었다.

"그 배가 언제 도착하지, 마이 양?"

"여기까지 오는 데 열흘이 걸릴 거랬어요. 그런데 레이디 타마린드가 그 말을 한 게…… 열흘쯤 전이에요."

"세상에." 퍼텔리스가 속삭이듯 말했다. "그럼 그놈들이 당장이라도 나타날 수 있겠군."

사람들이 열띤 목소리로 중구난방 떠들어대기 시작했기 때문에 모스카는 이포니머스 클렌트 옆으로 가서 의자에 앉아 대략 일분 동안 발꿈치로 의자 다리를 툭툭 찼다.

"그러니까 아저씨는 그 바지선 선장의 시체가 옷상자에 들어 있는 걸 그냥 발견하기만 한 거죠?"

마침내 그녀가 물었다. 그녀는 사과하는 데에는 별로 소질이 없었다.

"사실은 침대 위에 있었어. 네가 나타났을 때, 난, 어, 그걸 숨기려던 참이었다. 아무래도 내가 여느 때처럼 머리가 맑고 명석하지 못했던 것 같다. 심지어 한동안 네가, 그러니까, 그놈의 몸에 피를 낸 범인인지도 모른다고 생각하기까지 했으니까. 그렇게 충격받은 얼굴로 보지 마라. 너보다 어린 애들이 그보다 더한 짓을 한 적도 있어. 게다가 갈대처럼 호리호리한 네 몸 속에는 엄청난 분노가 들어 있잖니."

"그런데도 날 밀고하지 않은 거예요?"

"그래." 클렌트는 약간 쑥스러운 표정이었다. 뭔가 약점을 들킨 사람처럼. "경비초소에서 네가 나를 고발했을 때, 네 눈에 내가 괴물 같은 살인자로 비친다는 걸 알았다. 정말로 날 범인으로 생각한다는 것도 알 수 있었고. 내가 너의 자잘한 범죄들을 폭로해서 나랑 같이 교수대에 매달리게 만들 수도 있었겠지만…… 그래봤자 무슨 소용이 있겠니?"

"그래서 제가 일을 바로잡으려고 왔잖아요." 모스카가 잠시 어색하게 침묵을 지키다가 말했다.

"아." 클렌트는 희망이라고는 조금도 없는 표정이었다.

"그래야 할 것 같았어요. 저 말고 다른 사람들은 아저씨에 대해서 전혀 신경도 안 쓰잖아요, 그렇죠?"

"그래, 그런 것 같다. 그래서 참회하느라 머리카락에 재를 문지르기라도 한 거냐?"

"이건 그냥 파우더예요. 변장하려고 바른 거예요."

"가발장수로?" 클렌트가 발끝으로 가발상자를 쿡쿡 찔렀다.

"그 상자는 그냥 빌린 거예요." 모스카가 재빨리 말했다. "사라센을 넣을 데가 있어야 하잖아요, 안 그래요?"
"그렇지." 클렌트는 손에 얼굴을 묻었다. "비바람에 시달린 슬픈 바이올린 같은 내 삶이 내 인생이라는 교향곡의 피날레를 연주하려고 줄을 맞추고 있구나. 내 희망과 꿈은 망각의 모래 속으로 폭우처럼 스며들 준비를 하고 있고. 그 거위가 없다면, 무엇보다 어두운 나의 마지막 순간이 완전하지 않겠지."
퍼텔리스와 그의 급진파 동료들이 모스카의 말에 담긴 의미를 파악하려고 애쓰는 동안, 문 뒤로 물러나 있던 미스 카이틀리가 다시 나타났다. 이번에는 커피주전자를 손에 들고 있지 않았다.
"퍼텔리스 씨." 그녀의 조용한 목소리가 언성을 높인 사람들 속에서 자기만의 공간을 만들어냈다.
"이 문제에 관해 그분과 의논을 해봤는데, 그분이 저 아이를 만나보고 싶으시대요."
"그분이요?" 모스카가 무슨 소리냐는 듯이 퍼텔리스를 바라보았다.
"우리 지도자시다." 퍼텔리스가 자랑스럽게 얼굴을 빛냈다.
"…… 저는 아저씨가 지도자인 줄 알았어요!"
모스카는 클렌트와 재빨리 시선을 교환했다. 그도 그녀만큼 놀란 기색이었다.
"이런, 아냐. 사실 우리한테는 지도자가 없었다."
퍼텔리스가 수줍은 미소를 띠며 주위 사람들을 바라보았다.
"우린 그냥 세상을 더 좋은 곳으로 바꿔보려고 작게나마 최선을 다하는 친구들의 모임이었어. 우린 안전하게 이야기할 장소가 필요했기 때문에 이 커피하우스에서 만나곤 했지. 내가 모임에 참가한 사람들을 이어준 건 맞는 것 같지만, 난 진정한 지도자가 나타나면 언제든 뒤로 물러설 준비를 하고 있었다. 그런데 그분이 나타났어. 우리가 가장 절망하고 있을 때. 추진력과 결단력이 있는 분이다."

많은 열쇠장이들이 궁금하다는 표정을 짓고 있었다. 그들도 그 수수께끼의 지도자를 아직 만나보지 못한 모양이었다.

모스카가 엉거주춤 일어섰다. 어느새 클렌트도 일어서 있었다.

"괜찮다면, 나도 내 비서와 같이 가고 싶소. 어느 누구와도 견줄 수 없는 그 지도자 분과 몇 마디 말을 나눈다면 영광이겠소이다."

그 지도자는 유리 파편처럼 눈이 날카로운 사람일 것이라고 모스카는 생각했다. 그의 정신은 치즈를 자르는 칼처럼 사물의 핵심을 꿰뚫어볼 것이다. 그녀의 아버지처럼. 그 지도자는 아무리 위기가 닥쳐도 차분함을 잃지 않고, 악수만큼이나 솔직한 미소와 맑은 시선을 유지할 것이다.

퍼텔리스가 모스카와 클렌트를 위해 문을 살짝 열어주었다. 그러고는 두 사람의 뒤를 따라 방으로 들어왔다. 방에서는 병실처럼 야채수프와 아편제 냄새가 났지만, 마호가니 의자에 앉아 있는 남자는 병자처럼 기운 없고 무기력한 기색이라고는 전혀 없이 빳빳하게 주름을 세운 옷을 입고 있었다.

급진파의 지도자는 바로 노상강도 캡틴 블라이드였다.

*S*는 *Sedition* 난동

노상강도 캡틴 블라이드. 질 좋은 초록색 천으로 만든 레딩고트*를 입은 캡틴 블라이드. 머리는 뒤로 빗어 넘겨 하나로 묶었고, 발에는 터진 곳을 꿰맨 부츠를 신고 있었다.

"이 아이가 인쇄된 하트를 가져온 아가씨입니다." 퍼텔리스가 모스카의 이야기를 그에게 열심히 들려주었다.

블라이드는 그에게 눈길 한 번 주지 않았다. 모스카를 바라보지도 않았다. 그의 눈은 오로지 이포니머스 클렌트에게 꽂혔다. 나비를 핀으로 고정시키듯이 자신의 시선으로 그를 꼼짝 못하게 하려는 것처럼.

"이 남자가 여기 온 지 얼마나 됐소?" 퍼텔리스의 말이 끝나자마자 블라이드가 날카로운 목소리로 말했다.

---

* 앞이 터진 긴 여성용 코트.

"이포니머스 클렌트 씨는 고속 씨가 우리에게 준 정보와 열쇠를 이용해서 대장님의 부하들이 구출작전을 이끌었을 때 감옥에서 고생하던 분들 중 한 명입니다. 이분은…… 정확히 말해서 저희 모임의 일원은 아닙니다만 저희가 그냥 데려왔습니다. 왜냐하면 음, 이분을 어떻게 해야 할지 잘 몰라서요."

"이 사람과 이야기를 해야겠소. 단 둘이서만. 자리를 좀 피해주시겠소?"

블라이드는 모스카가 이 자리에 있다는 것을 기억해내고 순간적으로 그녀를 흘깃 쳐다보았다.

"이 남자의 친구는 꼭 이 자리에 있고 싶다면 있어도 좋소."

퍼텔리스는 불평 한마디 없이 방을 나갔다.

"분명히 말하지만……" 충격에서 회복한 클렌트가 말했다.

"내가 보기에 이게 그리 놀라운 일만은 아닌 것 같습니다. 우리가, 저, 맨들리온으로 통하는 길가에서 만났을 때, 그때도 나는 대장님의 눈에서 뭔가 반짝이는 것을 발견하고 속으로 혼잣말을 했지요. 겉으로 드러난 모습보다 훨씬 훌륭한 신사분이로구나 하고요. 도둑질은 이분에게 그냥 게임이구나, 음, 자유를 사랑하는 용감한 급진파의 지도자를 찾는 사람들의 주의를 돌리기 위한 게임……"

블라이드의 이글거리는 시선이 청산유수로 흘러나오던 클렌트의 말을 막았다.

노상강도 블라이드는 양손으로 무릎을 짚고 앞으로 몸을 기울였다. 여전히 클렌트를 뚫어버릴 것처럼 바라보면서.

"당신과 당신의 극악무도한 민요 때문에 내 인생이 망가졌다는 걸 알고 있나?"

"아……"

블라이드가 갑자기 벌떡 일어서서 마치 으깨버릴 것처럼 주먹을 쥐고는 성난 표정으로 몇 걸음 다가오다가 다시 돌아섰다.

"나는 대로로 나가는 것이 신사가 되는 길이라고 생각하는 숙맥들을 항상 비웃었다. 그런 놈들이 벨벳 깃이 달린 옷을 입고 수갑을 찬 채 교수대로 끌려가는 모습을 봤지. 동네의 젊은 여자들은 그놈들을 위해 우는 척했고 말이야. 난 그놈들을 비웃었어. 그렇게 해서는 안 된다는 걸 나는 알고 있었으니까. 반드시 피를 통해서, 사업을 통해서 이루어야 해. 꿈은 머릿속에만 담아두고.

그런데 당신이 지은 그 망할 놈의 민요가 모든 걸 바꿔놓았어. 내 부하들은 사람들이 우리를 용감하고 즐거운 악당이라고 부르는 소리를 듣고 좋아하더군. 그런데 어느 날 저녁에 검은 모자를 쓴 덩치 큰 남자가 마을 처녀 두 명을 괴롭히는 걸 내가 우연히 보게 됐어. 아가씨들은 마치 아는 사이인 것처럼 날 불러댔지. 나한테 도와달라고 부탁한 게 아니라, 그 검은 모자한테 이제 내가 왔으니 틀림없이 그 녀석 머리통이 깨지고 말 거라고 자랑스레 말하는 거야. 그래서 그놈이 나한테 달려들었고, 나도 그놈한테 달려들어서…… 그놈이 코피를 흘리게 만들었어. 그놈은 코가 부서진 채 도망쳐버렸지. 정신을 차리고 보니 아가씨들이 고맙다면서 나한테 로즈마리 한 다발과 호밀 케이크 반쪽을 주더군. 아가씨들이 내 목을 어찌나 꼭 끌어안았는지 도무지 그 손을 떼어낼 수가 없을 정도였어. 뭐, 그건……"

블라이드는 정신이 다른 곳에 가 있는 것 같은 표정으로 손가락 하나를 흔들었다.

"그건 그리 나쁘지 않았어.

그런데 소문이 퍼진 거야. 알고 보니 그 검은 모자는 사람들을 괴롭혀서 세금을 더 뜯어내는 하급 관리더군. 아침이 되자 내가 공작의 부하들에게 맞서서 가난하고 힘없는 사람들을 지켜준다는 새로운 노래들이 돌아다니고 있었어. 내가 천하고 힘없는 사람들을 압제자에게서 지켜주는 영웅이 된 거야. 천하고 힘없는 사람들은 그걸 정말로 믿더군. 압제자들도 마찬가지고. 심지어 쪼개진 뇌의 공작 각하까지도."

블라이드가 멍하니 손으로 머리카락을 쓸었다.

"공작의 부하들이 우리를 찾으려고 다락방이랑 헛간을 샅샅이 뒤지고 다녔어. 하지만 마을 사람들이 우리를 지하실에 숨겨줬지. 먹을 것도 갖다주고, 우리 부츠가 걸레쪽이 되자 자기네가 가진 것 중에 제일 좋은 부츠도 빌려줬어. 그러고는 기대에 찬 눈으로 우릴 바라봤지. 우리가 자기들을 도우러 왔다고 굳게 믿었으니까. 그래서 어쩌다보니 내가 사람들이 오두막에서 쫓겨나는 걸 막아주고, 마을 사람들이 저녁밥을 굶지 않게 세리들을 때려서 쫓아주는 일을 하게 된 거야.

내가 사흘 밤을 덤불 속에 숨어 있다가 학질에 걸렸을 때, 어떤 농부 가족이 장에 내다팔 물건을 싣는 수레에 나를 숨겨서 의사를 찾으러 몰래 맨들리온으로 들어왔어. 그 뒤로 난 이 커피하우스에 납작 엎드려 있었지. 경찰이 무서워서 얼굴을 내놓을 수가 없어.

당신의 그 빌어먹을 말솜씨 때문에 내가 이 지경이 된 거야. 내가 원하든 원하지 않든, 용감한 저항군 지도자가 돼서 꼼짝도 못하고 있어. 내 힘으로는 어떻게 해볼 도리가 없다고. 혹시 무슨 좋은 생각 없어?"

클렌트가 헛기침을 하며 시간을 끌었다. 모스카는 그가 머릿속으로 정신없이 할 말을 찾고 있을 거라고 짐작했다.

"존경하는 대장님, 정말 굉장한 이야기입니다. 그 이야기를 제가 쓴 거라면 아주 자랑스러워했을 만큼이요. 하지만 왜 대장님께서 저한테 화를 내시는지 모르겠습니다. 대장님은 민요의 주인공이 되고 싶어하셨고, 지금 그렇게 되셨습니다. 대장님이 바라셨던 것보다 조금 더 전설적인 인물이 되어버렸는지는 몰라도, 그건 순전히 대장님 자신의 탓이죠. 저는 약속을 지켰습니다. 대장님께서는 말 위에 떡 하니 버티고 앉아서 칼을 휘둘러대는 다른 사람이 나타나 대장님의 천둥 같은 명성을 훔쳐 갈 때까지 그냥 냉정을 유지하면서 그 영광을 마음껏 즐기기만 하면 되는 거였습니다."

"냉정을 유지해? 일주일 전에 공작의 부하들이 젊은 농부를 체포했어. 그 친구가 날 배신하려 들지 않는다는 이유로 말이야. 그 친구 마누라가 몸에 드레스 하나만 걸치고 폭풍과 어둠 속에서 말을 타고 달려와 알려줬지. 자기 남편이 맨들리온으로 끌려가서 재판을 받기 전에 구해야 한다면서 말이야. 그럴 때 내가 뭐라고 할까? 안 된다고 해?"

"그럼요." 클렌트가 즉시 대답했다. "저라면 그렇게 했을 겁니다. 저 말고 수없이 많은 사람들도 그랬을 테고요. 대장님께서 용기와 미덕을 찬양하는 사이렌의 노랫소리 때문에 마음이 약해지신 건데, 왜 저를 탓하시는지 모르겠습니다."

모스카의 등 뒤에서 다시 문이 열리더니 미스 카이틀리가 고개를 들이밀었다.

"우리가 이발사 의사 트리피시 씨를 불러오라고 보낸 아이가 돌아왔어요, 클램. 계단에 손수건이 떨어져 있더래요. 그건 트리피시 씨가 남겨놓은 신호예요. 공작의 부하들한테 잡혀가게 되면 그런 신호를 남겨놓겠다고 했거든요."

"그럼 배를 출발시켜요. 트리피시는 약해빠진 녀석이라 놈들이 찌르기만 해도 비명을 지를 거요. 경찰이 여기에 언제 들이닥칠지 몰라요."

카이틀리는 뒤로 물러나 문을 닫았다. 블라이드가 이글거리는 눈으로 클렌트를 노려보았다.

"봤지? 저들은 나한테 기대고 있어. 심지어 저 여자도……" 그는 절망스러운 표정으로 문을 향해 손을 흔들었다. "……저 여자도 나한테 기대고 있어."

"아, 아…… 알 것 같습니다. 일이 아주 재미있게 꼬였군요. 미묘한 딜레마, 달콤한 혼란……"

모스카가 팔꿈치로 갈비뼈를 세게 찌르자 클렌트는 말을 멈췄다.

"대장님." 그가 좀더 진지한 말투로 말을 이었다. "대장님이 겨우 일주일도 안 되는 사이에 감상적인 애정 때문에 일을 이렇게 복잡하게 만들어놓은 걸 보니, 제가 대장님을 위해 할 수 있는 일이 없는 것 같습니다. 대장님은 낭만주의자입니다. 아무래도 그걸 치료하는 건 불가능할 것 같군요."

머리 위 지붕에서 발자국 소리가 났다. 밧줄을 푸는 소리도 났다. 방이 덜컹 하며 기울어지는 바람에 벽에 걸린 그림들이 덜걱거렸다. 방은 강물을 파트너 삼아 춤을 추기로 한 모양이었다. 갑자기 옆방에서 도자기 그릇들이 와장창 깨지는 소리, 사람들이 언성을 높이는 소리가 나더니 머리 위에서 발자국 소리가 천둥처럼 어지럽게 들려왔다.

블라이드가 문을 벌컥 열었고, 모스카와 클렌트는 그의 뒤를 따라 밖으로 나왔다.

"무슨 일이오?"

모스카가 떠다니는 학교에서 보았던 더러운 소년이 숨을 고르고 있었다.

"공작의 부하들이에요, 대장님. 정박해 있는 커피하우스들을 전부 뒤지고 있어요, 대장님."

"빨리 배를 출발시켜! 안 되면 밧줄을 잘라서라도! 아직 육지에 있는 사람들이 있나?"

"햄비와 포들만 연락이 안 됐어요. 아, 저기 오네요!"

바깥의 거리가 오른쪽으로 밀려나면서 부두와 문간 사이에 검은 입 같은 틈새가 서서히 벌어졌다. 두 남자가 차례로 문간을 향해 펄쩍 뛰어올랐고, 사람들이 저마다 손을 뻗어 그들을 무사히 안으로 들여놓았다. 문간에 있던 사람들이 모두 자리를 비키자, 웨이트리스 두 명이 문턱에 무릎을 꿇고 앉아 빗자루와 탕파로 거리를 밀어냈다.

"미스 카이틀리! 기운찬 다람쥐매 호의 이물장식에 우리 흙털개를 걸어야겠어요!"

두 웨이트리스 중 키가 작고 통통한 쪽이 몸을 지탱하려고 문설주로 옆걸음질을 치면서 빽 소리를 질렀다.

미스 카이틀리는 긴 자루걸레를 낚아채듯 집어들고 자루 끝으로 지붕의 뚜껑문을 두드려 살짝 열었다.

"스톨래스, 배를 굴뚝 쪽으로 돌려요."

용을 쓰던 선원이 지붕 위에서 허둥지둥 경례를 올려붙였다.

모스카는 옹이구멍에 눈을 바짝 갖다댔다. 공작의 부하들이 곤봉을 들고 잔뜩 모여 있는 사람들을 밀치며 다가오는 것이 보였다. 그중 두 명은 어깨에 소총을 메고 있는 것 같았다. 그들의 대장이 어딘가 위쪽을 향해 소리치며 월계수 정자의 갑판 위에 있는 선원들을 부르고 있었다. 그가 부두를 가리켰다. 선원들에게 정박지로 다시 돌아오라고 명령하는 것 같았다. 커피하우스가 점점 더 멀어지자 그가 화난 표정으로 입을 굳게 다물었다. 그는 아까보다 더 사납고 단호하게 군중들을 밀치며 다가오기 시작했다.

"연을 올려요, 스톨래스!"

"하지만 미스 카이틀리, 둑에서 아직 노 열 개만큼도 떨어지지 않았는데……"

"벌금은 나중 문제예요, 스톨래스."

공작의 부하 한 명이 부둣가에 당도하자 웨이트리스들이 소스라치게 놀라서 비명을 질러댔다.

"밧줄을 붙잡아! 저 커피하우스를 붙잡아!" 누군가가 고함을 질렀다. "저기에 도망자와 탈옥수들이 타고 있다!"

"서서래치여 미소를!" 미스 카이틀리가 중얼거렸다. "배가 속력을 내고 있어. 이제야 제 속도를 내고 있어."

어쩌면 이 말이 맞을 수도 있었다. 이것이 커피하우스치고는 빠른 속도일 수도 있었다. 하지만 모스카가 보기에 커피하우스는 여전히 오리들보다 느리게 움직이고 있었다.

의기양양한 함성. 공작의 부하 한 명이 끝을 올가미처럼 둥글게 묶은 밧줄로 물이 뚝뚝 떨어지는 갈고리장대를 들어올렸다. 경찰관 네 명이 그것을 붙들고 거기에 몸무게를 실었지만, 월계수 정자의 힘 때문에 휘청거리며 부두 끝까지 끌려왔다. 블라이드는 검을 빼들고 사람들을 밀치며 문간으로 가서 휙 몸을 돌려 밖으로 나가더니 문 한쪽에 붙어 섰다. 모스카가 기억하기로, 바깥쪽 벽에는 사다리가 달려 있었다.

칼날이 한 번, 두 번, 아래를 향해 번쩍이더니 경찰관들이 우르르 뒤로 쓰러졌다. 잘린 밧줄 끝이 파리를 쫓는 황소 꼬리처럼 경찰관들의 얼굴을 찰싹찰싹 때렸다. 블라이드가 다시 몸을 휙 돌려 방 안으로 들어와서 문간에 버티고 섰다. 부두에 있는 사람들에게 어디 한 번 배로 뛰어들 테면 뛰어들어보라고 말하는 듯했다. 아무도 그의 도전을 받아들일 준비가 되어 있지 않은 것 같았다.

"우리가 다람쥐매 호 옆을 벗어나고 있습니다…… 당나귀 춤꾼 호도 곧 지나칠 겁니다…… 고물이 해안에서 노 세 개 거리만큼 떨어졌습니다, 선녀님!"

이 마지막 말과 함께 선원이 혼란스러운 표정으로 경례를 올려붙인 것으로 보아, 이 말은 '선장님'과 '여'를 합쳐서 줄인 말인 것 같았다.

"여러분, 이제 공작의 관할구역을 벗어나 강으로 나왔어요!"

미스 카이틀리가 이렇게 선언하자 사방에서 잠깐 환호성이 일었다. 급진파 한 명은 기쁜 표정으로 블라이드의 등을 철썩 치기까지 했다. 그 바람에 하마터면 물 속으로 떨어질 뻔한 블라이드가 무서운 표정으로 그를 노려보았다.

뭔가가 와지끈 부러지는 소리가 났다. 나뭇가지가 부러지는 소리 같았다. 그러더니 북쪽 벽에 갑자기 없던 옹이구멍이 생겨났고, 남쪽 벽에도 옹이구멍이 하나 생겼다.

"세상에!"

퍼텔리스가 블라이드를 내려다보며 기겁해서 소리쳤다. 블라이드는 엎드린 채 바닥에 쫙 뻗어 있었다.

"괜찮으세요, 대장님?"

블라이드가 팔꿈치로 몸을 일으키더니 시뻘겋게 달아오른 얼굴에 도저히 믿을 수 없다는 표정으로 사방을 노려보았다.

"충혈된 눈으로 울고 있는 주님의 이름으로 말하는데, 모두 몸을 좀 낮추시오. 놈들이 우리한테 총을 쏘고 있단 말이오."

월계수 정자에 있던 사람들은 순순히 몸을 낮췄다. 개중에는 커피잔을 먼저 조심스레 내려놓는 사람도 있었고, 바닥이 가장 깨끗한 곳을 찾느라 사방을 두리번거리는 사람도 있었다. 두 번째 총알이 커피 추출기를 관통한 뒤 핑 소리를 내며 커피 주전자에 맞아

튕겨나가자 모두들 갑자기 마룻바닥이 세상에서 가장 편안한 곳이라도 되는 듯이 납작 엎드렸다.

"저럴 수가." 미스 카이틀리가 부서질 것 같은 목소리로 말했다. "아무도…… 아무도 강에 나와 있는 우리를 쏠 수 없어…… 뱃사공들이 결코…… 결코 가만히 있지 않을 거야……"

블라이드가 그녀의 소매를 붙들고 아래로 끌어당겼다. 그녀가 털썩 무릎을 꿇자 치맛자락이 풍선처럼 부풀었다가 한숨 같은 소리를 내며 가라앉았다.

클렌트와 모스카는 블라이드가 바닥에 납작하게 몸을 던지자마자 몸을 웅크렸다. 지금은 손가락 틈새로 서로의 얼굴을 바라보는 중이었다.

"아가씨." 클렌트가 중얼거렸다. "사과를 해야 할 것 같소. 아가씨가 옳았고, 내가 틀렸소. 공작은 정말로 머리가 모자이크됐어요."

"케이크는 어디 있어요?" 모스카는 주위를 둘러보았다.

케이크에 대해서는 걱정할 필요가 없을 것 같았다. 카마인이 케이크를 구하는 임무를 스스로 맡은 모양이었으니까. 그는 그녀를 구석으로 끌고 가서 보호하려는 듯이 자기 팔로 덮고 있었다. 카마인은 바닥도 아주 위험하다고 생각하는 모양이었다. 금방 그녀를 놓아줄 생각이 없는 것 같았으니까.

"덜싯!"

미스 카이틀리의 옷깃에서부터 목을 타고 홍조가 기어올라가고 있었다.

"덜싯, 주방으로 가서 불에 솥을 하나 더 올리고, 거기 있는 소총 세 개를 가져와. 슈룰리, 덜싯하고 같이 가서 총알을 가져올 수 있는 만큼 많이 가져와. 그리고 다른 애들은 저 둘을 도와줘."

두 웨이트리스가 안쪽 문을 향해 쪼르르 달려가는 것을 보면서 모스카는 '다른 애들'이 바로 자신과 케이크를 가리키는 말이라는 것을 퍼뜩 깨달았다. 케이크는 자신을 구해준 기사에게서 금방 벗어날 수 있을 것 같지 않았다. 그래서 모스카 혼자 웨이트리스들의 뒤를 따라갔다.

주방은 살이 익을 정도로 뜨거웠다. 커피콩 더미들이 수증기 속에서 화산 폭발로 다 타버린 산처럼 번들거렸다. 십여 개쯤 되는 국자에 모스카의 모습이 짜리몽땅하게 비쳤다. 탁자는 찬장 역할도 하고 있었는데, 상판을 뒤로 접으니 그 안에 있는 모든 것이 갈고리와 망사 주머니 속에 깔끔하게 정리되었다. 커피하우스가 항해할 때에도 떨어지지 않게 하기 위해서였다.

"이걸 가져가."

키가 크고 머리카락이 벌꿀 색깔인 덜싯이 무거운 가죽 주머니 네 개의 끈을 모스카의 손목에 걸어주었다.

"그리고 저기 코담배병도 몇 개 가져가. 초록색 병으로. 파란색은 코담배병이고, 초록색은 화약병이야."

슈룰리가 한 아름 안고 있는 소총들이 기름기 때문에 탁하게 번들거렸다. 총에서 밀랍 냄새가 났다.

'이 편이 더 낫네.' 모스카는 풍뎅이 모양의 자그마한 병들을 양손 가득 들어올리면서 이런 결론을 내렸다. 그들이 힘들게 메인 홀로 돌아가보니 누군가가 문에 쐐기를 박아두었는지 문이 겨우 손바닥만큼 열려 있었다. 블라이드는 배를 깔고 엎드려서 벽에 난 구멍을 통해 권총을 겨냥하고 있었다. 출렁이는 해안이 보이지 않으면, 이곳이 배 안이라기보다는 약간의 문제가 발생한 어느 집 거실 같았다.

총알이 또 날아와서 문에 구멍을 뚫고, 벽에 걸려 있던 박제 물고기의 머리를 날려버렸다. 그 바람에 주위에 있던 사람들이 톱밥을 뒤집어썼다.

"납탄을 어떻게 저리 많이 구한 겁니까, 미스 카이틀리?"

퍼텔리스는 납탄을 잔뜩 들고 온 여자아이들의 모습이 당혹스러운 모양이었다.

"코퍼백 씨가 얼마 전부터 이런 일이 생길지도 모른다고 예상하고 있었어요. 그래서 직접 총알을 만들었는데, 그걸 월계수 정자에 숨기는 게 제일 낫겠다 싶었죠."

미스 카이틀리는 능숙한 솜씨로 총신(銃身)을 계속 닦았다.

"납을 도대체 어디서 구했습니까?"

코퍼백이 뭐라고 말하려고 입을 열었지만, 미스 카이틀리가 의미심장한 시선으로 바라보자 자기가 하려던 말을 그만 잊어버리고 말았다.

"말하자면 길어요."

미스 카이틀리가 냉정하게 말하면서 모스카에게서 코담배병을 하나 가져가 화약을 약실에 살살 뿌리기 시작했다. 모스카의 경험으로 미루어 보건대, '말하자면 길다' 는 말은 항상 이야기가 길지는 않지만 별로 말하고 싶지 않다는 뜻이었다. 이번 경우에는 십중팔구 도둑맞은 성상과 관련되어 있을 것이다.

"음…… 이 총알에는 틀림없이 눈이 있는 것 같은데요."

"거푸집이 좀 이상해서 그래요, 퍼텔리스 씨."

모스카는 열심히 손을 내밀고 있는 코퍼백에게 마지막 총알 주머니를 넘겨주고 부두쪽 벽으로 달려가서 옹이구멍에 눈을 갖다 댔다. 검은색과 초록색 옷을 입은 공작의 부하들이 부두에 서서 시끄럽게 꽥꽥거리고 있는 모습이 눈에 들어왔다. 이제는 안심해도 좋을 만큼 거리가 멀어져 있었다. 바람에 날리는 민들레 홀씨처럼 솜털 같은 것이 훅 불어왔다. 연기가 걷힌 뒤에야 모스카는 연기 뒤에 숨어 있던 소총 총구를 얼핏 볼 수 있었다. 그녀가 어쩌다 총이 오발되었는지 모르겠다는 생각을 하고 있을 때, 우지끈 소리와 함께 그녀가 뺨을 대고 있던 벽이 부르르 떨렸다.

모든 것이 너무나 이상하고 비현실적이어서 전혀 위험하다는 생각이 들지 않았다. 그녀가 그저 신기해하고 있을 때, 칙칙한 노란색 천이 무대의 막처럼 풍경 위에 드리워졌다. 그녀가 놀라서 비명을 지름과 동시에 근처에 있던 다른 사람들도 소리를 질렀다.

"개박하 호예요! 놈들이 우리 옆에 배를 댔습니다!" 위에서 누군가가 소리쳤다.

"그쪽에다 말해줘요! 자칫하면 양쪽에서 쏘아대는 총에 맞을 수도 있다고!" 미스 카이틀리가 마주 고함을 질렀다.

"아무 응답이 없습니다. 그냥 속도를 유지하면서 물살로 우리를 흔들어대고 있어요." 스톨래스가 당혹스러운 목소리로 말했다.

그의 말은 사실이었다. 노란색 돛을 단 그 자그마한 거룻배는 공작의 부하들이 헛되이 소총을 겨냥하고 있는 부두와 월계수 정자 사이에서 위치를 유지하려고 일부러 배의 속도를 늦추고 있었다.

"개박하 호의 중앙 돛이 흔들리고 있는데도 그걸 바로잡을 생각을 안 해요. 제 생각에는…… 개박하 호가 우리를 위해 총탄을 막아주고 있는 것 같습니다."

모스카는 옹이구멍을 통해 노란색 돛밖에 볼 수 없었지만, 잠시 후 다른 옹이구멍에 눈을 대고 있던 급진파 두어 명이 놀라서 숨을 집어삼키는 소리가 들렸다.

"저건 조개구멍 호야." 미스 카이틀리가 소리쳤다.

"우리를 숨겨주려고 돛을 활짝 펴고, 닻을 내려서 우리와 같이 속도를 늦췄어. 어떻게 된 일이지?"

아무도 대답하는 사람이 없었다. 커피하우스 굴뚝 뒤에 숨어서 몸을 웅크리고 있는 스톨래스가 보고할 수 있는 것이라고는 작은 배들이 갑자기 월계수 정자를 둘러쌌다는 것뿐이었다. 음침한 미소를 짓고 있는 그 배의 선장들은 월계수 정자를 향해 경례했지만, 상황을 설명해주지는 않았다. 지금은 총에 맞을 위험이 거의 없었다. 하지만 이쪽에서 둑에 있는 공작의 부하들을 쏠 수도 없었다. 월계수 정자에 타고 있던 사람들은 아까부터 하고 싶어서 몸이 근질거리던 논쟁을 할 수 있게 되었음을 금방 깨달았다.

미스 카이틀리는 만약 뱃사공들이 지금 상황을 알게 된다면, 곧장 달려와서 월계수 정자를 보호해주고, 새잡이들을 저지하기 위해 해안으로 돌격할 것이라고 확신하고 있었다. 다른 사람들은 뱃사공들이 공작의 말보다 어중이떠중이들이 모인 무법자 집단의 말을 더 믿어줄 가능성이 별로 없다고 생각했다.

고속은 자신의 부하 한 명을 발 빠른 말에 태워 상류에서 기다리고 있는 열쇠장이 군대에게 보내고 싶어했다. 그래야 만약 월계수 정자에 타고 있는 사람들이 모두 스러진다 해도 '공작이 그 대가를 치르게 될 것'이라는 것이었다. 다른 사람들은 이것이 지극히 위험한 계획이라고 말했다. 커피하우스에 있는 사람들이 모두 죽을지 모른다는 말도 그리 마음에 들지 않았다.

호프우드 퍼텔리스가 월계수 정자를 호위하고 있는 배들로부터 자그마한 보트를 하나 빌려 회담을 요구하는 깃발을 달고 해안으로 다가가서 모든 사정을 설명하고 "이 어리석은 짓을 그만두게 하자"고 제안했다. 다른 사람들은 이 제안을 아주 정중하게 받아들이고는 완전히 화제를 바꿔버렸다.

"다른 방법이 있습니다."

이포니머스 클렌트가 말했다. 사실 그는 이 말을 이미 여러 번 했지만 아무도 그의 말에 귀 기울이지 않았다. 그런데 코퍼백의 실수로 약실에 있던 화약에 불똥이 튀면서 귀가 멍멍해지는 소리와 함께 연기가 방 안을 가득 채웠다. 사람들이 모두 기침을 하는 동안 클렌트가 큰 소리로 단언했다.

"다른 방법이 있습니다. 뱃사공들이 우리 얘기를 들어주지 않을지도 모르지만, 출판업자 길드의 말에는 틀림없이 귀를 기울일 겁니다. 그 두 길드는 오래전부터 아주 사이가 좋았으니까요."

"그게 우리한테 무슨 소용이 있겠어요. 출판업자 길드가 우리 말을 들어주지 않을 텐데." 코퍼백이 총에 다시 화약을 재며 반박했다.

"내 말은 들을 겁니다." 클렌트가 아주 위엄 있게 말했다. "특히 누군가가 자기들을 꾀어서 길드 전쟁을 일으키려 했다는 말을 들으면 더욱더."

다들 감탄했는지 아무 말도 하지 못했다.

"그러니까……" 퍼텔리스가 느릿느릿 말했다.

"당신이 출판업자들에게 가서 레이디 타마린드가 열쇠장이들을 공격하는 음모를 짰다고 알린 다음, 뱃사공들에게 새잡이에 대해 경고해줘야 한다고 출판업자들을 설득하겠다는 겁니까?"

모두들 이 문장의 내용을 머릿속에서 짜맞추느라 여념이 없었기 때문에 사방이 조용해졌다.

"아이고, 정말 복잡하군요…… 제가 이걸 도표로 그리면 좀 분명해질까요?"

"계획은 간단하게 짜야지." 블라이드가 중얼거렸다. 그는 여전히 문간에서 총을 겨냥하고 있었다.

"좋은 생각이 있습니까, 대장님?" 클렌트가 차갑게 물었다.

"이렇게 정신이 없는데 무슨 생각을 해!" 블라이드가 벌컥 화를 냈다.

모스카는 자기도 모르게 그가 좋아졌다.

블라이드가 클렌트를 위아래로 훑어보았다. "당신, 수영은 잘해?"

"아……" 클렌트가 눈을 내리깔았다. 대부분의 급진파와 열쇠장이들도 역시 멋쩍은 표정이었다.

“전 수영할 줄 알아요.” 모스카가 말했다.

클렌트가 눈썹을 하늘로 치켜올렸다.

“내가 왜 그 생각을 못했지? 여러분, 이 아이는 물에 푹 젖은 마을에서 자랐습니다. 개구리가 유모였고, 백합이 포대기였죠. 이 아이는 팀버라인 송어처럼 헤엄을 잘 칩니다. 게다가 출판업자 길드의 도제로 등록되어 있어요.”

그는 양손으로 모스카를 잡고 방 한가운데로 끌어당겼다. “이 아이가 제 편지를 갖고 텔링 워드 커피하우스로 출판업자들을 만나러 가면 됩니다. 미스 카이틀리, 혹시 아무 거나 작은 배 같은 게 있습니까?”

“없는 것 같은데요, 클렌트 씨. 하지만 나무 욕조는 하나 있어요. 이 커피하우스의 외벽을 손볼 필요가 있을 때 우리가 여기 웨이트리스들 중 한 명을 거기에 태워서 내려보내죠.”

모스카는 얼굴이 새빨개져서 순간적으로 사람들이 하는 말을 한마디도 알아들을 수 없었다. 안개처럼 뿌옇게 보이는 얼굴들이 그녀에게 미소를 짓고 있었는데도. 아무래도 그녀가 자원한 것처럼 일이 되어버린 모양이었다. 모든 것이 너무 순식간에 진행되어서 그녀는 제대로 서 있기도 힘들 지경이었다. 고속이 클렌트를 손짓으로 불러 뭐라고 속삭이더니 열쇠 두 개를 그의 손에 쥐여주는 모습이 시야 가장자리에 들어왔다.

“마이 야……”

퍼텔리스가 여느 때처럼 멍하고 걱정스러운 표정으로 그녀의 얼굴을 들여다보고 있었다.

“네가 하지 않겠다고 해도 아무도 뭐라고 하지 않을 거다.”

“그렇지 않을걸요. 그렇죠, 퍼텔리스 선생님?” 모스카가 부드러운 목소리로 속삭였다.

미스 카이틀리가 지휘권을 쥐었다. 클렌트가 편지를 쓰는 동안 모스카는 뒷방에서 가벼운 저녁식사를 하고 마음을 차분히 가라앉혀야 했다. 모스카는 혼자 있게 되었다는 것이 반가웠지만, 저녁식사로 나온 사과파이는 도저히 먹을 수 없었다. 그녀가 막 접시를 옆으로 밀어버렸을 때, 블라이드가 기침을 억지로 참으며 안으로 들어왔다. 그는 모스카가 자신을 지켜보는 것이 어색했는지, 벽에 장식품으로 걸려 있는 닻만 뚫어지게 바라보았다. 블라이드를 보니 잃어버린 자유의 꿈을 시선 속에 담은 채 도무지 영문을 알 수 없는 싸움에 휘말렸던 사향고양이가 생각났다.

“그러니까 미스 카이틀리랑 결혼하고 싶으신 거예요?”

“그녀가 날 받아준다면.” 블라이드는 이 질문에 화를 내고 싶은 모양이었지만, 생각할 것이 너무 많아서 그러지 못했다. 만약 모스카가 더이상 아무 말도 하지 않는다면, 그는 다시 황야에 대해 생각하기 시작할 터였다.

“미스 카이틀리의 눈이 이상하게 생겼어요.”

“아주 예쁜 눈이야.”

모욕을 당해서 분연히 반박하는 것 같은 목소리였다.

“그녀는…… 내가 지금까지 만났던 사람들과는 완전히 달라. 진짜 숙녀야. 그리고……”

꿈꾸는 듯한 표정이 그의 얼굴을 스쳤다.

"…… 그녀는 심장이 스무 번 뛰는 동안 총을 닦고 장전해서 준비해줄 수 있어."

모스카가 보기에는 누군가와 사랑에 빠지는 이유로 이것이 훨씬 더 나은 것 같았다. 하지만 다른 면에서는 미스 카이틀리와 그가 전혀 어울리지 않는 것 같았다. 그녀가 워낙 새침하고 자존심이 강했으니까. 그런데 문득 그녀가 이 노상강도의 이름을 말할 때 목소리가 아주 부드럽게 변했던 기억이 났다. 클램……

"착한 남자 시클노즈의 날에 태어났어요……?"

"조개를 굶주린 그물로 꾀어내는 자, 맞아."

블라이드가 그녀를 바라보았다. 그는 '모스카'라는 이름을 소리 없이 혼자 중얼거리더니 한쪽 눈썹을 치켜떴다.

"팰피태틀?"

모스카는 고개를 끄덕였다. 그리고 둘은 서로 공감한다는 듯 우울한 미소를 교환했다.

"앞으로 이 주 후면 내 스물아홉 번째 명명일이야."

"열한 달 뒤면 제 열세 번째 명명일이에요."

더이상 할 말이 없는 것 같았다.

"좋았어."

블라이드가 으르렁거리듯이 말했다.

"가자. 우리 친구들이 블랙 캡틴 블라이드가 영웅이 되어주길 바라고 있는데. 너는 가서 욕조에 올라타야지."

T는 Trial by Combat 결투를 통한 판결

모스카가 뒷방에서 나오자 클렌트가 봉인한 편지를 그녀의 손에 올려놓았다. 하지만 편지를 쥔 손을 놓기 싫어하는 것 같았다.

"너…… 너 정말로 수영 잘하는 거지?"

"팀버라인 송어처럼 잘해요." 모스카가 즉시 대답했다.

"하. 흠. 모스카. 이 편지를 전달하고 나서 재다리로 가거라. 만약 우리 운명이 불길해지면 당장 맨들리온을 떠나. 강에서 연기가 솟아오르거든 최악의 사태를 각오해라."

"최악의 사태가 일어나면…… 사라센을 상자에서 꺼내주실래요, 클렌트 아저씨?"

"내 뮤즈의 이름을 걸고 맹세하마."

모스카는 자기도 클렌트와 같은 표정이라는 것을 알고 있었다. 머리 위에서 똑똑 물방울 떨어지던 소리가 우르릉거리는 소리로 바뀐 것을 알아채고 눈사태를 각오한 사람 같은 표정. 그들은 맨들리온의 사정을 몰랐지만, 맨들리온에서 벌어지고 있는 일이 결국은 자신들에게도 벌어질 것이라고 거의 확신하고 있었다.

"저 사람들은…… 저 사람들은 자루에 묶여 강에 던져진 새끼 고양이들 같아요."

모스카는 클렌트와 함께 급진파 사람들 사이를 헤치고 나아가면서 속삭였다. 그는 말없이 동의한다는 뜻으로 눈을 천천히 한 번 감았다 떴다.

두려움 때문에 다들 금방 부서질 것 같은 기묘한 활기를 띠고 있었다. 마치 촛불이 꺼지기 전에 마지막으로 화르르 타오르는 것처럼.

'일이 좋게 끝날 리가 없어.' 모스카는 뱃속에 납덩이가 걸려 있는 것 같았다. '저 사람들 중에서 죽는 사람이 나올 거야. 어쩌면 전부 죽을지도 몰라.'

모스카는 케이크에게 작별인사를 하고 싶었지만, 카마인이 여전히 케이크의 구세주 행세를 하고 있었다. 사실 케이크가 너무나, 너무나 안전해 보였기 때문에 모스카는 결혼에 관한 생각이 자신에게도 전염될지 모른다는 생각이 들었다.

주방으로 가보니 한쪽 벽의 뚜껑문이 이미 열려 있었고, 사람들이 튼튼하게 보이는 커다란 삼목 욕조를 천장에 매달린 밧줄에 묶고 있는 중이었다.

"얘야, 조심해서 올라타거라. 네 스타킹이 훤히 드러나서 다들 좋아하고 있구나…… 아, 절망적인 새벽의 능글맞은 웃음 같으니, 이애는 아직도 속바지를 입고 있어……"

미스 카이틀리가 모스카의 손목에 팔찌를 끼워주었다. 모스카가 팔찌를 보니, 얼굴이 해골 모양인 자그마한 목각인형들이 대롱대롱 매달려 있었다. 꼬마 굿킨의 인형이었다. 그녀는 미스 카이틀리가 자신을 아이로 생각하고 있다는 것을 깨닫고 깜짝 놀랐다.

많은 사람들의 손이 밧줄을 잡아당겼다. 그들은 현기증이 날 정도로 욕조를 끌어올려 해치 쪽으로 움직였다. 모스카는 순식간에 밖으로 나왔다. 주방의 연기가 주위에서 솟아올랐고, 얼굴에서 보호막이 사라져버린 것처럼 추위가 느껴졌다. 욕조가 커피하우스의 외벽에 계속 쿵쿵 부딪쳐 덜컹거리며 수면으로 내려갔다. '커피하우스' 아래쪽은 평범한 배와 똑같았고, 물에 반사된 빛이 거기에 부딪혀 춤을 추며 상형문자 같은 문양을 만들어내고 있었다.

모스카는 욕조와 줄을 연결시킨 갈고리들을 풀었다. 그러자 갑작스레 욕조가 쑥 내려가더니 물살에 부대끼며 금방 월계수 정자의 뒤쪽으로 떠갔다.

"어이! 꽉 붙들어. 우리가 널 끌어올릴 테니!"

밧줄 끝이 뺨을 찌르자 모스카는 자동적으로 그것을 잡았다. 부두에서 커다란 배들을 상대로 식량을 파는 자그마한 행상선 한 척이 개박하 호가 일으킨 물살 속에서 출렁거리고 있었다. 뱃전 위에서 얼굴이 번쩍번쩍 빛나는 두 사람이 수면을 바라보고 있었다. 그 두 소녀는 머리를 땋아 내렸고, 대부분의 집시들과 마찬가지로 일할 때 입는 옷 위에 화려한 조끼를 입고 있었다. 일할 때 입는 옷의 가슴 부분에는 구불구불한 슬라이 강이 수놓여 있었다.

욕조의 널 틈새로 물이 스며들어왔고, 모스카는 밧줄을 손잡이 중 하나에 단단히 묶었다. 집시 소녀들이 양팔을 번갈아 움직이며 욕조를 잡아당기더니 손을 뻗어 그녀를 행상선 안으로 잡아당겼다.

"월계수 정자의 사람들은 다 무사해?" 그들이 숨을 고른 뒤 맨 처음 던진 질문이었다.

"아직 몸에 구멍이 나지는 않았어. 공작의 부하들이 쏜 총알은 물고기 한 마리를 맞히고, 주전자 하나를 죽였을 뿐이야."

모스카가 대답했다. 집시들의 손가락 힘이 워낙 셌기 때문에 팔 여기저기가 아팠다.

"그분은 어때?" 두 집시 소녀 중 어린 쪽이 물었다.

"그분?"

"다 알면서." 둘 중에 나이가 많은 집시 소녀가 설명했다.

"그분이 휙 밖으로 나와서 검으로 배를 고정시킨 밧줄을 끊었을 때, 울너프 의사 선생님의 막내딸 틴다가 보고 자기도 모르게 그분의 이름을 외쳤어. 공작의 부하들은 물론 다른 사람들도 모두 그 소리를 들었지. 그래서 경찰관들이 블랙 캡틴 블라이드가 저기 타고 있다고 소리를 지르기 시작한 거야. 월계수 정자가 부두로 돌아오지 않으면, 그 사람들은 서쪽탑으로 달려가서 대포에 카커스를 넣고 월계수 정자를 모조리 불태워버릴 거야."

모스카는 해적들의 싸움에 대해 잘 알고 있었으므로, 건물이나 배에 불을 붙일 때 사용할 수 있게 기름을 먹인 천조각을 통에 담은 물건이 바로 카커스임을 알고 있었다.

"그건 안 될 말이지. 용감한 캡틴 블라이드에게 그런 비겁한 술수를 쓰다니."

"용감하고 잘생긴 캡틴 블라이드." 어린 집시 소녀가 덧붙였다. "사람들 말대로 정말 미남이지 않아?"

"세 배는 더 잘생겼지." 모스카는 주저 없이 대답했다. "그리고…… 그 위풍당당한 눈 때문에 여섯 배는 더 잘생겨 보여."

"눈은 무슨 색깔이야?"

모스카는 잠시 말을 하지 못했다. 블라이드의 눈 색깔이 무엇인지 도무지 기억나지 않았다.

"글쎄, 구름이 마구 까불 때의 하늘처럼 자꾸 변하는 편이야. 천하무적 같은 모습으로 적을 쏘아볼 때는 눈이 달빛을 받은 바위처럼 은빛이 도는 회색이야. 그리고…… 미소를 지을 때는 명랑하게 보이는 파란색으로 변해. 그 밖에도 다른 때에는 또 갖가지 색으로 변해."

"그럼 가끔은 초록색이 되기도 해?"

모스카는 어린 집시의 목소리에 희망과 기대가 배어 있음을 분명히 알 수 있었다.

"그럼, 당연하지. 초록색일 때가 제일 많아."

"그럴 줄 알았어. 캡틴 블라이드의 눈이 초록색일 거라고 내가 그랬지?"

부두에서 소총을 휘둘러대던 경찰관들은 이 작은 행상선 '잔뜩 일그러져' 호가 월계수 정자를 둘러싸고 호위하던 배들에서 떨어져 나와 부두로 향하는데도 거의 신경 쓰지 않았다. 사실 배 안에는 집시 소녀 세 명밖에 없었으니 그럴 만도 했다. 그것도 아주 어린 집시 소녀들이었으니까. 셋 중 한 명의 안색이 유난히 창백하긴

하지만 그게 무슨 대수겠는가. 그 아이의 눈은 다른 두 아이보다 더 검었으면 검었지, 결코 연한 색이 아닌데.

"텔링 워드는 다음 종이 칠 때까지 위더웬드 거리에 정박해 있을 거야."

나이가 좀더 많은 집시 소녀가 배에서 내리는 모스카에게 속삭였다. 부두에 잔뜩 모여 있는 사람들도 이 소녀들을 거들떠보지도 않았다.

모스카가 위더웬드 거리를 반쯤 걸어갔을 때 성당의 종이 울렸다. 출판업자들의 커피하우스는 아직도 멀리 있었다. 텔링 워드도 다른 커피하우스들과 마찬가지로 수색을 당한 모양이었다. 환상적인 콜라주 모양인 벽 밖에 가발과 안경을 쓴 신사들 여러 명이 화를 꾹꾹 누르는 표정을 지으며 서 있었다. 개중에는 아직도 커피잔을 들고 있는 사람이 많았다. 하지만 종이 울리자 신사들이 배다리를 건너 줄줄이 커피하우스로 돌아가기 시작했다. 지붕 위의 선원들은 돛을 조종하면서 닻을 올릴 준비를 하고 있었다.

맨들리온 사람들이 모두 강에서 벌어지는 드라마를 보러 부둣가로 뛰쳐나온 것 같았다. 통과 난로를 파는 상인, 베 짜는 사람, 수레를 만드는 목수 등등. 길이 꽉 막혀서 마차들은 도저히 움직일 수가 없었다. 아니 움직이려 하지도 않았다. 수십 명의 사람들이 강이 더 잘 보이는 곳을 찾아, 꼼짝도 하지 않는 수레들 위로 올라갔다. 앞뒤가 각각 퍼스티언 천과 모직으로 된 옷을 입고 벽처럼 늘어선 사람들 앞에서, 모스카는 제시간에 텔링 워드까지 가는 것은 불가능하다는 것을 깨달았다.

그녀는 떨리는 손으로 큼직한 치마 주머니에서 활자가 찍힌 앞치마를 꺼내 머리에 뒤집어썼다. 그러고는 몸이 오싹해질 만한 비명을 지르려고 했지만, 그녀의 입에서 나온 소리는 호전적인 여자 잔소리꾼이 전투를 앞두고 지르는 함성과 더 비슷했다. 어쨌든 곧이어 그녀의 주위 사방에서 터져 나온 비명소리가 훨씬 더 비명답고 인상적이었다.

"활자야! 활자! 눈을 가려!"

갑자기 그녀의 주위가 텅 비어버렸다. 모스카는 머릿속으로는 팰피태틀에게, 손목으로는 꼬마 굿킨에게 기도를 하면서 앞으로 달려갔다. 어린 소녀들이 앞을 제대로 보지 못하고 부두에서 물 속으로 떨어지는 것을 막는 데 소질이 있을 것 같은 모든 사랑받는 자들에게도 기도를 드렸다. 텔링 워드까지 거의 다 온 것 같은 느낌이 들 무렵, 누가 그녀의 얼굴을 덮고 있던 앞치마를 낚아챘다. 감옥에서 봤던 빨간 머리 경찰관이 그녀를 내려다보고 있었다. 다행히도 그는 소금물이 가득 든 청어통에 앞치마를 던져 넣고 검으로 밀어 물속으로 가라앉히느라 정신이 없었다. 그 틈을 타서 그녀는 텔링 워드까지 몇 걸음 남지 않은 거리를 전속력으로 달려 막 닫히려는 문틈에 나막신을 신은 발을 끼워 넣었다.

"매브윅 토크 씨에게 중요한 전갈이 있어요! 이포니머스 클렌트 씨가 보냈어요!"

이 분 뒤 그녀는 텔링 워드 안에 서서 매브윅 토크가 클렌트의 편지 봉인을 뜯는 것을 지켜보고 있었다. 그가 편지를 펼쳐서 흔들자 정교하게 만든 작은 열쇠 두 개가 떨어졌다. 고속이 클렌트에게

준 것이었다. 토크는 마치 혀를 날카롭게 갈기라도 하려는 것처럼 기다란 손가락으로 혀를 어루만지며 재빨리 편지를 읽었다.

"네 주인 말로는……"

토크가 마침내 모스카의 얼굴을 향해 시선을 들면서 입을 열었다.

"레이디 타마린드가 반역자이며, 체제 전복을 꾀하고 있고, 사악한 인쇄기의 여왕이라는 걸 증명해줄 증거를 자기가 많이 모았다는구나. 내가 지금 레이디 타마린드에 맞서서 행동에 나선다면, 때가 됐을 때 그 증거를 모두 내 손에 넘겨주겠다고 약속했다. 이 말이 전부 사실이냐?"

모스카는 고개를 끄덕였다.

"네 주인 말로는 네가 그…… 오랜 적이 연루되어 있다는 증거를 갖고 있다던데?"

활자가 찍힌 앞치마는 청어통 속에 빠져버려서 내놓을 수가 없었다. 모스카는 소매를 걷어 손목의 주름이 펴지도록 손을 뒤로 젖히면서 자신의 팔뚝을 보여주었다.

"출판업자 인장이 없는 것 같아요."

그녀가 말했다. 처프 사투리 때문에 혀가 입 안에서 마른 귀리처럼 빽빽해졌다.

"절 태워 죽이실 건가요?"

"네 피부를 증거로 쓸 수 있는 한은 아니지."

토크의 입꼬리가 아래로 푹 꺼졌다. 묘하게 뒤집힌 미소를 짓고 있는 것 같았다. 그는 말없이 앉아 딱히 뭘 보는 것도 아니면서 열심히 눈알을 굴리며 책상의 좌우를 바라보았다. 마치 모스카가 그에게 비밀의 실을 건네주었고, 그는 그 실이 거대한 거미줄 속에서 어떻게 구불구불 이어져 있는지 보려고 그 실을 따라가고 있는 것 같았다.

"그 여자 머리 한번 굉장하군!"

그가 경탄했다. 평생 처음 보는 크고 훌륭한 다이아몬드를 열심히 들여다보는 보석상처럼 숨을 죽인 목소리였다.

"인쇄기를 어디서 찾았느냐?"

"넝마주이의 뗏목배에서요. 뚜껑문 밑에 있었어요."

"그렇지…… 넝마주이라…… 그러니 우리가 종이를 분석해도 놈들을 잡을 수 없었던 거야. 놈들이 직접 종이를 만들고 있었으니…… 그래서 면에 모직이 섞여 들어간 거로군. 펄프 질도 형편없었던 거고…… 영리한 쥐새끼들이야, 영리한 쥐새끼들. 하지만 우리한테도 영리한 쥐새끼가 있지, 안 그러냐, 애야?"

그는 또다시 뒤집힌 미소를 지었다.

"지금은 그 인쇄기가 어디 있느냐?"

"아마 아직 그 뗏목배에 있을 거예요. 제가 거기서 빨리 빠져나와야 했기 때문에…… 넝마주이들한테 들키면 안 됐거든요."

'그 인쇄기는 내 거야 내 거 내 거 내 거……'

"그래, 그러면 안 되지." 도무지 깜박일 줄을 모르는 그의 창백한 눈이 모스카의 얼굴에 고정되어 있었다.

"그 악마들이 저 아래 하류 쪽에 뗏목배를 매어두었기를 바라자꾸나. 내 짐작이 맞다면, 이 다음 만조 때 강어귀에서 강물이 넘쳐서 몇 마일이나 되는 거리가 물에 잠길 거다. 강이 그렇게 거칠게 날뛸 때는 아주 단단하게 매어놓은 배들을 제외하고는 모든 배를 낚아채서 아주 아작아작 씹어버리지.

자, 이제 네가 들어올 때보다는 좀 조용히 이곳을 나가줬으면 좋겠는데……"

텔링 워드가 강가에 바싹 몸을 붙인 뒤 모스카가 밖으로 나가고 문이 닫히자 토크의 노란색 머리가 권총의 잠금장치처럼 홱 위로 올라갔다.

"워브! 두 놈을 데려가. 저 아이를 시야에서 놓치지 마라!"

"누구 말씀이십니까?"

"아무리 봐도 진짜 같지 않은 눈썹에, 흰족제비처럼 생긴 여자아이지 누구긴 누구야! 이 세상은 온갖 종류의 거짓말쟁이들 천지다. 부끄럼을 타는 거짓말쟁이들은 눈을 내리깔지. 대담한 거짓말쟁이들은 눈을 깜박이는 걸 잊어버리고. 그애는 진실을 꿀꺽 삼키고 말을 하지 않았다. 그것도 또다른 외투를 입은 거짓말이야. 저애는 인쇄기가 어디 있는지 틀림없이 알고 있어. 강어귀에 강물이 밀려온다고 내가 꾸며낸 이야기를 저애가 믿는 것 같으니, 인쇄기를 안전한 곳에 치우려고 곧 달려갈 거다. 저애를 끈기 있게 미행하면 너를 인쇄기 있는 곳으로 이끌어줄 거란 말이다. 어서 가!"

워브는 건장한 남자 두 명과 함께 나갔다. 토크는 글상자에서 종이를 꺼내 급히 편지를 쓴 다음, 편지를 접어 봉인을 찍었다.

"조트! 말을 타고 상류로 가다가 뱃사공을 만나거든 이 편지를 주면서 놈들 대장한테 전해주라고 해. 인명 피해가 너무 커지기 전에 뱃사공들이 강에서 싸움이 벌어지는 걸 막아야 한다. 게다가 해안에서 배가 한 척 오고 있는데, 그게 맨들리온에 도착하기 전에 막아야 돼. 발 빠른 말을 골라 타고 녀석한테 날아가는 법을 가르쳐. 어서 가!"

조트가 방에서 달려나가자 토크는 숨을 내쉬고는 다시 눈에 보이지 않는 거미줄을 자세히 살피기 시작했다.

"내가 레이디 타마린드와 카드놀이를 할 기회가 영영 없다는 게 안타깝군."

하지만 마치 지금 자신이 그녀와 카드놀이를 하면서, 눈처럼 깨끗하고 냉정한 그녀의 얼굴에서 표정을 읽어내려고 애쓰고 있는 것 같은 기분이었다.

"용기가 뭔지 아나? 제대로 생각도 해보지 않고 위험 속으로 기꺼이 몸을 던지는 건 용기가 아냐. 그런 건 아무것도 아니지, 아무것도. 충동적인 행동에는 항상 비겁함이 있어. 진짜 용기는 먼저 모든 면을 곰곰이 생각하면서 모든 위험을 파악하고는 어쨌든 위험을 무릅쓰는 거야. 레이디 타마린드는 용기가 있어. 그럼 나는? 내 생각에는 레이디 타마린드가 패를 잘못 쓴 것 같아. 내가 과연 그걸 믿고 목숨을 건 도박을 해도 되는 걸까?"

몇 초 동안 그는 손바닥 위에서 열쇠 두 개를 주사위처럼 굴리다가 마침내 결단을 내렸다.

"케이비앳, 지금부터 네가 어딜 좀 가야 하는데 이게 필요할 거다. 이건 동쪽탑의 내실 열쇠야."

케이비앳은 너무 놀라서 몸을 실룩거리며 말을 제대로 잇지 못했다.

"어떻게. 우리가. 이걸……"

"열쇠장이들의 찬사와 함께 우리 손에 들어왔다. 그 턱 좀 닫아라. 그런 꼴로 레이디 타마린드를 체포하러 내실로 들어갈 거냐?"

"레…… 레, 레, 레이디 타마, 마, 마, 린들딘들……"

"받아라."

인장이 찍힌 양피지 한 장이 케이비앳의 손에 쥐어졌다.

"공작이 우리한테 어떤 방이든 집이든 마음대로 뒤져서 혹시라도 인쇄기의 흔적이 발견되거든 그 안에 있는 사람을 모두 체포해도 좋다는 영장을 발부해줬다. 거기 가서 반드시 뭔가 쓸 만한 걸 찾아내야 돼. 안 그러면 우리 모두 순회재판이 끝난 뒤에 교수대에서 바람에 흔들리는 신세가 될 거다. 세 놈을 데려가라. 권총도 가져가고."

'모종의. 보트 경주겠지.' 케이비앳은 수많은 사람들이 잔뜩 흥분한 기색으로 부둣가에서 북적이는 것을 보고 속으로 생각했다. '정말이지 멍청하고. 위험한 짓이야. 토크 씨는 항상 모든 걸 정확히 알고. 일을 추진하셔 정말이지. 너무 추워 내가 마사더러 아이한테 말하라고 해야겠다. 낡은 커튼을 꿰매서. 걸라고. 전부 다. 하지만 다른 사람은 그렇게 떨지 않는데. 혹시 내가 병에 걸린 건가. 토크 씨는 항상 모든 걸 정확히 알고. 일을. 추진하셔.'

항상 그렇듯이, 출판업자 길드의 제복을 입은 일행을 보고 사람들이 둘로 갈라져 길을 내주었다. 동쪽탑의 문을 지키던 경비병들은 양피지에 찍힌 공작의 인장을 곁눈질로 보고 옆으로 비켜섰다.

'내가 얼마나 초라하게. 보일까 저 훌륭한 신사 숙녀들에 비해 시간이. 좀 있었다면 내. 비단 타이와 좋은 주머니 가발*을 가져왔을 텐데.'

"공작님의 명령이오!"

그는 탑 안으로 통하는 문 앞에서 하인들의 면전에 영장을 흔들어대며 절도 있게 소리쳤다. 그들이 미처 뭐라고 하기도 전에 케이비앳은 화려한 소매 끝동을 젖혀 과장된 몸짓으로 자그마한 은제 열쇠를 과시하듯 꺼내서는 최대한 자신감 넘치는 표정으로 열쇠를 자물쇠에 넣고 돌렸다. 제복, 열쇠, 자신감 넘치는 모습만으로도 충분했다. 누군가가 보고를 하려고 달려갔지만, 그를 제지하는 사람은 없었다.

계단을 반쯤 올라갔을 때 따스하고 솔직한 표정의 젊은이가 스쳐 지나가면서 순진하고 호기심 어린 표정으로 그를 바라보았지만, 그에게 누구냐고 묻지는 않았다. 케이비앳은 계단을 올라갔다. 셔츠 속에 만져지는 권총의 총구 때문에 몸이 오싹했다.

레이디 타마린드는 화장대에 앉아 화장을 고치고 있었다. 한쪽 눈가에 파우더가 살짝 뭉쳐서 갈라져 있었다. 워낙 작은 금이라서 다른 사람들 눈에는 십중팔구 보이지도 않았겠지만, 그녀는 고양이털로 만든 자그마한 브러시에 파우더를 묻혀 재빨리 얼굴에 발

* 드리운 머리를 쌀 수 있게 주머니가 달린 가발.

라 피부를 다시 완벽하고 매끈하게 다듬었다.

어쩌다 파우더가 갈라진 걸까? 그녀가 무슨 이유에서인지 움찔하면서 눈가에 주름이 생겼던 걸까? 움찔할 일이 뭐가 있다고. 그녀가 첩자로 부리는 새잡이들이 알려온 바에 따르면, 월계수 정자와 공작 부하들의 대결이 교착상태에 빠졌다고 했다. 그녀는 공작이 곧 인내심을 잃고 월계수 정자에 총알을 비처럼 퍼부어 그 자그마한 호위선들을 태워버리거나 흩어버릴 것이라고 확신했다. 조금 있으면 노상강도 블라이드, 퍼텔리스의 급진파 동지들, 월계수 정자에 타고 있는 열쇠장이들은 불길에 그을린 슬픈 모습으로 사람들의 기억 속에만 남게 될 것이다. 조금 있으면 그녀와 동맹을 맺은 새잡이들을 태운 배가 맨들리온을 장악하려고 올 것이다.

화장대 위에는 편지 두 통이 놓여 있었다. 위조 전문가들이 그녀의 명령으로 쌍둥이 여왕의 필적을 흉내내서 쓴 것이었다. 그 전에 쌍둥이 여왕에게서 온 다른 편지들도 마찬가지였다. 그녀는 자신이 직접 수도에서 가져온 가짜 인장 반지로 편지에 인장을 찍었었다. 편지에는 공작의 충성에 감사한다는 내용이 적혀 있었다. 또한 당장 체포해야 하는 사람들의 명단도 들어 있었다. 명단은 짧았다. 타마린드는 인내심이 많았으니까. 나중에 그녀가 내놓을 다른 편지에는 좀더 긴 명단이 들어 있을 것이다.

이제는 머뭇거리거나 두려워할 이유가 없었다. 그녀의 계획은 완벽했다.

거울 속에서 그녀는 자신이 꾸며낸 얼굴을 자세히 들여다보며 아무리 작은 것이라도 결함이 없는지 찾아보았다. 완벽했다.

레이디 타마린드는 파우더통 옆에 브러시를 놓으려고 손을 뻗었다가 잠시 그대로 있었다. 통 속에 들어 있는 하얀 파우더의 매끈하고 완벽한 표면에 검은 자국이 하나 있었다. 찌그러진 검은색 갑옷, 탁한 색유리 조각. 그것이 크림 같은 파우더 표면을 마구 휘저어 주름살투성이로 만들어놓았다. 그것은 파리였다.

문 밖의 계단에서 발소리가 났다. 그녀의 뺨에 있는 흉터 밑에서 파닥파닥 맥이 뛰었다.

가죽에 난 단춧구멍처럼 생긴 귀를 통해 악어는 은제 열쇠가 자물쇠 속에서 킬킬거리는 소리를 들었다. 레이디 타마린드가 서둘러 일어나느라 치맛자락이 버석거리는 소리도 들렸다. 문이 열리고 남자 네 명이 안으로 들어오자 악어는 입을 벌려 공기의 맛을 보았다. 남자들이 가져온 냄새는 악어에게 아무 의미가 없었다. 잉크 냄새, 곰방대 담배 냄새, 오는 길에 묻은 진흙 냄새. 하지만 그들에게서는 틀림없이 낯설음과 공포의 냄새가 났고, 악어는 이것이 그들을 먹어버려도 좋다는 뜻이라고 확신했다.

악어가 쉬고 있던 곳에서 미끄러지듯 움직이자 배에 난 비늘들이 모자이크로 장식된 바닥에 쓸리며 거친 소리를 냈다.

린덴 콜라비는 출판업자 길드의 제복을 입은 남자 네 명이 얼굴에 깊은 주름을 잡고 단호하게 계단을 서둘러 올라가는 것을 보고 깜짝 놀랐다. 하지만 걸음을 멈출 정도로 놀란 것은 아니었다. 그들을 뒤쫓아가봤자 아무 의미가 없었다. 그들이 어디서 왔는지 알아보면 오히려 더 많은 정보를 알아낼 수 있을 것 같았다. 벌집 정원 입구에서는 경비병들이 모든 사람에게 날카롭게 질문을 던진 뒤에야 문을 열어주며 불안한 기색을 역력히 드러내고 있었다. 하지만 콜라비는 과거에 주었던 팁 덕분에 쉽게 안으로 들어가서 조용히 사람들과 몇 마디를 나눈 끝에 출판업자들이 어느 쪽에서 왔는지를 알아냈다. 그는 빠른 걸음으로 강을 향해 걷기 시작했다.

부두에서 그는 잠시 걸음을 멈추고 장갑을 낀 다음 몇 번 심호흡을 했다. 이곳의 차가운 공기, 저 멀리서 몰려오는 폭풍의 건조한 냄새, 점점 강해지는 화약 냄새 때문에 저절로 긴장이 되었다.

거리 한쪽에 많은 사람들이 숨을 죽이고 한데 모여 있었다. 모종의 위급 상황이 일어난 모양이었다. 그가 조용하고 자신 있게 중심부를 향해 성큼성큼 걸어가자, 사람들은 그가 문제를 해결하러 온 사람인 줄 알고 둘로 갈라져 길을 내주었다. 콜라비는 바닷물을 담아둔 통 속에 지팡이를 넣어 물에 흠뻑 젖은 앞치마 조각을 끄집어냈다. 그때 빨간 머리 경찰관이 그의 팔을 잡았다.

"인쇄물입니다." 그가 다급한 목소리로 속삭였다. "출판업자의 인장이 없습니다."

"그건 나도 이미 봤습니다. 이건 아이 옷인데, 설마 그 아이가 이 옷을 아직도 입고 있는 건 아니겠죠?"

"아뇨…… 아이가 그걸 던져버리고는 도망쳤습니다."

"아이가 어떻게 생겼는지 봤습니까?"

"똑똑히 봤습니다." 경찰관이 투덜거리듯이 말했다. "흰족제비처럼 생긴 여자아이였는데, 머리카락은 분홍색이고, 눈썹은 진짜 같지 않았습니다. 텔링 워드에 올라타더군요."

경찰관은 콜라비가 허리를 숙여 물에 젖은 채 접혀 있는 앞치마를 자세히 들여다보는 것을 보고 기겁했다.

"아, 모스카 마이, 너무나 위험한 게임을 하고 있구나. 다른 사람이 널 찾기 전에 내가 먼저 찾아야 할 텐데."

그는 숨죽여 중얼거렸다.

겸손한 미소를 짓던 청년이 다시 사람들 속으로 사라지자 경찰관은 금방 다른 곳으로 주의를 돌렸다. 사람들이 강에서 벌어지는 전투를 보려고 워낙 심하게 밀치락달치락하고 있었기 때문에, 맨 앞에 있는 사람들이 물 속으로 내동댕이쳐질 위험이 있었다.

"저……"

하급 경찰관 한 명이 그의 소매를 잡아당겼다.

경찰관이 고개를 돌려보니 황금색과 파란색 나선형 무늬가 장식된 가마 때문에 사람들이 혼비백산해서 둘로 갈라지고 있었다. 가마 측면에 새겨진 문장이 누구의 것인지는 의심의 여지가 없었다.

'아, 사랑받는 자들이시여, 하필이면 지금……'

경찰관은 공작을 직접 만나는 몽상에 자주 빠졌었다. 공작 각하의 장밋빛 비단 장갑을 낀 도둑을 잡거나, 마차에 탄 공작이 볼 수 있는 곳에서 건장한 노상강도를 때려눕힌다면 그 몽상이 실현될지도 모르는 일이었다. 하지만 지금은 공작이 그냥 탑 안에 남아 치아에 파우더를 바르든지, 눈썹에 향수를 뿌리든지, 하여튼 귀족들이 잘하는 행동을 하고 있었다면 훨씬 더 좋았을 거라는 생각뿐이었다.

그는 소매로 얼굴의 땀을 닦고 서둘러 가마 옆으로 달려갔다. 언제 허리를 숙여야 하는지 알 수가 없었으므로 그는 가마까지 거리가 아직 절반쯤 남았을 때부터 허리를 굽히고는 계속 그 자세로 가마까지 종종걸음을 쳤다. 마치 눈에 보이지 않는 터널을 지나가는 사람처럼.

얼핏 보기에는 술탄의 터번과 흡사한 모양으로 교묘하게 만들어서 연한 라일락색 파우더를 발라놓은 거대한 가발이 가마를 완전히 꽉 채우고 있는 것 같았다. 하지만 다시 보니 가발 밑에 길쭉하고 잘생긴 얼굴이 있었다. 양쪽 뺨에는 똑같은 자리에 애교점이 세심하게 그려져 있었다. 그 얼굴은 미소를 짓고 있었지만, 왠지 이 자리에 어울리지 않았다. 마치 공작이 누군가 다른 사람을 위해 미소짓고 있는 것 같았다.

"왜 강에는 너희들이 한 명도 없는 거냐?"

립스틱을 짙게 바르고 광기 어린 미소를 짓고 있는 공작의 입술이 움직였다. 공작의 목소리는 경찰관이 예상했던 것보다 더 높았다.

"노상강도 블라이드와 맨들리온에서 일어난 온갖 사악한 일을 저지른 폭도들이 처벌 따위는 걱정하지도 않고 강에서 너희들을 조롱하고 있다고 들었다."

"죄송합니다만, 공작 각하, 그 어떤 배도 저희를 태워주려 하지 않습니다." 경찰관은 절박함과 짜증이 목소리에 배어드는 것을 막을 수 없었다.

"선장들은 한결같이 뱃사공들의 규칙에 어긋난다는 말만 하고 있습니다. 뱃사공들의 거룻배만이 승객을 태울 수 있다면서요…… 외람된 말씀이지만, 공작 각하, 제가 하마터면 놈들 머리에 권총을 겨눌 뻔했습니다. 하지만 그래도 놈들 얘기는 달라지지 않을 겁니다."

"그럼 거룻배를 불러!"

"각하…… 거룻배가 하나도 없습니다. 전부 상류 쪽으로 가버렸습니다…… 그 노상강도를 찾으려요. 어떤 사람들 말로는……"

경찰관은 입술을 핥았다.

"물론 커피하우스를 타면 된다고 하지만, 거기 들어가려면 무기를 맡겨야 합니다……"

"나더러 무기를 내놓으라고 하지는 않을 것이다." 공작이 단언했다.

"펠드스파! 내 모자와 산보용 가발."

그는 고개를 수그려 터번처럼 생긴 거대한 가발에서 빠져나왔다. 가발은 가마의 벽에 박힌 거대한 핀에 매달려 있었기 때문에 모양이 조금도 흐트러지지 않았다. 시종이 비단 같은 머리카락이 멋지게 늘어진 가발을 '자연스러운' 스타일로 주인의 머리에 씌워주고, 공작 깃털이 꽂힌 삼각모를 그 위에 얹었다.

공작이 가마에서 내려서자 부둣가의 사람들이 조용해졌다. 공작의 몸에서는 물총새 같은 파란색 보석과 사파이어가 반짝였고, 풍성하게 주름이 잡힌 벨벳 겉옷 속에서는 비단 조끼가 연한 빛을 내고 있었다. 진홍빛 구두의 높은 굽 덕분에 그렇지 않아도 키가 큰 그가 궁정의 그림에서 빠져나온 빛나는 거인처럼 보였다. 그가 강을 뚫어지게 바라보았기 때문에 그의 백성들은 잘생기고 유명한 맨들리온 공작의 옆모습을 마음껏 즐겼다.

"봐!"

그가 갑자기 위를 가리켰다. 서로를 마주보며 비밀스러운 미소를 짓고 있는 듯한 여자의 머리 두 개가 장식된 커다란 연이 저 높이 하늘에 떠 있었다.

"저 연의 주인들은 우리의 폐하들을 기리고 있다. 그러니 우리도 관습대로 그들에게 영예를 안겨줘야지."

그 연은 여왕들의 머리라는 커피하우스의 것이었다. 머리가 점점 벗겨지고 있는 주인은 온몸이 반짝거리는 공작이 자신을 향해 다가오는 것을 보고 완전히 당황한 모양이었다. 어떤 경찰관이 공작이 온다는 사실을 미리 알렸고, 무장 경찰관들이 공작의 양옆을 지켰으며, 상자와 토시와 여분의 가발을 잔뜩 든 중년의 하인이 그 뒤를 따랐다.

"영광입니다…… 뭐라고 말씀드려야 할지…… 공작님의 하해와 같은 은총이……"

이 커피하우스는 어부어레이스 가문과 쌍둥이 여왕에게 죽도록 충성하는 사람들이 즐겨 찾는 곳이었다. 공작이 성큼성큼 안으로 들어오자 가게 안의 손님들은 커피를 마시다 말고 사레가 들려 콜록거리며 정교하지만 아주 위험할 수도 있는 일련의 동작으로 이루어진 절을 하려고 온몸을 내던졌다.

"너희들이 우리 폐하들에게 비할 데 없는 충성을 바칠 기회가 왔다."

공작이 그 안의 모든 사람들을 향해 단언했다. 공작의 기다란 손이 커튼을 잡고는 단번에 아래로 떼어냈다. 그가 떨리는 손가락으로 창문 너머의 월계수 정자를 가리켰다.

"저 커피하우스의 뒤를 쫓아!"

"여왕들의 머리가 다시 닻을 올렸어요." 미스 카이틀리가 말했다. "이상하네요. 저 배는 앞으로 두 번 더 종이 울릴 때까지 원래 주소지인 메틀몽거 거리에 있어야 하는데."

"또 우리를 호위해주러 오는 배일까요?"

퍼텔리스는 남에게 빌린 외알안경으로 저 멀리 떨어져 있는 여왕들의 머리에 초점을 맞추려고 애쓰다가 금방 포기해버렸다.

"왠지 그럴 것 같지 않아요, 퍼텔리스 씨. 저 집 손님들은 대부분 구식 왕당파거든요. 차 나르는 아이가 실수로 차를 엎지르면 회초리로 때리고, 도랑에 마차 바퀴가 빠지는 위험을 무릅쓰느니 차라리 가엾은 아이를 치고 지나갈 사람들이에요."

지붕의 뚜껑문에 밧줄 사다리 하나가 드리워져 있고, 블라이드가 그 사다리 맨 윗칸에 서 있었다. 따라서 그는 갑판 위로 여왕들의 머리를 바라볼 수 있었다.

"창가에 남자들이 자리를 잡고 있소." 그가 아래를 향해 소리쳤다. "공작의 부하들이오. 제복 색깔이 보여요."

"내가 걱정하던 일이 바로 그거예요." 미스 카이틀리가 중얼거렸다.

"저 배가 바람을 제대로 받을 수 있게 돛을 조종하고 속력을 내려면 시간이 좀 걸릴 거예요. 하지만 우리를 가로막지는 못한다 해도, 우리 뒤에 자리를 잡고 우리 돛이 바람을 못 받게 만들려고 할 거예요. 저 배가 우리를 강하게 압박하겠죠. 우리보다 훨씬 큰 연을 갖고 있는데다가, 보조연도 우린 여섯 개인데 저쪽은 여덟 개예요. 배를 좌현으로 조금 돌려요, 스톨래스."

그들의 뒤를 쫓는 커피하우스는 봄 같은 초록색이었다. 월계수 정자보다 높이가 낮고 속도가 빨랐으며, 선미에는 강가의 저녁식사를 즐길 수 있는 자그마한 베란다가 있었다. 이 베란다에 경찰관 두 명이 뒤집힌 탁자 뒤에 몸을 숨긴 채 웅크리고 있었다. 꽃처럼 피어 오른 연기 뒤로 그들의 모습이 사라진 뒤, 물 위에서 날카롭게 쩍 하는 소리가 울려 퍼졌다.

"저건 뭐야? 우리더러 항복하라는 뜻으로 뱃머리를 빗겨가게 총을 쏜 건가?"

"아니에요! 개박하 호를 보세요!"

개박하 호의 키잡이가 키 위에 쓰러져 있고, 엉덩이 근처의 겉옷 자락에서 거무스름한 얼룩이 점점 커지고 있었다. 동료 선원들이 그를 아래로 끌어내리는 동안, 개박하 호의 뱃머리가 제멋대로 방황하기 시작했다.

"개박하 호의 중앙 돛이 바람을 받았어요. 그래서 자기 뜻과 상관없이 우리에게서 멀어지고 있어요."

"냉담한 주문 호와 조개구멍 호가 저걸 봤으면 좋겠는데." 미스 카이틀리가 속삭이듯 말했다. "그렇지 않으면 개박하 호가 방향을 돌리다가 그 두 배와 충돌할 거야."

월계수 정자 안에서는 방향을 잡지 못해 흔들리고 있는 개박하 호 뒤의 풍경을 볼 수 없었지만, 선미 쪽에서 뭔가가 부러질 듯 삐걱거리는 소리가 들려오자 모두들 신경을 잔뜩 곤두세웠다.

"냉담한 주문 호가 방향을 돌려 피했습니다."

스톨래스가 위에서 소리쳤다.

"하지만 지금 바람이 불어오는 쪽을 향해 서 있어요. 조개구멍 호는 개박하 호를 들이받았습니다. 두 배가 한동안 저대로 엉켜 있을 것 같습니다. 여왕들의 머리 호가 방향을 바꾸고 있고, 선원들은 삼각돛을 조종하고 있어요. 선녀님, 저 배가 거위처럼 날개를 펼치고 우리한테 달려들고 있어요."

두 커피하우스가 모두 굴을 나르는 평범한 손수레보다도 느리게 움직이고 있다는 사실 때문에 추격전이 한층 더 긴장감을 띠었다. 당밀 속에서 벌어지는 경주는 보는 사람을 몹시 감질나게 만드는 법이다.

"고양이를 타도 이것보다는 빨리 갈 수 있겠다."

캡틴 블라이드가 투덜거리는 소리가 들렸다.

총성이 또 울리더니 자그마한 행상선 한 척이 노를 저어 강변을 향해 멀어졌다. 그 배의 흘수선 아래에 난 구멍에서 물이 쿨럭쿨럭 쏟아져나오고 있었다. 월계수 정자 호의 사람들이 여왕들의 머리 호의 커튼 무늬를 알아볼 수 있을 만큼 두 배가 가까워졌을 때, 총알이 월계수 정자 호 안으로 쏟아져 들어오기 시작했고, 곧 홀 안에 포연이 안개처럼 자욱해졌다. 여왕들의 머리 호가 계속 속도를 높이고 있었기 때문에, 월계수 정자 호의 돛들이 힘없이 쓰러지자

두 배 사이의 거리가 훨씬 더 빠르게 좁혀졌다.
"저건 뭐야?"
지붕 위의 굴뚝 근처에서 덜걱거리는 소리가 크게 들려왔다.
"적들이 몰려온다! 놈들이 우리 배에 갈고리를 걸었어!"
블라이드가 갑판을 향해 서둘러 사다리를 올라가는 바람에 그의 다리가 사람들의 시야에서 사라졌다.
"어쨌든 놈들이 그러려고 했던 것 같아."
그의 목소리가 아까보다 더 희미하게 이어졌다.
"어딘가의 쇠창살 일부를 떼어낸 것 같은데……"
"애들아! 주방으로 가!"
미스 카이틀리가 가장 가까이에 있는 무기를 찾아 두리번거리며 말했다.
"당신도 가요, 클렌트 씨."
미스 카이틀리는 클렌트에게 권총을 믿고 맡길 수는 없었지만, 국자를 맡기는 정도라면 거리낄 이유가 없었다.
주방으로 간 미스 카이틀리가 해치를 열자 깜짝 놀란 표정의 하급 경찰관이 눈에 들어왔다. 그는 한 손으로 밧줄을 붙들고, 다른 손에는 권총을 쥐고 있었다. 세 사람이 사납게 국자를 휘둘러대며 두들기자 그는 결국 권총을 놓았다. 그리고 펄펄 끓는 커피를 얼굴에 맞은 뒤에는 밧줄을 잡은 손도 놓아버렸다. 그는 비명을 지르며 아래로 사라졌다.
'운명이 캔버스 날개를 타고 우리를 따라잡고 있어.'
이포니머스 클렌트는 나무 벽에 등을 기댄 채 힘없이 주저앉아

이마의 땀을 닦으며 속으로 생각했다.

'아무래도 난 무기랍시고 고작 숟가락 하나를 들고 죽을 운명인 모양이야.'

지금까지 그는 무서워서 그냥 얌전히 있었다. 그의 머릿속에는 월계수 정자 호에 타고 있는 사람들의 분노를 사지 말아야겠다는 생각밖에 없었다. 하지만 그의 머리는 불타는 방에서 도망칠 길을 찾는 쥐새끼처럼 이리저리 허둥지둥 움직이면서 모든 상황을 파악했다. 그가 앞을 볼 수 없을 만큼 수증기가 자욱한 방에서 앞을 볼 수 없을 만큼 연기가 자욱한 방으로 더듬더듬 돌아가는데 뭔가 둥근 것이 발에 걸렸다. 그의 발에 맞은 그 물체가 날개를 퍼덕이는 것 같은 소리를 냈다.

'운명의 날개. 운명의 날개……'

"이보게, 젊은이, 던지기 잘하나?"

카마인이 코퍼백의 권총을 장전하다가 고개를 들어 그를 바라보았다.

"팔매질로 나무에 매달린 밤을 떨어뜨릴 정도는 되죠." 그가 의아한 표정으로 대답했다.

"이걸 던질 수 있겠나?" 클렌트가 가발상자를 들어 그의 손에 놓았다. "저쪽 커피하우스 창문 안으로 말이야."

한참 동안 거북한 침묵이 흘렀다.

"그러려면 밖으로 나가야 돼요."

"아네."

"이게 무슨 도움이 될까요?"

"사실은 나도 잘 몰라. 도움이 될지도 모르지."

"상자를 이리 주세요."

카마인은 가발상자를 어깨에 들쳐 메고 밧줄 사다리 밑에서 걸음을 멈췄다. 다들 너무 정신이 없어서 남의 일에는 신경도 쓰지 않는 와중에 영웅적인 행동을 한다는 건 힘든 일이었다. 거의 모든 사람이 정신이 없었다. 케이크만이 그를 보았는지 놀란 표정으로 빤히 올려다보고 있었다. 그는 충동적으로 허리를 숙여 그녀의 뺨에 입을 맞췄다. 하지만 솜씨가 서툴러서 그녀의 이마에 눈썹을 부딪치고 말았다.

그가 밧줄 사다리 꼭대기까지 올라와보니 바람에 옷깃이 날려 입으로 들어오고, 하나로 묶은 짧은 머리가 목덜미를 두드려댔다. 용감한 캡틴 블라이드는 굴뚝 뒤에 몸을 웅크린 채 권총을 닦고 있었다. 월계수 정자의 선원들은 갑판을 향해 몸을 낮추고 있다가 줄을 조정할 일이 생기면 몸을 낮춘 채 한 지점에서 다른 지점까지 뛰어갔다.

카마인은 갑판 가장자리 근처에 배를 깔고 납작 엎드려 갑판 너머로 팔을 드리웠다. 가발상자의 가죽 끈이 그의 주먹에 매달려 있었다. 그 끈을 잡고 상자를 앞뒤로 흔들기 시작하면서 카마인은 저쪽 배의 아래쪽 창문에 시선을 고정했다. 서양자두 색깔의 겉옷을 입은 남자가 얼굴을 향해 장난스레 달려드는 커튼을 쳐내며 캡틴 블라이드가 숨어 있는 곳에 권총을 겨누고 있었다.

'한 번 흔들고, 하나, 둘……'

창가의 남자가 가발상자를 얼굴 전체로 받아내고는 휘청거리며 뒤로 물러났다. 상자는 창턱에 맞아 튀어 올랐다가 창 안쪽으로 우당탕 떨어졌다. 여왕들의 머리 호의 다른 창문들에 붙어 있던 남자들이 뒤로 물러났다. 한복판에 떨어진 물건이 무엇인지 빨리 알아보려는 것처럼.

"정신차려!" 누군가가 고함을 질렀다. "이 멍청이들아! 이…… 이 다람쥐 같은 놈들! 이건 거위야. 고작 거위 한 마리라고. 그냥 우리의 주의를 흐트러뜨리려는 작전이다. 자, 잘 봐……"

그 뒤를 이어 들려온 소리는 농장의 가축 대여섯 마리를 서랍장에 가둔 뒤 서랍장을 아래층으로 밀어버렸을 때 나는 소리와 흡사했다. 그 혼란의 와중에서 누군가가 소총을 발사했다. 여왕들의 머리 호 선원들이 갑자기 뜨거운 석탄이라도 밟은 것처럼 정신없이 춤을 추기 시작한 것을 보니, 자기들이 서 있는 갑판에 총알구멍이 난 것을 방금 발견한 사람들 같았다. 거리로 나가는 출입문이 벌컥 열리더니 누군가가 물 속으로 뛰어들어 강변을 향해 헤엄치기 시작했다. 기우뚱하게 기울어진 모자만 그의 뒤에 남아 물결을 따라 출렁거렸다.

카마인은 서둘러 일어서서 뚜껑문으로 달려갔다. 그런데 밧줄사다리 꼭대기에서 잠시 걸음을 범췄을 뿐인데 갑자기 하늘이 눈에 들어왔다. 갑판이 깡패처럼 뒤에서 그를 들이받고 뭔가가 팔뚝을 사납게 움켜쥐고 있는 것 같았다. 그가 하늘을 향해 도망칠지도 모른다고 생각하는 것처럼. 축축한 열기가 어깨를 타고 번져나갔다. 그는 일어나 앉으려고 했지만, 온 세상이 목소리를 높여 고통의 합창을 불러대며 그를 다시 밀어 눕혔다.

뭔가가 그의 다리를 잡아당기고 있었다. 저 아래쪽을 바라보니 겁먹은 표정의 이포니머스 클렌트가 있었다. 그가 뚜껑문 밖으로 머리를 내밀고 카마인의 발목을 죽어라 붙들고 있었다. 카마인은 멍한 머리로 클렌트가 자기 부츠를 훔쳐가려는 건가 하고 생각했다. 누가 클렌트의 행동을 알아채기나 할지 모르겠다는 생각도 들었다. 하지만 그는 고통 속에서 조금씩, 조금씩, 클렌트에게 끌려갔다. 마침내 누군가가 그의 겨드랑이를 잡고 뚜껑문 아래로 잡아당기는 것이 느껴졌다. 그는 자신을 부축하는 수많은 손들 사이에서 물에 빠진 사람처럼 암흑 속으로 가라앉는 듯한 기분이 들었다. 사람들이 그를 바닥에 조심스레 눕혔다. 목소리들이 그의 귀에서 기묘하게 울리더니 빨간 곱슬머리가 그의 얼굴을 스쳤다.

블라이드는 그 젊은 도제가 권총에 맞아 쓰러지는 것을 보았지만, 거리가 너무 멀어서 클렌트가 숨어 있던 곳에서 기어나와 청년을 안전한 곳으로 끌고 가는 것을 그냥 지켜보기만 했다. '무슨 세상이 이 모양인가.' 그는 속으로 생각했다. '어린애들이 담력으로 우리를 부끄럽게 하고는, 그 대가로 등 뒤에서 총에 맞다니.'

고통스럽고 끔찍할 정도로 그의 머리가 맑아졌다. 저녁때쯤이면 자기도 죽을 거라 확신하고 있었기 때문에. 그는 동지들에게 자신이 이런 생각을 하고 있음을 숨겼다. 최근에 앓은 인플루엔자 때문에 목구멍이 고사리처럼 거칠어졌고, 가끔 현기증이 너무 심해서 주위의 물체들이 검게 번들거리는 것처럼 보인다는 사실을 숨긴 것처럼. 그를 믿고 의지하는 사람들에게 강하고 유능한 모습을 보여줄 필요가 있었다.

'하지만 저 사람들한테 영웅 캡틴 블라이드만으로는 부족해. 십여 명의 사람들과 그만큼의 총이 더 있어야 돼…… 아냐, 저 사람들한테 필요한 건 기적이야.'

저쪽 커피하우스에서 사람들이 벽에 붙은 사다리에 간신히 매달려 있거나, 창턱에 올라가 있거나, 갑판과 베란다에서 슬금슬금 몸을 숨기는 모습이 보였다. 홀 안에서 가구를 부수고 있는 범인이 누군지는 몰라도, 어쨌든 그 녀석을 피할 수만 있다면 무슨 짓이든 할 태세였다. 카마인의 이상한 공격 덕분에 월계수 정자 호는 시간을 벌었다. 하지만 여왕들의 머리 호가 이 위기에서 회복하는 데에는 시간이 그리 오래 걸리지 않을 터였다.

"어이, 월계수 정자! 공작님께서 너희들한테 배를 대고 항복하라고 직접 명령하셨다!"

여왕들의 머리 호 베란다에서 나는 소리 같았다.

블라이드는 총알이 팔을 찢고 지나갔을 때 카마인의 얼굴을 다시 생각해보았다. 그의 가슴이 분노로 폭발했다.

"나는 캡틴 클램 블라이드다. 맨들리온의 공작이라고 불리는 보카도 어부어레이스에게 권총 결투를 신청한다. 나는 공작에게 재산을 강탈당하고 억압받는 백성들의 권리를 대변해서 내 몸을 걸 것이다. 공작에게 자신이 섬긴다는 쌍둥이 여왕을 위해 나와 맞설 것을 요구한다. 사랑받는 자들이 누가 옳은지 결정해줄 것이다."

블라이드는 말을 마치고 나서 한참이 지난 뒤에도 자신의 목소리가 메아리치는 것을 들을 수 있었다. 그는 노가 달린 자그마한 배들이 강변에서 그리 멀지 않은 곳에서 출렁거리고 있으며, 거기에 탄 사람들이 부둣가에서 귀를 기울이고 있는 수많은 사람들에게 자신의 말을 큰 소리로 전달해주고 있음을 깨달았다.

"공작님께서 수락하셨다."

'도둑과 방랑자의 착한 남자 바플을 찬양하고, 그의 못생긴 개를 축복하라.' 블라이드는 속으로 생각했다. '공작은 정말로 미쳤군.'

"여왕들의 머리 호의 하인드 선장이 내 입회인이다." 공작의 목소리였다.

블라이드는 어떻게 하겠느냐는 표정으로 스톨래스를 흘깃 곁눈질로 보았다. 스톨래스가 고개를 끄덕였다.

"내 입회인은 스톨래스 군이오."

월계수 정자 호의 선원들이 서둘러 갑판에서 물러나는 동안 블라이드는 똑바로 일어섰다. 여왕들의 머리 호에 탄 사람들과 근처에서 출렁거리고 있는 작은 배들의 선원들, 그리고 강가에 모여 있는 사람들이 자신을 볼 수 있도록.

'저들이 지금 개를 쏘듯이 나를 쏜다면 사람들이 영원히 기억할 거야……'

파란색과 황금색 보석으로 치장한 키 큰 남자가 여왕들의 머리 호 지붕으로 올라오는 동안 그의 심장이 마구 뛰었다. 남자가 쓰고 있는 연한 황금색 가발의 머리채가 바람에 이리저리 날려서 머리를 둥글게 둘러싸는 바람에 마치 후광처럼 보였다. 블라이드는 공작이 도전을 받은 쪽이라서 먼저 총을 쏘게 될 것임을 깨닫고 가슴이 덜컹 내려앉았다.

블라이드가 꿋꿋함을 잃지 않으려고 마음을 다잡는 동안, 공작은 총구가 나팔꽃처럼 벌어지고 총신이 호리호리해서 여자들의 물건처럼 보이는 권총을 정성들여 반짝반짝 닦았다. 그러고는 몸을 돌려 적을 바라보며 총을 겨누었다. 여왕들의 머리 호가 가까이 다가와 있었기 때문에 블라이드는 총구에서 연기가 뿜어져 나오기 전에 화약이 폭발하는 섬광을 볼 수 있었다. 빵 하는 소리가 어찌나 크게 났는지 누군가가 블라이드의 귀를 손바닥으로 세게 후려친 것 같았다. 그는 깊이 숨을 들이쉬었다. 그의 허파는 아직 멀쩡했다. 공작의 총알이 빗나간 것이다.

블라이드는 권총을 들어올렸다가 천천히 아래로 내리며 실잠자리처럼 밝게 빛나는 공작의 모습이 보이는 지점에서 총구를 겨누었다. 총알 한 방이면 공작의 광기를 이 세상에서 몰아낼 수 있었다. 하지만 양편에서 수백 명의 사람들이 지켜보고 있었다. 천둥이 치기 전의 정적처럼 사람들이 숨을 죽이고 있는 것이 느껴졌다. 그들의 눈과 가슴은 온통 캡틴 블라이드에게 쏠려 있었다. 마을 사람들이 교수대에 매달리고 차꼬에 묶이는 신세가 되면서도 지켜주려고 했던 영웅. 급진파가 최후의 한 사람까지도 목숨을 바쳐 지켜줄 영웅. 작은 배의 선장들이 불과 총탄의 위험을 무릅쓰고 지켜주려 하는 영웅. 만약 그가 이제 공작이 비무장 상태가 되었다는 점을 비겁하게 이용한다면 맨들리온의 공작은 죽겠지만, 영웅도 함께 죽어버릴 것이다.

블라이드는 총을 위로 올려 공작의 머리보다 한참 높은 곳을 겨냥하고 방아쇠를 당겼다. 총알은 여왕들의 머리 호와 중앙 연을 묶어주는 끈을 가르고 지나갔다. 블라이드가 연기가 피어오르는 총을 아래로 내리는 순간, 강둑에서 우레와 같은 박수갈채가 터져 나왔다. 온갖 종류의 작은 배에서도 환호성이 일었다.

그가 적에게서 시선을 돌리는 순간, 박수갈채가 헉 하고 놀라는 소리로 바뀌었다. 블라이드는 월계수 정자의 선원들 얼굴에 충격받은 표정이 떠오르는 것을 보고 다시 고개를 돌렸다. 공작이 겉옷 속에서 아까 썼던 것과 똑같은 총을 꺼내 미끈한 동작으로 겨냥을 하고 있었다. 블라이드의 심장 박동 소리가 갑자기 혼자서 감당하기에는 너무 커졌다. 마치 그가 위험해진 것을 보고 가슴을 두근거리는 모든 구경꾼의 심장 박동 소리가 한꺼번에 들려오는 것 같았다. 몸을 낮춰 엎드릴 시간이 없었다. 그는 간신히 이런 생각을 할 수 있었다. '그래, 영웅이 되는 기분이 이런 것이로군……'

그렇게 얼어붙은 것 같은 일 초가 흐르고 하늘에서 끈 떨어진 연이 휙 하고 내려왔다. 연이 펄럭이는 소리가 거대한 날갯짓 소리 같았다. 연이 도마에 칼을 내리칠 때처럼 둔탁한 소리를 내며 공작의 뒤통수를 쳤고, 공작은 물속으로 굴러 떨어졌다. 첨벙 소리가 난 뒤, 수면에는 아무것도 떠오르지 않았다. 수면에는 부글거리는 거품과 공작의 삼각모뿐이었다.

'공작의 부하들이 왜 우리한테 총을 안 쏘는 거지?' 블라이드는 굴뚝에 몸을 기대면서 속으로 생각했다. 어깨 너머로 저쪽을 바라보니 그 이유를 알 것 같았다. 하늘이 온통 연들로 뒤덮여 있었다. 모두 뱃사공 길드의 표식이 새겨진 연들이었다. 쾌속선들이 다른 배들 사이로 슬그머니 끼어 들어와 있다가 자신의 존재를 알리기 위해 이제야 연을 날리고 있었다. 이제 이곳이 뱃사공 길드의 영역이 되었으니 총격전을 벌이는 것은 불가능했다.

'됐다.' 블라이드는 속으로 생각했다. '그 아이가 출판업자들을 만나서 이야기를 한 모양이야.'

멀리서 들려오는 군중의 함성은 밭에서 갈매기들이 울어대는 소리만큼이나 날카롭고 환희에 차 있었다. 블라이드는 멍하니 주위를 둘러보았다. 저 멀리서 사람들이 모자를 공중으로 던져올리고, 작은 배들은 축하의 깃발을 내걸고 있었다.

재다리에 잔뜩 모여 있는 사람들 속에서 블라이드는 순간적으로 짙은 초록색 드레스를 입은 작고 호리호리한 아이를 본 것 같았다. 기쁨에 들떠 환호성을 질러대는 사람들 속에서 모스카가 있는 곳만 조용했다. 하지만 다시 현기증이 몰려왔기 때문에 그는 그것이 정말로 모스카였는지 확인할 수 없었다. 현기증이 물러간 뒤 다시 보았을 때에는 아이의 모습이 이미 사라지고 없었다.

'그래, 정직하게 사는 게 이런 거구나.'

모스카는 빽빽한 잡초들 사이를 헤쳐나가면서 생각했다. 그녀의 팔을 두드리는 두툼한 초록색 꼬투리들은 고양이 발처럼 서늘하고 거칠었다. 낮에는 강가의 오솔길을 따라 걷는 것이 별로 힘들지 않았지만, 지금은 햇빛이 점점 희미해지고 있었다. 그 넝마주이의 뗏목배를 다시 찾으려면 강을 따라가는 방법밖에 없었으므로, 강둑에 잡초가 수북이 웃자라 있어도 강물을 시야에서 놓치지 않기 위해 힘겹게 잡초를 헤치고 나아가는 수밖에 없었다.

보기 싫은 토크 씨의 말에 따르면, 밀물 때 강물이 넘쳐흐를 것이라고 했다. 넝마주이의 뗏목배는 바닥이 무른 강둑에서 겨우 말뚝 하나에 묶여 있었다. 따라서 토크 씨의 말처럼 강물이 뗏목배를 휩쓸어가서 산산조각내지 못하게 하려면 그녀가 뗏목배를 더 단단히 묶어두어야 했다. 또한 출판업자들이 그 뗏목배를 찾지 못하게 더 꼭꼭 숨겨둘 필요도 있었다.

그녀는 출판업자들이 뗏목배를 찾아내는 것을 바라지 않았다. 이제는 그 점을 확실하게 알았다. 토크의 영리한 눈을 들여다보며 깨달은 사실이었다. 출판업자들은 야생동물을 다루듯이 인쇄기를 우리에 집어넣고 기를 꺾어버리려 할 것이다. 그 순간 그녀는 그 인쇄기가 오로지 자신만의 것이어야 한다는 생각이 퍼뜩 들었다.

쇳덩이로 만들어진 인쇄기가 어두운 굴 속에 숨어서 잉크가 묻은 이빨을 드러내고 히죽 웃으며 언제라도 그녀에게 금지된 비밀을 속삭일 준비를 갖춘 모습을 상상하니 너무 신이 나서 소름이 끼칠 정도였다. '종이가 있다면, 책도 만들 수 있겠지.' 그녀의 머릿속에서 누군가가 속삭였다. '위험한 책, 화약 같은 책, 정신이라는 성을 태워버리고 하늘의 색깔을 바꿀 수 있는 책.'

물론 숲 속을 혼자 돌아다니는 것은 미친 짓이었다. 하물며 이런 시간에 돌아다니는 것은 말할 필요도 없었다. 모스카는 스컴피 강둑의 불한당인 라이 페처에 대해 읽은 적이 있었다. 라이 페처 말고도 길가와 황무지에서 사람들을 노리는 노상강도, 살인자, 깡패들은 헤아릴 수 없이 많았다. 심지어 평범한 행상인조차 혼자 돌아다니는 여자아이에게서 물건을 강탈할 기회가 생긴다면 냉큼 달려들지도 몰랐다. 하지만 이런 생각을 해보아도, 찔레덤불이 살갗을 찔러도 무슨 영문인지 그녀의 결심은 더욱 굳어지기만 할 뿐이었다. 게다가 숲은 그녀가 잘 아는 곳이었다. 숲은 그녀의 고향이었다.

모스카는 뱃사공 길드의 배들이 연을 높이 띄우고 강 위를 떠가는 것을 두 번 보았다. 첫 번째 선단은 자그마한 쾌속선들로 이루어져 있었다. 두 번째 선단은 그보다 큰 보트와 바지선들로 구성되었으며, 거룻배들이 양쪽에 자리잡고 있었다. 선단이 나타날 때마다 그녀는 덤불 속에 몸을 숨겼다.

누가 갉아먹은 것 같은 달이 나무들 위로 기어올라올 무렵, 모스카의 나막신에는 검은 진흙이 무겁게 들러붙었고, 위장은 완전히 텅 빈 구멍이 되어 아우성을 쳤다.

강의 목소리가 변했다. 모스카는 강이 물살에 휩쓸려 제멋대로 뒤엉킨 나뭇가지들과 씨름하고 있다는 것을 알아차렸다. 새잡이 넝마주이들에게서 간신히 탈출할 때 보았던 죽은 나무가 눈에 들어오자 그녀의 심장이 제멋대로 날뛰었다. 하지만 그 넝마주이들이 이렇게 황량한 곳에 여전히 남아 있을 거라고 상상하는 건 정말이지 바보 같은 짓이 아닐까?

잔물결처럼 펼쳐진 나무뿌리를 사다리 삼아 그녀는 쓰러진 나무의 줄기로 올라가서 나막신에 묻은 진흙을 털어내려고 나무껍질을 발로 찼다. 그녀는 가장 가까이에 있는 덤불에서 블랙베리를 몇 개 땄지만, 너무 단단하고 써서 씹을 수가 없었다. 그래서 열매에 난 잔털들이 혀와 목구멍을 간질이는 것을 느끼며 그냥 꿀꺽 삼켜버렸다. 이제 그녀는 그저 부채처럼 펼쳐진 뿌리를 타고 올라가 거무스름하게 흩뿌려진 양딱총나무 열매를 딸 생각뿐이었다. 그런데 그때 누군가가 손으로 그녀의 입을 단단히 틀어막고는 나무줄기에서 뒤로 잡아당겼다. 소스라치게 놀랐음에도 모스카는 자신을 붙든 사람을 팔꿈치로 마구 찔러댔다. 결국 그 사람이 그녀를 바닥에 내려놓고 손을 놓았다. 그녀는 두려움에 가슴을 두근거리며 뒤를 돌아보았다.

"콜라비 아저씨!"

안도감이 물밀듯 밀려왔다.

"아저씨를 찾으려고 했는데 찾을 수가 없었어요. 엄청 많은 일들이 일어났는데 아저씨는 있겠다고 한 커피하우스에 없었고, 녹스 부인은……"

콜라비가 고개를 저으며 손가락 하나를 들어올려 자기 입술에 갖다대자 모스카는 속삭이는 소리로 목소리를 낮췄다.

"쉬…… 모스카, 널 미행하는 사람들이 있어. 맨들리온에서부터 내내. 그자들을 인쇄기 있는 곳까지 데려갈 생각은 아니겠지?"

모스카는 말없이 고개를 끄덕였다.

"그럼 그자들을 떨쳐버릴 수 있는지 한번 해보자, 어때?"

콜라비는 이끼가 깔려서 발자국 소리가 나지 않는 길이 어디인지 잘 알고 있는 것 같았다. 어두워서 그런지 그의 키가 훨씬 더 커 보였다. 아니면 혹시 그가 키도 더 작고 평범한 사람처럼 보이려고 햇빛을 이용하는 건가? 모스카는 피곤에 지친 머리로 이런 생각을 해보았다.

"누가 절 미행한 거예요?" 숲 속을 살금살금 걷기 시작한 지 좀 되었을 때 모스카가 속삭이는 소리로 물었다.

"출판업자들."

콜라비의 목소리는 그녀보다 조금 더 컸다. 마치 모스카를 미행하던 자들을 십중팔구 떨쳐버린 것 같다고 생각하는 사람처럼.

"세상에, 넌 상처 입은 멧돼지처럼 덤불 속을 우당탕거리며 돌아다녔어. 놈들은 그 소리를 쫓아온 거고. 나는 그놈들 뒤를 미행했지. 네가 걸음을 멈추니까 놈들이 몹시 걱정스러워하면서 누가 앞으로 기어가서 네가 있는 곳을 확인할지를 놓고 말다툼을 벌이기 시작하더구나. 그래서 내가 먼저 너한테 가봐야겠다고 생각했지."

"그럼 아저씨는 제가 인쇄기를 찾아가고 있다는 걸 어떻게 아셨어요?"

"머리를 조금 굴렸지. 청어통에 있던 앞치마를 근거로. 출판업자들이 널 이렇게 미행한 걸 보면, 그쪽도 거기까지는 짐작한 모양이야. 놈들은 자기들이 뭘 해야 하는지 아주 잘 알고 있을 거다. 그래, 인쇄기는 어디 있니?"

"넝마주이 뗏목배의 창고 안에요. 제가 그 뗏목배를 골풀밭에 숨기고 다시 찾아갈 수 있게 주변을 기억해뒀어요. 제가 아저씨를 그곳으로 데려갈 수 있어요."

모스카는 걸음을 멈추고 슬픈 표정으로 침을 꿀꺽 삼켰다.

"아저씨가 그걸 가져갈 건가요?"

"모스카……" 콜라비의 목소리는 상냥하고 차분했다.

"이 인쇄기 한 대가 맨들리온에 어떤 소란을 일으켰는지 한번 봐. 그게 워낙 중요한 물건이라서 엉뚱한 사람들 손에 떨어지면 안 된다는 걸 너도 알겠지? 출판업자들은 그걸 분해해버리거나, 아니면 따분한 글을 인쇄하는 데 쓸 거다. 내가 보기에 그건 낭비야. 네 생각은 어떠냐? 게다가 혹시라도 다른 사람들 손에 들어가면 멍청하기 짝이 없는 것들을 인쇄하다가 괜히 곤란한 일을 당할 수도 있어. 그러니 누군가가 올바로 사용해서 그 인쇄기가 자신의 운명을 실현할 수 있게 해야 한다."

"만약 인쇄기랑 같이 책들도 있다면…… 제가 읽어도 돼요?"

콜라비는 잠시 생각에 잠겼다. 어두워서 그의 얼굴은 보이지 않았다.

"어쩌면." 마침내 그가 말했다. "그래. 내 생각엔 말이다, 우리가 그 뗏목배를 하류로 몰고 갈 때 네가 함께 가는 편이 제일 좋을 것 같다."

"하류로 가면 안 돼요, 콜라비 아저씨! 제가 아저씨한테 하려던 말이 그거예요! 해안에서 사람들이 올라오고 있어요. 그 사람들한테 잡히면 안 돼요. 콜라비 아저씨, 콜라비 아저씨, 레이디 타마린드를 조심하셔야……"

모스카의 목소리가 점점 높아지자 콜라비는 뒤를 돌아 나무들을 뚫어지게 바라보며 그녀에게 조용히 하라는 신호를 보냈다. 그의 한쪽 손이 허리띠로 슬그머니 내려갔다. 그녀는 그가 권총을 갖고 있음을 기억해냈다. 그가 조용히 하라는 뜻으로 한 손을 들어올리고는 몇 초 동안 꼼짝도 않고 가만히 있다가 날카로운 손짓으로 그녀를 부르더니 처음에 그랬던 것처럼 소리 없이 살금살금 움직였다.

그녀는 하지 못한 말 때문에 거의 숨이 막힐 지경이었다. 하지만 콜라비의 뒤를 따라 나무들이 점점 듬성듬성해지다가 마침내 숲이 벌판으로 변하는 곳까지 왔다. 모스카는 몸을 웅크린 채 그를 따라 도랑 옆을 지나고, 산울타리의 그림자 속을 지나고, 개울을 건너고, 자연석으로 지은 담을 넘었다. 두 사람이 다시 어두운 숲에 이르렀을 때, 그녀는 주머니에서 콜라비가 사준 곰방대를 꺼내 물부리를 씹고 있었다. 얼굴에 부딪치는 찔레덤불을 피하면서.

"그 곰방대 소리가 우리 발소리보다 두 배는 큰 것 같다."

결국 콜라비가 속삭이는 소리로 말했다. 하지만 그에게 들려온 대답이라고는 모스카의 이에 나무가 부딪히는 소리뿐이었다.

"배가 고픈 모양이구나. 그렇게 나무까지 씹어 먹으려고 하는 걸 보니."

모스카는 아무 말도 하지 않고 어둠 속에서 계속 곰방대를 우적우적 씹었다.

"계속 그렇게 씹다가는 곰방대 자루가 남아나지 않겠다. 네가 그걸 씹으며 그렇게 생각에 몰두할 줄 알았다면 난 아마 그 곰방대를 안 사줬을 거야."

"그러셨을 거예요." 모스카가 중얼거렸다.

나무들 사이에 난 틈으로 새어 들어온 달빛이 콜라비의 얼굴을 비췄다. 그는 소리 없이 잠시 걷다가 고개를 돌려 어리둥절한 미소를 띠고 모스카를 바라보았다. 그런데 모스카가 보이지 않았다.

"모스카?"

콜라비는 미소와 찡그린 표정을 오가며 주위를 두리번거렸다. 그러다가 두 가지 표정이 모두 연기처럼 사라지고, 뭔가에 열심히 귀를 기울이는 사람처럼 눈을 휘둥그렇게 뜬 표정만이 남았다.

모스카는 고사리밭 가장자리에 숨어 땅에 납작 엎드려 있었다. 그녀의 뺨이 축축하고 부드러운 낙엽에 닿았다.

"모스카?"

여기가 맨들리온의 거리였다면, 모스카는 분주하게 움직이는 사람과 손수레들 틈에 휩쓸렸을 것이다. 하지만 여기는 듬성듬성 숲이 자리 잡고 있는 삼림지대였으므로 다른 요령이 필요했다. 가능한 한 꼼짝도 하지 말고, 소리도 내면 안 된다. 자그맣게 들리는 다른 소리들에 자신의 발소리를 묻어버려야 한다. 눈을 속일 수 없다면 머리를 속여라. 아무도 예상치 못하는 곳에 서 있으면 눈에 띄지 않을 것이다. 아주 높은 곳이나 아주 낮은 곳에서 움직이며, 가능한 한 다른 사람들의 눈높이에 있는 장소를 피하라. 모스카는 이런 요령들을 알고 있었다.

그녀는 도중에 살짝 콜라비에게서 멀어지면서 반짝이는 하얀 보닛과 그 밑에 쓴 실내모자를 버렸다. 그리고 검은 머리카락을 앞으로 당겨 창백한 얼굴을 가렸다. 그녀는 콜라비가 엉뚱한 방향으로 몇 걸음 걸어갈 때까지 기다렸다가 몸을 일으켜 웅크리고 앉았다. 그가 등을 돌리고 있는 동안 가벼워 보이는 형체 하나가 양팔을 벌려 균형을 잡으며 쓰러진 나무의 줄기를 따라 걸었다. 스타킹을 신은 발이 나무껍질을 벨벳처럼 뒤덮은 축축한 초록색 이끼에 소리 없이 닿았다. 그가 다시 뒤를 돌아보았을 때, 그 형체는 밤이 떨어지는 것 같은 희미한 소리와 함께 이미 몸을 낮춰 시야에서 벗어난 뒤였다.

모스카는 이런 요령들을 콜라비보다 더 잘 알고 있었다.

모스카는 치맛자락을 모아 한쪽 팔에 걸치고, 곰방대를 소리 없이 입으로 꽉 물고는 살금살금 덤불 가장자리까지 갔다. 깃털 같은 갈대들이 각도에 따라 색이 변하게 짠 비단처럼 달빛을 부수며 한없이 펼쳐져 있었다. 넝마주이의 뗏목배가 어디 있더라? 모스카는 진흙 속에서 자신이 배를 묶으려고 말뚝을 박았던 구멍을 발견했다. 뗏목배는 끈이 풀려서 어디론가 떠내려간 모양이었다. 아니, 갈대밭 사이에 이상하게 사각형 비슷한 공터가 하나 있었다. 뗏목배가 떠내려간 것은 맞지만, 그리 멀리 가지는 못한 것 같았다.

모스카는 갈대를 헤치며 그리로 다가갔다. 땅이 점점 위험할 정도로 축축해지고, 진흙이 그녀의 발을 몹시 반가워하며 그녀가 발을 뗄 때마다 짜증스럽다는 듯 혀를 끌끌 찼다. 마침내 갈대에 가려 보이지 않던 땅이 스스로를 초월했는지 갑자기 강으로 변했다. 얼음처럼 차가운 물이 모스카의 엉덩이까지 차올랐다. 그녀가 순식간에 물에 빠지지 않은 것은 순전히 치맛단 덕분이었다. 치맛자락이 그녀의 주위에 넓게 퍼져 있었고, 그 위에서 끓는 물 속의 달걀흰자처럼 물거품이 뽀글거렸다.

모스카는 갈대를 한 줌 쥐고 거기에 의지해 뗏목배 위로 몸을 끌어올렸다. 치맛자락이 완전히 물에 젖어 몸이 물 속에 잠기기 직전이었다. 그녀는 힘들게 숨을 몰아쉬며 뗏목배 위로 상체를 올리고, 다리로 물을 차며 갈대를 잡아당겨 뗏목배를 강으로 내몰았다. 갈대밭이 완전히 끝나는 지점에 다다른 모스카는 뗏목배 위로 완전히 몸을 끌어올린 뒤에야 뗏목배가 왜 멀리까지 떠내려가지 못했는지 깨달았다. 뗏목배를 묶어둔 밧줄이 팽팽해져 있었다. 갈대밭 어딘가에서 밧줄을 묶어둔 말뚝이 뭔가에 걸린 모양이었다.

모스카는 절망감과 추위 때문에 금방이라도 눈물이 날 것 같은 기분으로 밧줄을 여러 번 세게 잡아당겼지만, 밧줄은 꼼짝도 하지 않았다. 밧줄은 뗏목배 위의 금속 고리에 묶여 있었는데, 그녀는 매듭을 어떻게 묶은 것인지 도무지 알 수 없었다. 게다가 손가락이 무감각해져서 거친 밧줄을 붙들고 비틀기가 고통스러웠다. 그렇게 밧줄을 붙들고 씨름하다가 문득 고개를 들어 보니 콜라비가 강가에 서 있었다.

그는 강가까지 달려왔는지 숨을 헐떡이고 있었다. 달빛이 그의 얼굴을 정면으로 비췄고, 그는 여전히 약간 어리둥절한 표정을 짓고 있었다. 그가 모스카를 향해 한 발을 내딛다가 아래를 내려다보고, 다시 뗏목배를 바라보더니 자신과 뗏목배 사이를 갈라놓고 있는 갈대밭에서 뭔가를 찾으려는 듯이 두리번거렸다. 아마 그는 자신이 물에서 아주 가까운 곳에 있다는 것을 알아차렸을 것이다. 하지만 모스카는 그가 물까지의 거리가 정확히 얼마나 되는지는 모를 거라고 확신했다.

그는 왼손에 모자를 들고 있었다. 뛰다가 모자가 바람에 날려갈까봐 재빨리 벗은 것 같았다. 그는 무심하게 모자를 들고 있는 것 같았지만, 사실은 그 속에 오른손을 감추고 있었다.

"귀여운 모스카." 마침내 그가 소리쳤다. "그 인쇄기를 그렇게나 갖고 싶니?"

"아까 우리가 이야기하던 미래는 제가 바라는 게 아닌 것 같아요."

모스카는 꼼짝도 하지 않고 손으로 밧줄의 매듭을 붙든 채 계속 웅크리고 있었다.

"저는 레이디 타마린드를 위해 일하고 싶지 않아요."

"사실 나도 너한테 그러라고 할 생각은 전혀 없었다."

콜라비가 미소를 짓더니 조금 안심했다는 표정을 지었다.

"레이디 타마린드는 아주 영리한 분이지만, 조금 비속한 목표를 갖고 계시지."

약간 당황한 기색이 그의 미소에 살짝 깃들었다. 마치 아직 모스카의 명명일이 되지도 않았는데 미리 선물을 사다가 들킨 사람 같았다.

"난 항상 너를 레이디 타마린드한테서 몰래 떼놓으려 했던 것 같구나. 아무래도 내가 자초지종을 설명해야 할 때가 된 것 같은데, 그 전에 창백한 운명의 여신의 이름으로 부탁하건대 그 뗏목배를 타고 이리로 올 수 없겠니? 이런 식으로 고함을 지르며 이야기를 하다가는 출판업자들한테 들키거나, 아니면 더 심한 일을 당하게 될 거다."

"죄송해요, 콜라비 아저씨. 하지만 저도 이것저것 많은 생각을 해봤어요. 대개는 아주 사소한 것들이고, 그런 생각으로 증명할 수 있는 건 하나도 없지만, 양말에 붙은 솔잎처럼 도무지 머릿속에서 사라지질 않아요. 그 생각들을 아귀가 맞게 짜 맞추는 방법은 딱 하나밖에 없어요."

모스카는 콜라비가 조심스레 들고 있는 모자를 바라보며 그 속에 숨은 오른손에 정확히 무엇이 들려 있는지 알 수 있었다.

"아저씨가 새잡이라면 모든 게 맞아떨어져요, 콜라비 아저씨."

콜라비는 여전히 자상한 얼굴로 약간 걱정스럽다는 표정을 짓고 있었다. 모스카가 보기에는 그가 그녀의 손을 뚫어지게 바라보는 것 같았다. 밧줄이 아직 묶여 있다는 것을 그가 알 리 없었다. 모스카가 이미 밧줄을 풀었으면서도 그냥 손에 쥐고 있는지 아닌지도 확신할 수 없을 터였다. 그는 그녀가 밧줄을 놓는 순간 뗏목배와 인쇄기가 강을 따라 떠내려가서 다시는 손에 넣을 수 없게 될지도 모른다고 생각하고 있을 것이다.

"아저씨는 사랑받는 자들의 이름으로 맹세를 한 적이 없어요. 단 한 번도. 제 말은, 성당에서 아저씨를 봤지만…… 거긴 사실상 아직도 옛날 교회의 모습을 간직하고 있었어요. 응보의 심장이 그 번쩍이는 겉모습 속에 아직 있었으니까요."

모스카는 말을 멈추었지만, 강가에 서 있는 사람은 계속 침묵을 지키며 꼼짝도 하지 않았다.

"그리고 아저씨는 레이디 타마린드를 위해 일해요. 레이디 타마린드는 새잡이들과 한 편이고요. 그리고 아저씨는 온 나라를 돌아다니며 클렌트 아저씨를 뒤쫓았어요. 클렌트 아저씨가 위험한 사람이고 그 손에 피가 묻어 있기 때문이라면서요. 사실 클렌트 아저씨는 발톱만 길었지 이빨은 하나도 없는, 뚱뚱하고 늙은 수고양이일 뿐인데 말이에요. 토크 씨가 클렌트 아저씨한테 보낸 편지를 훔친 사람이 바로 아저씨라고 생각해야만 모든 게 말이 돼요. 클렌트 아저씨더러 맨들리온으로 와달라고 한 두 번째 편지 말이에요. 아저씨는 출판업자들이 인쇄기를 찾으려고 특수요원을 불렀다는 걸 알고 그 특수요원이 여기 도착하기 전에 미리 막으려고 나선 거예요. 출판업자들이 클렌트 아저씨를 불러들인 건 순전히 자기네 길드원을 위험에 빠뜨리기 싫어서였는데 말이에요. 출판업자들은 열쇠장이들이 클렌트 아저씨를 죽이든 말든 신경도 안 썼어요. 하지만 아저씨는 출판업자들이 정말로 특별하고 영리하고 위험한 사람을 불렀을 거라고 생각했죠. 그리고 아저씨가……"

모스카는 자기가 너무 많이 떠들어대는 것이 아닐까 싶어서 잠시 말을 멈췄다.

"아저씨가 아버지가 돌아가신 이야기를 해줬을 때, 새잡이 첩자가 그 교회를 폭파해서 가루를 만들어버렸다고 했는데…… 그 첩자가 바로 아저씨 아버지였죠?"

"난 우리 아버지만큼 용감한 사람을 본 적이 없다." 콜라비가 간단히 대답했다.

물에 흠뻑 젖은 페티코트가 모스카의 다리에 들러붙고, 이가 덜덜 떨렸다. 그녀는 내심 콜라비가 그녀를 비웃으며 그녀의 말을 모두 부인하고, 그녀가 멍청한 생각을 했다고 증명해주기를 바랐다는 것을 순간적으로 깨달았다. 그런데 그는 마치 모든 것이 여전히 게임에 불과하다고 생각하는 사람처럼 계속 미소를 짓고 있었다. 그리고 모스카는 이 게임에서 꽤나 좋은 실력을 발휘하고 있었다.

"아저씨는 새잡이예요." 그녀가 간신히 목소리를 쥐어짜내며 자그맣게 말했다.

"새잡이는 하나의 단어에 불과하지." 콜라비가 말했다.

"나라 전체가 단어 하나에 겁을 먹고 있어. 모스카, 그 단어에 독니가 달려 있거나 그런 건 아니다. 그 단어가 아이를 질식시킨 적도 없어. 그 단어를 대포알처럼 발사할 수도 없고. 그런데도 누군가가 '새잡이'라는 말을 입에 담으면 같이 있던 사람들은 여우의 냄새를 맡은 토끼처럼 사방으로 흩어져버리지. 넌 그런 사람이 아냐, 모스카. 넌 토끼가 아냐."

모스카는 코를 킁킁거리며 콧잔등에 주름을 잡았다. 토끼와 아주 비슷하게. 얼음처럼 차가운 느낌이 코를 간질였지만 그녀는 감히 손을 올려 코를 긁을 수 없었다.

"새잡이라는 이름이 무슨 뜻인지 말해도 될까? 새잡이는 우리를 둘러싼 먼지와 어둠보다 더 고상하고 더 나은 것이 이 세상에 있다는 걸 아는 사람이다. 자그마한 사당에 나무로 깎은 상점주인처럼 앉아 있는 사랑받는 자들은 그런 존재가 아니다. 다들 금이나 꽃이나 순무를 가져와서 그들의 보살핌을 사려고 하지만 말이야. 그래, 그건 뭔가 다른 것, 뭔가 순수한 것, 너무나 밝아서 그 빛으로 세상의 모든 것을 매혹시킬 수 있는 것, 스테인드글라스를 통해 들어오는 햇빛 같은 거야. 넌 누군가가 이 세상에 뭔가 의미가 있음을 믿는다는 이유만으로 그 사람을 멀리할 생각이니?"

모스카는 천천히 고개를 저었다.

"그럼 그 뗏목배를 몰고 이쪽으로 좀 올래?"

콜라비는 여전히 부드럽고 기분좋은 표정을 짓고 있었다.

모스카는 다시 고개를 젓고는 코를 훌쩍거리며 딱 한 단어를 말했다.

"무슨 말인지 못 들었다."

"파트리지." 그녀가 사나운 기색을 억누르며 다시 말했다.

"바지선 선장 말이에요. 그 아저씨는 변덕스러운 깡패였고, 그 아저씨 때문에 내 어깨에 멍이 든 적도 있어요. 사당에서 사랑받는 자들을 훔쳐내는 일을 하고 있었고요. 그런데…… 누군가가 그 아저씨 몸에 칼을 박아 넣었어요. 난 아직 그 아저씨를 어떻게 생각할지 마음을 정하지도 않았는데. 그 아저씨의 손목이 부러진 것, 그 아저씨가 능금을 빨아먹는 것 같은 미소를 지은 데에는 그럴 만한 사연이 있을지도 모르죠. 굳이 그 사연을 알아내고 싶어하는 사람이 아무도 없겠지만요. 하지만 적어도 그 아저씨의 마지막 사연에는 누군가가 분명히 신경을 썼던 모양이에요. 그 아저씨가 죽은 장소에 관한 사연 말이에요.

웃기죠? 다들 그 아저씨가 뱃사공 길드의 첩자라서, 아니면 급진파를 협박하고 있었기 때문에, 아니면 돈을 요구하며 클렌트 아저씨를 쫓아다녔기 때문에 살해당했다고 생각했어요. 사실은 그런 일과 전혀 상관이 없었는데 말이에요. 그 아저씨는 거위 한 마리 때문에 죽었어요. 그리고…… 저 때문에.

그 아저씨는 그저 자기 배를 돌려받으려고 했을 뿐이에요. 제 거위 사라센이 그 배를 실수로 훔친 거나 마찬가지였거든요. 그래서 그 아저씨는 저를 보고 제 뒤를 쫓았어요. 저와 클렌트 아저씨더러 사라센을 데려가라고 하려고요. 그런데 어떤 커피하우스 바로 앞에서 제가 사라져버렸고, 그 아저씨는 저를 찾아내지 못했어요. 그래서 저를 찾느라고 여기저기 뒤졌겠죠. 그런데 누군가가 그 아저씨가 내민 돈을 받고서 이렇게 말했어요. '그래, 그 흰족제비처럼 생긴 여자애를 봤어요. 어떤 신사의 외투 속으로 쏙 들어가던데요.' 그래서 그 아저씨는 외투를 입은 그 신사의 인상착의를 묻고는 그 사람이 어디로 갔는지 물어보며 돌아다니기 시작했어요.

얼마 뒤에 그 아저씨는 어떤 넝마주이의 뗏목배에서 그 신사를 찾아냈죠. 어쩌면 그 신사가 해치에서 나오는 것까지 몰래 엿봤을지도 몰라요. 그러고는…… 일이 어떻게 됐는지 알 것 같아요. 그 아저씨는 그 신사를 밀치며 억지로 뗏목배에 올라서 뚜껑문으로 내려갔겠죠. 제가 그 밑에 숨어 있는 줄 알고. 하지만 전 거기 없었어요. 갑자기 어둠에 둘러싸인 파트리지 아저씨 앞에 인쇄기가 있었고, 광기와 폭력으로 가득 찬 수많은 종이들이 선반에서 잉크를 말리고 있었죠…… 그리고 파트리지 아저씨 뒤에는 바로 아저씨가 있었어요, 콜라비 아저씨."

콜라비의 얼굴에는 표정이 전혀 없었다. 그는 순식간에 모스카가 거의 모르는 사람으로 바뀌었다. 그의 얼굴은 항상 아주 정직해 보였다. 덧창이 달려 있지 않아서 여러 가지 감정들이 아무런 가면을 쓰지 않고 그대로 들여다보이는 창문처럼. 어쩌면 그의 표정은 항상 마법의 등잔 같은 전시용이었던 것 같기도 했다. 마술사의 술수 같은 것.

"아저씨는 시체를 처리해야 했어요. 클렌트 아저씨도 손을 보고 싶었고요. 그래서 우리가 외출했을 때를 틈타 파트리지 아저씨한테 여자 옷을 입혀 결혼의 집으로 데려왔어요. 그 결혼식이 어땠을지 안 봐도 알겠어요. 파트리지 아저씨는 계속 축축 늘어졌을 거고, 아저씨는 술에 취해 그런 거라면서 파트리지 아저씨의 입에 귀를 갖다댔겠죠. 파트리지 아저씨가 아저씨한테 뭐라고 얘기하는 것처럼. 보커비 아저씨는 화덕 옆에서 흑맥주가 기다리고 있었기 때문에 그 엉터리 결혼식을 재빨리 해치웠어요. 케이크는 루나리아 꼬투리를 아저씨 머리 위에 던지고 있었고요. 케이크는 눈물이 앞을 가렸기 때문에 신부를 자세히 살펴볼 수 없었어요…… 식이 끝난 뒤에 아저씨는 결혼 케이크를 주머니에 한가득 채우고는 신부를 데리고 개인실로 가서 보닛과 드레스를 벗기고 클렌트 아저씨의 침대 위에 똑바로 앉혀두었어요……"

"호크 파트리지는 남을 약탈하고 도둑질을 하는 저질 중의 저질이었다." 콜라비가 조용히 말했다.

"성질도 더러워서 조만간 머리에 든 걸 주점 바닥에 쏟는 신세가 됐을 거야. 그놈이 강을 돌아다니지 않으면 강도 더 깨끗해질 거다."

"맞아요. 하지만 파트리지 아저씨가 아저씨한테 등을 돌리고 서 있을 때에는 그런 사실을 그렇게 자세히 몰랐잖아요, 그렇죠?"

파트리지가 인쇄기를 보고는 당혹스러운 표정으로 고개를 돌려 뭔가 물어보려고 했을 때에도 콜라비는 어쩌면 지금처럼 가면 같은 표정을 지었을 것 같았다. 파트리지는 물어보려던 것을 결코 물어보지 못했다.

"그게 만약 저였다면 어땠을까요, 콜라비 아저씨? 클렌트 아저씨가 주점에서 돌아와 제가 협죽도처럼 새파랗게 질린 얼굴로 변호사의 심장처럼 차갑게 굳어서 침대 위에 앉아 있는 걸 발견했을까요?"

"너 진심으로 그렇게 생각하는 거냐?"

콜라비가 고개를 갸우뚱했다. 그의 눈에서 뭔가가 밝게 빛났다. 어쩌면 상처받은 것 같은 표정일 수도 있었고, 그냥 달빛일 수도 있었다.

"세상에, 넌 세상을 너무 검은 눈으로만 바라보는구나."

"어쩔 수 없어요. 아빠가 제게 이렇게 검은 눈을 주셨으니까요."

"그것 말고도 주신 게 있을 거다, 모스카."

콜라비의 목소리를 들으니 모스카의 영혼 깊숙한 곳에서 우물 속에 들어간 양동이처럼 뭔가가 시끄럽게 소란을 피우기 시작했다.

"내가 어렸을 때 퀼럼 마이를 얼마나 숭배했는지 이미 말했지? 내 아버지는 돌아가셨고, 네 아버지는 영웅이 되었다. 출판업자들이 우리의 철학이 조금이라도 들어간 책을 모조리 불태워버리려고 했을 때 네 아버지는 공개적으로 반대하고 나섰어. 그것이 내게 힘이 되었다. 나는 네 아버지가 틀림없이 우리 교단의 비밀스러운 일원이라고 확신했어. 출판업자들이 네 아버지의 책을 거의 전부 없애버렸지만, 나는 몇 권을 찾아내서 읽었지. 모스카…… 그 창고 안에 네 아버지의 책이 한 권 있다. 제목은 『사랑받는 자라고 흔히 일컬어지는 대중적 미신과 망상에 관하여』야."

"아니에요! 거짓말 말아요!"

'아빠는 새잡이가 아냐 아냐 아냐 아냐 아냐……'

"해치가 바로 네 옆에 있다. 네가 직접 그 아래를 들여다봐. 내가 단번에 뗏목으로 뛰어오를까봐 겁이 난다면, 기억을 뒤로 돌려봐도 좋다. 네 아버지의 생각이…… 평범하지 않다는 생각을 한 번도 안 해봤니?"

길지도 않은 인생에서 벌써 백 번째로 모스카는 기억 속의 아버지를 떠올렸다. 머리에 떠오른 이미지 속에서 그녀는 아버지의 책상을 자신과 콜라비의 중간쯤에 놓고, 아버지가 거기 앉아서 갈대가 종아리를 간질이고 빛이라고는 희미한 달빛밖에 없는데도 부지런히 글을 쓰는 모습을 상상했다. 나방 한 마리가 실수로 아버지의 머리를 가로질렀지만, 아버지는 짜증을 내며 고개를 들지도 않았다.

'아빠가 바쁘다는 건 알지만 이건 정말 중요한 일이라서 아빠한테 꼭 물어봐야 돼요……'

"모스카, 네 아버지는 사랑받는 자들이 인형과 다를 게 없다고 썼다. 애들이 이름을 붙여주고 짹짹거리게 만드는 인형 말이야. 네 아버지가 사랑받는 자들에 대해 뭐라고 했는지 아니? '파릇파릇한 어린이들이 세상을 이해하는 법을 배우는 동안 그들을 인형과 장난감으로 이용하는 것이 제일 낫다. 다 자란 사람들이 굴렁쇠와 나무로 깎은 장난감 병정들과 함께 사랑받는 자들을 상자에 넣고 자물쇠를 잠가버리지 못하는 것이야말로 세상에서 가장 가련한 일이다.'"

상상 속의 퀼럼 마이는 펜에 잉크를 묻혀 열심히 글을 썼다. 저 새잡이가 하는 말을 소리 없이 입으로만 그대로 따라하면서. 모스카의 눈앞이 흐려졌다. 그 말투가 너무나 친숙했다.

'나한테 왜 말하지 않았어요?' 그녀는 자신을 거들떠보지도 않는 아버지를 향해 소리 없이 외쳤다. '내가 아빠의 코안경을 부러뜨릴 걸. 그 늙고 앞 못 보는, 검은 자갈 같은 눈이 볼 수 없는 곳에 아빠의 곰방대를 숨겨버릴 걸……'

"네 아버지가 옳았다, 모스카. 모르겠니? 사랑받는 자들, 동요 같은 이름이 붙어 있는 그자들은 사람들이 더 커다란 진리, 더 밝은 빛을 보지 못하게 방해하는 존재일 뿐이야. 모스카, 나는 네가 마음속 깊은 곳에서 그런 빛에 굶주림을 느끼고 있다고 믿는다. 넌 레이디 타마린드를 보고 그 빛을 찾았다고 생각했지. 뭔가 반짝이고, 아름답고, 순수하고, 세상의 모든 것 위로 높이 솟아 있는 것. 네가 레이디 타마린드한테 실망한 건 당연한 일이다. 레이디 타마린드는 그냥 인간 여자일 뿐이니까. 레이디 타마린드는 사실 아무것도 믿지 않아. 오로지 권력만 믿을 뿐. 물고기가 먹이에 매달리는 것처럼. 너한테는 뭔가 신성한 게 필요해."

"난 신성한 걸 그다지 좋아하지 않는 것 같아요." 모스카가 대꾸했다. "어쩌면 팰피태틀은 예외일 수도 있지만…… 팰피태틀은 그다지 신성하지 않아요."

"아무것도 신성하지 않다면, 우린 전부 진흙탕을 기는 수밖에 없어. 세상에 의미 있는 건 하나도 남지 않겠지. 응보의 심장이 각지의 교회에서 뜯겨나간 뒤로는 심지어 하늘의 별빛도 비뚤어져 버렸다. 다들 교회에 가서 잡담을 하고 서로의 모자를 보며 부러워하지만 거기에는 '심장'이 없어. 이 나라는 죽어가는 노모와 같은데, 아무도 어머니를 구하려 하지 않아. 어머니의 지갑을 뒤지느라 너무 바빠서. 모든 도시는 약탈자, 소매치기, 책략가, 사기꾼, 사기도박꾼, 창녀, 위조범, 밀수꾼, 협잡꾼, 노상강도, 협박꾼, 도둑, 주정뱅이들이 뱀처럼 우글거리는 소굴이야. 너도 네 눈으로 직접 봤잖니. 심장이 뜯겨나갔는데, 어떻게 영혼이 살아남을 수 있겠어?"

상상 속의 퀼럼 마이는 펜을 쥔 채 글쓰기를 멈춘 상태였지만,

그녀는 그가 글을 다시 읽어보고 있는 건지, 아니면 그녀가 뭐라고 말하기를 기다리고 있는 건지 알 수 없었다. 바람의 방향이 바뀌면서 모스카에게 기억 속의 담배연기 냄새를 실어다주었다.

"그래, 햇빛, 달빛, 별빛을 질식시키려고 하는 이 영혼의 독 안개 속에서 우리는 빛에 다시 불을 붙이려고 애쓰고 있다. 그건 무자비한 빛이라서 어떤 사람들은 눈이 부실 테고, 어떤 사람들은 데이기도 하겠지. 하지만 그 빛은 '불신'이라는 이 끔찍한 어둠 속에서 이 세상을 꺼내줄 거다."

이것이 콜라비의 진정한 얼굴이었다. 창백하고 낯선 얼굴, 나이보다 더 들어 보이는 얼굴. 마치 그의 아버지를 비롯해서 헤아릴 수 없이 많은 사람들이 그를 통해 말을 하고 있는 것 같았다.

"내가 사람들의 증오를 받고, 피투성이가 되고, 압도적으로 숫자가 많은 상대와 싸워야 하는 건 괜찮아. 이 병든 세상에서는 아무것도 믿지 않는 것보다는 뭔가를 지나칠 정도로 열렬히 믿는 편이 더 나으니까."

말, 말, 훌륭한 말들. 하지만 그건 다 거짓말이었다.

"아냐, 그렇지 않아요!" 집파리 모스카, 퀼럼 마이의 딸이 소리쳤다.

"아저씨가 믿는 것에서 진실의 빛이 깜박이지 않는다면 그건 틀린 말이에요! 그냥 아무 이유 없이 뭔가를 믿을 수는 없어요. 특히나 칼을 손에 쥐고 있는 사람이라면 더욱더! 신성하다는 건 아무리 생각해도 제대로 이해할 수 없는 걸 뜻할 뿐이에요! 그렇다고 절대 생각을 멈추면 안 돼요! 제가 발로 차고, 돌로 때리고, 불을 붙이고, 빗속에 내버려둔 다음에 생각해볼 수 있는 걸 내놓아 보세요. 그런 다음에도 그게 여전히 똑바로 서 있다면, 혹시, 혹시나 제가 그걸 슬슬 믿게 될지도 모르죠. 하지만 그 전에는 안 돼요. 우리한테 남은 게 쓰레기와 사악함뿐이고 신은 하나도 없다면, 우린 그 현실을 똑바로 바라보면서 익숙해져야 할 거예요. 그게 거짓말보다는 나으니까요. 아저씨는 바로 거짓 그 자체예요, 콜라비 아저씨."

모스카의 목소리가 사납고 크게 변해 있었다. 나지막한 산들이 그녀의 말에 감탄하면서 그 말을 앞뒤로 전달해주었다. 콜라비의 표정이 풀어지면서 부드럽고 슬픈 미소로 바뀌었다. 그가 그녀에게 작별인사를 할 때마다 항상 짓던 표정이었다. 삼각모가 그의 왼손에서 떨어졌고, 모스카는 앞으로 몸을 던졌다. 그 와중에 배를 묶는 밧줄을 거는 쇠고리에 가슴을 부딪쳐 멍이 들었다. 콜라비의 미소가 동그란 연기구름 뒤로 사라졌다. 바람 한 줄기가 그녀의 뺨을 쓰다듬는 것이 느껴졌다. 마치 눈에 보이지 않는 개가 길고 차가운 혀로 얼굴을 핥은 것 같았다.

총성에 놀란 모스카의 귀가 하얗게 질려서 휘파람 같은 소리 외에는 아무 소리도 들리지 않았다. 그녀는 떨리는 손가락으로 거친 밧줄의 매듭을 억지로 풀었다. 강가에서는 콜라비가 발로 조심스레 바닥을 확인하며 다가오고 있을 터였다……

하지만 강가에 다른 사람들의 모습이 나타났다. 그들은 검을 빼든 채 오솔길을 따라 전력질주를 하며 소리 없이 뭐라고 외치고 있었다. 콜라비는 가느다란 칼을 빼들고 앞으로 나섰다. 가장 앞에서 달려오던 사람이 주르르 미끄러지듯 걸음을 멈췄지만, 무릎으로 날아오는 강한 발길질은 피하지 못했다. 그가 휘청거리며 한쪽 무릎을 꿇고 주저앉자 콜라비가 얼굴을 향해 무자비하게 칼을 휘둘렀다. 상대가 그 칼을 받아 넘기려고 자신의 칼을 들어올렸지만 한 발 늦었다. 그가 비명을 지르며 뒤로 쓰러졌다.

콜라비가 방향을 돌려 달리기 시작하자, 상대편에서 누군가가 권총을 들어올려 그를 겨냥했다. 연기가 총구에서 소리 없이 피어오르자 바람이 게걸스레 그 연기를 빨아들여 꿀꺽 삼켜버렸다. 콜라비는 적과 정면으로 맞서려는 것처럼 홱 방향을 틀었지만, 왠지 동작을 멈추지 않고 계속 오른쪽으로 빙글빙글 돌면서 옆으로 푹 쓰러졌다. 모스카는 그가 달빛을 받아 거울처럼 빛나는 수면을 정적 속에서 깨뜨리는 모습을 보았다. 그런데 물살이 그녀를 안쓰럽게 여겼는지 넝마주이의 뗏목배를 다른 곳으로 끌어가버렸다.

모스카는 강가의 남자들이 자신을 부르고 있을 것이라고 확신했지만, 넝마 속의 은신처에 숨어 몸을 떨었다. 물살을 따라 한 시간 동안 떠내려간 뒤에야 비로소 귀에서 윙윙 울리던 소리가 조금 가라앉았다. 낮고 부드럽게 쿵쿵거리는 소리가 산이 있는 쪽에서 총성처럼 들려오는 것 같았지만, 그녀는 그 소리가 자기 머릿속에서 들려오는 건지 정말로 밖에서 들려오는 건지 판단할 수 없었다. 마침내 그녀가 고개를 들어 상상 속의 아버지를 바라보았다. 아버지의 책상은 이제 넝마의 산 위에 올라앉아 있었다.

"아빠는 별로 도움이 안 됐어요." 그녀가 원망스럽다는 듯이 중얼거렸다. "왜 이런 얘기를 나한테는 한마디도 안 해준 거예요?"

"다른 사람이 네 생각을 대신 결정해주기를 바란다면……" 상상 속의 아버지가 고개도 들지 않은 채 기운차게 대답했다. "그런 사람을 찾아내기가 결코 어렵지 않을 거다."

이제야 마침내 아버지의 목소리와 말투가 정확히 기억났다. 퀼럼 마이는 잠시 글쓰기를 멈추고 코안경을 닦더니 눈을 가늘게 뜨고 안경을 통해 딸을 한참 동안 바라보았다. 마치 자기가 다른 곳에 신경을 쓰는 동안 딸이 이렇게나 자라버린 것에 다소 놀란 것 같은 표정이었다.

"봐라."

한참 만에 그가 말했다.

"내가 널 무지 속에 남겨뒀다고 불평할 수는 없을 거다. 내가 너한테 글을 가르쳤으니까. 그렇지?"

*V*는 *Verdict* 평결

모스카가 나중에 알게 된 사실이지만, 저 멀리 산들 사이에서 울리던 쿵쿵 소리는 충격을 받은 그녀의 고막이 윙윙거리는 소리가 아니었다. 그것은 포성이었다.

토크의 경고를 받은 뱃사공들은 동원할 수 있는 배를 모조리 끌어모아 선단 두 개를 구성하여 하류로 보냈다. 쾌속선으로 구성된 선단과, 덩치는 크지만 속도가 느린 배들로 이루어진 선단이었다. 이 선단들의 목표는 레이디 타마린드의 병사들이 타고 있는 배를 저지하는 것이었다. 단기적으로는 맨들리온에 있는 길드장의 명령에 따라 맨들리온을 향해 전속력으로 달려오려고 애썼지만 일이 뜻대로 되지 않아 잔뜩 불만을 품고 있던 열쇠장이 병사들이 마침내 돛을 올릴 수 있게 되었다는 것을 뜻하기도 했다. 이제는 '캡틴 블라이드가 타고 있는지 수색해야 한다'고 고집을 부리는 선의의 뱃사공들 때문에 강 구비마다 멈춰야 할 필요가 없었다. 그들이 맨들리온에 도착해보니 기쁨에 들뜬 폭동이 벌어지고 있었다. 배에서 내린 그들은 공작의 지원군으로 오해를 받아, 기쁨에 들뜬 군중의 힘에 눌려 무기와 옷을 모조리 빼앗겼다.

한편, 쾌속선으로 이루어진 뱃사공들의 선단은 달이 뜨기 전에 페인블레스에 도착했다. 그들이 강둑과 강 한복판의 섬에 간신히 병사들을 배치하자마자 혼자 떠 있는 배 한 척이 탐지되었다. 돛대가 세 개, 대포가 여덟 대인 작은 범선이었다. 그 배에는 깃발이 전혀 달려 있지 않았다.

페인블레스의 한 탑에서 뱃사공들은 그 정체불명의 배를 부르며 횃불을 흔들어 강가로 다가오라는 신호를 보냈다. 하지만 그들에게 돌아온 답변은 메아리로 되돌아온 자신들의 목소리와 대포 쏘는 소리뿐이었다.

탑이 무너지면서 뱃사공 세 명이 목숨을 잃었다. 죽은 뱃사공의 동료들은 재빨리 대포로 맞대응을 하기 시작했다. 정체불명의 배를 모는 선원들은 나무들 사이에서 불붙은 '카커스'가 포물선을 그리며 날아와 갑판 한복판에 꽂힌 뒤에야 비로소 섬에도 뱃사공들이 숨어 있음을 알아차렸다.

뱃사공 길드의 자그마한 배들이 줄에 묶인 개처럼 그 커다란 배 주위를 어지럽게 돌아다녔다. 하지만 큰 배에 총과 사수들이 워낙 많아서 가까이 다가가기는 위험했다. 먼 거리를 유지하고 있는데도 그 배의 대포에 돛이 찢어질 정도였다.

무슨 수를 써도 그 배가 페인블레스에 설치된 대포의 사정거리를 벗어나는 것을 막지 못할 것처럼 보이던 바로 그때, 뱃사공 길드의 두 번째 선단이 도착했다. 마음이 급해진 뱃사공들은 어떤 배 한 척에 포를 쏘아 불을 붙인 뒤, 그 배를 정체불명의 배 쪽으로 보냈다. 정체불명의 배는 불타는 배를 급히 피하려다가 여울목을 미처 알아차리지 못하고 좌초하고 말았다.

카커스의 집중 공격을 받은 그 배의 선체가 서서히 흘수선까지 타내려갔다. 하지만 배 안에서는 구조를 요청하는 목소리가 전혀 들려오지 않았다. 구명보트가 내려지지도 않았고, 강에서 생존자가 발견되지도 않았다. 미신적인 공포가 자리를 잡으면서 어떤 사람들은 유령 선장과 유령선원들이 그 정체불명의 배에 타고 있었던 것인지도 모른다고 속삭였다.

스컬을 타고 맨들리온으로 돌아가던 눈 밝은 사람이 오한과 열에 시달리고 있는 모스카 마이를 발견했다. 그녀는 강가에서 넝마더미 속에 웅크리고 있었다. 이틀 뒤, 예전에 공작의 서쪽탑이었던 건물의 비밀 방에서 모스카와 클렌트는 아주 깨끗하지만 많이 낡은 작업복 차림에 조용하면서도 고집스러워 보이는 남자들 앞에서 있었다. 그들 중 일부는 코안경을 쓰고 여기저기에 잉크가 튄 타이를 매고 있었으며, 가운뎃손가락에는 펜을 오래 쥐어서 생긴 굳은살이 두툼하게 박여 있었다. 장갑을 끼고 허리띠 사슬에 열쇠를 매단 사람들도 있었다. 그들은 색깔을 알 수 없는 눈을 가늘게 뜨고 껍데기 속에서 밖을 내다보는 굴처럼 세상을 지켜보았다. 마로니에 열매처럼 피부가 갈색으로 그을린 사람들도 있었다. 그들은 연못에서 스케이트를 타는 사람의 모습이 검은 바탕에 은색으로 그려진 띠를 어깨에서 허리까지 사선으로 두르고 있었다.

"놀라운 것은……" 매브웍 토크가 무척 고민스러운 목소리로 단호하게 말했다. "이런 인간 딱정벌레 두 마리가 이렇게 엄청난 소란을 일으키는 데 그토록 커다란 역할을 했다는 점이야."

모스카는 자유로운 손으로 콧물을 닦았다. 며칠 전에 걸린 감기 때문에 아직도 코가 아프고 콧물이 흘렀다. 그녀의 오른팔은 열쇠장이 길드의 아라마이 고솩에게 붙들려 있었는데, 고솩은 그녀의 팔에 찍힌 희미한 글자들을 읽으려고 애쓰고 있었다.

"이애는 어쩌다 이렇게 멍이 잔뜩 든 거지? 도무지 글자를 읽을 수가 없잖아."

"내가 듣기로, 그애는 사방에서 아무 데나 기어들고, 타 넘고 그랬다는군."

토크가 개 짖는 소리 같은 웃음을 터뜨렸다.

"그애가 자네 책상에 숨어 있거나 오후에 먹는 스튜 속에서 야단법석을 떨지 않은 걸 다행으로 생각해."

이포니머스 클렌트는 따스한 웃음을 터뜨렸지만, 방 안에 있는 사람들이 모두 돌처럼 굳은 표정을 풀지 않았기 때문에 웃음의 온기가 금방 식어버렸다.

"웃을 일이 뭐가 있다고 그래요, 클렌트?" 토크가 차갑게 말했다.

"몇 주 전만 해도 맨들리온은 안정적으로 번영하는 도시였소. 문제는 하나뿐이었지. 불법적인 인쇄기가 있다는 것. 출판업자 길드는 이 인쇄기를 찾아내라고 당신을 불러들였소. 그 대가로 당신이 과거에 저지른 자잘한 잘못들을 묵인해주기로 하고서. 우린 당신더러 시체를 강으로 던지라거나, 급진파와 운명을 함께하라거나, 사람들이 많이 모이는 술집에 사나운 짐승을 풀어놓으라거나, 공작의 가문을 조사하라는 명령을 내린 적이 없소.

공작은 돌처럼 차가운 시체가 되었고, 그와 함께 우리가 십 년 동안 조심스레 수행해온 외교적 노력이 하수구로 쓸려 내려가버렸소. 공작의 부하들이 도시를 장악하는 힘을 완전히 잃어버렸기 때문에 지금은 평범한 노상강도가 맨들리온을 관리하고 있지. 당신의 민요 덕분에 백성들의 사랑을 한몸에 받게 된 그 노상강도 말이오. 당신 덕분에 맨들리온 시민들은 저 유명한 캡틴 블라이드와 그가 이끄는 급진파 무뢰한 일당 외에는 어느 누구도 지도자로 받아들이지 않을 거요."

"어쩌면 우리가 공작을 통제할 수도 있었어. 공작이 우리와 일단 모종의 이해에 도달한 뒤에." 고솝이 조용히 말했다.

"제가 보기에 공작님은 이해력이라는 게 별로 없는 것 같던데요." 모스카가 말했다.

클렌트가 애원하는 표정으로 모스카가 있는 쪽을 바라보았다.

"공작은 제정신이 아니었지." 토크가 모스카의 말을 인정했다. "하지만 우리는 공작에게 우리가 어떤 존재인지 알고 있었다. 이 블라이드라는 인물은 또다른 문제야."

"아, 걱정하시는 걸 저도 충분히 이해합니다만, 분명히 말씀드리건대 그 거칠고, 촌스럽고, 우울한 겉모습 밑에는 날렵한 재치가……"

"클렌트!" 토크의 목소리가 망치처럼 후려치는 바람에 클렌트는 입을 다물었다.

"당신은 이미 말을 너무 많이 했소. 저쪽의 저 친구한테 듣기로는……"

그는 열쇠장이들의 지도자를 손짓으로 가리켰다.

"당신이 그레이 매스티프에서 저 친구의 회합을 엿듣다가 들켰을 때 그쪽 길드에 들어가고 싶어 안달이 난 것처럼 굴었다더군. 게다가 경찰관들 말로는 당신이 체포됐을 때 우리 길드의 비밀에 관한 질문에 즐거이 대답했다면서? 경찰관들이 미처 물어보지 못한 것까지 말이오. 그리고 마지막으로, 당신이 레이디 타마린드 어부어레이스와 인쇄기와 새잡이들을 연결시켜주는 증거를 갖고 있다고 장담한 편지가 있소. 만약 우리가 당신 말을 믿고 레이디 타마린드를 체포했다가, 공작 앞에서 우리의 증거라는 게 청어통 속에서 알아볼 수 없을 정도로 지워져버린 앞치마의 검은 얼룩뿐임을 인정하게 됐다면 어쩔 뻔했소?"

토크의 입이 자그마한 V자 모양으로 차갑게 오므라졌다.

"내 부하들이 레이디 타마린드의 방에서 위조와 반역의 증거를 찾아낼 수 있었던 걸 다행으로 생각하시오. 쌍둥이 여왕의 필적을 위조한 편지 두 통과 인장 반지 모조품이 있더군."

"물론 레이디 타마린드의 행동만으로도 충분한 증거가 된다고 주장할 수도 있겠지." 고속이 말을 덧붙였다.

"어떤 행동을 하셨는데요?" 모스카는 도저히 물어보지 않을 수가 없었다.

"자기가 키우는 악어를 시켜 내 부하들을 공격하게 했다." 토크가 쏘아붙였다.

"악어가 내 부하 한 명을 타작마당의 곡식다발처럼 흔들어놓고는, 또다른 부하의 발목을 잡아챘지. 내 부하 케이비앳이 녀석의 머리에 총알을 박아 넣었지만, 그때는 이미 레이디가 권총을 꺼내 케이비앳의 머리에 겨누고 있었기 때문에 케이비앳은 빠른 말이 있는 곳까지 레이디를 데려갈 수밖에 없었어. 지금쯤 레이디 타마린드는 수도에서 포도주를 마시고 있을지도 모르지."

'……석양빛에 물든 연한 황금색 포도주를 마시며, 도자기처럼 창백하고 완벽한 입술에 바른 연지에 주름이 생기지 않게 조심스레 입을 오므리고, 발치에는 눈처럼 하얀 기니피그가 줄에 묶여 있고……' 모스카의 마음 한구석에서는 레이디 타마린드가 아직 자유의 몸이라서 다행이라는 생각이 들었다. 비록 그녀의 영혼 속에서는 뭔가가 증오 때문에 여전히 산불처럼 포효하고 있었지만.

뱃사공들의 지도자가 모스카를 바라보았다.

"그 새잡이 말이다."

그의 목소리는 낮았다. 비밀을 털어놓는 것처럼. 이 방 안에 자신과 모스카 둘밖에 없는 것처럼.

"바지선 선장을 죽인 놈 말이야. 콜드래블이던가?"

"린덴 콜라비예요."

모스카가 조용히 말했다. 어쩌면 이것이 본명이 아닐 수도 있었다. 새잡이라면 명명일에 해당하는 신의 분노를 사는 것쯤 전혀 신경 쓰지 않을 것 같았다. 그가 장갑을 끼고 벗듯이 여러 이름을 붙였다 떼었다 했을 가능성이 있었다.

"죽었다고 했나?"

"예."

뱃사공들의 지도자는 앉은 채로 모스카의 얼굴을 바라보며 조용히 고개를 끄덕였다. 그의 표정은 적대적이지 않았다. 사실 누가 맨들리온을 다스리든 뱃사공들에게 무슨 상관이겠는가? 그들은 강의 지배자였고, 슬라이 강은 여전히 흐르고 있었다.

"인쇄기를 찾아냈다면 새잡이들의 음모에 대해 더 자세히 알 수 있었을 텐데." 토크가 말을 이었다. "네가 발견해놓고 당국자들이 보지 못하게 숨겨버린 인쇄기 말이다. 그 문제에 대해 더 할 말이 없는 거냐?"

"이미 말씀드렸잖아요." 모스카는 검은 눈으로 대담하게 토크의 눈길을 맞받았다. 눈을 깜박거리지도 않았다.

"제가 그걸 가라앉혔다고요."

"가라앉혀?" 뱃사공들의 지도자가 무슨 소리냐는 표정으로 토크를 바라보았다.

"그 뗏목배의 널 밑에 작은 통들이 묶여 있었어요. 뗏목배가 부력을 얻을 수 있게요. 전에 그런 걸 본 적이 있어요. 그래서 황무지에서 사악한 것으로 가득 찬 인쇄기가 떡 버티고 있는 걸 보고 겁이 나서 제가 막대기를 날카롭게 갈아 통을 찔렀어요. 그랬더니 거품이 막 나면서 강물이 바싹 마른 빵 조각처럼 뗏목배를 빨아들였어요."

한숨소리가 방 안에 내려앉았다. 실망감과 안도감이 뒤섞인 한숨이었다.

"클렌트, 당신은 잠깐 남아요. 더 물어볼 것이 있으니." 토크가 무뚝뚝하게 명령을 내렸다. "저 아이는 누가 좀 데려가서 씻겨. 저 아이 살갗이 반역을 선동하고 있으니까."

그후 두 시간 동안 근육질 아줌마 두 명이 살갗이 벌겋게 달아오를 정도로 모스카의 몸을 박박 밀었다. 살갗에 묻은 새잡이들의 주장이 흔적도 남지 않게 될 때까지. 아예 피부가 다 벗겨져 나간 것 같은 기분이 들 무렵, 그녀가 훔쳐 입었던 올리브그린색 드레스를 누군가가 그녀에게 다시 입히고는 복도로 데리고 나갔다. 클렌트가 가방과 꾸러미들 사이에서 끝이 너덜너덜해질 정도로 타이를 만지작거리며 불안한 표정으로 그녀를 기다리고 있었다. 그의 귀가 벌겋게 달아올라 있었다. 마치 누가 클렌트의 귀도 박박 민 것 같았다.

토크가 모습을 나타냈다. 광택이 나는 캐러멜색 가발 밑에서 양피지처럼 노란 그의 얼굴이 그 어느 때보다 늙어 보였다.

"너."

모스카는 얌전히 그에게 가까이 다가갔다.

"네 아버지가 누구냐?"

"퀼럼 마이요."

모스카는 아버지의 이름을 말할 때 자부심이 배어드는 것을 어쩔 수 없었다. 마치 모두가 마땅히 그 이름을 알고 있을 거라고 생각하는 사람처럼.

"그럴 줄 알았다."

토크가 그녀를 바라보았다.

"나도 그 사람을 알아. 잘 알지. 네 아버지는 정말 뛰어난 사람이었다. 그보다 더 예리한 사람은 본 적이 없어. 내가 지금까지 한 일 중에서 네 아버지의 책을 태우라는 명령을 내린 것이 가장 힘든 일이었다."

그는 개 짖는 것 같은 소리로 웃음을 터뜨렸다.

"두 번째로 힘든 일은 네 아버지를 책과 함께 불태워버리면 안 된다고 길드를 설득하는 것이었지. 아버지한테서 혹시 내 얘기를 들은 적이 있냐?"

모스카는 고개를 저었다.

"새잡이 시대에 내가 진정으로 믿은 사람은 네 아버지뿐이었다. 우리는 힘을 합쳐 새잡이들과 싸웠지. 나는 저항군에 새로 합류할 사람들을 찾아내고, 네 아버지는 소책자를 썼다. 그 소책자들이 비밀리에 돌아다니면서 사람들에게 희망을 주고, 새잡이들에게 맞서 일어설 용기를 주었지.

나는 새잡이들이 무너진 뒤에야 네 아버지의 사상이 얼마나 무모한지 알아차렸다. 네 아버지는 사람들이 다시 자유로이 사랑받는 자들을 숭배하게 하는 것은 첫 단계에 불과하다고 생각했지. 네 아버지는 모든 사람이 미친 생각이든 반역적인 생각이든 마음대로 따를 수 있게 하고, 스스로 책을 찍을 자유를 무한히 인정해주어야 한다는, 터무니없는 생각을 갖고 있었다. 만약 우리 출판업자들이 책을 불태운다면, 우리 역시 사당을 불태운 새잡이들과 다를 것이 없다고 나한테 말하더구나.

네 아버지는 무슨 짓을 해도 입을 다물지 않았고, 맨들리온에서 도망치려 하지도 않았다. 맨들리온 시민의 절반은 네 아버지를 괴물 취급했고, 나머지 절반은 영웅으로 떠받들었지. 길드는 네 아버지를 파문했고, 공작은 선동 혐의로 체포 명령을 내렸다. 그다음에 어떤 일이 벌어졌는지 아느냐? 얼빠진 폭도들이 공작의 부하들을 제압하고, 마차에서 말들을 풀어준 다음, 자기들이 직접 마차를 끌고 거리를 돌아다녔다. 마치 네 아버지가 전쟁영웅이라도 되는 것처럼. 그러면서 '마이에게 자유로운 목소리를' 이라는 구호를 외쳐댔지."

모스카는 그 광경을 그려볼 수 있었지만, 그녀의 상상 속에서 아버지는 난감하고 짜증스러운 표정을 짓고 있었다.

"공작은 군중들에게 발포하라는 명령을 내렸다. 수십 명이 부상당하고, 열 명이 그 자리에서 목숨을 잃었지. 바로 그날 밤 내가 사람을 시켜 퀼럼을 납치해서 내 개인 마차에 태워 맨들리온 밖으로 내보냈다. 그 덕분에 네 아버지는 목숨을 건졌지만, 네 아버지가 나한테 고마워할 거라고는 기대하지 않았다. 자기를 뒤따르던 군중이 그날 밤 공작의 부하들이 쏜 총에 쓰러지는 모습을 보지 못했다면, 네 아버지는 아마 맨들리온으로 돌아왔을 거다. 네 아버지는 다시는 맨들리온에 나타나지 않았지만, 네 아버지가 쓴 책들은 돌아다녔지. 매번 전보다 더 황당하고 더 선동적인 내용으로 변해서. 우리는 그 책들이 눈에 띄는 대로 모조리 태워버렸지만, 네 친구 퍼텔리스 같은 사람들이 그 책들을 몰래 들여오거나 손으로 베끼거나 책 내용을 달달 외워서 다른 사람들에게 가르치는 걸 막을 수는 없었다."

토크가 칼날 같은 시선으로 그녀를 뚫어지게 바라보았다. 마치 호두 껍데기를 깨뜨리듯이 그녀를 쪼개보고 싶어하는 것 같았다.

"퀼럼은 죽은 거지?"

모스카는 고개를 끄덕였다.

"그럴 거라고 생각했다. 사 년 동안 퀼럼의 새 책을 보지 못했거든. 이 세상에서 그 친구가 글 쓰는 걸 막을 수 있는 건 하나밖에 없지."

토크는 순간적으로 짜증스러운 표정을 지었다. 마치 호두 껍데기를 깨기가 생각보다 어렵다는 듯이.

"혹시 너한테 형제가 있냐?"

"아뇨. 저 혼자예요. 아버지가 이 세상에 남긴 건 저뿐이에요."

"다행이군. 퀼럼한테 아들이 있었다면, 나중에 퀼럼과 아주 비슷한 사람이 돼서 엄청나게 문제를 일으켰을 거다."

모스카는 아무 말도 하지 않았다. 매브윅 토크는 간유리 같은 그녀의 눈을 들여다보았지만, 그녀의 마음속을 채우고 있는 것이 무엇인지 도무지 이해할 수 없었다.

토크는 몸을 돌려 그 자리를 떠나려다가 멈칫했다. "케이비앳!"

케이비앳이 빰을 부들부들 떨며 복도로 들어왔다. 그의 손에는 목줄이 들려 있었다. 목줄 끝에 달린 입마개는 호박 껍질 같은 색깔의 부리에 단단히 묶여 있었다. 사라센은 어깨 주위의 깃털을 몇 개 잃어버렸고, 한쪽 날개에는 화약에 탄 자국처럼 보이는 검은 얼룩이 가로로 길게 묻어 있었지만, 여느 때와 마찬가지로 자신만만하고 호전적이었다.

“거위를 여기다 두고 어디로 가버릴 생각은 하지도 마라.” 토크가 무뚝뚝하게 말했다. 아까 사람들이 모여 있던 자그마한 방으로 향하는 그의 입이 또 다시 독살스러운 삼각형으로 변했다.

모스카는 목줄을 받아 쥐고 클렌트의 뒤를 따라 꾸러미 하나를 어깨에 들쳐 멨다. 클렌트의 외투와 그녀가 빌려 온 담요가 그 안에 들어 있는 것 같았다. 사라센이 그녀의 옆에서 우쭐거리며 보조를 맞추려 애쓰는 모습을 보자 텅 비어 있던 가슴 한구석이 부풀어 올랐다.

“이게 무슨 뜻이에요?” 그녀는 클렌트를 따라 문으로 걸어가며 숨죽여 물었다.

“아주 힘든 상황이지만, 우리가 이번 모험에서 살아남을 가능성이 있다는 뜻이다. 가능성이 아주 낮기는 하지만 손에 잡힐 듯 분명히 있어. 우리가 지금 이 도시를 떠난다면 말이지. 계속 걸어라.”

탑으로 들어오는 문을 지키던 경비병들이 두 사람의 얼굴도 보지 않고 문을 열어주었다.

맨들리온은 축제 분위기에 휩싸였다. 비 온 뒤에 강둑이 무너지듯이 소란한 시간이 정해진 시간을 벗어나버렸는지 많은 사람들이 창밖으로 몸을 내밀고 기쁨에 들떠 자기들이 믿는 신의 종을 마구 울려대고 있었다. 서쪽탑을 둘러싼 난간에는 순무가 잔뜩 내걸려 있었다. 사람들이 조잡한 솜씨로 순무에 얼굴 모양을 조각하고 지푸라기로 가발을 만들어 씌워놓은 것이었다. 모스카가 짐작하기에, 아마도 공작의 모습을 표현하려 한 것 같았다.

기쁨에 들뜬 지금의 분위기는 물론, 얼마 전에 일어났던 폭동의 흔적도 남아 있었다. 챙이 넓고 낡은 모자를 쓴 소년 두 명이 총알 자국이 주근깨처럼 흩뿌려진 주택들 옆에서 빈둥거리다가 아무도 보지 않을 때 자그마한 칼로 벽에 박힌 총알을 파냈다. 옛날에 시장이 있던 곳에서는 불에 탄 가마가 검게 그을린 목재 더미 위에 기우뚱하게 서 있었다. 그 안에 불에 탄 사람이 있는 것 같아서 모스카의 가슴이 덜컹 내려앉았다. 하지만 그 옆을 지나면서 보니, 말벌 집 같은 모양의 불에 탄 거대한 가발 밑의 하얀 얼굴은 전혀 손상되지 않았으며, 냉랭한 표정이었다. 검댕 때문에 턱에만 호랑이 같은 무늬가 새겨져 있을 뿐이었다. 그것은 누군가가 서투른 솜씨로 옷을 입혀 장작더미 위에 놓은 공작의 대리석 조각상이었다.

"클렌트 아저씨? 우리가 모든 일을 바로잡고, 전쟁을 방지하고, 새잡이들을 막았잖아요, 그렇죠? 그런데 왜 갑자기 모든 게 우리 잘못이 된 거죠?"

"약한 자의 특권이라고나 할까. 언제나 모든 잘못을 뒤집어씌울 사람이 필요한 법이거든. 네가 나이를 먹어서 더 현명해지면, 지금을 되돌아보며 우리가 여기서 쫓겨났다는 사실이 아니라 이렇게 자유로이 걸어서 떠날 수 있었다는 사실을 의아하게 생각하게 될 거다. 계속 걸어라."

모스카는 노상강도에게 권력을 빼앗겼다고 안절부절못하는, 무거운 가발을 쓴 뚱한 표정의 길드원들을 생각해보았다. 그 사람들이 안됐다는 생각이 전혀 들지 않았다. 오히려 주체할 수 없을 만큼 기분이 좋아졌다.

"클렌트 아저씨……"

모스카는 아까 방에서 오간 대화를 생각해냈다.

"레이디 타마린드가 권총처럼 생긴 주머니시계를 갖고 있었죠?"

"나도 같은 생각을 했다."

"하지만 우리가 말해줘야 한다고는……"

"그래, 출판업자 길드 최고의 요원 중 한 명이 십중팔구 주머니시계 때문에 중요한 범죄자의 탈출을 막지 못한 것 같다고 말해줄 생각은 없다. 출판업자들이 그 얘기를 호의적으로 받아들일 것 같진 않구나."

"그렇겠죠. 그런데 클렌트 아저씨, 이 사이에 천조각이 끼었어요."

아무래도 그가 불안해서 타이 끝을 잘근잘근 씹은 것 같았다.

"그래…… 다소 힘든 면담이었지. 맨들리온에서 가장 예리한 사람 일곱 명이 모두 나를 가지고 회라도 뜰 것처럼 굴었으니까. 내가 허영기 있는 사람이었다면, 그 사람들이 던진 질문 중에 너에 관한 것이 많다는 이유로 화가 났을지도 모르지. 그 사람들은 네가 저 악명 높은 새잡이들의 책을 한 권이라도 읽었는지 아주 궁금해하는 것 같더구나. 다행히도, 내가 그 사람들을 안심시켜줄 수 있었어."

클렌트가 반짝이는 눈으로 모스카를 흘깃 바라보았다.

"네가 말벌의 궁둥이만큼 예리하고 배우려는 욕심도 많지만 슬프게도 교육 수준이 한참 떨어진다고 말해줬다. 그럭저럭 편지를 쓸 수는 있지만, 말을 특별히 잘 다루는 편은 아니라고 말이야.

묘한 건, 그 사람들이 우리 둘을 전부 못 믿는 것 같다는 점이야. 출판업자들은 우리가 도시를 한참 벗어날 때까지 십중팔구 미행을 붙일 거다. 우리가 인쇄기 있는 곳으로 가는지 확인하려고."

클렌트는 모스카에게 의문을 담은 날카로운 시선을 던졌다.

"물론…… 너는 정말로 그 인쇄기를 슬라이 강 깊숙한 곳으로 보내버렸겠지, 안 그러냐?"

"물론이죠." 모스카는 주저 없이 대답했다.

"당연하지. 하지만…… 꽃의 얼굴을 한 착한 부인 애스텔리아의 어여쁜 꽃잎을 걸고 말하건대, 나라면 그렇게 못 했을 거다." 클렌트가 모종의 감정이 담긴 목소리로 중얼거렸다.

"일이 힘들기는 했어요." 모스카가 순순히 인정했다.

"아직 태어나지 않은 그 많은 책들이 거기서 튀어나오려고 기다리고 있는데……" 클렌트가 덧붙였다.

"요정 이야기와 목이 잘린 왕들에 관한 노래들이죠." 모스카가 말했다. 두 사람은 죄책감이 깃들인 굶주린 미소를 교환했다.

"그럼, 만약 누군가가 그 인쇄기가 있는 뗏목배를 그냥 밀어서 강을 따라 떠내려가게 했다면, 어떻게 될 것 같아요?"

"글쎄다…… 출판업자들이나 몰래 숨어 있는 새잡이 패거리들한테 발견되지 않는다면…… 아마 곧장 바다로 떠내려가서 한밤중에 배를 조종하는 키잡이들의 시야를 어지럽히겠지. 어쩌면 이국적인 해변으로 밀려가서 더 많은 말썽을 일으킬지도 모르고."

"좋네요."

모스카가 중얼거렸다. 뗏목배가 강을 따라 떠내려가는 것을 지켜보던 그녀의 심정은 처프를 빠져나오던 날 밤에 자기가 들었던 등불이 가시금작화 더미에 떨어지는 광경을 지켜볼 때와 같았다.

어쩌면, 어쩌면 그녀가 마음 한구석에서 삼촌의 방앗간에 일부러 불을 놓기로 결심한 건지도 모른다는 생각이 들었다. 그러면 그녀에게는 도망치는 길밖에 남지 않을 테니까.

"말썽이 필요한 곳도 있어요."

그녀가 격언을 말하듯이 말을 끝맺었다.

모스카와 클렌트는 행상인처럼 무거운 짐을 들고 드림프스를 따라 걸었다. 상점 주인들은 두 사람을 거들떠보지도 않았다. 그들은 리본, 손수건, 스타킹 등 깃발 역할을 할 수 있는 것이라면 무엇이든 가져다가 창턱과 처마를 장식하고 있었다. 강에 떠 있는 많은 배들은 축하의 의미로 은빛 제비꼬리 깃발을 매달고 있었고, 커피하우스의 연들은 평소 때처럼 팽팽하게 줄을 잡아당기지 않고 허공에서 나선형을 그리며 춤을 추었다.

"내 생각엔 말이다." 클렌트가 아무 일도 아닌 것처럼 물었다. "내 생각엔 인쇄기 주위에 이미 인쇄된 책들이 없었을 것 같은데, 어떠냐? 물론 네가 새잡이들의 책으로 네 눈을 더럽힐 거라는 얘기는 아니다만……"

두 사람은 몇 분 동안 말없이 걸었다.

"그거 아세요, 클렌트 아저씨? 저는 책 때문에 사람이 미치는 일은 없다고 생각해요. 그러니까, 제가 그 책들을 아주 천천히 읽기 시작했거든요. 그러면서 혹시 예전보다 조금이라도 아는 게 많아진 것 같은 느낌이 드는지 보려고 가끔 고개를 들고 생각해봤어요. 한 번은 머릿속이 너무 흐릿하고 어지러워서 제가 미쳐가나보다 했는데, 알고 보니 그냥 지루해져서 그런 거였어요. 새잡이들의 책은 대개 그냥 지루하기만 해요. 조금 어리석기도 하고요."

모스카는 소매로 콧물을 닦았다.

"아버지가 쓴 책이 훨씬 더 나았어요.

수도에 있는 사람들이 전부 왕을 모실 건지, 여왕을 모실 건지를 놓고 다툰다는 내용의 아주 재미있는 이야기였거든요. 엉뚱한 사람을 왕이나 여왕으로 모시면 큰일나죠. 사랑받는 자들은 왕관의 주인이 될 사람이 누군지 알고 있기 때문에, 엉뚱한 사람을 모셨다가는 죄를 짓는 꼴이 되잖아요. 사람들이 어찌나 큰 소리로 말다툼을 했는지 사랑받는 자들이 그 소리를 듣고는 누가 왕국을 다스려야 하는지 자기들끼리 결정하려고 했어요. 그래서 지평선 홀에서 아주 대규모의 전통적인 회합을 열었는데, 도무지 의견을 모을 수가 없는 거예요. 시로피아는 자신이 용서를 잘한다는 사실을 보여주고 싶어서 누구보다 비열하고 정신 나간 사람을 왕위에 앉히려고 했고, 크램플릭은 머리가 감자 같은 사람을 왕위에 앉히려고 했고, 서서래치는 선원이 왕이 되기를 원했어요. 이렇게 사랑받는 자들이 다투는 동안에 팰피태틀과 바플이 회합을 위해 준비해둔 음식을 몽땅 훔쳐가버렸어요. 사랑받는 자들은 전부 닭장 속에 갇힌 여섯 개의 겨울바람처럼 구구, 찍찍, 웅웅, 횡횡거리다가 갑자기 자기들이 인간들의 세상으로 뛰어서 돌아가면 자기들의 말을 가장 먼저 세상에 뿌릴 수 있다고 생각했죠.

그래서 사랑받는 자들에게 조언을 구하며 기도하던 사람들 주위로 엄청난 바람이 휘몰아치면서 가발을 빙 돌리고, 가터벨트를 날려버려서 스타킹이 흘러내렸어요. 사람들은 벌떼처럼 몰려든 사랑받는 자들에게 둘러싸인 채 성당에서 도망쳤죠. 사랑받는 자들이 벌을 치는 사람한테 몰려든 벌떼처럼 몰려들어서 자기들이 원하는 걸 한꺼번에 말하느라 붕붕거린 거예요. 사람들은 곧장 강으로 달려가서 뛰어들었지만, 그래도 사랑받는 자들은 떨어져나가지 않았어요. 사람들은 수천 개나 되는 목소리들 때문에 거의 미칠 것 같으니까 귀를 막고 사랑받는 자들에게 모든 걸 스스로 결정할 테니 제발 좀 떠나가달라고 소리를 질렀어요. 사랑받는 자들은 딱정벌레가 등불 속으로 들어가지 못하게 막고, 우유에서 더껑이를 걷어내고, 괴물이 애들을 훔쳐가지 못하게 하려면 자기들이 필요하다고 말했어요. 하지만 사람들은 무조건 이 세상에서 사라져달라고 했죠…… 그래서 사랑받는 자들은 그렇게 했어요. 그런데 사랑받는 자들이 사라져도 세상은 전혀 달라지지 않았어요. 사랑받는 자들은 처음부터 존재하지 않았으니까요. 그냥 사람들이 머릿속에서 사랑받는 자들의 목소리를 만들어냈을 뿐이에요. 제가 머릿속에서 사람들의 목소리를 자주 만들어내는 것처럼."

"그거 정말 재미있는 이야기로구나, 모스카. 다시는 아무한테도 그 이야기를 하지 마라."

"아버지는 사랑받는 자들을 안 믿었어요. 하지만 응보의 심장도 안 믿었죠. 아버지는 새잡이가 아니었어요. 콜……"

모스카는 '콜라비 아저씨는 우리 아버지를 숭배했지만, 아버지에 대해 완전히 잘못 알고 있었어요'라고 말할 작정이었다. 하지만 아직은 콜라비를 생각하고 싶지 않았다. 그의 이름을 떠올려도 아무 느낌이 없었지만, 그렇게 아무 느낌이 없는데도 가슴이 아팠다.

"그래. 네 말대로라면, 네 아버지는 무신론자였던 것 같다. 철저히 신을 안 믿는 사람. 무신론을 믿다가는 새잡이들처럼 교회 뾰족탑에 머리가 내걸리기 십상이지."

모스카는 한동안 말이 없었다.

"하지만 클렌트 아저씨," 그녀가 마침내 입을 열었다. "만약 아버지가 옳았다면요? 만약 아버지 말이 사실이라면요?"

"그 문제는 성직자와 학자들이 결정하게 놔둬야지."

"왜요?" 모스카는 걸음을 늦췄다.

"그럼 누가 결정하겠냐?" 클렌트가 그녀를 흘깃 곁눈질로 보았다. "네가 결정하려고? 아이고, 네가 세상에 뜻을 펼칠 수 있을 만큼 자라면 무서운 일들이 벌어지겠군. 성당들이 무너지고, 응보나 사랑받는 자들을 입에 담는 것이 금지되고, 아이들은 영혼이 없는 텅 빈 천국을 믿는 사람으로 자라나고……"

"아니에요, 저는……"

두 사람은 사당들이 잔뜩 모여 있는 곳을 지나가고 있었다. 감사를 바치러 온 시민들이 떼를 지어 사당들 앞을 지나가면서 각각의 성상 앞에 갖가지 감사 선물을 바쳤다. 착한 남자 블랙휘슬에게는 비스킷. 착한 남자 서서래치에게는 고등어. 착한 남자 그레이글로리에게는 반짝이는 동전. 나란히 앉아 있는 그 자그마한 신들은 무척 싹싹해 보였다. 그들 중 어느 누구도 숭배자들을 독차지하려고 싸우지 않았다. 모스카는 사랑받는 자들에 대한 진저리나는 애정이 밀려오는 것을 느꼈다. 콜라비가 보여준, 차갑고 비인간적인 열정과는 너무나 달랐다. 어쩌면 아버지의 생각처럼 사랑받는 자들은 유치한 세상이 원하는 장난감인지도 몰랐다. 어쩌면 이 세상이 점점 성장하면서 벌써부터 사랑받는 자들을 옆으로 제쳐두기 시작한 것인지도 몰랐다. 애정은 아직 남아 있지만 다시는 그들을 돌아보지 않을 것처럼.

"사랑받는 자들은 괜찮아." 그녀는 퉁명스럽게 중얼거렸다. "저것들을 다 태워버리고 싶지는 않아."

"진실을 위한 일이라 해도?"

"그런 건 진실을 위한 일이 아니에요!"

모스카는 자신이 콜라비에게 했던 말을 떠올리며 이리저리 흩어진 생각들을 정리하려고 애썼다.

"제 말은…… 만약 제가 사람들한테 어떤 걸 믿으라고 말해준다면 사람들은 더이상 스스로 생각하려 하지 않을 거예요. 그러면 거짓말에도 쉽게 속아 넘어가겠죠. 그런데…… 만약 제가 틀렸다면요?"

"그러니까…… 만약 네가 무엇이 진실인지 결정할 수 없고, 학식 있는 사람들도 그럴 수 없다면, 누가 그걸 결정할 수 있는 거지?"

"아무도요. 모두 다요."

모스카는 기쁨에 들뜬 맨들리온 시민들이 종을 흔들고 있는 창문들을 올려다보았다.

"소란한 시간…… 그게 유일한 방법이에요. 모든 사람이 일어서서 자기 생각을 한꺼번에 외칠 수 있는 것. 학식 있는 사람이나, 풍성한 가발을 쓴 군주뿐만이 아니라 행상인과 짐꾼과 빵 굽는 사람들까지도 전부. 똑똑한 사람뿐만 아니라 멍한 사람, 미친 사람,

범죄자, 배냇저고리를 입은 아이들, 그리고 정말로, 정말로 멍청한 사람들까지도 전부. 모두 다요. 심지어 사악한 사람까지도요, 클렌트 아저씨. 심지어 새잡이들까지도요."

"그건 혼란이야. 진실이 다른 목소리에 묻혀서 아무도 못 들을 거야."

"그럴지도 모르죠."

"사람들은 귀를 닫아버리고, 자기들이 뭘 생각해야 하는지 누가 좀 말해달라고 애원할 거야."

"그럴지도 모르죠."

"끔찍한 사상들이 혀에서 혀로 들불처럼 번져나가고, 아무도 그걸 막지 못할 거야."

"그럴지도 모르죠."

클렌트가 옳았다. 모스카도 알고 있었다. 말을 제멋대로 풀어놓는 것은 위험한 일이었다. 말은 대포보다 더 강력하고, 폭풍보다 더 예측할 수 없었다. 말은 사람의 머리를 거꾸로 뒤집어놓을 수도 있고, 운명을 뒤틀어버릴 수도 있었다. 말은 왕국을 뒤흔들어 금방 숨이 넘어갈 것처럼 만들어버릴 수도 있었다. 그런데 이런 것이 좋은 일이었다. 굉장한 일…… 모스카는 클렌트도 그것을 알고 있다고 속으로 확신했다. 모스카는 떠다니는 학교에서 퍼텔리스가 읽었던 글을 떠올렸다. 그것이 아버지 퀼럼 마이의 글이라는 것을 이제 그녀는 알고 있었다.

'……진실보다 더 위험한 것이 하나 있다. 진실의 입을 막으려 하는 사람들이 훨씬 더 파괴적……'

쇠기름 거리에서 건포도 냄새가 나는 수증기가 제과점의 다이아몬드 모양 창문에 난 틈을 통해 살그머니 빠져나와 모스카의 뱃속에 불을 붙이고 머릿속에 근심을 심어놓았다.

"케이크는 어떻게 됐어요, 클렌트 아저씨?"

"잘 살 거야. 저 좋다고 쫓아다니는 그 젊은 놈 어깨가 나을 때까지 간호하느라고 한동안 바쁘겠지만."

'……케이크가 카마인의 침대 옆에 계피 과자와 브랜디애플파이를 잔뜩 쌓아올리겠지. 크림으로 화려하게 뒤덮은 당밀 페이스트리도. 쌓는 내내 분홍빛 얼굴에 눈이 밝게 빛나는 표정을 지을 거야. 그런 표정을 지으면 그래도 건방지고 신랄한 느낌이 좀 덜하지……'

"퍼텔리스 선생님과 급진파 사람들은요? 체포되지는 않겠죠?"

"그럴 거야. 급진파가 길드들하고 얘기를 나눴는데, 아마 불안한 휴전 협정이 맺어질 거다. 양쪽 다 만족하지는 않겠지만, 사람이라는 게 원래 불행 속에서 이 세상을 살게 태어난 존재니까."

"그럼…… 열쇠장이와 그 밖의 사람들이 결국 맨들리온을 차지하는 건가요?"

"아니. 그랬다가는 블라이드와 급진파가 가만히 있지 않을걸. 게다가 지금 블라이드는 모든 시민의 지지를 받고 있다. 소란이 가라앉은 뒤에도 블라이드는 아주 잘해낼 거다. 무섭게 국자를 휘둘러대는 그 뇌조 같은 여자와 퍼텔리스의 조언을 받아가면서."

'……블라이드는 공작의 뾰족탑 안에 불편한 표정으로 앉아서 찌푸린 얼굴로 서류 더미를 뒤적이고, 퍼텔리스 선생님은 블라이드의 어깨 너머에서 참을성 있게 서류를 짚어가며 설명을 해주겠지. 미스 카이틀리는 맨들리온의 지도를 보며 얼굴을 찌푸릴 거고. 마치 그 지도가 새 주인의 몸에 맞게 고쳐야 하는 작업복 패턴이라도 되는 것처럼……'

"우리가 그 커피하우스에 있을 때 호프우드 퍼텔리스가 너에 대해서 이것저것 많이 물어보더라." 클렌트가 일부러 대수롭지 않다는 듯이 말을 덧붙였다.

"설마 불타는 건물에서 거위가 저를 끌어냈다거나, 집시들한테 납치당한 적이 있다는 얘기 같은 걸 한 건 아니죠?"

"난 솔직함 그 자체였다. 네가 도무지 속을 알 수 없는 작은 동물이라 나한테 뭘 얘기한 적이 없지만, 네 부모님이 돌아가신 것 같다고 말해줬지."

두 사람은 재다리를 건너고 있었다. 갑자기 클렌트가 걸음을 늦추더니 아예 멈춰 섰다.

"모스카, 그 목줄을 나한테 잠깐만 줘야겠다."

그녀는 여느 때와 달리 진지한 그의 모습 때문에 아무 말도 못하고 그의 말에 따랐다.

"길드장들은 우리한테 추방령을 내렸지만, 그 사람들의 불만은 대개 나와 관련된 일이지…… 어쩌면 그 거위와 관련된 일일 수도 있고. 사실 그 사람들은 네가 어딜 가든 거의 상관하지 않는다. 퍼텔리스는 네가 잘 지내는지 걱정하고 있으니까, 네가 찾아가면 틀림없이 받아들여줄 거다."

모스카는 이 말이 사실이라는 것을 느낌으로 알 수 있었다. 책장을 넘기듯이 자신의 삶을 뒤적이며, 순간적으로 자기가 퍼텔리스를 찾아가면 어떤 일이 벌어질지 생생하게 그려보았다. 샘처럼 파란 퍼텔리스의 눈빛이 밝아지고, 그는 망설임도 꾸짖음도 없이 그녀를 받아들일 것이다. 미스 카이틀리가 그녀를 위해 옷가지를 몇 개 골라줄 것이고, 그녀는 떠다니는 학교에서 퍼텔리스의 말을 받아 적으며 공부를 하다가, 글자를 잘 안다는 사실이 알려지면 자기보다 어린 학생들을 가르치게 될 것이다. 그녀는 자잘한 일상 속에서 신뢰와 감사를 얻을 것이고, 나중에는 필요한 존재가 될 것이다. 그리고 어느 날 그녀가 퍼텔리스의 서재를 정리하고 있을 때, 퍼텔리스가 문득 고개를 들어 모스카를 바라보고는 이제 그녀가 열두 살짜리 아이가 아니라 스무 살 처녀라는 것을 깨닫게 될 것이다. 그녀는 그와 결혼하거나 아니면 그와 아주 비슷한 사람과 결혼하게 될 것이다…… 그녀의 어머니가 그랬던 것처럼.

"싫어요." 모스카가 말했다.

"거기 가면 안정된 삶을 살 수 있어. 먹을 것도 있고, 집도 있고, 친구, 미래의 전망…… 책……"

"싫어요."

모스카는 입술을 깨물며 단호하게 고개를 저었다. 이제는 책만으로는 충분하지 않은 것 같았다.

'난 해피엔딩을 원하지 않아. 이야기가 더 이어지는 게 좋아.'

"모스카…… 난 지금 정처 없이 떠돌아다니는 신세야. 산울타리에서 잠을 자고, 닭을 훔치고, 아침에 여관 주인에게 돈을 주지 않으려고 한밤중에 창문으로 몰래 빠져나오는 생활 말고 내가 비서한테 해줄 수 있는 게 뭐겠니?"

'아무것도 없죠. 다만…… 5월제 기둥의 리본처럼 제멋대로 휘날리는 가능성의 가닥들을 빼면. 주위에 황갈색 고사리가 자라는 길, 서리가 내려 반짝이는 길, 떠오르는 태양과 함께 갈라지는 산속의 길, 낙엽 때문에 흙빛으로 물든 숲 속의 길, 수많은 창문들이 바닥에 보석처럼 오색찬란한 빛을 던지는 수정궁, 지나간 날의 전설을 옷자락에 수놓은 귀부인들, 초록색으로 하늘을 뒤덮은 나뭇잎 밑에서 마시는 블랙베리 주스처럼 검은 포도주, 남의 지팡이를 짚고 걸을 때처럼 이상하게 들리는 발음, 전함들이 위용을 뽐내고 있는 강어귀, 어쩌면 그 너머에는 꿈에 그리던 광대한 바다가 반짝이고 있을지도……'

"누군가가 아저씨를 돌봐줘야 돼요, 클렌트 아저씨. 아저씨는 어설픈 거짓말쟁이예요. 훌륭한 거짓말쟁이는 꼭 필요할 때에만 거짓말을 하는 법이에요. 게다가 제가 사라센을 여기 두고 혼자 가버리면, 아저씨가 사라센을 먹어버릴 테니까요."

모스카는 손을 내밀었다. 클렌트는 잠시 망설이다가 사라센의 목줄을 그녀에게 돌려주었다. 가볍지만 예의 바른 목례와 함께.

옮긴이 **김승욱**
성균관대 영문과를 졸업했으며 뉴욕시립대 대학원에서 여성학을 공부했다. 동아일보 문화부 기자를 지냈으며, 현재 전문번역가로 활동하고 있다. 옮긴 책으로 『신은 위대하지 않다』 『동굴』 『소크라테스의 재판』 『나이 들수록 왜 시간은 빨리 흐르는가』 『살인자들의 섬』 『스티븐 호킹 과학의 일생』 『톨킨』 『퓰리처』 『듄』 『도플갱어』 『다이아몬드 잔혹사』 『장전된 총 앞에 서서』 『양치기 리더십』 『전설의 여기자 오리아나 팔라치』 『종교가 사악해질 때』 『영원한 어린아이, 인간』 『포스트모던 신화 마돈나』 『누가 사악한 늑대를 두려워하는가』 『리스본 쟁탈전』 『아스피린의 역사』 『알퐁스 도데 대표소설선집』 『망할 놈의 나라 압수르디스탄』 『돌아보지 마』 등이 있다.

문학동네 세계문학
깊은 밤을 날아서

초판인쇄 | 2008년 2월 15일
초판발행 | 2008년 2월 25일

지 은 이 | 프랜시스 하딩
옮 긴 이 | 김승욱
펴 낸 이 | 강병선
책임편집 | 오영나 강건모 도정원
펴 낸 곳 | (주)문학동네
출판등록 | 1993년 10월 22일 제406-2003-000045호

주 소 | 413-756 경기도 파주시 교하읍 문발리 파주출판도시 513-8
전자우편 | editor@munhak.com
전화번호 | 031) 955-8888
팩 스 | 031) 955-8855

ISBN 978-89-546-0512-0 03840
www.munhak.com